D0839149

Bajo el calor de tu piel

# Bajo el calor de tu piel

## Noelia Amarillo

TERCIOPELO

© Noelia Amarillo, 2015

Primera edición: octubre de 2015

© de esta edición: Roca Editorial de Libros, S. L.
Av. Marquès de l'Árgentera 17, pral.
08003 Barcelona
info@terciopelo.net
www.terciopelo.net

Impreso por LIBERDÚPLEX, s.l.u.
Crta. BV-2249, km 7,4, Pol. Ind. Torrentfondo
Sant Llorenç d'Hortons (Barcelona)

ISBN: 978-84-15952-68-8
Depósito legal: B. 18.173-2015
Código IBIC: FRD

RT52688

# Prólogo

Desde que no estoy con ella quemo todas mis noches…

—No me gusta. —Raziel aprovechó que el tranvía tomaba una curva para chocar contra Andrés y susurrarle lo que llevaba todo el día deseando decirle.

—¿Qué es lo que no te gusta? —resopló este, poniendo los ojos en blanco. Razz había pasado toda la mañana y parte de la tarde con el ceño fruncido y callado como un muerto, y eso nunca era un buen presagio.

—Tus nuevos amigos —respondió, imprimiendo a la palabra *amigos* una evidente ironía.

—«Nuestros» nuevos amigos —apuntó Andrés mirando de refilón a la pareja que, sentada estilo indio en el suelo, hablaba con una pelirroja en un inglés macarrónico—. ¿Tengo que recordarte que nos han invitado a dormir en su casa? Gratis.

—Eso tampoco me gusta. Me han hablado bastante de ese barrio, nada bueno. No es un sitio al que me haga ilusión ir. Busquemos otras opciones.

—Si quieres vamos a un hotel. ¿Te va bien uno de cuatro estrellas o lo prefieres de cinco? Creo que en Leidsestraat hay un banco, tal vez podamos robarlo. Nos tapamos la cara con pañuelos y entramos montando gresca con pistolas de juguete mientras Lua nos espera fuera, ya sabes, al estilo de Redford y Newman en *Dos hombres y un destino* —gruñó Andrés tomando su mochila a la vez que le hacía un gesto a la pelirroja para que se levantara—. No es un mal plan, y si nos pillan disfrutaremos de alojamiento y comida gratis durante unos meses. Quién sabe, tal vez en Holanda haya cárceles de cinco estrellas.

—Guárdate tu sarcasmo para quien lo aguante. —Razz se colocó el petate a la espalda y de paso golpeó con él a su estúpido amigo—. Nos vas a meter en la boca del lobo.

—Mientras tenga los dientes limpios y esté vacunado contra la rabia —replicó Andrés encogiéndose de hombros.

—Qué gracioso. Me parto contigo. —Razz lo empujó contra las puertas del tranvía.

—¿Ya estáis discutiendo? —Lua se apresuró a colocarse entre los dos hombres, los hula-hoops que llevaba cruzados al pecho la ayudaron a mantenerlos separados—. No os puedo dejar solos.

—Solo es una pequeña discrepancia. —Andrés elevó apenas las comisuras de sus labios—. A Razz no le gustan nuestros nuevos amigos y a mí me parece que no es de sentido común rechazar alojamiento gratis mientras estemos en Ámsterdam.

—A mí tampoco me convencen —murmuró Lua, ganándose un gruñido de Andrés y un resoplido satisfecho de Raziel.

—Ya lo has oído. Busca cualquier excusa y despáchalos, no nos hacen falta —exigió Razz señalando con la mirada a la pareja que se colocaba tras ellos.

—No. —Andrés se lamió los labios despacio—. Me gusta la chica, no me apetece librarme de ellos tan pronto. Al menos hasta que me la haya tirado un par de veces.

—Si ni siquiera recuerdas cómo se llama —se burló Lua.

—¿Acaso el nombre es importante para follar? —replicó Andrés apeándose del tranvía en el mismo instante en el que se abrieron las puertas.

Razz y Lua se miraron el uno al otro y, tras encogerse de hombros, le siguieron. Con ellos se bajaron una pareja de pelo oscuro y piel aceitunada que les habían comunicado en un inglés casi ininteligible que venían de Atenas, lo que indicaba su origen griego, aunque lo cierto era que ni a Andrés ni a sus compañeros les importaba un pimiento su procedencia. Al fin y al cabo, qué más daba. Todos eran nómadas en un país extraño.

Se dirigieron con perezosa rapidez a Leidseplein; Andrés y sus amigos escudriñando cada rincón del lugar sin importarles dejar atrás a sus acompañantes. Caía la tarde y cientos de turistas y oriundos de Adam[1] aprovechaban las suaves temperaturas del verano para acercarse a la animada plaza. El ocaso era el mejor momento para los artistas callejeros: los turistas, cansados tras el duro día, se acomodaban en las terrazas para cenar, las parejas paseaban con las manos entrelazadas y las familias paraban frente a los mimos ante la insistencia de los más pequeños. Todas estas personas tenían algún que otro

1. Ámsterdam en *slang*.

billete en sus carteras. Billetes y monedas que Andrés y sus amigos necesitaban con cierta urgencia; la propia de aquellos que no tienen más que telarañas en los bolsillos. Por lo tanto, conseguir un buen sitio cerca de las terrazas más concurridas era primordial para empezar con buen pie la estancia en Ámsterdam.

Y a Andrés siempre le gustaba empezar lo mejor posible.

Señaló a Raziel un espacio libre que no estaba muy alejado de las terrazas. No era el mejor lugar de la plaza, tampoco el peor, pero sí el único disponible. Se dirigió presuroso hacía allí con sus amigos, los antiguos y los nuevos, a la zaga, y suspiró aliviado al dejar la pesada bolsa en el suelo. Torció los labios en una parodia de sonrisa cuando escuchó dos golpes secos acompañados de sendos gemidos provenientes de las gargantas de Lua y Razz. También ellos estaban hasta las narices de llevar las puñeteras mochilas a cuestas. Miró a la pareja de posibles griegos que en ese momento extendían una raída manta en el suelo, cerca de él. Si todo salía bien, durante la estancia en Ámsterdam dejarían el equipaje en su casa. Los había conocido esa misma mañana en la plaza Dam, mientras hacía su numerito con las bolas para conseguir el dinero del almuerzo. Ella era morena, tenía unas tetas enormes y parecía limpia; él era un inútil con las mazas, fumaba un porro tras otro, sonreía mucho y por lo visto le había caído simpático, pues les había invitado a quedarse en su casa. Y a Andrés con eso le bastaba para hacerse «amigo del alma» de ellos, al menos por una semana, o quizá dos, tres a lo sumo, tiempo más que de sobra para cansarse de Adam y buscar otra ciudad, otro ambiente, otras mujeres con las que follar.

—¿Empiezas tú? —La voz de Lua lo sacó de sus cavilaciones—. Aún hay luz natural y nuestro número es más espectacular de noche —musitó rotando los hombros desnudos, las marcas rosadas dejadas por las asas del petate visibles en su pálida piel.

—No hay problema, dame cinco minutos.

Juntó las palmas de las manos y empujó con fuerza una contra otra a la vez que levantaba los codos. Contó hasta seis antes de relajar la postura y volver a repetirla dos veces más. Luego extendió los dedos, separándolos en abanico lo máximo posible, y tocó con la yema de cada uno el pulpejo del pulgar, aumentando la rapidez a cada vuelta hasta que fueron un borrón en el aire. Cuando estuvo conforme con la flexibilidad y agilidad con la que se movían tomó en cada mano una de las bolas de cristal acrílico que Raziel acababa de sacar de la bolsa de terciopelo y las hizo rodar desde la punta de los dedos hasta las muñecas varias veces.

Algunas personas se acercaron con curiosidad y Andrés, esbozando una satisfecha sonrisa, comenzó su espectáculo. Permitió que las bolas llegaran hasta las yemas de los dedos y más allá, hasta que cayeron al dorso de sus manos desde donde continuaron rodando por sus brazos, cruzándose para acabar en la mano contraria a la que habían empezado. Le lanzó una de las bolas a Raziel y mantuvo la otra sobre la palma derecha. Simuló que tiraba de un hilo invisible unido a la esfera y esta comenzó a moverse siguiendo los tirones. Cuando todos le miraron sorprendidos, se acercó a una rubia y le tendió el hilo invisible. La muchacha sonrió e imitó los tirones de Andrés. La bola saltó a su escote... o lo intentó, porque Andrés la detuvo sobre las yemas, haciéndola girar vertiginosamente mientras chasqueaba la lengua y la señalaba con un dedo acusatorio, regañándola por molestar a la señorita. El gentío estalló en carcajadas.

—Odio que haga eso —masculló Lua, estirando con excesiva fuerza los brazos.

—Es una buena manera de atraer a la gente —replicó Razz mientras sopesaba las antorchas que usaría en breve.

—Ya, pero siempre elige a la más pechugona, es una actitud tan... varonil —bufó poniendo los ojos en blanco.

—Eso es lo que atrae a la gente. Si escogiera a la más plana el truco no sería tan divertido. Además, a Andrés le gustan las tetas grandes. Y las mujeres que no conoce ni piensa conocer —añadió, señalando con la cabeza a la nueva amiga del joven.

—No me gusta nada esa tiparraca. Y su novio todavía menos. Ojalá no se ponga tonto.

Lua observó con evidente animadversión a la griega. En ese momento estaba sobre la manta simulando un espectáculo contorsionista, aunque lo que en realidad hacía era enseñar las tetas que no cesaban de escaparse del diminuto maillot. No cabía duda de que cumplía a la perfección con todos los requisitos para ser la mujer perfecta de Andrés, al menos durante un par de semanas: no hablaba español ni ningún otro idioma que él pudiera entender, tenía las tetas grandes y lo devoraba con la mirada.

—Vuestro turno —les llamó Andrés tiempo después, cuando la tarde cayó y la luz natural perdió la batalla contra la artificial, quitando espectacularidad a las esferas de cristal—. Mueve bien esas caderas que esta gente está forrada, princesa —le dijo guiñándole un ojo.

—¿Te digo yo a ti que te empalmes y muevas la polla para sacar más dinero? —replicó la pelirroja arqueando una de sus perfectas cejas.

Andrés ignoró la pulla y se sentó en el suelo con las piernas estiradas y una mueca socarrona en la cara. Lua era preciosa, una de las mujeres más hermosas que había conocido. Alta y estilizada, poseía una larga y rizada melena pelirroja que acababa donde la espalda perdía su nombre. Dulces ojos verdes, rostro afilado, labios firmes, el inferior más grueso que el superior, pómulos altos y traviesa nariz respingona. Bonita como ninguna, así era Lua. Y ella lo sabía. Y no dudaba en aprovecharse de ello en las actuaciones, siempre y cuando él no se lo dijera, claro. También era independiente y leal. Y optimista. Muy optimista. Todo lo veía de color rosa... o morado o turquesa. Jamás negro.

La observó mientras hacía girar los hula-hoops en torno a su cuerpo, tres en total, que brillaban con cada vuelta. Se mecía en una sensual coreografía que obligaba a los aros a danzar con un ritmo endiablado, mientras Raziel vigilaba con atenta concentración. Y no era el único. Las mismas personas que se habían reído y asombrado de su pericia con las bolas ahora se mostraban fascinadas con Lua. Las luces de las farolas hacían resplandecer las brillantes cintas multicolores con las que estaban forrados los aros, los cuales parecían restallar contra la piel desnuda de la joven. Era imposible que pasara desapercibida con sus mallas color turquesa, la diminuta falda morada de cintura baja y el ajustado top, también turquesa, que terminaba bajo sus pechos.

Los ojos de todos estaban fijos en la franja de piel sobre la que giraban los aros. En los tatuajes rosas, morados y turquesas en forma de estrellas y mariposas que formaban un cinturón de fantasía alrededor de sus caderas.

Lua mantuvo un hula-hoop alrededor de su cintura e hizo que los otros dos se movieran por su cuerpo; uno descendió para girar casi con violencia en torno a un tobillo a la vez que el otro ascendió para bailar ora alrededor de los hombros, ora alrededor del cuello, ora alrededor de ambos. Y, mientras los aros hipnotizaban a todos los presentes, ella mantenía la mirada fija en su compañero de piel morena.

De la misma manera que Lua era luz y magia, Raziel era oscuridad y secretos. El pelo castaño oscuro, largo hasta los hombros, no conseguía ocultar sus penetrantes ojos grises ni su semblante austero que a veces parecía estar tallado en roca en lugar de piel. Alto y fibroso, era un gato de sonrisa esquiva, sentimientos escurridizos y silencios eternos. Y en ese preciso momento se estaba preparando para prender fuego a su amiga.

Anthea relajó su forzada postura y observó con los ojos entrecerrados a la hermosa pelirroja que le estaba robando todo el protagonismo. Se bajó aún más el escote y su mirada voló hacia el moreno que prendía una antorcha para acercarla a los aros. Los tres estallaron en llamas. La multitud exhaló una exclamación ahogada y los ígneos aros descendieron hasta quedar posados en el suelo, momento en el que la pelirroja se retiró para dar paso al silencioso moreno. Este se había quitado la camiseta y su torso musculado y sin vello brillaba bajo las llamas que hacía danzar a su antojo, atrayendo la mirada de las mujeres y la envidia de los hombres. Manejaba las teas con la indiferente maestría de quienes llevan toda la vida jugando con fuego y no les importa quemarse. Tan pronto las lanzaba al aire como las hacía bailar contra su piel húmeda por el sudor, en una lúbrica danza que levantó más de un suspiro en las féminas. Pero no los de ella.

Ella estaba interesada en otro bocadito mucho más tierno y jugoso.

Desvió la mirada hacia su novio, quien estaba sentado a su lado, y comprobó que este, tal y como venía siendo habitual en él desde que habían conocido al trío, fumaba hierba sin apartar los ojos del más joven. Carraspeó un par de veces y Anker giró la cabeza el tiempo justo para guiñarle un ojo antes de levantarse y acercarse al muchacho para ofrecerle unas caladas. Andrés era su nombre. Era muy alto, rondaría el metro noventa, y ni un solo gramo de grasa estropeaba su precioso cuerpo tatuado. Tenía el pelo del color del café tostado, muy corto excepto en la cima de la cabeza que estaba algo más largo y alborotado. Llevaba dilatadores en ambas orejas y un pequeño *piercing* en la nariz. De ojos rasgados y marrones, su cara era un óvalo perfecto con los rasgos muy marcados y una nariz quizá demasiado recta a la que acompañaban unos maravillosos labios gruesos.

Estaba impaciente por saborearlos.

—Esto mejora por momentos —masculló Razz al salir de la estación Kraaiennest.

—¿Cuándo dejarás de quejarte? —bufó Andrés aceptando el porro que el griego le ofrecía. Dio un par de caladas antes de pasárselo a la pechugona. Era mierda de la buena.

—Cuando empieces a razonar —siseó Raziel observando las pintadas que adornaban las paredes de la estación. Rojos, amarillos, azules y naranjas que contrastaban con el monótono gris del puente que sostenía las vías y la lúgubre oscuridad de la carretera mal iluminada—. No hay nadie en la calle —apuntó receloso.

—Es más de media noche, la gente estará durmiendo —señaló Andrés con toda lógica. Sin embargo, a pesar de su aparente tranquilidad, atrapó la mano de Lua y la acercó a él de un tirón, estrechándola contra sí.

—¿Dónde estamos? —inquirió la pelirroja escamada al ver que Raziel se situaba tras ella en tanto que sus nuevos «amigos» les indicaban por señas que no se quedaran atrás.

—En el Biljmer —indicó Razz sin dejar de mirar alerta a izquierda y derecha.

—Impone bastante. —Lua se apretó más contra Andrés.

—Tonterías, parece tétrico porque es de noche, pero es solo un barrio más. Un poco raro, eso sí —reconoció mirando a su alrededor con desasosiego mientras encendía un cigarro.

Habían dejado atrás la estación para adentrarse en una inmensa pradera de hierba parduzca cuajada de árboles y delimitada por imponentes edificios que, cual panal de abejas, trazaban una línea hexagonal que encerraba el parque entre muros de cemento y cristal.

—Es una mole horrible —murmuró Lua observando estremecida el edificio al que se dirigían—. Rompe la armonía de la naturaleza. La corrompe con su gris simetría.

—No te quejes tanto, princesa. Si necesitas reiniciarte, tienes un montón de hierba bajo tus pies —señaló Andrés con sorna.

—Yo no me reinicio —bufó ofendida, apartándose de él.

—Pues lo que sea que hagas. —Andrés la empujó contra Razz, quien se apresuró a acogerla entre sus brazos. A ninguno de los dos les hacía gracia dejarla sin protección.

—Medito —indicó Lua cada vez más molesta.

—Ah, sí. Meditas… Para reiniciarte. —Andrés giró sobre sus talones y, caminando hacia atrás para quedar encarado a sus amigos, extendió los brazos y juntó el pulgar y el índice de cada mano—. Omm. Me reinicio cuando la hierba me hace cosquillas en el culo. Omm.

—¡Idiota! —Lua se agachó para agarrar una piedra del sendero.

Razz la detuvo en el mismo instante en que se disponía a lanzarla.

—Ni se te ocurra. La última vez le hiciste una brecha y te sentiste culpable durante más de una semana. No tengo ganas de volver a escuchar tus llantos y sus quejas, fue agotador.

—Muy mal, Lua. —Andrés chasqueó la lengua, reprobador—. Una *hippie* que se precie no usa la violencia contra su mejor amigo. Repite conmigo: Ommmm.

—Apunta bien, a ver si consigues dejarle inconsciente —indicó Razz, devolviéndole la piedra a la joven, quien no dudó en lanzarla.

Andrés se agachó en el último momento y la piedra le pasó rozando la oreja.

—Lástima —susurró Razz a la vez que sus anfitriones les instaban a que dejaran de hacer el idiota y se apresuraran.

Poco después llegaron al colosal edificio que era su destino. Recorrieron el largo pasillo de la sexta planta hasta llegar al apartamento 3544. Y se quedaron petrificados frente a la puerta cuando vieron lo que les esperaba tras ella.

—No está tan mal —murmuró Andrés, entrando el primero.

—¿Comparado con qué? —siseó Razz inmóvil en el pasillo.

Había dormido en todo tipo de sitios, incluso debajo de un puente. En más de una ocasión. Y esos puentes habían estado más limpios, y habían olido mejor, que el apartamento que se abría frente a él. Le era indiferente dormir en el suelo, en una cama o en un sillón. Si las paredes eran blancas, de colorines o tenían pintadas; le daba lo mismo si la ropa, muebles y demás enseres estaban ordenados en armarios o desperdigados por el suelo. Incluso si utilizaban el salón para hacer hogueras y la terraza como cocina improvisada. Nadie dormía en casas okupas siendo un remilgado. Pero eso… eso pasaba de castaño oscuro.

Ante él había un estudio con colchones esparcidos por el suelo que hacían las veces de camas y asientos, desvencijados armarios caídos en el suelo, un palé reconvertido en mesa y una vieja nevera que en vez de comida contenía cerveza. Nada a lo que no estuviera acostumbrado. Lo que le molestaba era el olor. Y la procedencia de ese olor.

Una puerta descolgada daba a un cubículo en el que las tuberías rotas acompañaban a un plato de ducha que, a tenor de su aspecto y contenido, era usado como inodoro. Un inodoro que nadie se molestaba en limpiar, o al menos, echar agua. De ahí provenía parte del hedor. La otra parte flotaba en el ambiente y procedía de las paredes amarillentas por el humo de miles de porros, la comida en diversos estados de putrefacción distribuida por cualquier superficie de la casa y las manchas del suelo procedentes de Dios sabría qué.

—¿Huele a pis? —Lua arrugó la nariz, remisa a entrar.

—Y a otras cosas —apuntó Razz observando extrañado las improvisadas mesas.

Estaban colapsadas por vasos de plástico, botellas de *jenever*[2] llenas y vacías, restos de bocadillos y *pizzas* y cinco botellas de vinagre. Estrechó los ojos, receloso, ¿para qué demonios querían tanto vinagre si no tenían ningún alimento para aliñar?

—Oh, vamos, no seáis tan tiquismiquis, en cuanto abramos las ventanas se irá el pestazo y si eso no funciona, el olor a maría de los porros de este —Andrés señaló al fumeta, que los miraba con sonrisa embobada y ojos brillantes— nos atontará lo suficiente para dormir.

—Esto no me gusta nada —siseó Razz asesinándole con la mirada.

—Mañana buscaremos un albergue, te lo prometo. Pero ahora mismo esta es nuestra mejor opción. —Se encogió de hombros antes de abrir los amplios ventanales de par en par.

—En eso tiene razón, es nuestra única opción —musitó Lua entrando por fin en el estudio, aunque, eso sí, antes se tapó la boca y la nariz con un pañuelo que sacó de la mochila.

—Esta me la pagas —gruñó Razz cerrando la puerta tras él.


—Fíjate bien, princesa —le indicó Andrés a Lua tras hacer crujir los nudillos.

Alineó tres vasitos de metal en el suelo ocultando bajo uno de ellos una bolita y después aceptó el porro que su anfitrión le tendía. Dio unas cuantas caladas y se lo pasó a la morena que estaba sentada a su derecha. Esta aprovechó la ocasión para restregarle las tetas contra el brazo mientras le deslizaba la mano libre por la espalda para acabar hundiéndola bajo la cinturilla del pantalón. Abrió los dedos en abanico y le dio un buen apretón en el culo a la vez que le echaba el humo en la cara.

Andrés observó con disimulo al griego; estaba tumbado a su lado, con los ojos fijos en el techo y medio cuerpo fuera del viejo colchón de matrimonio que les servía de asiento a los tres. Esbozó una peligrosa sonrisa; si la pechugona no tenía inconveniente en meterle mano delante de su novio, él desde luego no pensaba poner impedi-

2. Licor típico holandés elaborado a base de ginebra.

mentos. Tomó la botella de *jenever* y dio un sorbo para, acto seguido, beber un largo trago de cerveza. Sacudió la cabeza para quitarse de encima el etílico aturdimiento —no cabía duda de que el *kopstoot*[3] pegaba fuerte— y comenzó a mover los vasitos de metal.

—Elige, pelirroja —dijo, colocándolos en hilera.

Lua, sentada frente a él en otro colchón, se inclinó para golpearle la mano derecha. Andrés enarcó una ceja. Ella asintió con la cabeza. Él esbozó una taimada sonrisa y elevó la mano izquierda. Entre sus ágiles dedos centelleó la bolita que supuestamente tenía que estar bajo uno de los vasitos.

Anthea estalló en carcajadas a la vez que se reclinaba sobre Andrés, quien de nuevo deslizaba los vasos sobre el suelo con vertiginosa rapidez.

—¡Mierda! Siempre me engañas —bufó Lua.

—Porque no miras donde tienes que mirar. —Razz, más tumbado que sentado, observaba indolente los movimientos de los cubiletes mientras jugaba con la baraja que tenía en la mano.

Cuando Andrés detuvo los vasos de nuevo, Raziel asió una carta entre índice y anular y la lanzó contra el pie descalzo del joven. Este se llevó la mano al corazón y negó con la cabeza. Razz lanzó otra carta al mismo sitio, y Anthea, muy servicial, le acarició el tobillo hasta obligarle a levantar el pie del suelo. Bajo el puente estaba la canica.

—Has tenido suerte. —Andrés volvió a mirar por el rabillo del ojo a su distraído anfitrión y se recostó sobre los codos a la vez que separaba un poco las piernas. La mano de la griega ascendía lentamente por el interior de sus muslos. No era cuestión de ponerle trabas.

—La suerte no ha tenido nada que ver —replicó Razz lanzando una carta contra la lata que les servía de cenicero—, las drogas y el alcohol no son buenos compañeros de los juegos de manos. Te hacen ser lento. Y estúpido.

—¿Insinúas que estoy borracho o que soy un idiota? —protestó Andrés tras dar una profunda calada al porro que la morena le había puesto en la boca.

—Afirmo que te estás esforzando bastante en estarlo y en serlo —le acusó, señalando con la mirada a su anfitrión.

---

3. *Kopstoot*, combinación típica holandesa de un chupito de *jenever* y un largo trago de cerveza.

Andrés giró la cabeza, el griego estaba desmenuzando unas hojas de maría con las que, sin lugar a dudas, se haría el enésimo canuto de la noche. Se encogió de hombros. Por él como si se fumaba el Amazonas entero. Si eso le mantenía entretenido mientras se follaba a su novia, estupendo. Menos problemas. Dio un nuevo trago a las botellas y, tras secarse la boca con el dorso de la mano, se volvió hacia la morena. Ni siquiera se paró a pensar en lo que iba a hacer. Le atrapó la nuca con sus ágiles dedos y la atrajo hacia sí para besarla. Sabía a cerveza, ginebra y humo. A ebria lujuria y sexo perezoso e infame. Quizá no del bueno, pero sexo al fin y al cabo, y con eso bastaba. Hundió la lengua en su boca a la vez que colaba los dedos bajo el maillot que apenas ocultaba los enormes pechos. Ella movió la mano con la que le había estado acariciando la entrepierna para apoyarla contra su torso y empujarlo, apartándolo a la vez que susurraba algo en un idioma ininteligible.

—¿Qué mierda dices, nena? —masculló Andrés, atrayéndola de nuevo hacia él—. No te irás a rajar ahora…

Anthea esbozó una turbia sonrisa y, zafándose de su agarre, se levantó para dirigirse a los viejos armarios. Andrés estaba a punto de seguirla cuando el griego, saliendo de su estupor en el momento más inoportuno, lo sujetó por la muñeca tirando de él.

—Tal vez deberías esperar a que se durmiera para tirarte a su novia —comentó Razz con irónica indiferencia.

—Y tal vez tú deberías meterte en tus asuntos —replicó Andrés airado.

Lo cierto era que se había olvidado por completo del narcotizado hombre.

—Buen consejo. —Razz se levantó del colchón—. Vamos, aquí no se nos ha perdido nada —le tendió la mano a Lua y esta la asió, acompañándole.

—¿Adónde narices vais? —les increpó Andrés, frotándose la cara mareado.

—A dormir un rato.

Raziel llevó a la pelirroja al rincón más apartado del salón y estiró los sacos de dormir. Ya que no podían irse de allí, al menos se alejarían lo bastante como para no asistir al espectáculo en primera fila.

—Haced lo que os dé la gana —gruñó Andrés rascándose la nuca.

Quizá Razz tuviera razón y estuviera un poco borracho. Puede que demasiado borracho. Dejó caer la cabeza hacia atrás y el techo comenzó a girar sobre él. Se volvió a pasar la mano por la cara, preocupado. Se suponía que ya no perdía el control tan fácilmente, pero por lo visto había vuelto a caer en la misma mierda de antaño. Negó enfadado y se puso de rodillas para contrarrestar los giros de la habitación y así poder levantarse. Echaría una cabezadita para despejarse. Sería mucho mejor follarse a la pechugona cuando estuviera un poco más sereno, y, además, tampoco era plan de acabar a hostias con el novio; mejor esperar a que este cayera en el profundo sueño de los drogatas. Intentó incorporarse y el suelo onduló bajo sus pies como si estuviera dentro de un sueño sicodélico.

—¿Qué mierda has metido en los porros, tío? —masculló, la mirada fija en su anfitrión. No había fumado ni bebido tanto como para estar tan tocado. O eso creía.

El fumeta sonrió risueño y dijo algo en griego. Andrés chasqueó la lengua irritado e intentó levantarse otra vez, pero su nuevo amigo lo empujó, haciéndole perder el equilibrio. Cayó desmadejado sobre el colchón y cerró los ojos, decidido a quedarse allí, al fin y al cabo le daba lo mismo dormir ahí que en el suelo. Y el colchón era mucho más cómodo, a pesar de que no dejaba de dar vueltas como una peonza… o tal vez no las diera. Tal vez era su percepción distorsionada de las cosas.

Fuera lo que fuese era un asco.

—Andreas —lo llamó el griego, soplándole una bocanada de aromático humo en la cara.

—Déjame en paz —gruñó Andrés girándose hasta darle la espalda.

Lo llamó de nuevo, y al ver que no le hacía caso, lo sacudió por los hombros.

—Joder, ¡para ya! —le gritó Andrés empujándolo y dándole patadas con los pies descalzos. Y el griego, en vez de quejarse, soltó una húmeda carcajada—. Estás peor que yo, tío.

Por toda respuesta, el hombre se llevó un dedo a la boca y lo chupó con fruición a la vez que arqueaba las cejas con picardía.

Andrés estrechó los ojos, confundido. ¿Qué demonios? De nuevo intentó levantarse y en esta ocasión fue la morena quien dio al traste con sus planes. Se sentó junto a él y hundió el índice en un tarro que contenía una extraña pomada con la que se pintó los labios para a continuación chupárselos con perezosa lujuria.

Luego se los pintó a él.

Andrés se lamió la boca con curiosidad. Sabía a hierbas y vaselina. Sintió un suave hormigueo en la lengua que pronto se convirtió en sed. Así que cuando el griego le ofreció una cerveza, se apresuró a aceptarla. Y mientras bebía, observó sorprendido como la mujer se despojaba de los pantalones y del maillot, quedándose desnuda, para después apretarse los enormes pechos entre las manos, elevándolos.

—Vaya pedazo de tetas que tienes, zorra —farfulló, sintiendo el conocido golpe de excitación que convirtió su tibia erección en candente rigidez.

Preocupado por la reacción que pudiera tener el despelote de la tetona en el griego, le miró por el rabillo del ojo, solo para comprobar asombrado que tenía sus brillantes ojos fijos en ella y que no parecía en absoluto molesto por el espectáculo que estaba dando.

Anthea sonrió orgullosa a la vez que masajeaba sus enormes senos. Puede que no entendiera el idioma del bello Andreas, pero entendía su mirada y su expresión. Le gustaba lo que veía… y más que le iba a gustar. Se arrodilló frente a él y lo empujó hasta que quedó tumbado de espaldas. Le subió la camiseta y jadeó sobresaltada al ver las dolorosas y brutales marcas que tenía en el pecho, sobre el corazón. ¿Por qué se había hecho eso? Lo miró asustada y Andrés se apresuró a bajársela, lo que consiguió hacerla reaccionar. Volvió a levantarle la camiseta e, ignorando las marcas, observó golosa su torso lampiño. Le pellizcó una tetilla con los dientes arrancándole un gemido y luego se apartó para dar unas caladas a la pipa que su novio le ofrecía y que al terminar le tendió a Andrés.

La fumaron con indolencia entre los tres, y mientras pasaba de una mano a otra, la griega se untaba los pezones con la extraña mixtura y el hombre los chupaba gozoso bajo la atenta mirada de Andrés. Hasta que, sin esperarlo, ella le ofreció lo que tanto deseaba probar.

Abrió la boca y mamó con fuerza, recreándose en el sabor a sudor, hierbas y sexo. La lengua volvió a hormiguearle y la sed se apoderó de él, así que cuando su permisivo anfitrión le procuró un trago de *jenever*, lo aceptó de buen grado. Un instante después volvía a tener los pezones untados de Dios sabía qué en la boca. Chupó excitado y cuando ella se apartó para ofrecerle sus labios pastosos por el ungüento, se apresuró a besarla a la vez que amasaba los enormes senos entre sus inquietos y nerviosos dedos. Enredó su lengua con la de ella, le lamió el interior de los carrillos absorto en el extraño sabor que le inundaba el paladar y, cuando la sed le obligó a detenerse, tragó ávido la cerveza que le derramaron en la garganta. Un instante después, saciada ya su ansia, volvió a sentir los pezones sobre su boca, el tacto grasiento de la pomada, el fuerte sabor, el aroma penetrante. Y volvió a lamerlos con lúbrica codicia a la vez que se iba hundiendo más y más en una cómoda y excitante laxitud que le aceleraba los sentidos y le hacía flotar sobre corrientes de aire que le elevaban hacia el infinito estrellado de una noche eterna.

Elevó las caderas al sentir que le soltaban el cinturón para desabrocharle el pantalón. Gimió excitado ante la primera caricia sobre su erecto pene y parpadeó confundido cuando, sin dejar de masturbarle, alguien comenzó a quitarle los vaqueros. Venciendo apenas el aturdimiento en el que estaba sumido, se incorporó sobre los codos.

Era ella quien le masajeaba la polla.

Pero era él quien le quitaba los pantalones.

—Eh, tío, aparta —balbució con dificultad, luchando por expulsar las palabras que se trababan en su lengua seca y sus labios tumefactos.

El griego acabó de desnudarle, le guiñó un ojo y acto seguido le separó las piernas, se tumbó entre ellas y, tras ponerle con pericia un condón, le mordisqueó el interior de los muslos.

Andrés intentó protestar, pero la mujer había vuelto a meterle las tetas en la boca y no era cuestión de apartarse de tan sabroso manjar. Parecían hacerse más y más enormes por segundos, jamás había saboreado unos pezones tan duros. Y tan colosales. De hecho, todo parecía haber crecido de repente, también la lengua del griego, que en ese mismo instante estaba acercándose peligrosamente a sus huevos. Intentó cerrar las piernas, pero la lasitud que se había apoderado de él se lo impidió. Levantó una mano con la intención de tirarle del pelo para apartarle de su polla, pero estaba tan lejos… y, además, todavía no había llegado a donde no debía, aunque sí le había untando la cosa esa en los huevos, y estos comenzaban a picarle. Arrugó el ceño, receloso, pero continuó lamiendo las cada vez más gigantescas tetas de la mujer hasta que esta se apartó para, bendita fuera, darle de beber un poco de cerveza, o tal vez fuera ginebra, no lo sabía. Gruñó sediento cuando ella dejó de verterle el maravilloso líquido, fuera cual fuera, en la garganta. Y un instante después sonrió complacido cuando la vio untarse el sexo.

Iba a comerle el coño de tal manera que se arrepentiría de haberle jodido. Estaba deseando demostrarle todo el placer que podía provocarle. Todo el placer que había aprendido a provocar en otras mujeres. Todo lo que había aprendido a lo largo de esos tres años y que ella se había perdido al apartarlo de su lado. Parpadeó confundido en el mismo momento en que ella se sentó sobre su cara. No era el olor que tan bien conocía. Ni el tacto sedoso. Sacudió la cabeza, aturdido; no estaba en casa, sino en Ámsterdam, en el estudio de unos griegos locos. Y el sexo peludo que tenía sobre la cara era de una morena pechugona, no de una patética rubia de tetas pequeñas. Sonrió malicioso. Mejor que no fuera ella. Disfrutaría más aún, o al menos se esforzaría por fingirlo. Comenzó a lamerla. El sabor de la extraña mixtura le inundó el paladar.

En ese mismo instante el griego comenzó a chuparle la polla. Y no lo hacía mal. Al contrario, era un puto genio con la lengua. Pero aún así no era su tipo, le faltaban dos buenas tetas y un coño bien mojado. Quiso apartarlo, o al menos lo intentó, pero le pesaban tanto los brazos, estaba tan cansado, el suelo giraba tanto... Así que cuando sintió sus manos separarle las piernas, se relajó y cerró los ojos. Al fin y al cabo todas las bocas eran iguales. Hombres, mujeres, ¿qué más daba? Lo importante era el placer. Y, hablando de placer… la pechugona se iba a aburrir si no se empleaba a fondo. Gruñó enfadado consigo mismo. No era cuestión de tener otra mujer insatisfecha en su larga lista de conquistas.

Con una tenía más que suficiente.


«Ya era hora», pensó Raziel al escuchar el gutural gemido de Andrés. Un sonido que conocía muy bien y que indicaba que su amigo acababa de correrse. Suspiró aliviado, ¡por fin podría dormir! Apartó el brazo con el que se cubría los ojos; ahora que la sesión de sexo había finalizado era el momento de torturarse un poco y echar una miradita.

Parpadeó hasta que sus pupilas se acomodaron a la escasa luz de la única bombilla colgada del techo. Lua estaba acurrucada contra él, como todas las noches que dormía sola. Las piernas encogidas y la mano sobre su tripa, pues, también como de costumbre, había estado jugando con su vientre hasta caer dormida. Se incorporó con cuidado para no despertarla y deslizó la mirada hacia el centro del salón.

Jadeó atónito al ver la escena que se desarrollaba ante él.

Andrés, con la mirada fija en el techo, estaba de espaldas sobre el colchón, desnudo e inmóvil excepto por el tamborileo espasmódico de sus dedos. No parecía importarle en absoluto que el griego estuviera tumbado entre sus piernas ni que descansara la cabeza sobre su ingle, la boca a un suspiro de su flácido pene mientras la mujer, sentada junto a ellos, se liaba el enésimo porro de la noche.

Razz estrechó los ojos, receloso. Algo fallaba estrepitosamente en esa escena.

¿Qué mosca le habría picado a Andrés para dejar que un tío estuviera tan cerca de su ingle? Era una situación que no encajaba en absoluto con el carácter de hetero intransigente del joven. Jamás permitiría que otro tío le tocara los huevos ni la polla. Mucho menos compartiría cama. De hecho, ni siquiera compartía tías con otros heteros. Era algo que Andrés no hacía. Jamás. No tenía inconveniente en convertir en cornudo a cualquiera, pero nunca dejaba que nadie compartiera sus polvos, ni siquiera los novios y/o esposos de las zorras a las que se tiraba. Entonces, ¿por qué en esta ocasión sí lo había permitido?

Centró su atención en la mujer, quizá en ella estuviera la clave. En ese preciso instante le estaba untando la boca al griego con el contenido de un tarro. Acto seguido hizo lo mismo con sus propios pechos y los acercó a la cara de Andrés. Este despertó de su anormal enajenación, mamó apático y luego dejó caer la cabeza para volver a centrar la mirada en el techo. Raziel alzó la vista al cielo, intrigado por su extraña obsesión. Tal vez tuviera algo que se le escapara. Era blanco y con telarañas. Reprimió un escalofrío. Odiaba las arañas.

—Andrés, ¿estás bien? —le preguntó, alarmado por su indiferente pasividad.

—Llueve oro. Sobre mí —balbució con voz pastosa, inmóvil excepto por los dedos que tamborileaban sin cesar sobre el colchón.

—¿Llueve oro? —Observó con atención los movimientos convulsivos de sus manos.

—Sí. Oro.

—¡Me cago en la puta! —Razz saltó fuera del saco y corrió hacia el trío—. Fuera, ¡apartaos de él, hostia! —le gritó a la pareja repartiendo unas cuantas patadas a cada uno—. ¡Lua, tráeme el vinagre que hay sobre la mesa!

—¿Qué pasa? —la pelirroja despertó sobresaltada, casi tanto como los griegos que en ese instante se apresuraban a apartarse del loco que no hacía más que gritar y golpearles.

—¡Hazlo! —Razz se arrodilló tras Andrés para obligarle a sentarse mientras Lua corría a por el vinagre—. ¿Cuánto has tomado?

—¿Tomado? —Andrés apoyó la cabeza sobre el hombro del moreno—. Déjame. Cae oro. Es alucinante —farfulló con la respiración agitada, fijando la vista de nuevo en el techo.

Raziel observó sus ojos. Tal y como se temía, tenía las pupilas muy dilatadas. Posó el índice y el corazón sobre la carótida para tomarle el pulso, y, un instante después, confirmó que la respiración no era lo único que tenía acelerado.

—No es alucinante, estás alucinando —gruñó, dirigiendo una fiera mirada a sus anfitriones, por fin entendía por qué tenían tanto vinagre—. ¿Cuánto le habéis dado?

Los griegos se encogieron de hombros a la vez que negaban asustados, incapaces de entender por qué estaba tan furioso con ellos. A Andreas no le había pasado nada, al contrario, estaba «volando» muy alto…

Raziel olisqueó el aire en busca de indicios; no había ascuas en las que se hubieran podido quemar los granos y tampoco olía a otra cosa que no fuera marihuana. De nada serviría el vinagre si Andrés había fumado o inhalado la droga en vez de ingerirla.

—¿¡Cómo narices se lo habéis dado!? —gritó, amedrentándolos todavía más. La respuesta que le dieron fue un nuevo encogimiento de hombros—. Mézclala con un poco de agua —le ordenó a Lua cuando esta le tendió la botella.

—Aparta… eso —jadeó Andrés cuando le llegó el fuerte olor, pero a pesar de la protesta, continuó en lánguida inmovilidad—. Dame agua —pidió lastimero, sintiendo la lengua tan seca y áspera como una lija—. No voy… a beber… vinagre.

—Ya lo creo que te lo vas a beber. —Razz observó con los ojos entrecerrados lo que la mujer se había untado en los pezones—. Lua, alcánzame ese tarro, ten cuidado de no tocar la pomada.

—Esa mierda… sabe bien. Hace que… pique la lengua. —Andrés intentó enfocar la mirada en lo que su amigo estaba olisqueando. Parpadeó varias veces antes de percatarse de que no lo conseguía—. Veo borroso. ¿He vuelto… a meter… la pata? —balbució sin fuerza.

—Eso parece, gilipollas. —Razz dejó el tarro a un lado y tomó el vinagre—. Abre la boca.

Andrés arrugó la nariz, negó con la cabeza e intentó girar sobre sí mismo para escapar.

—Ah, no. Ahora te aguantas y tragas. —Razz le devolvió el vinagre a Lua e inmovilizó al debilitado Andrés envolviéndolo con los pies y un brazo mientras que con la mano libre le aferraba la barbilla, obligándole a abrir la boca—. Échale el vinagre en la boca. —Lua vertió un pequeño chorro, deteniéndose cuando Andrés comenzó a toser y escupir—. No pares.

—Se va a atragantar…

—No caerá esa breva —masculló Raziel con los dientes apretados—. O le vacías la botella en la garganta o llamas a una ambulancia. Tú decides.

Lua tragó saliva y siguió vertiendo vinagre. No era la primera vez que Razz sacaba de apuros a Andrés. Habían pasado casi dos años desde la última, y casi definitiva, vez. En esa ocasión Andrés había prometido controlarse... y lo había cumplido, hasta esa noche. Miró con odio a la pechugona. Había sido culpa de ella, decidió furiosa. Si no le hubiera dado nada, no se hubiera descontrolado.

—Maldita puta —siseó con ferocidad en el mismo momento en el que le sobrevino a Andrés la primera arcada.

—No le eches la culpa a ella —objetó Razz, conocía bien a la pelirroja y su manía de disculpar al pobre, pobrecito, Andrés—, si este imbécil no hubiera tomado lo que no debía ahora no estaríamos metidos en este lío —afirmó dándole la vuelta de forma que quedara a cuatro patas fuera del colchón.

Le sostuvo la cabeza con inusitado cariño mientras vomitaba y, cuando las arcadas remitieron, le obligó a beber un poco más de vinagre rebajado con agua, solo para asegurarse.

—¿Mejor? —Le sujetó mientras observaba con atención sus pupilas dilatadas. Andrés asintió entre temblores—. El día que dejes de pensar con la polla me harás un gran favor —gruñó, soltándole de golpe, lo que provocó que cayera desmadejado sobre el colchón—. Dale un poco de agua, princesa, a ver si tenemos suerte y se ahoga.

Agarró el borde del colchón y tiró de él, apartándolo de la vomitona que un minuto después cubrió con la ropa de los griegos. Lo que había pasado era culpa de Andrés, por descontado, pero ellos no estaban libres de culpa, por tanto, que se fastidiaran. Él desde luego no iba a limpiar nada. Y así se lo hizo saber cuando les escuchó protestar. Y ya que estaba, también les advirtió de que los mataría si volvían a acercarse a su amigo. La pareja, por supuesto, no entendió una sola palabra, pero los gestos y las miradas del moreno les dejaron bien claro que si querían salir ilesos deberían mantenerse alejados. Y eso se dedicaron a hacer en cuerpo y alma durante el resto de la noche.

Y mientras Razz descargaba su frustración y su rabia primero contra los griegos y después contra las paredes, Lua le dio de beber a Andrés. También se ocupó de encontrar una manta más o menos limpia entre la vorágine de prendas desperdigadas en el estudio para arroparle. Y mientras le cuidaba, no cesó de regañarle enfurruñada a la vez que le acariciaba la cabeza y le daba reconfortantes palmaditas en la espalda asegurándole con cariño que todo estaba bien.

Andrés, por supuesto, manifestó quejumbroso su disgusto con Raziel por ser tan brusco y poco amable. Porque, al fin y al cabo, qué necesidad tenía de hacerle vomitar hasta la primera papilla. Había sido una crueldad innecesaria y por culpa de eso se encontraba al borde de la muerte… o casi.

Razz arqueó una ceja y sacó el móvil del bolsillo del pantalón.

—¿Qué haces? —Andrés apretó la manta en torno a su cuerpo. A pesar del calor que hacía estaba tiritando de frío.

—Pido una ambulancia.

—¿Qué? ¡No! —intentó gritar, pero solo le salió un lastimero gruñido. Carraspeó para aclararse la dañada garganta y, acto seguido, y a pesar de lo enfermo que decía encontrarse, se sentó con la espalda bastante erguida—. No hace falta. Estoy bien.

—No lo estás. Acabas de decir que te estás muriendo.

—Exageraba. No voy a ir a ningún hospital —replicó con voz ronca a la vez que intentaba enfocar la mirada sin conseguirlo—. ¿Qué mierda…?

—No te esfuerces, vas a tener las pupilas dilatadas al menos cuatro días —le advirtió Razz enfadado a la vez que guardaba el móvil. Andrés había estado en situaciones peores, y no había consentido ir a un hospital. Esta vez no iba a ser diferente.

—Bueno, ver desenfocado no es mortal. Solo molesto. Puedo soportarlo —argumentó Andrés tendiéndole la mano.

—Solo tu estupidez es mortal. —Razz le ayudó a levantarse y luego lo acompañó en sus pasos tambaleantes hasta el rincón en el que habían extendido los sacos de dormir, sobre los que le dejó caer sin ninguna consideración a pesar de las maternales protestas de Lua.

—¿Qué me han dado? —jadeó Andrés, tapándose los ojos con el dorso de la mano.

—Una mixtura de belladona.

—¿Belladona? ¿Estás seguro? —Lua lo miró estupefacta—. No es una droga muy común.

—El polvo de oro cayendo del cielo es una «ilusión Dánae», típica del abuso de belladona. Por otro lado, el vinagre es bastante útil para eliminarla del estómago y la piel. Que tuvieran tantas botellas fue lo que me hizo atar cabos e intuir con qué habían drogado a este imbécil —masculló enfadado.

—Eres todo un experto en drogas —musitó Lua, estrechando los ojos.

La respuesta de Razz consistió, al igual que siempre que se tocaba el tema de sus amplios conocimientos sobre las drogas, en un tenso silencio seguido de una ceja arqueada.

Lua aceptó, asintiendo una sola vez con la cabeza.

Había temas de los que Raziel jamás hablaba. Las drogas era uno de ellos.

—Llovía oro. Era flipante —murmuró Andrés sin percatarse de la tácita conversación.

—¿Era flipante? ¿En serio has dicho eso? ¿Te metes una sobredosis de belladona y te parece flipante? —le increpó Razz, enfadado.

—Oh, vamos, no me he metido ninguna sobredosis, y además no me refiero a…

—La lástima es que no te haya dado un maldito infarto —le interrumpió a la vez que daba una patada al palé que hacía de mesa, desplazándolo algunos metros—. Estoy harto de hacerte de niñera.

—Siento haberla fastidiado.

—Otra vez —apostilló Razz—. La próxima vez que…

—No habrá una próxima vez —le atajó Andrés poniendo su mejor cara de niño bueno que jamás ha roto un plato—. Lo prometo.

—Lo prometes… ¡Otra vez! Ya he perdido la cuenta de las veces que has prometido no volver a ser tan idiota.

—Vamos, tío…

—Cállate. No digas una palabra más. No me apetece escucharte. —Se tumbó sobre el saco y cerró los ojos.

Y Andrés decidió que lo mejor era obedecer. Raziel no solía pronunciar tantas palabras seguidas en tan corto espacio de tiempo a no ser que estuviera muy, pero que muy, cabreado.


Andrés, sentado en el rincón más sombrío del estudio, se pasó la mano por la cara y después volvió a intentar encenderse el cigarro que sujetaba entre los labios. El repentino fogonazo del mechero le provocó una punzada de dolor, obligándole a apartar la mirada.

—Joder —se frotó los ojos malhumorado—. Princesa, sálvame la vida, bonita. Enciéndeme el maldito cigarro.

—No fumo.

—No te pido que lo hagas, solo enciéndemelo. Tengo las pupilas tan dilatadas que me duelen los ojos cada vez que prendo la llama —dijo tendiéndole el cigarro y el mechero.

—No se lo enciendas, no se lo merece —siseó Razz parándose frente a Andrés.

Le agarró la mano que tenía extendida y tiró de él hasta obligarle a ponerse en pie para luego guiarle a empujones hacia el rincón donde estaban las mochilas.

Andrés gimió dolorido cuando los primeros rayos de la mañana incidieron sobre él.

—Vamos, tío, espera un poco a que se me pase esta mierda. Tampoco tenemos tanta prisa —gruñó cerrando los ojos. Unos ojos que eran incapaces de enfocar nada y que protestaban al menor atisbo de luz.

—Vas a estar así tres o cuatro días más —replicó Razz colocándole la mochila a la espalda para luego tomar su propio petate y enfilar hacia la puerta.

—Princesa, dile algo —suplicó lastimero, apoyándose contra la pared para que esta sostuviera en parte la mochila, que parecía pesar mil kilos más que la noche anterior.

—Ni se te ocurra —le advirtió Raziel a Lua cuando sus labios de cereza se fruncieron en un puchero—. No vamos a quedarnos ni un instante más con esos —siseó señalando a los griegos, quienes estaban durmiendo la mona sobre los colchones. El susto por las amenazas apenas les había durado media hora, luego habían vuelto a las andadas, fumando, bebiendo y untándose de belladona hasta caer inconscientes—. Nos marchamos. Ya.

—Tenemos que buscar algún lugar donde alojarnos un par de semanas. —Lua se posicionó de parte de Razz—. Y cuanto antes lo hagamos, antes podremos trabajar. Con lo que sacamos ayer solo nos da para un par de días y tú no vas a poder hacer tus trucos estando medio ciego como estás —le dijo a Andrés dibujando una mueca de pesar en el rostro—. Así que deja de quejarte y no nos hagas perder el tiempo.

Andrés abrió la boca para protestar, pero en lugar de eso emitió un frustrado suspiro, se irguió cuan alto era y, con paso vacilante, se dirigió a la puerta. Fue el primero en traspasarla.

Horas más tarde, sentado en el suelo de la plaza Dam, observaba con los ojos entornados y protegidos tras unas oscuras gafas de sol el baile de Lua con los aros.

Razz, sentado junto a él, limpiaba con meticuloso esmero las antorchas que emplearía cuando la pelirroja terminara su número. Aún era pronto para usarlas. Pasaban unos minutos de las cinco de la tarde y había demasiada luz para que el fuego brillara en todo su esplendor. Pero ¿qué otro remedio tenían? Andrés apenas soportaba levantar la vista del suelo y todavía le temblaban las manos; hacer sus complicados malabares era algo impensable.

Resopló cansado, aunque satisfecho. No se les estaba dando mal. Habían conseguido camas en un albergue limpio y económico con relativa rapidez, lo que les había permitido llegar pronto a la plaza Dam y escoger un buen sitio, en el que llevaban actuando desde el mediodía. En base a las monedas que brillaban en el pañuelo extendido en el suelo y a las que ya habían recogido, no cabía duda de que estaba siendo una muy buena tarde. Y mejor sería la noche.

Rotó los hombros y miró con disimulo a Andrés. Mantenía un cigarro apagado en los labios mientras hacía volar una moneda entre los dedos. Estaba enfurruñado. Lo sabía por la manera en la que fruncía el ceño y la velocidad a la que intentaba mover la moneda. Hacía un par de horas había probado a hacer malabarismo de contacto con una bola de cristal y poco había faltado para que se le escapara de las manos, aunque, por supuesto, había conseguido controlarla. Aún no había llegado el día en que a Andrés se le cayera una bola al suelo, era muy capaz de hacer trucos sencillos con los ojos vendados, Razz no tenía ninguna duda sobre eso, pero los estremecimientos y la falta de coordinación que todavía sufría eran malos compañeros, así que había tenido que retirarse. Y desde entonces estaba enfadado consigo mismo. El joven podía ser muchas cosas, pero desde luego no era un vago. Y estar sin hacer nada mientras ellos trabajaban le comía la moral.

—¡Mierda! —jadeó cuando la moneda se le escurrió por enésima vez de entre los dedos. Hacía años que no era tan torpe.

—¿Por qué no te acercas a por un refresco para Lua? —le propuso Razz, más por entretenerle que por necesidad.

Andrés asintió y se puso en pie bastante más despacio de lo que era habitual en él. No había dado tres pasos cuando desde algún lugar de su pantalón sonó *Tubular Bells*. Sacó el móvil del bolsillo y lo miró con el ceño fruncido.

—¿No vas a contestar a mamá? —inquirió burlón Razz al reconocer la melodía—. No tengas miedo, no puede ver la cara de muerto que tienes ni las ojeras ni cómo te tiemblan las manos.

—Vete a la mierda —siseó Andrés, aceptando la llamada.

Un instante después se pasó la mano por el pelo cortado al uno mientras su rostro demacrado empalidecía más aún, algo que no pasó desapercibido a sus compañeros. Razz guardó las antorchas y se acercó a él en tanto que Lua se apresuró a terminar su actuación y recoger el pañuelo con las ganancias antes de ir junto a ellos.

—Me largo —masculló Andrés en el mismo momento que apagó el móvil.

—¿Te largas? ¿Adónde? —Razz entornó los ojos ante la inquietud que veía en él.

—Al pueblo. Le ha pasado algo a mi tío. —Andrés recogió sus cosas sin ningún cuidado.

—¿Al marido de tu madre? —Lua lo miró preocupada—. ¿Es grave?

—No lo sé, mamá solo me ha dicho que un caballo lo ha tirado al suelo —explicó nervioso—. Me voy —repitió colgándose la mochila a la espalda.

—Vamos contigo. —Lua se cruzó los aros al hombro, dispuesta a seguirle.

—Esperad los dos —Razz asió por la muñeca a Andrés, deteniéndole—, antes de echar a correr como gallinas sin cabeza tenemos que averiguar por cuánto nos sale el avión, el tren y el autobús, buscar ofertas y estudiar cuál es la que más nos interesa.

—Paso de las ofertas. Me largo ya —replicó Andrés dando un fuerte tirón que no le sirvió para librarse de la presa del moreno.

—Pillar los billetes con tan poca antelación no es barato —le advirtió Raziel encarándose a él— y nosotros no es que contemos con mucho dinero en el bolsillo. No podemos permitirnos el lujo de pasar de las ofertas.

—¿Podemos? No hables en plural. No necesito que me acompañéis. De hecho, no quiero que lo hagáis, no me apetece llevar niñera —siseó enfadado dando un fuerte tirón, que esta vez sí le permitió escapar—. Quizá consiga divertirme si no tengo a Pepito Grillo dándome la coña.

—Estupendo, Lua y yo nos quedamos. —Razz dejó caer la mochila al suelo—. A mí no se me ha perdido nada en España. Ya puedes largarte, Andresito, a ver qué tal te va sin nodriza.

—De maravilla, eso seguro. Estoy deseando dar un paso sin tener encima a un carca aburrido y reprimido diciéndome continuamente lo que debo y no debo hacer.

—Sin mí ahora mismo estarías medio muerto en algún rincón, ahogando tus penas en alcohol y drogas —repuso Razz dándole un fuerte empujón.

—Al menos me estaría divirtiendo —replicó este devolviéndole el empellón.

—Vamos, chicos… Relax. —Lua se interpuso entre ambos. Los conocía bien. Tenían un carácter explosivo que les hacía decir cosas de las que se arrepentían casi al instante—. Andrés, sabes que Raziel tiene razón y que solo quiere ayudarte. Razz, intenta comprender a Andrés, está hecho polvo por lo de ayer y a eso le debes sumar la preocupación por su tío —intentó mediar—. Así que pensad bien en las tonterías que os estáis diciendo. Venga, una disculpa, un abrazo y fuera malos rollos.

—No me vengas con esa mierda zen, princesa —siseó Andrés burlón.

—Lua, por favor… —resopló Razz poniendo los ojos en blanco.

Lua miró a ambos y abrió la boca, pero se lo pensó mejor, con palabras no llegaría a ningún lado. Necesitaban algo más… contundente.

Asió un hula-hoop y les golpeó sus duras cabezas con él.

—Ahora podéis iros a la mierda. Y rapidito. No quiero que me salpique.

—Joder, nunca he conocido a una *hippie* tan violenta como tú —masculló Andrés frotándose la coronilla.

Razz, friccionándose el hombro, se alejó unos pasos, precavido.

—No soy violenta. Y tampoco soy *hippie*.

—Por supuesto que lo eres —replicó Andrés abrazándola de repente para luego darle un fraternal beso en la frente—. Eres una *hippie* pelirroja con muy malas pulgas.

—Te la estás buscando —le amenazó sin ganas, acurrucándose contra él.

—Qué miedo. ¿No tendrás ninguna piedra escondida en el bolsillo, verdad? —inquirió Andrés esbozando una traviesa sonrisa de la que Lua se contagió al instante.

Razz puso los ojos en blanco; una carantoña era todo lo que Andrés necesitaba para conseguir el perdón de Lua. Apretó los dientes enfadado, él no pensaba ceder con tanta facilidad.

—La próxima vez que estemos en el campo me guardaré varias —masculló Lua, sus sinceros ojos verdes fijos en él—. Eh, vamos, anima esa cara, seguro que lo de tu tío no es tan grave —frotó su nariz con la de él—. Razz buscará el mejor billete y en nada estarás en España. ¿Para qué están los amigos si no es para echarse una mano, aunque sea al cuello?

Andrés se alejó unos pasos de la pelirroja y entornando los ojos tras sus gafas de sol observó a Raziel, quien, cruzado de brazos con la cabeza inclinada y una ceja arqueada se mantenía apartado… y enfadado.

—Lo siento, tío —metió las manos en los bolsillos del pantalón a la vez que bajaba la mirada al suelo—. Mi tío se ha caído del caballo hace unos días y por lo visto se ha roto varios huesos… mi madre estaba histérica y no ha sabido explicarse bien. Búscame un billete de lo que sea para regresar lo más rápido posible, ¿de acuerdo?

—Dos billetes —apuntó Lua.

Razz se encogió de hombros, asintió una sola vez y, sin decir palabra alguna, se sentó en el suelo, sacó el móvil y se conectó a Internet. Andrés y Lua se apartaron unos pasos para dejarle trabajar tranquilo. Lo conocían desde hacía tres años y sabían que su silencio significaba que se iba calmando poco a poco y que en breve todo volvería a estar bien.

Un buen rato después el moreno suspiró, la mirada fija en la pantalla. Había encontrado lo que necesitaban. Inspiró profundamente, torció la boca y, llamándose idiota en silencio, realizó la gestión.

—La manera más barata, de hecho la única que podemos pagar, es ir en autobús hasta París, de ahí pillar otro a Madrid y luego otro a tu pueblo —se puso en pie y cruzó las manos tras la nuca a la vez que se estiraba arqueando la espalda—. El próximo sale dentro de cinco horas, más nos vale ser puntuales.

—¿Vendrás con nosotros? —inquirió Andrés agradecido.

—Eso parece. —Razz resopló frustrado.

No cabía duda de que era todavía más idiota que Lua. Ella necesitaba una carantoña para olvidar su enfado, mientras que a él le bastaba con un «lo siento» susurrado para correr a hacer lo que Andrés le pidiera. ¿Se podía ser más tonto?

—Gracias por acompañarme.

—Solo espero que nunca se te ocurra tirarte por un puente —bufó—. Aunque por si acaso, me aseguraré de llevar bastantes cuerdas. Mucho me temo que tanto Lua como yo somos capaces de despeñarnos con tal de seguirte —afirmó con sarcasmo no exento de franqueza.

—Me encanta tenerte de niñera —soltó Andrés dándole un inesperado, improvisado y muy sincero abrazo.

—Genial, pero intenta no ser tan cabronazo, ¿de acuerdo? —Y se zafó de los brazos de su amigo.

—¡Hombres! —resopló Lua—. Sois tan enternecedores. Me vais a hacer llorar —ironizó.

Un instante después se vio envuelta entre los brazos fuertes y morenos de Raziel y los pálidos y fibrosos de Andrés.

# 1

*Todo es extraño ahora que yo también soy un extraño…*

Andrés apoyó la frente en la ventanilla del autobús. Reconocía el paisaje, le había acompañado toda su vida. La misma carretera que recorría cada verano de su niñez cuando iba de vacaciones con sus padres; el mismo horizonte que veía cada día de su adolescencia cuando su madre se casó con su tío y se mudaron allí. Los mismos bosques de los que se despedía al ir a la universidad y que saludaba cuando regresaba con su familia. Una familia a la que hacía demasiado tiempo que no veía.

Sacudió la cabeza, angustiado. La sierra de Gredos parecía enfadada con él; los ceños fruncidos de sus cimas rocosas le observaban mientras las sombras de las nubes apagaban los esmeraldas de las faldas copadas de árboles. Pronto la carretera se convertiría en una sucesión de empinadas curvas y el pueblo se alzaría ante él. Tragó saliva, impaciente. Aterrado.

Ya no había marcha atrás. No podía huir.

Se incorporó en el asiento, el rostro pegado al cristal. Solo faltaba una curva y… Sí. Allí estaba el castillo, inmutable e imponente, eterno guardián de Mombeltrán, dándole la bienvenida como un padre a su hijo pródigo.

—Es un paraje precioso —susurró Lua, sentada a su lado.

—Sí que lo es —afirmó Razz, tras ellos.

—Solo es un pueblo serrano. Nada del otro mundo. —Andrés se cruzó de brazos para sumirse de nuevo en el mutismo en el que estaba absorto desde que habían salido de Madrid.

Razz y Lua se miraron en silencio. Cuando el destino había juntado sus caminos ninguno había hecho preguntas. Ahora, tres años después, seguían sin hacerlas. Cada uno tenía sus propios motivos para mantenerse lejos de sus casas, de sus pueblos y ciudades, e incluso de su país. Y esos motivos se mantenían vigentes a pesar de los cientos de días transcurridos y los miles de kilómetros recorridos. Seguían vivos en la decidida independencia de Lua, en la rabia que a veces Raziel no conseguía controlar y en la desenfrenada búsqueda del olvido en la que Andrés intentaba perderse cada noche.

Todos tenían sus propios demonios que exorcizar y cada uno respetaba la reserva de los otros de la misma manera que asumía su propio dolor, rabia y tristeza: en silencio.

Cuando el autobús entró en el pueblo se detuvo junto a una casa de muros de piedra, recias puertas y tejados a dos aguas. Los tres jóvenes tomaron sus mochilas y, nada más apearse, el calor les golpeó con la fuerza de las cuatro de la tarde. Las persianas de madera protegían las ventanas, claro indicativo de que los lugareños, resguardados del calor en sus hogares, esperaban a que cayera la tarde para salir. Al menos mientras no llegara la recogida del higo y no les quedara otro remedio que salir en pleno bochorno para recorrer la empinada carretera en dirección a la cooperativa.

—¿Y ahora qué? —murmuró Raziel mirando por el rabillo del ojo a Andrés.

Este se mantenía inmóvil bajo el calor abrasador, con la cabeza baja y los ojos ocultos por las oscuras gafas de sol que le permitían ver a pesar de tener las pupilas todavía dilatadas.

—Ahora esperas a que me estire un poco. Tengo todos los músculos anquilosados —protestó, frotándose los riñones a la vez que arqueaba la espalda—. Llevamos una eternidad encajonados en esos miniasientos.

—No exageres. —Lua se estiró, doblándose hasta descansar la frente en las espinillas.

Ella era la que menos sufría en los viajes. Era mucho más delgada que ellos, también más baja, por tanto sus piernas gozaban de cierta amplitud en el estrecho espacio, y, por si esa no fuera suficiente ventaja, era tan flexible que podía adoptar cientos de posturas, a cual más extraña, en la estrecha butaca. Sin embargo, Andrés, aunque delgado, con su más de metro noventa no era capaz de encontrar una postura en la que sus rodillas no colisionaran contra el asiento de delante. Y para Raziel era aún peor, unos centímetros más bajo que su amigo, su cuerpo era mucho más musculoso. Si Andrés se sentía como en una lata de sardinas, para él era como estar en una de anchoas, todavía más apretado.

—No exagera. —Razz observó con envidia las contorsiones de Lua mientras él se sentía incapaz de dar un paso—. Siete horas hasta París, más de dieciséis a Madrid y casi tres hasta aquí…

—Menos mal que entre bus y bus hemos podido estirarnos —apuntó Andrés entornando los ojos para encenderse un cigarro. La puñetera llama le seguía haciendo daño, y de la luz del sol mejor no hablar.

—Y hacer algunas actuaciones. —Razz se frotó el estómago, que llevaba gruñendo desde por la mañana en protesta por haberse quedado sin almuerzo.

—Lástima que no las suficientes para desayunar algo más consistente que unos donuts correosos a las seis de la mañana —apostilló Lua.

Recorrió la calle con la vista y sus ojos quedaron presos en el bar de la esquina. Se le hizo la boca agua al pensar en un chorizo a la brasa embutido en delicioso pan de pueblo. Hacía siglos que no probaba buen fiambre español. Quizá la madre de Andrés tuviera chorizo, y jamón, y queso del que se hacía a mano. Y seguro que también tenía morcillas. Y panceta. Y tocino. Era increíble lo mucho que se podían echar de menos alimentos a los que antes apenas si les daba importancia. Incluso podían tener la suerte de que dejara cocinar a Razz.

Se lamió los labios al imaginar lo que el genio culinario de su amigo podía idear.

—¿Queda muy lejos tu casa, Andrés? Estoy muerta de hambre. Son casi las cuatro y no hemos almorzado.

Andrés frunció el ceño antes de erguirse en toda su estatura con fingida decisión.

—Está un poco alejada, en el Prado Latorre —señaló al este—. A diez minutos de aquí.

—¿Vamos entonces? —inquirió Razz al ver que no se movía.

—Sí… Imagino que mamá estará en casa —dijo mientras se echaba la mochila a la espalda.

—¿Imaginas? —le retuvo Raziel—. ¿No le has dicho que llegaríamos hoy?

—Ni siquiera le he dicho que veníamos. He hablado con ella para preguntarle por Caleb —se apresuró a decir al ver el ceño fruncido de Razz y Lua—, pero no le he dicho que regresaba. Está histérica con lo que ha pasado y como no sabía si íbamos a conseguir el dinero para el autobús no quise ponerla más nerviosa —explicó molesto.

—Podías haberla llamado esta mañana desde Madrid —apuntó Lua, perpleja.

—Bueno, se me olvidó. —Andrés se encogió de hombros con fingida indiferencia antes de echar a andar—. ¿Vamos?

Razz y Lua se miraron con el ceño fruncido. Andrés no era de los que se olvidaban de las cosas… a no ser que quisiera olvidarlas. Iba a ser un día complicado.

Andrés enfiló una empinada calle que les llevó al parque coronado por el imponente castillo medieval. Se internó entre árboles centenarios cuyas sombras aliviaban el calor y despertaban recuerdos olvidados. Las voces de su infancia resonaban en sus oídos a pesar del silencio. Los gritos de júbilo cuando corría con el Manguera mientras jugaban al rescate. Los susurros entrecortados cuando se escabullían para entrar en el castillo por la puerta que no debería estar abierta pero que sí lo estaba. El alboroto sigiloso de las escapadas prohibidas siendo adolescentes, las toses al fumar los primeros cigarros, las risas tontas de las primeras borracheras. Más allá, al final del parque, el frontón. El rincón escondido en el que se perdía con Paula. El susurro de los primeros besos robados. Tímidos, inseguros, maravillosos. Los jadeos de aturdido placer ante el descubrimiento de sus cuerpos. El «te quiero» suspirado entre caricias. El silencio azorado tras el primer éxtasis. Todos esos sonidos acudían a él mientras atravesaba el parque de la Soledad.

Se limpió la frente y sus ojos volaron a un pequeño altozano, propiedad ancestral de la familia. Se detuvieron sobre él unos instantes antes de que la luz le obligara a bajar la mirada. ¿Cuántas veces había ido allí con su tío para buscar espárragos silvestres? ¿Cuántas había recorrido las fincas de la familia con el Manguera y Caleb? ¿Cuántas se habían reído sus hermanos, su tío, su abuelo y él mismo de los aspavientos de su madre ante cualquier inocente insecto en el campo? Era lo que más había echado de menos durante su exilio: ese coro de alegres carcajadas seguido del bufido enfadado de María. Le dolía el alma de tanto desear escuchar la algarabía traviesa de los gemelos y la charla marisabidilla de su hermana. Añoraba la complicidad sin límites de su madre, su capacidad para hacer la vista gorda ante sus travesuras y caprichos. Sonrió al recordar que cuando eso sucedía, allí estaba Caleb, con sus feroces ojos fijos en él. Esos ojos que se afilaban cuando estaba enfadado. Los labios apretados, guardando palabras que no decía y los chasquidos de esa lengua que restallaba cual látigo cuando se sentía decepcionado. Oh, sí. Puede que su madre le tuviera bastante consentido, pero su tío se ocupaba de paliar esa situación. Y ahora estaba débil y quebrado. Se le encogió el corazón al pensar en él. Su tío era invencible. Nunca le había visto pillar siquiera un simple constipado y ahora estaba postrado en una cama.

Se llevó una mano al pecho, falto de aire. Se suponía que Caleb tenía que ser fuerte como un toro para cuidar de las tierras y disfrutar de su familia. Y en vez de eso el muy idiota se dejaba tirar por un caballo y se rompía la mitad de los huesos del cuerpo. Era tan injusto. Regresaba a casa solo para ver vencido a su irreductible tío.

Se detuvo en seco al darse cuenta de la mentira que ocultaba ese pensamiento. No regresaba solo para ver a su tío. Estaban a mediados de julio. La campaña de recogida del higo estaría a punto de comenzar, alguien tendría que hacerse cargo. Y ese alguien siempre había sido Caleb. Pero ahora no estaba en condiciones. Y él tampoco. Hacía años, tres exactamente, que no trabajaba en el campo. Había olvidado todas las reglas.

—¿Estás bien? —le preguntó Lua, preocupada al ver que parecía faltarle el aliento.

Andrés asintió, sacó un cigarro, y tras encenderlo, comenzó a bajar las interminables escaleras ubicadas al final de La Soledad. Evitó mirar a la derecha, hacia el bancal cubierto de árboles en el que se ocultaba con Paula durante las noches de verano de su adolescencia para comérsela a besos. Besos malditos que años más tarde estarían envenenados. Dio una larga calada al cigarrillo que sostenían sus temblorosos dedos. Había abandonado el pueblo porque no podía soportar el dolor de verla. Se había empeñado tanto en olvidarla, que en el proceso había olvidado cuánto amaba esas montañas, esos bosques, esas calles inclinadas. Lo feliz que había sido con sus amigos, lo mucho que adoraba a su familia.

Por ella se había exiliado del lugar que más amaba. Por no verla. Por no sentirla cerca. Por no oír su voz ni oler su aroma. Pero los años habían transformado el insoportable dolor en gélido desdén. Había regresado y el pueblo era muy pequeño, antes o después se verían las caras. Sonrió. Una sonrisa tan sombría como falaz. Estaría encantado de mostrarle el tipo de hombre en el que se había convertido.

Razz le observó con los ojos entornados. Conocía esa sonrisa. Presagiaba problemas y prometía dolor, casi siempre para su amigo. Hacía casi dos años que no la esbozaba. Y no le gustaba en absoluto vérsela en ese momento, nada más llegar al pueblo del que con tanto afán había intentado olvidarse. No era un buen augurio. En absoluto.

—Más nos vale no tropezar o descenderemos rodando. —Lua, ajena a la inquietud de Razz y la oscuridad de Andrés, señaló con respeto la cuesta que había frente a ellos.

Andrés se giró hasta encararse con la joven y parte de la oscuridad que anidaba en su interior se desvaneció derrotada por la luminosa felicidad que Lua irradiaba. La muchacha había recogido algunas hojas de retama de los márgenes del sendero y se estaba frotando con ellas los brazos a la vez que disfrutaba de lo que la rodeaba con una radiante sonrisa. No sabía qué era lo que había llevado a la pelirroja a deambular por las ciudades de toda Europa, pero si algo tenía claro, era que ella pertenecía a las montañas y al bosque.

—¿En serio? No me había fijado. —Andrés le dio un suave empujón que la mandó de bruces contra Razz, quien se apresuró a sujetarla—. Ten cuidado, princesa, no vayas a caerte… —le advirtió burlón para luego echar a correr cuesta abajo cuando ella hizo intención de devolverle el empujón, acompañado de alguna patada que otra.

Lua, por supuesto, salió tras él en pos de su merecida venganza.

Razz negó con la cabeza, echó una ojeada a la pronunciadísima pendiente en la que se perdían sus amigos entre carcajadas, recordó que llevaba vendas en la mochila y, acto seguido, echó a correr tras ellos. Los alcanzó poco después. Los tres descendieron a una velocidad imposible e imparable, pues sus piernas, impulsadas por la gravedad, se negaron a detenerse hasta que el asfalto se convirtió en tierra y la acentuada bajada devino en suave cuesta. Pararon poco a poco para acabar doblados entre resuellos, intentando recuperar el aliento que se les escapaba entre risas. Cuando por fin la hilaridad pasó, Andrés se irguió en toda su estatura y enfiló hacia un puente que cruzaba un pequeño arroyo. Tras este se elevaba una imponente edificación de muros de piedra.

—Ya estoy en casa —murmuró embargado por la emoción.

Se detuvo frente a las verjas que circundaban la propiedad; tras estas, tres niños jugaban en un patio de mullida hierba mientras un anciano y un enorme perro blanco de raza indeterminada los vigilaban.

—Abuelo, he vuelto —balbució en voz apenas audible para luego empujar con suavidad la cancela que, como siempre, no estaba cerrada con llave.

Abel, acomodado en su butaca, estrechó los ojos y observó con curiosidad al hombre que estaba a punto de entrar en su propiedad sin pedir permiso. Se parecía un poco a su nieto mayor, pero no podía ser él. Andrés no se pintarrajearía el cuerpo de esa manera ni llevaría esa ropa tan desastrada y, ¿qué diantres brillaba en su nariz? Chasqueó la lengua. Los jóvenes de hoy en día ya no sabían qué hacer para llamar la atención. Arqueó una ceja intrigado cuando el muchacho irguió la espalda y abrió por completo la puerta, lo que hizo que la perra se pusiera en guardia y comenzara a ladrar. Abel no pudo menos que sonreír, el zagal se iba a llevar un susto de muerte. Un instante después, parpadeó incrédulo cuando la perra, soltando un sentido gañido, atravesó el patio a la carrera, moviendo la corta cola como una loca.

Lua y Razz se mantuvieran tras la seguridad de las verjas mientras que Andrés, ignorando los alborotados ladridos del enorme perro, se adentró en el amplio patio.

—Eh, chica, soy yo, Andrés —exclamó cuando la perra se alzó de patas contra su pecho, tirándole al suelo para lavarle la cara con lametazos de felicidad—. ¿Me has echado de menos? Yo también a ti. —La abrazó y giró sobre sí mismo para ponerse a cuatro patas con ella debajo—. A ver esos dientes… vamos, ataca.

La amagó para que iniciara una pelea ficticia, tal y como solía hacer desde que la habían recogido siendo un cachorro. La perra respondió revolviéndose para a continuación volver a tirarle al suelo y continuar lamiéndole mientras movía exaltada el rabo.

—Oh, vamos, tampoco he faltado tanto tiempo. Te estás volviendo tan *neuras* como mamá —rezongó con una verdadera sonrisa asomando en sus labios.

En el otro extremo del patio dos niños idénticos y su hermana mayor miraron extrañados al desconocido al que *Boxa* tanto se alegraba de ver.

—¿Quién es ese? —preguntó uno de los gemelos al otro.

—No lo sé. ¿Tú lo sabes, Ana?

La niña arqueó una ceja, tal como hacía su padre cuando se concentraba, y un instante después salió corriendo hacia la pareja que retozaba en el suelo mientras gritaba todo lo alto que sus pulmones se lo permitían el nombre de su hermano mayor. Los gemelos la miraron atónitos y observaron con atenta curiosidad al hombre que jugaba con su perra, reconociéndole por fin. Echaron a correr hacia él gritando aún más alto que su hermana.

El anciano se puso en pie con dificultad para luego dirigirse renqueante hasta donde tres niños y una perra acosaban a quien llevaba más de tres años perdido.

—Por todos los santos del cielo, ¿qué te ha pasado? —murmuró al acercarse a Andrés y percatarse del enorme cambio que se había producido en él.

—¿Dónde has estado? —le preguntaba en ese momento uno de los gemelos—. ¿Por qué has tardado tanto en volver? ¿Te habías perdido?

—¿Por qué llevas un pendiente en la nariz? —inquirió el otro—. Como te vea papá se va a enfadar. Yo que tú me lo quitaba —aconsejó muy serio—. ¿No te molesta al sonarte los mocos?

—¿Por qué llevas el pelo tan corto? ¿Tienes piojos? —interrogó el primer gemelo, pasándole la mano por el pelo cortado al uno—. Si tienes piojos mamá te pondrá paños con vinagre en la cabeza y estarás oliendo así un mes. A mí me pasó.

—No creo que pueda soportar el olor a vinagre en mucho, mucho tiempo —musitó divertido Andrés abrazando a sus hermanos y alzándolos a ambos a la vez para frotar su nariz contra la de ellos—. Madre mía, cuánto habéis crecido.

—Es lo normal en los niños, crecemos, aunque tú no estés para verlo —afirmó con altivez la preadolescente, mirándole enfurruñada.

Andrés soltó a los niños para inclinarse hasta quedar a la altura de su hermana.

—Estás guapísima, Ana. Ya eres toda una mujer —afirmó envolviéndose el dedo con uno de los rizos dorados de la niña.

—Y se ha echado novio —canturreó uno de los gemelos.

—¡Eso es mentira! ¡Retíralo! —gritó roja como un tomate.

—Es verdad, te vimos en los bancales del frontón —afirmó el otro gemelo.

Andrés abrió los ojos como platos. No era bueno que su hermana frecuentara ese lugar. Era el sitio favorito de los adolescentes besucones. Y en vista de la cara que estaba poniendo su abuelo, él también lo sabía.

—¿Ana? —Abel arqueó mucho las cejas.

—¡Mentirosos asquerosos! —chilló la niña, corriendo tras sus hermanos con la perra mordiéndoles los talones y ladrando.

—Nada ha cambiado —susurró Andrés divertido, siguiéndoles con la mirada.

—Yo diría lo contrario —masculló Abel observando atónito a su nieto; los pendientes, los tatuajes, los pantalones rotos y la camiseta con un corazón sangrante—. No pareces tú.

—Pues soy yo —afirmó Andrés guardando las manos en los bolsillos, incómodo.

—Ya sé que eres tú. ¡No te hagas más de rogar y dame un abrazo! —exigió el anciano abriendo los brazos.

Andrés se hundió en la seguridad del amor de su abuelo, en el olor a café de puchero adherido a su ropa, en la fuerza de sus brazos delgados y la ternura de sus manos engarfiadas. Y, por primera vez en mucho tiempo, se sintió en paz. Al menos hasta que vio a su madre salir de la casa y correr hacia ellos.

Se apartó remiso de Abel y se encaminó hacia ella.

—Mamá…

—Mi niño… pero… pero… —balbució María acariciándole el rostro con ambas manos mientras recorría con la mirada al extraño en que se había convertido su hijo—. Te has… te has… ¡cortado el pelo! —exclamó al fin, callando todo lo que no se atrevía a decir.

—Es más cómodo así. —Andrés se pasó las manos por la nuca antes de suspirar y envolver a María entre sus brazos—. No sabes cuánto te he echado de menos —susurró hundiendo la cabeza en el mullido hombro de su madre mientras esta lo abrazaba con fuerza.

—Ya estás en casa. Ahora todo estará bien.

Andrés se separó al escuchar la última frase. No. Todo no estaba bien.

—¿Cómo está el tío?

—Ah, ¿Caleb? —María enrojeció hasta la raíz del pelo—. Bueno, verás, él… —miró a Abel, quien en ese momento centraba toda su atención en las inexistentes nubes del cielo.

—¿Cómo se encuentra? ¿Está mejor? —preguntó de nuevo Andrés preocupado por el nerviosismo de su madre.

—Papá se ha roto una pierna. Está de mal humor y muy aburrido —explicó uno de los gemelos, que, harto de ser perseguido por su hermana, se había refugiado junto a su abuelo—. Por eso le he dejado mi consola, pero no sabe jugar. Es muy torpe.

—Daniel, vete a lavar las manos —le ordenó María.

—¿Por qué? Aún no es la hora de merendar.

—Porque eres un bocazas —señaló el otro gemelo, llegando hasta ellos con Ana a la zaga—. Mamá no quiere que Andrés sepa que…

—David, a hacer los deberes. ¡Ahora mismo!

—Pero si es verano, no tenemos clase —protestó el pequeño.

—Mamá, ¿qué está pasando? —inquirió Andrés con el corazón encogido.

¿Por qué su madre no quería decirle qué le había ocurrido a Caleb? ¿Estaría aún peor de lo que pensaba?

—Nada, no te preocupes.

—¿Cómo no voy a preocuparme? Dime qué le pasa al tío.

—¿No te parece que aquí hace mucho calor? Mejor lo hablamos en casa. ¿Esos de ahí son amigos tuyos?

María señaló con la mirada al moreno de pelo largo, con un par de cordones de cuero al cuello de los que colgaban chapas de identificación similares a las del ejército, y a la pelirroja de larga melena rizada, minifalda fucsia y un escaso top que le dejaba la tripa, y los tatuajes de estrellas y mariposas, al aire.

—Sí, me han acompañado desde Ámsterdam, aunque la verdad es que llevamos juntos varios años. —Andrés les hizo un gesto instándoles a acercarse a la vez que sujetaba a la perra.

Realizó las presentaciones pertinentes y entró en la casa decidido a subir al dormitorio de su tío y averiguar qué estaba pasando. En el mismo momento en el que pisó la escalera le detuvo su abuelo, ordenándole que sirviera unos refrigerios y, de paso, que le diera tiempo a su madre a preparar a Caleb para la sorpresa.

—¿Qué sorpresa? —masculló Andrés con el ceño fruncido.

—La que se va a llevar cuando te vea —explicó Abel en tono conspirador haciéndole un gesto a María, quien no dudó en escabullirse escaleras arriba.

Andrés miró a su abuelo, a sus tres hermanos y a la espalda de su madre. Ahí pasaba algo. Estaba seguro. Algo que se le escapaba, y que era importante. Muy importante.


—Andrés ha vuelto —susurró María al entrar en el dormitorio y cerrar la puerta tras ella.

—Eso he pensado al oír los gritos de los niños. —Caleb, recostado en la cama con las piernas estiradas, la escayolada sobre varios cojines, esbozó una enorme sonrisa—. Voy a levantarme, quiero verle. Acércame las muletas, por favor.

—Bueno, sobre eso... Tienes que quedarte en la cama.

—¿Por qué?

—Estás enfermo. Muy enfermo.

—No lo estoy —dijo con brusquedad—. Solo tengo una pierna rota. Nada más. No soy ningún inválido —protestó ofendido—. Puedo manejarme perfectamente sin ayuda de nadie.

—Ya, pero... Bueno, tampoco es necesario que vayas dando botes con las muletas por toda la casa. No te va a pasar nada por quedarte en la cama un par de semanas —murmuró María mirando a todas partes excepto a su marido.

Caleb entornó los ojos cuando una sospecha se abrió paso en su mente. Conocía a su mujer —al fin y al cabo llevaba amándola toda la vida— y sabía que podía ser muy creativa cuando se lo proponía. También sabía que echaba muchísimo de menos a su hijo. Igual que él.

—María, ¿qué le has dicho exactamente a Andrés sobre mi accidente? —La tomó de las manos, instándola a sentarse junto a él.

—La verdad. Que te caíste del caballo... y te rompiste varios huesos.

—¿Varios?

—Y que no te podías mover de la cama, que estabas muy débil… y enfermo.

—¿Has mentido a tu hijo?

—Llevo tres años sin verle, Caleb —se defendió muy seria, fijando sus ojos en los de él—. ¡Tres años! Si tengo que exagerar un poco para que vuelva, ¡exagero!

—¿Un poco? Cariño, estoy seguro de que le has hecho creer que estoy medio muerto. —Conocía de sobra la fructífera imaginación de su mujer—. Le has tenido que dar un susto de muerte al pobre.

—Sí. Pero ha venido. Si al asustarle le he hecho regresar, ¡bienvenido sea el miedo! Tres años son demasiados, Caleb.

—Lo entiendo, pero…

—Estupendo. Sabía que lo comprenderías. —María saltó de la cama para dirigirse a la puerta—. Quédate donde estás y finge que te duele mucho —le indicó asiendo el pomo—. Ah… Andrés ha cambiado. No… No es el mismo de siempre —soltó preocupada.

—Lo imagino. Fuera lo que fuera lo que pasó entre Paula y él, hizo que huyera del pueblo. Eso cambia a cualquier hombre.

—Sí… —se mordió preocupada el labio inferior—. Quizá te sorprenda un poco su… aspecto. Por favor no le digas nada —le rogó, las manos apretadas en puños contra su pecho—. Y tampoco le preguntes qué ha hecho estos años ni le eches en cara que no haya venido. No le espantes. Está aquí y es lo que importa. Prométeme que tendrás paciencia con él.

—Está bien, mantendré la boca cerrada y dejaré que le mimes unos cuantos días.

María se lanzó sobre él dándole un beso avasallador que le dejó sin respiración.

—¡Sabía que podía contar contigo! —Le besó de nuevo antes de ir a la puerta—. No te olvides de fingir que estás muy enfermo —le advirtió antes de salir.

Cuando minutos después Andrés llamó a la puerta, Caleb se había sentado en la cama, con la espalda apoyada en el cabecero y la escayola bien visible sobre las sábanas. Su sobrino era un muchacho listo, no pensaba insultarle fingiéndose enfermo. Hablarían como adultos, sin dobleces, seguro que no le costaría entender el porqué de las maquinaciones de su madre.

—Adelante, pasa —dijo, seguro de estar preparado para mostrarse impasible ante el cambiado Andrés que tanto había sorprendido a su mujer.

Pero no. No lo estaba. En absoluto. A punto estuvo de jadear por la sorpresa cuando el muchacho al que quería igual que a un hijo entró en el dormitorio y cerró la puerta.

Desde luego que había cambiado.

—¿Tío, estás bien?

Andrés, parapetado tras las gafas de sol, miró perplejo a Caleb quien, a pesar de estar supuestamente al borde de la muerte, tenía el mejor aspecto del mundo mundial. No solo estaba sentado como si tal cosa, también lucía su habitual piel morena y no parecía enfermo, mucho menos tan débil y tembloroso como le había dicho María.

—Sí, sí, estoy bien. —Caleb parpadeó un par de veces intentando aclararse la vista, tenía que estar sufriendo alucinaciones.

Andrés jamás se haría eso a sí mismo.

Imposible.

¿O no?

Observó perplejo los agujeros del tamaño de monedas de cinco céntimos que tenía en los lóbulos de las orejas. Y el pendiente de la nariz. Y los tatuajes. No había ninguna parte de su cuerpo que no tuviera un tatuaje. En el cuello, tras la oreja, se había tatuado algo parecido a un ojo azul. Y era de lo más discreto comparado con el resto de los dibujos. Una carta de navegación le envolvía el tríceps y el bíceps del brazo derecho, y, sobre esta, un compás y una brújula parecían saltar de la piel. El interior del antebrazo lo ocupaba un mapamundi y, en la muñeca, una rosa de los vientos indicaba los puntos cardinales. Pero no acababa ahí la cosa; en el hombro izquierdo la enigmática sonrisa y los penetrantes ojos de un gato invisible observaban burlones al apresurado Tintín que, de pie entre el hombro y el codo, se ponía el abrigo bajo la atenta mirada de Milú. Y, por último, al menos que Caleb pudiera ver, en el interior del antebrazo un duende pelirrojo abrazaba una jarra de espumosa cerveza.

—Pero… ¿qué te has hecho? —La promesa de no preguntar olvidada entre el asombro, los tatuajes y los *piercings*.

—¿Qué me he hecho, dónde?

Andrés sacudió la cabeza, confuso. Había recorrido dos mil kilómetros para verle y no solo no parecía enfermo, sino que, además, le miraba con cara rara.

—En las orejas. Tienes… agujeros. Puedo ver a través de ellos —los señaló atónito tocándose las suyas—. Y te has puesto un aro en la nariz, como los que lleva el ganado. Y tu cuerpo… Estás marcado como una res —masculló molesto. ¿Qué demonios se le había pasado por la cabeza para hacerse esa calamidad?—. ¿Tienes algún centímetro de piel sin tatuar?

—La polla la tengo sin tatuar —replicó enfadado al intuir que había sido engañado.

Caleb arqueó una ceja ante la irreverente respuesta.

—Tienes suerte de que me cueste tanto levantarme de la cama —susurró amenazador.

—Ah, ¿pero puedes levantarte? ¡Qué sorpresa! —dijo Andrés con sorna, sacando un cigarrillo del bolsillo—. Me dieron a entender que estabas medio muerto. Ya veo que no es así.

—Ni se te ocurra encendértelo.

Andrés esbozó una insolente sonrisa, se tocó con dos dedos las gafas de sol a modo de sarcástico saludo militar y coló el cigarrillo en el agujero que tenía en el lóbulo de la oreja.

Ahí lo dejó, colgando cual pendiente.

—Eso es asqueroso —masculló Caleb arrugando el ceño con evidente disgusto.

—No más que hacerme creer que estabas en las últimas.

—Quizá tu madre exageró un poco…

—¡Un poco! He recorrido media Europa con el corazón desgarrado por la angustia, pensando que te iba a encontrar más muerto que vivo y… ¿Qué tienes? ¿Un jodido esguince? —gritó golpeando la pared con el puño cerrado.

Caleb arqueó una ceja ante el explosivo arranque de genio. Eso sí que era algo que Andrés hacía antes de irse. Aunque nunca hasta el punto de aporrear los tabiques; solía conformarse con algunos bufidos y, si estaba muy furioso, algún portazo y un largo paseo por la Soledad.

—En realidad, me he roto la tibia y el peroné —declaró señalando la escayola.

—¿Y corres peligro de que alguna astillita de hueso te llegue al corazón y palmarla? —Se sacó el cigarrillo de la oreja para jugar con él entre los dedos—. Porque, según mamá, estabas bien jodido… Y, la verdad, pareces estar de maravilla.

Caleb observó como su sobrino recorría la habitación nervioso como un lobo enjaulado. El hombre que tenía ante él no se parecía en nada al muchacho con el corazón roto que había huido del pueblo. Había una oscuridad en él que antes no existía. Una rabia que parecía corroerle desde dentro. Negó con la cabeza y buscó las muletas con la mirada, no estaban lejos. No le costaría demasiado levantarse y encararse con él. Mirarle a los ojos y descubrir qué demonios ocultaba tras esos cristales oscuros. Frunció el ceño. ¿Por qué llevaba gafas? Las persianas estaban bajadas, no había suficiente luz en el dormitorio para molestarle.

—¿Tienes la más remota idea de lo que me habéis hecho pasar con vuestra bromita? —Andrés detuvo su errático paseo, el cigarro volando entre sus ágiles dedos—. ¿No tienes nada que decir? Sabes, yo estaba tan feliz en Ámsterdam, no me apetecía en absoluto regresar.

—Y, sin embargo, ya era hora de que lo hicieras. Llevas tres años perdido. ¿Tus hermanos te han reconocido al primer golpe de vista? Lo dudo. Ha hecho falta que *Boxa* se te echara encima para que supieran quién eres —masculló Caleb estrechando los ojos.

—Eso no… no es importante —balbució Andrés dando un paso atrás.

—¿Que tus hermanos no te reconozcan no es importante? ¡¿Entonces qué lo es?!

—Lo que cuenta es que he recorrido media Europa para llegar aquí, ¡y no hacía falta! —Andrés se pasó las manos por la nuca a la vez que volvía a recorrer frenético el dormitorio.

—Sí hacía falta. Más de lo que yo pensaba. Quítate las gafas.

—¿Qué? Vete a la mierda —resopló, sobresaltado por la extraña exigencia.

—Tu madre está muy ilusionada con tu regreso, me atrevería a asegurar que por primera vez en tres años es feliz del todo. Y solo por ese motivo no te voy a echar de casa. Pero eso no significa que vaya a aguantarte. Vete de mi cuarto —dijo con total tranquilidad—. Lárgate de mi vista o acabaré levantándome y haciendo algo que hará llorar a María.

—Vamos, tío. ¿De verdad me vas a echar solo porque no me quito las gafas? —Andrés le miró boquiabierto. Caleb se limitó a apretar los dientes, la mirada fija en él—. Estupendo. Genial. Maravilloso. —Abrió la puerta y salió dando un tremendo portazo.

Caleb respiró despacio, procurando calmarse, y luego bajó las piernas de la cama con cuidado mientras rezaba para que Andrés no hubiera cambiado tanto como parecía. Se apoyó en la mesilla para levantarse. Acababa de tomar las muletas cuando la puerta se abrió. No pudo evitar esbozar una satisfecha sonrisa. No se había equivocado. Bajo la capa de tinta que le cubría el cuerpo, su sobrino seguía siendo el muchacho que conocía. Más o menos.

—De acuerdo, está bien. Tal vez me he pasado un poco —gruñó Andrés entrando de nuevo—. No tenía que haberte mandado a la mierda. Lo siento —se disculpó, frotándose el corto pelo—. Pero, ponte en mi lugar, he atravesado cuatro países en treinta horas sin parar siquiera a conseguir dinero para comer porque mamá me dijo que estabas fatal, que yo era necesario aquí… Y resulta que estás estupendo.

—Te aseguro que no estoy estupendo, y sí eres necesario aquí. Mucho.

—Sí, claro, seguro que soy muy útil para darte sopitas —dijo jugando con el cigarrillo.

—Si te acercas a mí con un plato de sopa y una cuchara, te lo tiro a la cara. No estoy inválido, solo cojo —afirmó Caleb enfurruñado—. Y, con respecto a tu utilidad aquí, por si no lo recuerdas, estamos en plena temporada del higo. Y yo, como acabo de decir, estoy cojo. Una circunstancia bastante inoportuna —le soltó encarándose a su sobrino—. Me gusta ver los ojos de las personas con las que hablo. Quítate las gafas.

Andrés dio un resoplido, los labios apretados mientras negaba silente. Enterró en un puño el cigarrillo, aplastándolo para luego guardárselo en el bolsillo y quitarse con esa mano las gafas. Elevó despacio la cabeza, enfrentando su mirada borrosa a la implacable de Caleb.

—¿Qué has tomado, Andrés? —le preguntó su tío mientras estudiaba furioso las pupilas dilatadas.

—Nada.

Caleb enarcó una ceja, confuso. No dudaba de la sinceridad de su sobrino, podía ser muchas cosas, pero no era un mentiroso, tampoco un cobarde. No obstante, sus ojos no engañaban, y, desde luego, no estaban normales.

—Tuve un accidente en una fiesta la noche antes de salir de Ámsterdam y aún me duran los efectos. Creo que se me pasarán en un par de días —explicó, esforzándose por no bajar la mirada avergonzado.

—¿Un accidente? ¿Con qué tipo de droga? —inquirió feroz Caleb.

—Qué más da. Metí la pata, no volverá a pasar. —Andrés metió la mano en el bolsillo para sacar el cigarrillo que, un segundo después, ya estaba volando entre sus dedos inquietos.

Caleb miró al joven en silencio durante un instante eterno y luego asintió una sola vez.

—Has dicho que no has comido nada en… ¿Treinta horas? Estarás muerto de hambre. Bajemos a la cocina, seguro que tu madre y tu abuelo ya se han encargado de poner sobre la mesa algo con lo que llenarte el estómago.

—No he venido solo —comentó Andrés, acordándose de sus compañeros de viaje—. He arrastrado conmigo a dos amigos. Raziel y Lua.

—¿Lua? ¿Has arrastrado a una chica por media Europa? —Caleb le miró de reojo y esbozó una sonrisa, contento de que hubiera olvidado a Paula para enredarse con otra mujer—. A María le encantará saber que te has echado novia.

—No es mi novia. Es una buena amiga, casi una hermana —afirmó Andrés olisqueando ensimismado el aire—. ¡Mamá está haciendo patatas revolconas! —Se lanzó escaleras abajo.

Caleb abrió los ojos como platos, olfateó el aire tal y como había hecho su sobrino, y, sin pensarlo un segundo, le siguió dando saltitos.

—María, no les estarás dando mi cena, ¿verdad? —exclamó sin aliento al llegar abajo.

—Ya te haré otra cosa. No te preocupes —fue la escueta respuesta de la mujer.

—Pero son mis revolconas…


—Entonces te quedarás por lo menos hasta que le quiten la escayola a Caleb y pueda desenvolverse, ¿verdad? —inquirió por enésima vez María.

—Qué remedio —reconoció Andrés dando cuenta del último trozo de pan.

—¿Qué remedio? No te equivoques, nieto, si no quieres quedarte, ahí tienes la puerta. No eres imprescindible, nadie lo es. José Antoñín lo está haciendo muy bien, de hecho lleva tres años haciéndose cargo de tu trabajo sin ningún problema. Es un muchacho responsable y trabajador, mucho más que otros que no quiero señalar —replicó Abel fijando la mirada en su nieto. No iba a consentir que Andrés siguiera usando ese tono de perdonavidas.

—Abel, déjale tranquilo, por favor. Tiene razón al enfadarse, estoy siendo muy pesada —reconoció María conciliadora, dispuesta a defender a su hijo a capa y espada, como siempre.

—No lo estás siendo, mamá. El abuelo tiene razón, nadie es imprescindible, y menos que nadie yo, como ha quedado demostrado. No he sido necesario estos años, más bien al contrario, en mi ausencia otro ha ocupado mi lugar —gruñó Andrés—, y habéis salido ganando con el cambio.

¿Quién narices era José Antoñín? Estaba harto de que su nombre apareciera en la conversación. Por lo visto había sido su sustituto en el trabajo y en la amistad de su abuelo, además de convertirse en la mano derecha de Caleb. Era un tipo perfecto que nunca abandonaría a su familia. Y él odiaba a los tipos perfectos. El tal José Antoñín tenía pinta de ser un arrastrado. Seguro que daría palmas con las orejas si su tío se lo pidiera.

—No digas eso, cariño, no es cierto —murmuró María, mas el tenso silencio que se cernió sobre Abel y Caleb no contribuyó a dar veracidad a sus palabras.

—Claro que no. Soy el puñetero hijo pródigo —enfatizó Andrés antes de chasquear la lengua enfadado por su arrebato de autocompasión—. Perdonad mi salida de tono, supongo que el cansancio del viaje me ha puesto de peor humor del habitual.

—Y eso es mucho decir… en días normales ya es insoportable —murmuró Razz con semblante serio, propiciando que a Lua se le escapara una risueña risita.

Andrés resopló ofendido y, con la excusa de fumar un cigarro, tomó una bolsa de terciopelo de la mochila y salió afuera. Los gemelos, por supuesto, le acompañaron para continuar el interrogatorio que habían iniciado en la comida y que había devenido en una total fascinación por su increíble hermano mayor que viajaba por todo el mundo, dormía en casas de okupas y se ganaba la vida actuando en la calle.

Caleb, harto de contenerse, bufó airado en el mismo momento en que su sobrino abandonó la estancia. ¡Espectáculos callejeros! ¡Vivir sin pensar en el futuro, sin saber dónde iban a dormir o si iban a poder comer al día siguiente! ¡¿En qué demonios estaba pensando Andrés al contar esas cosas a sus hermanos?! Y lo que era más importante, ¿por qué narices estaba viviendo así, como si no tuviera familia en la que apoyarse ni casa en la que vivir?

—Cariño, me prometiste tener paciencia —le recordó María al escucharle bufar.

Y era cierto que lo había prometido, por lo que no le quedó otro remedio que morderse la lengua y asentir con la cabeza mientras observaba a los compañeros de su sobrino. No parecían mala gente. Más bien al contrario. La muchacha había conquistado el corazón de la familia con su simpatía, convirtiéndose en la nueva «heroína» de Ana, aunque eso no era extraño. Con sus tatuajes, su ropa ajustada y escasa de tela, su pelo largo y despeinado y su pericia con los aros se había convertido en un exótico ejemplo a seguir para la preadolescente. De hecho, en ese mismo instante ambas abandonaban la casa para ensayar en el patio. Caleb no pudo evitar fruncir el ceño, mucho se temía que su hija de doce años estaba a punto de cambiar, por enésima vez, su proyecto de futuro, de dentista a malabarista. ¡Lo que le faltaba!

—No se preocupe, los aros son inofensivos. No se hará daño —comentó Razz al verle el gesto de fastidio.

—Ya sé que no va a hacerse daño —siseó huraño—, muy al contrario, será a mí a quien le duela la cabeza cuando se empeñe en ser artista callejera igual que su hermano.

—Eso no va a pasar —afirmó María sirviendo al moreno un poco del fuerte café que Abel acababa de hacer—. Ana quiere ser dentista.

—El mes pasado quería ser veterinaria —apuntó Caleb con cierta ironía—, y nos llenó la casa de bichos. —María hizo una mueca de asco al recordar las cajas de zapatos llenas de insectos—. Antes de eso, periodista, y me hizo una entrevista que luego publicó, pegándola en cada uno de los comercios del pueblo. Jamás he pasado tanta vergüenza —confesó enfadado mientras Abel estallaba en carcajadas—. También quiso ser peluquera…

María se llevó la mano a la cabeza, hacía tres años que su largo pelo rubio se había convertido en una corta melena por culpa de unas tijeras de cocina, una siesta y una niña que quería ser peluquera y se había quedado sin muñecas a las que cortar el pelo.

—Bueno, los hula-hoops no son peligrosos, ¿verdad? —señaló María algo dudosa fijando la mirada en el hombre moreno.

Raziel esbozó una ladina sonrisa a la vez que negaba con la cabeza. Le gustaba la familia de Andrés. No sabía por qué su amigo había abandonado su hogar, pero desde luego no era por ellos, pues eran encantadores. Puede que no les gustaran las pintas de su hijo ni de sus amigos, y tampoco cómo se ganaban la vida, pero no les habían echado de la casa, al contrario, les habían abierto las puertas de par en par, aceptándoles gozosos. Y eso, dada su propia experiencia, era algo tan extraño como maravilloso.

—Ya sé que los hula-hoops no son peligrosos, pero —Caleb estrechó los ojos, intrigado— ¿qué es lo que hace Andrés en el espectáculo? —inquirió de repente. No se imaginaba a su sobrino meneando el culo para hacer girar unos aros.

—Trucos con bolas de cristal.

—¿Lee el futuro? ¿Cómo las brujas? —exclamó Abel perplejo—. Tanto estudiar para acabar como Sandro Rey. Al menos no se ha dejado el pelo largo como las mujeres —comentó desanimado, sin percatarse de que su invitado tenía el pelo largo hasta los hombros.

Raziel elevó las comisuras de los labios en una de las pocas sonrisas que solía esbozar. Caleb, menos dado a la mesura, estalló en estridentes carcajadas mientras que Abel fruncía el ceño, fingiéndose malhumorado, para acto seguido unirse al jolgorio de su hijo.

María asintió complacida al comprobar que el amigo de su hijo sí sabía sonreír, algo que había dudado hasta ese mismo instante, pues, de la misma manera que la pelirroja tenía la risa constante en los labios, el moreno siempre estaba serio.

—Si no lee el futuro, ¿qué hace con las bolas de cristal? —preguntó recogiendo la mesa.

—Malabarismo de contacto —explicó Razz acercándose a la pila para fregar los platos.

—No te molestes —murmuró María turbada. En su casa chicos y chicas cooperaban por igual en las tareas domésticas, pero eso no incluía a los invitados—. No es necesario.

—Sí lo es —murmuró Raziel impasible.

María miró a Caleb y este se encogió de hombros asintiendo con la cabeza. Si el joven quería ayudar, estupendo, eso le honraba.

—Y tú, ¿qué haces en el espectáculo? —inquirió Abel mirando al voluntarioso moreno.

—Elementales con antorchas y pájaros de fuego con cariocas.

—¿Perdona? —susurró Caleb con voz ahogada. Las palabras *antorcha* y *fuego* parpadearon en el interior de sus párpados cual letras de neón rojo.

Raziel sonrió artero, se secó las manos y sacó de la mochila las cariocas, que no eran otra cosa que cadenas ligeras acabadas en asas de cuero en un extremo mientras que en el otro tenían mechas de kevlar, a las que impregnaría en parafina y les prendería fuego.

Caleb parpadeó varias veces durante la explicación. Por lo visto el amigo serio de Andrés se dedicaba a hacer dibujos en el aire con fuego. Y a pasarse la antorcha ¡encendida! por el cuerpo. Y a escupir fuego. Y a hacer malabares con fuego. Fuego. Fuego. ¡Fuego!

—No harás ningún truco con fuego delante de mis hijos —siseó feroz—. Puedo dejar pasar los bichos, las entrevistas, los cortes de pelo a traición e incluso las revisiones de dientes con lupas de juguete, pero no voy a permitir que Ana nos queme la casa —afirmó cruzándose de brazos y mirando muy serio a todos los presentes, quienes se apresuraron a asentir con la cabeza—. Bien, veo que nos entendemos.

Se puso en pie con pausado cuidado y, aferrado a las muletas, se dirigió despacio al patio. Hacía una semana que *Gruñón* le había tirado de la silla rompiéndole la pierna, y, aunque ya no dolía tanto, tampoco hacía cosquillas. De hecho, debería estar en la cama, en reposo. Pero era tan aburrido. Así que cuando salió de la cocina y llegó al recibidor miró las escaleras con desdén y enfiló hacia la calle. Ya tendría tiempo de dormir cuando estirara la pata. Al llegar al exterior se sentó en el poyo que había junto a la puerta, no porque estuviera cansado tras el corto trayecto, que lo estaba, sino para poder observar a placer la escena que se desarrollaba en el patio.

Ana contemplaba fascinada a la pelirroja que, sin aparente dificultad, hacía subir y bajar un aro por su cuerpo para, en un momento dado, dejarlo girando alrededor de su brazo. De repente se abrió de piernas dejándose caer al suelo, y allí continuó con su ejercicio de hula-hoops, equilibrio y contorsiones.

Caleb no pudo evitar silbar sorprendido. La pelirroja era muy pero que muy flexible.

Desvió la mirada hacia su sobrino, y allí la dejó clavada, atónito. En lugar de estar padeciendo el insufrible interrogatorio de gemelos, los tenía hipnotizados. Estaba haciendo… magia con una bola cristal. No podía ser de otra manera. La hacía subir y bajar por su brazo como si tuviera vida, la detenía sobre las yemas de los dedos y cuando sus hermanos tiraban de una cuerda invisible, la bola parecía querer saltar hacia ellos… y todo eso sin mover un ápice los brazos o los dedos. Era prodigioso.

—¡Papá, papá! —gritó uno de los gemelos.

—¿Has visto lo que sabe hacer el chache? —terminó la frase el otro.

—Hace magia —musitó con reverencia David.

—No, es un truco —rebatió con suficiencia Daniel.

—¡Magia!

—¡Truco!

David le sacó la lengua a Daniel. Daniel le hizo una peineta a David. Y, antes de que Caleb atinara a regañarle por el obsceno gesto, un hermano empujó al otro, el otro respondió al empujón y ambos salieron corriendo, persiguiéndose el uno al otro.

—Siguen igual que siempre —comentó Andrés acercándose al poyo.

—Sí. Él único que ha cambiado eres tú —puntualizó Caleb, levantando una mano para silenciar al joven cuando se disponía a protestar—. He estado pensando que si os vais a quedar hasta que me quiten la escayola, deberíais alojaros en la casa del abuelo. Aquí apenas tenemos sitio mientras que nadie usa el segundo piso de la casa de papá.

—No es mala idea —aceptó Andrés encantado.

Allí tendría más libertad y nadie los controlaría. Hizo saltar la bola entre los dedos.

—Ten en cuenta que seguimos usando la planta baja de almacén y que comemos en la cocina durante la recogida —le advirtió al ver su sonrisa satisfecha—. No vamos a ser silenciosos ni tener cuidado. Y me da lo mismo si os habéis acostado al amanecer.

—Vamos, tío, no me jodas —protestó Andrés molesto mientras deslizaba la bola por el brazo—, no somos unos vagos que estamos siempre de fiesta en fiesta.

—Ah, ¿no? No sé por qué he pensado que la vida de nómadas que lleváis incluye trasnochar mucho y madrugar poco —dijo irónico.

—Pues no. Nuestra vida de nómadas, como tú la llamas, incluye morirse de frío en invierno y achicharrarse en verano. Ganarse la vida en la calle no es un trabajo fácil, al contrario, es agotador —explicó Andrés sacando tres bolas más de la bolsa de terciopelo—. Es recorrer las calles buscando el mejor lugar para actuar mientras esperas a que la gente no sea tacaña y te eche unas monedas. Si tienes suerte, disfrutas de una comida caliente y, si no la tienes, en fin, los bocadillos siempre son una buena opción.

Se colocó las bolas en la palma de la mano formando una pirámide e hizo rotar las tres que formaban la base manteniendo inmóvil la que conformaba la cúspide. Las montañas esmeraldas que los rodeaban se reflejaron inversas en cada esfera y giraron convertidas en un paisaje borroso mientras la superior se mantenía estática, hipnotizando a Caleb.

—Si te paras, pierdes —continuó Andrés en voz baja sin dejar de girar las bolas, cambiando la que ocupaba la cresta por otra en una rápida sucesión de suaves movimientos—. No puedes detenerte jamás. Quienes te aplauden el lunes no se paran a mirarte el martes, quienes te echan unas monedas el miércoles se aburren de ti el jueves. Así que sigues tu camino, cambias de ciudad y aprendes nuevos trucos. —Detuvo las bolas durante un instante y luego se las pasó a la otra mano, donde las hizo girar a un ritmo endiablado—. Cada día un poco más lejos, hasta que te duelen los pies, te ruge el estómago y no sabes si vas o vienes.

—Si tan mal lo has pasado ¿por qué has tardado tanto en regresar? Aquí siempre tendrás tu casa —indicó Caleb robando la bola que ocupaba la cúspide de la pirámide.

Andrés dio un respingo al escuchar a su tío, lo había entendido todo al revés, o tal vez fuera que él se había explicado fatal.

—No lo he pasado mal —rechazó con rotundidad—. Puede que en ocasiones haya sido… complicado, pero ha merecido la pena. No me arrepiento de nada, al contrario, estoy deseando volver a ponerme en marcha —aseguró, la mirada fija en el horizonte montañoso a la vez que alzaba lentamente la mano. Una de las esferas de cristal recorrió el brazo impulsada por una fuerza invisible—. Es como una droga. Siempre hay una ciudad que quieres conocer, un pueblo que despierta tu curiosidad, un espectáculo que quieres aprender. Nunca es suficiente. Da igual en cuántos sitios hayas estado, siempre quedan mil más por conocer.

La bola de cristal ascendió hasta la clavícula y allí se mantuvo hasta que Andrés cerró el ángulo en el que mantenía el brazo, provocando que su muñeca quedara por debajo del hombro. La bola inició el descenso hacia la mano que sujetaba a sus hermanas gemelas, pero, ante un nuevo movimiento del joven, se detuvo sobre el antebrazo.

Bajo el cristal, el mapamundi tatuado en la piel parecía ondular.

—¿Sabes por qué solo he coloreado unos pocos países? —preguntó Andrés, la bola inmóvil sobre Europa.

—Yo no diría que son pocos —comentó Caleb percatándose de que cada color pertenecía a uno distinto.

—Son menos de los que quisiera. —Andrés esbozó una parodia de sonrisa que no le llegó a los ojos—. Son aquellos que he visitado. —Hizo oscilar la bola—. Inglaterra, Irlanda, Francia, Italia, Grecia, Turquía, Bulgaria, Serbia, Croacia, Eslovenia, Hungría, Austria, Alemania, Bélgica, Holanda… Pensábamos pasar unas semanas en Ámsterdam y luego subir por la costa germana hasta Dinamarca para desde allí ir a Suecia.

—Cada país que visitas está unos cientos de kilómetros más lejos del tuyo —puntualizó Caleb observando con los párpados entrecerrados el mapamundi. No cabía duda de que la ruta de su sobrino se alejaba cada vez más de casa—. ¿Habrías vuelto si tu madre no hubiera exagerado sobre mi estado?

—¿Te refieres a si no me hubiera hecho creer que te estabas muriendo? No. No habría regresado. No tan pronto al menos.

—Tres años no es tan pronto —afirmó Caleb con voz severa.

—Sí lo es.

—¿Tanto daño te hizo? —dijo sin especificar quién.

No era necesario. Ambos sabían a quién se refería.

Andrés giró la cabeza hacia las montañas para ocultar el dolor que enturbiaba su semblante de la aguda mirada de su tío. No le sirvió de nada.

Caleb leyó el pesar y la rabia que le asolaban en el músculo que le palpitaba en la mejilla, en la rigidez de su espalda, en las manos engarfiadas contra las esferas de cristal y suspiró apesadumbrado por su persistente silencio. Un silencio que duraba demasiados años.

Hizo girar sobre la palma de la mano la bola que le había arrebatado y luego intentó hacerla rodar por su antebrazo como había hecho Andrés minutos atrás. La esfera recorrió un par de centímetros antes de desviarse y caer.

—No es tan fácil como parece —afirmó Andrés burlón, atrapándola al vuelo.

—Nunca me ha parecido fácil nada de lo que has hecho —replicó Caleb, refiriéndose a mucho más que a los juegos de manos—. Eres inteligente, no te falta voluntad y tienes mucho valor —la arrogancia iluminó el rostro de Andrés y Caleb se apresuró a continuar—, pero también eres terco como una mula, estás demasiado consentido y adoleces de un exceso de orgullo —apuntó—. Una mala combinación.

Andrés esbozó una sonrisa torcida. No le faltaba razón a su tío. Unió la bola que acababa de recoger a las que tenía en la mano y acto seguido las cuatro esferas comenzaron a ascender por el brazo derecho hasta la clavícula, rodaron sobre el torso y descendieron despacio hasta la mano izquierda, donde se colocaron en forma de pirámide antes de comenzar a girar.

—¿Decías? —señaló Andrés con una sonrisa engreída mientras las hacía danzar.

Caleb resopló poniendo los ojos en blanco. Orgulloso se quedaba corto. Su sobrino era un arrogante pretencioso.

—Las higueras están a punto para la breva —comentó, esforzándose por no mirar las esferas de cristal y así evitar quedarse hipnotizado con los paisajes inversos que se reflejaban en ellas—. José ha estado en las fincas esta mañana...

—¿José Antoñín? —le interrumpió con sorna Andrés.

—Sí, aunque no le gusta que le llamen así. Cosas de tu abuelo y el tío Agustín, ya sabes lo chinches que pueden llegar a ser —apuntó guasón—. Ha recorrido las fincas y cree que la primera cosecha estará a punto en un par de días —señaló, la mirada fija en su sobrino—. Ahora que yo estoy... imposibilitado, nos vendría bien que nos echaras una mano.

Andrés asintió, las brevas no solían dar mucho trabajo, con dos o tres personas era suficiente. De hecho, desde el momento en que habían tenido fuerzas suficientes en sus brazos de niños, habían sido el Manguera y él quienes habían ido con Caleb a recogerlas sin que hubiera hecho falta nadie más.

—Entiendo por tu gesto que puedo contar contigo —aventuró Caleb.

—Sí, por supuesto.

—Bien. No esperaba menos de ti —le palmeó la espalda, complacido—. Si las brevas brotan ahora, dentro de dos o tres semanas tocará el higo. Necesitaremos gente. Díselo a tus amigos, los dos tienen buenos músculos, servirán.

—No creo que les agraden las tareas del campo —replicó Andrés con el ceño fruncido—. Bueno, tal vez a Lua sí —se corrigió tras pensarlo un instante—. A Razz seguro que no, siente la misma aversión por los bichos que mamá.

—Pues algo tendrá que hacer para ganarse el sustento. Él, ella... y tú —comentó Caleb con voz severa—. Os cedo de buen grado la segunda planta de la casa de Abel, pero lo que no voy a hacer es manteneros. Si queréis dinero para vuestros vicios —miró reprobador el cigarro—, tendréis que trabajar.

—No me toques los cojones, tío —resopló Andrés ofendido—. ¿Alguna vez te he pedido algo? No, ¿verdad? Pues entonces, ¿por qué narices me saltas con esa gilipollez?

—Cuidado, estás cruzando de nuevo el límite —siseó Caleb enfadado, encarándose a él.

—¿Yo estoy cruzando el límite? Acabas de insinuar que somos unos aprovechados que vamos a vivir del cuento en casa del abuelo —bufó a la vez que guardaba las bolas—. Joder, si hasta has dicho que no piensas mantenernos. ¡Cómo si te lo hubiéramos pedido! Guárdate tus favores para quien los necesite.

Se levantó, la bolsa de terciopelo colgada al hombro.

—Andrés, tal vez me haya excedido —gruñó Caleb a modo de disculpa.

—Lo has hecho —replicó; los brazos cruzados y el ceño fruncido.

—No te voy a pedir perdón por decir lo que pienso.

—No. No sería propio de ti hacer eso —rezongó Andrés frotándose la cabeza.

—Lo bueno de estar medio calvo es que no tendrás nunca piojos —comentó Caleb socarrón, burlándose de su pelo cortado al uno para enfriar el ambiente.

—No te creas, en la calle pillas piojos hasta en los huevos, más aún si los tienes tan grandes y peludos como yo —replicó Andrés con rapidez, aceptando la tácita tregua—. ¡No pongas esa cara! Es una broma. Nunca he pillado piojos ni ladillas —se apresuró a señalar al ver los ojos de su tío abrirse como platos.

—Me alegro, sobre todo de las ladillas, no te puedes hacer idea de lo molestas que son y lo mucho que pican.

—No jodas que tú... —aventuró Andrés sorprendido antes de percatarse de la sonrisa que Caleb intentaba contener—. Maldito cabrón, me la has colado.

—Sabe más el diablo por viejo que por diablo —sentenció Caleb, tendiéndole conciliador la mano. Una mano que Andrés se apresuró a estrechar—. Aun a riesgo de que tu madre deje de hablarme durante una semana, creo que os vendría bien ir a casa del abuelo para instalaros y descansar un poco. No sé tus amigos, pero tú pareces agotado.

—No te falta razón. —Andrés arqueó la espalda y elevó los brazos como queriendo tocar el cielo—. Imagino que seguís desayunando en la cocina antes de salir a trabajar —dijo refiriéndose a la casa en la que Raziel, Lua y él iban a alojarse—. ¿A las siete como siempre?

—Un poco más tarde, sobre las siete y cuarto —señaló Caleb, sorprendiéndole con el cambio de rutina—. No puedo conducir con el pie escayolado, así que José baja a buscarnos a papá y a mí y nos lleva a la casa para luego llevarse el todoterreno a las fincas.

—Ah... José Antoñín, cómo no —gruñó mordaz—. Si quieres puedo ir yo a buscaros.

—No es necesario —rechazó Caleb.

Su sobrino jamás había llegado tarde o faltado a una cita, pero el muchacho herido que se había marchado hacía tres años no era el hombre huraño que había regresado.

—No te fías —protestó Andrés—. Está bien. Nos vemos mañana.

—¿No vas a venir a cenar? —inquirió Caleb sobresaltado; María montaría un verdadero drama si su hijo mayor desaparecía hasta el día siguiente.

—Sí, claro. Lo que hemos comido ahora ha sido la merienda. Se me había olvidado que estoy en España y que aquí se cena bien entrada la noche. Nos vemos luego.

—Estupendo. Por cierto —dijo recordando algo importante—. Tenemos que hablar sobre la torreta de vigilancia de incendios. Necesito que hagas mis turnos. Eres el único que puede.

Andrés entrecerró los ojos, recordando.

—Compartías turno con el Moles, ¿no?

—Así es. Ahora me está supliendo José, pero…

—Pues que lo siga haciendo —le interrumpió Andrés molesto.

El tipo ese tenía que ser una máquina, todo lo hacía bien y para todo tenía tiempo.

—Preferiría que lo hicieras tú. Él me ha hecho el relevo estos días, pero también tiene sus propios turnos que cumplir. Y, aunque no lo creas, necesita descansar de vez en cuando, como todo ser humano —apuntó con ironía.

—¿Tiene sus propios turnos en la torreta? —Andrés sopló asombrado, no era fácil conseguir trabajo allí—. ¡¡Pero quién narices es ese tío?! —explotó, harto del dechado de virtudes—. ¿Le conozco? —Ojalá que sí, así podría buscarle esa misma noche y provocar una pelea con cualquier excusa. Sería la única manera de quedarse a gusto.

—¿No sabes a quién nos referimos cada vez que hablamos de José? —inquirió Caleb con un deje de burla en la voz—. No puedo creer que no te acuerdes de tu mejor amigo.

—¿Mi mejor amigo? —Estrechó los ojos antes de abrirlos como platos—. ¿El Manguera?

—No le llames así si aprecias en algo tu vida. Odia ese mote —señaló Caleb burlón.

—¿Ah, sí? Bueno es saberlo —recalcó—. Nos vemos en la cena.

Entró en la casa y salió apenas cinco minutos después, con su serio amigo a la zaga. Llamó a Lua, se despidió con rapidez de sus hermanos y, tras escapar a duras penas de los brazos de su madre, enfiló a la carrera la cuesta hacia el núcleo principal del pueblo.

—¿Qué prisa le ha entrado al chico ahora? —murmuró Abel asomándose a la ventana.

María gruñó, que su hijo se escapara de casa tras estar poco más de dos horas requería una explicación larga y tendida por parte del artífice de dicha escapada. Así que salió al patio y, con las manos en las caderas y voz beligerante, se encaró acusatoria a su marido.

—¿Qué le has dicho, Caleb?

—Nada. Solo le he recordado quién es José Antoñín —explicó con fingida inocencia—. Imagino que habrá salido corriendo para saludarle…

—Eres tan maquiavélico como tu padre. —María abandonó el patio enfadada—. Esta noche cenarás salchichas de plástico al microondas —le advirtió furiosa dando un portazo.

—Más te valía haberte quedado calladito, hijo —murmuró Abel con el ceño fruncido, aunque se apresuró a poner su mejor sonrisa cuando María entró en la cocina, no fuera a ser que de rebote también le tocara comer esa bazofia.

—¿Para qué son todas estas cajas?

—Para almacenar las brevas por tamaños y subirlas a la cooperativa —le explicó Andrés a Lua a la vez que observaba nostálgico la planta baja de la casa de su abuelo.

Nada había cambiado; el almacén seguía siendo un espacio diáfano saturado de sillas viejas, mesas, cajas, balanzas y estanterías colapsadas por trastos inservibles. Acarició el respaldo de una silla. La tela, rasgada por el tiempo y el uso, era tosca y recia, pero también agradable al tacto, y sabía por experiencia que el asiento estaba mucho más mullido de lo que parecía. Se había sentado en él durante las largas jornadas que pasaba con su tío y su abuelo realizando mil y una tareas. Seguramente el Manguera la había ocupado en su ausencia, pensó cerrando las manos en puños.

—¿Esto es aceite? —preguntó Raziel en ese momento, llamando su atención.

El moreno estaba frente a una vieja librería de pino reconvertida en armario de provisiones y observaba intrigado las botellas.

Andrés tomó una y la meció despacio, casi con ternura, la mirada fija en el oro verdoso que se adhería al vidrio. La inclinó hasta que el líquido tocó el tapón de corcho y luego la destapó con cuidado y se la acercó a la nariz.

—Oliva virgen extra, acidez máxima 0,4 —frotó la yema de un dedo contra el corcho para llevársela a la boca, saboreándolo—. Mezcla de barranquera, cornicabra y manzanilla.

—Estás hecho un experto —apuntó risueña Lua abrazándole la cintura.

—Oh, sí, eso seguro. Andrés sabe de aceitunas lo que yo de sardanas —ironizó Razz quitándole el aceite de las manos para olerlo y catarlo—. Es muy intenso —apuntó embelesado.

—Lo hacemos en la almazara de la cooperativa con las olivas de nuestras tierras —repuso Andrés molesto. Le arrebató la botella y la colocó en la librería—. Sí sé de lo que hablo.

Raziel levantó ambas manos en señal de rendición y se apresuró a seguirles para ir a las plantas superiores. Se detuvo antes de pisar el primer peldaño. Bajo el hueco de la escalera una puerta se abría hacia una profunda oscuridad. Se asomó desconcertado; donde debería haber una pared había un estrecho pasillo de muros de piedra pintados con cal viva que parecía hundirse en la tierra.

—Es una cueva. Todas las casas del pueblo tienen una —comentó Andrés de repente.

Pulsó un interruptor que encendió una hilera de bombillas ancladas a la pared que parecía no tener fin.

Razz, más intrigado que sorprendido, encorvó la espalda para no golpearse con el bajo techo y se adentró en el angosto pasillo. Se detuvo al ver la primera telaraña. Respiró hondo para resistir la imperiosa necesidad de sacudirse el pelo, los brazos, las perneras del pantalón, ¡el cuerpo entero! Y, utilizando cada resquicio de voluntad que había en él, se convenció de que su piel no estaba infestada de insectos. Continuó andando y, unos metros adelante el estrecho pasillo se ensanchó, convirtiéndose en una galería contra cuyos graníticos muros se sucedían cajas llenas de hortalizas y frutas; garrafas de vino, bidones de aceite y conservas caseras de cabello de ángel, mermeladas de tomate o… Razz parpadeó un par de veces, atónito, y tomó un tarro que según la etiqueta escrita a mano, contenía níscalos confitados.

—A mi abuelo le gusta hacer conservas —comentó Andrés tras él—. Lo mejor de esta cueva es lo que no se ve. —Tomó una botella oculta tras unas hojas de laurel—. Dale un trago. Es el licor de hierbas del tío Joaquín.

Raziel quitó el tapón. El fuerte olor a alcohol le hizo apartar la cabeza con brusquedad.

—Creo que paso.

Andrés emitió una ronca carcajada y, sin molestarse en probar el cristalino líquido, volvió a cerrar la botella y enfiló hacia la salida.

Razz se mantuvo inmóvil un instante, devorando con la mirada los tesoros que allí había. Podría hacer maravillas con ellos. Suspiró resignado y, tras dar un último vistazo, dio la espalda a su particular cueva de Alí Babá para ir en pos de sus amigos. Ya tendría tiempo al día siguiente de inspeccionarla a conciencia.

Recorrieron el primer piso; un salón, dos habitaciones y una inmensa cocina que era el centro neurálgico de la casa. Allí desayunaban cada día Caleb, Abel y José, y, en época de cosecha, allí era donde comían y descansaban antes de partir a la cooperativa.

La última planta contaba con tres habitaciones, una enorme terraza y un baño, el cual, por algún motivo inexplicable, estaba fuera del hogar. Cosas del abuelo, había dicho Andrés ante el pasmo de Lua y Razz. Andrés se quedó con su dormitorio. Lua escogió el que estaba más cerca de la terraza y Razz se instaló en el que había entre ambos.

En el mismo momento en que estuvo solo en su habitación, Andrés soltó la mochila en el suelo y se tumbó en la cama emitiendo un cansado suspiro. Acto seguido le sobrevino el primer estornudo. Y el segundo. Al tercero se levantó y quitó la vieja cortina que cubría el colchón para protegerlo del polvo y que, por supuesto, estaba llena de polvo. Observó meditabundo la cama desnuda, sin sábanas ni almohada, antes de recordar aliviado que su madre las guardaba en el armario. Se acercó hasta el recio mueble decidido a hacerse con una almohada. Y con nada más. Ya pondría las sábanas más tarde. Cuando tuviera ganas. Buscó hasta dar con una tan gruesa y blanda como para soñar con nubes algodonosas y tiró de ella para sacarla de entre las mantas en las que estaba encajada.

Un libro cayó al suelo. Uno que conocía bien. Uno que él mismo había escondido.

Los pulmones se le quedaron sin aire antes de que recordara cómo respirar. Lo tomó con cuidado entre las yemas de los dedos, como si tuviera dientes y pudiera morderle. Lo lanzó sobre el colchón junto con la almohada y se lo quedó mirando, remiso a abrirlo, pero a la vez incapaz de resistirse a la tentación. Se pasó los dedos por la cabeza, concentrado en la suavidad rasposa del pelo corto y, tras chasquear la lengua, se tumbó de nuevo y tomó el libro. La portada blanca con el título en letras negras: «Qué piensan los HOMBRES más allá del SEXO»; tras la última palabra Paula había añadido a bolígrafo: «y de los viajes». Palabras premonitorias que, cual macabra profecía, anunciaban en lo que iba a convertirse su vida.

Andrés cerró los ojos, los recuerdos todavía le dolían en el corazón y le ardían en la piel.

Paula se lo había regalado un día cualquiera, sin venir a cuento, por puro capricho. «Ya sé qué es lo que piensas cuando no estás pensando en sexo, este libro me lo ha dejado bien clarito», le había dicho divertida mientras él lo miraba un poco mosqueado, al menos hasta abrirlo y ver que todas las páginas estaban en blanco. Esa tarde se habían echado unas buenas risas con el ocurrente regalo de su por entonces novia, y luego, por supuesto, le había demostrado que él pensaba en otras cosas además del sexo y los viajes, por ejemplo, en los besos, y en las caricias, y en el sexo oral. Y, por supuesto, en el sexo a secas.

Habían pasado toda la noche haciendo el amor en la misma cama en la que estaba tumbado en ese momento. Y, ya de madrugada, Paula le había retado a escribir todas sus fantasías en esas páginas en blanco y convencerla de realizarlas.

Y eso había hecho, pero por lo visto no en la medida que ella esperaba, porque seis meses después todo se había acabado.

Lo abrió y pasó las hojas buscando la última anotación. Estrechó los ojos al percatarse de que apenas había llenado quince páginas con sus fantasías. Ojeó lo escrito y bufó irritado. ¿Solo eso? ¿En serio había sido tan soso? Por supuesto que no. Lo que ocurría era que no se molestaba en perder el tiempo escribiendo chorradas. Porque eso era ese libro, un montón de estupideces producto de una mente calenturienta. Excepto la última página. Esa era un trozo de su alma. La había escrito dos meses después de que todo acabara. Apenas unos minutos antes de marcharse del pueblo decidido a no volver.

Desde que no estoy con ella quemo todas mis noches…

Era la pura verdad. Había quemado cada noche de esos dos meses con borracheras y autocompasión. Y había seguido quemando cada noche durante el año siguiente, hasta que Razz y Lua le habían arrancado la promesa que le había librado del desastre. Y aun así, había seguido quemando alguna que otra noche. De hecho, solo hacía tres días de la última noche que había ardido.

Se estiró sobre el colchón y buscó en la mesilla algo con lo que garabatear unas palabras. Encontró varios bolígrafos. Solo uno escribía. Con eso era más que suficiente. Mordió la tapa de plástico rojo, pensativo, antes de volcar en el papel lo que en ese momento más le atormentaba.

Todo es extraño ahora que yo también soy un extraño… Mis hermanos no me reconocen, mi abuelo me observa confuso, mi tío asegura que he cambiado y mi madre no se atreve a decirme lo que ve cuando me mira. Nadie reconoce al Andrés que se fue en el que ha vuelto. No me extraña. Yo mismo echo la vista atrás y no me reconozco en el que fui: un extraño pusilánime que gimoteaba por haber perdido lo que quizá nunca tuvo. Un extraño que no me gusta. Que no quiero volver a ser. Que no voy a volver a ser.

# Arde

Arrodillado frente a la chimenea colocó dos piñas maduras y, sobre ellas, ramas finas. Arrugó varias páginas de periódico y prendió los extremos. Las introdujo en el lar, bajo la improvisada pira que acababa de crear. Las piñas comenzaron a humear.

Sintió el primer atisbo de euforia.

Respiró despacio, obligándose a calmarse y se inclinó hasta que notó en el rostro la caricia del humo. Sopló con suavidad. Las aristas de las piñas pasaron del aburrido pardo a un blanco incandescente que se teñía de rojo con cada aliento. Volvió a soplar. Entre las volutas de humo asomó el primer destello anaranjado.

Tan sublime.

Un jadeo escapó de su garganta, la lengua se asomó vertiginosa entre los labios ardientes y la sangre se estrelló violenta contra las venas.

Ahí estaban las primeras y tímidas llamas.

Tan hermosas.

Tan etéreas.

Esperó paciente hasta que el fuego tomó fuerza. Hasta que se elevó majestuoso sobre la madera. Hasta que el límpido aire se oxidó convirtiéndose en delirio bermellón.

Reverente, extendió la mano. La acercó estremecido, tentado de acariciar las lenguas de candente ámbar. De sentirlas sobre su piel.

Y las llamas, desalmadas compañeras, lamieron sus trémulos dedos.

El calor se convirtió en dolor y alejó el frenesí.

Se apartó de un salto, apagando contra el paladar el gemido abrasador que se había formado tras sus labios apretados. Violentas lágrimas de frustración recorrieron sus mejillas al sentirse una vez más rechazado.

Y las llamas, amigas crueles, bailaron riéndose de él. Hipnotizándole con su danza. Exaltándole con sus bellas tonalidades. Secando con fuego las vergonzosas lágrimas. Besándole con abrasador aliento. Amándole con tórrida violencia.

## 2

—*P*erdona, creo que he oído mal. ¿Cómo dices que vamos a ganarnos la vida? —Raziel, en el centro de la habitación, apoyó las manos en las caderas en actitud belicosa.

Lua, en la cama junto a Andrés, miró al techo a la vez que emitía un exacerbado suspiro. No debería haber dejado los aros en su dormitorio, mucho se temía que le iban a hacer falta para poner orden. Buscó con la mirada algún arma arrojadiza que no tuviera aristas afiladas, no era cuestión de derramar sangre, bastarían un par de chichones para calmarlos.

—No te pongas a la defensiva, tío. Solo es dar un paseo cogiendo algunas brevas de los árboles. —Andrés se pasó las manos por la nuca, en aparente calma contra la furia de su amigo.

—Un paseo por mitad del campo. No soy Lua. Yo odio el campo. Con toda mi alma —replicó Razz, ganándose un bufido indignado de la pelirroja—. No voy a tocar higos ni brevas ni nada que haya estado en contacto con insectos y no haya sido lavado de forma exhaustiva.

—No seas maricón. Hasta mis hermanos han recogido brevas y, ya los ves, siguen vivos —apuntó Andrés mordaz.

Razz apretó los dientes al escucharle, pero guardó para sí el desagrado que le producía que utilizase esa palabra como sinónimo de cobarde.

—No es un mal plan, será un cambio refrescante después de tantos años recorriendo ciudades —intervino Lua acercándose a Raziel. Le asió las manos y tiró de ellas, instándole a deshacerse del mal genio—. No creo que encontremos muchos bichos… Seguro que el tío de Andrés tiene las higueras limpias y fumigadas.

Razz arqueó una ceja, a la vez que luchaba por liberarse de la presa de la pelirroja, dando inicio a un extraño baile entre ambos.

—Mira que eres terco —protestó ella, aferrándole con fuerza—. El campo no es tan malo.

—No. Es peor. —Raziel se soltó al fin de sus garras e hizo amago de salir del dormitorio.

—Cuidado, Lua, ¡que se te escapa! —exclamó Andrés desde la cama, divertido por la lucha que ambos sostenían y de la que él se mantenía a un cómodo y seguro margen—. ¡Agárralo fuerte! Eso es, ahora cuélgate de él para que no se escabulla...

Y Lua le hizo caso. Se colgó del cuello del moreno e intentó inmovilizarlo.

Razz se limitó a sujetarle las caderas e intentar apartarla, con sumo cuidado, eso sí. Por mucho que Lua fuera flexible como un junco, no dejaba de ser una chica, y él era un hombre muy grande. Y claro, tanto cuidado imposibilitaba que pudiera zafarse de ella.

—Pero mira que eres blandito —le hostigó Andrés, intentando no reírse—. Es solo una chica, ¿cómo no vas a poder deshacerte de ella? Hazle cosquillas y verás si te suelta.

Como defensa ante las inminentes cosquillas, que por cierto nunca se produjeron, Lua uso sus atléticas piernas para anclarse a las caderas de Razz.

—Me estás ahogando... —jadeó él junto a su oído.

Lua aflojó un poco el agarre de sus brazos, pero no le soltó.

—¿No te das cuenta de que nos está liando? —continuó diciendo tras respirar de nuevo.

Lua frunció el ceño, pensativa. No sería la primera vez que el chinche de Andresito los azuzaba uno contra el otro.

—Pareces un mono —comentó Andrés entre carcajadas—. Tenéis que repetirlo en el próximo espectáculo, como dúo cómico no tenéis precio.

Razz y Lua dejaron de pelearse, se giraron hacia él y, antes de que fuera consciente de hasta qué punto había cambiado su situación de estar «a salvo» a estar «en grave peligro», la pelirroja saltó sobre él y, con las ocho manos que parecía tener, procedió a pellizcarle sin pausa mientras él intentaba detenerla sin conseguirlo. Y no pellizcaba flojo. ¡En absoluto! Lua era de las que pensaban que las cosas se hacían bien o no se hacían.

—¡Quítamela de encima! —le suplicó a Raziel.

—¿Yo? ¿Por qué iba a hacer tal cosa? —Se apoyó contra la pared con los brazos cruzados y los párpados entornados, cavilando—. Prueba a darle uno bien grande en el culo, princesa, seguro que le hace saltar.

Y Andrés saltó. Y como consecuencia del salto cayó de la cama.

—Joder, no me voy a poder sentar en una semana —jadeó frotándose el trasero—. Qué, ¿ya estás contento? —le acusó a Razz.

—No. Sigues vivo —replicó este curvando los labios a la vez que se apartaba de la pared—. Voy a dar una vuelta.

—Espera, te acompañamos. —Lua fue tras él, empujando a Andrés al pasar a su lado.

—¿Le acompañamos? ¿Yo también? —protestó Andrés—. No recuerdo haberme prestado voluntario para salir a la calle.

—Tú harás lo que se te diga —replicó Lua comenzando a enfadarse otra vez.

—Cuidado, princesa, te estás convirtiendo en la madrastra malvada —indicó Andrés, ocultando su ladina sonrisa tras una fingida tos.

Razz puso los ojos en blanco al ver que sus amigos iniciaban una nueva pelea, aunque curvó un poco los labios al comprobar que Andrés estaba muy pendiente de mantener las manos de la joven lejos de su trasero. Eran como niños. Cabeceó alegre al verlos caer entre risas sobre la cama, sus manos volaron a las chapas que le colgaban del cuello y acarició las palabras escritas en ellas con las yemas de los dedos.

—Qué maravillosa jornada me espera mañana —murmuró con sarcasmo, guardándolas de nuevo bajo la camiseta—. En mitad del campo. Con vosotros. Estoy tan feliz que no sé si cortarme las venas o dejármelas largas…

—¿Vas a venir? —jadearon al unísono Andrés y Lua. Era imposible que su amigo se aviniera a acompañarles sin antes haber luchado por evitarlo con uñas y dientes.

—¿Qué remedio me queda? No creo que a tu familia le guste que actuemos en la plaza del pueblo —señaló a la vez que metía las manos en los bolsillos para acto seguido sacarlas mostrando el contenido de estos—. Ahora mismo nuestros fondos ascienden a, exactamente, un euro con cincuenta y siete —confirmó tras echar una ojeada a las monedas—. Y a mí me gusta comer con cierta frecuencia. A diario, de hecho. A ser posible un par de veces al día. Tu tío nos ha ofrecido trabajo. Y tiene una cueva llena de comida. Habrá que pagársela de alguna manera.

—No será tan malo, ya lo verás —aseguró Lua acercándose a él para abrazarle.

—Seguro —manifestó Razz dejándose abrazar.

—Será temporal. Encontraremos otra cosa antes de lo que te imaginas —aseguró Andrés saliendo del dormitorio—. Algo se me ocurrirá.

—Y caeremos de la sartén a las brasas —musitó Raziel siguiéndole.

—Está todo el pueblo aquí —musitó Lua al llegar al parque de la Soledad.

Andrés asintió silente, el aliento atorado en su pecho. No faltaba nadie. Absolutamente nadie. Caleb, sentado en uno de los bancales del castillo con la pierna escayolada sobre las muletas cruzadas, hablaba con el abuelo y el tío Joaquín sin dejar de vigilar las travesuras de los gemelos. Su madre, junto al quiosco, conversaba con el camarero mientras que Ana y sus amigas flirteaban con los chicos que hacían el tonto un poco más allá. Y sentadas en el largo pretil granítico que circundaba el parque, las personas con las que había crecido charlaban amigablemente formando grupos que instantes después disolvían para formar otros.

Inspiró con fuerza, tomando todo el aire que sus contraídos pulmones eran capaces de retener. No había sido buena idea bajar a la Soledad. Los años que había estado ausente y el cambio que había dado le convertían en la novedad del verano. Todos le miraban. Todos le saludaban. Todos se acercaban para entablar una conversación que no le apetecía mantener.

Saludó a muchos de sus primos y cruzó besos con varias tías. Persiguió a los gemelos durante unos segundos cuando lo rodearon con las bicicletas, y, sorprendiéndose a sí mismo, le advirtió a su hermana que tuviera cuidado con los chicos cuando la vio dirigirse al frontón. Aceptó con buena cara el concienzudo examen visual de las amigas de su madre y se zafó, gracias a la rapidez de sus piernas, del interrogatorio inquisitorial de los ancianos del pueblo, no así del tío Pantaleón, que gracias a su bastón alcanzaba una velocidad más que aceptable. Atravesó el parque a la carrera, respondiendo con extrema brevedad los múltiples «Qué tal te va la vida» y «Cuánto tiempo sin verte» con los que le paraban conocidos de antaño, incluso logró esquivar a Tapapuertas cuando hizo ademán de envolverlo en un abrazo de oso, lo que hubiera dado como resultado alguna contractura lumbar, pues el enorme hombretón era inocente como un niño y no sabía contener sus emociones ni su fuerza. Huyendo de su entusiasmada alegría se refugió con Lua y Razz en uno de los bancales que rodeaba el castillo.

Y allí le atrapó el pasado.

Un hombre, antiguo amigo del que no recordaba el nombre, le

puso un botellín en la mano. Así, sin más. Sin preguntas, saludos ni miradas de reconocimiento. Simplemente un botellín en la mano y una palmada en la espalda. Como si no hubieran pasado tres años. Como si nada hubiera cambiado. Andrés cabeceó aturdido y dio un trago que le supo a gloria. Presentó a Lua y Raziel al hombre sin nombre y, como no podía ser de otra manera, en cuanto Lua comenzó a coquetear, fueron invitados a sendas cervezas y, así, casi sin darse cuenta, se vieron inmersos en uno de los muchos corrillos que pululaban por el parque. Hubo quizá algunas miradas asombradas a los dilatadores de sus orejas, pero quien se llevó la palma en cuanto a llamar la atención fue Lua. La belleza y el carácter abierto de la pelirroja facilitaban la amistad, sobre todo la masculina. Esto provocó que fueran pasando de un grupo a otro hasta acabar formando parte de uno que planeaba pasar la noche de fiesta en un pueblo cercano. Como no podía ser de otra manera, Lua, y ellos por añadidura, fueron invitados. Por supuesto, rechazaron la invitación, se habían comprometido a cenar con la familia y tocaba acostarse pronto pues tenían que madrugar al día siguiente.

Andrés resopló divertido al comprobar que Raziel, apoyado contra un olmo, vigilaba a Lua mientras esta coqueteaba sin pudor con su corte de admiradores. Sonrió con evidente cariño. Por mucho que intentara fingir lo contrario, el moreno no podía evitar asumir el rol de responsable hermano mayor con ellos. Y daba las gracias por ello. Les había salvado de muchos marrones, sobre todo a él. Suspiró, llenándose los pulmones de límpido aire y, en ese momento, una voz conocida le llamó la atención. Se giró despacio, ignorando a quien intentaba convencerle para ir de fiesta a otro pueblo, y examinó con los párpados entornados una silueta masculina que le era muy familiar. Alto, aunque no tanto como él. De hombros anchos y espalda recia, brazos musculados por el trabajo y manos grandes. El pelo liso y castaño, corto a trasquilones y con mechones desiguales cubriéndole las orejas.

Resopló burlón, por lo visto el Manguera seguía cortándose el pelo él mismo. Con las tijeras de podar. Observó con atención a su antiguo mejor amigo. No había cambiado nada. Vestía, igual que antaño, aburridas camisetas monocromáticas y vaqueros desgastados. Y, cómo no, seguía teniendo cara de chico bueno y responsable.

No cabía duda de que lo era.

Sonrió artero. El Manguera podía ser un buen chico, pero él desde luego no lo era.

—¿Adónde vas? —Razz se interpuso en su camino al percatarse de su expresión.

Por lo visto el moreno no solo vigilaba a Lua.

—A provocar una pelea.

—¿Con quién y por qué? —indagó intrigado, manteniéndose frente a su amigo.

—Con José Antoñín —indicó Andrés con sonrisa lobuna.

Razz frunció el ceño, aventurando problemas. Caleb y Abel habían puesto de ejemplo varias veces a ese tipo y luego, ya a solas, Andrés había despotricado a conciencia de él, dejando bien claro que no le gustaba que nadie ocupara el sitio que él mismo había dejado libre. Curvó las comisuras de los labios, la noche estaba a punto de ponerse muy interesante.

—¿Quién es? —Dirigió la mirada hacia el grupito de gente al que acechaba su amigo.

Andrés se lo señaló y Razz silbó al ver al Virtudes. Asintió para sí, ahora entendía por qué Andrés se lo había tomado tan mal. Su sustituto era, o aparentaba ser, todo lo que no era él. Una sonrisa mordaz se dibujó en sus labios a la vez que se apartaba, dejando el paso libre.

—¿Crees que María y Caleb tendrán el botiquín bien surtido? —le preguntó a Lua, sacándola del corrillo de admiradores que se había reunido en torno a ella.

—¿Por qué? ¿Te encuentras mal? —preguntó preocupada acariciándole la frente.

—No, yo no. Andrés tal vez. Dentro de poco alguien le va a poner la cara hecha un cuadro. —Razz señaló con la mirada a un hombre alto y fuerte.

—Tiene pinta de buena persona —dijo ella observando al supuesto agresor, quien por cierto era bastante grato a la vista—, no creo que vaya a pegar a nadie así porque sí.

—De hecho, es Andrés quien pretende empezar la pelea —matizó Razz, ignorando el bufido furioso de este.

—¿Por qué? ¿Quién es? —preguntó Lua, sería una pena estropear una cara tan bonita.

—Es José Antoñin, *el Virtudes*.

Lua asintió, entendiéndolo al fin. Miró a sus amigos. Andrés parecía decidido a montarla. Y Razz parecía decidido a permitírselo. Por lo tanto, era a ella a quien le tocaba intentar hacerle entrar en razón. Genial. Maravilloso. Estupendo. Fantástico.

—Qué te parece si entre los dos buscamos los motivos para no pelearte —dijo esbozando su mejor sonrisa.

Le rodeó la cintura y apoyó la frente donde hombro y cuello se unen.

Andrés puso los ojos en blanco a la vez que Razz ahogaba una carcajada. Aferró las muñecas de su amiga, decidido a librarse lo antes posible de su abrazo fraternal y, entonces, escuchó una risa. Se quedó petrificado. Sin respiración, fuerzas ni razón. Solo el dolor producido por los latidos acelerados de su corazón le indicaba que seguía consciente.

Tragó saliva y, todavía aferrado a la pelirroja, giró despacio la cabeza.

Su mirada se cruzó con la de Paula. El tiempo se detuvo, la algarabía del parque se silenció y el espacio que les separaba se desvaneció.

Ella no había cambiado. Su sencilla elegancia envolvía su belleza clásica. El pelo liso, largo hasta más allá de los hombros, estaba algo alborotado y parecía un poco más rubio. Tal vez se había hecho mechas. Sus ojos claros parecían brillar posados en él.

Parpadeó para librarse del embrujo y fue entonces cuando se percató de que alguien se apresuraba a ponerse a su lado. Alguien que parecía decidido a protegerla de algún ataque invisible mientras que a él le taladraba con la mirada.

Esbozó una parodia de sonrisa destinada a molestar al que había sido su mejor amigo y, con lentitud provocadora, se deshizo del abrazo de Lua y dio la espalda a la pareja. Solo entonces dejó de sonreír y, durante un breve instante, sus ojos mostraron el dolor que sentía.

—Aceptamos —dijo de repente en voz alta y en un artificial tono alegre—. La noche es demasiado joven para perderla aquí. Nos vamos de fiesta.

—¡Estupendo! —exclamó el hombre que llevaba diez minutos intentando convencerle para emigrar a otro pueblo sin conseguirlo.

—¿Qué? —Razz le miró sorprendido—. Nos hemos comprometido con tu tío para…

—¿No quieres conseguir dinero sin pringarte las manos de barro? —espetó Andrés con cierta malicia en la voz—. Podemos hacer nuestro espectáculo en Arenas. Es un pueblo bastante grande. Seguro que sacamos bastante para un par de días.

—Pero tu tío… —insistió Lua ante el silencio de Razz, pues a este el argumento le había convencido al ciento por ciento.

—Tranquila, no llegaremos muy tarde. Echaremos una cabezadita rápida y nos levantaremos frescos como una rosa para ir a las tierras —señaló a la vez que revolvía el rojizo pelo de su amiga en un sincero gesto de cariño—. Tenemos que recoger unas cosas antes de irnos. ¿Sabes cuál es la antigua casa del Vivo? —inquirió al hombre que les había propuesto el plan. Este entrecerró los ojos, pensativo, antes de asentir con la cabeza—. Danos diez minutos.

Quince minutos después, tres coches pararon frente a una casa de paredes blancas y persianas de madera de la que salieron una mujer que llevaba varios hula-hoops, un hombre joven con la piel surcada de tatuajes que acarreaba una voluminosa mochila y otro hombre, mayor que el primero, que les seguía con mirada fiera. Montaron en un coche y este enfiló directo hacia donde estuviera la fiesta en ese momento.

En la Soledad, Paula, manteniendo la sonrisa a duras penas, abandonó el bullicio del parque en dirección a la tranquilidad reinante tras el castillo. Se coló por el descampado en el que los feriantes montarían sus atracciones y no se detuvo hasta llegar a la estrecha terraza plagada de rocas y vacía de personas en la que se asentaban las murallas.

—Ni siquiera se ha molestado en saludarme con un gesto —murmuró, la mirada fija en el cielo cuajado de estrellas.

—Se ha sorprendido al verte. Creo que no ha sabido cómo reaccionar —musitó José tras ella—. Ya sabes cómo es.

—Sí, lo sé.

—No se lo tengas en cuenta.

—No lo hago.

—Mañana le veré. Hablaré con él —indicó frotándole los hombros, intentando infundirle una tranquilidad que él mismo no sentía.

## 3

—¿Son los chicos? —Abel, tan rápido como su artrosis se lo permitía, se acercó a la ventana al escuchar un coche frente a su antigua casa.

Caleb, apoyado en el alféizar de la cocina, asintió sin apartar la vista de la calle.

—¿Vienen con la panda de ayer?

—No. Estos son nuevos —precisó Caleb, los dientes tan apretados como los puños.

Abel llegó hasta su hijo y, apoyándose en el antepecho de la ventana con manos temblorosas, miró hacia la calle. Chasqueó la lengua disgustado al ver a su nieto y sus amigos sentados junto a más gente en la caja de un viejo remolque anclado a un todoterreno. Parecían estar pasándoselo en grande a tenor de las risas que intentaban ahogar sin conseguirlo. Todos, menos el moreno, Raziel, quien parecía estar de un humor de perros. Más o menos como siempre. Él nunca sonreía. Pero a pesar de su carácter taciturno, Abel confiaba en él, sabía de manera intrínseca que ese hombre sombrío jamás permitiría que le pasara nada a Andrés ni a la pelirroja.

—¿Conoces a los del remolque? —Miró preocupado a Caleb—. Parecen más borrachos que serenos.

—Creo que son de Serranillos —dijo, los pómulos palpitando al ritmo de su enfado.

—Pero ¿no iban a Candeleda? —Abel negó con la cabeza, aturdido.

—Eso le dijo Andrés a María ayer por la tarde cuando pasó por casa —gruñó Caleb.

Abel asintió en silencio, con ese eran tres los días que su nieto llegaba más tarde de las ocho de la mañana, cuando José Antoñín hacía ya tiempo que se había ido a las tierras, zafándose del trabajo y de la promesa hecha. Y no daba excusa o explicación alguna. Al contrario, se encerraba en su dormitorio y no volvían a verle el pelo hasta bien entrada la tarde, cuando se acercaba a la casa de las afueras para avisar que no cenaría con la familia. Maldito muchacho, era listo como el diablo. Sabía que estando su madre presente estaba protegido de la cólera de su tío, pues, tras años echándole en falta, María estaba dispuesta a protegerle y malcriarle de todas las maneras posibles… e imposibles. Y de eso se valía el muy truhan.

Caleb, con la mirada fija en el exterior, bufó furioso. De buena gana bajaría y estrellaría las muletas en la cabeza de su sobrino, quizá así lograra meterle un poco de sentido común en esa fábrica de serrín que tenía por cerebro. Y lo haría, si no estuviera seguro de que le costaría un buen disgusto con su mujer.

En la calle, Raziel ahogó un bostezo y saltó al suelo. Lua bajó del regazo del hombre sobre el que estaba sentada y abandonó el remolque con la gracia felina que la caracterizaba. Andrés, sin embargo, no tenía prisa en bajar, al contrario, estaba muy entretenido. Había aposentado el trasero sobre la baranda de la caja y coqueteaba con una morena que se había instalado entre sus muslos para hacerle carantoñas a la vez que le frotaba la entrepierna con sus enormes tetas.

—Andrés, vamos. Estamos cansados. —Razz, aburrido de tanto sobeteo, le tiró del cuello de la camisa, haciéndole perder el equilibrio.

Aterrizó desmadejado sobre su culo. Y si no se rompió nada, fue gracias a los reflejos del moreno quien, conocedor del estado en el que se encontraba, se había apresurado a sujetarlo en el mismo momento en que había comenzado a caer.

Andrés estalló en ebrias carcajadas antes de conseguir ponerse en pie, ayudado eso sí, por Lua. Una vez erguido, aunque tambaleante, se aferró con una mano al remolque y pasó la otra por la nuca de la chica, acercándola a él para besarla. La joven estuvo a punto de caer también. Así que aprovechó la coyuntura y tiró de ella a la vez que le proponía algo al oído. La chica decidió que ese algo debía merecer la pena, pues saltó a sus brazos. Acabaron los dos en el suelo. Otra vez. Y, como no podía ser de otra manera, estallaron en achispadas carcajadas antes de comenzar a besarse. Otra vez.

Raziel, harto de tanta tontería, separó a los tortolitos, los puso en pie y luego, de un somero empujón, mandó a Andrés contra la puerta de la casa.

—Un día de estos le vas a romper la cabeza —comentó Lua caminando cansada hacia él.

—No te preocupes por eso, princesa, la tiene demasiado dura y hueca como para rompérsela —replicó Razz sujetando a la morena por la cintura. Esta se apresuró a echarle la bronca por ser tan bruto—. Claro que sí, bonita, lo que tú digas —aceptó subiéndola al remolque para a continuación dar un golpe en la chapa.

A Dios gracias el conductor, único sobrio del grupo, entendió la orden tácita, metió primera y enfiló calle arriba.

—Tienes que hablar con él, hijo. Esto no puede continuar así —suplicó Abel con inquietud, asomado aún a la ventana.

Caleb asintió, la mirada fija en las escaleras por las que su sobrino estaba subiendo. O por las que le estaban subiendo, pues dudaba de que gozara de la suficiente coordinación como para remontar los peldaños sin caerse.

—Ah, tío... estás aquí. Abuelo. —Andrés se soltó de sus amigos en el mismo momento en el que pisó la cocina y vio a sus ocupantes—. Hemos estado trabajando en Candeleda y Serranillos —apuntó tambaleante—. No creas que llegamos tarde a propósito... es que —sacudió la cabeza para aclararse las ideas— no había autobús y hasta que hemos encontrado a alguien que nos trajera... Hacer autostop es un verdadero coñazo —afirmó rascándose la nuca con una mano mientras usaba la otra para apoyarse en la pared.

Caleb miró a los tres jóvenes. La pelirroja tenía la vista clavada en el suelo en tanto que los ojos de su sobrino iban y venían por la habitación sin posarse en Abel ni en él. El único que no parecía avergonzado era Razz, al contrario, le miraba combativo, con los brazos cruzados y la barbilla alta, retándole a hacer algo.

—Vete a la cama, Andrés, luego hablaremos. Cuando estés más sereno.

—Oh, vaya. Parece que toca charla entre padre e hijo —protestó Andrés subiendo las escaleras—. Pero, ah... yo no soy tu hijo —se giró tambaleante para mirarle a los ojos—, así que deja la charla para los gemelos que sí lo son —sentenció antes de continuar el complejo ascenso a la segunda planta.

—No le hagas caso, no sabe lo que dice —susurró Abel al ver el gesto de dolor de Caleb.

—Sí lo sabe —aseveró, sirviéndose un café—. Es un cabronazo, pero yo lo soy más.


Caleb echó un último vistazo a la olla puesta en el fuego, y pensó, no por primera vez en ese verano, y en muchos otros, que era un asco que María tuviera que ampliar el horario durante la recogida. Era necesario, por supuesto; esos días era cuando más falta hacía la guardería, pues era el único lugar donde dejar a los más pequeños mientras los adultos trabajaban. Pero eso significaba que le tocaba cocinar a él. Y se le daba fatal. De hecho, ese año José había tomado la determinación de llevarse su propia fiambrera, mientras que los gemelos y Ana habían decidido comer en la guardería. Y no se sentía ofendido. En absoluto. Él también lo prefería. Pero no era plan de comer en mesas de colores, con el trasero a medio embutir en sillas diminutas, mientras infantes que todavía se meaban encima le miraban burlones. Lo había hecho una vez y se había sentido especialmente ridículo. Y, desde luego, se negaba a pedirle a María que cocinara por la noche estando él sin hacer nada durante todo el día por culpa de la maldita pierna rota. ¡No era tan inútil!

Por tanto, tocaba aguantarse.

Y comer bazofia.

Removió una vez más la olla, y estuvo tentado de llamar a su padre para ver si podía solucionar el desaguisado. Pero no lo hizo. Bastante le costaba a Abel caminar —maldita artrosis— como para ponerlo a cocinar. Además, solo iban a ser un par de días más. Luego tendrían dos semanas de descanso y después comenzaría la temporada del higo.

No pudo reprimir un escalofrío.

Iban a morir de hambre.

O envenenados.

No sabía cuál de las dos opciones era peor.

Subió un poco el fuego, tapó la olla, aferró las muletas y se dirigió a las escaleras.


—Joder. ¡Esa puerta! —bramó Andrés con voz ronca.

Se tapó los ojos con los brazos para defenderse del repentino fogonazo de luz que se coló en la habitación taladrándole —en sentido figurado, pero doloroso— la cabeza. Era lo malo de dormir en la planta superior; las habitaciones daban a un rellano que se abría a la terraza y a la potente claridad de la mañana. Solo una puerta separaba la penumbra de la luz. Y si la puerta se abría… Se giró de cara a la pared, buscando las sombras, mientras esperaba a que quien fuera que se hubiera colado en su cuarto se diera prisa en hacer lo que tuviera que hacer y se largara con viento fresco dejando la puerta bien cerradita.

Escuchó un ruido que se asemejó mucho —demasiado— al que hacían las persianas al subir, y un instante después sintió sobre la piel el calor de media mañana.

—¡Cerrad la jodida puerta y dejad en paz las ventanas! —volvió a gemir.

Otro choque de madera contra madera y el interior de sus párpados se tiñó de naranja, como si su rostro fuera destinatario de un incandescente rayo de sol. Separó apenas los dedos con los que ocultaba sus enrojecidos ojos y un nuevo aguijonazo de luz le atravesó las pupilas. No solo no habían cerrado la puerta, sino que además habían abierto las contraventanas.

—¡No me hace gracia, coño! —gruñó colérico, harto de tan pesada broma—. ¡Manda huevos!

Se sentó en la cama y en ese momento descubrió al inesperado bromista. Se quedó petrificado. Había esperado encontrarse con Razz y su ceño fruncido; era normal en el moreno despertarle en mitad de una resaca para, según sus propias palabras, darle un escarmiento. Pero ¿Caleb? No era propio de su tío gastar ese tipo de bromas tontas y pesadas.

— ¿Tío? ¿Ha pasado algo? —preguntó aturdido.

—Sí, han pasado muchas cosas —protestó Caleb, erguido cual rey sobre sus muletas—. Por enésima vez no has llegado a desayunar y, como resultado, no has podido ir con José y tus hermanos para recoger las brevas —le acusó severo—. Y, ya que te has quedado en casa, había esperado que nos ayudaras con las cajas, pero por lo visto no lo has creído conveniente —siseó bajando la voz, señal de lo furioso que estaba—. Y, por supuesto, tampoco te has molestado en preguntar cuándo te tocaba turno en la torreta. Si lo hubieras hecho, habrías descubierto que fue ayer por la noche, cuando estabas «trabajando» con tus bolitas de cristal —la ironía fue evidente en su voz—. José ha pasado toda la noche en vela, haciendo tu turno en la torreta, y ahora está haciendo tu trabajo en las tierras, con tus hermanos. No hay una sola promesa de las que me has hecho que no hayas roto —susurró apretando los puños.

—Bueno, eso mismo ha hecho Rajoy y mira dónde está, de presidente del gobierno —replicó Andrés, poniéndose las gafas de sol para paliar el ataque luminoso al que le sometía su tío.

—¡Andrés!

—¡Está bien! No hace falta que grites —jadeó, la cabeza a punto de estallarle—. ¿No podemos hablar más tarde?

—¿Tal vez cuando se te haya pasado la resaca?

—Por ejemplo —aceptó tumbándose de nuevo a la vez que se frotaba las sienes con los dedos—. Baja las persianas y cierra la puerta. Por favor —se acordó de matizar.

—No me lo puedo creer —masculló Caleb, intentando controlar el enfado que pugnaba por estallar.

Descorrió los visillos que cubrían las ventanas, última muralla contra los rayos de sol que, en ese mismo instante, atacaron al joven resacoso con toda su potente, dolorosa y radiante intensidad.

—Joder, tío, no me toques los cojones y baja las putas persianas —rugió Andrés, saltando de la cama a la vez que se tapaba los ojos con el antebrazo.

—¡A mí no me hables así! —estalló Caleb—. No soy tu colega, soy tu…

—¡Sí! Vamos, ¡qué! ¡¿Qué eres?! ¡Nada! Así que no me des la brasa.

—Soy tu tío, te quiero, y me debes un respeto —siseó—. Y si eso no te parece suficiente, también soy el dueño de esta casa.

—¿Eso es una amenaza? —le increpó Andrés, alzando cada vez más la voz—. ¿Me vas a echar si no hago lo que ordenas? —le retó burlón—. Cuando quieras me largo.

—Ya estás tardando —le soltó Caleb, enfrentándose a él.

Tío y sobrino trabaron sus miradas en una pugna silente que era más peligrosa por las palabras que amordazaba que por las que habían sido vertidas.

—He oído gritos, ¿va todo bien? —preguntó Lua preocupada asomándose a la puerta.

—Ni caso, princesa, es la típica charla entre padre harto e hijo macarra y consentido —dijo Raziel llegando junto a ella, pues la había seguido al sentir que se bajaba de la cama que esa noche, como casi todas, habían compartido.

—Eso me había parecido —dijo ella, acurrucándose contra su hombro—. Déjales que se griten un rato más, les viene muy bien.

—No voy a decir que no —replicó Razz, regresando con Lua a su dormitorio—. Eso sí, procurad no acabar a golpes, más que nada porque Andrés es muy quejica. Luego no hay quien le soporte —informó, cerrando la puerta.

—Me gustan tus amigos —murmuró Caleb una vez pasada la sorpresa.

—Sí, a veces son encantadores —manifestó Andrés molesto—. Lástima que esta no sea una de esas veces.

Sacó un cigarro del paquete que había en la mesilla, pero no lo encendió. Jugó con él, moviéndolo entre los dedos, mientras miraba pensativo la ropa esparcida por el suelo.

—No voy a consentir que sigas actuando como hasta ahora.

—Caleb retomó la conversación—. Si vives bajo mi techo, lo harás bajo mis normas. Ya sabes cuáles son, no han cambiado en estos años.

Andrés apretó los dientes a la vez que asentía. Por supuesto que las recordaba. Nada de llegar borracho, nada de dormir hasta medio día y nada de no dar palo al agua.

—Nos iremos por la tarde —resolvió, los ojos fijos en el suelo.

—Como quieras —aceptó Caleb.

Enfiló hacia la puerta, pero antes de llegar a ella, se giró encarándose a su sobrino.

—Alguien que te conociera menos que yo pensaría que eres igual que tu padre —sentenció apenado—, un juerguista irresponsable demasiado aficionado a la fiesta, la bebida y las mujeres. —Andrés levantó la mirada, clavándola en su tío—. Pero yo sé que no te pareces en nada a mi hermano. Te conozco bien. Sé cómo piensas. Cómo sientes Y, ¿sabes qué es lo peor de todo? Que sé que aunque te esfuerzas en aparentarlo, no eres ni un vago ni un borracho. Los tatuajes, los agujeros en las orejas y la nariz, y tu actitud de rebelde sin causa solo son un camuflaje para que nadie descubra que en realidad tienes miedo.

—No le tengo miedo a nada —gruñó Andrés a la defensiva.

—Demuéstralo. Quédate todo el verano, como prometiste, y deja de huir.

—No tengo que demostrar nada —siseó—. Yo no huyo, me gusta viajar. Es distinto.

—¿No huyes? ¿En serio te crees esa mentira? —le espetó Caleb—. ¿Crees que no me di cuenta de que te pusiste lívido como el papel cuando viste a Paula en la Soledad? Por supuesto que huyes. Cada noche. Como un cobarde.

—No soy un cobarde.

—Sí lo eres. Te da miedo verla de nuevo, que se acerque a ti y te hable; por eso desapareces cada tarde y no regresas hasta bien entrada la mañana, para evitarla. Para no tener ni la más remota oportunidad de encontrarte con ella. Mira, hijo, no sé qué os sucedió ni quiero saberlo —se apresuró a añadir—, pero ya han pasado tres años, es hora de que lo superes.

—Hace tiempo que lo superé —afirmó Andrés con desprecio.

—Que te acuestes con una mujer distinta cada noche no significa que lo hayas superado, yo diría que es más bien al contrario…

Andrés sacudió la cabeza y empezó a recoger la ropa tirada por el suelo.

Caleb esperó durante unos segundos alguna respuesta; al no recibirla, se giró en el umbral y recorrió el pasillo en dirección a las escaleras.

—¿Y si no puedo superarlo? —le llegó el susurro ahogado de Andrés cuando iba a poner las muletas en el primer peldaño—. ¿Y si no puedo olvidar?

—Nunca conseguirás olvidar, créeme, lo sé por experiencia —aseveró Caleb con cariño—. No puedes huir eternamente, enfréntate a ella, descubre qué es lo que sientes y actúa en consecuencia. No hay nada que dos amantes no se puedan perdonar.

Andrés resopló burlón a la vez que sacudía la cabeza.

—Yo no soy tú, y Paula no es mi madre —señaló, esquivando los ojos de su tío—. Ni perdono ni olvido —siseó—, pero tienes razón, he estado huyendo…

Se frotó el corto pelo de la nuca con dedos inquietos y luego se dirigió a las escaleras.

—Nunca más —gruñó con los labios apretados—. ¿Ha hecho café el abuelo?

—Algo queda del desayuno.

—Genial. Me hace falta para despejarme —olisqueó el aire, arrugando asqueado la nariz—. ¿A qué narices huele?

Caleb abrió los ojos como platos, soltó un exabrupto y se lanzó escaleras abajo —a saltos y con las muletas—, con Andrés a la zaga. Entraron casi a la vez en la cocina, donde una deprimida olla resoplaba humo negro con un fuerte hedor a quemado. La destapó, miró desanimado el contenido y la cerró de nuevo. Luego recordó que debía apagar el fuego para que la comida carbonizada no siguiera chamuscándose.

—Hijo, huele a quemado —les llegó la voz de Abel desde el portal.

—No te preocupes, papá, el guiso es así —afirmó Caleb asomándose a la escalera—. Estará… comestible.

—De verdad que no me importa comer en la guardería —la súplica desesperada en la voz de Abel era evidente.

—Ya veremos —replicó mirando a su sobrino, después destapó la olla y arqueó una ceja—. ¿Alguna idea?

Andrés se apartó asqueado por la horrible visión.

—Mejor la cierras otra vez —sugirió arrugando mucho la nariz. ¡Apestaba!

—¿Ya habéis acabado de discutir? —dijo Razz, entrando en la cocina—. ¿A qué huele?

—Sea lo que sea, yo no voy a comer lo que hayáis cocinado —manifestó Lua saliendo de detrás del moreno—. ¿Estás bien? —inquirió acercándose a Andrés para abrazarle.

Este respondió al arrumaco abrazándola a la vez que la besaba en la coronilla.

—Mejor que nunca, princesa.

—Desde luego que lo está, no tengo por costumbre comerme a mi familia —apuntó Caleb molesto. La pelirroja era igual de sobreprotectora con Andrés que su esposa.

—Ni a tu familia ni nada que cocines —matizó Razz con la nariz tapada con la camiseta.

Destapó la olla, echó un vistazo al desastre, y, sin pedir permiso, la asió con los brazos estirados para apartarla todo lo posible de su cara y subió las escaleras. Se escuchó —dos veces— el sonido de la cisterna y poco después regresó con la perola vacía. La llenó de agua para reblandecer la comida carbonizada adherida al fondo y luego se encaminó a la nevera.

—¿Puedo? —La abrió sin esperar la aprobación de Caleb, quien se limitó a asentir con la cabeza. De perdidos, al río.

—Creo que estamos salvados —comentó Andrés esperanzado.

Había visto a Raziel hacer comidas deliciosas con cuatro hierbajos y un trozo de carne mustia, seguro que podía preparar una delicatesen con lo que su tío tenía en casa.

Lua asintió, frotándose el estómago a la vez que echaba un vistazo al apetitoso bizcocho que había en la encimera. Robó un trozo sin ningún disimulo.

—Voy abajo con Abel, seguro que está alterado por los gritos —dijo—. Intentaré darle un poco de paz.

Caleb enarcó una ceja, desconcertado. ¿Darle paz? ¿Qué narices iba a hacer la pelirroja con su padre?

—No lo manosees mucho, princesa —apuntó Razz, la mirada fija en el frigorífico—, no creo que Abel esté acostumbrado a que pelirrojas desconocidas lo abracen sin motivo alguno.

—No creo que le moleste en absoluto —replicó Lua, dando un pícaro golpe de cadera antes de bajar las escaleras.

Caleb parpadeó ofuscado, ¿qué era eso de abrazar a su padre?

—Vuestra amiga es un poco…

—No es peligrosa, al contrario, es muy cariñosa. En el buen sentido de la palabra —apuntó Razz con rapidez. La gente normal tendía a malinterpretar los gestos de Lua.

—Sí, Lua cree que todo se soluciona con buen rollo y que las caricias y los abrazos son imprescindibles para la paz y el sosiego. Al menos hasta que se le acaba la paciencia, entonces nos da con los aros en la cabeza —señaló Andrés.

—Lo que suele dar mejor resultado contigo que los besos y abrazos —confirmó Razz, el ceño fruncido ante la escasez de alimentos frescos.

—Solo porque tú me sacas de quicio —replicó Andrés, asomándose inquieto por encima del hombro del moreno al ver que no sacaba nada para comer—. ¿Ves algo?

—Una nevera mal abastecida —replicó este, apartándole de un codazo.

—Y lo que hay en la cueva, ¿no te sirve? —insistió, asomándose por el otro lado.

Raziel cerró la nevera, se giró con lentitud, obligando a Andrés a dejarle un poco de espacio y, apoyándose en la puerta, se cruzó de brazos.

—Está bien. Te dejo tranquilo. —Levantó las manos en señal de rendición, dio dos pasos atrás y apoyó el trasero en la encimera.

Razz arqueó una ceja.

Andrés resopló y, al ver que el moreno no variaba de postura, se apartó para sentarse a la mesa.

Razz siguió inmóvil.

Andrés bufó enfadado, clavó los codos en la mesa y continuó sentado.

Caleb observó divertido a los jóvenes. No cabía duda de que se conocían muy bien.

—Mira que eres maniático —refunfuñó Andrés al cabo de un rato—. Vámonos de aquí, tío, este capullo no va a mover un dedo hasta que le dejemos solo.

Caleb parpadeó aturdido. ¿Le estaban echando de su propia cocina?

—Tío, ¿quieres comer hoy? ¿Sí? Pues salgamos de aquí y dejemos espacio al chef —dijo con recochineo.

Bajaron al portal con Raziel a la zaga, aunque este no se detuvo allí, sino que continuó hasta la cueva. Desapareció en ella y, cuando salió, lo hizo con una caja llena de hortalizas.

Media hora después el hedor a quemado que bajaba desde el primer piso fue sustituido por un delicioso olor que hizo salivar a todos.

—Parece que ha venido bien que se quemara la comida. —Abel inhaló con los ojos cerrados en un gesto de placer mientras Lua, sentada a su lado, le daba un cariñoso masaje en las artríticas manos—. Gracias, Señor, por aliviar el sufrimiento de este pobre viejo en sus últimas comidas, por evitar que su propio hijo lo envenene y por traer a un muchacho que sí sabe cocinar —declaró, haciendo gruñir a Caleb.

José dejó a Ana y a los gemelos en la guardería con María y, tras echar una ojeada a las brevas que habían recogido, condujo hacía la casa de Abel. Tardaría un buen rato en descargarlas. Y bastante más en clasificarlas y empaquetarlas. Suspiró agotado. Hasta la noche no podría ir a casa a dormir.

Aparcó sobre la acera, frente a la puerta, se apeó del coche y, en ese mismo momento su nariz se percató de que algo había cambiado. Elevó la cabeza, olfateando ensimismado el delicioso aroma que salía de la cocina de Abel. Pero era imposible que proviniera de allí; desde que Caleb cocinaba, la comida se había convertido en un verdadero suplicio.

Abrió la puerta de la casa con recelo y se asomó. Seguía oliendo bien. Y lo que era más extraño todavía, había una mujer sentada en el suelo, junto a Abel. Le estaba masajeando las manos. Y no era una mujer cualquiera. En absoluto. Era la mujer más hermosa que había visto nunca. Alta y delgada, con curvas donde debía tenerlas, aunque reconocía que iba un poco escasa de delantera. Pelirroja de larga melena rizada hasta la cintura, alrededor de la cual tenía tatuadas coloridas estrellas y mariposas. Ojos verdes, labios rojos, nariz respingona y barbilla afilada. Dulzura y pasión en el mismo rostro. Solo la había visto otra vez en su vida. Cuatro días atrás. En la Soledad. En brazos de Andrés.

Y desde entonces no había conseguido sacársela de la cabeza.

—Hola —murmuró, la mirada fija en ella sin prestar atención a nada ni a nadie más.

—José Antoñín, dichosos los ojos, ¿sigues haciendo honor a tu mote o ya no te da la vuelta a la pierna? —dijo Andrés con sorna, levantándose del escalón en el que estaba sentado.

—No me lo puedo creer, el bello durmiente está despierto —replicó José sorprendido; el cansancio acumulado tornándose rabia. ¿Por qué siempre tenía que sacar a relucir el tamaño de su puñetera polla?—. Traigo bastantes kilos de brevas para descargar, aprovecha que tu tío no te ve y escaquéate o te tocará currar. Y no queremos que eso suceda, ¿verdad? .El trabajo duro podría ser perjudicial para tu salud.

—Tú sí que eres perjudicial para mi salud. Se me revuelve el estómago con solo verte. —Andrés se acercó amenazador a su antiguo amigo.

—Tal vez sea debido a lo mucho que has madrugado hoy. —José se cruzó de brazos con fingida indiferencia—. Fíjate, aún no son las dos de la tarde y ya estás despierto. Deberías echarte la siesta para recuperarte, no vaya a ser que la falta de sueño te haga enfermar.

—Me estás cargando, Manguerita.

—Chicos —les interrumpió Abel, avanzando renqueante para interponerse entre ellos—. Haya paz.

—No deberías insinuar que Andrés es un vago —le amonestó Lua, arqueando una ceja.

—Tampoco debería hacer su trabajo y lo hago —replicó José, bastante mosqueado.

Lua abrió la boca, y volvió a cerrarla sin saber bien qué decir.

—Exacto. Punto en boca, bonita —le espetó girándose hacia Abel—. El coche está a reventar de brevas —le advirtió, conteniendo apenas el mal humor—, tardaremos un rato en envasarlas. Le he dicho a Ana y a los gemelos que vengan después de comer, tal vez así consigamos acabar antes de que cierre la cooperativa y no se nos acumule el trabajo mañana.

Asió una carretilla de mano y, sin esperar respuesta del anciano o ayuda de los jóvenes, salió del portal, abrió las puertas traseras del todoterreno y empezó a descargar. Poco después dos manos con uñas color turquesa aparecieron en su campo visual, desconcentrándole.

—Pásame las cajas, las colocaré en la carretilla —Lua le guiñó un ojo—, soy fuerte.

—No lo dudo, pero tienes unas manos demasiado bonitas, no quisiera que se te estropearan —rechazó José, dejando una caja sobre las que ya había apilado.

—No las has mirado bien —replicó divertida por su obsoleta caballerosidad a la vez que le enseñaba las palmas—. Déjame ayudarte.

José sonrió al escucharla. Oh, sí. Sí que la había mirado bien. Muy bien. Podía decirse que le había dado un placentero repaso de arriba abajo. No obstante, dirigió los ojos hacia donde eran requeridos. Los abrió como platos, las manos de la pelirroja desde luego no eran las de una dama ociosa. Sonrió encantado al comprender que a la chica de Andrés, al contrario que a este, no le daba miedo el trabajo duro.

Sacó unos guantes de una vieja bolsa de deporte y se los tendió.

Fue Andrés quien los tomó.

—Mete la carretilla dentro, vacíala y tráela de regreso. El abuelo te dirá dónde colocar las cajas —le ordenó a Lua.

—Hazlo tú. Yo prefiero quedarme fuera.

—Vamos, princesa, no te hagas la remolona —la apremió, tomándola por la cintura para dirigirla hacia la puerta.

—No me hago la remolona.

—Te estoy haciendo un favor. No te conviene darle palique al Virtudes, es un tío aburridísimo. —Le dio un cariñoso beso en la coronilla seguido de un ligero azote en el trasero.

—¿En serio? No lo parece —objetó ella con una seductora sonrisa antes de darse la vuelta y empujar la carretilla hacia la casa.

José chasqueó la lengua disgustado. Por lo visto su queridísimo amigo le había puesto un nuevo mote. Y además parecía decidido a que la pelirroja no estuviera cerca y eso era una verdadera lástima. Por razones obvias. Tan obvias y maravillosas como esas larguísimas y torneadas piernas que las mallas fucsia cortadas a mitad de muslo no cubrían.

—Deja de mirarla, que la vas a desgastar —le increpó Andrés.

Haciendo acopio de toda su fuerza de voluntad, José dejó de mirar a la joven y tomó una caja que le arrojó a Andrés con más mala leche que cuidado.

—¿Coto privado de caza? —preguntó con los dientes apretados.

—En absoluto. —Andrés esbozó una sonrisa lobuna—. Es libre como los pajarillos.

José le miró aturdido. ¿No estaban juntos? ¿Era eso lo que acababa de revelarle? Sacudió la cabeza. Imposible. Los había visto abrazarse y Andrés incluso le había tocado el culo, ¡delante de sus propias narices! Tal vez lo que quería dar a entender era que tenían una relación abierta. Frunció el ceño. Eso era ser demasiado liberal, incluso para Andrés. ¿O no?

—¿No es tu chica? —preguntó incapaz de contenerse.

—No es la chica de nadie. —Andrés le quitó la caja que sujetaba—. Pero no te molestes en intentarlo, Manguerita, no tienes nada que hacer. No le gustan los tipos como tú.

—¿Cómo yo? ¿A qué te refieres?

—Tiene alergia a los trepas traidores.

José se quedó petrificado con una caja en las manos. ¿Le había llamado traidor? ¿A él?

—¿Por qué dices eso?—Le clavó la caja en el estómago.

—No has perdido el tiempo en meterte donde nadie te llama. —Andrés la apiló sobre las demás con brusquedad.

—¿Y dónde narices es donde nadie me llama? —preguntó José, lanzándole otra caja que estuvo a punto de convertirle en mujer.

Andrés la paró, colocándola sobre las que se balanceaban inestables en la carretilla.

—Te faltó tiempo para ocupar mi lugar. —Andrés se encaró a él—. Imagino que no te costaría mucho ponerlos contra mí.

—¡Estás loco! Nadie está en contra tuya. ¿Sabes qué? Deberías darme las gracias por estar aquí para hacer tu trabajo cuando te largaste. —Le estrelló otra caja, esta vez contra el pecho—. ¡Te fuiste sin importarte nada! Ni las tierras ni tu familia… ni Paula.

—Ya estabas tú para consolarla, ¿no? —siseó Andrés, arrojando la que acababa de coger contra el estómago de su antiguo amigo.

—¿Qué narices quieres decir con eso? —José dejó la caja, dando por finalizada la pelea.

—Imagínatelo.

—Eres tú quien imagina lo que no es. Pensaba que me conocías mejor —afirmó entristecido dando un paso atrás.

Andrés cruzó las manos tras la nuca y negó con los labios apretados.

—Ya no conozco a nadie —manifestó entre dientes— ni confío en nadie.

—Es una lástima. Porque yo sí te conozco, y mal que me pese, todavía te aprecio —sentenció José, tomando otra caja.

—Dejad de cargarla o no podré manejarla —suplicó Lua al salir del portal y ver la torre apilada sobre la carretilla—. Por cierto, ¿cómo te llamo? ¿José Antonio o José Antoñín? —inquirió burlona.

—José, si no es mucha molestia. —Miró por el rabillo del ojo a Andrés sin saber qué esperar, tregua o ataque.

—¿José? ¡Qué va! Llámale Manguera, como hace todo el mundo. Hay quien dice que cuando está empalmado se rasca la nariz con la polla —apuntó Andrés guasón.

José apretó los labios, incómodo al notar que el rostro comenzaba a arderle.

—Ah, vaya. Qué interesante. —Lua lo miró de arriba abajo, sobre todo abajo, esbozando una provocativa sonrisa—. Te estás poniendo rojo. —Le acarició la cara, risueña, y José bajó la cabeza avergonzado… y encandilado—. Qué tierno.

—Sí, como el pan bimbo —resopló Andrés—. No me jodas que vas a coquetear con este pringado.

Lua arqueó una ceja ante el exabrupto y, sin decir nada, asió la carretilla y enfiló hacia la casa. Antes de entrar, se giró, regalándole una maravillosa sonrisa a José.

—Ni se te ocurra intentarlo —le advirtió Andrés a José al percatarse de que le devolvía la sonrisa a la pelirroja—. No eres su tipo.

—Eso tendrá que decidirlo ella —le desafió irguiendo la espalda.

—Era un consejo de amigo, pero puedes tomártelo como quieras —replicó Andrés.

José lo miró incrédulo y Andrés se encogió de hombros.

—No eres su tipo, créeme. Olvídate de ella, te ahorrarás disgustos.

José apretó los labios, y, sin decir nada, le pasó una caja.

Caleb, escondido tras la ventana del portal, respiró aliviado al comprobar que el rencor entre los dos hombres se había calmado. Tanto los había apretado durante el altercado que, apoyándose en las muletas con la palma de la mano, separó despacio los dedos del mango para que la sangre volviera a circular por ellos. Le había costado toda su fuerza de voluntad mantenerse en silencio y no intervenir, y daba gracias por conseguirlo. Había situaciones que solo los implicados podían zanjar. Y esta había sido una de esas. Se asomó para asegurarse de que todo seguía en calma y, tras respirar profundamente, se giró y asintió para tranquilizar a Abel y a sus… cómplices. Dos cabezas, una pelirroja y otra morena, le devolvieron el gesto.

Al terminar la faena José se entretuvo en aparcar el coche y, cuando entró en la casa, se encontró con una escena por completo inesperada. Sentados a la mesa, Caleb, Lua, Abel y el moreno, quien por cierto llevaba puestos los guantes de fregar de María, estaban clasificando las brevas para colocarlas en sus cajas, y habían adelantado bastante trabajo. Por lo visto no se habían mantenido ociosos mientras él y Andrés descargaban.

Echó un vistazo a su alrededor, buscando a Andrés. Lo encontró encorvado sobre la pila de piedra. Se había quitado la camiseta para lavarse y su espalda tatuada brillaba por las gotitas de agua que le resbalaban desde la nuca. No pudo evitar esbozar una sonrisa de suficiencia. Su amigo seguía tan delgado como siempre. Un tirillas sin un solo gramo de grasa ni masa muscular. Se hinchó como un pavo y con un fluido movimiento se quitó la camiseta, mostrando sin pudor su torso duro y los abdominales marcados.

Miró de reojo hacia la mesa. La pelirroja estaba enfrascada en una conversación con el moreno que ocupaba toda su atención. Maldijo entre dientes.

—Qué, ¿hace calor? —comentó divertido Caleb, logrando que la muchacha levantara la vista con curiosidad, clavándola en él.

—Un poco. —José elevó los brazos para pasarse la camiseta por la nuca a modo de toalla.

Por supuesto, todos sus músculos, brillantes por el sudor, se tensaron más aún.

—Imagino que esa pose está dedicada a ti, Lua —dijo Razz en ese momento—. Dile que se relaje, no vaya a ser que le revienten los pectorales y nos manche las brevas de sangre.

Todos estallaron en carcajadas. Todos, excepto Lua.

—No seas malo, Razz —protestó, hundiendo el codo en el costado de su amigo.

José, rojo como un tomate, encorvó lo hombros abatido y, por qué no decirlo, desinflado. Pero no se puso la camiseta. Al contrario, decidido a refrescarse un poco se dirigió muy digno hacia la pila, donde un jocoso Andrés terminaba de secarse teniendo, eso sí, buen cuidado de ocultar el torso a la mirada de su tío y su abuelo. Bastante raro le miraban ya como para dejarles ver la locura que se había hecho en el pecho.

Sin previo aviso, Razz se levantó para ir a las escaleras; Lua y Andrés le siguieron.

—Ya acabaremos luego —comentó Caleb aferrando las muletas para seguirles, por lo visto la comida ya estaba lista—. Quédate a comer, José.

—No temas, no hay riesgo de intoxicación. No ha sido Caleb quien ha cocinado —apuntó Abel, tomando su bastón.

—Ya lo huelo. —José dirigió una ansiosa mirada al piso superior.

—Os estoy oyendo —farfulló Caleb enfurruñado, subiendo el primer peldaño.

—Y la chica es bien guapa —susurró Abel arqueando las cejas—. Vamos, no te lo pienses más.

José esbozó una avergonzada sonrisa, no había nadie más perspicaz que Abel. Le convenía no olvidarlo.


—No sé yo si es buena idea —susurró Abel mirando con resquemor al amigo de Andrés—. Mira que si prende fuego a la plaza…

—No va a prender fuego a nada, papá. Avisaré a Goro para que todo esté preparado. Además, en la Corredera hay pocos árboles —le tranquilizó Caleb—. Vete tranquilo a echar la partida.

—No sé yo, hijo, no sé yo —masculló el anciano bajando la calle en dirección a la cafetería donde cada tarde se reunía con sus amigos.

Caleb suspiró, porque, aunque había dicho exactamente lo contrario, él tampoco las tenía todas consigo. Echó un último vistazo a la carretera y, al comprobar que seguía igual de desierta que hacía cinco minutos, se sentó en el poyo a esperar a que Andrés y José regresaran de la cooperativa. Cruzó las muletas y colocó la pierna escayolada sobre ellas. Le molestaba menos que otros días, quizá porque había estado más tiempo sentado y con ella en alto. Se había notado, y mucho, el trabajo de Andrés y sus amigos. Tanto, que no eran las seis de la tarde y ya habían acabado. Bastante antes de lo esperado. Y, además, habían comido como señores, pensó dirigiendo la mirada a la puerta de la casa. Allí, sentado en el suelo frente a un cartón y enseñándoles a los gemelos trucos de cartas dignos del mejor tahúr, estaba el artífice de que tuviera la tripa a reventar. La comida había sido una verdadera delicia, cestitas de panceta ahumada rellenas de queso, canónigos y gajos de tomate acompañados de arroz salteado con verduras y, de postre, una macedonia que estaba para chuparse los dedos. Se le hacía la boca agua al recordar lo rico que había estado todo. Y no era que su mujer cocinara mal, en absoluto. Era que el moreno cocinaba demasiado bien. Sacudió la cabeza al notar que empezaba a salivar, mejor dejaba de pensar en comida. Se asomó de nuevo a la carretera. Los chicos estaban tardando. Ojalá durase la tregua y no se hubieran matado por el camino.

—¡Mamá! ¡Mamá!

Los gritos de los gemelos le hicieron tomar consciencia de que María estaba cerca.

—Cariño —susurró dándole un beso poco casto cuando llegó hasta él—. ¿Qué tal el día?

—Tranquilo. ¿Y el vuestro? ¿Andrés ha llegado a tiempo para ayudaros? —preguntó con ansiedad a la vez que miraba esperanzada a Raziel.

Que estuviera ahí tal vez significara que su hijo había cumplido la promesa hecha.

—Ha clasificado las brevas con nosotros —dijo uno de los gemelos.

—Porque papá le ha regañado —apuntó el otro.

—¿Le ha regañado? ¿Cuándo? —María miró preocupada a Caleb.

Por lo visto a su marido se le había acabado la paciencia.

—Lo ha sacado de la cama y han tenido una charla de padre a hijo —explicó David.

—A sobrino, imbécil —le corrigió Daniel—. De padre a sobrino. Y Andrés se ha ido...

—¡Se ha ido! —jadeó María girándose furiosa hacia su marido—. ¿Qué le has hecho?

—A llevar las brevas a la cooperativa —terminó la frase David, salvando a su padre de una buena bronca y consiguiendo de paso que su madre volviera a respirar.

—Con José Antoñín —apuntó Daniel.

—No le llames así, no le gusta —le regañó Caleb, consiguiendo a duras penas meter baza en la conversación.

—Pues el abuelo lo llama así y no se queja —replicó David en defensa de su hermano.

—¡Mamá, mamá! ¡Andrés y sus amigos han prometido hacer una exhibición esta tarde! —les llegó de repente la voz entusiasmada de Ana desde el cielo.

—¿Qué haces ahí, cariño? —inquirió María mirando hacia la terraza sorprendida. A esas horas su hija solía estar en la Soledad, jugando con sus amigas.

—Estamos ensayando —le explicó Ana a la vez que cinco preadolescentes se asomaban a la barandilla acompañadas por la amiga de Andrés.

—¡La Corredera se va a llenar con su espectáculo! —gritó un gemelo.

—¡Nos haremos famosos! —afirmó el otro.

—¡Y ricos! Cobraremos entrada —dijo de repente Daniel—. Un euro por persona. Y si están gordos, dos, porque ocupan más —señaló frotándose las manos.

—No cobrarás nada a nadie —se apresuró a ordenar Caleb.

—Pero, papá, no es justo. Es nuestro hermano, tenemos derecho a sacar algo.

—No. Y no hay más que hablar.

—Jo, que soso eres —protestó el gemelo financiero, arrancándole una carcajada a Razz.

—La próxima vez que actuemos te llevaremos como representante —comentó divertido.

La algarabía que provocó su afirmación estuvo a punto de acabar con la paciencia de Caleb. Y eso fue lo que se encontraron José y Andrés cuando regresaron. Un alterado galimatías de risas, discusiones, voces entusiastas de niños, gritos enfadados de niñas, a Razz escondido en el interior de la casa y a Caleb y María intentando —con escaso éxito— poner orden. Por supuesto, Andrés no tuvo la menor oportu-

nidad de desdecirse de su palabra. Palabra que había dado para quitarse de encima a los gemelos y no tener que llevarlos a la cooperativa.

—Nos toca trabajar gratis —manifestó, los ojos fijos en el todoterreno que se alejaba en dirección a la casa del Prado Latorre.

Su familia, o mejor dicho, sus hermanos, solo habían accedido a
montarse en el coche y dejarle tranquilo tras haberle arrancado, otra
vez, la promesa de actuar. Levantó los brazos y arqueó la espalda, estirando músculos que no sabía que tenía, pero que le dolían a morir tras
haber cargado y descargado lo que parecían cientos de kilos de brevas.

—Va a ser entretenido hacer nuestros trucos mientras tu tío, tu
madre y tu abuelo nos aniquilan con la mirada —señaló Raziel,
su rostro pétreo no mostraba ninguna emoción.

—No seas plasta, Razz, nadie te va aniquilar —refunfuñó Andrés entrando en la casa.

—Claro que lo harán, nadie quiere tener un hijo que se salga de lo
normal —masculló, las mejillas palpitando al son de su desasosiego.

—No pasará nada, Razz —afirmó Lua tras él.

Le abrazó dándole un cariñoso beso en la nuca que esperaba le
tranquilizara. Entendía el miedo del moreno, sus padres también pensaban que había ciertas cosas que las mujeres no debían hacer… entre
ellas disfrutar de excesiva libertad. Y aunque jamás se lo dirían a la
cara, sí habían insinuado que preferían que estuviera lejos de ellos.

Y eso hacía. Casi cuatro años ya.

—El tío y la madre de Andrés son encantadores, no pondrán
mala cara siempre y cuando no pasemos la gorra para pedir dinero
—apuntó burlona.

—Por supuesto —se zafó del abrazo—. Ponte guapa, princesa,
tenemos que dar un espectáculo acorde a las expectativas de todo un
pueblo…

# 4

$J$osé llegó sin resuello al final de la calle de la Cuesta e, incapaz de continuar, se sentó en el bordillo a recuperar el aliento. Normalmente no le costaba tanto subir la calle, pero llevaba despierto y trabajando más de treinta horas seguidas. De hecho, si tuviera un mínimo de inteligencia estaría en la cama, durmiendo. El problema era que nada deseaba más que estar en la cama. Pero no durmiendo. Tampoco solo. Y allí estaba, subiendo la madre de todas las cuestas, agotado, sin aliento y a punto de caer exhausto por culpa del cerebro que reinaba en su entrepierna y que, todo sea dicho, era el que en realidad mandaba. Al menos desde ese mediodía, porque de normal su libido se mantenía en un cómodo letargo solo alterado los sábados por alguna que otra película porno, su mano y un poco de aceite para que todo corriera bien, en el más amplio de los sentidos. Pero claro, de normal tampoco comía con exóticas diosas de la belleza.

Su cerebro, el de abajo, se irguió al recordar a la pelirroja. Por lo visto, aunque su cuerpo estuviera exhausto había músculos que se tensaban de forma automática y sin necesidad de ningún aliciente más complicado que un simple recuerdo.

Intentó colocarse la erección en el cada vez más ajustado pantalón y, al no conseguirlo, se puso en pie y continuó su camino. No era cuestión de llegar tarde al espectáculo.

Entró en la Corredera y pudo ver que los gemelos habían corrido la voz.

Mucho y muy rápido.

La plaza estaba llena de gente. No a reventar, pero casi.

El trío de artistas estaba sobre la escalinata que daba acceso al jardín, hablando con el alguacil. Tres escalones por debajo de ellos, en el llano pavimentado, varias filas de niños sentados estilo indio en el suelo formaban la primera grada de un anfiteatro humano; la segunda, la conformaban preadolescentes larguiruchos que saltaban nerviosos sobre las puntas de los pies. Un poco más alejados, grupitos de jóvenes charlaban entretenidos esperando el comienzo de un espectáculo que había despertado su perezoso interés. Los adultos se habían congregado en la terraza del restaurante de la plaza, y los ancianos estaban repartidos por los bancos graníticos o asomados a los balcones de las casas.

José echó una ojeada en busca de un lugar desde el que ver la actuación, sentado a ser posible. No lo había. A no ser que... Se encogió de hombros y se dirigió cansado al banco situado a la derecha de los artistas. Caleb, María y Abel, en calidad de tío, madre y abuelo de uno de los protagonistas, lo ocupaban. Se sentó junto al anciano con medio culo fuera, las piernas estiradas, los tobillos cruzados y, tapándose la boca para cubrir un bostezo, se dispuso a esperar.

El alguacil se apartó de Andrés para acercarse a Caleb y asegurarle que todo estaba bajo control. Luego se sentó tras José, en el respaldo del banco, asintió dando su conformidad a los artistas y dio comienzo el espectáculo.

—¿Cómo puede hacer eso? —preguntó un sorprendido Abel minutos después—. Tú que eres joven y tienes buena vista, José Antoñín, ¿has visto si hay algún hilo que las mueva?

Había visto a su nieto jugar con las bolas en el patio y había pensado que en eso consistía el espectáculo. Se había equivocado de cabo a rabo. El niño estaba haciendo magia. Otra cosa era imposible.

—Por supuesto que no hay ningún hilo, papá —susurró Caleb antes de que María les chistase haciéndolos callar.

José negó con la cabeza, las malditas bolas iban de un lado a otro del cuerpo de Andrés como si este tuviera algún poder mágico sobre ellas. Tan pronto flotaban sobre su piel como se quedaban inmóviles. A veces parecían adheridas a las yemas de sus dedos y, en otras ocasiones, se mecían sobre músculos inmóviles.

Andrés los mantuvo a todos en vilo con las acrobacias de sus bolas hasta que, de repente, una pícara Lua lo atrapó en uno de sus hula-hoops, robándole un beso antes de sacarlo del escenario con un empujón de su precioso trasero, lo que lo convirtió en el hombre más envidiado de la plaza.

También en el más odiado.

José apretó la mandíbula con furia, si no estaban juntos, ¿por qué narices ella no hacía más que abrazarlo y besarlo?

—José Antoñín, estás rechinando los dientes —le advirtió Abel—. Ten cuidado o acabarás con varias piezas postizas, como yo.

José se giró hacia el anciano a tiempo de ver a Caleb ocultar una sonrisa burlona. Abrió la boca para replicar, pero la ceja muy arqueada de María y la risa convertida en tos de Goro, el alguacil, le hicieron pensárselo dos veces y desistir. Cuanta más importancia le diera, más se meterían donde no les importaba. Así que volvió a centrar la vista en la pelirroja, quien en ese momento estaba demostrando a todo el que quisiera mirar, y todos querían, lo sensual que podía ser un aro de plástico girando alrededor de un armónico cuerpo femenino. Más si estaba (des)vestido con un ceñido top rosa y una escueta minifalda turquesa que a cada giro se arremolinaba mostrando un trasero perfecto oculto por un bóxer lila.

¿De verdad era necesario contonearse así para mover el hulahoop?

Se removió incómodo en el banco mientras pensaba que esa noche, a pesar de no ser sábado sabadete, iba a hacer buen uso del aceite que guardaba en la mesilla.

Miró a su alrededor, todos los hombres allí presentes que contaban entre once y noventa y nueve años tenían los ojos fijos en la joven. En sus movimientos. En su sonrisa. En las contorsiones que realizaba. En la magia de los aros. Y qué narices, en su culo duro y sus tetas firmes. Ella lo sabía y se aprovechaba. Coqueteaba con ellos, haciéndolos soñar con su mirada pícara, su sonrisa descarada y su cuerpo flexible.

Sacudió la cabeza, liberándose de su embrujo. Más le valía quitársela de la mente si no quería acabar peleándose con la mitad de los hombres del pueblo, o al menos, con todos los que estaban solteros y sin compromiso. Los casados y con novia esperaba que supieran comportarse. Como él hacía, a pesar de ser libre como el aire.

Cayó la noche y José aguantó el tirón, en sentido figurado y literal —el próximo espectáculo lo vería en chándal para evitar el estrangulamiento genital— y cuando parecía que el precioso cuerpo de la pelirroja se iba a romper por la presión, cantidad y velocidad de los aros que giraban en torno a él, vio por el rabillo del ojo que el moreno se situaba tras ella. Tenía el torso desnudo y sujetaba en cada mano una cadena con algún tipo de tela envolviendo los extremos. Le vio sacar algo del bolsillo, un mechero a tenor de la pequeña llama que le iluminó el rostro y con la que prendió el contenido del cuenco que tenía a los pies. Acercó las extrañas cadenas al recipiente y, un instante después, la noche ardió.

Círculos de fuego tan altos como una persona se formaron tras la pelirroja, rodeándola. Ella dejó caer los aros al suelo y se mantuvo inmóvil mientras él se acercaba, abrazándola con anillos de aire incandescente. Y así permanecieron hasta que los gritos asombrados de los niños y los murmullos estupefactos de los adultos se apagaron, entonces la muchacha besó en los labios a su amigo y este la liberó.

Raziel sonrió para sí al ver el gesto enfurruñado del Virtudes. Ah, qué malos eran los celos. Más aún si el objeto de deseo era la rebelde y pizpireta Lua. Recorrió el banco con la mirada y parpadeó atónito al percatarse de que, en contra de lo que había esperado, ni el abuelo ni el tío ni la madre de Andrés parecían molestos, al contrario, por sus gestos se diría que estaban entusiasmados. Sonrió con cinismo; ojalá todas las familias supieran disimular tan bien su desagrado. Cerró los ojos, concentrado, y cuando los abrió de nuevo comenzó a enlazar figuras de *swing*. Con los brazos en cruz hizo rotar las muñecas, y por ende las cadenas ígneas, con el mismo ritmo hasta que decidió complicarlo. Cambió el tempo y el sentido en que giraba cada carioca, haciendo que sus trayectorias se enfrentaran. Luego cruzó los brazos sobre el pecho y, sin que dejaran de girar, fue inclinándose hacia atrás a la vez que doblaba la espalda, hasta que su largo cabello tocó el suelo y su torso brilló húmedo por el sudor. Volvió a erguirse, cruzó las muñecas a la espalda, y con el fuego girando vertiginoso tras él, hincó una rodilla en el suelo, bajó la cabeza dejando que el pelo le cubriera la cara, extendió los brazos frente a sí y estrelló las cadenas una contra la otra, entrelazándolas inmóviles frente a él.

La plaza se quedó en un absoluto silencio antes de que los niños comenzaran a aplaudir rabiosos, seguidos muy de cerca por el resto de la gente.

Razz alzó la cabeza para poder ver a través de la húmeda cortina de su pelo a las personas que le rodeaban. Desde que había comenzado la actuación se sentía observado. Oh, por supuesto que docenas de personas le miraban, pero lo que experimentaba iba más allá de la curiosidad mezclada con asombro que despertaba siempre. Se sentía acechado. Inspiró despacio, llenándose los pulmones de aire fresco y se irguió orgulloso, sus ojos penetrantes estudiando cada rostro que le rodeaba. Hasta que su mirada se trabó con la del hombre que había hablado con Andrés antes de permitirles empezar el espectáculo, el alguacil del pueblo. Alto, de piel clara y pelo negro. Ancho de hombros, brazos poderosos, vientre plano y cintura estrecha. Sus ojos oscuros, tal vez marrones, le miraban sin parpadear en tanto que sus labios esbozaban una sonrisa torcida.

Raziel apartó la vista, turbado, y acto seguido aflojó la presión en las cadenas, dejando que estas se destrabaran para hacerlas girar de nuevo. La impresión de sentirse vigilado se hizo más intensa. Buscó al alguacil con la mirada, pero este tenía los ojos fijos en Lua, lo cual no era de extrañar. Era muy hermosa y su atuendo no dejaba espacio a la imaginación.

«¿Qué hombre no rompería los pantalones al soñar con ella?», pensó curvando los labios. «Aquel que tiene el privilegio de dormir a su lado cada noche», se respondió con cinismo.

Giró despacio sobre sí mismo, buscando el origen de la incómoda sensación de ser vigilado. Y mientras lo hacía formó con las cadenas un anillo vertical y otro horizontal que se cruzaron frente a su pecho, dibujando una cruz ígnea tan alta como él. Volvió a su posición inicial y siguió con elementales, hasta que, tan de improviso como había aparecido, la impresión desapareció. Sacudió la cabeza, confundido, y miro de reojo al alguacil, quién de nuevo le observaba, algo lógico, al fin y al cabo estaba actuando. Sus miradas volvieron a trabarse. Tragó saliva, incómodo, y apartó la vista para comprobar el estado de las mechas. El fuego había pasado del naranja al amarillo, señal de que la parafina que impregnaba el kevlar se agotaba. Inspiró despacio e hizo volar los pois con rapidez vertiginosa.

Todos los presentes en la plaza se pusieron de pie y aplaudieron frenéticos cuando, tras hacer girar las cariocas a una velocidad endiablada, las estrelló contra el suelo, sobre unos trapos, donde se apagaron al instante.

José se levantó, decidido a acercarse al trío y felicitarlos por la magnífica actuación. Pero se detuvo turbado cuando vio a Lua saltar sobre la espalda de Andrés. Este echó a correr hacia Raziel con ella a caballito, y cuando llegó hasta él, comenzó a girar sobre sí mismo hasta desmontarla, momento en el que el moreno la tomó por la cintura y la alzó hacia el cielo.

José Antonio se quedó petrificado en mitad de la plaza. Caleb y María pasaron junto a él, digiriéndose hacia el trío. Dio un paso atrás. Los gemelos, Ana y un sinfín de niños y no tan niños pasaron corriendo a su lado, empujándole cuando no se apartó con la debida premura. Dio otro paso atrás, alejándose del coro de admiradores que se estaba formando alrededor de los artistas. Cerca de ellos, Caleb, dando saltitos con sus muletas, intentaba esquivar a los críos mientras María abrazaba a su hijo.

Dio un último paso atrás y negó con la cabeza, allí no pintaba nada.

Se giró para enfilar la calle de la Cuesta e irse a casa.

Estuvo a punto de chocar con Abel.

—Y digo yo que los chicos tal vez tengan sed —comentó el abuelo como si tal cosa.

—Puede… —José se encogió de hombros e intentó esquivar al anciano.

—¿Y vas a dejar que una señorita pase sed? —inquirió, interponiéndose en su camino.

—Ya se ocuparán Andrés o Raziel de darle de beber —intentó zafarse de nuevo.

—Claro, si lo pueden hacer otros, para que te vas a molestar tú. Qué lástima de caballerosidad perdida —pronunció Abel mirando al cielo—. Luego no te quejes de que la chica no te hace caso. ¿Cómo te lo va a hacer si no has hecho nada para llamar su atención? —protestó antes de continuar su camino.

José miró al anciano con el ceño fruncido, metió las manos en los bolsillos, y, antes de pararse a pensar en lo que iba a hacer, se dirigió al restaurante.


—¿Preparados? —gritó Andrés envolviendo la cintura de Daniel con sus brazos en tanto que David, a caballito sobre su espalda, se aferraba con fuerza a su cuello.

—¡Sí! —le llegaron los gritos gemelos de sus hermanos.

—Serán payasos —murmuró Ana, observando por el rabillo del ojo los giros impetuosos de Andrés y el vuelo de los gemelos.

—Seguro que también te lo hace a ti —señaló Caleb revolviéndole el pelo.

La preadolescente se giró furiosa con un dedo levantado, advirtiéndole a su padre con el silencioso y contundente gesto que no le tocara el pelo. Había tardado horas en dejarlo como ella quería. No fue hasta que el divertido progenitor levantó las manos en señal de rendición —bueno, una mano, porque con la otra se sujetaba a la muleta—, que la niña cambió su gesto huraño por una sonrisa forzada.

—Yo no quiero dar vueltas —afirmó muy seria, apoyando las manos en las caderas.

—¿Ah, no? —Andrés la tomó de la cintura, elevándola en el aire, para comenzar a girar sobre sí mismo.

Ana pataleó para demostrar su indignación antes de estallar en delirantes carcajadas.

Apoyado en un árbol, que de paso le ocultaba de la multitud reunida alrededor de Andrés y Lua, Raziel curvó los labios, fascinado con el desconocido encantador que tenía la apariencia de su amigo pero que no se comportaba como su amigo. Era increíble lo mucho que Andrés disfrutaba con sus hermanos. Jamás lo había visto tan feliz. Ni tan alegre.

—Impresionante actuación, enhorabuena. —La voz grave y cálida se filtró por su piel y, aunque era la primera vez que la oía, supo a quién pertenecía—. Pero, si te soy sincero, me has hecho pasar un mal rato.

Razz se giró despacio, y enarcó una ceja, encarándose a quien parecía susurrarle al oído aun estando a más de un metro de distancia.

—A veces parecía que el fuego te lamía la piel —explicó el alguacil—. La próxima vez quiero ver un botiquín de primeros auxilios cerca de vosotros, no me gusta que nadie se queme en mi pueblo —apuntó con seriedad.

—Está ahí —replicó Razz, señalando la mochila que estaba a sus pies.

—Guardado no me sirve. Lo quiero a la vista y disponible. ¿Entendido?

Raziel asintió, no le faltaba razón al hombre.

—Bien, nos vemos —se despidió para acercarse a Caleb y María.

Raziel soltó el aire que había retenido —no tenía ni la más remota idea de por qué lo había retenido— y, tras comprobar que las mechas se habían enfriado, guardó las cariocas.

—¿A qué no ha sido tan malo actuar para la familia de Andrés? —Lua apareció de repente tras él y apoyó la barbilla sobre su hombro a la vez que le abrazaba por la cintura.

—No, no lo ha sido —aceptó mirando con ternura a su amiga. No pudo evitar la cariñosa sonrisa que asomó a sus labios—. Los gemelos y Ana han vuelto a liarle.

Lua se giró, intrigada por la afirmación, y se echó a reír al ver como el huraño Andrés caía rendido a los ruegos de sus hermanos y sacaba las bolas para hacerles otra demostración y que pudieran vacilar ante sus amistades.

—Su familia es encantadora —afirmó con nostalgia.

—Sí lo es. ¿Por qué no estás con tu corte de admiradores eligiendo compañía para esta noche? —Razz la miró con curiosidad.

—Prefiero estar aquí contigo, esperando a alguien que me intriga mucho y que si me ve rodeada de gente, no se va a acercar a mí —replicó ella con sinceridad, la mirada fija en un punto a la espalda de Razz—. Puede que pase la noche fuera. No me busques si desaparezco.

—Andrés se va a enfadar si te vas con él. Lo sabes, ¿verdad? —señaló Razz, sin molestarse en mirar tras él. Sabía de sobra de quién estaba hablando ella.

—Claro que lo sé. Le haré alguna carantoña y se le pasará.

—Eres una niña mala.

—Es culpa vuestra por mimarme demasiado —replicó ella, y Razz no pudo hacer otra cosa que asentir, pues tenía toda la santa razón.

—Hola —les saludó José con cierto reparo, deteniéndose junto a ellos—. He pensado que tal vez tendríais sed —les ofreció dos de las cuatro cervezas que sujetaba entre los dedos.

—Vaya, gracias —aceptó Razz, sorprendido.

—Qué amable —dijo Lua con voz seductora—. Eres un verdadero encanto —declaró antes de dar un lento trago al botellín.

José tragó saliva al ver como los labios de la pelirroja envolvían el cuello de la botella.

—¿Vas a beber dos cervezas a la vez? —le preguntó el moreno, sacándole del delirio.

—No. Esta es para Andrés —dijo, tendiéndosela—. Si se la quieres acercar…

—¿Me has tomado por su criado?

—Seguro que Andrés te lo agradece un montón —replicó Lua, dándole el botellín a Razz para acto seguido enlazar su mano con la de José—. ¿Damos una vuelta? Me apetece muchísimo ver el Castillo de cerca. La parte de atrás más exactamente. Me ha dicho Andrés que desde allí la vista es preciosa.

—Sí que lo es. Mucho. Es un sitio tranquilo. —José arqueó una ceja y miró a la pelirroja—. Muy solitario también. No suele ir nadie.

—Estupendo, ¿vamos? —replicó ella con ojos pícaros.

—Sí, por qué no.

Lua esbozó una enorme sonrisa y echó a andar, tirando de él.

José se mantuvo inmóvil, deteniendo los pasos de la muchacha, quien se giró para mirarle confundida. Sonrió ladino y tiró con suavidad de ella, colocándola a su lado, ni delante ni detrás. Luego le pasó el brazo por la cintura, apoyando con respeto la mano sobre la cinturilla de la escueta minifalda, y echó a andar hacia el parque con templada firmeza.

Lua parpadeó un par de veces, sorprendida por el gesto del hombre. Arqueó una ceja, tal y como había hecho él, e imitándole, se abrazó a su cintura. Pero no colocó la mano en un lugar decente. En absoluto. Le dio un buen apretón en el trasero.

José dio un traspiés al sentir los dedos de la pelirroja apretarle el culo para luego descender presurosos y acariciarle con descaro el lugar donde pierna y trasero se unen. Se detuvo, los ojos fijos en ella. Entornados, amenazantes.

Lua estalló en risueñas carcajadas antes de llevar la mano a un lugar más prudente. Sobre el duro trasero. Con la palma abierta para abarcarlo bien y el pulgar enganchado en una trabilla del pantalón, para que no se pudiera alejar.

José sacudió la cabeza, atónito por el descaro, antes de esbozar una sonrisa torcida y rendirse a la caricia. Comenzaba a darse cuenta de que Lua era una mujer de armas tomar. Una más descarada y atrevida que las mujeres que normalmente le llamaban la atención.

Razz observó a la parejita dirigirse hacia la Soledad y esbozó una mueca de diversión, Lua era demasiado intrépida para según qué cosas e intuía que José, por el contrario, era bastante arcaico. El choque entre ellos iba a ser digno de verse. Se dirigió hacia Andrés cerveza en mano y, como no estaba por la labor de escuchar los alaridos que, estaba seguro, los gemelos emitirían si interrumpía la actuación, se sentó a esperar.

—Sopla sobre la de arriba, Ana. —Andrés extendió el brazo; en la palma de su mano tres bolas formaban una pirámide con una más en la cúspide.

La niña, más hinchada que un pavo real por ser la ayudante, sopló. Las bolas de la base se mantuvieron inmóviles en tanto que la de la cima saltó y cayó. Andrés la atrapó en el aire, emitiendo un exagerado y fingido gemido de espanto. Gemido imitado al instante por los niños que lo rodeaban.

—Menudos pulmones tienes, hermanita. La has hecho volar —exclamó guiñándole un ojo—. Sopla otra vez, pero un poco más suave…

Ana miró divertida a su hermano, sonrió ufana, y sopló muy despacito sobre la bola que sujetaba en la mano derecha, que pasó de la palma al antebrazo. Y allí se quedó quieta.

—Un poco más fuerte o no subirá —susurró Daniel, pegándose a ella.

—Muy muy muy fuerte —dijo David entusiasmado.

—Ya lo has oído, Ana, ¡ánimo! —la instó Caleb, siguiendo el juego.

Ana obedeció. Se llenó los pulmones de aire y sopló con todas sus fuerzas.

La pesada esfera se movió apenas unos centímetros sobre el mapamundi tatuado en el interior del antebrazo.

—Parece que no es suficiente —murmuró Andrés, enigmático—. ¿Y si sopláis todos?

Los niños abrieron los ojos como platos y se pusieron a soplar como locos. Caleb y María estallaron en carcajadas, e incluso Razz no pudo evitar curvar los labios ante todos esos mofletes hinchados que expelían aire mezclado con babas.

—¡Un momento! —los detuvo Andrés, que se lo estaba pasando en grande—. Todos a la vez. Uno… dos… ¡tres!

Los niños soplaron de nuevo, y esta vez Andrés inclinó con rapidez el cuerpo y los hombros hacia delante a la vez que alzaba apenas el brazo, consiguiendo el efecto óptico de que la bola subía hasta el hombro, cuando lo que hacía era descender. La hizo deslizarse por la clavícula hasta llegar al otro hombro y, ya sin la supuesta ayuda de los soplidos, pues los niños estaban sin aliento, la esfera descendió veloz hasta llegar junto a las otras y ocupar su puesto en la cúspide de la pirámide.

Los niños, y también todos aquellos que se habían acercado con la excusa de vigilarlos, rompieron en una algarabía de aplausos y gritos.

—Lo que haces es increíble. Parece magia —le alabó una apacible voz femenina alzándose entre el bullicio.

Razz abrió los ojos estupefacto cuando Andrés, con el rostro teñido por una lividez cadavérica, perdió el control de las bolas y estas cayeron al suelo. Era la primera vez que le pasaba eso. Ni siquiera estando borracho, o medio ciego como en días pasados, se le habían caído. Miró a la mujer que tanto parecía haber afectado a su amigo. Era una rubia de ojos castaños y rostro angelical; pelo dorado y labios finos curvados en una tensa sonrisa que no ocultaba sus grandes dientes. Y aunque no la había visto en su vida, supo quién era. Lo supo por la tensión en los hombros de Andrés, por su mirada esquiva y los puños que cerraba con fuerza.

—Te he desconcentrado. Lo siento —se disculpó ella, agachándose para recoger las bolas.

—No te molestes —la apartó Andrés, arisco. Se acuclilló sin mirarla y tomó las bolas de cristal, que al caer sobre la mullida hierba no habían sufrido ningún desperfecto aparente—. Chicos, está anocheciendo y estoy muy cansado. Mañana más y mejor, ¿de acuerdo? —les dijo a los niños.

Los críos esbozaron lastimeras súplicas que, al no ser atendidas, se convirtieron en bufidos enfurruñados hasta que Caleb, intuyendo la desazón de su sobrino, intervino ordenándoles que se fueran a jugar.

—Gracias, tío, a veces se ponen muy pesaditos —le dijo Andrés, dándole la espalda a Paula—. Mañana nos vemos en el desayuno —se despidió a la vez que le hacía un gesto a Raziel para indicarle que se iba.

El moreno arqueó una ceja e inclinó la cabeza, señalando con discreción a la rubia que aguardaba paciente a que reconociera su presencia.

Andrés apretó los labios, se colocó la mochila al hombro y echó a andar.

—Andrés —le llamó Paula al ver que se iba—. ¿No vas a mirarme siquiera?

—Sí, claro, ¿por qué no iba a hacerlo? —masculló él, girándose con el aliento contenido.

Y en el mismo momento en que posó la mirada en ella sus labios se separaron, suplicando besos que jamás llegarían; la piel se le erizó, ávida de caricias que nunca más sentiría y los dedos le hormiguearon, anhelantes por tocar lo que ya no le pertenecía. Inspiró despacio, decidido a no mostrar el desasosiego que sentía. Desde que la había visto en la Soledad estaba preparándose para ese encuentro. Tres días pensando en cómo sería, qué se dirían, qué sentiría. Y llegado el momento nada era como lo había imaginado. No sentía indiferencia, sino dolor, nostalgia y rencor. Un rencor tan fuerte y visceral que apenas podía contenerlo.

Tal y como le había dicho a su tío, no conseguía superarlo.

—Has cambiado mucho —afirmó ella con timidez, observando los tatuajes, *piercings* y dilatadores.

—Sin embargo, tú sigues igual de bonita. —Andrés esbozó una artera sonrisa, se acercó a ella hasta que solo les separó un suspiro y, en voz baja, susurró—: ¿También igual de zorra?

Paula se apartó sobresaltada, mientras un angustiado jadeo brotó de sus labios en tanto que sus ojos brillaban de rabia.

—Eres un cerdo.

—Ya ves, de animales va la cosa —replicó burlón—. No te hagas la ofendida, para eso es necesaria cierta nobleza de carácter, y de eso vas escasa —continuó implacable.

—Andrés, Paula, ¿todo bien? —preguntó Caleb acercándose a ellos, preocupado por la expresión furiosa de Paula… y por la ira que se podía leer en el rostro de su sobrino.

—No lo sé, ¿todo bien, «querida»? —siseó Andrés con evidente ironía, ganándose una mirada furiosa de Caleb—. ¿Tal vez te ha molestado mi exceso de sinceridad?

—No. Lo que me molesta es lo mucho que has cambiado, eras mejor persona antes.

—Antes era un imbécil —farfulló Andrés, los dientes tan apretados como los puños.

—Estoy de acuerdo, pero ahora además de imbécil eres un cabrón. —Le dio la espalda para ocultarle las lágrimas que brotaban de sus ojos—. Caleb, os espero el lunes en la consulta.

Caleb asintió con la cabeza antes de girarse furioso hacia su sobrino.

—¿Qué le has dicho para…? —comenzó a decir, antes de darse cuenta de que la joven no era la única afectada por el encuentro.

Andrés, pálido como un muerto, jugaba nervioso con un cigarrillo entre los dedos.

—Estoy cansado, nos vemos —dijo, abandonando la plaza con Raziel a la zaga.

Caleb negó apesadumbrado. El pasado seguía doliéndoles y las ascuas se mantenían calientes, a punto de arder de nuevo ante la más pequeña chispa.

—¿Dónde está Lua? —le preguntó Andrés a Razz.

—Se ha ido con tu amigo —respondió burlón—, me ha dicho que tal vez no venga a casa a dormir.

—¿Con José? —soltó Andrés parándose de repente.

—Sí. —Razz esbozó una ladina sonrisa, como anticipando su reacción.

No fue la que esperaba. Andrés no bufó ni gruñó. No insultó a nadie ni montó en cólera. Al contrario. Estalló en carcajadas.

—No ha podido elegir peor —consiguió decir entre resuellos.

Razz enarcó una ceja, intrigado.

—Lua vendrá a casa esta noche —dijo cuando se le pasó la hilaridad—, eso te lo certifico. Y lo hará sola.


—Se respira libertad —susurró Lua con los ojos cerrados.

—Más bien romero y retama —replicó José con pragmatismo, observándola intrigado.

La joven había descartado sentarse en las rocas que había junto a las murallas y, en su lugar, había descendido por las faldas del cerro hasta llegar a un claro. Y allí, sobre hierba seca y tierra gris, se había arrodillado. Con los ojos cerrados y las manos abiertas sobre paja dorada. La cara orientada a las estrellas y los plateados rayos de luna acariciándole el rostro.

Jamás había visto nada más hermoso que esa mujer, en ese momento, en ese escenario.

—Es tan tranquilo —murmuró ella, abriendo los ojos—. Como si no existiera nada más en el universo que nosotros, la tierra que nos acoge y el cielo que nos observa.

—Bueno, si prestas atención, podrás oír los coches subiendo la cuesta de entrada al pueblo —comentó José, sentándose en el suelo no muy lejos de ella.

—Estás decidido a quitarle toda la magia a la noche, ¿verdad? —Lua estrechó los ojos, fingiéndose enfurruñada.

—Lo siento. Mantendré la boca cerrada —se disculpó, mirándola divertido.

—Ah, no. Ni se te ocurra —le increpó, gateando hacía él—. Me gusta tu boca. Me gusta cómo sonríe. Cómo susurra. Y, sobre todo, me gusta cómo se mueve la lengua dentro de ella —susurró en su oído al llegar junto a él.

—No sé si eres muy atrevida o muy confiada… tal vez ambas —replicó él, enredando un dedo en un mechón de pelo rojo.

—¿Por qué? —Le miró confundida sentándose a su lado, el cuerpo recostado contra él y la cabeza apoyada en su hombro.

José no pudo, ni quiso, evitar abrazarla. La sonrosada piel, tan suave como había imaginado, se erizó bajo sus dedos y ella se acurrucó contra él como una gatita ronroneando.

—No me conoces y estás aquí, conmigo, en un lugar donde nadie te oirá si gritas.

—¿Me vas a hacer gritar? —susurró con sensual picardía.

—No me refiero a eso, y lo sabes —replicó con severidad—. No deberías ser tan confiada, cualquiera podría atacarte y nadie se enteraría ni podría ayudarte.

—Pero no estoy con cualquiera, estoy contigo. Y tú no vas a atacarme.

—¿Ah, no? ¿Por qué estás tan segura? —inquirió poniendo dos dedos bajo su barbilla para instarla a alzar la cabeza y mirarle a los ojos.

—Porque tienes cara de niño bueno, Manguerita.

—No me llames así —protestó irguiendo la espalda, tenso.

—¿Cómo? ¿Manguerita? —repitió juguetona.

—Es un apodo estúpido. Hace años que nadie me llama así —explicó irritado—. Andrés no tenía por qué mencionarlo, pero como es un cabronazo tocacojones no ha podido evitarlo.

—Sin embargo, a mí no me desagrada —le susurró al oído—, al contrario, me intriga. —Colocó la mano sobre la rodilla de él y fue ascendiendo despacio hacia el interior del muslo—. Dime, José, ¿está justificado el apodo?

Le dio un ligero mordisco en el cuello mientras sus ágiles dedos se posaban certeros sobre el motivo del mote que tanto parecía disgustarle.

José jadeó en busca del aire que había desaparecido de sus pulmones.

—Espera, qué... —farfulló sorprendido.

Colocó la mano sobre los juguetones dedos con la intención de detenerlos, pero estos se cerraron sobre la gruesa y larga erección que se marcaba bajo los pantalones, robándole la voluntad y la razón. La recorrieron en toda su longitud y se pararon sobre el glande, dándole un suave apretón.

—¡Vaya! ¡Desde luego que está justificado! Sin ninguna duda —murmuró Lua, sentándose a horcajadas sobre él.

Sus labios ascendieron hasta la oreja y allí se detuvieron, mordiendo y succionando, mientras empleaba las manos en desabrochar los botones del pantalón.

—Espera... —jadeó de nuevo él, sujetándola.

Ella se meció contra el rígido pene a la vez que frotaba sus pequeños pechos contra el duro torso del hombre.

—Para —gimió él tirando de las muñecas femeninas para apartarla de su pene. De su pecho. De su cabeza.

—¿Por qué? ¿No quieres hacerme el amor? —preguntó Lua lamiéndole los labios.

—No. ¡Sí! —rectificó, apartando la cara para no perder la razón—. Pero no así.

—¿Cómo entonces? —susurró intrigada, deteniéndose al fin.

Él negó con la cabeza, turbado.

—No es cómo... Es por qué. Es dónde. Es hasta cuándo.

En esta ocasión fue Lua quien negó con la cabeza, totalmente desconcertada.

—¿Qué quieres decir?

—No me conoces, ¿por qué quieres follar conmigo? —dijo con brutal sinceridad.

—Me apetece.

—¿Ya está? Te apetece y por eso vamos a pegarnos un revolcón detrás del castillo, sobre la hierba seca —siseó asombrado, soltándole las muñecas.

—¿Por qué no? —inquirió ella, sin saber qué era lo que le molestaba.

—Porque mereces algo mejor que un polvo rápido en mitad del campo.

—Me encanta el campo —afirmó divertida, pasándole las manos por la nuca. Así que era eso, un estúpido arrebato de caballerosidad—. No hay mejor lugar para dejarse llevar.

—Una cama no estaría mal, incluso sería mejor —replicó José. La asió de la cintura y se giró hasta que las posiciones quedaron invertidas. Ella con la espalda en el suelo y él sobre ella, las caderas alojadas entre sus muslos—. Más limpia y mullida que la tierra, ¿no crees?

—Aquí no se está mal —rebatió Lua, envolviéndole la cintura con las piernas.

—¿Y qué pasará mañana? —Se aupó para que su entrepierna no tocara la de ella.

—¿Mañana? ¿A qué te refieres?

—Nos pegamos un revolcón ahora, porque te apetece. ¿Y mañana? ¿Y pasado mañana? ¿Y todos los días que estés aquí? ¿Te volverá a apetecer? ¿Conmigo?

Lua tragó saliva, comprendiendo al fin a dónde quería llegar él.

—¿Qué me estás preguntando exactamente? —preguntó recelosa.

—Es muy sencillo, quiero saber a qué atenerme. Pegamos un polvo y lo que resta del verano, y tal vez de nuestras vidas, lo pasamos juntos… o pegamos un polvo y mañana, si te he visto no me acuerdo, y lo que resta del verano tengo que ver, sin protestar, como traes a otros detrás del castillo.

—Te lo estás tomando un poco a la tremenda, ¿no? —masculló, saliendo de debajo de él—. Sexo es sexo, no hay que darle más vueltas.

—Soy un poco más tradicional que eso.

—Ya lo veo. —Se sentó al lado de él con las piernas estiradas y las manos apoyadas en el suelo—. Pues tenemos un problema, porque yo soy alérgica a cualquier forma de compromiso —soltó y arrugó la nariz como si oliera muy mal—. Me temo que vamos a tener que ser solo amigos.

—Eso parece —aceptó José, sorprendido por su reacción.

Había esperado que se burlara, que se enfadara e incluso que se marchara ofendida, pero no que se lo tomara como si no acabara de rechazarla.

—Es una pena, de verdad que me gustas mucho… y tu manguera más todavía —señaló arqueando las cejas—. ¡Es broma! No pongas esa cara de enfadado —claudicó divertida al verle fruncir el ceño. Se apoyó sobre los codos hasta casi quedar tumbada de espaldas y dirigió la mirada al cielo—. Es impresionante lo bien que se ven las estrellas desde aquí.

—Eso es porque apenas hay contaminación lumínica —comentó él, tumbándose a su lado—. Subiendo por la carretera del Arenal hay un lugar donde se ven todavía mejor.

—Me gustaría ir.

—Te llevaré… y te enseñaré las más bonitas.

—¿Sabes reconocerlas? —Se giró para recostar la cabeza sobre el estómago de él.

—Algunas, no todas —susurró, sus ojos fijos en la extraordinaria mujer que miraba soñadora el cielo.

—Razz se bajó una aplicación para enseñarme las constelaciones —comentó—, pero no es fácil verlas en las ciudades, siempre hay demasiada luz, demasiada contaminación o ambas cosas.

—Yo te las enseñaré todas… —afirmó él con rotundidad.

Su amigo podía bajarse lo que le diera la gana, pero él se las iba a enseñar en vivo y en directo.


Raziel escuchó las suaves pisadas de Lua subiendo las escaleras. Un instante después la vio atravesar el pasillo, entrar en el dormitorio y salir con ropa en las manos para dirigirse al baño. Sin pensárselo dos veces se arrimó a la pared, dejando la mitad de la cama libre, y apartó las sábanas. Poco después la pelirroja, con la piel todavía húmeda y vestida con una camiseta de tirantes que no le tapaba las braguitas, atravesó la puerta que siempre le dejaba abierta y, sin hacer ruido ni encender la luz, se tumbó en la cama, acurrucándose contra él.

—¿Me estabas esperando? —preguntó frotando la mejilla contra el hombro del moreno.

—Andrés me dijo que pasarías la noche en casa. Sola. ¿Qué ha pasado?

—José y yo vemos el sexo de distinta manera, él quiere algo serio y yo soy alérgica al compromiso, así que hemos decidido ser solo amigos —comentó encogiéndose de hombros.

—Es una lástima, parece un buen chico.

—Ya y además tiene una polla enorme —apuntó Lua ahogando un bostezo—. Un desperdicio, la verdad, tener semejante instrumento y no darle uso, pero qué se le va a hacer. Él quiere algo serio y a mí me ha salido un sarpullido solo de pensarlo —reconoció cerrando los ojos.

Razz esbozó una ladina sonrisa, era la primera vez que alguien se atrevía a rechazar o poner condiciones a la pelirroja... mucho se temía que la inesperada negativa del Manguerita iba a tener consecuencias insospechadas en su amiga.

Esperó hasta que la respiración de la joven se volvió pausada y se apartó con mucho cuidado para girarse de cara a la pared abrazado a la almohada.

Un instante después, la dormida joven le abrazaba la cintura. Como cada noche durante los últimos años.

# Arde su piel

Se separó de los desconocidos con los que esa noche había compartido fiestas y cervezas. Gritó con ellos ebrias consignas de juerga eterna mientras buscaba las llaves y, cuando por fin las encontró, abrió la puerta y entró sonriente en su casa. Se encaminó al salón, donde se tiró al suelo presa de un regocijo tal que su rostro se deformó por el placer.

Cerró los ojos y vio las llamas de nuevo, rodeando al forastero.

Moviéndose al ritmo que él les marcaba.

Sometiéndose a sus deseos y caprichos.

Había sido tan hermoso. Tan mágico.

Habían acariciado a otro. Sin causarle dolor.

Habían besado a otro. Sin quemarle la piel.

Habían amado a otro.

Y también le amarían a él.

# 5

*P*rimero fue el sonido del agua cayendo. Un ruido inocente e inofensivo. Y, de repente, los horribles chirridos de un violín, tan agudos que taladraban los oídos. Casi al instante se unieron la estridente viola y el penetrante violonchelo. Y, por último, sobre la ensordecedora cacofonía, el espeluznante grito de una mujer aterrada. Un alarido de horror, dolor y muerte que se expandió veloz por toda la casa.

Andrés abrió los ojos, sobresaltado, el corazón a punto de escapársele por la garganta y los nervios a flor de piel. Se giró en la cama y buscó a tientas el móvil en la mesilla. Cuando lo encontró estuvo a punto de estamparlo contra la pared. No lo hizo. No por falta de ganas, sino porque Raziel se lo arrebató antes de que consiguiera lanzarlo.

—Cambia. La. Puta. Alarma —siseó el moreno, apagando el teléfono con dedos temblorosos y el rostro tan blanco como el papel.

—¿Pretendes matarnos de un susto? —Lua, sosteniéndose contra el quicio de la puerta, miró a Andrés con ojos desorbitados—. Solo a ti se te ocurre poner de alarma la escena de la ducha de *Psicosis*.

—A las seis de la mañana. A todo volumen —apostilló Razz.

Subió las persianas de madera y se asomó a la ventana para que le diera el aire y así recuperarse de la impresión.

Andrés, todavía con la respiración agitada por el susto, lo observó intrigado.

—Razz, ¿qué pasa? —Se bajó de la cama para mirar por encima del hombro del moreno.

—Solo estoy comprobando si ya han puesto las calles —gruñó, clavándole un codo en el costado para apartarle.

Andrés caminó medio dormido hasta encontrar una pared contra la que apoyarse.

—Y qué, ¿están puestas? —masculló siguiéndole el juego a la vez que se rascaba a conciencia las joyas de la familia.

—No. Falta por pasar la apisonadora para aplanar el asfalto. ¿No te apetece echar una cabezadita en la carretera? Tú y tu móvil quedaríais muy monos planchaditos.

Andrés arqueó una ceja, esbozó una burlona sonrisa, levantó la mano y dobló despacio todos los dedos excepto uno. El corazón.

—¿Te apetece subir y pedalear? —le preguntó con dulce inocencia.

Raziel apretó los dientes furioso y abandonó su posición junto a la ventana.

Lua corrió a interponerse entre los dos.

—Ah, no. Os lo prohíbo —dijo colocándose entre ambos con los brazos abiertos—. No pienso empezar el día así. Es demasiado pronto para pelear. Incluso para vosotros.

Ambos hombres se miraron en silencio, hasta que Razz, harto, emitió un sonoro bufido y se apartó unos pasos.

—¿A qué hora se supone que llegan tu familia y el Virtudes? —preguntó enfurruñado.

—A las siete y cuarto.

—Bien. Despiértame a las siete. Y hasta entonces, no quiero oír gritos ni nada parecido. —Y se dejó caer en la cama de Andrés, más que nada porque le pillaba más a mano que la suya.

—Ídem —soltó Lua derrumbándose junto al moreno.

Andrés miró a sus amigos con envidia, de buena gana se tumbaría con ellos.

—No me jodáis que el único que va a madrugar soy yo —farfulló abatido, intentando llevarles a su terreno.

Razz asintió con un gesto antes de darse la vuelta y quedar tendido bocabajo con Lua abrazada a su cintura. Acarició adormilado las sábanas todavía calientes por el cuerpo de Andrés antes de darse cuenta de lo que estaba haciendo y obligarse a parar.

—Ten amigos para esto —sentenció Andrés.

Salió del dormitorio arrastrando los pies, atravesó el pasillo y la terraza con un ojo abierto y el otro cerrado y entró en el baño a trompicones. Bostezó. Se rascó la tripa, la nuca y, cómo no, el pubis. Subió la tapa del váter, apoyó la frente en la pared y empuñó su pene con dedos flojos. Arqueó una ceja al ver que la postura era bastante inestable. Frunció el ceño, Raziel le echaría la bronca si no apuntaba bien, el muy petardo era muy tiquismiquis con la limpieza. Se quitó los bóxers y, sin pensárselo dos veces, giró sobre los talones y se sentó en el retrete. Así no correría el peligro de regarse los pies. Apoyó los codos en las rodillas y la cabeza en las manos y su mirada se quedó clavada en los azulejos blancos mientras pensaba que, con toda probabilidad, entre los ruidos que Razz no quería oír se encontraba el de la ducha —incluso sin el acompañamiento de violines, violas, violonchelos y gritos— por tanto, nada de ducharse. Suspiró. ¿Qué iba a hacer hasta las siete? Todavía faltaba una hora...

Se le cerraron los ojos.

Abrió el izquierdo.

Se le volvió a cerrar.

No se molestó en abrirlo, tampoco había nada importante que ver.

Bostezó una vez.

Dos.

Tres.

Y despertó sobresaltado al escuchar el motor de un coche seguido de tres portazos. Se levantó como si tuviera un petardo en el culo, chocó contra el lavabo y rebotó hasta la pared contraria. Y ya que estaba allí, abrió la ventana y miró afuera. Su tío, su abuelo y el Virtudes estaban entrando en la casa.

—Joder. Joder. Joder —jadeó peinándose con los dedos a la vez que se dirigía al lavabo.

Se echó agua fría en la cara, el cuello y el pecho y salió como una bala.

—No me digas que te has quedado dormido en el baño —siseó Raziel cuando Andrés entró en la habitación en tromba.

—¿Yo? No, qué va —se justificó mientras detenía su loca carrera e irguió la espalda.

—Me lo había parecido —comentó Raziel desperezándose—. ¿Vas en pelotas por algún motivo especial?

—Lo mismo quiere que compare la suya con la del Manguera —apuntó Lua estirándose—. Por cierto, sales perdiendo. Por varios centímetros.

—Claro, y lo sabes porque... Te lo has follado. ¿La primera noche? ¿Sin cortejo previo ni promesas de amor eterno? Permíteme que me descojone: Ja. Ja. Ja —masculló dirigiéndose hacia el armario—. Bueno, ¿qué? ¿Os vais a vestir a vuestros cuartos o tengo que traeros aquí la ropa? —les espetó sacando unos vaqueros y una camiseta sin mangas.

—Los militares rosas que están en el cajón de arriba y el top turquesa que hay en la silla, porfa. —Lua se acurrucó de nuevo en la cama, aceptando su irónica oferta.

Razz curvó las comisuras de los labios ante la respuesta de la pelirroja y miró a Andrés. Lua se merecía una respuesta acorde a su desfachatez. Sin duda.

Andrés arqueó una ceja, se frotó la boca al más puro estilo chico Martini y esbozó una peligrosa sonrisa.

Razz estrechó los ojos, intrigado, algo temible se estaba cociendo en la loca cabecita de Andrés.

Andrés se lamió los labios, concentrado, y un segundo después se acercó sigiloso a Lua quien dormía ignorante del maléfico plan que su malvado amigo había maquinado.

La muchacha se despertó de repente, cuando se vio alzada por los aires sobre los fuertes, aunque delgados, brazos de Andrés.

—¡Bájame ahora mismo! —gritó mientras atravesaba el pasillo sobre el hombro de él.

Andrés no le hizo caso, al contrario, a pesar de las patadas, puñetazos y pellizcos de la afable pelirroja, continuó su camino hacia la terraza seguido muy de cerca por el moreno.

—¡Razz, haz algo! ¡Dile que me suelte! —exigió a voz en grito.

—¿Y perderme el final del acto? —replicó este abriendo la puerta del baño.

—Os vais a enterar como no me suelte ahora mismo —amenazó enseñando los dientes.

—¿Dónde están ahora tus aros? —susurró Andrés señalando la ducha con la cabeza.

Raziel se acercó raudo, y, sin pensárselo un instante, abrió el grifo.

Andrés la bajó de su hombro lo justo para agarrarla por la cintura y se metió en la bañera con ella. Bajo el chorro de agua fría. Que por cierto estaba muy muy fría.

Lua gritó con toda la fuerza de sus pulmones.

Razz se apartó de los peligrosos pies de la muchacha, pero el mal ya estaba hecho: había recibido dos patadas, una de ellas muy cerca de la entrepierna y, por supuesto, tenía todo el cuerpo mojado.

Andrés por su parte tampoco se libró de recibir varios talonazos en las espinillas. Y lo peor estaba por llegar, porque cuando la soltara se desataría el infierno. Por tanto, siguió sujetándola mientras pensaba en una salida que no tuviera como resultado la castración instantánea por puntapié en los genitales.

Y la solución llegó en forma de muchachote rudo, caballeroso y jadeante.

—Lua, ¿estás bien? —dijo José sin aliento, entrando en el baño tras subir a la carrera debido a los gritos agónicos que se oían desde la calle.

Se detuvo perplejo ante la escena que sus confundidos ojos percibían.

La pelirroja estaba bajo la ducha, vestida con unas braguitas y una escueta camiseta blanca. Ambas prendas tan mojadas, y por ende tan transparentes, que no dejaban nada a la imaginación. El moreno, al pie de la ducha, llevaba unos calzoncillos también blancos, y también mojados, que tampoco dejaban nada a la imaginación. Y Andrés... bueno, él ni siquiera se había molestado en ponerse calzoncillos.

—¿Interrumpo algo? —masculló comenzando a enfadarse.

—¡Mátalos! ¡Despacio y a conciencia! —aulló furibunda Lua—. Sácales las tripas, mételes un aro por....

—Ah, no. Las princesas *hippies* no dicen esas cosas tan feas. —Andrés le tapó la boca sin dejar de abrazarla contra sí con el brazo libre y salió de la ducha esbozando una peligrosa sonrisa—. Toma, cógela con cuidado —le dijo a José a la vez que le guiñaba un ojo a Razz—. A la de tres... Una, dos...

La lanzó contra José como si fuera un saco de grano. Y este, por supuesto, se apresuró a tomarla en brazos, momento que Andrés y Raziel aprovecharon para escabullirse a toda velocidad.

José miró a la empapada y furiosa muchacha. Le brillaban los ojos por la rabia y enseñaba los dientes como si estuviera a punto de lanzarle una dentellada. Y, aun así, seguía siendo preciosa. Y no solo eso, también encajaba perfectamente en sus brazos. Como si estuviera hecha a propósito para él.

—Los voy a matar, te lo juro —siseó furiosa antes de enarcar una ceja, sonreír burlona y mecerse contra él—. ¿Me bajas? Despacio, por favor. Estoy resbaladiza, no quiero escurrirme de tus brazos...

José, patidifuso, dejó que resbalara por su cuerpo hasta tocar el suelo.

—¿Seguro que no quieres replantearte lo de echar un polvo sin compromiso? —inquirió ella frotándose contra su erección.

—Ah... Estáis locos —acertó a contestar él.

La miró un instante, recreándose en sus preciosas curvas, y luego sacudió la cabeza y se dirigió abajo. Necesitaba un café bien fuerte. Y también hielos. Se sentía febril. Mucho.

—¿Todo bien? —inquirió Caleb mirándole preocupado cuando llegó a la cocina.

—Sí —balbució turbado, asintiendo con la cabeza—. Todo perfecto. Genial. Maravilloso.

—¿Dónde habéis escondido mis aros, cabrones? —les llegó el grito de Lua—. Os juro que de esta os vais a acordar toda la vida.

Caleb arqueó una ceja en tanto que Abel abría mucho los ojos, incrédulo ante el cambio de carácter producido en la dulce muchacha.

Un segundo después Andrés y Raziel entraban a trompicones en la cocina. Escapando de alguien. Alguien que seguía gritando en la planta de arriba. Se detuvieron al ver a Abel sentado a la mesa mientras Caleb vigilaba la cazuela con el fuerte café de grano que tanto les gustaba. Se miraron el uno al otro, como si de ningún modo fueran los artífices del escándalo, y se sentaron a la mesa con tranquilidad.

Lua entró segundos después, vestida con propiedad. Se dirigió a la nevera, tomó la jarra de agua fría, añadió hielo para enfriarla más aún y se acercó a la mesa. Le ahuecó los vaqueros a Andrés y le echó un buen chorro del gélido elemento sobre la ingle desnuda. Con Razz fue más benevolente, se limitó a vaciar lo que quedaba en la jarra sobre su entrepierna, sin apartar el pantalón. Los dos hombres no pudieron por menos que agradecer su gesto dando gratificantes alaridos a la vez que se ponían en pie. Y, mientras ellos saltaban, ella se sentó junto a Abel y se puso a charlar como si no hubiera pasado nada.

Caleb parpadeó un par de veces, enarcó una ceja y, al ver que nadie se molestaba en explicarle nada, se encogió de hombros y comenzó a servir el café.

Abel enarcó una ceja y sacudió con discreción la cabeza en dirección al hombre que estaba abriendo el horno en esos momentos.

Caleb asintió conspirador y, con extremado sigilo, se echó hacia atrás en la silla hasta que esta se sostuvo sobre dos patas. Estiró el cuello haciendo equilibrios y, un segundo después, negó con la cabeza, frustrado, y volvió a su postura inicial.

—Tarta de manzana —indicó Razz enfurruñado, sacando las tartas del horno.

Solo le faltaba que el tío de Andrés se cayera de la silla por hacer el tonto. ¿Por qué no se iban a dar una vuelta y le dejaban trabajar en paz?

—Gracias por satisfacer nuestra curiosidad —dijo Caleb irónico.

—Muy amable, sí —apostilló Abel antes de volver a guardar silencio, no fuera a ser que se quedara sin comer.

Menudo genio tenía el muchacho, no había quien le tosiera cuando se ponía a los fogones, pensó Abel removiéndose sobre la silla. Y, además, era de un silencioso... no había abierto la boca en lo que iba de mañana. Pero eso sí, ¡cómo olía, y sabía, lo que cocinaba! Por tanto, él y su hijo callaban. Y miraban. Y olisqueaban. Y, cuando el joven salía de la cocina para buscar algo a la cueva, ¡probaban!

Razz inspiró profundamente para luego exhalar el aire despacio a la vez que se repetía que no podía, ni debía, echar a los dueños de la casa de *su* cocina, de la de ellos, quería decir. Vigiló la olla que llevaba borboteando a fuego muy lento casi cinco horas y, tras echar una mirada al reloj, sacó la carne que le había proporcionado Caleb y se dispuso a prepararla.

Caleb tragó saliva al ver al moreno echar mano del lomo bajo de vaca. Puede que no fuera una carne de las más caras, pero era su favorita y estaba deseando ver cómo la preparaba. Se lamió los labios cuando le vio cortar la pieza en gruesos filetes, y a punto estuvo de babear cuando los untó en aceite de oliva. Pero se le detuvo el corazón al verle dudar, como si no supiera qué hacer a continuación.

En la planta baja se oyó el sonido de una puerta al abrirse y cerrarse. Razz frunció el ceño, los chicos llegaban antes de lo previsto. Bufó enfadado, aún le faltaba media hora para acabar con todo. Odiaba que le pillaran con las manos en la masa.

—¿Tienes una sartén de hierro fundido? —preguntó nervioso.

—Ah... ¿Tiene que ser de hierro fundido? —preguntó Caleb confundido. ¿Qué más daría una u otra?

—¿Vas a freír carne? —inquirió Goro, entrando en ese momento en la cocina.

Razz se giró sobresaltado y asintió con la cabeza. No eran sus amigos los que habían llegado sino el alguacil. Aún tenía tiempo de acabar.

—El hierro fundido se calienta de forma uniforme y mantiene estable la temperatura, para la carne es lo mejor que hay —explicó el recién llegado acercándose a Raziel para mirar por encima de su hombro—. Huele bien, ¿qué es?

—Comida —gruñó Razz, conteniéndose para no darle un codazo, tal y como tenía por costumbre hacer con Andrés.

—Eso ya lo veo —replicó burlón quitando la tapa a la cazuela—, lo que quiero saber es qué comida estás cocinando.

—Una que se come. —Razz le arrebató la tapa para volver a ponerla en su sitio.

—Cuidado, muerde —le advirtió Caleb divertido.

Razz inspiró con fuerza y luego soltó el aire con un sonoro bufido, expresando así su disconformidad.

—Es un poco antisocial en la cocina, pero el resultado merece la pena —apuntó Abel conciliador.

Razz apretó los dientes, no fuera a ser que se le escapara un mordisco, y se agachó para buscar en el cajón que había debajo del horno.

Goro se lamió los labios, la mirada fija en el hombre acuclillado. No cabía duda de que tenía un bonito trasero.

—Eso parece, aunque me gustaría confirmarlo —comentó artero, sentándose a la mesa.

«Probarás mi comida cuando las ranas tengan pelo», pensó el moreno poniéndose en pie sartén en mano.

—Quédate a comer —le invitó Caleb.

Se oyó un fuerte estruendo cuando a Raziel le resbaló la sartén de los dedos.

—Otro día tal vez —rechazó Goro, observando intrigado al cocinero, quien se apresuró a darle la espalda y volver a su trabajo—. Esta madrugada ha habido una tentativa cerca de San Esteban. —Miró a Caleb e inclinó la cabeza señalando a Razz.

—¿Algún daño importante? —Caleb negó en silencio tras mirar al joven.

—No. Se dio el aviso a tiempo. —El alguacil enarcó ambas cejas, reacio a confiar en nadie así porque sí—. Pero podía haber sido muy grave. Hay que dar con quien sea, ya —insistió, señalando al moreno.

—Andrés sabe elegir a sus amigos —afirmó muy serio Caleb sin venir a cuento.

Razz se giró de repente para mirar extrañado al trío sentado a la mesa. Intuía que estaban teniendo una conversación silenciosa que le incluía de algún modo a él.

—Eso seguro —apuntó Abel, sonriéndole—. Es un buen cocinero y un buen muchacho, a pesar de ser tan callado.

Razz enarcó una ceja. ¿Qué demonios pasaba allí? ¿Por qué le ensalzaba Abel?

—No lo pongo en duda, pero no nos olvidemos de que también hace trucos con fuego. —Goro se levantó para apoyarse en la encimera—. Hay algo que me llama la atención sobre ti, Razz —manifestó con énfasis a la vez que arrancaba la punta a una barra de pan—. Tu nombre, nunca lo había oído…

—Es Raziel, Razz es como me llaman mis amigos. Tú puedes llamarme Raziel —apuntó enfadado a la vez que le quitaba la barra de pan para con un cuchillo cortar el extremo destrozado y así igualar la barra—. Es hebreo.

—Y significa 'secreto' —indicó Goro. Razz le miró intrigado, poca gente sabía eso—. Tengo alma de detective, lo he investigado —aclaró—. No es un nombre usual.

Razz se encogió de hombros, miró la hora y puso la sartén en el fuego.

—¿Es tu nombre real? —inquirió el alguacil al comprender que no iba a decir nada más.

—No.

—¿Cuál es?

—Averígualo.

—Mejor dímelo tú.

Razz apartó la olla del fuego y comenzó a preparar la ensalada.

—No eres muy hablador, desde luego —reconoció Goro, consciente de que no iba a recibir más respuestas.

Y, solo por hacerle rabiar, cortó con los dedos otro trozo de pan, destapó la olla y lo introdujo en el guiso.

Razz abrió mucho los ojos, apretó más todavía los dientes, aferró la tapadera y cubrió la cazuela con un fuerte y amenazante golpe.

—No cabe duda de que se te da bien la cocina —dijo Goro con total tranquilidad tras saborear el pan—. El Galo está buscando cocinero para lo que resta del verano. Tal vez te interese. No paga mucho, pero tampoco tiene mucho trabajo; como allí todos los días y no creo que sirva más de cuatro o cinco comidas. Le diré que guisas bien. Desde luego, mejor que él. Pásate por La Guarida del Villano a partir de las cinco —dijo yendo hacia la puerta—. Nos vemos, Caleb. Abuelo, un placer, como siempre.

—Parece que nos vamos a quedar sin cocinero —protestó Abel abatido cuando el alguacil desapareció escaleras abajo.

—No lo tengo yo tan claro —murmuró Caleb fijando los ojos en el moreno—. Sería una lástima que no lo intentaras, Razz. El Galo y Tasia son buena gente. A ellos les vendría bien un poco de ayuda y a ti no te vendría mal el trabajo. No creo que Andrés y Lua trasnochen para hacer vuestro espectáculo si tienen que madrugar, lo que te dejará sin tu principal fuente de ingresos —comentó como quien no quiere la cosa—. Y el campo no te gusta mucho, ¿verdad?

Razz sacudió la cabeza y, sin abrir la boca, se asomó a la ventana para comprobar que el coche que acababa de parar frente a la casa era el todoterreno. Lo era. Por tanto, echó el primer filete a la sartén. Y mientras se hacía, no paró de darle vueltas a la directa indirecta de su anfitrión.

—Ya están todas, tío —comentó Andrés cargando la última caja en el remolque anclado al todoterreno—. Tenemos dos o tres semanas de tranquilidad hasta que broten los higos.

Caleb se giró hacia José con una ceja enarcada. Este asintió, confirmándolo.

—¿Qué pasa, no te fías de mí? —gruñó Andrés enfadado al ver el gesto de su tío.

—Llevas tres años sin pisar las tierras. Por supuesto que no me fío de ti —replicó Caleb, entrando en la casa—. José, ve con Lua a la cooperativa. Andrés, saca los planos del barranco[4], quiero ver cómo vamos a dividir el trabajo estas semanas.

Andrés le siguió al interior, dirigiéndose a la estantería abarrotada de papeles viejos.

—No estarás haciendo de Celestina con José y Lua, ¿verdad? —Le tendió los planos.

—Me dijiste que no era tu chica. —Caleb los extendió sobre la mesa.

—Y no lo es.

—Entonces, ¿qué problema tienes? —Señaló varias zonas con un rotulador rojo—. Necesito que vigiles los olivares, no quiero encontrarme larvas de mosca cuando llegue la cosecha. Mañana irás al Castillejo y los Caballeros.

—No tengo ningún problema con que a Manguerita se le ponga dura con Lua, por mí como si quieren echar un polvo en mitad del pueblo, pero claro, para eso José tendrá que dejar de ser tan mojigato —replicó Andrés acercándose a él—. ¿Ha habido plagas de mosca este año?

—No. Parece que nos están dejando tranquilos, pero más vale ir sobre seguro. También hay que echar un ojo a los bancales de Villarejo. —Caleb señaló dicho pueblo en el mapa—. No pienses que José

4. Barranco de las Cinco Villas, formado por: Mombeltrán, Cuevas, Villarejo, Santa Cruz y San Esteban del Valle.

es tonto por no follarse a cualquier mujer que se le abra de piernas, al contrario, es más listo que tú —centró la mirada en su sobrino—. Es fiel a sus principios y eso es mucho más importante en un hombre que meterla a diestro y siniestro.

—A veces los principios cambian obligados por los finales. —Andrés esbozó una sombría sonrisa—. Y, sinceramente, prefiero un polvo diario que mil pajas al año. —Miró el mapa con el ceño fruncido—. ¿Quieres que vayamos también a Villarejo? No nos dará tiempo.

—No quiero que vayáis los tres en comparsa —aseveró Caleb mordaz—. Quiero que tú vayas al Castillejo y los Caballeros. Solo, o mejor dicho, con tus hermanos —apuntó. Los gemelos estaban deseando pasar tiempo con Andrés y, por cómo se comportaba este con ellos, no cabía duda de que el deseo era correspondido—. Enseña a David y Daniel a buscar indicios de plagas, y, mientras tanto, José y Lua irán con Ana a Villarejo. Cada grupo con su tarea. ¿Te ves capaz de revisar los olivos sin supervisión?

—Es pan comido —afirmó Andrés sacando un cigarrillo.

—Me alegro de que lo veas así. José y tú os dividiréis las parcelas, quiero que las visitéis todas una vez a la semana, al menos hasta que el higo esté listo para la recogida y nos robe todo el tiempo —señaló Caleb—. Es la única manera de tener las tierras en condiciones.

—Él por un lado y yo por otro —puntualizó Andrés, el cigarro volando entre sus dedos—, como lo hacíamos antes tú y yo. De acuerdo. ¿Eso significa que mañana te fiarás de mí más que hoy? —inquirió incisivo.

Caleb asintió, los ojos fijos en el cigarro que pasaba veloz de nudillo en nudillo. Sonrió enternecido al darse cuenta de que cada vez que su sobrino estaba nervioso o se sentía atrapado hacía volar algo en las manos.

—Genial. Eh, tío... —Andrés se detuvo dubitativo, sus dedos moviéndose con ágil rapidez—. Qué es eso de... Bueno... A qué se refería... Paula. ¿Una consulta? ¿Para...?

—Paula va a ponerle brackets a Ana —explicó Caleb, enfadándose al recordar la noche anterior.

—Acabó la carrera —dijo, y no era una pregunta.

—Sí, ella no dejó sus estudios como hizo un idiota que yo me sé —masculló Caleb, cortante—. Trabaja por las tardes y suele pasarse por el Robert cuando acaba, sobre las nueve, para luego bajar a la Soledad.

—Qué interesante, gracias por contármelo —bufó Andrés con

evidente ironía—. No sé cómo he conseguido vivir sin saber los hábitos de…

—Y ahora que sabes dónde encontrarla —le interrumpió Caleb con voz severa—, no quiero que te cruces con ella.

—¿Perdona? —Andrés miró a su tío confundido.

—Aprecio mucho a Paula y no voy a permitir que le hagas daño, por tanto tienes dos opciones, o aprendes a comportarte o no te acercas a ella. Tú decides, pero no quiero otra escenita como la de ayer.

—Bah, fue solo un intercambio de pullas —replicó Andrés, quitándole importancia.

—La hiciste llorar y, créeme, derramó lágrimas suficientes para toda su vida cuando te fuiste.

—¿Lloró? ¿Por mí? —musitó inmóvil, excepto por los dedos que hacían volar el cigarro.

—Se convirtió en una sombra. Dejó de sonreír, de pasar tiempo con sus amigas, de salir. Se recluyó en casa y solo pisaba la calle para ir a la universidad. Parecía muerta en vida.

Andrés se cruzó de brazos y bajó la cabeza, evitando así la penetrante mirada de su tío. No quería saber nada de Paula. No quería escuchar lo triste que había estado ni lo mucho que había sufrido. Él no había acabado con la relación, al contrario, había sido ella. Se negaba a sentirse culpable por algo de lo que no era responsable. Pero sí se sentía culpable. Sí le dolía saber que ella había sufrido, porque, aunque jamás lo reconocería ante nadie, en su interior sabía que él era responsable de lo que había ocurrido.

—No puedes desviar la mirada y hacer como si nada hubiera pasado —siseó Caleb, enfadado por la esquiva actitud de su sobrino—. Tal vez tú no lo pasaras tan mal, aunque lo dudo, pero de lo que estoy seguro es que no puedes llegar a imaginar lo mal que lo pasó ella.

—Oh, sí que me lo puedo imaginar —replicó Andrés colérico—. ¿Crees que a mí no me dolió? ¿Qué no lo pasé mal? —Se levantó la camiseta, mostrándole el pecho—. La única manera que encontré para que no me doliera tanto fue soportando otro tipo de dolor…

—Dios Santo, Andrés —jadeó Caleb, los ojos abiertos como platos ante las dolorosas marcas que el joven tenía en el pecho—. ¿Cómo se te ocurrió?

—Creo que Razz ya ha acabado de recoger la cocina —le interrumpió tapándose de nuevo—, voy a ver si lo lío para ir a tomar algo.

No le resultó difícil convencerle. Bastó, como casi siempre, con que esbozara una sonrisa para que su amigo dejara lo que estaba haciendo, que en ese momento era colocar la comida en la nevera, y accediera a acompañarle.

Bajaron a un bar que sería de lo más normal si no tuviera dos modernos cuadros desde los que dos enormes ojos, de fondo azul y trazo morado uno, el otro verde y rosa, parecían observar a los tertulianos allí reunidos.

En el mismo momento en el que entraron, el enorme gigantón que había intentado aplastar de un abrazo a Andrés en la Soledad el primer día, se acercó a ellos y les saludó efusivamente. Besó a Raziel. En las dos mejillas. Y tras esto aprovechó que el moreno estaba aturdido y no sabía hacia dónde huir para darle una amistosa palmada en la espalda que le lanzó contra la barra. Luego fue hacia Andrés, quien, precavido, había pegado la espalda a la pared para evitar palmaditas fraternales. Pero no le sirvió de nada, el gigante curvó los labios en una cándida sonrisa y le abrazó entusiasmado para acto seguido girar sobre sus pies. Sin soltarle. Haciéndole volar. Dando vueltas a la vez que le decía lo mucho que se alegraba de verle. Hasta que perdió el equilibrio y tuvo que sentarse sobre una mesa para no caerse. Andrés no tuvo tanta suerte. Cuando volvió a pisar el suelo, este se movía sinuoso y acabó dando tropezones que le llevaron a estrellarse contra la barra.

—Menos mal que no le conozco y no soy su amigo —precisó el moreno mirando con resentimiento al hombretón— no me gustaría experimentar uno de sus arrebatos de amor.

—Tapapuertas es bastante efusivo, pero eso es porque se alegra de veros —comentó burlón el dueño del bar, a salvo tras la barra—, verdad que sí, Hilario…

—Sí. Me da alegría abrazar a mis amigos. Y a los amigos de mis amigos —dijo el gigantón sentándose tras un grupo de hombres; el entusiasmo olvidado por la partida de tute.

—¿Por qué le llamáis así? —Razz rotó los hombros, vaya si era cariñoso el gigantón.

—Porque es tan grande que cuando se pone delante de las puertas las tapa. Goro y sus motes...

—Vaya elemento —murmuró Razz, sin saber si se refería al alguacil o al hombretón.

—Es buena gente —le defendió Andrés—. Un poco lento de entendederas pero buen chico. Mi tío lo contrata todos los años para que le ayude con la recogida. Además, hace urnas y esculturas de metacrilato y Puebla se las vende por Internet.

—Urnas de metacrilato… Eso es plástico, ¿no? —se interesó curioso Razz, y el hombretón asintió efusivo con la cabeza—. ¿Qué pegamento usas? Yo intenté hacer una caja de plástico para un truco que se me ocurrió y no lo conseguí…

—Porque se pega con cloroformo —informó el inmenso hombre—. Pintas con cloroformo lo que quieres pegar y luego unes las dos partes y hace *chis chis chis* y se pega. Es como milagroso —le explicó antes de volver a prestar atención a la partida.

Razz parpadeó asombrado, nunca se le hubiera ocurrido. Observó a Hilario. Rondaría los treinta, como él, y en su rostro destacaban unos inocentes ojos castaños enmarcados por pobladas cejas que arqueaba mientras observaba con entusiasmo la partida de cartas.

—No es muy espabilado, pero eso no quiere decir que sea tonto —señaló Andrés—. Lo que le pasa es que es demasiado bueno. Pero es muy inteligente, no lo dudes. Hace verdaderas maravillas con el plástico y si le dejaran jugar a las cartas ganaría siempre. Te lo digo por experiencia, nos sacaba todas las chuches cuando jugábamos con él a la brisca siendo niños —comentó con cariño antes de girarse hacia la barra y golpearla con la palma de la mano—. Nunca has probado, ni probarás, mejor café que el del Robert.

—Sin contar con el de tu abuelo, imagino. —Raziel señaló a uno de los ancianos que jugaba a las cartas.

—Por supuesto, sin contar con el de mi abuelo que es el mejor del mundo mundial — reconsideró Andrés con rapidez al ver a Abel, quien en ese momento le estaba enseñando su jugada a Tapapuertas.

Se marcó un órdago a la grande y cuando resultó ganador, su efusivo compañero le abrazó entusiasmado, aunque con mucho cuidado, eso sí.

—No seas pelota, nieto —protestó Abel barajando las cartas para comenzar otra ronda—. ¡Chuchi! Dos cortados para mi chico y su amigo. ¿Visteis la actuación de ayer? —Miró a sus compadres—. Andrés, hijo, no llevarás encima tus pelotas para enseñarnos uno de tus trucos, ¿verdad?

—Hombre, abuelo, las pelotas las llevo siempre puestas, pero pocos trucos puedo hacer con ellas en público sin que me detengan… o sin que a las chicas se les salgan los ojos de las órbitas de la impresión —replicó burlón, arrancando las carcajadas de casi todos los presentes, sobre todo de Hilario.

—Mucho vacilar y poco demostrar —le retó burlona una voz

femenina desde el grupo de gente que estaba reunido al fondo de la barra.

Andrés dio un respingo, sobresaltado. Cerró los ojos a la vez que inspiraba despacio para intentar recuperar el sosiego que había escapado junto con su cordura. Sacó con exagerada parsimonia un cigarro del bolsillo y jugando con él entre los dedos, se giró despacio para encararse, a pesar de la distancia, a la mujer que le había desafiado.

—¿Tantas ganas tienes de verlas otra vez, Paula? —Se colocó de espaldas a la barra y apoyó los codos sobre esta, sacando pelvis—. ¿Para qué? No supiste aprovecharlas cuando tuviste oportunidad, no esperarás que ahora te deje jugar con ellas dada tu torpeza de antaño.

—No te equivoques, Andresito. Quedé bastante aburrida de ti, de tus pelotas y de tu palito, no me apetece nada repetir. —Enfadada por lo que él insinuaba, atacó con dolorosa puntería antes de cerrar la boca arrepentida.

Maldito Andrés, que siempre sabía cómo sacarla de quicio.

—Tal vez no supiste jugar con ellas y por eso te aburriste… y me aburriste —replicó él con los dientes apretados. Odiaba que ella le recordara eso. Lo aborrecía. No lo soportaba—. Estos años han sido muchas las que han disfrutado de mis trucos y de ninguna he tenido queja. Al contrario, todas han querido repetir.

—No serían muy selectivas, esas con las que has estado —siseó Paula alterada.

—Vamos, nena, sabes que ofrezco calidad además de cantidad. ¿Ya no te acuerdas? No pasa nada, puedo probar lo que afirmo —dijo llevándose las manos al cinturón.

Abel exhaló un grito ahogado en tanto que Raziel curvó los labios en una artera risa. Poco conocía la chica a Andrés si pensaba que iba a avergonzarse de enseñar sus pelotas.

—Andrés, deja las manos quietas —le exigió el dueño de la cafetería—. Paula, tranquilita, ¿entendido? A ver si es posible tener la tarde en paz.

—No te preocupes, Chuchi, los chicos solo estaban bromeando —afirmó Abel mirando a su nieto—. Porque solo bromeabais, ¿verdad? Andrés, Paula, ¿me equivoco?

—Claro que no, Abel, solo hacíamos el tonto —claudicó la joven antes de pedir una baraja—. ¿Juegas? —se dirigió conciliadora a Andrés.

—No, gracias. Muy amable —rechazó con educada ironía—. Tengo asuntos mejores en los que perder el tiempo.

—¿Cómo por ejemplo enseñarle tus pelotas a alguien? —replicó ella enfadada porque no hubiera aceptado su oferta de tregua camuflada de partida de mus.

—Sí. Tal vez busque a una chica con buenos melones a la que le gusten mis pelotas.

Paula inspiró con brusquedad a la vez que se cruzaba de brazos, ocultando dolida sus pequeños pechos. El muy cabrito sabía dónde atacar.

—¡Andrés! No me gusta este juego que os traéis —le recriminó Abel.

—Perdona, abuelo, no he podido resistirme.

Se despidió con un gesto y salió del bar con los dientes tan apretados como los puños. Maldita Paula, que sabía cómo sacar a relucir lo peor de su carácter. Ojalá todo volviera a ser como antes, cuando se lanzaban pullas como diversión para luego acabar haciendo el amor bajo el cielo estrellado. Se detuvo, tentado de aceptar la tregua y volver dentro para charlar con sus antiguos amigos. Con ella. Echaba de menos los viejos tiempos. Sus conversaciones y sus risas. Sus besos. A pesar de todo lo que había pasado. Del daño que se habían hecho. De la humillación que había sentido cuando… Sacudió la cabeza y echó a andar con rapidez hacia la Soledad. Prefería darse de cabezazos contra la pared antes que aceptar ninguna oferta de paz proveniente de ella.

—Su cara no se corresponde con su carácter —dijo Raziel, situándose junto a él.

—¿Por qué lo dices?

—Tiene cara de ángel y lengua de víbora…

—Así es mi chica —manifestó Andrés sin pensar, todas sus neuronas centradas en recordar palabra por palabra el estúpido intercambio de insultos que podría haber evitado—. Si es tu amiga, es la mejor, pero si es tu enemiga, más te vale echar a correr.

Razz arqueó una ceja al escuchar la manera en que había definido a la joven «mi chica». Por lo visto era cierto que donde hubo fuego siempre quedaban ascuas.

—Lo que no entiendo es por qué me ha mentido mi tío —continuó Andrés, sin dejar de darle vueltas al tema—. Me dijo que Paula trabajaba por la tarde, si llego a saber que estaba en el Robert no hubiera entrado.

—Hoy es sábado, tal vez se tome libres los fines de semana, como todos los mortales que no están esclavizados por unos cientos de árboles llenos de asquerosos bichos —escupió Raziel, su cara deformada por una mueca de repugnancia.

—Sí que le tienes manía al campo —comentó Andrés al percatarse de su aversión.

—No te imaginas cuanta.

—¿Por algo en especial o es solo por los insectos a los que odias tan profundamente? —preguntó guasón entrando en la Soledad.

Raziel giró la cabeza en un atormentado silencio, eludiendo la mirada de su amigo.

—Mierda —susurró Andrés.

Le abrazó sin saber bien por qué, quizá para demostrarle físicamente su amistad, tal vez para intentar borrar la tristeza que empañaba su semblante; de seguro para intentar hacerle sentir mejor. Y, ante el inesperado contacto, Raziel se envaró, todo su cuerpo rígido como una tabla de planchar, por lo que Andrés se apresuró a apartarse.

—Mira que eres tiquismiquis, tío. No te importa que Lua te sobe a todas horas, pero si lo hago yo, te rebotas. Tranquilo, no soy maricón —aseguró chasqueando la lengua, burlón.

Raziel arqueó una ceja, manteniendo un obstinado mutismo, en tanto que Andrés se encogió de hombros y enfiló hacia el kiosco. Compró dos latas de cerveza y se sentó en los muretes que circundaban los bancales del castillo. Raziel le imitó.

Aunque aún era pronto, el parque rezumaba vida. Los niños jugaban con la fuente, las ancianas paseaban tras la misa de la tarde, los adolescentes deambulaban al acecho de besos para robar, las mamás charlaban bajo la sombra de los árboles y, entre la gente que iba y venía, un alguacil cotilla vestido de calle, pues era su día libre, caminaba hacia ellos.

—Hombre, si están aquí el Superchef y Willy Fog —dijo, deteniéndose frente al pretil—. ¿Hoy no vais a actuar?

Razz arqueó una ceja, turbado. ¿El alguacil acababa de ponerle un apodo? ¿A él? ¿Por qué? ¿Quién se había creído que era para ponerle un mote? Desde luego un amigo, no. Negó con la cabeza y dio un trago a la cerveza.

—También los artistas callejeros se toman días libres —apuntó Andrés, molesto.

A él tampoco le hacía gracia que le llamaran por su antiguo apodo, aunque por razones distintas a las del moreno. Aborrecía el alias de Willy Fog. Los recuerdos que traía consigo, los errores cometidos, el dolor que habían provocado los actos de los que derivaba.

Goro asintió pensativo y apoyó un pie en el pretil, entre ambos jóvenes.

—¿En qué pueblos habéis actuado? —preguntó interesado.

Andrés arqueó una ceja, intrigado por la inesperada pregunta, pero no dudó en contestar, conocía bien al alguacil y sabía que jamás daba puntada sin hilo. A la respuesta le siguieron mil preguntas más. ¿Cuándo habían llegado al Barranco de las Cinco Villas? ¿Habían ido a San Esteban? ¿Dónde habían estado cada día? ¿Andrés se había separado en algún momento de sus amigos desde que llegaran a la villa? ¿Desde cuándo se conocían y qué relación los unía?

—¿Para qué quieres saberlo? ¿Vas a hacernos un regalo por nuestro aniversario? —ironizó Razz, molesto por el interrogatorio.

—A ti no te he preguntado —replicó Goro esbozando una ladina sonrisa; no era difícil hacer enfadar al moreno—. Vamos, Willy Fog, contesta y os dejaré tranquilos.

Razz apretó los labios, decidido a mantener un enfurruñado silencio.

—Vaya si estás pesadito, Leví —protestó Andrés, incisivo.

—Hay que tener mucho valor para llamarme así a la cara —le advirtió Goro.

—Aplícate el cuento —replicó Andrés.

Goro dejó escapar una sonora carcajada ante la respuesta de aquel a quien había reprendido por mil y una travesuras, casi siempre en compañía de Paula y el Manguera. Por muchos años que hubieran pasado, seguía teniendo el mismo carácter belicoso. ¿Serían igual de combativos sus nuevos amigos? Dirigió la mirada hacia el misterioso moreno que le acompañaba, y este la desvió al instante, ignorándole.

Sonrió ladino, no le ignoraría por mucho tiempo.

—Y a ti qué, ¿también te molesta que te llame Superchef? —le reclamó burlón a Raziel.

Y en el momento en que este levantó la cabeza respondiendo a su llamada, se cruzó de brazos con aire pendenciero.

Razz resopló con fingido hastío ante los abultados bíceps y tríceps que se marcaban potentes bajo las ajustadas mangas de la camiseta del alguacil.

¿A quién quería deslumbrar? A él no, desde luego. Poco le importaba su cuerpo esculpido de definidos músculos, hombros anchos y caderas estrechas.

—Llámame como quieras, pero no esperes que conteste. —Dio un trago a la lata que sujetaba nervioso entre las manos.

—Entonces dime cuál es tu nombre, porque no pienso llamarte *secretos*, ni en español ni en hebreo —replicó Goro con desafiante sorna.

Razz negó con la cabeza, la mirada fija en la Rosa de los Vientos tatuada en la muñeca de Andrés, cuyo norte en ese momento apuntaba al provocador alguacil.

—No seas pesado, Goro —soltó Andrés para desviar la atención hacia él.

Razz nunca le había revelado su verdadero nombre a nadie, ni siquiera a él o a Lua, menos se lo iba a decir a un desconocido cotilla.

—Sales en defensa de tu amiguito... sí que os debéis querer mucho —se burló Goro, haciendo palidecer a Raziel en tanto que Andrés ponía los ojos en blanco—. ¿Cuánto hace que os conocéis? —reiteró, recuperando la seriedad.

—Algo más de tres años —dijo Andrés, consciente de que la única manera de acabar con el interrogatorio era responder a sus preguntas.

—¿Qué relación os une?

—Qué morboso, Goro. —Andrés esbozó una oscura sonrisa—. Qué pasa, ¿estás buscando inspiración para hacerte unos cuantos masajes nocturnos? Si quieres te cuento algún...

—Nos conocimos en Londres y desde entonces viajamos juntos. Como amigos —le interrumpió Razz enfadado.

No pensaba dejar que Andrés siguiera por ese camino con ese hombre. Era peligroso.

Goro curvó los labios ante el embarazo del moreno. Era más interesante a cada segundo que pasaba.

—Ya me darás detalles de vuestras aventuras sexuales en otra ocasión —respondió a Andrés manteniendo los ojos fijos en Raziel—. ¿Cuándo te toca torreta? —preguntó cambiando de tema al ver que el moreno se removía incómodo.

—No lo sé, creo que dentro de tres días, tengo que preguntárselo al Moles.

—Pues ahí le tienes, jugando a la petanca con Tapapuertas...

El alguacil silbó con fuerza, llamando la atención de un hombre que rondaría los cincuenta, delgado, de cabello escaso y nariz prominente que, tras tirar, se dirigió hacia ellos.

Raziel abrió los ojos como platos. ¿Por qué le llamaban así si era un alfeñique?

—Moles, ¿qué tal te va la vida? —Andrés se levantó para palmearle la espalda.

—Ya ves, con algunas molestias por aquí. —Se señaló el estómago para a continuación detallar a quien quisiera escuchar, o no, sus múltiples enfermedades.

—Por eso le llamamos el Moles, porque siempre tiene algunas «molestias» —susurró Goro al oído de Raziel, tras sentarse junto a él en el espacio que Andrés había dejado vacío.

—Gracias por explicármelo, no habría podido dormir esta noche sin saberlo —puntualizó Razz mirándole de refilón. ¿Acaso todo el mundo allí tenía mote?

—Siempre al servicio de los demás, ese soy yo, para cualquier cosa que desees, ahí estoy —replicó cáustico antes de llamar la atención del Moles, librándole a Andrés de la descripción detallada de su última operación—. ¿Cuándo os toca torreta?

—El miércoles. Turno de noche. Ya puedes mantenerte alerta, chico —le indicó a Andrés con seriedad—, hemos tenido varios amagos de incendio este verano.

—No jodas. ¿Dónde? —preguntó Andrés, preocupado.

—En junio hubo un aviso de incendio cerca de El Arenal —apuntó el alguacil, sus ojos fijos en Raziel—, y este mes ya llevamos cuatro, en La Parra, El Hornillo, Guisando y ayer mismo en San Esteban.

Raziel dio un respingo al escuchar el nombre de los pueblos. No era difícil relacionarlos con el interrogatorio disfrazado de cotilleo al que Goro les había sometido.

—Mierda. —Andrés miró preocupado a su amigo y luego centró la vista en el alguacil—. Razz está limpio. No estarás pensando que…

—No. Caleb responde por tus amigos… Y yo me fío de su criterio.

—Entonces, ¿el interrogatorio ha sido por curiosidad o solo por ganas de dar por culo? —gruñó Raziel enfadado.

—No digo nunca que no a dar por culo —dijo mordaz, su penetrante mirada fija en Raziel, quien tragó saliva con nerviosismo—. Pero lo cierto es que me gusta formarme mi propia opinión sobre los extraños que vienen a mi pueblo. Estad muy atentos y dad aviso ante cualquier cosa que veáis, aunque no parezca importante. Es mejor prevenir que curar.

Se levantó con la intención de ir a regañar a unos adolescentes que gamberreaban en los columpios infantiles, pero no había dado un paso cuando se dio media vuelta y, apoyando de nuevo el pie en el murete, se inclinó hacia Raziel esbozando una ladina sonrisa.

—No has ido a La Guarida del Villano —le increpó.

Razz negó con la cabeza antes de dar un trago a la cerveza.

—¿No quieres trabajar?

—Sí quiero.

—Pues entonces, ¿a qué esperas? —le reprochó antes de irse.

Poco después el Moles también se despidió de ellos, dejándoles solos.

—¿Por qué te ha llamado Willy Fog? —le dijo Raziel a Andrés, atajando de esa manera la pregunta que sabía que su amigo tenía en los labios.

Pregunta, que por cierto, no le apetecía en absoluto responder.

—Es el mote que me pusieron cuando empecé la universidad. —Andrés siguió con la mirada el cigarrillo que volaba entre sus dedos—. Salía de viaje todos los fines de semana con los amigos; daba igual dónde, lo importante era conocer sitios nuevos, más o menos como hacemos ahora —dijo frunciendo el ceño. Cuántos días perdidos. Cuántos errores cometidos—. Un día alguien dijo que parecía Willy Fog con tanto viaje y me quedé con el mote. Pensé que ya se les había olvidado.

—Las personas jamás olvidan nada —sentenció Raziel con una oscuridad en su mirada que hablaba de un viejo dolor aún presente.

—Ahora te toca a ti —reclamó Andrés—. Vamos, suéltalo. ¿Por qué no quieres ir a La Guarida del Villano?

—No soy cocinero.

—No me jodas, tío, cocinas de puta madre.

—También juego con fuego y eso no significa que sea pirómano.

—No te ralles.

—No lo hago. Solo espero que a vuestro insigne alguacil no se le crucen los cables y me lleve esposado a una de vuestras cuevas —bufó.

—No creo que Goro te espose, a no ser que se lo pidas, claro —replicó divertido—. No te lo tomes a mal, es un tipo algo peculiar —murmuró misterioso—. Ahí donde lo ves es mar...

—Deja el tema, Willy Fog, no me interesa —le interrumpió, intentando zanjar el asunto.

—Te vas a perder un jugoso cotilleo...

Raziel le frenó con una de sus cortantes miradas.

—Mira que eres *desaborio* —aceptó Andrés—. ¿Nos acercamos a La Guarida a ver si sigue en pie lo del trabajo? —Le dio un alentador apretón en el hombro.

—No.

—Como quieras, Superchef... Ah, no. Supercobarde. O mejor todavía, Supergallina.

Razz lo miró por el rabillo del ojo, pero se mantuvo en obstinado silencio unos minutos eternos, hasta que Andrés se levantó para ir a por otra cerveza.

—¿Conoces bien al alguacil? —le preguntó, deteniéndole.

—Sí. Lleva regañándome desde que cumplí los quince —bufó Andrés.

Razz arqueó una ceja, incrédulo, el hombre no era tan mayor.

—Ronda los cuarenta, aunque no los aparenta —explicó Andrés al ver su gesto—. Lo contrató mi tío cuando fue alcalde, de eso hace ya doce años. Era su mano derecha. Aún lo es. Es un buen tipo, aunque un poco tacaño, por eso le llamamos Leví…

Razz curvó los labios en una de sus raras sonrisas al escuchar el porqué del mote y, sin pararse a pensarlo, se puso en pie para dirigirse hacia la Corredera.

—¡Eh! ¿Adónde vas? —exclamó Andrés sorprendido por su brusco cambio de actitud.

—A buscar trabajo.

# 6

—*N*o sé lo que te habrá dicho Gregorio sobre el trabajo, pero te aviso, aunque me llamen Galo, aquí no servimos comida francesa —apuntó gruñón el dueño del restaurante, un anciano bajito, delgado, con ojos de pillo y pelo rubio alborotado.

Tras él, su esposa, una pelirroja de largas trenzas y oronda barriga, asintió con un rotundo golpe de cabeza.

—Solo me ha dicho que necesitan un cocinero —se apresuró a señalar Raziel al percatarse de que el anciano era bastante tiquismiquis en lo que a su restaurante se refería.

—¿Solo eso? —Razz asintió raudo—. El alguacil tiene tendencia a hacer demasiadas bromas, fíjate que comenzó a llamarme Galo porque se empeñó en que mi señora y yo nos parecemos a unos dibujos franceses, Asterix y Obelix, no sé yo si será verdad, pero a todos les hizo gracia y ya son doce los años que la gente me llama así. —Frunció el ceño al darse cuenta de que se había desviado del asunto—. Pues eso, queremos un cocinero para las comidas y las cenas. No es mucho trabajo ni son muchas horas, así que tampoco será mucho el sueldo —afirmó arqueando amenazador una ceja.

Tras él, su mujer se cruzó de brazos y arqueó también una ceja.

—Sí, claro, lo entiendo —aceptó Razz—, si me dijera…

—A los villanos nos gusta comer bien —continuó el hombre, sorprendiendo a Razz por el apelativo, hasta que recordó que Mombeltrán tenía categoría de Villa—. Aquí servimos comida tradicional. No quiero platos de revista, medio vacíos y disfrazados de carnaval. Los clientes no pagan para quedarse con hambre. No soporto esas comidas para alfeñiques que…

Raziel asintió con un gesto, más que nada porque era imposible meter baza. ¿Acaso el viejo no se iba a callar nunca? Miró de refilón a Andrés, quien sentado a la barra contemplaba receloso un plato que supuestamente contenía orejas a la plancha. Unas orejas muy quemadas, muy especiadas, muy gelatinosas y muy grandes. Si toda la comida que salía de la cocina era así, el restaurante estaba abocado a la ruina. O mejor dicho, ya estaba en la ruina, pensó mirando a su alrededor. No había nadie ni dentro ni fuera. Y tampoco le extrañaba. Arrugó la nariz, asqueado por el olor que emanaba del plato.

—Se me han quemado un poco —apuntó la anciana con aspereza, frenando la verborrea de su marido.

—Un poco, sí. —Razz estrechó los ojos, sorprendido por la brusca confesión, pero más aún por el repentino silencio del hombre. ¡Qué descanso!

—Ya no tengo la vista ni la mano de antaño —declaró sombría—. Sé lo que estás pensando; que deberíamos jubilarnos. Pues no vamos a hacerlo —dijo con determinación. Su esposo negó vigoroso—. Necesitamos un cocinero, pero no estamos tan desesperados como para contratar a cualquiera.

Andrés apartó la mirada del plato, sobresaltado. ¿Qué no estaban desesperados? ¿En serio había dicho eso? Contempló con repelús las orejas grasientas. Ni muerto de hambre, y lo estaba, se las comería.

—La Guarida del Villano solo se merece al mejor cocinero —afirmó el anciano, tomando el turno de la palabra una vez se hubo callado su esposa.

—Estoy de acuerdo —aceptó Razz aprovechando la oportunidad al vuelo.

Ser cocinero allí le venía muy grande. Lo suyo era actuar en la calle, un trabajo libre de responsabilidades en el que no tenía que rendir cuentas a nadie y, lo más importante, en el que nadie podía pedirle cuentas… ni echarle cuando descubrieran que no era oro todo lo que relucía.

—No soy adecuado para este puesto. —Se apartó de la barra, decidido a escapar lo más rápido posible de allí.

—¿Qué chorradas estás diciendo? Eres lo mejor que les puede pasar —siseó Andrés enfadado, deteniéndole—. En cuanto la gente huela tu comida se llenará el restaurante…

—Pues si no eres adecuado, ya sabes dónde está la puerta —afirmó Tasia muy seria, las manos apoyadas en la barriga—. Aquí no queremos incompetentes. Tenemos una reputación que mantener.

—No soy cocinero —sentenció Razz con los dientes apretados, respondiendo a Andrés a la vez que le daba la razón a la anciana—. Jamás he cocinado para más de diez personas. Esto me viene muy grande.

—Oh, por favor, mira la de gente que hay ahora mismo —ironizó Andrés—. Será un milagro si dan más de cinco comidas al día.

—Mujer, lo ha recomendado Goro —apuntó el Galo, sin prestar atención a la discusión que mantenían los jóvenes. Cada loco con su tema, que suele decirse.

El alguacil le había sugerido que contratara al moreno y eso, viniendo de quien venía, era casi una orden. Además, le picaba la curiosidad. ¿A qué venía ese repentino interés en el forastero? ¿Qué tejemanejes se traía, o quería traerse, Goro con el chico?

—Como si lo recomienda el papa de Roma, aquí los enchufes no sirven —replicó Tasia.

—¡Bien dicho! —exclamó Andrés sobresaltándolos a todos—. Tiene que demostrar que vale para el puesto. ¡Qué haga unas revolconas y una ración de orejas! —propuso, ganándose una mirada airada de Razz, una afirmativa sacudida de cabeza de Tasia y un suspiro del Galo.

—¡Por fin una buena idea! Ya sabía yo que siendo sobrino del Vivo habrías heredado algo de su ingenio —elogió la anciana, dándole a Raziel un mandil—. A ver qué sabes hacer.

—Y hazlo rápido, estoy muerto de hambre —le instó Andrés con malicia antes de abandonar el restaurante.

Raziel sacudió la cabeza, enfadado por haber caído en la trampa y, refunfuñando entre dientes, se puso el delantal y se dirigió a la cocina. ¿Cómo se le había ocurrido hacer caso al maldito alguacil? No era cocinero. Era artista ambulante. Uno con mano para la cocina, sí, pero no un cocinero. Mucho menos uno que pudiera aprobar con buena nota el puñetero examen de una pareja de ancianos con ínfulas de chefs. Abrió la cámara frigorífica y observó con curiosidad lo que contenía. Las viandas, aunque escasas en variedad, eran de buena calidad. Sacó un recipiente con orejas adobadas y parpadeó asombrado al ver lo que se ocultaba tras él. Un paquete al vacío de carne magra. Ternera avileña, negra ibérica, si no le engañaba la vista. Se lamió los labios y, sin pensar en lo que hacía, lo tomó también. No porque pensara cocinarla, nada más lejos de su intención, pero, al entrar había visto una caja de tomates maduros. Sí, allí estaba, junto a una cesta de enormes cebollas moradas.

—Tasia, la maceta que está en esa ventana tiene tomillo, ¿verdad? Acérqueme un poco, haga el favor —se asomó un instante a la puerta para luego seguir recolectando tesoros.

Y

Andrés se apoltronó en una de las sillas de la terraza, dejó el tercio de cerveza en la mesa y sacó el móvil del bolsillo. Lo miró con el ceño fruncido y volvió a guardarlo. No había ningún mensaje de Lua. Ni del Manguerita. Y ya deberían haber regresado de la cooperativa. Seguro que Lua había enredado al pobre ingenuo para plantar el trasero en la hierba y meditar sobre los misterios del universo. Suspiró melancólico cuando un recuerdo escapó del rincón de su memoria, cerrado con mil candados en el que guardaba lo que no quería recordar. Tres adolescentes tumbados sobre una roca granítica en Chinas Blancas. En mitad de la noche. Observando las estrellas mientras daban forma a sus respectivos futuros. Paula iría a la universidad para conseguir un trabajo bien remunerado y no depender de nadie. Él iba a estudiar Periodismo para viajar por todo el mundo y conocer mil culturas diferentes. Y José... José no quería estudiar. Solo trabajar y ganar dinero para comprar sus propias tierras. Sonrió nostálgico. Todos los sueños de su amigo empezaban y acababan allí. En Mombeltrán. Entre las vides, olivos e higueras que crecían a la sombra de las montañas que tanto amaba. Bien pensado no era distinto a Lua. Ambos parecían tener una extraña conexión con la naturaleza.

—Qué serio estás —le susurró Lua, como si hubiera sido invocada por los recuerdos.

—Eso es porque me has abandonado aquí, y claro, me aburro —replicó socarrón y, sin ser consciente de lo que hacía, se irguió sobre la silla, convirtiendo su regazo en un cómodo asiento para la pelirroja—. ¿Mucho lío en la cooperativa?

Abrió los brazos para acogerla cuando se sentó sobre él, y en ese momento se percató de que no venía sola. Al contrario. La acompañaba una puñetera multitud. José Antoñín, Paula y la panda de amigos de ambos.

—No, ¿por qué? —preguntó José, acercándose con cara de pocos amigos a ellos.

¿No había sillas que tenía que apoltronarse en el regazo de Andrés? Empezaban a cargarle tantos mimos, y le daba lo mismo lo amistosos e inocentes que fueran. O a quién estuvieran destinados. Apretó los dientes disgustado a la vez que hundía las manos en los bolsillos. La pelirroja se había pasado media tarde tonteando con todos los hombres a su alcance, y ahora por lo visto iba a hacer lo mismo con Andrés.

¡Con ganas rompería algo! La cabeza de su antiguo mejor amigo, a ser posible. Y luego las de los demás hombres del pueblo.

—Habéis tardado mucho en regresar. —Andrés besó con afecto la coronilla de la joven.

—Qué pasa, ¿tiene que darte el parte de lo que hace cuando no está contigo? —siseó José enfurruñado.

—Si está con un pringado, sí —se defendió Andrés antes de que Lua le silenciara con un casto beso en los labios.

José sintió como un chorro de humo salía de sus oídos, igual que les pasaba a los personajes de dibujos animados cuando estaban muy pero que muy cabreados.

—Hemos parado en casa para cambiarme de ropa —le explicó conciliadora a Andrés a la vez que se giraba hacia José para dedicarle su sonrisa más inocente y pícara, por difícil que esa mezcla pueda parecer—. Y luego hemos tomado un café en el Robert.

«Donde has coqueteado con todos los parroquianos de entre nueve y noventa y nueve años, enamorándolos con tus sonrisas mimosas», pensó José, mordiéndose la lengua.

Lua, la mirada fija en él, frunció los labios en un fingido beso a la vez que pestañeaba con coquetería. Tal vez no pudiera leer la mente del aguerrido hombre, pero su rostro era muy expresivo y no cabía duda de lo que él pensaba en ese momento. De lo que sí tenía dudas era de lo que pensaba ella misma. ¿Qué mosca le había picado para intentar encelarle como estaba haciendo? No se reconocía en esa mujer coqueta.

—Y se os ha unido la Trece Catorce, cojonudo, se acabó la tranquilidad —bufó Andrés, interrumpiendo el extraño juego entre Lua y José.

Fijó los ojos en Paula y ella le devolvió la mirada con arrogancia. Andrés no pudo evitar fijarse en su postura. Mantenía los tobillos cruzados, las manos en los bolsillos de los pantalones cortos y los hombros curvados, como si quisiera hacerse pequeñita y pasar desapercibida. Y tal vez fuera así tras la escena que habían montado en el bar. Se le encogió el corazón. No quería verla así. Quería a su rubia de siempre; revoltosa, beligerante y traviesa.

Sacudió la cabeza ante ese último pensamiento. ¿Se había vuelto imbécil o qué? Le daba exactamente lo mismo si ella estaba abatida o enfadada. No le interesaba en absoluto.

—¿La Trece Catorce? —Lua entornó los párpados, intrigada por la expresión.

—Es nuestra peña. —José señaló a los amigos que les acompañaban antes de ocupar la silla contigua a la de Andrés.

Puesto que no tenía otra opción que presenciar las carantoñas que la pelirroja prodigaba a su antiguo amigo, bien podía sentarse a su lado para no perder detalle y así de paso aprender la lección y no encapricharse de quien no debía.

—Cuántos sois ya, ¿diez, doce? —se mofó Andrés—. Una peña de lo más numerosa.

—La mejor de todas —apuntó Paula altanera, lo que provocó los vítores del grupo.

—La más pesada de todas —apostilló Andrés antes de lanzar una tanda de traviesos y breves besos a los antiguos amigos que se apiñaban frente a él.

La peña le abucheó con sorna, siguiéndole el juego tal y como se lo había seguido tiempo atrás, cuando la parejita se enzarzaba en combates dialécticos que casi siempre acababan, ya de noche, en otro tipo de pugnas, sin público presente.

—Pues no hace mucho pertenecías a ella —replicó Paula confundida por el cambio de actitud de Andrés—. De hecho, creo recordar que fuiste miembro fundador con José y conmigo.

—¡Chúpate esa! —jaleó Puebli el comentario de su amiga.

José asintió aprobador. Había sido idea de los tres fundar la peña. Y se lo habían pasado de miedo haciendo travesuras.

—Estaría borracho —replicó Andrés, alzando el tercio a modo de solitario brindis antes de darle un trago.

Paula lo miró precavida, sin atreverse a confiar en la tregua que parecía estar proponiendo él. Hacía menos de tres horas que la había atacado sin compasión y, sin embargo, ahora parecía... juguetón. Casi como antaño.

—Sí, claro, échale la culpa al vino. ¿No se te ocurre otra excusa mejor o es que sigues sin ir sobrado de coeficiente intelectual?

—Solo soy sincero. Piénsalo bien, si la única diversión posible era salir con vosotros y montar la peña, ¿qué otra salida tenía que darme a la bebida? —replicó Andrés, haciéndole un travieso guiño en tanto que una sonrisa, tan inesperada como sincera, curvaba sus labios.

Paula estrechó los ojos, confundida. ¿Cómo debía tomarse esa pulla? ¿De verdad estaba bromeando? Sus labios se curvaron con timidez sin que ella se diera cuenta.

—Con la de posibilidades que tienen estas montañas, solo se te ocurre darte a la bebida. Qué poca imaginación. Podías haber hecho senderismo; además de ser muy entretenido, subiendo al Puerto del Pico hay unas gargantas divinas por las que podrías despeñarte —contestó, contagiándose del talante revoltoso de él.

Los allí presentes dirigieron la mirada a Andrés, esperando su respuesta. Todos, menos José, que no había apartado la mirada de su examigo en ningún momento. No se fiaba de él. Antes o después atacaría a Paula. Lo intuía. El Andrés que tenía ante sí no era aquel al que tan bien conocía. En absoluto. Era un hombre oscuro, resentido y peligroso, incapaz de controlar su ira.

—Me despeñaré encantado si me acompañas. Nada me gustaría más que arrastrarte conmigo —afirmó, esbozando una juguetona sonrisa.

Y, como no podía ser de otro modo, Lua y la Trece Catorce al completo giraron la cabeza hacia Paula, esperando réplica. Aquello comenzaba a parecerse a un partido de tenis. O al menos eso fue lo que pensó Raziel al salir del restaurante con dos humeantes platos.

—No me digas que estás tan necesitado que quieres pegar un revolcón rápido por las laderas del puerto —replicó Paula con picardía, arqueando ambas cejas varias veces.

Lua asintió risueña. La rubia tenía los ovarios bien puestos. Le gustaba, y mucho, su carácter batallador y pícaro.

—Antes la meto en un hormiguero —dijo Andrés dejándose llevar por el ánimo juguetón del momento.

José estrechó los ojos, alerta.

—Pobres hormigas, entonces serán ellas las que se mueran de aburrimiento —contraatacó Paula para acto seguido taparse la boca con las manos—. Lo siento. No quería…

—Que quieres que te diga, a pesar del riesgo de matar a los pobres bichos de aburrimiento, me decanto por el hormiguero —declaró Andrés con amenazadora lentitud—. Seguro que tiene menos tránsito que tu coño.

—¡Serás hijo de puta! —siseó José con ferocidad, poniéndose en pie.

Andrés hizo intención de levantarse, pero Lua se enganchó con fuerza a la silla, a la vez que Paula se interponía presurosa en el camino de José.

—Ha sido culpa mía —le susurró; las manos contra su torso para poner distancia entre los dos hombres—. Vuelve a sentarte, por favor.

—No. Le voy a partir la cara. Me tiene harto —se resistió José, intentando esquivarla.

—Por favor, déjalo estar —reiteró conteniendo las lágrimas—. No quiero un escándalo en mitad de la Corredera.

José desvió la mirada hacia Andrés, quien también parecía discutir en susurros con la pelirroja que, todavía sentada sobre él, le sujetaba la cara entre ambas manos, obligándole a mirarla, a la vez que le envolvía la cintura con las piernas anclándole a la silla.

—Me voy, si me quedo aquí soy capaz de matarle —protestó dando un paso atrás—. Mañana te veré en la calle… —le dijo amenazador a Andrés.

—Te estaré esperando —replicó este zafándose de las manos de Lua y encendiéndose un cigarro con exasperante calma—. No llegues tarde o iré a buscarte…

—Si es cuestión de hacerse el gallito, yo puedo meteros mis antorchas, encendidas, por el culo. Será mejor espectáculo que dos gilipollas dándose de hostias a las siete de la mañana —dijo en ese momento Razz, sorprendiéndoles con su presencia.

Tan inmersos habían estado que no se habían percatado de que estaba tras ellos, observando y escuchando.

José se giró hacia el moreno con los dientes apretados y el ceño fruncido.

—¿Gustas? —le ofreció Raziel, poniéndole la ración de patatas revolconas bajo la nariz.

—Métetelas por el culo —siseó José apartándolas de un manotazo que a punto estuvo de mandar el plato al suelo.

—Demasiado pringoso —desestimó Raziel encogiéndose de hombros.

Dejó las raciones en la mesa y se colocó estratégicamente entre los dos hombres, la mirada fija en la rubia que parecía a punto de echarse a llorar.

—No le hagas caso, solo es un imbécil asustado y confundido que no sabe diferenciar una broma de una ofensa —le susurró a Paula limpiándole con el pulgar la lágrima que se le deslizaba por la mejilla—. No le des el poder de hacerte llorar.

—No me jodas, Razz —masculló Andrés. Intentó incorporarse, pero Lua se lo impidió.

—Cierra esa cloaca que tienes por boca —le ordenó el moreno sin apartar la vista de Paula—. Si te hace sentir mejor le puedo tirar la comida encima, pero sería un desperdicio. Me ha salido muy rica.

Paula esbozó una tímida sonrisa antes de inclinarse y pinchar las orejas a la plancha.

—Exquisitas. No las he probado mejores —dijo tras saborearlas. Se puso de puntillas y, para disgusto de Andrés, depositó un suave beso en la mejilla del moreno—. Gracias.

—Están buenas, ¿verdad que sí? —exclamó el Galo acercándose

con un cesto de mimbre lleno de pan, ajeno al drama que había tenido lugar en la terraza—. Y dentro de un ratito saldrá el magro con tomate. Pura maravilla, os lo digo yo que lo he probado.

Raziel se giró hacia el anciano con los ojos muy abiertos. ¿¡Cómo que lo había probado!? ¡Le había dicho específicamente que no entrara en *su* cocina, ni abriera *su* olla ni tocara *su* guiso! ¡Aún le faltaban unos minutos para estar en su punto! Esperaba, por el bien del viejo, que hubiera tapado bien la cazuela.

—Seguro que está buenísimo —comentó Paula a la vez que sacudía la cabeza a modo de despedida y echaba a andar con un enfurruñado José a la zaga.

Raziel esperó a que se perdieran en una de las callejas aledañas a la plaza y luego se giró hacia Andrés, quien parecía hipnotizado por sus manos. Lua seguía sobre su regazo, susurrándole algo al oído, y dado su gesto feroz, no cabía duda de que le estaba regañando por cómo se había comportado. Y mientras Andrés recibía una merecida bronca, los miembros de la peña comenzaron a dispersarse, aunque algunos parecieron dudar entre quedarse o irse; al final decidieron sentarse en otra mesa, cerca de Andrés, pero no con él. La típica idiosincrasia humana, ni contigo ni sin ti, pensó Razz con cierto cinismo antes de ir al restaurante para comprobar que ningún desastre hubiera ocurrido en su ausencia.

Pilló a Tasia frente a la cazuela, con una cuchara junto a los labios y los ojos cerrados de puro placer. Contuvo su mal genio y, haciendo gala de la escasa paciencia que a esas alturas poseía, la instó a abandonar *su* cocina con la firme promesa, eso sí, de sacar la comida en cuanto estuviera hecha. Cuando salió minutos después, portaba una fuente de magro con tomate que dejó en la barra. Mientras se tomaba un merecido refresco, el Galo se apresuró a convertirla en tapas que sacó raudo al exterior, no sin antes dar una a su esposa, por supuesto.

Raziel, sorprendido por la premura con que el anciano actuaba, le siguió solo para quedarse perplejo al ver varias mesas ocupadas. Su mirada voló a la que ocupaban sus amigos. Lua estaba sentada en una silla y sonreía risueña ante los juegos de manos que Andrés hacía a los gemelos y a los amigos de estos. No pudo evitar curvar los labios en una de sus escasas sonrisas. Andrés en ocasiones era el peor de los bocazas, pero cuando estaba tranquilo y en paz era el más encantador de los hombres.

—Al olor de la sardina La Guarida resucita —parafraseó alguien la famosa canción.

Raziel se giró despacio, el corazón latiéndole acelerado en el pecho. El alguacil estaba a un par de metros de él, apoyado con una indolente tranquilidad en la pared.

—Me ha dicho el Galo que eres el nuevo cocinero —afirmó enganchando los pulgares en el cinturón.

—Pues ya sabes más que yo. —Razz ocultó las manos en los bolsillos para mantenerlas quietas. No sabía por qué, pero ese hombre le alteraba. Demasiado.

—¿Acaso lo dudas? —Señaló con un gesto la terraza—. Si has conseguido que se sienten solo por el olor, qué no lograrás cuando prueben tu comida.

Raziel resopló a la vez que se encogía de hombros con fingida indiferencia, aunque lo cierto era que pocas veces se había sentido más nervioso por algo. Ni siquiera cuando ejecutaba un nuevo espectáculo se preocupaba tanto por la reacción del público. Al fin y al cabo, los pájaros de fuego eran su trabajo mientras que la cocina era su pasión.

—Goro, ¿no te sientas a tomar algo? —inquirió el Galo, llegando hasta ellos.

—No. Esta noche tengo jaleo —masculló, la mirada fija en el horizonte montañoso—. Prepárame un bocata de magro y me lo llevaré para cenar.

El anciano asintió una sola vez y se asomó a la puerta del restaurante desde donde, haciendo uso de una magnífica voz de tenor, transmitió las comandas a su esposa.

—¿Cómo has dicho que te llamabas? —le preguntó pensativo el Galo al moreno. Era inconcebible no saber el nombre de su nuevo cocinero, pero era tan raro…

—Raziel.

—Puedes llamarle Superchef —apuntó Goro esbozando una artera sonrisa.

—No responderé a… —comenzó a decir Razz.

—Superchef. Me gusta, tiene clase —le interrumpió el Galo—. El otro nombre es demasiado complicado de recordar. Vamos, Superchef, a la cocina, hay varios pedidos esperando —le instó antes de entrar en el restaurante de nuevo—. Ah, se me olvidaba, después hablaremos del horario y el sueldo.

Razz bufó enfadado al comprender que acababa de conseguir un trabajo que no sabía si quería y un mote que no deseaba en absoluto. ¡Maravilloso!

—Oh, vaya, ¿No te gusta tu nuevo apodo? —se burló Goro acercándose a él—. Dime tu nombre real, Superchef, o te buscaré un nuevo mote cada día.

Razz se mantuvo en silencio, pero el músculo que palpitó en sus mejillas dio buena muestra de cuánto estaba apretando los dientes. No iba a entrar en el juego de Rumpelstiltskin que el alguacil se traía entre manos. Giró sobre los talones sin despedirse del inquietante hombre y se encaminó al interior del restaurante.

No llegó muy lejos. Apenas había dado dos pasos cuando Goro lo sujetó por el brazo, los fuertes dedos hundiéndose inclementes en su bíceps.

—Mañana vendré a comer, quiero el mismo guiso que no has querido compartir conmigo este mediodía en casa de Abel —le susurró al oído provocándole un escalofrío.

—Comerás lo que haya —replicó Razz, soltándose bruscamente.

Goro sonrió ladino cuando el sombrío hombre entró en el restaurante, donde una vigilante Tasia ya le estaba esperando para ponerlo a trabajar. Mucho se temía que no iba a tener un segundo de descanso mientras estuviera en La Guarida del Villano.

—Me encanta que los planes salgan bien —soltó parafraseando al coronel Hannibal Smith.

No era que desconfiara del moreno, que no lo hacía, o al menos no demasiado, pero prefería tenerlo controlado, a ser posible en un lugar en el que estuviera a la vista de todo el pueblo. De esa manera evitaría que surgieran peligrosos rumores en torno a él y su facilidad para controlar el fuego si los incendios seguían asediando las montañas.

Esperó a que le sacaran el paquete con la cena y luego se dirigió a la Yamaha aparcada en la plaza. Se montó y salió del pueblo para tomar uno de los caminos forestales que llevaban a las Torretas, quería asegurarse de que todos estaban avisados.


—Está loco y nos va a volver locos a todos —siseó José parado frente a la casa de Paula.

Habían caminado hasta allí en silencio, cada uno absorto en sus propios pensamientos.

—No creo que quisiera decir lo que ha dicho —murmuró ella.

Había estado dándole vueltas a la escena todo el camino; Andrés se había comportado como siempre, haciendo gala de su carácter amigable y punzante hasta que ella había metido la pata con su comentario.

—¡Claro que quería decirlo! No intentes defenderlo, no se lo merece.

Paula se mantuvo en silencio, remisa a darle la razón aunque sabía que la tenía.

—No sé qué mosca le ha picado —continuó diciendo José con los brazos cruzados, concentrado en las ideas que en ese momento se arremolinaban en su cabeza—. Ayer estaba insoportable por la mañana, a punto estuvimos de acabar a tortas a mediodía, pero luego cambió, mostrándose casi amigable hasta que ahora… esto —negó con la cabeza—. Tal vez sea un bipolar de esos que están tan de moda —dijo sin saber qué pensar ni qué esperar de su antiguo compañero de juegos, travesuras e ilusiones.

—Su amigo ha dicho que está asustado y confundido…

—Raziel diría cualquier cosa con tal de defender a Andrés. Además, es un bocazas —gruñó, dejándose caer sobre el poyo que había a la entrada de la casa.

—Ya veo que te cae muy bien —ironizó Paula, sentándose junto a él.

—No es mala gente, pero tiene un rollo raro con Lua… igual que Andrés —dijo huraño.

Paula arqueó la ceja, intrigada, y él se apresuró a explicarle con todo detalle aquello de lo que se había percatado en los días que llevaba trabajando con ellos: que Lua era algo así como el osito de peluche de los dos hombres. Se sentaba en sus regazos a la menor oportunidad, los abrazaba y besaba —en los labios, en las mejillas, en la frente, ¡en cualquier sitio!— sin venir a cuento, se pasaba el día acariciándolos sin motivo…

—¿Está con los dos? —preguntó Paula, atónita.

—¡No! —José se puso rígido—. Me has entendido mal. No tiene nada con ellos —afirmó a la defensiva—. No hay ningún lío raro entre ellos.

—Pues cualquiera lo diría…

—Ya lo sé. Y eso es lo que me cabrea. ¿Por qué tiene que estar todo el rato tocándolos? —se quejó abatido apoyando los codos en las rodillas—. Le encanta coquetear y, como es tan bonita, siempre está rodeada de hombres a los que tiene cautivados —«como a mí».

—¿Estás celoso? —Paula sonrió al escuchar el bufido de José—. Te gusta, confiésalo.

—Es una mujer… interesante.

—Y muy guapa. ¿Estás seguro de que no está con Andrés?

—Pareces muy interesada.

—Pura curiosidad. Esta tarde parecían muy acaramelados, pero si es su actitud habitual...

—Lo es —dijo rotundo, su penetrante mirada fija en ella—. Ahora eres tú quien parece celosa. ¿Qué se te está pasando por la cabeza, Pau?

—Nada —lo miró con fingida inocencia.

José elevó ambas cejas con evidente incredulidad antes de fruncir el ceño, preocupado. Conocía bien a su amiga, sabía interpretar sus miradas y sus gestos y podía leer sus pensamientos como si de un libro abierto se tratara. Y lo que estaba leyendo en ese momento era peligroso.

—Andrés ha cambiado mucho. No es el mismo de siempre, ya lo has visto. No puedes confiar en él, mucho menos pensar que todo volverá a ser como era. Da igual cuánto lo desees —susurró acariciándole el pelo.

—Si yo no hubiera hecho un comentario tan inoportuno, no habría pasado nada —se reprochó ella, las manos sobre el regazo y los dedos enlazándose con nerviosismo—. Estábamos bien, bromeando como antes...

—Nada volverá a ser como era antes —interrumpió implacable—. Tú lo hiciste imposible.

—Todos cometemos errores que luego nos toca pagar. Pero ¿debemos pagar eternamente, sin posibilidad de remisión? —se quejó Paula, levantándose para entrar en la casa.

José negó con la cabeza. Habían transcurrido tres años y seguía sin entender lo que había pasado entre ellos. Sabía lo que había ocurrido, sí, pero no alcanzaba a comprender los motivos que los habían llevado a la debacle.

Ni por parte de Paula ni por parte de Andrés.

# 7

María entró por fin en el dormitorio y, para gran disgusto de su impaciente marido, ignoró por completo el sagrado tálamo matrimonial y se dirigió a la ventana.

Caleb, en la cama desde hacía por lo menos diez minutos, bufó exasperado. Eso de estar cojo era un asco. Si no fuera por la pierna rota habría secuestrado a su mujer después de cenar. Habría subido las escaleras con ella al hombro, sujetándola por el trasero con una mano mientras metía la otra entre sus piernas. La penetraría con dos dedos y con el pulgar le frotaría el clítoris. Y ella se desharía para él en lugar de ignorarle como acababa de hacer. Gruñó enfurruñado, su mano descendiendo por el vientre en dirección a su pene inhiesto. Si no estuviera cojo, en ese mismo momento María estaría con él, desnuda sobre las sábanas, con las manos atadas al cabecero, las piernas separadas y su cabeza entre los muslos. Se lamió los labios a la vez que se rodeaba con los dedos la rígida polla y comenzaba a masturbarse. Despacio. Solo para calmar la ansiedad hasta que su esposa se aviniera a acercarse a él de una puñetera vez y hacerle un poco de maldito caso. Apartó las manos del pene y se incorporó sobre los codos. ¡Pero a qué demonios estaba esperando!

Carraspeó. Dos veces.

María no le oyó… y si lo hizo no dio muestras de ello.

Volvió a carraspear, obteniendo el mismo resultado.

—Cariño… ¿Qué haces? —dijo quejumbroso.

—¿Crees que Andrés pasará frío? —preguntó ella, preocupada.

—¿Frío? —farfulló confuso.

María asintió, mordisqueándose el pulgar inquieta.

Caleb tragó saliva al ver el dedo entre sus jugosos labios. Labios que bien podían estar chupando otra cosa más gorda y necesitada. Sacudió la cabeza para liberarse de tan libidinosos pensamientos. María estaba usando su fructífera mente para imaginar a Andrés en la Torreta, asediado por problemas inexistentes.

Hasta que no la convenciera de que su hijo estaba bien, contento y protegido, no iba a conseguir nada. Suspiró, armándose de paciencia.

—Cariño, estamos en pleno mes de julio. No va a pasar frío. Seguro —dijo esbozando la más tranquilizadora de sus sonrisas.

—Pero la torreta está muy alta, en medio del monte. Allí siempre hay corrientes de aire frío.

—Y estoy seguro de que Andrés las agradecerá después del calor que ha hecho hoy.

María inclinó la cabeza pensativa antes de asentir más o menos convencida.

Caleb sonrió ufano, no había sido complicado capear el temporal. Dio un par de golpes con la mano en la cama, reclamándola. Pero María volvió a girarse hacia la ventana para observar ensimismada el horizonte montañoso. Más exactamente el punto en el que, a pesar de que era imposible verla, estaba la torreta de vigilancia en la que su hijo pasaba la noche.

—No está acostumbrado a trasnochar... espero que no se duerma —comentó inquieta.

—A tenor de las horas a las que llegaba la semana pasada, mucho me temo que sí está acostumbrado a trasnochar. De lo que no tiene mucha costumbre es de madrugar.

Su sobrino era un desastre por las mañanas, le costaba Dios y ayuda mantenerse consciente, al menos hasta que tomaba el segundo café. Y a veces, hasta el tercero.

María puso la espalda muy recta y se giró para dedicarle una mirada asesina antes de volver a posicionarse frente a la ventana.

—Se ha llevado un termo con café de papá —se apresuró a decir Caleb, conciliador—, si se lo bebe no dormirá en una semana. Y si eso no fuera suficiente para tranquilizarte, recuerda que tiene veintiséis años. Es un hombre, no un niño. Sabe que no puede despistarse allí arriba.

—Y además está con el Moles. Él no le dejará quedarse dormido, le he pedido que le vigilara —confesó María, abandonando su puesto de vigilancia.

—Pobre Andrés, no tiene suficiente con un guardián, que tú le has puesto otro —comentó divertido, observando con lujuria a su mujer mientras se despojaba del fino camisón.

—¿Te refieres a Razz? —inquirió María, tumbándose a su lado.

—¿A quién si no? —la envolvió entre sus brazos—. La verdad es que me alegro de que siempre esté vigilándole; no sé por qué, pero me da en la nariz que ha cuidado de Andrés estos años, manteniéndole a salvo.

—Abel y yo también pensamos lo mismo. Le quiere mucho —apuntó María.

«Demasiado. Más de lo que Andrés le va a poder corresponder nunca», pensó Caleb, pero no lo dijo.

—Se nota en la manera en que siempre está pendiente de él —continuó María—. Pero no solo cuida de Andrés, también de Lua. Se comporta como un hermano mayor con ellos —reconoció jugando con los dedos sobre el torso de su marido.

El vello que lo cubría comenzaba a tornarse gris, al igual que ocurría en las sienes. Pero eso no le restaba atractivo, al contrario, le hacía aún más interesante. Sonrió enamorada, Caleb rondaba los cincuenta, seguía tan arrebatador como siempre y era solo suyo. Pellizcó con suavidad una de las fruncidas tetillas para luego descender hacia el ombligo… y más allá.

—Además es todo un hallazgo como cocinero, no lleva ni una semana en La Guarida y la terraza se llena todos los días —comentó dicharachera mientras él se removía incómodo—, aunque Tasia me ha dicho que es un poco maniático. ¿Sabes que no les deja entrar en la cocina al Galo ni a ella?

—Me lo imagino —indicó Caleb sin prestar mucha atención.

Estaba mucho más interesado en colocarse de manera que tuviera fácil acceso al cuerpo de su mujer sin que la pierna le molestara demasiado. Maldita escayola, ¡pesaba más que una bola de presidiario!

—Y Lua parece haber hecho buenas migas con José —continuó María, separando las piernas cuando Caleb deslizó una mano por su vientre.

Caleb asintió con la cabeza mientras posaba estratégicamente la mano sobre el sexo de su esposa. Enmarcó con los dedos índice y anular los labios vaginales, hundió el corazón entre los pliegues y comenzó a mover la mano, frotando con la palma el clítoris.

María se estremeció arqueando la espalda, lo que provocó la sonrisa de su marido, quien era consciente de que se estaba saltando los preliminares para ir directo al quid del asunto, pero su paciencia se había agotado hacía tiempo.

—Aunque a José no parece hacerle mucha gracia la… familiaridad que ella tiene con Andrés y Raziel —consiguió articular María.

—A mí tampoco me haría gracia —susurró Caleb sobre los henchidos pezones, calentándolos con su aliento antes de posar los labios sobre uno de ellos.

Lo besó despacio, humedeciéndolo con suaves toques de lengua hasta que María le agarró del pelo, instándole a bajar la cabeza y emplearse a fondo.

Caleb se apartó, negándole lo que exigía a la vez que elevaba una de las comisuras de su boca en una pícara sonrisa. Sonrisa que murió en el mismo momento en el que se percató de que su abrupta interrupción, en lugar de enfurecer y calentar a su mujer, como casi siempre sucedía, la había enfriado. No cabía duda de que ella seguía con la cabeza en otro sitio. Necesitaba emplearse a fondo y la escayola limitaba mucho sus movimientos. ¡Joder!

—No me gusta el empeño que tiene Andrés en evitar a Paula —comentaba María pensativa, el interludio amoroso casi olvidado en pos de su niño mimado.

—Gracias a ello viene a casa a cenar todos los días —le quitó importancia Caleb.

Aunque a él también le preocupaba. Y mucho. Más aún desde que cinco días atrás José y Andrés habían estado a punto de llegar a las manos por algo que Andrés le había hecho a Paula en La Guarida del Villano y que ninguno de los dos había querido contarle. De hecho, según Andrés, no tenía nada con Paula, ningún problema ni roce. Nada. Ni para bien ni para mal. Y bien era cierto que desde entonces los tres parecían mantener una tensa tregua, ¡pero ese no era momento para hablarlo!

Se deslizó con cuidado sobre el cuerpo femenino, trazando con los labios un húmedo sendero de pasión desde los pechos al ombligo, donde se detuvo a jugar.

—No es bueno para él, no puede huir de ella eternamente —jadeó María, los talones clavados en el colchón mientras elevaba las caderas, instándole a que siguiera bajando.

Enfurruñado por su empeño en no dejar el tema, Caleb se tumbó enfrentado a ella y ascendió hasta su boca para besarla con exasperante mesura, a ver si así se callaba un poco. Solo lo suficiente para besarlo, y lamerlo, y… amarlo.

María le mordió con fuerza el labio inferior, indicándole su descontento a la vez que llevaba una mano a la regia erección que lloraba lágrimas de semen reclamando atención.

Caleb envolvió con su mano la de ella y comenzó a masturbarse con ambas a la vez que llevaba la que tenía libre a la húmeda entrepierna femenina.

María posó sus dedos sobre los de su esposo y presionó, obligándole a penetrarla con ellos en tanto que ella se friccionaba el clítoris.

—Me preocupan... —murmuró María de repente, retomando el tema de nuevo.

—Ya se arreglarán —sentenció Caleb apretándola contra él.

—¿No puedes hacer nada por ayudarle? Está sufriendo, lo sé.

—Ya pensaré algo —aceptó, besándola de nuevo

Pasaron unos minutos perdidos entre besos y arrumacos hasta que la pasión los dejó sin aliento e hizo que sus dedos perdieran el ritmo sumiéndolos en un caos de roces y caricias.

—¿A qué hora llegará Andrés? —María se sentó a horcajadas sobre él y comenzó a lamerle las tetillas.

—¿Qué importancia tiene eso ahora? —preguntó Caleb a punto de perder la paciencia.

Usó la pierna sana para impulsarse y tantear con el pene el sexo femenino, buscando el lugar en el que tanto deseaba enterrarse.

—Imagino que le dejarás la mañana libre para que pueda dormir... ¿O le vas a mandar a las tierras también hoy? —María alzó las caderas.

Su marido emitió un gruñido gutural a la vez que le aferraba el trasero con ambas manos, decidido a llevarla a donde tenía que estar, sobre su polla.

Ella se resistió.

—Por supuesto que le voy a dar el día libre —bufó exacerbado, tirando de ella de nuevo—. ¿Acaso piensas que soy un tirano, mujer?

—Sí. Un tirano malvado que tortura a su mujer sin compasión, obligándola a cabalgar día y noche. —María se estiró sobre él para abrir el cajón de la mesilla, del que sacó gel lubricante y un vibrador anal.

Sujetó el juguete para adultos con dos dedos y lo balanceó sobre la cara de su marido.

—¿Me vas a obligar a montarte con esto metido en el trasero? —preguntó con un fingido mohín de disgusto.

Caleb arqueó una ceja. Tal vez estar cojo no fuera tan malo. Al menos no con una mujer tan fascinante como María. Le dio un suave azote en el trasero y luego le rodeó la cintura con sus grandes y fuertes manos, instándola a cambiar de posición.

—Me temo que no voy a ser tan bueno, señora mía —dijo con la voz susurrante que la había conquistado hacia ya tantos años.

La ayudó a colocarse de manera que su sexo quedara sobre la cara de él mientras que la boca de ella se situaba sobre la dura erección. Un sesenta y nueve de toda la vida, vaya.

—He sido mala... —reconoció María bañando con su cálido aliento el erguido pene.

—¿Qué has hecho? —gimió Caleb intentando parecer furioso sin conseguirlo.

—He leído un libro. Y se me ha antojado uno de los juguetes que usan los protagonistas —jadeó ella, los labios de su marido succionándole sin compasión la hinchada vulva.

—¿Cuál? —separó con los dedos las nalgas femeninas para abrir camino a su lengua.

—Un columpio…

Caleb, sin apartar los labios de lo que más le interesaba, arqueó una ceja, confuso. ¿Un columpio? ¿Como los de los niños? ¿Para qué querían ellos eso?

Y María, aunque no podía verlo, intuyó a la perfección su desconcierto.

—Un columpio para adultos, de cuero, de los que se cuelgan del techo y en los que la mujer o el hombre se colocan al antojo de su pareja. Quiero atarte sobre uno, con las piernas bien abiertas, el culo preparado y la polla lista para mí. Házmelo —reclamó, endureciéndole más aún, para acto seguido acoger en su boca la férrea verga.

Caleb asintió efusivo con la cabeza y elevó las caderas impaciente, enterrándose profundamente entre los acogedores labios a la vez que penetraba el ano de ella con un dedo.

—En cuanto me quiten la escayola —jadeó sin aliento— le pediré a Andrés que se quede con los niños —ahogó un gemido al sentir la lengua presionar contra la abertura de su pene— y nos iremos a la cabaña. Todo un fin de semana. Solos.


—No te cuida mal tu madre —murmuró el Moles apartando los ojos de los prismáticos.

Ningún ser humano con nariz sería capaz de ignorar las olorosas viandas que acababa de desempaquetar su compañero de torreta.

—Mi madre y Razz —apuntó Andrés rascándose la nuca.

Ante él había un apetitoso bocadillo de lomo a la plancha acompañado por finas rodajas de tomate, cebolla caramelizada, pimientos asados y queso fundido. Olía de maravilla, y estaba seguro de que sabría aún mejor. Junto al bocadillo había una tortilla de patatas rellena de atún, tomate y salsa mahonesa. Tragó saliva, no sabía con cuál de los dos manjares empezar: el bocadillo para gigantes de su amigo o la tortilla tamaño familiar de su madre. Ahí había comida para cuatro personas. Joder. ¿Tan delgado le veían que querían cebarle?

—¿Te apetece un poco? —le preguntó a su compañero de turno.

—Ya era hora de que te mojaras y ofrecieras —gruñó el hombre—. Cenaré media tortilla y, si te queda bocadillo cuando acabes, me lo llevo para comer mañana. ¡Huele que alimenta! —exclamó desde detrás de los prismáticos.

Andrés sacudió la cabeza, vaya con el Moles, tenía más cara que espalda... y él tenía más comida que estómago, así que la dividió en tres partes, una para él y las otras dos para su compañero y procedió a cenar, que ya era hora.

—Date una vuelta para bajar la comida —le ordenó el Moles cuando terminó—, no me sirves de nada adormilado por la digestión.

Andrés, cosa rara en él, obedeció sin rechistar. Guardó la linterna en el bolsillo de los pantalones beis del EPI[5] y descendió los dos tramos de escaleras metálicas, salvando los diecisiete metros que separaban la plataforma del suelo. Una vez en tierra rodeó la torreta y se encaminó hacia una roca cercana, sobre la que estaba situado el vértice geodésico del Amoclón. Se subió en dos zancadas —las botas de suela antideslizante del EPI eran la caña de España— y una vez en lo alto, apagó la linterna y liberó sus sentidos.

Escuchó el bosque como le había enseñado su tío siendo un niño. El ulular del búho, el canto de las cigarras y el chirrido de los grillos pareció rodearle. Abrió los brazos en cruz para sentir sobre su piel el aliento de las montañas, la brisa fresca que descendía de las cumbres. Suave, perezosa... peligrosa. Caleb le había advertido mil veces que en noches calmadas como esa debía mantenerse más alerta que nunca pues la visibilidad disminuía. Recorrió con la mirada el horizonte agreste y las laderas cubiertas de pinos. La luna, escoltada por miles de estrellas, se asomaba entre translúcidos cordones de nubes que parecían emular el Camino de Santiago dibujado en el firmamento. Inspiró profundamente para saborear el penetrante olor a resina de los pinos y cerró los ojos, dejándose llevar por el hechizo de la naturaleza. Adoraba esas montañas. Más que eso. Esa sierra, abrupta en sus crestas y barrancos, de esmeralda juventud en sus faldas y longevo gris en sus cumbres era parte de él.

Y había intentado extirpársela, como quien pretende arrancarse un trozo de corazón o de alma y acaba convertido en zombi.

Sacudió la cabeza, turbado por el repentino pensamiento y bajó presuroso de la roca. Buscó un lugar donde evacuar la vejiga —casi un litro de café tenía la culpa— y regresó a la torre, donde el Moles

5. Equipo de Protección Individual

vigilaba con concentrada atención trazando una imaginaria línea en zigzag que cubría el horizonte. Se unió a él colocándose en el lado opuesto de la plataforma, dio un trago al termo de café y tomó los prismáticos.

—Limpio desde Las Peguerillas a las Presas Rojas. Sigo hacia el Barro Colorado —dijo largo rato después.

—Tu tío te ha enseñado bien —señaló el Moles—. Confieso que no me hizo mucha gracia cuando el Vivo me dijo que ocuparías su puesto. Prefería al Manguera, la verdad, al fin y al cabo es uno de los mejores oteadores del pueblo mientras que tú eres de Madrid y llevas tres años fuera. Un forastero no sirve para este trabajo, es necesario conocer las montañas como la palma de la mano para poder indicar a los del CPM[6] dónde está el fuego. Pero ya veo que aún recuerdas dónde está cada loma, cada cerro y cada vaguada. Eso es bueno —bajó los prismáticos dejándolos colgados sobre su hundido pecho—. El Puerto de la Reina y las Marianas limpias. Voy a cenar, espero que me hayas dejado algo…

Andrés asintió en silencio, la mirada fija en las copas de los pinos mientras por dentro hervía de rabia. Así que José Antoñín era el mejor oteador del pueblo. ¡Y una mierda! Caleb les había enseñado a ambos dónde estaba cada monte y cada vado, pero claro, el Manguerita era del pueblo y él era de la capital, y eso era un punto en su contra. ¡Cómo si hubiera podido elegir el lugar de nacimiento!

Aferró con fuerza los binoculares y revisó con atención las inmediaciones del Risco las Culebras. Era tan injusto. Solo por faltar tres años de nada ya le estaban haciendo de menos. Esbozó una cínica sonrisa al percatarse de la dirección que tomaban sus pensamientos. ¿Qué narices le importaba lo que el Moles y el resto del pueblo pensaran de él? No iba a quedarse. En cuanto Caleb se recuperara partiría de nuevo. Le faltaban muchos países por ver antes de cruzar el charco y perderse en América.

Y, en ese preciso instante, su corazón se encogió bajo las costillas, paralizándose en airada respuesta a tamaño despropósito.

Andrés se frotó el pecho, ordenándole al estúpido órgano que se dejará de chorradas melancólicas y volviera a funcionar con normalidad. Y este respondió latiendo con excesiva fuerza en un intento de escapar por la garganta para descansar en las amadas montañas.

Suspiró compungido. Tal vez no fuera del todo cierto eso de que

6. Centro Provincial de Mando.

iba a marcharse en cuanto su tío estuviera bien. Tal vez esperara un poco. No había prisa. Además, no se le había perdido nada allende los mares. Tal vez se quedara unos meses. Alguien tenía que vigilar a Ana, quien por cierto cada vez era más adolescente y menos niña, pensó frunciendo el ceño a la vez que se giraba un poco para otear las pinadas cercanas al Mirador. Esperaba que no se le ocurriera a ninguno de los adolescentes creídos que pululaban por el pueblo acercarse a ella con malas intenciones, porque podían tener un serio encontronazo con sus puños. Sonrió al recordar que Paula solo tenía un año más que su hermana cuando le tiró al pilón para que todos supieran que estaba interesada en él. Ese mismo verano él la había besado por primera vez. Y por segunda. Y por tercera... Y por muchas, muchas veces más. Y aunque al principio habían sido breves ósculos en los que sus labios apenas se tocaban, pronto habían aprendido que era más gratificante ir un poco más allá. Revisó con atención el cerro de las Campanas y volvió a subir en zigzag hacia el Mirador a la vez que fruncía el ceño al pensar en su hermana besándose con algún imbécil. No lo iba a permitir. Si algún chico se le acercaba demasiado, le rompería la cara. Y le daba igual lo carca que pudiera parecer. Antes eran otros tiempos y Paula y él eran mucho más maduros que... Todo pensamiento se detuvo cuando sus ojos captaron una extraña espiral amarillenta.

—Moles... —susurró con voz grave y serena. Una voz que no parecía suya.

—¿Qué pasa chico? ¿Has visto algo? —El delgado hombrecillo se acercó a él prismáticos en mano.

—En el cruce del Mirador. —Andrés se inclinó sobre la barandilla—. Pero ahora no lo veo. Habrá sido una alucinación —masculló entre dientes.

—¿Cómo era?

—Una delgada columna de humo amarillo. Recta. En volutas —dijo frotándose los ojos.

—Sigue atento. Es zona de pino y la resina hace humo amarillo.

Andrés asintió en silencio y, mientras el Moles vigilaba, se alejó unos pasos para iluminar el mapa con la linterna y buscar las coordenadas de la zona. Seguramente sus ojos le habían engañado, pero por si acaso prefería tener los deberes hechos. Las apuntó con rapidez y retomó la guardia.

Diez minutos después estaba dando la localización a la base de helicópteros que tenía asignada su torreta mientras el Moles hacía lo propio con el CPM de Ávila.

# Arde el bosque

Salió del trance en el que estaba sumido cuando el vibrante zumbido procedente del cielo subió en intensidad, convirtiéndose en un estruendo que sofocó la sublime música del fuego. Los chasquidos de las ramas, el chisporroteo de la resina y el crepitar de la savia hirviendo bajo la corteza; ahogados por el rugido de un potente motor. El ronco susurro de las llamas devorando el oxígeno y los estallidos de las agujas de pino; amortiguados por el desagradable estrépito de las hélices fragmentando el aire.

Guardó el móvil a la vez que sacudía la cabeza molesto. ¿Quién osaba interrumpir tan mágica canción? Alzó la mirada justo a tiempo de ver asomar entre las ardientes copas de los pinos una enorme bolsa roja anclada a la rechoncha panza de un helicóptero amarillo.

Echó a correr al amparo de la oscuridad, alejándose del lugar en el que el helicóptero vomitó cientos de litros de agua sobre la magnífica escultura de fuego vivo que había creado. Buscó refugio bajo un achaparrado pino y se llevó la mano al pecho, el corazón encogido por la tristeza de ver su hermosa obra destruida. ¿Por qué lo habían hecho? ¿Por qué no habían esperado a que las preciadas llamas se apagaran por sí mismas? No eran malas, solo caprichosas, y él había tenido buen cuidado de elegir una noche sin viento y de buscar un lugar alto y con pocos árboles. Y además, solo había prendido dos, el resto estaban intactos. No había necesidad de matar las llamas, ellas mismas se habrían disipado tras bailar para él.

Se limpió las lágrimas que surcaban sus mejillas, la mirada fija en la aberrante y artificial lluvia que caía sobre sus amantes.

Esperó hasta que el aliento del fuego se trocó en desesperados estertores de humo y el zumbido de las hélices se alejó, dando paso al bronco rugir de los camiones. Se mantuvo oculto hasta que un nutrido grupo de guardias civiles, brigadistas y curiosos se reunió alrededor de los restos humeantes y entonces abandonó su escondite para mezclarse con ellos.

Se unió a los lamentos e imprecaciones, aceptó sin discutir las instrucciones del ingeniero de montes, tomó raudo el batefuegos para sofocar las pocas y desamparadas llamas que quedaban y cuando el perímetro estuvo asegurado, regresó al pueblo con sus compañeros.

Nada más llegar a su casa encendió el ordenador y volcó en él la película que había grabado en el móvil. La visionó embelesado una y otra vez, embriagándose con cada llamarada, memorizando la altura y los cambios de tonalidad que se producían, extasiándose con cada agónico susurro del oxígeno consumido por el fuego hasta que se la aprendió por completo. Y entonces suspiró aliviado al comprender que, aunque hubieran destrozado su maravillosa obra de arte, seguía poseyéndola en imágenes y recuerdos. Imágenes y recuerdos que le ayudarían a sobrevivir cada monótono día.

Se levantó del sillón en el que había yacido encandilado por la belleza del amado fuego y se dirigió al cuarto de baño para curarse las quemaduras que había sufrido en las manos al intentar acariciar las llamas.

Ojalá descubriera el secreto del forastero para dominarlas.

# 8

—¿*Q*ué tal tu primera noche en la torreta? —le preguntó Razz cuando entró en la cocina tras pasar toda la noche en el Amoclon.

—Cojonuda. No ha podido ser más instructiva —afirmó Andrés rascándose la nuca a la vez que recorría con la mirada la estancia.

José, Caleb y el abuelo aún no habían llegado, y daba gracias a la diosa Fortuna por ello. En ese momento lo que más necesitaba era una tranquila charla con sus amigos para recuperar la serenidad. Se llevó las manos a los bolsillos y sacó un cigarrillo, que olvidó sobre la mesa cuando se sirvió una taza del humeante café de puchero que Raziel acababa de hacer.

—Te va a costar dormir si te bebes eso —le advirtió Lua mirándolo preocupada.

Estaba nervioso. Mucho. Algo le había ocurrido. Le abrazó por la espalda a la vez que depositaba un suave beso en su nuca y él posó su mano libre sobre las de ella.

—¿Una mala noche? —dijo Razz revolviéndole el pelo con cariño antes de darle una rosquilla salpicada de azúcar.

—Una noche complicada —siseó Andrés, tomándola—. ¡Quema!

—Acabo de sacarlas de la sartén —replicó el moreno.

—¿Pero tú duermes algo, tío? —preguntó Andrés a su vez, mirándolo inquieto.

Lua, aún abrazada a él, apoyó la frente en su hombro y negó en silencio, preocupada.

No eran ni las siete de la mañana, y se tardaba un rato largo en hacer rosquillas. Si Raziel había salido de La Guarida bien entrada la noche, significaba que había dormido nada y menos, como todos los días desde que trabajaba. Pues a pesar de trasnochar, seguía levantándose con ellos al amanecer.

Razz se encogió de hombros, desestimando la pregunta. Dormir estaba sobrevalorado, prefería mantenerse despierto y disfrutar de la compañía de sus amigos antes de que estos se apartaran de él para vivir sus propias vidas, algo que ocurriría más pronto que tarde.

—¿Por qué ha sido una noche complicada? —inquirió cruzándose de brazos.

Andrés sacudió la cabeza, dio un largo trago al café y se metió la rosquilla, entera, en la boca. La masticó presuroso al escuchar el motor de un todoterreno frente a la casa.

—No seas burro, te vas a asfixiar —le regañó Lua, dándole un manotazo en la tripa.

—No caerá esa breva —sentenció un huraño José desde el quicio de la puerta, los ojos fijos en la manera en que Lua abrazaba a Andrés.

Malditos fueran los dos. Y maldito fuera él por no poder sacársela de la cabeza.

—Hacía lo mismo siendo niño y nunca se atragantó —dijo Abel divertido al entrar en la cocina—. Tiene buenas tragaderas.

Andrés dio veracidad a la afirmación de su abuelo engullendo la papilla de rosquilla que le ocupaba la boca y le manchaba los labios de azúcar.

—¿Qué tal la noche? —Caleb se dirigió a la silla más cercana, sobre la que se derrumbó jadeante. Subir las escaleras con dos muletas y una sola pierna era un verdadero suplicio.

Andrés negó con la cabeza a la vez que pasaba un brazo por los hombros de Lua, pegándola a él para besarle con desesperado cariño la coronilla.

—Andrés, ¿qué ha pasado? —Caleb estrechó los ojos, inquieto al ver el desasosiego con que se abrazaba a la joven.

—Ha habido un conato de incendio cerca del Mirador —vomitó por fin lo que llevaba perturbándole desde que había bajado de la Torreta—. No ha pasado nada porque dimos la alarma a tiempo, pero… ha sido una mierda —explicó escondiendo la cara en el hombro de Lua mientras que Razz se colocaba tras él, dándole su apoyo sin tocarle—. No me he sentido más inútil en toda mi vida.

—No digas tonterías, si has dado la alarma has sido muy útil —le regañó el moreno dándole un cariñoso, pero no por ello menos doloroso, capirotazo.

—Pero no te han dejado hacer nada más. —Caleb, intuyendo la frustración de su sobrino, se levantó de la silla para ir hasta él.

Andrés se apartó de Lua, poniéndose lejos del alcance de su tío, y asintió bruscamente con las manos cruzadas con fuerza tras la nuca.

—El cabronazo del Moles no me ha dejado bajar de la puta torreta —gruñó sin separar los labios—. Podríamos haber ido...

—Es el protocolo, Andrés —le interrumpió Caleb. Mantuvo las distancias, como parecía desear el joven—. Tenéis que permanecer en la torreta hasta que se confirme si hay más focos y esperar órdenes. Es la manera correcta de proceder, y también la más segura.

—Ya lo sé, pero es frustrante ver lo que está pasando y no poder hacer nada.

—Imagino que no ha sido muy grave o hubieran dado aviso al pueblo —apuntó Abel.

—Era poco más que una hoguera en un claro entre pinadas. La verdad es que no ha sido nada importante, apenas había viento y estaba en terreno plano y alto, así que al helicóptero no le ha costado nada encontrarlo y apagarlo —explicó bajando la cabeza.

—Pero el susto te lo has llevado —señaló Abel.

Andrés asintió una sola vez, manteniéndose en silencio mientras sus manos revoloteaban inquietas en pos de un cigarrillo. Hasta que Lua, harta de mantenerse apartada, lo abrazó de nuevo. Y en ese instante todas las palabras que había estado guardando parecieron escapar de sus labios. Les habló del helicóptero, del agente forestal, del centro de mando. De la oscuridad que parecía tragarse el humo y del viento que parecía soplar en el momento más inoportuno. De la inesperada templanza del Moles y del alivio que había sentido al ver llegar al alguacil. De la frustración, el miedo y la rabia.

Le escucharon en silencio y él rindió sus sentimientos con la misma intensidad que volcaba sus palabras, hasta que la angustia le abandonó junto con las fuerzas, dejándole con los hombros hundidos, la cabeza gacha y las manos inmóviles mientras Lua continuaba abrazándole.

—Vaya mierda, tío. —José se acercó a él para aferrarle el hombro a modo de amistoso apoyo, dejando atrás el rencor con el que se trataban desde hacía casi una semana—. Siento que te haya tocado a ti, aunque en parte me alegro. Es muy complicado percibir el humo por la noche, quizá otro no lo hubiera visto tan pronto como tú... Antes eras el mejor oteador del pueblo, tal vez lo sigas siendo. Por detrás de mí, claro —apuntó con una cariñosa sonrisa.

—No te eches flores, Manguerita, tú siempre has seguido mis pasos, jamás me has adelantado —replicó Andrés aferrándole la mano en sentido agradecimiento.

Caleb sonrió al ver que las aguas parecían volver a su cauce entre los antiguos amigos.

—Vete a la cama, Andrés, descansa un poco. Te irá bien —le instó revolviéndole el pelo—. Procura no darle vueltas al asunto.

Andrés sacudió la cabeza antes de dirigirse a la puerta de la cocina, donde se encontró con su abuelo, que le dio un furtivo abrazo antes de mandarle de un empujón escaleras arriba.

—Sube tú también, Razz —le exhortó Caleb, tomando una de las deliciosas rosquillas—. Sé a qué hora cierra La Guarida y veo el desayuno que has hecho. No eres Superman, chico, solo Superchef —dijo burlón, usando el mote con el que Goro le había bautizado y por el que todo el pueblo se empeñaba en llamarle.

Razz elevó apenas las comisuras de la boca, formando una inesperada media sonrisa, y se sentó junto a Lua a la mesa, dejando clara su intención de obedecer... un año de esos.

José estalló en una risueña carcajada antes de sentarse al otro lado de la pelirroja, tomar una apetitosa rosquilla y llenarse la boca con ella.

Caleb arqueó una ceja ante la manifiesta rebelión, pero acabó sonriendo complacido al ver que José no gruñía al moreno. Por lo visto ese era el día de la paz, mejor no hacer nada que pudiera hacer peligrar tan inesperada como delicada tregua. Tomó asiento y, tras varias rosquillas, un par de cafés y un largo rato de elucubrar sobre el incendio, dejó el tema aparcado y les dio a José y Lua las instrucciones para la jornada.

Cuando abandonaron la cocina, llamó al alguacil. Si había alguien que podía contarle algo más sobre el incendio, ese era Goro.


Andrés dio la enésima vuelta en la cama, apartó a patadas la estúpida sábana que se le había enredado en los pies y, decidido a dormirse de una buena vez, cerró con fuerza los ojos.

Una delgada columna de humo amarillento se dibujó en el interior de sus párpados.

Soltó un sonoro improperio, abrió los ojos y se sentó. No había sido buena idea tomarse ese último café. Ni el anterior. Ni el anterior al anterior. De hecho, no debería haberse bebido todo el termo del potente café de puchero que le había hecho su abuelo. Y quizá tampoco había sido buena idea ducharse antes de meterse en la cama. Pero no había podido evitarlo, pues aunque sabía que no era así, tenía la impresión de oler a humo. Y no lo soportaba. Y se había duchado. Y como hacía calor, lo había hecho con agua fría. Y ahora estaba desvelado. Con los ojos como platos. Sin pizca de sueño. Joder.

Saltó de la cama y se dirigió a la ventana. Hacía un buen rato que había escuchado el suspiro de Raziel al acostarse y las risas cómplices de Lua y José en la calle. Arrugó la nariz, se llevaban muy bien esos dos. Demasiado. Abrió las contraventanas de madera y se asomó al exterior. El todoterreno brillaba por su ausencia, señal de que la parejita ya se había ido a trabajar. Miró a un lado y a otro, las aceras estaban desiertas excepto por madrugadoras ancianas que acudían puntuales a por pan recién hecho para el desayuno de sus hijos y nietos. Niños, adolescentes y adultos que estaban de vacaciones y que, desde luego, no se levantaban a esas horas intempestivas.

Sonrió ufano ante un recuerdo que surgió con la potencia de un vendaval. Cuando era adolescente eran muy pocos los días de verano que podía tomarse libres, y esos eran justo los que más madrugaba. Ya fuera para ir a pescar, a bañarse a las pozas o a hacer alguna ruta por el barranco. Antes de las nueve era cuando mejor se estaba, no hacía calor, no había gente y el monte era para él y sus amigos. Sintió un revoloteo en el estómago. No tenía nada que hacer en toda la mañana, excepto dormir. Y no tenía ni pizca de sueño. Se rascó la nuca. No tenía bañador ni pantalones cortos. ¡Pero podía hacerse unos! Se lanzó de cabeza al armario y lo revolvió en busca de algunos vaqueros olvidados años atrás.

Caleb, concentrado, se apresó el labio inferior entre los dientes y retocó con trazo firme el contorno de las correas que acababa de dibujar. Se alejó un poco para observar su obra. Arrugó el ceño y redefinió el boceto para que el arnés fuera ajustable y así poder usarlo tanto él como María. Volvió a apartarse, y, tras revisar con atención el patrón, negó con la cabeza. Algo fallaba en el diseño. Mordisqueó el lápiz durante unos segundos y luego borró las perneras y dibujó en su lugar argollas para los tobillos. Asintió con la cabeza. Así, sí. Mucho más cómodo y eficaz. Se echó hacia atrás en la silla para recolocarse la erección, los ojos fijos en el dibujo que había sobre la mesa y que pronto se convertiría en su nuevo juguete. El columpio que quería María no era muy complicado de hacer, lo difícil iba a ser conseguir el náilon acolchado. Casi con toda seguridad le tocaría acolcharlo a él. Se encogió de hombros. No supondría mucho problema, y tampoco era que tuviera algo mejor que hacer. Oh, sí, podría comprarlo hecho en cualquier *sex-shop*, pero eso le quitaba toda la gracia al asunto, ¿no? Tomó de nuevo el lápiz y apuntó los materiales que iba a necesitar.

—¿Dónde está el abuelo? —inquirió Andrés eufórico, entrando de repente en el portal con unos viejos vaqueros en la mano.

Caleb saltó sobre la silla a la vez que escondía el papel tras la espalda.

—¿Qué haces aquí? Deberías estar durmiendo —le increpó nervioso a su sobrino.

—No tengo sueño. ¿Qué es eso que escondes? —indagó Andrés, intrigado al ver como las mejillas de su tío se coloreaban de un revelador rojo.

—No escondo nada. —Caleb ignoró el delator crujido del papel arrugándose contra el respaldo de la silla—. Si no vas a dormir, vete a dar una vuelta.

—¿Al abuelo también lo has mandado a dar una vuelta? —se burló Andrés rodeándole.

Caleb arrastró la silla impulsándola con su pierna sana para quedar en todo momento enfrentado al cotilla metomentodo de su sobrino.

—Lo he mandado a comprar. Vamos, lárgate de aquí.

—No. Dime qué escondes —exigió guasón, estirando el brazo para asir lo que tanto se empeñaba en ocultar.

¿Qué sería? La curiosidad le mataba, jamás había visto a su tío ruborizado.

—No es algo que te interese —replicó Caleb cada vez más incómodo—. ¿Qué vas a hacer con eso? —preguntó al ver los pantalones que Andrés sujetaba.

Tal vez así consiguiera desviar su atención del comprometido dibujo, que por cierto se estaba arrugando de mala manera. ¡Con el trabajo que le había llevado hacerlo!

—Los voy a cortar —replicó sacudiéndolos—. ¿Tienes unas tijeras?

—Solo las de podar, pero no valen para la tela; la deshilachan. Prueba con el hacha, está bien afilada. —Caleb señaló la pared más alejada de la estancia.

—De acuerdo.

Andrés se encaminó hacia allí, pero al pasar junto a su tío dio media vuelta e intentó atrapar lo que con tanto ahínco este ocultaba.

Caleb, que no había quitado la vista de él, se apartó dando un fuerte empujón a la silla y la arrastró algo más de un metro.

—¡Andrés! Ya está bien, no eres ningún niño para seguir con este juego tonto.

—Oh, vamos dime lo que es. ¿Algún juguetito para la cabaña? —preguntó alzando las cejas varias veces.

—¿Qué cabaña? —Se hizo el despistado, sin percatarse de que el rosa de sus mejillas había dado paso a un escarlata subido.

—La que construiste en la Luz y de la que nunca hablas —replicó Andrés con sorna, seguro de haber atrapado, y bien, a su tío—. Esa que hace años que no dejas que nadie visite…

Caleb abrió la boca para protestar por tamaña intrusión a su intimidad, pero se lo pensó mejor. Miró a su sobrino, arqueó una ceja y, con pasmosa tranquilidad, sacó el papel de su escondrijo y lo hizo girar entre los dedos.

—Sí, es para la cabaña. Un capricho para complacer a tu madre —dijo con voz grave y seria—. ¿Estás seguro de que quieres ver lo que he dibujado? —Le tendió el boceto a Andrés, con el dibujo hacia el suelo, por supuesto.

Andrés miró perplejo a su tío, parpadeó un par de veces y al final acabó dando un paso atrás a la vez que se rascaba la nuca, inquieto y, por qué no decirlo, azorado.

—Eh… No. En realidad no quiero saber nada.

—Eso me había parecido. —Caleb esbozó una astuta sonrisa a la vez que dejaba el folio sobre la mesa—. Acércame el hacha y dame esos pantalones. ¿Por qué quieres cortarlos?

—He pensado en darme un chapuzón en las pozas de la chopera y no tengo bañador.

—Es un buen plan. —Cortó de sendos hachazos las perneras—. Creo que María guarda alguna toalla en…

—No me hace falta, no voy a tomar el sol, solo a sentarme un rato en el río.

Tomó los pantalones y, sin pensárselo dos veces, se quitó los que llevaba junto con los calzoncillos y se puso el improvisado bañador.

Caleb arqueó una ceja al percatarse de que ni las piernas ni el pubis del chico se habían librado de ser decorados; el pubis con bastante astucia, por cierto.

—Interesante tatuaje —comentó divertido.

—Así ninguna mujer puede llevarse a error.

—Desde luego dejas bien clarito lo que quieres que te hagan —apuntó Caleb socarrón mirando el reloj de la pared—. Todavía no son las nueve, tienes dos horas de tranquilidad antes de que las pozas se llenen de niños. Aprovéchalas.

Andrés asintió con un golpe de cabeza y, tras calzarse unas viejas sandalias de montaña, salió dispuesto a perderse en los paraísos de su infancia. Bajó hasta la iglesia, atravesó el cementerio disfrutando, tal como hacía antaño, de la tranquila belleza de las antiguas lápidas, dejó atrás las últimas casas del pueblo y subió una pronunciada pendiente hasta llegar a una charca convertida en piscina natural. Acalorado, se despojó de la camiseta y las sandalias y se lanzó a las gélidas aguas. Salió poco después, tan feliz como un niño pequeño en una heladería. Saltó varias veces para sacudirse el agua del cuerpo y luego, remiso a ponerse la camiseta, enganchó esta en los pantalones a modo de taparrabos. Continuó bajo la sombra de espigados chopos que formaban con sus ramas una cueva por la que discurría el río. Lo siguió, adentrándose en el monte por caminos mil veces recorridos. Una sonrisa de puro regocijo se dibujó en sus labios cuando llegó al lugar en el que la chopera se abría y el río se deslizaba sobre el tobogán granítico en el que tantos bañadores había destrozado de niño. La rampa acababa en una perezosa cascada que caía sobre una plataforma de roca socavada por pozas poco profundas creadas por la fuerza del agua y el tiempo. Abrió los brazos en cruz y giró sobre sí mismo, recreándose en lo que le rodeaba. Algunos de los mejores momentos de su juventud los había pasado allí. Con Paula. Y con José. Cerró los ojos, recordando mil y una travesuras y se echó a reír a la vez que giraba exultante de felicidad. Estaba tentado de tirarse una vez más por el rocoso tobogán. Una sonrisa jubilosa iluminó su semblante y, sin pensarlo un instante, se lanzó por el tobogán.

Varios metros más abajo, una asombrada Paula seguía atónita los movimientos del hombre. Al menos hasta que este desapareció de improviso para volver a aparecer al borde de la cascada, de la cual salió despedido antes de caer de nuevo en el agua, a escasos metros de la poza en la que ella se encontraba.

—¡Joder! —jadeó Andrés levantándose tambaleante.

No recordaba que la caída fuera tan brusca ni que se descendiera tan rápido por la pendiente, mucho menos que el trasero escociera tanto. Se lo tocó con tiento para comprobar si la piel seguía pegada a la carne, algo de lo que tenía sus dudas a tenor de cómo le dolía.

—Deberías haberte detenido antes de llegar a la cascada…

Andrés se giró con rapidez al escuchar la conocida voz, pero no dijo nada.

—Es lo que hacíamos de niños. Nunca nos tirábamos de culo aquí, es poco profundo y el golpe es doloroso —comentó Paula, más para llenar el silencio que porque fuera necesario recordárselo.

Andrés permaneció inmóvil, mirándola en silencio, haciéndola sentir cada vez más incómoda, hasta que ella optó por retirarse del duelo de miradas.

Cerró los ojos y se recostó de nuevo en la suave depresión excavada en la roca, como si no le importara en absoluto que él estuviera allí, más alto que nunca, con su magnífico porte de príncipe mimado, sus apetecibles labios apretados en un mohín que la tentaba a morderlos y sus traviesos ojos fijos en ella. No pensaba irse, había madrugado para llegar allí antes de que los niños aparecieran y nadie, ni siquiera ese hombre huraño, arisco e inoportuno, iba a hacerla marchar. Era él quien tenía que largarse. Pero no lo hacía, al menos que ella pudiera oír. Seguro que seguía allí de pie, mirándola con el ceño fruncido y las manos cruzadas en la nuca. Entreabrió apenas los ojos para comprobar si estaba en lo cierto.

Lo estaba.

Lo observó entre las pestañas, Andrés había echado cuerpo en esos tres años. Tenía los hombros más anchos e incluso se le marcaban con suavidad los bíceps. El vientre seguía tan plano como siempre, pero las piernas parecían un poco más musculadas, aunque tampoco mucho. Sonrió risueña, seguía tan delgado como siempre… aunque con un montón de tatuajes decorando su piel. Abrió un poco más los ojos, intentando distinguir con mayor claridad las extrañas marcas que tenía sobre el corazón, pero no lo consiguió, por lo que continuó devorándolo con la mirada. Se lamió los labios. De buena gana le daría un mordisquito. O dos. Uno en la cadera y otro en el trasero. Y otro bajo la oreja, justo donde hombro y cuello se unían. Sí, tres era una cifra maravillosa. Apretó las piernas, buscando algo de alivio para la excitación que estaba sintiendo.

Y en ese preciso momento, Andrés esbozó una de sus devastadoras sonrisas, señal inequívoca de que sabía, no solo que le estaba observando, sino también el efecto que producía en ella.

Paula bufó irritada y apretó con fuerza los párpados. Ojalá se largara con viento fresco de una puñetera vez. Pero no fue así, porque segundos después escuchó un chapoteo que atravesaba el río en su dirección. Esbozó una malhumorada sonrisa, ¡cómo no! Por supuesto que no la iba a dejar tranquila. Siguió escuchándolo cada vez más cerca, hasta que de repente sintió el agua oscilar alrededor de sus caderas y luego, el silencio.

Se quedó quieta, tensa, aguardando a que él hiciera o dijera algo, pero no sucedió nada. Ningún movimiento rompió la paz del agua, ningún sonido interrumpió el susurro de los chopos. Esperó con los ojos cerrados durante minutos que parecieron horas, hasta que comenzó a dudar de lo que le advertía su instinto. Elevó los párpados despacio.

No se había equivocado.

Ahí estaba él.

Sentado al borde de la poza, frente a ella, los pies desnudos en el agua, los codos apoyados en las rodillas y la camiseta enganchada de la cinturilla de los pantalones mientras cientos de gotitas le besaban el torso lampiño. Parpadeó tan sorprendida como turbada al comprender por fin qué eran las marcas que lucía sobre el corazón. Abrió la boca para preguntarle por qué se había hecho eso, pero la cerró al comprender que ya no tenía derecho a preguntar. Hacía tres años que había perdido ese privilegio. Giró la cabeza para evitar su aguda mirada.

—Paula... Mírame, por favor —solicitó él, más súplica que orden.

Ella obedeció, intrigada por el dócil tono. ¿Andrés pidiendo algo por favor? ¡Tenía que estar enfermo! Reprimió el impulso de tocarle la frente para ver si tenía fiebre.

—Siento lo que te dije en la Corredera. Me pillaste desprevenido y, no sé, supongo que me defendí —dijo, los dedos golpeando frenéticos la líquida superficie creando una delirante melodía de ondas y salpicaduras.

—¿De qué? No te ataqué en ningún momento —replicó ella, apretando los dientes—. Solo seguía con las pullas, no quise hacerte daño. No era mi intención.

—Ahora lo sé, pero en ese momento no lo sentí así. Normalmente suelo ser un poco más racional, tampoco mucho, no te creas —apretó los labios en una sonrisa mordaz—, pero desde que llegué al pueblo estoy a la defensiva, sobre todo si tú estás cerca —confesó, los ojos fijos en ella—. Tu comentario me hizo daño. Y cuando eso pasa, ataco.

—Y lo haces a conciencia. Hacía tiempo que no me sentía tan humillada —reconoció ella apartando la mirada.

—Lo sé. Lo siento. De verdad.

—No vuelvas a hacerlo.

Andrés asintió en silencio, y así permaneció unos minutos, remiso a decir nada que rompiera la frágil tregua que parecían haber alcanzado. Recorrió con lentitud el cuerpo femenino y deseó poder tocarla de nuevo. Transitar otra vez por las suaves curvas que antaño había recorrido con dedos, labios y lengua. Saborear los pequeños pechos hasta convertir los pezones en duros guijarros. Trazar húmedas sendas sobre el vientre plano, hundir la cabeza entre las esbeltas piernas y libar del clítoris hasta hacerla jadear de placer.

Se desabrochó el primer botón de los pantalones al notar que su pene se alzaba entusiasmado y se removió inquieto, intentando encontrar una postura más cómoda que, por supuesto, no halló. Era imposible contener la tremenda erección en los ajustados vaqueros, a no ser que... Dio un salto y se sumergió en la poza. Aunque más que sumergirse, algo harto difícil pues apenas cubría diez centímetros, lo que hizo fue mojarse el culo con un agua tan fría que fue como si le hubieran clavado mil alfileres en los huevos.

—Joder. —Alzó el trasero a la vez que intentaba ahogar el grito que se había formado en su garganta—. Eh, no te rías —dijo quejumbroso al escuchar la suave risa de Paula.

—No puedo evitarlo. Estás tan cómico, dando saltitos porque el agua está un poco fría.

—No está un poco fría. —Se sentó muy muy despacio, frente a ella, con las piernas encogidas; los pies de ambos casi tocándose—. Está jodidamente helada.

—Si tú lo dices...

—Sí lo digo. Y tus tetas me dan la razón.

Paula bajó la mirada a sus pechos solo para comprobar que sus pezones se marcaban cual puntas de flecha contra los triángulos del biquini. Se tapó ipso facto con las manos.

—Aunque a lo mejor no está tan fría y lo que te pasa es que estás cachonda —soltó Andrés ladino para después formar un cuenco con las manos y salpicarle la cara y los pechos tal y como había hecho mil veces mil años atrás, jugando.

—No digas tonterías —le espetó ella, mirándolo atónita.

Esa sonrisa y ese gesto eran propios del antiguo Andrés. Del chico travieso que se pasaba el día embromándola y chinchándola.

Andrés sonrió socarrón, colocó la camiseta en el borde de la poza, estiró las piernas y se recostó contra la roca usando la empapada prenda a modo de almohada.

Paula protestó con un sonoro bufido cuando el delgado cuerpo ocupó todo el espacio disponible en la estrecha oquedad, obligándola a encogerse si quería evitar tocarle.

—¿Molesto? —preguntó él, burlón.

—En absoluto —replicó malhumorada, abrazándose las rodillas—. Ponte todo lo cómodo que quieras, al fin y al cabo, eres tan chiquitín que apenas ocupas sitio —resopló con sarcasmo.

Aguantó casi diez segundos en esa postura. Luego se lo pensó mejor. Ella había llegado antes, si alguien tenía que estar encogido era él. Así que se estiró colocando sus piernas sobre las de él. Y si le molestaba que se fuera con la música a otra parte.

Se quedaron en silencio unos minutos, disfrutando del inocente contacto entre sus pieles. Hasta que él, más nervioso de lo que quería aparentar, se llevó las manos a la nuca para frotarse inquieto el corto pelo.

—¿No trabajas hoy? —dijo, más por romper el silencio que por verdadera curiosidad.

Le daba lo mismo si trabajaba o no, lo importante era que estaba allí. Aunque tampoco alcanzaba a entender por qué era tan importante. Pero lo era. Lo sentía en cada aleteo que parecía encoger su estúpido estómago, en cada gota de sangre que se estrellaba eufórica contra su corazón haciéndolo palpitar más rápido que nunca.

—Sí. Por la tarde. Nunca trabajo por las mañanas a no ser que haya alguna urgencia. Y tú, ¿no trabajas hoy? —curioseó ella por seguir con la conversación.

—He pasado la noche en la torreta. Hubo un incendio —comentó.

Esto dio lugar a una breve explicación, aunque él no tenía ni pizca de ganas de entrar en detalles. No obstante, se esforzó en hacer una narración pasable para así ampliar la conversación unos minutos más. Luego volvieron a quedarse en silencio. Un silencio tenso e incómodo que ambos querían que muriera, pero que a la vez no se atrevían a romper.

Andrés, con los ojos fijos en los de Paula, deslizó los dedos sobre la superficie del agua hasta que rozó con las yemas el terso empeine de los pies femeninos. Ella no se movió. Él continuó la etérea caricia, ascendiendo muy despacio hasta sobrepasar el tobillo, instante en el que ella se apartó con apresurada brusquedad.

—Sigues teniendo escalofríos —murmuró risueño.

No era una pregunta. Había lamido miles de veces el sobresaliente hueso, y en cada ocasión ella había acabado derretida bajo el calor de su lengua.

—No son escalofríos, sino cosquillas —replicó Paula volviendo a estirar las piernas.

Posó los pies sobre los muslos de él, casi tocando uno de los múltiples tatuajes que le decoraban el cuerpo.

—Curioso lugar para un curioso diseño —comentó intrigada, recorriendo los trazos del dibujo con los dedos del pie.

Andrés dio un respingo ante el sutil roce. Bajó la mirada, extrañado por la electrizante sensación que le había recorrido y parpadeó perplejo al comprobar que tenía la piel erizada. Por el agua. Seguro. No podía ser por otro motivo. En serio. Los larguiruchos dedos de los pies de Paula no tenían nada que ver con que su polla estuviera intentando endurecerse a pesar de estar sumergida en agua a mil grados bajo cero. De verdad de la buena.

—Son notas musicales —comentó con voz ronca, atrapándole el tobillo para frenar su deambular—. El comienzo de *Für Elise*.

Paula, intrigada, se inclinó para seguir con los dedos el pentagrama de esbeltas notas que le rodeaba el muslo en espiral, desde la cadera hasta la rodilla.

—¿Por qué *Für Elise*?

—Estaba en Alemania y me lo tatué a modo de recuerdo. Beethoven era alemán...

—Eso lo sé —replicó ella, la mirada fija en las marcas que tenía en el torso—. ¿Te has tatuado un recuerdo de cada sitio que has visitado?

—Solo de algunas ciudades —dijo receloso al ver dónde dirigía la mirada. Dobló las piernas contra el pecho, ocultando las brutales señales—. Este bicho es un Athene Noctua —señaló el ave tatuada en su pantorrilla izquierda—. Es el mochuelo de Atenea, me lo hice en Grecia.

Paula asintió cautivada, rozando con los dedos el dibujo.

Andrés tensó todos los músculos de su cuerpo para no estremecerse de placer ante el inocente toque. ¿Desde cuándo sus piernas eran tan sensibles?

—La cruz ortodoxa de Serbia —explicó enronquecido a pesar de haber tragado saliva.

Deslizó el dedo sobre el rosario que le rodeaba el tobillo y acababa en una cruz con tres travesaños en el empeine. Y en esta ocasión no pudo evitar el escalofrío cuando Paula se inclinó para mirarlo más de cerca y su largo cabello le acarició con sedosa suavidad.

—Es preciosa. —Lo miró con suspicacia a la vez que deslizaba con lentitud la yema del índice sobre la cruz, dejándole claro que su reacción no le había pasado desapercibida.

Andrés se levantó de repente, necesitaba un poco de aire pues se sentía demasiado acalorado. Tanto, que a su estúpido pene ya le daba lo mismo el agua helada; de hecho cualquiera diría que tenía la intención de crecer hasta asomarse por fuera del pantalón para saludar a Paula. ¡Y eso sí que no pensaba permitirlo!

—El primer recuerdo que me tatué: *La creación de Adán* —dijo dándole la espalda para ocultar lo que era imposible esconder.

Paula contempló embelesada las manos que se extendían de hombro a hombro y cuyos dedos parecían a punto de tocarse.

—Es impresionante —susurró bajando la mirada—. ¿París? —Le acarició el talón izquierdo, donde una exquisita torre Eiffel ascendía por el gemelo.

—¿Qué otra cosa podía ser?

Andrés se sentó de nuevo en la poza, para evitar que continuara tocándole y, como no podía ser de otra manera, su pene, que en ese breve espacio de tiempo había perdido la costumbre de estar en el gélido elemento, protestó de frío, encogiéndose a límites normales. No obstante, no bajó la guardia; su piel, Dios sabría por qué, estaba demasiado sensible esa mañana. Enseguida se estremecía. Y no le apetecía en absoluto que Paula pensara que era por ella. Porque no lo era. Era por… Fijó la mirada en los chopos que les rodeaban, en la algarabía de las aves e insectos, en el ronroneo del río. Y, entre todos esos sonidos que le trasladaban a tiempos más felices, creyó escuchar los melosos susurros de amor de dos adolescentes enamorados.

—Andrés, ¿pasa algo? Estás como ausente.

—Solo recordaba —clavó sus ojos castaños en los de ella—. Nada ha cambiado aquí, todo sigue igual. Las rocas pulidas por el tiempo, el agua helada, el son de la cascada, el olor a pino… Nosotros, sentados en esta misma poza, hablando.

—Bueno… eso sí ha cambiado. Aquí no solíamos hablar mucho —replicó con picardía.

Andrés esbozó una cálida sonrisa.

—Alguna palabra decíamos entre beso y beso…

—No sé yo, no nos daba tiempo. —Paula sonrió nostálgica—. Estábamos demasiado ocupados experimentando.

—Puede que no habláramos mucho, pero la lengua sí la usábamos, sobre todo yo —dijo él, petulante, lamiéndose los labios a la vez que arqueaba ambas cejas—. Recuerdo una vez que, experimentamos, como tú dices, y acabé lleno de arañazos de tanto retozar sobre las rocas. Cuando llegué a casa me inventé un cuento chino para que mamá dejara de preguntarme qué me había pasado. Pero mi tío no se lo tragó. Al día siguiente, cuando fuimos a trabajar, me dio una caja de condones y me dijo que tuviera mucho cuidado con lo que hacía, que éramos muy jóvenes para traer bebés al mundo. ¡Jamás he pasado más vergüenza en mi vida! —dijo sonrojado.

—¡Lo recuerdo! —exclamó Paula llevándose las manos a la cara para tapar sus ardientes mejillas—. Tardé meses en volver a entrar en tu casa del apuro que me daba.

—No solo eso, también me tuviste a dos velas durante mucho tiempo.

—No exageres.

—Por lo menos estuve dos meses rogándote porque no querías nada conmigo...

—Lógico, era virgen y estaba muy impresionada porque tu tío pensaba que ya lo habíamos hecho. ¡Me moría de la vergüenza mientras que tú solo pensabas en estrenar la maldita caja de condones!

—Nos habían salido gratis. Había que aprovechar la coyuntura —replicó fanfarrón.

—Serás...

Sin pararse a pensar en lo que iba a hacer, Paula hundió las manos en la poza y le salpicó con ganas. Por supuesto, Andrés no se quedó quieto. Saltó sobre ella, como había hecho mil veces mil años atrás y, sujetándole las muñecas con una mano, formó con la otra un cuenco que llenó de agua y la derramó sobre los pechos.

—¡No! —aulló ella entre risas, revolviéndose contra él—. ¡Para, para! ¡Está helada!

—Y ahora me dirás que los tienes duros por culpa del agua —susurró él, apresando uno de los endurecidos pezones entre los dedos.

Paula, con los ojos y la boca muy abiertos, jadeó tan sorprendida como excitada.

—¡Joder! —Andrés se apartó de un salto al darse cuenta de lo que acababa de hacer—. Es este maldito lugar, me confunde, me vuelve loco —gruñó frotándose la cara.

—«Aquí todos estamos locos. Yo estoy loco. Tú estás loca»[7] —dijo Paula, intentando aliviar la tensión con la que fuera la cita favorita de ambos mil años atrás.

—El Gato de Cheshire. —Andrés sonrió artero a la vez que se sentaba en la poza—. Me he repetido mil veces esa frase en estos años.

Se llevó la mano al hombro, donde un gato de singular sonrisa y penetrantes ojos parecía mofarse de ellos.

---

7. Frase que dice el Gato de Cheshire en *Alicia en el país de las Maravillas* de Lewis Carroll.

—¡Sabía que era él! —Paula, como si no hubiera ocurrido nada, se inclinó sobre él para recorrer la amplia sonrisa del minino—. Es como siempre me lo imaginé. Y justo debajo, Tintín y Milú —confirmó acariciando el tatuaje que ocupaba el bíceps y el tríceps del joven.

—Recuerdo de Bélgica. —Andrés contuvo un estremecimiento cuando el aliento femenino se estrelló contra su piel—. Un leprecheaum, Irlanda —señaló el duende que abrazaba una enorme jarra de cerveza en su antebrazo izquierdo—. No sé quién estaba más borracho cuando me lo hice, si él o yo —dijo arrancándole una sonrisa.

—Y este ojo azul, ¿de dónde es?

Paula dibujó con una uña el ojo tatuado en el cuello de Andrés, bajo la oreja.

—El Nazar Boncuk, Turquía —gimió él, incapaz de reprimir el espasmo que le sobrevino al sentir el suave roce.

—¿También has estado en Turquía?

Andrés esbozó una mordaz sonrisa y giró el antebrazo mostrándole el mapamundi. Se lo había tatuado para no perder nunca de vista lo extenso que era el mundo y lo mucho que le quedaba por ver, explicó. La rosa de los vientos, la brújula, el compás y la carta de navegación eran para no olvidar la promesa hecha a sus amigos de no volver a perderse.

—¿Perderte? —Paula arqueó una ceja, confundida por la explicación.

—Cuando me fui del pueblo estuve… a la deriva —se frotó la nuca—. Es complicado de explicar.

—Ah, entiendo.

—No. No lo entiendes. No puedes. No tienes ni la más remota idea —murmuró, la mirada perdida en las cumbres rocosas que se vislumbraban entre las copas de los chopos.

Paula asintió, el silencio elevándose de nuevo sobre ellos.

—Y las señales que tienes en el pecho… —dijo ella con cautela segundos después—. ¿No vas a decirme dónde te las hiciste?

—En Londres —indicó remiso, sin apartar la mirada de las amadas montañas.

—El dolor tuvo que ser horrible…

Andrés la miró al fin y, esbozando una cínica sonrisa, cruzó las manos tras la nuca mostrando las marcas en toda su sublime crueldad.

—Dolió mucho, pero no tanto como el motivo que me llevó a hacérmelas —explicó, los ojos fijos en ella.

—¿Debo suponer que tuvo algo que ver conmigo?

—Todo tiene que ver contigo. —Bajó las manos para frotarse las abultadas marcas.

—Ah… —Paula sacudió la cabeza—. ¡Vaya! Es justo lo que toda chica desea, que su exnovio se tatue el símbolo de riesgo tóxico sobre el corazón en su honor —ironizó.

—No es un tatuaje —apuntó Andrés—. Son escarificaciones hechas con un lápiz de metal al rojo vivo. Quemadura sobre quemadura hasta que el dibujo se cubre de queloides —explicó con brutal sinceridad.

Le asió la mano y tiró de ella hasta que los dedos se posaron sobre las cicatrices. Eran líneas gruesas, hechas con gran destreza, que formaban la silueta de una calavera sobre dos tibias cruzadas.

Paula, a pesar de la turbación que le producía tocar tan dolorosas marcas, no apartó la mano. Al contrario, se obligó a acariciar cada línea cauterizada.

—¿Por qué lo hiciste?

—Para no olvidar jamás lo corrosivo y tóxico que puede ser el amor.

—Te hice mucho daño…

—Ya está olvidado.

Posó la mano sobre la de ella para detener sus caricias, pero no la apartó. Al contrario, la presionó contra las cicatrices hasta que Paula sintió el acelerado latir de su corazón bajo el calor de su piel.

—Mentiroso. —Llevó la mano libre al cuello de él y posó el pulgar sobre los labios—. No puedes olvidarme.

—Lo intento, pero no lo consigo. Te odio y deseo a partes iguales —dijo con feroz sinceridad mordisqueando el dedo.

—Puedes odiarme si también me quieres —susurró ella acercándose a sus labios.

—No es amor lo que siento, no te equivoques, lo que quiero es follarte —replicó Andrés, llevando la mano de ella hasta su rígida polla—. Clavártela una y otra vez hasta hacerte gritar de placer. Hasta que reconozcas que nadie te sabe follar como yo.

—Adelante, hazlo —le desafió desabrochándole el pantalón para hundir la mano bajo la tela y envolver la pujante erección entre sus dedos.

—Espero que estés bien mojada, Pau, porque no voy a ser delicado —manifestó Andrés tomándola en brazos con excitada brusquedad para sacarla de la poza.

Salió con apresurada rapidez de la rampa granítica por la que discurría el agua y la tendió sobre la tierra salpicada de hojas de chopo y agujas de pino. Hundió las manos entre sus muslos y se los separó con violencia para después arrodillarse entre sus piernas.

—¿Estás segura? Una vez te la meta no voy a detenerme —precisó, su boca tan cerca de la de ella que casi podría besarla. Utilizó toda su voluntad para no hacerlo.

Paula asintió, separando más las piernas a modo de invitación.

Andrés apartó la tela del biquini y colocó la mano sobre el sexo femenino. Dejó el pulgar sobre el clítoris y la penetró con dos dedos, asegurándose de que estaba preparada.

Lo estaba.

Húmeda, cálida y receptiva. Solo para él. Se sostuvo sobre ella con una mano para no aplastarla y con la otra asió con impaciencia su rígida verga y la frotó contra los hinchados pliegues vaginales, arrancando gemidos de placer a la joven que se removía excitada bajo él.

—¿Estás segura? —le advirtió penetrándola con el glande.

Ella volvió a asentir a la vez que alzaba las caderas, enterrándolo más en ella.

—Aunque me lo pidas, no voy a parar —gimió al borde del éxtasis, hundiéndose en ella de un solo empujón.

Ambos se estremecieron a la vez, ahítos de placer al sentir de nuevo el calor de sus pieles al tocarse. La dureza de él contra la blandura de ella. La férrea suavidad de él alojada en el ardiente interior de ella.

—No te lo voy a pedir —siseó Paula sin apenas voz, agarrándole el culo con dedos temblorosos para apretarle contra ella.

—Bien. Porque no pienso hacerlo —gimió sobrecogido a la vez que embestía sin control, tan cerca del orgasmo como estaba ella—. No vas a tener tiempo de aburrirte. Te voy a follar tanto y tan bien, que no vas a querer que... ¡Joder! —siseó deteniéndose en mitad de una embestida.

—¿Qué pasa? ¿Por qué paras? —lo miró confundida antes de soltar un sonoro—: ¡Mierda!

Lo apartó de un empujón para acto seguido colocarse con rapidez el biquini.

Andrés se subió el pantalón abrochándose los botones con idéntica premura, pero no había modo de ocultar la colosal erección bajo los estrechos vaqueros que, para más inri, estaban empapados y se le ajustaban a la entrepierna como si fueran de licra. ¡Parecía que tuviera un pepino en la ingle! Uno muy grande y muy gordo. Un calabacín más bien. Echó un vistazo a su izquierda; las voces juveniles que había escuchado segundos atrás eran cada vez más claras. Desvió la mirada hacia la mujer que estaba a su lado. Preciosa, ruborizada como una virgen en su primera vez, el pelo revuelto lanzando destellos dorados mientras se apretaba con las palmas de las manos los duros pezones que el biquini no disimulaba.

—¿Ese no es el hermano de Ana? ¡Y está con la dentista! ¿No eran novios antes? Llámala, corre…

Andrés resopló enfadado al escuchar el nada disimulado comentario. Giró la cabeza solo para comprobar lo que ya intuía: que no podía tener peor suerte. Quien acababa de hablar era una metomentodo que, por supuesto, estaba acompañada por la pandilla de su hermana. Y, cómo no podía ser de otra manera, la cabecita de Ana se asomó entre las que conformaban la primera línea del nutrido grupo de preadolescentes.

—¿Andrés? ¿Qué haces aquí? Papá dijo que ibas a pasar toda la mañana durmiendo y que por eso no tenía que ir a trabajar contigo —farfulló la niña mirándolo confundida.

—No tenía sueño y pensé en aprovechar para darme un chapuzón —explicó intentando controlar los temblores que aún sacudían su cuerpo.

Entró con fingida tranquilidad en la pendiente por la que discurría el río y se dirigió a la poza en la que había dejado olvidada la camiseta. En todo momento las manos cubriendo con disimulo la parte más inflamada de su cuerpo.

—Un chapuzón… con Paula —apuntó la niña, mirando alternativamente a la pareja de adultos. Y, de nuevo como no podía ser de otra manera, no le pasó desapercibido el pronunciado sonrojo de la rubia ni la forzada postura de su hermano—. ¿Estáis juntos otra vez?

—No. No, claro que no —replicó Paula, las manos todavía cruzadas sobre sus pechos—. Solo estábamos… ah, pues estábamos…

—Recordando viejos tiempo —terminó Andrés, mirando furioso a su hermana. ¿No podían haber esperado un jodido rato antes de presentarse en las puñeteras pozas?—. Y tú, ¿qué haces aquí? ¿Sabe tío Caleb que vienes a la chopera con tus amigos?

—Sí, se lo he dicho y me ha dejado —replicó Ana mirándolo enfurruñada. ¿Quién se creía que era para hablarle así?—. ¿Sabe papá que has vuelto a tontear con Paula?

—No estoy tonteando, estábamos…

—¡Andrés! —le interrumpió Paula.

—¡Hablando! Joder, ¿qué pensabas que iba a decir? ¡Es mi hermana! —exclamó furioso antes de calzarse las sandalias que había dejado junto a la poza y recoger la camiseta.

—No lo sé... estás tan...

—Frustrado. Dolorido. Cohibido. Agarrotado. Jodido. Elige la que más te guste —reconoció concentrado en anclar la camiseta a la cinturilla de los vaqueros para que le cayera sobre la entrepierna a modo de taparrabos. Y había mucho rabo que tapar.

—Creo que está empalmado.

Andrés se quedó inmóvil al escuchar el nada disimulado comentario. Elevó la mirada solo para ver a su hermana tan sonrojada, o más, que Paula, mientras que la niña que casi les había pillado in fraganti sonreía ufana tras soltar la bomba.

—Perdona, ¿qué has dicho? Creo que no te he entendido bien. —Fijó su mirada más peligrosa en ella—. Me ha dado la impresión de que te estás metiendo donde nadie te llama. Pero no es así, ¿verdad? —comentó caminando hacia el grupito de amigos.

Todos los preadolescentes dieron un paso atrás. Todos, menos su hermana, que se mantuvo inmóvil en el sitio y la bocazas, que dio por lo menos diez pasos atrás, incluso más.

—Andrés... No te pases —le regañó Ana, las manos apoyadas en las caderas en un gesto que le recordaba a su madre cuando estaba furiosa.

Andrés continuó hasta salir del río y quedar enfrentado a su hermana pequeña, su metro noventa de estatura muy por encima de las cabezas de los preadolescentes. Sin abrir la boca se señaló con índice y anular los ojos para luego apuntar a la bocazas y, cuando la niña empalideció, esbozó una peligrosa media sonrisa y se llevó el dedo a los labios, diciendo en el universal idioma de los gestos: te estoy vigilando, más te vale estar calladita, guapa.

—Andrés, es solo una niña; no seas macarra —le reprochó Paula, situándose tras él.

Andrés se giró para mirar a la hermosa mujer a la que había estado a punto de follar. Porque no la había follado, ¿verdad? Porque si no había orgasmo ni eyaculación no se le podía llamar follar. Por tanto no habían follado.

Y por eso estaba de un humor de perros y tenía los huevos a punto de reventar.

—Soy lo que me sale de los cojones ser —siseó frustrado dando media vuelta para encararse a su hermana—. Nos vemos en la cena —dijo antes de enfilar de vuelta al pueblo.

—¿Por qué está tan enfadado?

Alcanzó a escuchar la pregunta de su hermana… y la respuesta de la bocazas:

—Para mí que les hemos interrumpido en mitad de un polvo.

Estuvo tentado de dar media vuelta y cerrarle boca, pero él no era un macarra que pegaba a las niñas. Ni a las mujeres. A nadie en realidad, a no ser que le tocaran las pelotas, claro. Y además prefería no detenerse. De hecho necesitaba urgentemente llegar a algún lugar tranquilo y solitario. Sobre todo solitario. Estaba tan excitado que el corazón le iba a mil por hora, y mejor no hablar de las joyas de la familia. Tenía los huevos tan retraídos que le dolían a cada paso que daba, y la polla… en fin, esa iba a su aire, frotándose contra la cinturilla del pantalón. Parecía que se la estuvieran lijando, joder. Última vez que no se ponía calzoncillos.

Llegó hasta el final del rocoso tobogán solo para comprobar desesperado que Ana y sus amigos eran solo la avanzadilla. Toda la juventud del pueblo estaba subiendo hacia allí. Mierda. Debían de ser cerca de las once. Hora de domingueros y críos. ¡Maravilloso! Ya podía decir adiós a encontrar un lugar en el que hacerse una jodida paja. Suspiró furioso y sin perder más tiempo enfiló en dirección a casa. Allí al menos tendría algo de intimidad.

## 9

—¿$Q$ué tal en las pozas? ¿Estaba el agua muy fría? ¿Has visto a Ana? Nos ha dicho que se iba a acercar con la pandilla.

La batería de preguntas de Abel le llegó en el preciso instante en que entró en la casa.

—Bien. Sí. Sí —respondió enfilando hacia las escaleras.

—Tanta prisa tienes que no puedes pararte a contestar bien a tu abuelo —le reclamó enfadado su tío.

Andrés se paró antes de pisar el primer peldaño, sacudió los brazos, frustrado, y tras inspirar despacio se giró esbozando su sonrisa más forzada.

—En las pozas de maravilla, con la temperatura perfecta para congelarme las pelotas. Sí he visto a Ana, ha aparecido en el momento más oportuno, acompañada de su maravillosa panda de amigos cotillas —dijo con evidente ironía antes de comenzar a subir—. Ahora, si no os importa, me voy a mi cuarto, estoy muerto de sueño.

—Me parece, por el genio que trae, que sí se ha encontrado con Paula. Tenías que haberle avisado —le amonestó su abuelo a su tío.

Andrés se detuvo en seco en mitad de la escalera.

—No lo preguntó —replicó Caleb, encogiéndose de hombros con burlona indiferencia.

—¿Sabías que Paula iba a estar allí? —siseó Andrés, atónito por la traición de su tío.

—No a ciencia cierta, pero sí era probable. Le gusta darse un baño antes de que las pozas se llenen de niños. Suele coincidir bastante con Ana —comentó Caleb como si tal cosa.

—¿Y no se te ha ocurrido pensar que me podía interesar saberlo? —preguntó aturdido.

—¿Por qué iba a pensar eso? Tú mismo me has dicho que no tienes nada con ella. Ni para bien ni para mal —replicó Caleb con fingida inocencia.

Andrés miró a ambos hombres. A tenor de la serenidad que mostraban sus caras, nadie pensaría que podían ser más maquiavélicos que el mismísimo Maquiavelo. Pero así era. No era la primera vez que se la jugaban. De normal su abuelo era el más liante, pero por lo visto Caleb había seguido la costumbre familiar. De casta le viene al galgo, que decía el refrán.

—Genial. La próxima vez que creáis, intuyáis o penséis que es probable, posible o viable que me encuentre con Paula en el lugar al que planeo ir, por favor, decídmelo.

—Oh, vamos, seguro que no ha sido tan malo encontrártela —afirmó Caleb con sorna.

—No, qué va. Malo no ha sido. Al contrario. Hemos estado a punto de pegar un polvo, y oye, me apetecía un huevo metérsela. La putada ha sido que en ese preciso momento ha llegado Ana con su recua de amigos y casi nos ha pillado con el culo al aire. Literalmente. Ha sido un jodido milagro que mi hermana pequeña no me haya visto en pelotas. —Andrés se cruzó de brazos, malhumorado.

¿Querían meterse en su vida? Bien. ¡Que se atuvieran a las consecuencias!

Caleb parpadeó atónito ante la insolente respuesta de su sobrino. ¡Cómo se le ocurría tener un encuentro clandestino con Paula en la chopera! ¡Con la de niños que iban allí! ¡Con Ana casi pillándole in fraganti! ¿Había perdido el juicio? Y lo que era peor, ¡cómo se le ocurría soltarlo así, como si tal cosa, delante de su abuelo!

Se puso en pie dispuesto a dejarle las cosas bien claras.

Y en ese momento, Abel, el cabeza de la familia, hizo uso de su título y, elevando la mano para silenciar a su hijo, tomó la palabra.

—Entonces, ¿volvéis a estar juntos? —preguntó con toda tranquilidad.

Caleb miró a su padre estupefacto, su ataque de furia desinflándose tan rápidamente como había surgido. Luego, como no podía ser de otra manera, dirigió la vista hacia el joven que, petrificado en mitad de la escalera, les observaba abriendo y cerrando la boca en busca de aire como pez fuera del agua.

Tenía que reconocer que la pregunta de su padre era de lo más oportuna e interesante.

—¿Y bien? ¿Habéis vuelto o no? —reiteró.

—¡Joder, no! —Andrés se llevó las manos a la nuca, frenético. Después de lo que acababa de soltar solo se les ocurría preguntarle ¡si había vuelto con Paula! ¡Estaban locos!

—Pero si habéis tenido un interludio amoroso, digo yo que algo significará —afirmó Abel con toda lógica.

—¡Claro que sí! Significa que ahora mismo estoy más salido que el pico de una plancha —gritó Andrés subiendo las escaleras a la carrera.

¡Jamás entendería a su tío y a su abuelo! ¡En vez de montar en cólera y echarle la bronca que buscaba, se limitaban a hurgar más en la herida!

—¡Andrés! —exclamó Caleb perdiendo la paciencia de nuevo—. ¡Vuelve aquí ahora mismo!

—Déjale que suba a su habitación y se tranquilice —interrumpió Abel a su hijo.

—¿Pero tú has oído lo que acaba de decir?

—Sí. Ha sido sincero, y sin que fuera necesario emborracharle antes. Eso es bueno, no creo que el chico sucumba al orujo del tío Joaquín tan fácilmente como tú —comentó pensativo.

—Papá… no te conviene recordarme aquello —siseó Caleb entre dientes.

Había sido uno de los episodios más vergonzosos de su vida. Su tío y su padre confabulados para embriagarle y que les contara qué le había pasado con María. Prefería no recordarlo. Desde luego era mucho mejor que Andrés fuera tan brutalmente sincero, pues no dudaba de que haría falta una ingente cantidad de orujo para soltarle la lengua si no quería hablar.


Andrés subió a la carrera, se detuvo en la cocina el tiempo justo para comprobar que Raziel ya tenía algo delicioso puesto en el fuego para la comida y continuó el ascenso hacia la intimidad de su dormitorio.

—¿Estás más salido que el pico de una plancha? —le preguntó Razz con sorna cuando llegó a la última planta, donde le estaba esperando.

—¡Joder! —siseó Andrés sobresaltado—. ¿Tienes micrófonos ocultos en el portal?

—No. Tengo buenos oídos y amigos estúpidos que gritan sus problemas sexuales en mitad de la escalera —replicó el moreno, apoyado contra la pared con los tobillos y los brazos cruzados. Las manos bien sujetas bajo las axilas para no moverlas mostrando su inquietud.

Por lo que había escuchado, su amigo había estado a punto de acostarse con Paula. Y Paula no era como las otras mujeres con las que había follado. Ella era… importante. Tal vez lo más importante del mundo para Andrés.

—Yo no he gritado.

—Claro que no; has aullado. Probablemente se ha enterado medio pueblo. ¿Te la has follado? —inquirió Razz, inmóvil en su forzada tranquilidad.

—¿Y a ti qué narices te importa?

—Simple curiosidad.

—Casi. —Andrés se llevó ambas manos a la nuca para frotarse el pelo, nervioso—. No me he corrido, pero sí se la he metido —se rascó el pecho aturullado—. Joder, Razz, ha sido… no sé describirlo. Electrizante. Tan intenso que apenas podía controlarme —confesó—. No te puedes hacer una idea. Parecía como si todo volviera a estar bien otra vez. Como si no hubiera pasado el tiempo. Como si mi piel se despertara de un largo letargo y volviera a sentir de nuevo. Hacía años que no me sentía tan completo —se restregó la boca, disgustado por lo que acababa de decir—. ¿Cuándo me he vuelto tan cursi? —bufó despectivo—. Llevo tanto tiempo sin follar que se me va la cabeza solo por meterla un par de veces…

—¿Tanto tiempo? —Razz elevó burlón una ceja—. Creo recordar cierto tropiezo en Ámsterdam hace un par de semanas.

—Eso no cuenta. Estaba tan drogado que apenas me acuerdo, y, además no follé, me la mamaron. Un tío. Joder, que puto asco —siseó desdeñoso—. La última vez fue en Alemania, hace más de un mes.

—Ah, sí. Mucho tiempo —resopló Razz, esforzándose por mostrarse impasible—. Pobre semental, debes de tener las pelotas a punto de reventar.

—No todos estamos tan secos ni somos tan fríos como tú —replicó Andrés, palpando los vaqueros en busca de tabaco, lo que le libró de ver el gesto dolido de su amigo.

Razz se mordió con saña el interior de las mejillas, decidido a paliar dolor con dolor y así recuperar la seguridad que le daba su fingido talante burlón.

—¿Son seguros los botones de tus pantalones? —susurró, los ojos fijos en la zona que la camiseta, descolocada tras la infructuosa búsqueda, había dejado al descubierto.

—¿A qué viene esa gilipollez?

—Por precaución. Estás tan cachondo que me da miedo que tu polla haga saltar los botones y alguno me saque un ojo —dijo señalando con la cabeza la abultada entrepierna.

—Vete a la mierda.

Andrés entró en el dormitorio y cerró con un fuerte portazo. No tenía suficiente con su tío y su abuelo que también tenía que soportar la inoportuna ironía de su mejor amigo.

Se desnudó con rapidez y se tumbó en la cama con las manos bajo la cabeza y la mirada fija en el techo. No le había mentido a Razz al decirle que su piel había despertado de un largo letargo. Al contrario, se había quedado corto. No existían palabras para explicar lo que había sentido. Había sido como si su piel susurrara a la de Paula, como si ambos cuerpos se completaran. Acarició con dedos trémulos las cicatrices que conformaban la calavera escarificada sobre su pecho, evocando el dolor que había sentido cada vez que el hierro candente le abrasaba la piel. No había sido nada en comparación con la agonía que había sufrido cuando Paula le había dejado. Y el dolor no había disminuido con el paso del tiempo, ni siquiera cuando por fin había aceptado que tal vez su propio egoísmo había provocado la traición de ella, había dejado de dolerle.

Friccionó las cicatrices deseando poder acariciar de la misma manera su lastimado corazón. ¿No había una pócima milagrosa que borrara la memoria y con ella el pasado? La tomaría sin dudarlo un instante. Y volverían a cometer los mismos errores. Negó con la cabeza. Nada volvería a ser igual. Nunca.

Sin dejar de tocarse la brutal quemadura, bajó la mano libre hasta la ingle y pasó la uña por toda la longitud de su pene. Jadeó, la piel erizada por el placer. Tomó la rígida polla con dos dedos y se masturbó con sutil lentitud. Castigándose con insatisfactorios roces que le hicieron temblar de lasciva anticipación hasta que por fin envolvió la verga entre los dedos y se la sacudió dos, tres veces. Luego formó un anillo de acero alrededor de la erección con índice y pulgar y lo mantuvo pegado a la base, apretando con fuerza el pene que lloraba lágrimas de semen.

Dejó de lado las cicatrices y posó la palma de esa mano sobre el húmedo glande para frotarlo en movimientos circulares que le hicieron sacudirse incontrolado sobre la cama. Y, a pesar del frustrado placer, no soltó la base, al contrario, apretó más, hasta que dolor y placer fueron uno, y entonces volvió a recorrer con las uñas toda la longitud.

Tembló sobrecogido por el intenso orgasmo que amenazaba con estallar en su interior. Enterró la polla en el puño y bombeó con fuerza, estrellando el canto de la mano contra la base para luego subir con rapidez hasta el glande y masajearlo antes de descender de nuevo. Apretó las nalgas, deseando sentir un dedo tentándole el ano y en ese momento se dio cuenta de lo que estaba recreando. Pero no se detuvo. Ya era imposible dar marcha atrás.

Llevó una mano a los huevos y comenzó a amasarlos a la vez que un gemido sollozante escapaba de su garganta. Hacía años, tres exactamente, que no se acariciaba de esa manera. Porque así era como le masturbaba Paula.

Separó las piernas y elevó las caderas, sus labios susurrando un nombre que se convirtió en embriagado sollozo cuando el éxtasis le alcanzó.


Raziel, sentado en el suelo con la espalda apoyada en la pared que su dormitorio y el de Andrés compartían, cerró los ojos al escuchar el nombre que su amigo susurraba una y otra vez con voz ronca.

«La última etapa del camino está cerca», pensó aferrando con dedos trémulos las chapas que siempre llevaba al cuello. Sonrió desdeñoso al sentir su estómago contraerse ante ese pensamiento, como si no hubiera esperado el final desde el mismo principio. Mucho había durado esa aventura. Más de lo esperado. Menos de lo deseado. En todo caso más de lo que se merecía.

Observó con gesto impasible la mochila abandonada en un rincón. Estaba vacía, excepto por las antorchas y las cariocas. No tardaría en volver a llenarla con todas sus pertenencias para emprender un nuevo camino. Solo. Pero hasta que eso sucediera, hasta que el inamovible final llegara, bien podía disfrutar del presente.

Y el presente traía consigo una gruesa erección provocada por los sonidos procedentes de la habitación contigua, donde su muy excitado amigo acababa de correrse. Elevó una de las comisuras de sus labios, tampoco le vendría mal a él relajarse un poco.

Se desabrochó el cordón del pantalón de deporte y hundió la mano bajo la tela. Rozó con las yemas la tersa corona del pene y descendió despacio hasta aferrar el tallo. Cerró los ojos y comenzó a masturbarse con pereza. Una cara se dibujó en el interior de sus párpados. Jadeó sobresaltado al percatarse de que no era el borroso semblante que siempre aparecía en sus escasos momentos de placer, al contrario, era el rostro de alguien a quien apenas conocía y de quien estaba aprendiendo a protegerse. Alguien que, por descontado, no le atraía en absoluto y que no debería colarse en sus ensoñaciones eróticas. Pero que se colaba sin que pudiera hacer nada por evitarlo. Se recostó de nuevo contra la pared, la mirada fija en el techo mientras las manos trabajaban sobre su polla y sus pelotas. Hasta que el placer le hizo cerrar los ojos y el rostro de peligrosa sonrisa apareció de nuevo en el interior de sus párpados, provocándole un sobrecogedor orgasmo.


El alguacil apagó el motor de su reluciente Yamaha Ténéré, se apeó de un salto y, tras asegurarse de que la moto se mantenía estable contra la farola, se dirigió a la antigua casa de Abel, de la que en ese momento salía alguien que caminaba mirando al suelo con la premura propia de los que llegan tarde.

Esbozó una peligrosa media sonrisa y se situó en el camino del distraído transeúnte.

—Cuánta prisa —dijo burlón, chocando a propósito.

Razz elevó la mirada al escuchar la conocida voz y su rostro, de normal inalterable, se coloreó de un fuerte carmesí. Maldita casualidad que le hacía enfrentarse con el alguacil minutos después de disfrutar de uno de los orgasmos más intensos de su vida.

El carmesí de sus mejillas se transformó en granate.

Goro entrecerró los párpados ante la extraña coloración de la cara del moreno, ¿se estaba sonrojando? ¿Por qué? Y aún se quedó más perplejo cuando Razz, en vez de mandarle a la mierda como había tomado por costumbre, bajó la cabeza e intentó seguir su camino. Por supuesto, no se lo permitió.

—¿No vas a saludarme? —le increpó socarrón, interponiéndose de nuevo en su ruta—. Qué poca educación.

—Llego tarde —replicó Razz intentando esquivarle, su cara recuperando poco a poco el color normal—. Si no te importa...

—Sí me importa. Dime, Arguiñano, ¿con que menú vas a deleitarme hoy?

Raziel, lejos de enfadarse por el alias, le miró con un asomo de diversión. No había día que no le pusiera un nuevo apodo y, aunque al principio le había molestado, ahora esperaba impaciente a que las campanas de la iglesia dieran las cuatro y el insolente alguacil entrara en La Guarida, para, con mirada desafiante, darle su nuevo mote y pedirle el menú del día.

—Estoy pensando en hacer conejo escabechado, pero lo malo es que solo tengo para diez o doce raciones —le informó con malicia a la vez que deslizaba la mano bajo la camiseta para rascarse la tripa.

—Me guardarás un par de platos, por supuesto —exigió Goro, la mirada fija en los tersos montículos que los dedos del moreno acariciaban. Se lamió los labios.

—¿Por qué habría de hacerlo? —replicó ladino.

—Porque soy el alguacil y te lo estoy pidiendo de buenas maneras. No querrás que te lo diga de malas —le advirtió apoyando las manos en las caderas, de manera que sus abultados pectorales y bíceps se marcaron bajo la camisa azul cielo del uniforme.

Razz examinó los amenazantes músculos del hombre y acto seguido esbozó una de sus escasas sonrisas espontáneas.

—¿Abusando de tu cargo, alguacil? Qué feo. Eso se llama coerción y es un delito. Tal vez deberías plantearte tu actitud —susurró mordaz cruzándose de brazos, él también tenía músculos de los que presumir—. Procura no llegar muy tarde o te quedarás sin conejo —le aconsejó taimado antes de encaminarse de nuevo hacia el restaurante.

—¿Sabes qué? No me van mucho los conejos, prefiero una ración de criadillas... O mejor aún, una morcilla bien gorda —dijo Goro, todo inocencia.

Razz se giró tan aturdido que tropezó con sus propios pies y a punto estuvo de caer.

—¿Algún problema? Imagino que sabrás cocinar cojones —le retó el alguacil con una pícara sonrisa en los labios.

—Por supuesto que sé —replicó Razz, la cabeza en altiva rigidez y las manos a buen recaudo en los bolsillos para que Goro no descubriera que le temblaban—. Mañana te hartarás de ellos —dijo cruzando la calle, deseoso de alejarse de tan arriesgada conversación.

—Estupendo, estoy deseando probar tus pelotas. Las que me vas a cocinar, me refiero.

El moreno se detuvo en mitad de la carretera, cuadró los hombros y lo miró impasible, o al menos eso intentó, porque sus labios traidores se curvaron en una inesperada risa que duró hasta que se giró para continuar su camino.

Goro lo siguió con la mirada, complacido por haber conseguido lo imposible: hacer reír al hosco cocinero. Había sido asombrado testigo de cómo sus anchos hombros se sacudían al ritmo de un grave susurro que tal vez un día consiguiera convertir en abierta carcajada.

Esperó inmóvil, los ojos fijos en él hasta que dobló la esquina de la calle y lo perdió de vista. Fue entonces cuando se permitió esbozar la sonrisa de suficiencia que llevaba conteniendo desde que el taciturno moreno se había puesto colorado como un tomate. No sabía el motivo de tan súbito rubor, pero intuía que estaba relacionado con él. Íntimamente. En el sentido más carnal de la palabra, por supuesto. La sonrisa se hizo más amplía, tanto que mostró sus dientes en una mueca depredadora.

Sacudió la cabeza y se dirigió a la vieja casa de Abel, que tenía la puerta abierta de par en par. Arrugó la nariz intuyendo cierto peligro. No se equivocó. En el momento en que traspasó el umbral, se encontró con la penetrante mirada de Caleb, quien le esperaba sentado en una silla junto a la entrada. Dio un rápido vistazo buscando a Abel y suspiró aliviado al comprobar que no estaba. Si le daban a elegir prefería enfrentarse al hijo, el padre era demasiado ladino para salir bien parado. Enganchó con el pie una caja de madera volcada y la atrajo hacia sí para sentarse en ella.

—Andrés no corrió peligro en ningún momento, el fuego estaba controlado incluso antes de que llegara el helicóptero —dijo en referencia al tema por el que había sido requerido.

Caleb asintió, los párpados entornados y la cabeza inclinada en astuta concentración.

—Parece que últimamente te llevas muy bien con el amigo de mi sobrino —comentó.

—Nos vamos entendiendo.

Goro estudió al astuto hombre sentado frente a él antes de girarse hacia la puerta. Desde donde estaba tenía una magnifica perspectiva de la calle. En especial del lugar en el que se había tropezado con Raziel. Y el oído de Caleb siempre había sido bastante agudo. Arqueó los labios en una burlona sonrisa, mucho había tardado el perspicaz exalcalde en percatarse del juego que se traía entre manos.

—Me cae bien el Superchef —dijo Caleb, observándole con atención para calibrar su reacción—. Es un buen hombre.

—Sí que lo es. —«Allá vamos», pensó Goro.

—Trabajador y responsable… muy leal a sus amigos.

Goro se limitó a asentir con la cabeza.

—Un tanto reservado —continuó Caleb tras esperar sin resultado una respuesta.

—Bastante reservado, pero es normal, a nadie nos gusta que los demás se metan donde no son llamados —dijo Goro, elevando una comisura de la boca.

—*Touché.* —Caleb sacudió la cabeza—. No es mi intención meterme en asuntos que no me incumben, pero aprecio a Razz y no me gustaría que se sintiera… incómodo.

—Yo también lo aprecio. Y mucho. Ten por descontado que voy a hacer lo que sea para que se sienta lo más cómodo posible —afirmó

Goro con una arrogante sonrisa—. Ya sabes lo mucho que me preocupo por la gente de mi pueblo y su comodidad —añadió artero.

Caleb resopló frustrado ante la esquiva respuesta. No había modo de que el taimado alguacil soltara prenda.

—Sabes perfectamente lo que estoy intentando preguntarte —dijo al fin.

—Sí, lo sé.

—¿Y?

—No es de tu incumbencia.

Caleb asintió, aceptando la reserva de su amigo.

—Ten cuidado, Leví, algo me dice que Razz no es tan duro como quiere aparentar —susurró, sus ojos fijos en la oscura mirada del hombre—. No me gustaría verlo sufrir.

—Pierde cuidado, Vivo, no seré yo quien le hará sufrir. Solo hay una persona que tiene ese poder ahora mismo y, si no estás ciego, sabrás quién es.

Caleb asintió. Sí lo sabía. Y mucho se temía que ese secreto solo lo conocían ellos dos... y tal vez la pelirroja, que era mucho más perspicaz de lo que dejaba ver. Nadie más. Ni siquiera el otro implicado en la historia. El moreno se cuidaba muy mucho de no mostrar jamás sus sentimientos y de mantenerse siempre en un resguardado segundo plano.

—¿Qué has querido decir con que el incendio estaba controlado incluso antes de que llegara el helicóptero?

Cambió de tema por otro menos espinoso pero más delicado e importante. Al contrario que su padre, no tenía ningún interés en las vidas ajenas más allá de intentar que aquellos a quienes apreciaba no sufrieran. Algo que no siempre era posible.

—Que fuera quien fuera el cabrón que lo ha provocado, sabía dónde, cuándo y cómo hacerlo para que no se extendiera.

Caleb estrechó los ojos, confundido.

—El fuego se originó en los dos únicos pinos de un claro cercano al cruce del Mirador —explicó el alguacil—. Lejos de la pinada. En la cima de la colina una noche sin viento. Era muy difícil que se propagara. Quien lo provocó no pretendía quemar el monte.

—Tal vez fue un accidente, un rayo, alguien de acampada que...

—Se han encontrado restos de parafina en los árboles quemados —le interrumpió Goro.

—Parafina —repitió Caleb preocupado—. ¿No es lo que usa Razz en sus antorchas?

El alguacil asintió despacio con la cabeza.

—Razz ha hecho sus truquitos de fuego en muchos pueblos en los que luego ha habido tentativas de incendio —susurró.

—¿Alguien ha sugerido que tiene algo que ver? —Caleb intuyó lo que Goro callaba.

—La gente tiende a acusar a quien no conoce, Vivo, ya lo sabes. Y Raziel juega con el fuego a su antojo, lo viste igual que yo.

—Pero eso no significa que...

—Han sumado dos más dos y les ha dado cinco —le interrumpió Goro—. Los rumores vuelan de pueblo en pueblo por toda la vertiente sur de la sierra.

—¿Crees que habrá problemas?

—No lo creo. Los ánimos están caldeados, pero mientras los incendios se queden en tentativas, no saltará la chispa...

Caleb asintió pensativo.

—¿Qué más has averiguado?

—El agente de medio ambiente me ha confiado que están bastante seguros de que la mayoría de los incendios los ha provocado la misma persona. Ninguno suponía una gran amenaza.

—No parece haber intereses madereros ni urbanísticos de por medio —murmuró Caleb.

—Si los hubiera el fuego se habría producido en pendientes arboladas, no en cerros pelados —coincidió Goro—. Y por ese mismo motivo tampoco es un vándalo asocial. Quien los provoca no quiere destruir.

—¿Y qué es lo que quiere?

—No lo sé... ¿Tal vez disfrutar del espectáculo? —aventuró furioso, levantándose de la caja para irse—. Te mantendré informado.

# 10

José alargó el brazo, tanteó la mesilla hasta dar con el móvil y lo encendió.

—Las tres y sereno —admitió clavando una mirada asesina en el pobre teléfono que de nada tenía culpa.

Golpeó varias veces la almohada creando un confortable canal para su ofuscada cabeza. Hundió la cara en el hueco, frotó las mejillas contra la suave tela de algodón y poliéster, cerró los ojos y esperó que el sueño le venciera.

El sueño no le venció. De hecho, ni siquiera se molestó en entablar batalla contra el insomnio. Pero como la esperanza es lo último que se pierde, José esperó. Quizá con un poco de suerte consiguiera dormirse de puro aburrimiento. Solo que no se aburría. Era complicado aburrirse cuando su cabeza estaba repleta de imágenes de la mujer más deliciosa, divertida y exasperante del mundo mundial.

También la más excitante.

Aguantó todo lo que pudo hasta que, frustrado, repitió por enésima vez en esa larga noche el ritual de buscar el móvil y mirar el reloj. Tal vez se había quedado dormido un par de horas sin darse cuenta...

—Las tres y veintisiete y sereno —gruñó, tentado de estrellar el aparato contra la pared.

Se removió hasta quedar tendido bocarriba, posición más cómoda dada la gruesa, dura y pertinaz erección que se empeñaba en acompañarle cada noche. Y a veces también cada tarde. Para no pensar en nada, o mejor dicho, para no pensar en una pelirroja demasiado guapa, cariñosa y liberal para su salud mental, fijó los ojos en el techo. O eso creía que miraba, estaba tan oscuro que no era desacertado pensar que quizá estuviera en el segundo círculo del infierno, castigado con el resto de lujuriosos incapaces de controlarse. Porque meneársela todas las malditas noches un par de veces no era controlarse. En absoluto.

—Y ahora me pongo en plan Dante —bufó dando un puñetazo a la almohada.

Palpó la pared en busca de la correa de la persiana. Tiró de ella con brusquedad y las láminas de madera se elevaron dando paso a más oscuridad apenas iluminada por la sonrisa de la luna. Lo que confirmaba que ni estaba en el infierno ni el reloj iba atrasado. Era pronto. Muy pronto. Solo que para él era tarde. Muy tarde. Demasiado, porque aún no había conseguido pegar ojo desde que se había acostado, cinco horas atrás.

Se incorporó hasta sentarse, se restregó los ojos y volvió a mirar por la ventana. Por supuesto, no vio nada. Era noche cerrada. Y lo seguiría siendo durante varias horas más. Resopló. Tenía dos opciones: tumbarse de nuevo e intentar dormir, algo que ya se había demostrado imposible; o levantarse y emplear el tiempo de vigilia en algo productivo.

—Hacerse una paja no cuenta como algo productivo si he superado las dos por noche —se recordó a sí mismo el límite que se había impuesto.

Hizo la cama y preparó café. Buscó las rosquillas que había tomado de estraperlo en La Guarida, tomó nota mental de conseguir más, ¡le duraban un suspiro!, y se sentó a desayunar. Mientras lo hacía dio un repaso a su hogar; la estancia que le servía de salón, comedor, cocina y dormitorio estaba impoluta. Suspiró, lo bueno de llevar tres semanas sufriendo insomnio era que su casa estaba como los chorros del oro. Lo malo, que a veces le dolía la muñeca de tanto masturbarse, de ahí el límite de dos por noche. Lo regular, que se estaba haciendo un experto en meneársela. Ya había probado todo tipo de técnicas: la de la mano tonta, la de la mano dormida, la invertida, solo el glande, a dos manos… Sacudió la cabeza al sentir que volvía a ponerse duro. Mejor no seguir pensando en eso. Se recostó en el sillón y encendió el televisor. Hizo *zapping* durante diez minutos y lo apagó aburrido. Tomó un libro e intentó leer. Lo dejó tras leer la misma página tres veces seguidas. Sacó el móvil del bolsillo.

—Las cuatro y diez… ¿Y ahora qué?

Se sentó en el alféizar de la ventana y observó el cielo nocturno; estaba cuajado de estrellas. Estrellas que aún no le había enseñado a la causante de su tenaz insomnio. Seguro que estaría plácidamente dormida, pero, si por algún extraño motivo no fuera así, ¿qué estaría haciendo? Una enorme sonrisa se dibujó en sus labios. Una sonrisa que le iluminó la cara y dio vida a sus ojos. Sabía con exactitud lo que haría Lua si no pudiera dormir.

—Me debo estar volviendo loco —murmuró antes de saltar por la ventana.

Cayó en los verdes pastos que rodeaban su casa y enfiló el Cordel hacia la Calzada Romana. Se detuvo en la vieja fuente de abrevar caballos y, sin pensar un instante lo que iba a hacer, se tendió sobre la hierba e inspiró despacio mientras contemplaba la Vía Láctea.

Sí. Eso era exactamente lo que haría Lua si viviera en una diminuta casa alejada del pueblo y al borde del bosque. Se tumbaría a escuchar la naturaleza y observar las estrellas.

Caleb, sentado en el puente de piedra que había frente a su casa, bufó exasperado cuando vio la camioneta de José. Miró el reloj y su ceño se frunció aún más mientras sus dedos se hundían en el corto pelo de la perra tumbada entre sus piernas.

—Parece que ya llega —murmuró Abel, sentado frente a él en el otro murete del puente.

Caleb asintió una sola vez antes de silbar con fuerza. Al instante, dos niños salieron corriendo del bosque que rodeaba la propiedad. Negó abatido cuando llegaron junto a él. Hacía menos de media hora que había salido con sus hijos a esperar a José y en ese tiempo habían tenido tiempo de mojarse las deportivas, romper la manga de una de las camisetas, mancharse los vaqueros de algo parduzco que esperaba no fuera resina y despeinarse de tal manera que parecía que llevaran rastas… Y mejor no hablar de sus caras.

—Con mamá no os mancháis tanto —reconoció, sacudiendo las agujas de pino de los pantalones de Daniel.

—Porque ella nos deja sin postre en la cena si nos portamos mal —explicó David con desfachatez, abrazándose a la perra, que, acostumbrada como estaba a las bruscas caricias, se limitó a resoplar.

—Tal vez haga yo lo mismo con el de la comida —replicó Caleb, enfadado.

—No puedes, ese postre nos lo suministra el Super —refutó Daniel, descarado.

—Claro que puedo —rebatió indignado dando golpecitos con las muletas en el suelo.

—Sigue soñando…, solo tenemos que ir al Galo y Razz nos provee de todos los postres que queramos —rebatió David con suficiencia.

Caleb abrió la boca para impugnar tamaño disparate, pero volvió a cerrarla antes de pronunciar palabra. No podía desmentir lo que era cierto. Raziel no solo les dejaba preparada la comida, postre inclusive, sino que además alimentaba a sus hijos a todas horas, como si siempre estuvieran muertos de hambre. Algo que no ponía en duda, pues los gemelos gozaban de un estómago sin fin. No como él. O tal vez sí. Se miró la tripa. Había crecido de manera exponencial en el mes que los chicos llevaban allí. Por culpa de su obligada inactividad, por supuesto. Las tapas que Razz les pasaba de contrabando en La Guarida no tenían nada que ver. Ni las rosquillas. Ni las galletas de naranja. Tampoco las pastas de té ni las perrunillas con las que acompañaban el café. Observó a su padre, quien también había echado algo de barriga. Pero no tanta como él. Iba a tener que ponerse a dieta. Frunció el ceño. No era justo que todos pudieran disfrutar de la comida del Superchef menos él.

—Así que vais al Galo a pedirle el postre a Razz —dijo soltando al pequeño.

Daniel aprovechó su recién recuperada libertad para tirarse al suelo de tierra con los pantalones recién sacudidos, y abrazar a la perra, quitando a David en el proceso.

—Y la merienda… —añadió este, empujando a su hermano.

*Boxa* gimió cuando Daniel se agarró a sus orejas para no ser desplazado.

—Y la entremerienda —continuó Daniel, lanzando un codazo a su gemelo.

Codazo que el niño esquivó y acabó impactando contra la sufrida mestiza.

—¿La entremerienda? —les interrumpió Caleb, separando a ambos niños de la perra.

Había amores que mataban.

—La comida que hay entre la merienda y la precena.

—Imagino que la precena es la comida que va antes de la cena.

David asintió, la mirada fija en la camioneta que estaba deteniéndose frente a la casa.

—Y después de la cena va la leche con las perrunillas antes de irnos a la cama. Tenemos que alimentarnos bien porque estamos creciendo —explicó antes de echar a correr hacia la entrada—. ¡Me pido ir en la batea[8] sobre la rueda vieja!

---

8. Batea, caja, platón. Zona de carga descubierta en las camionetas de tipo *pickup*.

—¡No! ¡Me toca a mí! —reclamó su gemelo corriendo tras él.

José, acostumbrado al eufórico ánimo de los pequeños, se apeó del vehículo, estiró los brazos y, cuando estuvieron a su alcance, puso la palma de la mano en la frente de cada uno, manteniéndolos a una distancia segura.

—¿Qué pasa aquí? —dijo, parándoles en seco cada vez que intentaban acercarse—. ¿Dónde está el todoterreno? —preguntó, buscando el coche de su jefe con la mirada.

—Se lo ha llevado mamá. Tenía que abrir antes la guardería por lo de la recogida del higo, y como no llegabas se ha ido con Ana para que la ayude con los bebés —explicó un gemelo.

—Te va a echar la bronca del siglo —le avisó el otro.

José dirigió la vista hacia el hombre escayolado. Si las miradas matasen... No estaría muerto, pero torturado desde luego que sí. Resopló pesaroso, le iba a caer una buena.

Los gemelos, como no podía ser de otra manera, al percatarse de que nadie los vigilaba saltaron a la caja de la camioneta para buscar tesoros con los que perpetrar alguna travesura.

José, que los conocía como si fueran sus hermanos, soltó un improperio y, sin prestar atención a Caleb, que avanzaba a saltitos hacia él, se subió a la batea.

—David, deja esa caña de pescar donde la has encontrado —exigió con severidad antes de girarse hacia el otro gemelo—. Daniel, por favor, dame mi sombrero de la suerte. Sí, ese sobre el que te has sentado. Gracias. Os lo aviso, un solo grito, golpe o salto y vais andando detrás de la camioneta, ¿ha quedado claro? Y nada de echar el lazo a la gente —se acordó de ordenarles—. La última vez por poco matáis del susto a la pobre Eusebia.

—Pero si no la atrapamos —se defendió David antes de sentarse enfurruñado.

—Eso es porque tirar con lazo como los cuatreros es muy complicado. Tenemos que hacernos con una red, como los gladiadores —murmuró Daniel.

Una vez hubo controlado, más o menos, a los niños, José bajó del vehículo... solo para encontrarse a sus jefes a pocos pasos de él y con cara de estar muy enfadados.

—Bonito día para llegar una hora tarde —dijo Caleb estrechando los ojos.

—No ha sido una hora —intentó defenderse—. En realidad ha sido poco más de media, aún no son las siete.

—Una hora o media, ¡qué más da! —le restó importancia Caleb—. Las higueras de Los Caballeros están a rebosar de higos maduros y nosotros aquí, mano sobre mano...

—No es propio de ti ser tan irresponsable, José Antoñín —le regañó Abel sentándose en el asiento trasero de la vieja camioneta.

José rechinó los dientes al escuchar el odiado diminutivo.

—Lo siento, me he dormido —explicó aturullado.

—Pues no lo parece, menudas ojeras gastas —bufó Caleb ocupando el lugar del copiloto.

—No he conseguido dormirme hasta las cuatro pasadas —indicó poniéndose al volante.

Caleb miró el reloj, al muchacho, a su padre y de nuevo al muchacho.

—Me estás diciendo que solo has dormido un par de horas —resopló incrédulo.

—Si llega... —arrancó el motor.

—¿Por algún motivo en particular?

—No sé por qué, pero no me entra sueño.

—Siempre que hay insomnio la culpa es del amor. —Abel sacudió la cabeza—. Tírala al pilón y se acabarán todos tus males —le aconsejó.

—¡No pienso tirarla al pilón! —exclamó José, estremeciéndose solo de pensarlo—. Con la aversión que tiene al agua fría y el genio que gasta es capaz de castrarme.

—Pues sí que estamos buenos —murmuró Abel abatido—. Uno que se nos pone nervioso como un virginal mocito vez cada vez que se encuentra con su exnovia y el otro que le tiene miedo a la chica más dulce y cariñosa que he conocido nunca.

—¿Dulce y cariñosa? No estarás hablando de Lua, ¿verdad? —replicó José tomando la carretera hacia el pueblo—. Y, ¿quién se pone nervioso cuando se encuentra con su ex?

—El imbécil de mi nieto.

—¿Andrés? ¿Nervioso? ¿Por Paula? Estás de coña. —José desvió la mirada hacia su jefe.

Caleb negó con la cabeza. Por supuesto que no bromeaba.

José se tragó el bache más grande y profundo de la carretera.

Abel y los gemelos se quejaron airados. Más los niños que el anciano.

—Mira la carretera, hijo —le ordenó Caleb—. No os entiendo a los jóvenes de hoy —masculló una vez estuvo seguro de que su trasero no iba a sufrir los efectos de más baches—. Tú suspirando por Lua pero sin atreverte a acercarte a ella y mi sobrino sonrojándose cada vez que coincide con Paula después de casi haberse enredado con ella de nuevo…

—¿Se ha liado con Paula? —José volvió a mirar a Caleb, anonadado.

—La carretera —señaló el accidentado asfalto con la mirada—. Estuvieron a punto pero al final no pasó nada. Al menos eso es lo que nos contó Andrés hace un par de semanas.

—¡Hace un par de semanas! —exclamó José asombrado.

Paula no le había contado nada, y se suponía que él era su confidente… cuando no estaba idiotizado con Lua, claro. Frunció el ceño, debía reconocer que últimamente estaba un poco disperso y no prestaba apenas atención a su amiga. Ni a nada que no fuera la pícara pelirroja.

—Y desde entonces los dos están como idos —continuó Caleb—. Andrés se pasa el día nervioso y gruñendo.

—Ese es su estado natural —le interrumpió José.

—Pasa la tarde recorriendo la casa como alma en pena —prosiguió Caleb sin prestarle atención—, y en cuanto dan las nueve baja a La Guarida —señaló arqueando las cejas.

José se encogió de hombros, confundido. ¿Qué había de raro en eso? Abrió los ojos como platos al darse cuenta de que a esa hora Paula salía de la consulta e iba a La Guarida del Villano, donde la peña, incluida Lua, el miembro más reciente, había tomado por costumbre reunirse ya que al estar «enchufados» recibían las mejores tapas, si es que había unas mejores que otras.

—¿Andrés va al restaurante para coincidir con Paula? —preguntó atónito.

Caleb y Abel asintieron con la cabeza.

—¡Si ni siquiera se miran! —exclamó el joven.

—Exacto —aceptó Caleb, quien también era asiduo a La Guarida del Villano, de ahí su incipiente tripita—. Se hacen los despistados pero si estás atento verás que se buscan con la mirada todo el rato.

—Pero si no se hablan… —murmuró perplejo.

—Sí lo hacen, pero no entre ellos. Fíjate esta tarde. Paula saca un tema y Andrés responde dirigiéndose a Lua, a Razz o a cualquier otra persona, pero en realidad le está contestando a ella. Y Paula hace lo mismo.

José asintió aturullado. Ahora que lo pensaba, era tal y como lo contaba Caleb, solo que él había estado tan ocupado resistiéndose a Lua que no se había percatado de nada.

—Ahora que lo dices, sí es cierto que Paula actúa de una manera rara —analizó pensativo, recordando los silencios de su amiga.

—Y Andrés es todavía peor, se comporta como cuando ella lo tiró al pilón hace doce años. Solo que ahora son adultos y tanta gazmoñería es ridícula —bufó Caleb.

—Nuestro futuro está en manos de una panda de blandengues que no se atreven a conquistar a sus mujeres —suspiró Abel—. Así pasa, que ya no nacen niños. Lo mismo no sabéis ni cómo se hacen...

—No te diría que no, papá —le dio la razón Caleb, divertido.

—No fastidiéis —saltó José ofendido.

—No fastidiamos —replicó Caleb—. Cuando te gusta una mujer hay que agarrarla con las dos manos y echártela al hombro.

—O al pilón —apuntilló Abel desde el asiento trasero—. Eso siempre las convence.

—Seguro —bufó José.

—Mi mujer se casó conmigo y María con Caleb.

—Recuerdo cuando la tiraste al pilón. —José se giró hacia Caleb—. A punto estuviste de perder las pelotas... Yo quiero mantener las mías en su sitio, la verdad.

—¿Para qué? Si no haces uso de ellas —le increpó Abel.

—¡Un poco de respeto, abuelo! —exclamó José comenzando a hartarse de las directas indirectas del anciano.

—Es la verdad. A mi nieto y a ti os faltan cojones.

—A Andrés puede, a mí te aseguro que no —replicó José, enfadándose.

—Pues claro que sí. A ver, ¿qué vas a hacer con la pelirroja?

—Nada en absoluto. ¿Por qué iba a hacer algo? —preguntó con soberbia.

—Para mantener tus dientes sanos —intervino Caleb con sorna—. Tal como los rechinas cuando la ves tontear con unos y otros vas a necesitar con urgencia los servicios de Paula.

—No digas estupideces.

—No creo que siga tonteando mucho tiempo. Es una chica muy guapa y cariñosa, le gusta que la besen y abracen, y no creo que se quede ahí. Es mayorcita y pronto buscará... algo más —señaló Abel—. Sé de muchos que están locos por complacerla. —Arqueó las cejas.

José, la mirada clavada en el retrovisor, rechinó con fuerza los dientes en una mueca de ferocidad que no pasó inadvertida a sus compañeros.

Caleb apretó los labios, decidido a no reírse a pesar de las ganas.

Su padre estaba haciendo de las suyas y el pobre muchacho estaba a punto de caer en sus tejemanejes con todo el equipo.

—Es libre de irse con quien le dé la puta gana —replicó José. Las venas del cuello marcadas y los nudillos blancos de la fuerza con la que apretaba el volante.

—Ah, pero eres tú quien le gusta —apuntó Abel—, no deja de mirarte con ojos tiernos.

—¿Y de qué me sirve? Eso no significa que vaya a ser el único, me lo dejó bien clarito, y para ver cómo se liga a otros prefiero no entrar en el juego —escupió furioso.

—Pero ya estás viendo cómo liga con otros —intervino Caleb—. Tu estrategia es tan estúpida como tus celos.

—¿Y qué me propones que haga? —se quejó José enfurruñado, aparcando sobre la acera.

—Que te la lleves a tu casa, o al monte, ya que tanto le gusta la naturaleza, y la canses tanto que no tenga ganas de tontear con otros. —Caleb fijó sus ojos claros en José—. ¿Entiendes lo que quiero decir?

—Eh... creo que sí —farfulló sonrojándose—. Pero no es tan fácil...

—Claro que lo es, solo tienes que camelártela con palabras bonitas, hacerle un par de carantoñas, luego unas cuantas caricias, muchos besos y... envainar la espada —dijo el anciano arqueando las cejas—. No me dirás que no sabes hacer eso.

—Abel, por favor...

—No le des más vueltas y haz lo que te hemos dicho. —Caleb señaló la ventana de la cocina, por la que en ese momento se asomaba la pelirroja.

—Haznos caso, hijo, sabe más el diablo por viejo que por diablo —apuntó Abel apeándose de la camioneta.

José miró a ambos hombres con los ojos entrecerrados, joder con el viejo y su hijo, eran más listos que el hambre.

Bajó de la camioneta a tiempo de detener a los gemelos que en ese momento corrían calle abajo. Les hizo prometer que se quedarían en el corralillo de los Leones con Tapapuertas y fue directo a la casa. Nada más entrar, un delicioso olor le sacudió la nariz, el paladar y el estómago. Se le hizo la boca agua al intuir que Raziel había vuelto a hacer bizcocho de canela y cerveza. Se lamió los labios y subió volando a la cocina.

No llegó a entrar.

Se quedó en el umbral; el bizcocho relegado a un segundo plano por la escena que se desarrollaba ante él. Se mantuvo inmóvil, los dientes apretados y los ojos, entornados en una penetrante mirada, fijos en la mujer que estaba recostada sobre la mesa de la cocina. Frente a Andrés. Tenía los pies descalzos colocados sobre el pecho de su amigo mientras este le acariciaba el pie derecho.

Un fiero gruñido escapó de su garganta sin que pudiera evitarlo.

Lua, aunque estaba de espaldas a la puerta, supo sin lugar a dudas quién emitía la gutural protesta. Frunció el ceño, tan disgustada como confundida. ¿Y ahora por qué narices se había enfadado Don Susceptible?

Andrés asomó la cabeza por el costado de la joven y esbozó una lobuna sonrisa al intuir por qué había gruñido su empecinado amigo. Ah, qué malos eran los celos. Y qué divertidos también... Estrechó los ojos con malicia, alzó el tobillo que estaba acariciando y besó el empeine.

José inspiró con brusquedad, las aletas de la nariz contrayéndose al ritmo de su enfado. Sacudió la cabeza y, decidido a no permitir que Andrés se diera cuenta de cuánto le molestaba su complicidad con la pelirroja, se obligó a ignorarles. Se sentó en el extremo opuesto de la mesa con fingida tranquilidad. Pero, a pesar de todos sus esfuerzos y de tener la boca bien cerrada —y apretada—, el músculo que palpitaba en su mejilla era clara evidencia de que estaba enfadado. Y mucho.

—Menos mal que Paula es barata —comentó Abel sentándose junto a su nieto.

José bufó airado al vislumbrar por dónde iban a ir los tiros. Maldito fuera, ¿no podía quedarse callado un ratito?

—¿Es barata? ¿A qué te refieres? —Andrés miró perplejo a su abuelo.

—A sus servicios como dentista. Te deja la boca hecha un primor por muy poco dinero —dijo Abel acariciando con la punta de la lengua sus dientes postizos.

El estridente chirrido proveniente de la boca del joven fue claramente audible. Al igual que la taimada risita que Caleb no se molestó en ocultar.

—No seáis malos —los regañó Lua antes de girar sobre la mesa para quedar encarada a José—. ¿Por qué estás tan enfadado? —preguntó frunciendo los labios en un coqueto mohín.

—No me parece oportuno que te sientes en la mesa habiendo sillas disponibles —siseó él, la mirada fija en las piernas desnudas de la pelirroja—. Y además, si quieres retozar con Andrés, arriba hay habitaciones en las que dar salida a vuestra lujuria. Yo no tengo ninguna necesidad de asistir al espectáculo —espetó cada vez más enfadado.

—Bueno… necesitado sí que pareces —comentó Andrés burlón.

José golpeó la mesa e hizo amago de levantarse, su amigo se estaba buscando una respuesta contundente.

—¡Cierra la boca si no quieres que te la cierre yo! —le gritó Lua a Andrés antes de dirigirse a José con una melosa sonrisa en una interpretación sin igual de los cambios de humor de la niña de *El exorcista*—. ¿Te molesta que Andrés me dé un masaje? —Deslizó las yemas de los dedos sobre sus piernas desnudas.

—No me tomes por idiota —replicó José enfadado—. No te está dando ningún masaje.

—Cuidado, Manguerita, estás metiendo la pata —le advirtió burlón Andrés.

—Hasta el fondo —apostilló Razz, quien estaba preparando algo en la pila.

—Te pones tan feo cuando te enfurruñas… Me gustas mucho más cuando sonríes —Lua se mordió el labio inferior en un calculado gesto de ingenua coquetería—. Me ha dado un calambre mientras hacía ejercicio y Andrés me está echando una mano, ¿qué hay de malo en eso? —reveló con un mohín antes de fruncir el ceño tan confundida como asombrada con lo que acababa de decir.

—No me jodas, Lua. —Andrés la miró atónito—. Tú nunca das explicaciones a nadie. ¿Por qué a él sí? —inquirió mordaz.

—Yo no se las he pedido —replicó José sorprendido. ¿A qué estaba jugando Andresito?

—Ah, pero te las ha dado —apuntó Razz guasón—. Tal vez le hagas tilín, José Antoñín.

—Se está rifando un tortazo, y vosotros tenéis todas las papeletas —los amenazó Lua.

—Seguro que es por la manguera. Todas dicen que el tamaño no importa, pero sí que lo hace. ¿No crees, Manguerita? —comentó Andrés, ignorando a la pelirroja.

José abrió la boca para negar con rotundidad y volvió a cerrarla antes de pronunciar palabra. Tras un mes asistiendo a las bromas de Razz y Andrés, si había algo que tenía claro era que cuanto más se quejara, más se meterían con él. Así que, en lugar de lamentarse porque sacaran a relucir el tamaño de sus atributos, decidió dejarse de remilgos y sacarle partido.

—El tamaño de la manguera siempre es importante —afirmó indeciso.

—Más aún cuando te da la vuelta a la pierna —apostilló divertido Andrés—. Deberías dejar que Lua la catase, está como loca por darle una chupadita —afirmó, mirando burlón a su amiga—. La pobre está tan obsesionada contigo que hace más de dos meses que no echa un polvo... con lo malo que es eso para la salud.

Lua, aun sentada sobre la mesa, irguió la espalda y buscó algún objeto contundente para lanzar a sus amigos, incluido al terco guaperas al que quería follarse. No se iba a librar de un merecido castigo por muy larga, gruesa y potente que pareciera tener la manguera, pensó burlona. Aferró el servilletero de madera con la sana intención de estampárselo en la cabeza a Andrés, que era el peor de todos... Pero algo, o mejor dicho, alguien, se lo impidió.

José, a pesar del peligro que suponía para su integridad acercarse a la joven cuando estaba cabreada, se estiró sobre la mesa y la asió del tobillo izquierdo con sus fuertes dedos.

Lua se giró desconcertada al sentir que tiraban de ella. Jadeó sorprendida al comprender que, cual hombre primitivo, José la tenía bien agarrada y la deslizaba sobre la mesa acercándola a él. Suspiró, era tan... machote. Un involuntario gemido de placer escapó de su garganta cuando cayó sobre su regazo y él la colocó de manera que el trasero le quedara acomodado entre sus fornidos muslos y las piernas colgando sobre la derecha de él.

Andrés, por su parte, dando buen ejemplo de su avispada inteligencia, aprovechó la sorpresa de su amiga para liberarla del servilletero. No le apetecía nada tener que llevar a José al hospital por un golpe mal dado.

—Nunca das explicaciones a nadie. —José repitió con fiereza lo que había dicho Andrés—. Pero yo no soy nadie —sentenció, sus ojos fijos en los de ella—. Al contrario, me gusta pensar que soy alguien importante para ti, ¿quizá un amigo? ¿Tal vez algo más? —sugirió acunándola mientras deslizaba la mano por la pantorrilla derecha, masajeándola con cariñoso cuidado.

—Un amigo. Uno muy apreciado. —Lua descansó la cabeza sobre el hombro de él a la vez que posaba una mano sobre el torso, a la altura del corazón.

—No me lo puedo creer, ha domado a la fiera —manifestó Andrés atónito; Lua no era proclive a olvidar sus enfados sin antes haber dejado dolorosa constancia de ellos.

—No exageres, Andrés —murmuró sin ganas la muchacha a la vez que frotaba la nariz contra el cuello de José. Adoraba como olía. A bosque, resina y tierra. A hombre.

—Pero si ni siquiera le has dado un coscorrón —protestó Andrés divertido.

—Eso es porque es un tipo agradable —apuntó Raziel, dejando el bizcocho recién horneado sobre la mesa.

—¿Insinúas que yo no lo soy y por eso me agrede cada dos por tres? —Andrés cortó un enorme pedazo al que acto seguido dio un gran mordisco.

—Lo confirmo. Eres insoportable, quejica y envidioso —replicó Razz mientras echaba unas tiras de panceta ahumada en la humeante sartén.

—Ten amigos para esto —sentenció Andrés—. Pues que sepas que te acabas de quedar sin los higos que me pediste.

Razz enarcó una ceja, divertido, era imposible que Andrés no le diera la caja. Antes se moriría que quedarse sin la tarta de higos que había prometido hacerle.

—Yo te los traeré, y serán los mejores de La Mira —afirmó José, acariciando con cada palabra la sien de Lua.

—Pero no los riegues con tu manguera —le ordenó Andrés antes de soltar una carcajada que se contagió con pasmosa rapidez entre todos los allí presentes.

Abel sonrió complacido por el ambiente distendido y observó al moreno, que en ese momento estaba preparando los bocadillos para el almuerzo. En la pila, la verdura recién lavada esperaba para convertirse en el guiso que dejaría hecho antes de ir a trabajar. Negó con la cabeza. El Superchef se pasaba la mañana cocinando para ellos y bastaba que alguno comentara que les apetecía un plato para que dedicara las escasas horas libres que La Guarida del Villano le dejaba entre el almuerzo y la cena para hacerles la comida sugerida. Puede que no hablara mucho y que gruñera si alguien se le acercaba cuando cocinaba, pero la realidad era que, más allá de su carácter introvertido, Raziel dedicaba cada segundo de su tiempo a complacer cada capricho culinario de aquellos a quienes apreciaba. Y lo hacía con disimulo, sin darle importancia ni esperar reconocimiento, manteniéndose siempre en un resguardado segundo plano. Suspiró pensativo, ¿por qué ese empeño en no destacar, en ser invisible?

Desvió la mirada hacia Caleb, que en ese momento daba instrucciones para la jornada.

—Andrés, tú irás a Los Caballeros; José, con Lua a La Mira —se puso en pie apoyándose en las muletas—. En marcha, ya hemos perdido tiempo de sobra esta mañana.

José, absorto en la suavidad de la piel de Lua, asintió con la cabeza pero no movió un solo músculo, Lua por su parte permaneció acurrucada sobre él.

Andrés, al contrario, se levantó de un salto y sonrió burlón al verlos tan acaramelados.

—Eh, atontado —dijo mordaz—. Deja de manosear a mi amiga y acércame a la guardería para que recoja el todoterreno y a Ana.

No obtuvo respuesta. Al menos no de José, tan embelesado estaba por sentir el tacto de Lua en las yemas de sus dedos que no se había percatado de que la mofa iba dirigida a él.

—Deja a Ana con tu madre; necesita su ayuda —intervino Caleb.

Andrés aceptó con un cabeceo. Era lógico, todas las manos eran necesarias durante la recogida y, por ende, las familias dejaban a los más pequeños con María. Eran los días de más trabajo en la guardería. Y en el campo.

—¿Voy a ir solo a Los Caballeros? —inquirió extrañado, deteniéndose junto a la puerta.

Era una finca muy grande, mucho más que La Mira. Era imposible que una persona se hiciera cargo de ella en una sola mañana y, dada la altitud a la que estaba, sus frutos eran los primeros en madurar y en estropearse. No podía tardar demasiado tiempo en cosecharlos o se echarían a perder.

—¿No sería mejor que fuéramos todos a Los Caballeros y dejáramos La Mira para otro día? Yo solo no voy a poder recogerlo todo...

—No —rechazó Caleb—. Están igual de maduros en las dos fincas, ninguna puede esperar. Lua y José a la Mira. Y tú a los Caballeros, con los gemelos, el Moles y Tapapuertas.

José, que hasta ese momento había estado abstraído en masajear —con evidente placer— las piernas de la pelirroja, elevó la cabeza alerta.

—¿Vamos a ir Lua y yo solos? —exclamó asustado.

—No os hace falta más gente —confirmó Caleb—. Andrés, prepara el remolque —Este asintió y bajó raudo las escaleras—. Lua, busca a los gemelos. —La pelirroja se apresuró a obedecer—. Papá, asegúrate de que llevan suficiente comida y agua, el día va a ser largo.

El estridente golpe de una sartén impactando contra el granito de la encimera le sobresaltó, silenciándole. Se giró despacio hasta quedar enfrentado al moreno que se mantenía erguido junto a la pila.

—Menudo genio gastas —le dijo Caleb sacudiendo la cabeza—. Papá, baja el almuerzo que Razz nos ha preparado —modificó la orden a la vez que tomaba las bolsas llenas de sabrosos bocadillos que Raziel le tendía.

Raziel asintió satisfecho antes de darse la vuelta y continuar con su guiso.

Abel no pudo por menos que echarse a reír a la vez que bajaba al portal. No cabía duda de que el amigo de su nieto era muy susceptible. Abrió la bolsa y olisqueó. Tampoco había duda de que los alimentaba como a reyes.

—José, acerca a Andrés a la guardería para que coja el todoterreno —continuó Caleb.

—No creo que sea una buena idea que Lua y yo vayamos solos a La Mira —le interrumpió. Señaló a Razz y bajó la voz hasta convertirla en un susurro—. No quiero estar solo con ella, me desconcentra. Deja que me lleve a Daniel.

Caleb arqueó una ceja.

—¿Pero no habíamos quedado en que te ibas a lanzar? —preguntó guasón sin molestarse en disimular.

Razz, sin dejar de saltear la verdura, observó a José por el rabillo del ojo. Las comisuras de su boca se elevaron con lentitud formando una ufana sonrisa.

—Joder, Vivo, ¿no puedes ser un poco más discreto? —se quejó José, bajando la cabeza.

—¿Para qué? El Superchef no es tonto ni ciego, y vosotros no habéis sido nada discretos. De todas maneras no te preocupes, no le va a contar a nadie lo que aquí se diga —le hizo a Razz un gesto cómplice que este le devolvió divertido—. Es de los nuestros.

—¿Soy de los vuestros? —Razz estrechó los ojos, confundido.

—Sí, hombre, de los nuestros —repitió Caleb con rotundidad dándole una amistosa palmada en la espalda—. De la familia.

Raziel tragó saliva, inspiró despacio y, tras asentir silente, se concentró de nuevo en la comida. O al menos eso fingió.

—Entonces, ¿te vas a lanzar o no? —Caleb se encaró a José.

—Sí, pero no hoy. Tengo demasiado trabajo como para perder el tiempo tonteando.

—¿Y quién te ha dicho que tontees durante el trabajo? —le increpó Caleb cáustico.

—Eso es lo que pasará si vamos solos a La Mira. Lua es… —José sacudió la cabeza sin saber cómo continuar—. Cuando los niños se alejan se muestra demasiado cercana. Si vamos solos será un desastre —le advirtió. Al instante escuchó una furtiva risita de Razz—. ¿Qué te hace tanta gracia? —le increpó.

—Es propio de Lua volver locos a los hombres, le gusta mucho coquetear. No se lo tengas en cuenta y manteneos firmes, tú y tu manguera —sugirió divertido.

—Gracias por el consejo, lo tendré en cuenta —siseó furioso José para luego encararse a Caleb—. Andrés no necesita a los dos gemelos. Deja que David nos acompañe.

—Hay mucho que recoger en Los Caballeros —rechazó serio Caleb— y aunque Moles trabaja bien, Tapapuertas es muy lento. No es por capricho que mando a David y Daniel con su hermano. Son necesarias todas las manos para evitar que se atrasen, lo sabes.

José frunció el ceño y acabó asintiendo.

—Confío en ti, sé que eres responsable y que no harás mal tu trabajo por culpa de unos ojos bonitos y unas piernas largas —le palmeó la espalda—. Ah, una cosa más, si no recoges todo lo que espero te lo descontaré del sueldo —le advirtió antes de empujarlo hacia la puerta—. Así que espabila.

José abrió la boca para protestar, la cerró sin decir nada, bufó contrariado y abandonó la cocina dando un tremendo portazo.

—Buena técnica para quitártelo de encima —murmuró Raziel sin apartar la atención del fogón—. Trataré de recordarlo con Andrés, a ver si así me deja tranquilo en La Guarida. Estoy harto de tenerle rondando la barra como alma en pena.

—¿Vas a lanzarlo en brazos de Paula? —Caleb lo miró sorprendido. Le resultaba difícil pensar en el moreno haciendo de Celestina, menos aún con Andrés.

—Claro que no —rechazó con un bufido—. Lo voy a amenazar con cobrarle todas las tapas que me sustrae. Tal vez así se quede tranquilito en la terraza.

Caleb no pudo menos que reírse ante la aguda respuesta, aunque lo cierto era que Andrés no era el único que sisaba tapas, él también se agenciaba algunas... cuando le daba tiempo, claro. Se había corrido la voz de la excelente cocina de La Guarida por todo el Barranco y, además de la gente de los pueblos cercanos, muchos transportistas que transitaban la N502 paraban allí a comer. El antaño ruinoso restaurante había pasado de dar una comida diaria a llenar el salón, para gran disgusto de Goro, que ya no era el cliente mimado del Galo sino uno más entre muchos.

Caleb frunció el ceño al recordar que no le había comentado algo importante al chef.

—¿Es la comida de hoy? —Se asomó por encima del hombro del moreno para ver el contenido de la olla.

—No. Es un engrudo con el que voy a pintar la pared de mi cuarto. —La tapó raudo.

—Pues te va a quedar de lo más mona con los corazones de alcachofas a modo de cenefa —replicó Caleb mordaz—. Moles y Tapapuertas comerán con nosotros estos días. No sé si has contado con ellos hoy.

—Me lo comentó Andrés ayer. Habrá para todos.

—Estupendo. —Caleb se dirigió a la puerta, pero antes de llegar sacudió la cabeza y se giró hacia Razz. Había cosas que se tenían que decir, aunque él no quisiera escucharlas—. Nos viene de maravilla que nos eches una mano, quería agrad…

—Ayer vi telarañas en el portal —le interrumpió Razz—. Odio las arañas.

—Las quitaré, pero antes quiero que sepas que…

—Abel está solo abajo, deberías ir con él —volvió a interrumpirle—. ¿No tienes que montar cajas o algo por el estilo?

Caleb sacudió la cabeza dándose por vencido y se dirigió a las escaleras; como bien había dicho el arisco moreno, tenía cajas que montar.

## 11

—*P*ásame el cucharón, por favor —solicitó Andrés a su abuelo antes de desabrocharse los vaqueros y servirse un poco más de menestra.

Era difícil, pero Raziel se había superado ese día con la comida.

José esperó a que Andrés acabara para llenarse otra vez el plato. Se removió en la silla, tiró de la cinturilla de los pantalones y acabó por soltar los dos primeros botones. Al contrario que le sucedía a Andrés, su repentina incomodidad no venía dada por el abuso alimentario, sino por otros motivos menos obvios. A saber: las deficiencias estructurales de la entrepierna de los vaqueros, que debería ser de cemento en lugar de tela. Así no sería tan sensible a los roces ocasionales de cierta pelirroja. Roces que llevaban produciéndose durante toda la santa mañana, en cada momento que paraba para beber o comer. De hecho, había recogido toda la puñetera cosecha en un tiempo récord solo por no pararse y, por ende, colocarse al alcance de ella. Como le pasaba en ese momento.

Bufó contrariado y apartó por enésima vez los pies de Lua de su regazo.

—Oh, vamos, no seas malo, hazme un masaje —le tentó ella, frunciendo su boquita de fresa—. Me acabo de duchar y los tengo limpitos —señaló, llenándole la cabeza de imágenes que no quería tener bajo ningún concepto.

—Estoy comiendo —replicó huraño, removiendo el guiso.

Era el tercer plato que se servía. Era imposible que su estómago pudiera asimilarlo. Pero le valía de excusa para mantener las manos alejadas de la aterciopelada piel femenina. Aún faltaba mucho hasta que acabaran la jornada y pudiera seducirla a placer. Porque lo iba a hacer. Seguiría el consejo de Caleb y la dejaría agotada. Y luego dormiría durante toda la maldita noche por primera vez desde que ella había entrado como un vendaval en su vida. Y si al día siguiente se le ocurría coquetear con cualquier otro hombre, no diría ni pío ni se enfadaría. Se la echaría al hombro, la llevaría al monte y la volvería a cansar. Una y otra vez. Hasta conseguir la victoria. O la muerte por agotamiento. Todo era posible. Pero, ah, qué muerte más maravillosa.

Lua exhaló una cantarina risa y volvió a colocarle los pies en el regazo.

—Solo necesitas una mano para remover la comida —señaló burlona.

—Hay muchas cosas para las que solo se necesita una mano —apostilló Andrés mordaz—. Pero con su manguera lo más probable es que necesite las dos. Dile que te deje comprobarlo de una buena vez —la desafió risueño.

José abrió los ojos como platos y, a punto estuvo de contestar una burrada, pero la risa aletargada de Tapapuertas le detuvo.

—Qué ocurrente —murmuró este, dándose palmadas en los muslos—. Tu sobrino es muy divertido, Vivo —aseguró sorbiendo por la nariz—. Usa las dos manos porque tiene la manguera muy larga y no la puede sujetar bien —dijo, riéndose de nuevo.

—Bien visto, Hilario —le felicitó Abel con cariño—. Ahí has estado muy listo.

Tapapuertas esbozó una entusiasmada sonrisa, dejó su plato en la pila y llevó la bandeja con la cafetera y las tazas a la mesa.

—¿Qué tal en la Torreta el otro día? —le preguntó Moles a José.

—Muy tranquila. Noche clara, luna llena y brisa suave. No hubo ningún sobresalto —replicó sirviéndose un café.

—Hace ya un par de semanas que no los hay. Parece que el hijo puta se ha cansado de joder el monte —apuntó Lua furiosa irguiéndose en la silla.

José miró orgulloso a la guerrera en que se había transformado su chica. Eso era lo que le fascinaba de ella, podía pasar de ser una mimosa coqueta a una peligrosa amazona en menos de un segundo si alguien atacaba lo que amaba. Y amaba esos valles y montañas tanto como él. Eran perfectos el uno para el otro. Frunció el ceño; la pena era que ella no estuviera dispuesta a a estar con él en exclusiva.

El sorbo que dio a su café sin azúcar no le supo tan amargo como ese pensamiento.

—Ojalá se haya despeñado por algún barranco —continuó Lua su agresiva perorata.

—Entre Cuevas y Villarejo está la tumba de un hombre al que devoraron los lobos —señaló David, sorprendiendo a los presentes.

—Mi madre me contó esa historia, daba mucho miedo —confirmó Tapapuertas.

—Quizá los lobos se han comido al pirómano —apuntó Daniel, siguiendo la reflexión de su gemelo.

—Le han devorado las piernas y los brazos. —David enseñó los dientes al estilo lobuno.

—Y le han sacado las tripas —dijo sanguinario Daniel, simulando garras con las manos.

—No hay lobos por la zona —se apresuró a rebatir Caleb.

Conocía a sus hijos, eran muy valientes de día, pero de noche no tardaban un segundo en meterse en la cama, entre María y él.

—Mamá dice que sí los hay —replicó David enseñándole los dientes a Tapapuertas.

—Mamá cree que los caniches son lobos —apostilló Andrés a la vez que hacía volar un cigarrillo entre los dedos.

Lua sonrió, se acercó a los niños, que jugaban a las chapas en el suelo, y se sentó con ellos para realizar una secuencia de movimientos. Los gemelos se apresuraron a imitarla.

Caleb observó a la flexible pelirroja, parecía que se estuviera preparando para una actuación. Desvió la mirada a su sobrino y sonrió ufano, había tomado una naranja de la nevera y en vez de comérsela la estaba haciendo rodar por sus brazos como si fuera una de sus bolas, pero con menos pericia, pues no era una esfera perfecta como estas. Y, como colofón, esa misma mañana, había pillado a Raziel en la terraza con las antorchas. No cabía duda de que los tres echaban de menos sus días como artistas ambulantes.

—Papá, ¿por qué no le dices al chache y sus amigos que actúen el viernes? —dijo Daniel, leyéndole el pensamiento.

—Sería un buen comienzo para las fiestas —apuntó David, apoyando a su hermano.

Caleb miró a Andrés y este a su vez se giró hacia Lua. La pelirroja asintió encantada. Andrés sacó el móvil, mandó un *whatsapp* a Razz y cuando le llegó la respuesta, guiñó un ojo a los gemelos y sacudió la cabeza a modo de rotundo «sí». Minutos después, los niños habían decidido cómo iba a ser el espectáculo mientras que Hilario aplaudía entusiasmado.

—Las cuatro, hora de trabajar —dijo Caleb; a las seis tenían que estar en la cooperativa.


—¿A qué viene esa sonrisita, Adrià? ¿Te ha tocado la lotería?

Raziel, parado en mitad de la cocina con una risueña mueca en los labios, respondió el *whatsapp* que acababa de recibir, guardó el móvil y observó con los ojos entrecerrados al hombre de voz grave y mirada intensa que invadía sin permiso su territorio. Así que ese día le tocaba ser Adrià. La sonrisa se hizo más amplia a pesar de que intentó recuperar su habitual semblante impasible. Algo que cada vez le resultaba más complicado, sobre todo estando presente cierto alguacil entrometido, autoritario y marrullero. Apretó los labios para que estos no siguieran curvándose.

—No puedes entrar en mi cocina. —Le dio la espalda para atender el guiso que tenía en el fuego. El último de esa mañana, ¡por fin! Estaba tan cansado que apenas podía tenerse en pie.

—La cocina del Galo, querrás decir, y de todas maneras ya estoy dentro —replicó Goro situándose tras él, tan cerca que Razz podía sentir el calor que emanaba de él—. Dime por qué estás tan contento —le susurró al oído.

—Fuera de mi cocina —reiteró Razz dándole un suave codazo, que desde luego no fue tan fuerte como los que solía dar a Andrés cuando miraba por encima de su hombro.

—Échame —le retó, deslizando una mano por el costado del moreno para destapar la olla que se cocinaba a fuego lento—. Arroz con leche… ¿Para el postre de mañana?

Razz se giró despacio entre la cárcel de piel y músculos hasta quedar encarado al desafiante alguacil, quien, por supuesto, no se movió un ápice.

—Largo de mi cocina o conseguirás que se me pegue el arroz —protestó alterado. Era imposible mantenerse indiferente con ese hombre tan cerca.

—¿Por qué? ¿Te pongo nervioso, Adrià? —susurró con picardía apartándose al fin.

—En absoluto, Leví —replicó Razz incómodo por el desliz. Quitó la cazuela del fuego, mejor un poco pastoso que carbonizado—. Me distraes, que es peor.

Goro resopló incrédulo, y estaba a punto de decir algo punzante cuando su estómago decidió que ya estaba bien de perder el tiempo y rugió con fuerza.

—Ya que no pareces tener intención de marcharte, ¿por qué no buscas al león famélico que se ha colado en mi cocina? No quisiera que devorara tu comida —apuntó mordaz Raziel al escuchar la ronca cantinela.

—Con mi hambre no se hacen bromas —bufó ofendido Goro, arrancándole al moreno un resoplido que era casi una carcajada.

Enarcó una ceja al escucharle, así que eso era lo que hacía falta para hacerle reír: morirse de hambre. Se frotó la tripa, irritado. Llevaba desde el amanecer en danza por culpa del mercadillo ambulante. Vigilando los puestos, controlando que todo transcurriera sin problemas y comprobando que los comerciantes pagaran sus impuestos antes de marcharse, momento en el que, tras llamar a los servicios de limpieza, había dado por finalizado el trabajo para ir a comer. Y no solo comida, pensó fijando la mirada en el hombre que en ese momento se afanaba en recoger la cocina. Quizá porque ya estaba a punto de finalizar su turno o tal vez por el calor acumulado allí, el moreno se había desabrochado la camisa permitiéndole ver por fin qué era lo que colgaba de los cordones que siempre le rodeaban el cuello: dos chapas identificativas. Bajo el metal su torso lampiño brillaba por el sudor. O no tan lampiño. Entornó los ojos avizor, un rastro de vello oscuro le sombreaba el pecho, descendiendo en una fina línea recta que se ensanchaba rodeando el ombligo para luego atravesar el liso vientre hasta desaparecer bajo los vaqueros que le colgaban de las caderas.

—Ya te has aburrido de depilarte. —Goro esbozó una sonrisa depredadora—. Mejor, no me gustan los metrosexuales, mucho cuidarse y luego se quedan en nada en la cama —apuntó con sorna.

Razz, que en ese momento estaba vaciando el carrito de platos sucios que el Galo acababa de llevarle, se sobresaltó —y mucho— con el comentario. Miró alterado a su espalda y suspiró aliviado al comprobar que el anciano no estaba cerca para escuchar tal desatino. ¿En qué estaba pensando el alguacil para soltar la lengua de esa manera? ¿No se daba cuenta de que, por primera vez en su vida, se sentía realizado con el trabajo que tenía? ¿Que, también por primera vez, no sentía la incontenible necesidad de marcharse, de poner distancia entre él y cualquiera que intentara acercársele? Acaso ese estúpido alguacil no entendía que necesitaba ese trabajo para estar en paz y que mantenerlo dependía de un matrimonio de ancianos cuadriculados que le echarían sin dudar si averiguaran que no era oro todo lo que relucía.

No. No lo entendía ni lo entendería. Porque él, al igual que Andrés, Lua y el resto de personas que le rodeaban no sabían nada. Y así seguiría siendo. Era lo mejor. Lo más seguro.

—Si tienes hambre sal fuera y pídele un bocadillo a Tasia —dijo encolerizado antes de darle la espalda para meter los platos en el lavavajillas industrial.

Goro le miró sorprendido por el repentino arrebato de ira. ¿A qué venía eso ahora?

—Me estás estorbando —continuó Raziel, apartándole furioso al ver que no se movía del sitio—. Sal de mi cocina y vete al salón a comer, eso es a lo que has venido, ¿no?

Goro siguió el deambular del moreno con los ojos entornados, incapaz de entender su cambio de actitud. Resopló confundido. En los diez minutos que llevaba allí había conseguido hacerle reír para después cabrearle sin saber cómo. Sonrió ladino, no cabía duda de que ganarse al Super iba a resultar de lo más entretenido.

—He visto en la pizarra que hoy tenías *ossobuco*, espero que me hayas guardado un poco. —E, ignorando las exigencias del irascible cocinero, se dirigió a una enorme olla cerrada.

—Se agotó a las tres, llegas una hora tarde —gruñó Razz, aunque una taimada sonrisa comenzó a dibujarse en sus labios.

Goro se quedó inmóvil, la mano a escasos centímetros de la tapa que ocultaba el guiso.

—Los jueves siempre llego tarde, lo sabes —replicó ufano, sin dudar por un instante que le había guardado su ración. Razz era incapaz de dejar a nadie sin comer. Menos aún a él.

Asió la tapadera y destapó la olla. Estaba vacía. Abrió los ojos como platos y un segundo después golpeó la tapa contra la encimera.

—Ya veo que no descuidas a tus clientes habituales —ironizó furioso.

Por lo visto sí había sido capaz de olvidarse de él. Y, por extraño que fuera, esa indiferencia le molestaba mucho más que quedarse sin comer.

—En mi cocina nadie tiene prioridad sobre nadie —replicó Razz cruzándose de brazos—. Lo único que puedo ofrecerte es un par de huevos fritos con patatas y ensalada.

—No te molestes, me comeré un bocadillo —rechazó enfadado.

Salió de la cocina y se quedó asombrado al prestar atención a lo que antes, en su prisa por llegar junto al moreno, no se había fijado. Tal parecía que hubiera habido una batalla en el salón. Las mesas estaban descolocadas, los restos de comida esparcidos por el suelo se pegaban a sus botas a cada paso y la barra estaba colapsada por vasos y tazas que Tasia lavaba con rapidez mientras su marido recogía.

¿Qué cojones había pasado allí?

Siguiendo su costumbre se sentó en el extremo de la barra que finalizaba cerca de la pared y tras el que se abría la puerta de la cocina y, sin esperar a que le atendieran, se sirvió una cerveza.

—Hazme un bocadillo, por favor, Tasia, a nuestro querido Super-chef le ha parecido que no era necesario guardarme algo para comer

—dijo soliviantado—. De poco vale ser cliente habitual con el aspirante a Arguiñano, basta llegar tarde un día para que se olvide de ti.

La mujer se giró despacio hacia él, el ceño fruncido y en los ojos una mirada asesina. ¿De verdad estaba hablando en serio el muy idiota? Él, que era la única persona a la que el Super le permitía entrar en la cocina y a la que dejaba probar sus creaciones antes de estar terminadas, ¿se estaba quejando de no tener un trato especial? ¡Oír para creer!

—¿Ha pasado un huracán por aquí? —continuó preguntando Goro.

—Una panda de moteros —bufó Tasia mirándole enfadada. Estaba tentada de dejarle sin comer, pero no podía hacerlo por mucho que el tonto alguacil se lo mereciera. El Super le había encargado un cometido e iba a cumplirlo.

Goro la miró extrañado, que él supiera los moteros no paraban hasta llegar a Cuevas.

—Los del Club Candeleda —explicó el Galo ocupando su lugar tras la barra—. Subían al Puerto del Pico y han hecho escala aquí.

—Cada día son más —gruñó la anciana sacando un recipiente de la cámara para dárselo a su marido— y tienen peores modales. Menos mal que el Super ha estado avispado…

—Si no, hubiera sido un desastre —intervino el Galo, metiendo el recipiente en el microondas—. Entre los camioneros, los villanos y los motoristas se ha juntado una multitud.

—Estábamos desbordados —recuperó la palabra Tasia—, todas las mesas ocupadas por los moteros y la barra llena de camioneros impacientes por comer montando bulla…

—Y en esto que al Super se le ocurre decir a voz en grito que invitábamos al café y un chupito a quienes lo tomaran en la barra —dijo el Galo con admiración.

—Los moteros que se levantan, yo que me pongo al café, y mi marido y el Super a recoger las mesas. En menos de un periquete lo teníamos todo listo, a los camioneros en las mesas, los moteros en la barra y el chico de vuelta a su cocina —indicó Tasia, colocando un plato y cubiertos frente a Goro con un fuerte golpe—. Ha estado muy listo nuestro Superchef.

—No te puedes imaginar el lío que ha tenido —el anciano se acodó en la barra frente al alguacil, quien asentía sorprendido ante tanto trajín—. El menú se ha acabado en un santiamén y ha tenido que tirar con lo que tenía previsto para mañana, que también se ha agotado. Ha sacado un plato tras otro sin parar. —Se interrumpió cuando el fuerte pitido del microondas indicó que la comida estaba caliente.

Tasia tomó el recipiente, cuyo contenido olía a gloria, y lo volcó en el plato de Goro.

—Y en el momento en que se ha dado cuenta de lo que se le venía encima, ha tenido la astucia de esconder un par de raciones de *ossobuco* antes de que se las quitaran de las manos. Es un buen muchacho nuestro chef, y tú te diviertes enrabietándolo —lo acusó con mirada fiera. Tras ella, su marido asintió con un brusco golpe de cabeza—. Que no vuelva a suceder o seré yo quien te deje sin comida —finalizó la anciana.

El Galo asintió de nuevo antes de ser consciente de lo que hacía. Abrió mucho los ojos, asustado por su estúpido acto, y se acercó meloso a la anciana.

—Mujer, tanto como dejarlo sin comer, no. Nuestro alguacil tiene que estar fuerte para hacer su trabajo —dijo conciliador, no era plan de enemistarse precisamente con ese hombre. No solo era la ley en el pueblo, también tenía muy mal genio cuando se cabreaba.

—Mira que eres calzonazos. —Tasia le atizó con el paño que tenía en la mano.

Goro, ignorando la discusión del matrimonio, miró aturdido el *ossobuco*, la puerta de la cocina, a la pareja de taimados ancianos y de nuevo el plato. Sonrió. Maldito Adrià, se la había jugado. Pero bien. Saltó del taburete y se dirigió a la cocina.

—Eres un cabronazo —siseó nada más entrar.

—¿Algún problema, alguacil? —replicó Razz, los labios curvados en una sonrisa que era incapaz de reprimir. No había nada tan satisfactorio como burlar al insolente hombre.

Goro arqueó una ceja, se cruzó de brazos y le dedicó su mirada más pérfida.

—Sí. El *ossobuco* está soso. Necesita sal. Y tomate —replicó burlón, sabiendo que nada ofendería más al moreno que la insinuación de que su comida necesitaba aderezo...

El fuerte golpe de una olla contra la encimera fue la contundente respuesta de Raziel.

La ladina carcajada de Goro, la réplica.


—Al final vas a tener razón con el alguacil y el Super, Tasia —murmuró el Galo con los oídos puestos en las carcajadas y los posteriores susurros que salían de la cocina.

—¿Cuándo no la tengo? —replicó ella.

—No sé si me gusta que la tengas. Lo que sucede entre esos dos no es natural.

—Hay tantas cosas que no lo son —replicó la mujer sacando el orujo de hierbas del tío Joaquín para servirle a su marido una copita que le ayudara a aclarar las ideas—. Yo siempre he pensado que para los gustos están los colores y que cada uno en su casa hace lo que quiere —sentenció—. ¿Hasta cuándo te ha dicho el Vivo que se van a quedar Andrés y sus amigos?

—Hasta el final del verano —apuntó el Galo dando un trago que le produjo un acceso de tos. Sí que estaba fuerte el condenado.

Tasia miró a su marido, sonrió burlona y bebió un poco de orujo. Al contrario que él, no tosió. Cosa que molestó sobremanera al hombre, quien se apresuró a dar un largo sorbo para demostrar que la tos anterior había sido porque se le había ido el líquido por otro lado. Volvió a toser. Pero menos. Dio otro trago. En esta ocasión solo carraspeó.

Tasia llenó de nuevo la copa que el anciano había vaciado.

—Y cuando se vayan los chicos, ¿qué será de La Guarida del Villano? —murmuró estrechando los ojos, sagaz.

—¿A qué te refieres? —El Galo bebió un poco más de orujo, una vez se le pillaba el gusto estaba bien bueno.

—Yo ya no estoy para andar cocinando y a ti se te da fatal. Tendremos que buscar otro cocinero, y seguro que no es tan avispado ni cocina tan bien como el Super…

El hombre asintió compungido antes de dar otro trago, no le faltaba razón a su señora.

—Tal vez deberíamos cerrar cuando acabe el verano —continuó la anciana—, pero entonces ¿qué haríamos? Dios no nos ha dado hijos que nos acompañen y, además, tampoco somos tan viejos ¡aún no hemos cumplido los setenta! —protestó indignada.

El Galo volvió a asentir, esta vez con un gruñido. Se negaba a cerrar La Guarida. Había nacido sobre el restaurante, en el piso superior más exactamente, y allí había vivido toda su vida. Allí había dado sus primeros pasos, allí había conocido a su esposa —de hecho, había sido en ese mismo salón donde una jovencísima Tasia le había seducido—, allí había celebrado su banquete de boda y las bodas de plata, y también celebraría las de oro.

Y no había más que hablar.

—¡No cerraremos! ¡Ni después del verano ni el año que viene ni el siglo que viene! ¡Moriré con el delantal puesto! —¿No hubo un tipo que murió con las botas puestas? Pues él igual.

—Te cuidarás muy mucho de morirte con el delantal puesto, te compré un traje bien elegante para los entierros y no voy a desaprovecharlo en el tuyo —le reprendió Tasia quitando la copa de orujo de su alcance antes de que desvariara más aún—. El restaurante está en su apogeo, nunca hemos tenido tantos clientes ni han estado tan satisfechos. Y de eso solo una persona tiene la culpa...

—El Super —el Galo se estiró para alcanzar la copa—. Pero si se van Willy Fog y Pipi Calzaslargas —dijo refiriéndose a Andrés y Lua—, se irá con ellos. Son lo que le ata al pueblo.

—Entonces la solución pasa por ofrecerle algo que le haga quedarse —matizó ladina—. ¿En qué estado se encuentra el apartamento del sobrado?

El Galo sostuvo la copa, meciendo el límpido líquido mientras se frotaba la barbilla pensativo. No hacía mucho que había subido al piso de recién casados que habían construido aprovechando el sobrado de la casa. Al terminar el invierno si no le fallaba la memoria.

—No estaba mal. Sucio y con mucho polvo, pero los cristales siguen enteros, las paredes encaladas, la chimenea limpia y no hay goteras. ¿Qué se te ha ocurrido?

—Aumentarle un poco el sueldo e incluir el apartamento en el trato...

—Ya está viviendo en la antigua casa de Abel, no le va a interesar.

—Por supuesto que le interesará. El casado casa quiere.

—Pero el Super no está casado ni arrejuntado ni tiene novia ni va a tenerla... lo acabamos de hablar —dijo confundido mirando a su mujer a través de la copa.

—Es joven y es hombre. Necesitará, y con cierta urgencia, un lugar donde tener sus aventuras con cierta discreción —sentenció con una artera sonrisa en los labios.

El Galo no pudo menos que asentir. Él también había sido joven. Y sí que era necesario un lugar donde liberar tensiones sin que nadie se enterara. Y si la naturaleza de esas tensiones no era la... normal, pues bueno, como decía su esposa, para gustos los colores. Lo importante era la supervivencia del restaurante y esta pasaba por las manos del arisco moreno.


—¿Cariño, vas a tardar mucho? —le preguntó su madre a través de la puerta.

—Enseguida salgo —prometió Paula a la vez que se retocaba las puntas con cera para mantener la melena alborotada que tanto le había costado conseguir.

Tener el pelo largo, rubio y liso era maravilloso si querías parecer un dulce ángel, pero si tu intención era aparentar ser una mujer sensual y atrevida, era necesario hacer acopio de paciencia, secador, cera y espuma. Eso sí, el resultado era espectacular.

Sacudió la cabeza y volvió a mirarse al espejo. El cabello le caía en largos y ondulados mechones que se deslizaban indiscretos por el escote, acomodándose con perezosa sensualidad en el canalillo entre sus pechos. Metió la mano bajo el sujetador y se los recolocó por enésima vez. Puede que fueran pequeños, pero eran muy resultones, pensó satisfecha. Los hombres no iban a poder apartar la vista de ella cuando entrara en La Guarida. Se inclinó sobre el lavabo y revisó el maquillaje ahumado de sus ojos y el brillo rojo que le realzaba los labios. No se podía estar más atractiva.

—Cariño, no es por meterte prisa, pero llevas casi una hora en el baño y el abuelo necesita entrar —le reclamó su madre con cierta urgencia.

Paula, nerviosa, comprobó que el vestido le tapaba lo imprescindible y salió.

—Madre mía, Pau, ten cuidado no te vayas a pisar la falda —exclamó irónico su abuelo.

La muchacha se llevó las manos a la falda y tiró hacia abajo, intentando alargarla sin conseguirlo. Tal vez se había pasado un poco con el tamaño del vestido.

—No le hagas caso, cariño, estás muy guapa —se apresuró a intervenir su madre.

Ahora que por fin la niña empezaba a arreglarse y salir no era cuestión de que el abuelo la regañara con sus tonterías obsoletas. Aunque a decir verdad, el vestido era muy pero que muy corto. No cabía duda de que iba a despertar pasiones. Suspiró angustiada, si Andresito no caía de rodillas al verla, solo podía haber un motivo: estaba ciego. Y era idiota. También imbécil. Y si ese era el caso, ella misma se ocuparía de espabilarle. Un sartenazo en la cabeza solía dar buenos resultados contra la estupidez supina, pensó cruzándose de brazos.

Paula, ajena a los pensamientos de su madre, salió rauda. En el momento en que pisó la calle se vio envuelta en una fina llovizna que amenazó con chafar su peinado. Estaba a punto de entrar a por un paraguas cuando vio algo que le hizo curvar los labios.

José, con el pelo húmedo, camisa azul y desgastados vaqueros estaba en mitad de la acera. Bajo la suave lluvia con un paraguas cerrado en las manos, lo que era buena muestra del desorden mental del hombretón, quien de seguro estaba pensando en cierta pelirroja coqueta.

Paula no pudo silenciar la risueña carcajada que brotó de su garganta.

—¿Lo llevas de adorno? —comentó señalando el paraguas con la mirada.

—¿Buscas refugio? —replicó él, abriéndolo a la vez que se acercaba a ella.

—No me vendría mal, llevo media hora arreglándome y no quiero que se me estropee el pelo —aceptó encantada.

Le tomó la mano y él la acercó, abrazándola. Se acomodó con un suspiro contra el costado masculino, dejándose arropar por el musculoso brazo que la acogió afectuoso.

¿Cuánto tiempo hacía que no compartían un momento de complicidad los dos solos? Desde que Andrés y sus amigos habían regresado al pueblo, volviéndoles el mundo del revés.

—¿Solo media hora? Llevo esperándote desde las nueve y son más de las diez —apuntó él con sorna a la vez que le besaba la frente—. Ha merecido la pena la espera. Estás preciosa... y muy *sexy* —la miró sorprendido—. ¿Algún motivo para ponerte tan guapa un jueves?

—Me apetecía —se encogió de hombros con fingida indiferencia a la vez que caminaban hacia la Corredera.

—Y que Andrés esté todos los días a las nueve en La Guarida del Villano, puntual como un inglés, no tiene nada que ver con el maquillaje, los tacones y el... minivestido que llevas —dudó sin saber cómo catalogar tan escasa prenda.

—¿Acaso una chica no puede arreglarse cuando le dé la gana? —replicó a la defensiva.

—Por supuesto —se apresuró a claudicar al ver que se sulfuraba—. Solo era un comentario sin malicia. —Se detuvo en mitad de la calle. No quería llegar a la calle de la Corredera, y por ende a La Guarida del Villano, tan pronto—. Estás muy susceptible últimamente, ¿ha ocurrido algo que yo no sepa y debería saber? —preguntó, toda su atención puesta en ella.

Paula respingó sorprendida, ¿a qué venía esa pregunta? Más aún, ¿por qué había usado ese tono de confidente despechado? Estrechó los ojos, suspicaz, había algo en esa escena que no encajaba. ¿Por qué estaba él allí, esperándola, en lugar de estar en La Guarida, babeando por la pelirroja como cada noche?

—¿Por qué me estabas esperando? —le preguntó apartándose de su abrazo, eso sí, sin abandonar el refugio del paraguas.

—Me apetecía estar contigo a solas —dijo, la mirada fija en ella—. Hace tiempo que no charlamos de… nuestras cosas.

—Hace tiempo que no charlamos, punto. Desde que te pasas las horas muertas en La Guarida, babeando enfurruñado porque la pelirroja tontea con todos los hombres del pueblo menos contigo —replicó poniéndose en jarras, lo que indicaba que la conversación se estaba tornando peligrosa.

—Al menos yo solo babeo. No como tú que a punto has estado de acostarte con Andrés… —atacó, ofendido por lo que había dicho de Lua. La pelirroja no tonteaba con todos los hombres del pueblo. Solo con la mayoría.

Paula abrió la boca, volvió a cerrarla, la abrió de nuevo y por fin, explotó.

—¡¿Quién te ha dicho eso?! —gritó tan sorprendida como abochornada. ¿Cómo podía haberse enterado? Abrió los ojos como platos, al caer en la cuenta de que solo había una persona que podía habérselo dicho—. ¡Voy a matar a ese bocazas! —siseó abandonando la protección del paraguas—. Cabrón insensible. Bocachancla. Verás cuando le pille.

José jadeó sorprendido, si Paula sostuviera un amenazante hula-hoop en la mano, sería la hermana gemela de Lua. Por lo visto todas las féminas con las que se juntaba tenían cierta tendencia a la violencia cuando se cabreaban.

—No ha sido Andrés —se apresuró a confesar en un ataque de empatía masculina. Y además, no estaba mintiendo. Andrés no le había dicho nada.

—¿Ah, no? ¿Entonces quién? —siseó ella amenazante, resguardándose bajo un balcón.

José abrió la boca y volvió a cerrarla sin pronunciar palabra. Esa respuesta ya era más complicada. No se atrevía a decirle la verdad por riesgo a que le diera un ataque de vergüenza fulminante que la hiciera encerrarse en casa durante las próximas dos décadas. Paula era capaz de eso y más.

—No intentes taparle —masculló enfadada—. Tenía que haberte hecho caso cuando me advertiste de que no me fiara de él, que había cambiado, que era imposible que todo volviera a ser como antes. Pero se mostró tan cariñoso, tan bromista, tan… encantador. Me la jugó bien —se tapó la boca con las manos para ahogar un sollozo—. Pensé que… que tal vez, en ese lugar, todo podría volver a ser como antes.

Y en vez de eso me he convertido en otra conquista más de la que vacilar ante sus amigos —murmuró con la voz rota—. Qué tonta, qué estúpida... —La primera lágrima brotó implacable, dejando un rastro gris en el pómulo maquillado con tanto esmero—. Creo que no estoy de humor para ir a La Guarida —dio media vuelta para ir a casa a esconderse.

—No me lo dijo Andrés. —José la asió por la muñeca para atraerla de nuevo hacia él—. Fue Caleb.

—¡Caleb! —exclamó ella; todo el calor de su cuerpo concentrándose enfebrecido en sus mejillas—. ¿¡Cómo ha sido capaz de decírselo a su tío!? —susurró aterrada.

—Se lo sonsacó, ya sabes cómo es el Vivo cuando se propone algo —explicó José, cuidándose muy mucho de contarle que Abel también estaba enterado—. Lo vio... afligido —improvisó, aunque no dudaba que algo raro habían tenido que ver en Andrés para interrogarle—, y le machacó hasta que le contó lo que le pasaba.

—¿Afligido? —Paula lo miró como si se hubiera vuelto loco. Andrés podía mostrarse cabreado, ofuscado, ofensivo y frustrado por el fallido polvo en la chopera o por cualquier otro motivo que se le ocurriera. Pero no afligido. Esa palabra no encajaba con él.

—Sí. Afligido —se empeñó él al ver su gesto de escepticismo—. Caleb está preocupado por él, asegura que estas últimas semanas está... perdido —improvisó de nuevo—. Se pasa la tarde como alma en pena, hasta que dan las nueve y va a La Guarida... Para verte. —Y eso sí que no era mentira ni improvisación—. Y una vez allí se comporta de un modo extraño, igual que tú —aseveró enarcando una ceja.

Paula abrió la boca para replicar y volvió a cerrarla al darse cuenta de que José tenía razón. Ni ella ni Andrés actuaban con normalidad cuando coincidían por forzada casualidad en La Guarida. De hecho, ella no era la misma desde aquel día. Y por lo visto Andrés tampoco.

—¿De verdad está... afligido? —preguntó con los ojos convertidos en rendijas. Que Andrés estuviera triste era algo tan... inconcebible que no podía creérselo.

José asintió una sola vez y le tendió un pañuelo de papel, bastante arrugado pero sin usar, que acababa de sacar del bolsillo.

—Anda, deja de llorar y límpiate esa cara, estás demasiado guapa como para llevar las mejillas manchadas de rímel —musitó limpiándole las lágrimas con los pulgares.

—Ya no estoy guapa... sino horrible —hipó ella, humedeciendo el pañuelo con saliva para limpiarse—. He tardado una hora en peinarme y se me ha chafado por culpa de la lluvia.

—No te creas. Está más o menos como lo llevabas antes, revuelto —dijo mirándola confundido. ¿Una hora en peinarse? ¡Pero si tenía el pelo como si acabara de echar un polvo!

Paula puso los ojos en blanco, ¡hombres! Jamás verían la diferencia entre pelo revuelto de recién levantada y melena sensualmente alborotada. Bufó para mostrar su enfado y acto seguido caminó hacia la carretera.

José, paraguas en mano, se apresuró a seguirla intrigado. ¿Adónde iba ahora? Lo descubrió cuando la vio inclinarse junto a la puerta de un coche para ver su cara reflejada en el espejo retrovisor.

—Estoy horrible —se frotó los ojos con el pañuelo para eliminar el rímel corrido.

—Estás preciosa. Andrés se va a quedar mudo de la impresión cuando te vea. Ya lo verás.

—Andrés jamás se queda mudo —replicó Paula frunciendo el ceño—. Las ranas se harán trencitas en el pelo antes de que Andrés deje de hablar. —«Claro, que Andrés tampoco se aflige nunca y por lo visto ha estado tristón», pensó a la vez que se retocaba el maquillaje. Sonrió sintiéndose poderosa.

José esperó paciente, cubriéndola con el paraguas, hasta que ella dio por finalizada la restauración, y en el momento en el que se encaminó de nuevo hacia La Guarida, abandonó su pasividad y la retuvo sujetándola por la muñeca.

—¿Por qué lo hiciste? —murmuró atrapando su mirada—. Dímelo, necesito saberlo para poder comprenderos.

—¿Por qué casi me acosté con él? —contestó confundida por la seriedad que mostraba.

—Ya sé por qué casi lo hiciste —resopló exasperado—. Porque le quieres. Siempre le has querido. Igual que él a ti. Sois dos mitades de un todo. ¡Y eso es lo que no entiendo! —exclamó, sorprendiéndola con su vehemencia—. Si nunca has dejado de quererle, ¿por qué se la jugaste?

Paula bajó la cabeza a la vez que negaba en silencio, incapaz de explicar lo que ni ella misma comprendía. Había sido una reacción visceral... un intento de llamar la atención que había acabado en desastre.

—No te escabullas —siseó José colocando dos dedos bajo su barbilla y obligándola a alzar la cabeza—. He estado callado, sin preguntaros nada a ti ni a él. Intenté mantenerme al margen de vuestra discusión, y por estar contigo cuando me necesitabas le dejé de lado a él. Y él se fue. Desapareció durante tres años y ahora que por fin ha regresado está tan cambiado que no lo reconozco. Me debes una respuesta, Pau. ¿Por qué lo hiciste si estabas enamorada de él?

—Quise darle una lección y se me fue de las manos.

—¿Darle una lección? —repitió José atónito—. Joder, Pau, una lección es dejar de hablarle una semana o, más cruel aún, tenerle sin sexo un mes, pero ponerl...

—¿Crees que no lo intenté? Hice eso y más —susurró abrazándose a sí misma— pero no sirvió de nada. Cada jueves hacía la mochila y desaparecía todo el fin de semana, sin importarle dejarme atrás, tan seguro estaba de que yo siempre seguiría ahí para él —siseó desdeñosa sacudiendo la cabeza—. No sabes lo que es sentirte ignorada. Relegada a un segundo plano, siempre por detrás de los amigos y los viajes. Condenada a compartir momentos fugaces porque él jamás podía perder un día entero en dedicármelo a mí. Es horrible saber que no te quiere lo suficiente como para renunciar a un maldito viaje por estar contigo. Que no eres tan importante como para dedicar un jodido instante a escucharte, ponerse en tu lugar y averiguar por qué lo estás pasando mal...

—Así que le lanzaste un ultimátum...

—Le lancé varios. Y no hizo caso a ninguno. Así que rompí.

José abrió los ojos como platos.

—¿Rompiste? —repitió incrédulo—. Te refieres a que...

—Le dejé, lo mandé a la mierda, le abandoné, chao, adiós, hasta nunca... da igual como lo quieras llamar.

—No lo sabía —musitó perplejo—. Quiero decir, Andrés no me dijo nada de eso...

—Porque no se lo tomó en serio, se limitó a reírse y decirme que no fuera tan dramática —murmuró con los dientes apretados—. No se creyó que lo había dejado, tan seguro estaba de que no iba a cumplir mi ultimátum, así que me sentí todavía más ignorada. Me ofusqué y ya sabes lo que pasó después.

—Joder, sí, lo sé. —José sacudió la cabeza, aturdido por la cadena de despropósitos, sordera selectiva, falta de empatía y estupidez supina que había dado pie a que las dos personas a las que más quería se destrozaran la una a la otra—. Sois estúpidos. Los dos.

Paula bajó la cabeza, silente. No iba a negar un hecho demostrado.

José inspiró con fuerza, le dio una patada a una piedra que había tenido la pésima ocurrencia de caer cerca de su pie y, tras descartar sacudirse la frustración contra algún árbol —más que nada porque estaba seguro de que tenían el tronco mucho más duro que su cabeza—, decidió que ya era hora de poner un poco de cordura en esa estúpida historia.

—A veces pienso que necesitabais descansar de vosotros mismos —dijo, y no le faltaba razón—. Llevabais juntos desde siempre. Lo hacíais todo juntos, como si fuerais siameses. Los mismos amigos, los mismos colegios, los mismos bares de copas… Compartíais cada segundo sin destinar un solo momento a ser independientes uno del otro. Incluso dejaste de asistir a clase para acompañarle cuando dejó de lado los estudios y comenzó a viajar por toda España.

—Hasta que, tras retrasarme dos años en la carrera, entendí que si quería sacármela no podía desaparecer cada vez que nos viniera en gana y dejé de acompañarle —bufó Paula.

—Y fue el principio del fin. Por primera vez estabais separados… y os encontrasteis con tanta libertad que no supisteis gestionarla —afirmó José.

Paula asintió. Andrés se había dedicado a viajar sin parar y ella a estudiar y a salir con gente nueva. Él estaba ávido de sumergirse en nuevas culturas y experiencias y ella de conocer personas sin tener que presentarse como la novia de nadie.

Pasó bastante tiempo antes de que se diera cuenta de que cada vez pasaba menos tiempo con su novio y más con sus libros y sus amigas. Y descubrió que ya no quería esa libertad, que lo quería a él. Que quería que todo fuera como antes. Quería darse la vuelta en la cama y encontrarse con él, no con sábanas frías. Quería ir al cine y discutir con él frente a las taquillas para elegir la película; romántica sería su elección, de acción o ciencia ficción la de él. Quería jugar al baloncesto en las canchas de la universidad y que él se dejase ganar, ser pareja en el mus y hacer trampas a sus contrincantes, que él la cogiera en brazos en mitad de una merienda familiar y la besara hasta hacerle perder el aliento mientras todos los vitoreaban, estar juntos en la biblioteca y que él, de repente, comenzara a golpearse la cabeza contra la mesa asegurando que le salía humo por las orejas de tanto estudiar. Quería estar con él. Sin más. Donde fuera y como fuera. Pero él nunca estaba, ni quería estar. Pues él, al contrario que ella, encontraba perfecta su vida. Lo tenía todo. Podía desaparecer tantos días como se le antojara para reaparecer de improviso en el piso que compartían y permanecer allí una semana, con suerte dos, en las que cada noche harían el amor, siempre y cuando ella no estuviera demasiado enfadada por sentirse ignorada, en cuyo caso perdían los primeros días en discusiones que nunca llevaban a una solución. Luego, unos cuantos achuchones, muchos besos, innumerables te quiero y de repente, un buen día lo veía haciendo la mochila y sabía que iba a desaparecer de nuevo. «Ven conmigo», suplicaba él. «Quédate conmigo», era la respuesta de ella. Y ni él se quedaba ni ella le acompañaba. Tercos hasta el final.

Paula cerró los ojos e inspiró con fuerza en un intento de contener las lágrimas que recorrían de nuevo sus pómulos.

—Anda, vamos a La Guarida, es de tontos continuar bajo la lluvia —murmuró José, abrazándola a la vez que la besaba con cariño en la coronilla.

—Ya está escampando.

Las nubes que hasta ese momento habían oscurecido el cielo comenzaban a alejarse, llevándose con ellas la pertinaz llovizna. Ojalá los negros nubarrones que oscurecían su vida, y la de Andrés, se disiparan con idéntica premura. Estaba harta de sentirse mal. Tres años era tiempo de sobra para que ambos pagaran por sus errores.

# 12

*L*ua frunció los labios en un coqueto mohín y se apoyó en la barra cruzando los brazos bajo sus pechos, lo que dio como resultado que estos ascendieran revelando aún más piel, si eso era posible. Por supuesto, la mirada de todos los presentes cayó sobre su turgente y desnudo escote. Incluyendo la del hombre, poco más que un adolescente, que en ese momento debería estar pendiente de Andrés y sus cubiletes si no quería perder la apuesta. Pero ¿cómo ignorar lo que no podía ser ignorado? Para desconcentrarle un poco más, Lua esbozó una sonrisa lasciva a la vez que deslizaba la lengua muy despacio por el labio inferior. El joven, como no podía ser de otro modo, sonrió embobado. Al menos hasta que Andrés, aprovechando la coyuntura, detuvo los cubiletes frente a él, borrándole de un plumazo la embelesada sonrisa.

El muchacho miró con fijeza cada vasito, tal vez intentando hacer uso de una visión de rayos X propia de *Superman*. Como el pobre no era originario de Krypton sino de Talavera de la Reina, dicha visión no salió a relucir y la bolita continuó oculta a su mirada. Se frotó la perilla y señaló con un gesto el cubilete central, más por probar suerte que por estar convencido. Por supuesto, la bolita no estaba en el lugar señalado.

—Me he despistado —confesó pesaroso.

—No. Te han despistado —le corrigió Razz sirviéndole a Andrés la cerveza que el chico acababa de perder, al fin y al cabo esa había sido la apuesta—. De todas maneras, no lo hubieras logrado. —Volcó los vasitos restantes, bajo los que, por supuesto, no estaba la bolita—. Hazte un favor y no juegues nunca, eres presa fácil para los timadores sin escrúpulos —dijo, señalando con la mirada a Andrés.

—No me jodas, Razz, ¿desde cuándo te has vuelto un santurrón? —protestó este.

—Desde que intentas estafar a mis clientes con tus truquitos de trilero…

—Solo ha sido una cerveza, no seas tan exagerado —replicó con un deje de diversión en la voz.

Desde que Raziel trabajaba allí se había vuelto todavía más responsable. Tanto que casi rozaba el aburrimiento. Pasó la mano por el cuello del perdedor para luego simular un abrazo que más parecía un ahorcamiento.

—No te lo tomes a mal, amigo, ha sido por tu bien, para que aprendas lo traidoras, perversas y pérfidas que pueden ser las mujeres, sobre todo las más hermosas —señaló a Lua con la cabeza—. Recuerda como te la ha jugado y la próxima vez no te dejes engañar por unas tetas bonitas y una sonrisa perezosa.

—No me he dejado engañar —masculló huraño el muchacho dando un trago a su vaso.

—Eres tan dulce —murmuró Lua colgándose de su cuello para darle un casto beso en los labios—. Pero sí que te has dejado embaucar —aseveró desabrochándole el botón superior de la camisa para que estuviera más *sexy* antes de apartarse de él y regresar al lado de Andrés.

El joven le sonrió encandilado e hizo ademán de seguirla, pero se detuvo confundido al verla acomodarse contra el chico de los tatuajes. ¿Qué narices pasaba ahí? ¿Por qué había coqueteado con él si estaba liada con el señor de los *tattoos*?

Razz, al ver el gesto furioso del muchacho, tomó una baraja de cartas americana y se acercó con la intención de distraerle y de paso entretener al resto de clientes. La lluvia había propiciado que muchos buscaran refugio en el restaurante, y lo cierto era que le apetecía volver a sentir las miradas asombradas de la gente por los trucos que realizaba. Como no podía usar fuego ahí, tendría que conformarse con las cartas hasta que actuaran en las fiestas.

—Pobre niño, le das esperanzas para dejarle más solo que la una y con una erección de caballo —susurró guasón Andrés abrazando a Lua contra sí. La mano apoyada con pereza en el vientre cubierto de estrellas tatuadas que la escasa tela de la minifalda fucsia dejaba a la vista.

Lua se encogió de hombros, no le faltaba razón a su amigo. Ni ella misma entendía por qué no estaba en ese mismo instante saliendo por la puerta con su encantador pretendiente para disfrutar de una noche de sexo morboso y disoluto bajo las estrellas. La única explicación posible era que estaba en un período de apatía sexual. Por supuesto, dicha apatía se transformaba en ardiente calentura en cuanto aparecía cierto hombretón que no se dejaba seducir por mucho que lo intentaba. Volvió a mirar al muchacho con el que había estado coqueteando. Era tan mono que casi le daba pena desaprovecharlo. Un chico guapo y con su punto justo de timidez que le hacía achuchable, besable y muy follable. Un verdadero encanto. Y a ella no le excitaba ni siquiera un poquitín. ¡Qué fastidio! Lo recorrió con la mirada, haciendo hincapié en la entrepierna y, aunque no gozaba de una erección de caballo como había asegurado Andrés, sí daba muestras de gastar un buen instrumento. No tan grande como el del Manguera, eso seguro, pero no por eso desdeñable. Intentó imaginárselo entre sus piernas, dándole placer con la boca, metiéndole uno o dos dedos mientras le chupaba el clítoris.

Nada.

No le entraban ni pizca de ganas de hacerlo con él.

¡Pues vaya!

Suspiró. No cabía duda de que se estaba echando a perder. Tantos años disfrutando del sexo sin compromisos y ahora estaba siéndole fiel a un hombre que solo la había besado una vez, y de eso ¡ya hacía más de un mes! ¡Qué rabia! Ella que se había creído inmune al amor, y había bastado con cruzarse con un chico bueno, inteligente, trabajador, serio y con una sonrisa deslumbrante para quedar trastornada por él como una tonta. ¡Y lo peor era que no había modo de llevarlo al huerto! Esa misma mañana había pensado que él ya había llegado al límite de su aguante y que conseguiría seducirle. ¡Qué equivocada estaba! Él se había mantenido alerta en todo momento, y nada más salir de la cooperativa había regresado a la casa de Abel, donde la había dejado para acto seguido recoger a Caleb y marcharse. ¡Imposible tener un acercamiento sexual con tantas prisas! Y lo malo, lo peor, lo horroroso, era que de tanto recordarlo se estaba poniendo cachonda. ¡Qué injusticia!

Apretó los muslos, mientras pensaba resignada que otra vez le tocaba pasar la noche a solas con sus dedos. A ese paso iba a tener que comprarse, y con urgencia, un vibrador. Estrechó los ojos pensativa, tendría que buscar uno que no hiciera mucho ruido para no despertar a Raziel. O tal vez no. Buscó con la mirada a aquel con quien dormía cada noche; el pobre caía tan agotado en la cama que dudaba mucho que se diera cuenta de la agitación nocturna de la que ella era presa. Y aunque se enterara, tampoco diría ni haría nada, no había nadie más discreto, ni tampoco más protector con sus amigos, que él... Aunque nunca dejaba que nadie cuidara de él.

Sintió la apremiante necesidad de estrujarle y besarle y achucharle, y eso fue lo que hizo. Se apartó de Andrés y, antes de que

Razz pudiera imaginarse lo que se le venía encima, se abrazó a su espalda como si fuera el último ser humano del mundo y estuviera tan necesitado de caricias que su vida dependiera de ese abrazo.

Cuatro años atrás así había sido.

La respuesta del arisco cocinero fue tan inmediata y natural como lo había sido la de Andrés; detuvo el truco de magia que estaba realizando, se giró para tomarla por la cintura, la colocó entre él y la barra, y tras depositar un cariñoso beso en su coronilla, retomó el truco de cartas con ella encerrada entre sus brazos.

Como no podía ser de otro modo, los allí presentes observaron aturdidos como la pelirroja pasaba de un hombre a otro sin que a ninguno de los dos pareciera importarle compartirla. Claro que, por lo visto, no eran sus novios, solo amigos. ¿Con derecho a roce? Nadie lo sabía a ciencia cierta, lo que había acabado por convertir la pregunta en el chismorreo del verano en el pueblo.

Lua no pudo evitar sonreír al ver las miradas calculadoras de los parroquianos, Andrés y Raziel estaban tan acostumbrados a que los abrazara y besara, y a abrazarla y besarla a su vez, que no eran conscientes de lo extraño que era eso para los demás.

Al principio no había sido así. En absoluto. Hubo un tiempo en el que los tres estaban huérfanos de caricias.

Razz, aislado del mundo, sin dejar que nadie se acercara a él, escondido tras un caparazón de miedo, desconfianza y dolor. Había aparecido un día de invierno en la Gran Vía madrileña con una mochila que contenía todas sus pertenencias y una bolsa de rollos de papel higiénico. Se había arrodillado sobre una rejilla de ventilación del metro y había comenzado a sujetar tiras de papel en ella. Al soltarlas, el aire caliente que brotaba de la rejilla las hacía volar, creando una etérea estatua de singular belleza. Una vez terminada su obra, se había sentado en el suelo con un sombrero a los pies, a modo de improvisado platillo para propinas, que nadie miraba ni llenaba. Y ella, turbada por el aura de resignada desolación que parecía emanar de él, se había quitado el anorak y había bailado medio desnuda bajo los volátiles arcos de papel. La indiferencia de los viandantes, sobre todo de los masculinos, pronto se trocó en monedas sobre el sombrero. Cenaron bocadillos en Ferpal y luego ella lo llevó a la casa ocupada en la que había residido durante la última semana. Fue la primera noche que durmieron juntos. Ella abrazada a él a pesar de sus protestas. Protestas que no duraron mucho, pues si había alguien en la faz de la tierra más terco que Raziel era ella. Y ella estaba decidida a curarlo de la soledad con besos y caricias.

Pocos meses después se toparon con Andrés. En Londres. Sumido en una espiral autodestructiva en la que mezclaba rabia y desesperación con alcohol y drogas. Había sido Razz quien se había acercado a él cuando había caído, borracho como una cuba, en mitad de Covent Garden. Había recogido las bolas de cristal para luego arrastrarlo hasta una esquina donde había dormido la mona mientras ellos montaban guardia. Al despertarse les había agradecido la ayuda, o al menos así se habían tomado sus gruñidos resacosos, y ellos, en lugar de seguir su camino, se habían quedado en Londres. Con él. Una semana después, Razz había llegado a la conclusión de que aún no estaba perdido por completo. Y ella no había dudado de sus palabras. El moreno le había demostrado de mil maneras que sabía mucho, demasiado, sobre sustancias que ofuscaban la mente y provocaban un engañoso olvido. Así que cuando propuso tomar al irascible y cínico Andrés bajo su ala, no lo había dudado por un segundo.

Lua no pudo evitar sonreír al recordar la reacción de Andrés la primera vez que le abrazó sin motivo alguno. No había protestado como había hecho Razz, en absoluto, había intentado acostarse con ella. Y casi lo había conseguido, a nadie le amargaba un dulce y a ella menos que a nadie. De hecho le gustaban mucho los «dulces». Cuanto más duros, gruesos y potentes mejor. Pero no estaba ciega, aunque a veces fingiera no ver. Y adoraba a Razz, no merecía la pena hacerle sufrir por echar un polvo con Andrés cuando podría echarlo fácilmente con cualquier otro chico sin hacerle daño. Así que le había parado los pies, y con el tiempo ambos hombres habían acabado por convertirse en su familia.

Suspiró. Cuán distintos eran ahora de los jóvenes destrozados a los que había acostumbrado a sus caricias y abrazos, curándolos a ellos y a sí misma en el proceso.

Giró la cabeza buscando a Andrés, estaba de nuevo en el extremo del bar, apoyado en la pared frente a la barra; colocaba sobre esta tres montones de cartas mientras observaba indiferente a Razz. Cuando este terminó su truco se burló de él, como tenía por costumbre, y procedió a realizar uno de su propia cosecha. Mientras lo ejecutaba, Lua notó que Raziel se ponía rígido tras ella. Levantó la cabeza para averiguar el motivo de su súbita tensión y no pudo evitar sonreír al descubrirlo.

El alguacil acababa de entrar en La Guarida del Villano. Y Razz tenía la mirada fija en él, lo cual no era de extrañar pues el irritante hombre era muy guapo. Sobre todo cuando no llevaba uniforme, como ocurría en ese momento. Estaba de lo más irresistible con esos vaqueros rotos y el polo azul que se ajustaba a su poderoso torso. Se lamió los labios, qué pena que estuviera en pleno ataque de fidelidad sexual, si no fuera así de buena gana le haría un favor. O dos. Si él se dejara, claro, algo que iba a ser bastante complicado porque el oscuro hombre tenía los ojos fijos en un punto por encima de ella. En la cara de Razz más exactamente. Tan intensa era su mirada que cualquiera diría que estaba pensando en devorarlo. Despacito y a placer.

Una entusiasmada sonrisa se dibujó en los labios de Lua. Ah, pillines. ¿Sería posible que…? Se giró despacio para mirar a Raziel y comprobar que la teoría que se le acababa de ocurrir estaba bien encaminada.

Lo estaba.

Razz, el serio, el arisco, el que nunca reía, estaba sonriendo como un tonto al alguacil.

Se mordió los labios para no gritar eufórica. Algo pasaba entre esos dos. Desde el principio había notado la conexión que surgía entre ellos y ahora esa atracción era más que evidente. No era fácil llegar a Razz, bien lo sabía ella. Pero estaba claro que ese hombretón de pelo oscuro, ojos penetrantes y actitud prepotente no solo había conseguido llegar hasta él, sino que también había abierto una brecha en la coraza con la que se protegía. ¡Y ya era hora, desde luego! A ver si se conseguía que el Superchef echara por fin un polvo, pues, tras casi cuatro años durmiendo con él cada noche, sabía dos cosas seguras de su serio amigo: que no le excitaban las mujeres y que llevaba célibe demasiados años.

Sonrió con picardía al alguacil, le guiñó un ojo y salió de los brazos de Razz para ir a los de Andrés. Lo que fuera con tal de ponerle las cosas fáciles a su chico favorito.

Goro estrechó los ojos ante el extraño gesto de la pelirroja, pero no intentó encontrarle sentido. Estaba demasiado cabreado como para pensar en otra cosa que no fuera el Superchef y lo que le acababa de contar el Vivo.

—Tengo que hablar contigo —le dijo con los dientes apretados—. A la cocina. Ya.


—Caleb me ha dicho que pensáis actuar el día de la Virgen —comentó Goro cerrando la puerta de la cocina tras él.

Razz asintió receloso. La rígida postura del alguacil indicaba que no estaba tan tranquilo como quería aparentar.

—Eso era lo que te tenía tan contento este mediodía —continuó diciendo como por casualidad. Solo que la conversación cada vez era menos casual.

El cocinero volvió a asentir y en esta ocasión sus labios se curvaron en una animada sonrisa que le confirmó a Goro, mejor que las palabras, las ganas de actuar que tenían los chicos. ¡Puta mala suerte! El cabreo que tenía alcanzó dimensiones épicas; con Raziel por ilusionarse con lo que no debía, con él mismo por tener que interpretar al malo de la película, y, sobre todo, con el puñetero pirómano, el verdadero malo de la historia, por obligarle a adoptar un papel que no quería.

—Imagino que Willy Fog y Pipi Calzaslargas harán sus respectivos truquitos mientras tú te quedas aquí con tus ollas —dijo mientras recorría como un león enjaulado la cocina.

—Imaginas mal —repuso Raziel, inclinándose sobre el fogón para comprobar cómo iba la cocción de las patatas que más tarde convertiría en revolconas.

—No creo que al Galo le haga gracia que estés jugando con fuego mientras tiene la terraza llena de gente pidiendo comida —siseó, controlando apenas el mal genio.

—No le parecerá mal siempre y cuando deje los aperitivos hechos —replicó cortante Raziel. ¿Por qué tanta inquietud por la actuación?

—No actuarás —sentenció Goro harto de buscar excusas para algo que no iba a suceder.

—El alcalde ha dado el visto bueno —replicó Razz desafiante—. Y tú no tienes autoridad para meterte en mis asuntos.

—Claro que la tengo —exclamó Goro acercándose a él hasta arrinconarlo contra la pared—. No me busques, Arguiñano, no te interesa encontrarme —le amenazó, apoyando las manos contra el muro a ambos lados de su cabeza.

—No me das miedo, Leví —le empujó, nervioso por su cercanía, apartándole para dirigirse al horno con paso firme, aunque no estaba muy seguro de tal firmeza en vista de lo débiles que sentía las rodillas—. Que yo sepa aún no te han nombrado *sheriff* —ironizó dándole la espalda con la excusa de sacar los aperitivos, aunque lo que de verdad pretendía era ocultar la inoportuna reacción de su cuerpo.

—Puede que no, pero tengo esposas y pistola —susurró Goro tras él. Tan pegado que sintió su aliento calentándole la nuca—. Y no dudaré en usarlas si lo considero necesario.

—Menos lobos, John Wayne —se burló Raziel a la vez que abría la puerta del horno para sacar los aperitivos.

El calor que salió de allí era un soplo de aire fresco en comparación con el que sentía bajo la piel.

—¿No me crees capaz de esposarte a la cama y usar mi pistola? —murmuró provocador.

Razz se quedó paralizado con la bandeja de bollos *preñaos* recién horneados entre las manos.

Goro sonrió ladino ante la repentina parálisis del moreno; por mucho que este fingiera indiferencia, no era difícil romper su preciada serenidad. Y no había nada que le gustara más que ver al Superchef alterado. Por él.

—Así me gusta, que te quedes quietecito y me dejes hacer —susurró con voz ronca, rozándole la espalda con las yemas de los dedos.

Razz se estremeció sin poder evitarlo. ¿Qué demonios tenía el maldito alguacil para perturbarle de esa manera?

—Prométeme que serás un chico bueno y que el día de la Virgen te quedarás aquí quietecito sin asomar la nariz —continuó Goro.

—No —rechazó Raziel recuperando la movilidad—. Actuar forma parte de lo que soy. No voy a dejar de hacerlo porque te moleste.

Dejó la bandeja en la estantería para que se enfriaran los bollos y en ese mismo momento se vio lanzado contra la encimera. El fornido cuerpo del alguacil presionando el suyo desde la ingle hasta el pecho mientras le aferraba con fuerza la pechera de la camisa.

—A mí no me molesta verte jugar con fuego, Arzak, me gusta. De hecho, me pone cachondo... La putada es que tal vez no soy el único al que le pones a mil —siseó apretándose más contra él, mostrándole exactamente hacia dónde cargaba su pistola y cuán larga y gruesa era—. ¿Dónde narices tienes la cabeza, listillo? —le increpó apartándose un poco, pero sin soltarle—. Hay un jodido pirómano suelto por el valle y quién sabe si no está observándote cada vez que sacas a pasear tus antorchas y te frotas el fuego por todo tu cuerpo, encendiéndole.

—Hace tiempo que no hay ningún incendio, no puedes saber si... —Raziel lo miró incrédulo. ¿Se había vuelto loco?

—Cabe la posibilidad y con eso me basta —siseó Goro, deslizando una mano por la nuca del cocinero para envolverse un mechón de pelo oscuro en el puño. Tiró de él, acercándole hasta que sus frentes se tocaron—. Lamento fastidiarte los planes, pero no voy a arriesgarme a despertar a la bestia por una puta actuación.

Raziel negó con la cabeza, intentando poner distancia entre él y el alguacil.

—¿Te has parado a pensar en lo que sucederá si haces tu espectáculo y un par de noches después hay un nuevo incendio? —continuó Goro.

—Yo no tengo la culpa de…

—Los rumores corren por todo el Barranco. Todo el mundo busca culpables y algunos ya te señalan como sospechoso por culpa de tu última actuación —siseó Goro, enfadado.

Razz palideció al oírle. No era posible que le señalaran. Había tenido mucho cuidado de no llamar la atención y no provocar conflictos. De hecho, apenas si pisaba la calle, excepto para ir de La Guarida a la casa y viceversa. No había hecho nada que pudiera hacerles recelar, excepto actuar una sola vez en el pueblo, para entretener a la misma gente que ahora le miraba con desconfianza. No podían castigarle por tratar de agradarles haciendo trucos con fuego…

—No voy a dejar que les des más pretextos para acusarte —siguió diciendo Goro—. Así que haznos un favor a ti y a mí y mantente quietecito en La Guarida o te juro por mi vida que te encierro en el ayuntamiento hasta que se acabe el espectáculo. ¿He sido claro?

Razz asintió abatido.

Convertirse en artista callejero le había salvado de un destino horrible, le había reconciliado con el mundo, dándole un oficio digno y permitiéndole conocer a Lua, que era quien había terminado de devolverle a la vida. No actuaba solo por dinero, sino por agradar, sorprender y, porque no, porque era el único modo en el que aún se atrevía a destacar. Y ese había sido su error. Llamar la atención sobre sí mismo. ¡Qué estúpido! ¿Acaso no había aprendido hacía muchos años que cuando se dejaba llevar por la vanidad todo acababa fatal para él? ¿No iba a espabilar nunca? Por lo visto estaba destinado a tropezar mil veces con la misma piedra.

—¿Vas a hacer lo que te he pedido? —Goro le miró con abierta desconfianza.

¿Ya estaba? ¿Iba a claudicar tan fácilmente con las ganas que tenía de volver a actuar?

Se apartó un poco de él, pero sin soltarle.

Razz asintió desalentado. No pensaba volver a ponerse en el punto de mira de nadie. Ya lo había hecho cuando era joven y estúpido, y no era una experiencia que le apeteciera repetir.

—¿Así, sin más discusiones? —murmuró Goro, percatándose al fin de la súbita palidez del moreno.

—Las amenazas de encerrarme o ser linchado si se desatan los rumores han sido muy convincentes, la verdad —replicó Razz con un sarcasmo que no conseguía encubrir el desánimo que manifestaba su rostro.

Goro le miró extrañado, nadie había dicho nada de ser linchado. ¿Cómo se le había ocurrido tal cosa? Sacudió la cabeza, más tarde cavilaría sobre esa extraña afirmación.

—Me alegro de que al final hayamos conseguido entendernos sin necesidad de derramar sangre, Arzak —dijo soltándole—. Y ya que estás tan complaciente, ¿me dirás hoy tu nombre?

—Con lo que me gustan los apodos que me pones... por supuesto que no —replicó Razz elevando las comisuras de los labios en una sincera sonrisa.

—Entonces tendré que buscar cocineros pésimos para que no estés tan contento —insistió Goro, satisfecho de haber conseguido apartar la tristeza del rostro del moreno.

—Ni se te ocurra... a no ser que quieras que no responda.

—¿Eso es una amenaza, chef Ramsay?

Razz abrió los ojos como platos, ofendido, a la vez que le amenazaba con el dedo. Él no era un cocinero de tres al cuarto que se pasaba la vida gritando en la televisión.

—¿No te han dicho que señalar es de mala educación? —le reprendió Goro.

Le dio unas palmaditas en el pecho con la excusa de recolocarle la camisa, y antes de que el moreno pudiera protestar por un trato tan familiar, se dirigió a la salida.

Se detuvo aferrando el pomo de la puerta, pero sin abrirla.

—Sabes, no me hubiera importado esposarte a mi cama —murmuró, los ojos fijos en Razz—. Y creo que a ti tampoco te hubiera importado que lo hiciera... al contrario, seguro que te habría encantado —afirmó con una pícara sonrisa antes de abandonar la cocina.

Razz tragó saliva y, tras sacudir la cabeza para librarse del estupor que sus palabras le habían provocado, caminó con rapidez hasta la puerta y la cerró aislándose del bullicio del restaurante. Apoyó la espalda en la recia madera para mantener sellada la única entrada a su reino, y sin pararse a pensar en lo que hacía, se pasó la mano por la entrepierna. Tal y como se temía, bajo el delantal negro su pene se alzaba duro como una piedra. Algo lógico, por otro lado. No había nada más excitante que Goro cabreado intentando imponer su autoridad. Y el astuto alguacil lo intuía. O, lo que era más peligroso aún, lo sabía.

Inspiró despacio intentando recuperar la templanza que hacía semanas había perdido.

Todo su mundo se tambaleaba a punto de desmoronarse y él, en lugar de intentar reforzar los muros que amenazaban con resquebrajarse dejándole al descubierto, solo podía pensar en qué pasaría si los dejara caer. ¿Tan malo sería? ¿Tanto perdería? Sí. Por supuesto. Y el primer sitio del que le echarían a patadas sería de La Guarida del Villano.

Cerró los ojos, se deslizó por la puerta hasta quedar sentado en el suelo y aferró con ambas manos las chapas metálicas que jamás se quitaba. Las apretó con fuerza, intentando extraer de ellas el valor para continuar que siempre le habían dado. Acarició las fechas grabadas, recordando cuánto le había costado llegar al punto en el que estaba, hasta que recuperó la frialdad que tanto necesitaba, momento en que volvió a ocultar las chapas, y sus secretos, bajo la ropa.

Se levantó, apagó el fuego en el que se cocían las patatas, tomó la bandeja de bollos *preñaos* y salió de la cocina. Dejó los aperitivos en el expositor y le hizo un gesto al Galo para indicarle que se iba a poner con las patatas y por tanto estaría desaparecido un rato. El anciano sonrió ladino y dio un silbido que hizo callar a todos los allí presentes para a continuación avisarles con su potente voz de tenor que en un rato saldrían las revolconas.

Los de la Trece catorce, como no podía ser de otra manera, comenzaron a montar jaleo pidiéndole que se apresurara.

Raziel cabeceó risueño cuando empezaron con los «vivas» y los «hurras». Oh, por supuesto que no se tomaba en serio los halagos, solo eran bromas que los chicos de la peña le hacían, pero aun así era agradable formar parte de la fiesta. Prestó atención a los gritos, intentando distinguir a Lua y Andrés, pero no los localizó, lo cual era de lo más extraño pues solían ser, sobre todo Andrés, de los primeros en empezar el bullicio. Nada le gustaba más a su tatuado amigo que montar alboroto. Los buscó con la mirada, y los encontró donde siempre estaban, apoyados en la pared frente a la barra. Silentes.

Los observó desconcertado, ambos miraban absortos e impacientes la entrada del local. Desvió la vista hacia allí, descubriendo qué era lo que les causaba tanta expectación: Paula y José acababan de entrar en La Guarida.

Una sonrisa resignada se dibujó en los labios de Razz. El cabroncete de Cupido ya estaba haciendo de las suyas. Sacudió la cabeza, el final de su aventura estaba cerca, era hora de idear una estrategia para anunciar su despedida. Por nada del mundo se arriesgaría a huir con el rabo entre las piernas, era mucho mejor ir preparando una coartada para la evasión.

Andrés tragó saliva para luego lamerse los labios sin dejar de observar a la hermosa mujer que acababa de entrar en La Guarida. Llevaba el pelo despeinado, como si acabara de echar el mejor polvo de su vida, y si había sido, desde luego que no lo había echado con él. Apretó los dientes a la vez que un gruñido escapaba de entre sus labios.

—¿Tú también vas a empezar a gruñir como José? —se burló Lua al escucharle.

—No me jodas, princesa, José no gruñe, rechina los dientes —replicó sin dejar de mirar a Paula.

Llevaba un vestido que se asemejaba a una camisa de hombre sin mangas. Blanco y holgado, ni siquiera le tapaba medio muslo. Un poco más corto y se le verían las bragas. Si es que llevaba, claro, porque era muy posible que hubiera querido completar ese aspecto de *sexy* recién follada prescindiendo de tan necesaria prenda. Volvió a gruñir antes de recordar que Paula jamás saldría a la calle sin bragas. A no ser que estuviera decidida a fastidiarle y tenerle toda la tarde en ascuas, dudando entre si las llevaba o no. No sería la primera vez que le hacía sufrir de esa manera, pensó a la vez que una sincera y espontánea sonrisa se dibujaba en sus labios. Ah, habían sido muy traviesos antaño. Hasta que las travesuras habían dado paso a la rutina y esta había empezado a hacer mella en su relación. Cada uno había combatido la apatía a su manera. Y ninguno de los dos había estado acertado.

La sonrisa se convirtió en una mueca de desdén que no se molestó en ocultar antes de bajar la mirada para continuar con su truco de cartas. No era cuestión de decepcionar a la peña… ni de dejarle saber a ella cuánto le turbaba verla allí, tan hermosa y a su alcance.

Paula trastabilló sobre sus altas sandalias al ver el gesto despectivo de Andrés, solo la firme sujeción de la mano de José evitó que se fuera al suelo.

—¿Estás bien? —la miró preocupado.

—Sí, no te preocupes. Hay demasiada gente aquí y es complicado hacer regates con los tacones —dijo con ironía.

José asintió con la cabeza y continuó abriéndose paso entre la multitud para llegar al extremo de la barra, junto con los demás integrantes de la Trece Catorce.

Paula, aferrada con fuerza a su mano, le siguió intentando no pisar ni empujar a nadie. Por culpa de la lluvia toda la gente que normalmente estaba en la terraza o en los bancos se había metido en el bar. Y La Guarida no era lo que se dice grande.

Cuando por fin llegaron al extremo «propiedad» de la peña, José, abusando de sus codos, se abrió camino hasta la pared frente a la barra, donde, como cada tarde, estaban situados Andrés y Lua. Se colocó junto a Lua, mientras que Paula se quedó con las chicas de la peña, tras la barra. Frente a Andrés.

—Me encanta como hueles —comentó Lua girándose hacia José para hundir la nariz en su cuello—. De buena gana te daría un mordisquito...

—Mientras no me hagas sangre —replicó él a la vez que levantaba dos dedos para pedirle sendas cervezas al Galo.

—Si no hay dolor no hay placer —musitó Lua antes de posar la boca en su cuello.

No fue un mordisco fuerte, tampoco suave. Comenzó siendo un húmedo beso con los labios entreabiertos y la succión justa para hacerle estremecer. Y, cuando eso sucedió, atrapó entre los dientes un poco de piel y tiró con suavidad antes de soltarle. Recorrió la zona mordida con la lengua y luego sopló. Y él volvió a estremecerse.

—¿Tengo razón o no? —le preguntó apartándose de él.

José la miró aturdido sin saber a qué se refería.

—No esperes que te conteste algo razonable, Pipi —se burló Andrés tirándole de las trenzas a Lua—, por culpa de tu mordisquito se le ha bajado la sangre a la manguera y como la tiene tan grande, ha dejado al cerebro sin riego...

—¿Qué? —José miró a su antiguo amigo como si se hubiera vuelto loco—. Joder, Andrés, ¿no vas a dejar nunca ese tema?

—Claro que no, es muy divertido meterse contigo —replicó este barajando las cartas.

José resopló airado, pero en vez de contestar, se cruzó de brazos exacerbado. No servía de nada enzarzarse en una discusión con Andrés, siempre acababa perdiendo.

—¿Tienes o no razón sobre qué? —le preguntó enfurruñado a Lua.

—Sobre que no hay placer sin dolor.

—Por supuesto que tienes razón. Tú eres un constante dolor de cabeza, y, mírame, aquí estoy, buscando más —dijo enfadado.

—Desde luego sabes cómo conquistar a una chica —gruñó Lua fingiéndose ofendida.

Salió del rincón, propinándole un buen pisotón en el proceso, y se encaminó con una triunfal sonrisa hacia las mesas. Eligió una y, sin pedir permiso a sus ocupantes, que por cierto eran parte de la Trece Catorce, se descalzó subiéndose a ella.

—No tienes por qué seguir mi consejo —le susurró Andrés a José en ese momento—, pero yo que tú iría hasta allí y la bajaría de la mesa. O mejor aún, me la echaría al hombro y me la llevaría a casa.

—¿Por qué debo hacer eso?

—Porque te va a provocar hasta que reacciones y cuanto antes lo hagas, menos sufrirás.

José estrechó los ojos, intrigado, y en ese momento escuchó la voz de Lua pidiendo música *sexy*. Y el cabronazo de Andrés se apresuró a poner exactamente lo que ella había pedido. Conectó su móvil por *bluetooth* a los altavoces y sonaron los primeros acordes de *The Jack*[9] seguidos por la voz rota de Bon Scott. Y, como no podía ser de otra manera, Lua comenzó a bailar sobre la mesa.

—Joder —siseó José al verla.

Nunca había tenido dudas de que era muy sensual… pero en ese preciso instante era más que eso. Puro fuego. Vestía una holgada minifalda fucsia que no llegaba a taparle el cinturón de estrellas y mariposas tatuadas que le rodeaba las caderas. Caderas que sacudía con cada lento golpe de guitarra a la vez que arqueaba la espalda, realzando sus preciosos pechos cubiertos por un top de crochet que tapaba menos que un sujetador.

Sacudió la cabeza y, siguiendo el consejo de Andrés, se apartó de la pared para ir a… hacer algo, lo que fuera. Ya pensaría qué.

Estaba volviéndole loco.

A él, y a todos los hombres que estaban en La Guarida.

A todos menos a uno.

Andrés, indiferente al baile de la pelirroja, observó de refilón a Paula, extrañado porque no hubiera dicho nada en el rato que llevaba allí. Estaba acodada en la barra, rodeada por sus amigas, quienes observaban divertidas a José. No así ella, que tenía los ojos fijos en él.

Unos ojos hinchados y enrojecidos.

9. AC/DC, álbum *T.N.T.* 1975.

Se irguió preocupado y, sin pensar en lo que hacía, se acercó a ella.

—¿Has estado llorando? —indagó inclinándose para quedar a la misma altura—. ¿Qué ha pasado? ¿Alguien te ha hecho daño? —finalizó el interrogatorio con cierta furia en la voz.

Paula parpadeó confundida, en su cabeza todavía resonaba la conversación que acababa de tener con José. Miró al hombre que la observaba preocupado. Como si fuera alguien importante para él. Como si de verdad le afectara que ella estuviera mal. Como si estuviera dispuesto a pelearse con un gigante por ella.

—Estoy cansada.

—¿Y por eso has llorado? —arguyó incrédulo.

—Oh no, no he llorado —mintió, bajo ningún concepto iba a confesarle que había gimoteado al pensar que él le había ido con el cuento del casi polvo a su tío—. Es solo que estoy muy cansada. Ha sido una tarde bastante complicada.

Andrés la miró con los ojos entrecerrados antes de asentir aceptando una explicación que por supuesto no creía. Pero si ella no le quería decir los motivos, él no iba a seguir insistiendo. No era asunto suyo.

—Intenta descansar más... no tienes buena cara —subrayó, pues aunque no fuera asunto suyo, tampoco pasaba nada por darle un consejo—. Acepta menos clientes... o yo qué sé, busca un ayudante para que te eche una mano.

Paula lo miró sorprendida para al instante siguiente estallar en una risueña carcajada.

—Solo trabajo cuatro horas al día, si le pido a mi jefe un ayudante es capaz de despedirme, y con razón —le explicó divertida.

—Pensé que tú eras tu propia jefa —replicó Andrés, confundido.

—Ojalá.

Andrés volvió a asentir para acto seguido desviar la mirada hacia el lugar en el que Lua continuaba bailando bajo la atenta mirada de José. Por lo visto el serio hombretón había decidido no secuestrarla y en lugar de eso se había colocado frente a la mesa, con los brazos cruzados y la mirada fiera. Y aunque la pelirroja seguía bailando tan *sexy* como unos minutos atrás, él había conseguido su propósito, pues pocos hombres se atrevían a piropearla, algunos ni siquiera a mirarla, tan marcadas tenía las venas del cuello —y los bíceps y tríceps.

—El Manguerita sigue siendo igual de soso —remarcó Andrés divertido.

—No es soso, le gusta ir sobre seguro —le defendió Paula.

—Ya la tiene segura —rebatió Andrés— solo tiene que decidirse y usar esa enorme polla que Dios le ha dado y que él tan absurdamente desaprovecha.

—Mira que eres bruto —le regañó la joven esbozando una luminosa sonrisa.

Una sonrisa que desarmó a Andrés. Se acercó de nuevo a ella, sin saber bien por qué ni para qué, y en ese momento se abrió la puerta de la cocina y Raziel salió con una fuente llena de humeantes y apetitosas revolconas coronadas con torreznos recién hechos.

El Galo bajó la música, dejando sin cobertura a la pelirroja, silbó con fuerza, y una vez se hubo hecho el silencio, anunció que ya habían salido las revolconas y que se serviría una buena tapa con cada consumición hasta agotarlas.

Y como cada tarde, entre bromas, bufidos y pullas comenzó la carrera por las patatas. Solo que en esta ocasión el bar estaba lleno y en la carrera había demasiados participantes.

La gente que ya estaba en la barra se apresuró a reforzar posiciones mientras que aquellos que estaban en las mesas o fumando en la entrada corrieron a apiñarse en los pocos huecos libres, y cuando no los hubo, los crearon a base de codazos. Tal era la prisa que se dieron algunos, que alguien tropezó contra la mesa en la que estaba subida Lua, haciéndola caer. En brazos de José, por supuesto. Aunque lo cierto era que fue ella misma quien movió el mueble en el momento preciso para desplomarse en brazos de él. Y él, conociéndola como la conocía, lo sabía de sobra, por lo tanto no montó en cólera con ningún pobre inocente.

Andrés, como cada tarde, se apresuró a animar a los chicos de su peña para que no cedieran su puesto... hasta que los de la Trece Catorce acabaron casi barridos de la barra por la peña No Va Más, y entre risas, pedidos, codazos y empellones alguien resbaló y cayó sobre otro alguien que a su vez empujó a otro alguien, convirtiendo el traspié en una avalancha que arrolló a Paula. Quizá en otra ocasión no hubiera pasado nada. Pero esa noche Paula llevaba tacones y, para qué mentir, no estaba muy acostumbrada a mantener el equilibrio sobre ellos. Así que acabó dando con sus huesos, más bien con su trasero, en el suelo.

Un segundo después era levantada por Andrés, quien, sin dudarlo un instante, la tomó en brazos y la llevó a la seguridad del otro lado de la barra, donde solo los dueños, Razz y él mismo, en calidad de amigo caradura del cocinero, podían estar.

—¿Estás bien? ¿Te han pisado esos gilipollas? —preguntó

preocupado. Verla caer en mitad de la gente le había asustado de verdad.

—Tranquilo, no les has dado tiempo de pisarme, me has salvado más rápido de lo que lo hubiera hecho Superman —señaló sorprendida. Jamás hubiera pensado que él se pudiera dar tanta prisa por socorrerla. Era inconcebible.

Andrés, con expresión grave, asintió una sola vez, le acarició la cara con ambas manos y acto seguido se convirtió en el increíble Hulk —pero sin volverse verde— y comenzó a imprecar colérico a los contendientes de las peñas a la vez que hacía intención de saltar la barra para liarse a mamporros, patadas, mordiscos y lo que fuera menester. Solo la rápida intervención de Razz y Paula, quienes se apresuraron a sujetarle y, en el caso de Razz, empujarle contra la pared, impidió que la divertida carrera en pos de las revolconas acabara en batalla campal.

—Me cago en todos sus putos muertos —siseó Andrés empujando al cocinero—. Suéltame, joder. —Volvió a empujarle, aunque no le sirvió de nada, Raziel no estaba por la labor de dejarle escapar—. Les voy a explicar bien clarito a esos gilipollas por qué deben tener cuidado con las chicas. Panda de mamones.

—Tranquilo, machote —se burló el moreno sin soltarle—. No te sulfures tanto, la noche ya está bastante complicada, no tengo tiempo para tus tonterías —le advirtió—. Tu rubia te está mirando como si fueras un jodido héroe. Y la verdad, no me parece bien que le dejes creer que eres un buen chico cuando los dos sabemos que eres un puto cabrón —le susurró al oído dándole un suave cachete en la cara.

Andrés desvió la mirada hacia su derecha, donde Paula, apoyada en su pared le miraba atónita mientras, cerca de ella, los de la peña seguían peleándose por un sitio en la barra. Soltó un aturdido «joder», empujó por enésima vez a Razz consiguiendo liberarse, y se dirigió hacia su trozo de pared. Ese en el que la que fuera su chica estaba a punto de ser barrida otra vez por los miembros de su peña. Arrugó la nariz al darse cuenta de que estaba un pelín posesivo. Su pared. Su chica. Su peña. Sacudió la cabeza, ya pensaría más tarde en eso.

La levantó por la cintura, trasladándola tras la seguridad de la barra, junto a Raziel, quien, como no podía ser de otra manera, lo observaba con una mueca burlona en los labios. Luego alejó a los de la peña con unos cuantos empujones e insultos y, tras apoyar la espalda en su trozo de pared, le tendió la mano a Paula, reclamándola. Ella, sin saber bien por qué, aceptó su mano, momento en el que Andrés tiró atrayéndola hacia él.

Paula parpadeó estupefacta. Estaba contra Andrés. Su espalda apoyada en el delgado pero fuerte torso de él. La mano izquierda de él abierta sobre su vientre, protectora, mientras que la derecha le acariciaba la cadera por encima del vestido.

Razz observó divertido la perplejidad de la joven. Era tan necia como Andrés. Tonto él por no querer reconocer que seguía profundamente enamorado de ella. Y tonta ella por no darse cuenta de que lo tenía atrapado con su hechizo. Ah, el amor, poderosa emoción que vuelve tontos a los listos… y osados a los prudentes, pensó desviando la mirada hacia la zona de las mesas. Allí estaba Lua, todavía en brazos de José, aunque, en vista del gesto contrariado de él, no por mucho tiempo.

José bajó despacio a la muchacha, permitiendo que su cuerpo resbalara por el de él. Y en el momento en que sus pies tocaron el suelo, se recostó mimosa contra su pecho.

—Gracias por salvarme, mi caballero de la brillante armadura —dijo acariciándole el culo, así, como de casualidad—. De no ser por ti hubiera acabado en el suelo.

—No te molestes, sé que te has tirado a propósito —objetó él, apartándole la mano. Bastante excitado estaba ya como para encima soportar sus caricias.

—Por supuesto, pero no me negarás lo valiente que he sido y lo mucho que me he arriesgado —dijo, frotando la nariz contra el cuello de él. Le encantaba cómo olía—. Pocas personas se dejarían caer sin saber si van a ser recogidas.

—Sabías de sobra que te iba a cazar al vuelo, no te he quitado la vista de encima desde que he entrado.

—Ah, y no me la has quitado porque…

—Me traes por el camino de la amargura —replicó él apartando la mano que en ese momento sobrevolaba peligrosamente su ingle.

—Si me dejaras follarte no estarías tan amargado —siseó ella, comenzando a enfadarse.

El Manguerita llevaba todo el santo día coqueteando y ahora se hacía el estrecho. ¡Pues ya estaba harta! Así que, haciendo gala de su agilidad, esquivó sus manos para aferrarle la polla. ¡Y ni de coña conseguía asirla entera a pesar de estar solo morcillona!

—Es una pena, tanto material desaprovechado con el hambre que estoy pasando —susurró enojada palpando a placer.

José la miró perplejo, sin saber bien qué responder a eso.

—Te parece normal que una mujer joven, sana y con necesidades sexuales normales, esté a dieta de sexo por culpa de tu... tu... ¡apocamiento! —gritó sin soltarle la polla. ¡Tenía que haberse traído sus hula-hoops! Seguro que un par de golpes bien dados conseguían hacer entrar en razón a ese cabeza dura terco como una mula.

—No soy apocado. —José reaccionó por fin y le sujetó las manos; con tanto meneo se estaba poniendo aún más cachondo. ¡En mitad del restaurante!—. Y haz el favor de bajar la voz —siseó al escuchar risitas burlonas tras él.

—No me da la gana —protestó ella alzándola más todavía. ¡Menuda era cuando se cabreaba!—. ¿Qué vas a hacer para obligarme a bajarla? ¡Eh, vamos, dime! —le desafió, enseñando sus blancos dientes.

—¡Eso! ¿Qué vas a hacer? Todos queremos saberlo, Manguerita —gritó Andrés con sorna desde su extremo en la barra.

—Más te vale estar calladito, Willy Fog —le advirtió José, girándose hacia él.

—Como quieras —aceptó Andrés levantando las manos—. Me apuesto una cerveza a que metes la pata y no consigues mojar la manguera esta noche —lanzó al aire su apuesta, artero.

—Y yo te apuesto otra a que José la seduce sin necesidad de ponerle un dedo encima —le retó Paula, saliendo en defensa de su amigo.

José abrió los ojos como platos, Paula y Andrés acababan de colocarle en el punto de mira de todos los clientes de La Guarida del Villano. ¡Joder con los amigos!

—Pero es que yo sí quiero que me ponga un dedo, ¡y los diez!, encima —protestó Lua esbozando una ladina sonrisa. ¡Por fin un poco de diversión!

José gimió al escucharla. Y al escuchar los hurras de la gente. Y la risa de Andrés. ¡En qué lío le habían metido!

—Ah, se siente Pipi Calzaslargas, Lisa Simpson ya ha lanzado su apuesta —replicó Andrés a Lua con una enorme y pícara sonrisa en los labios—. ¿Quién se juega una cerveza?

Y, como a todo el mundo le gusta pasar un buen rato a costa de los amigos, los de la Trece Catorce respondieron al grito de guerra de Andrés apostando en contra de José mientras que los de la No Va Más lo hicieron a favor de Paula.

—No vuelvas a llamarme Lisa Simpson —protestó enfurruñada—. Ya no estamos en el instituto.

—Pero sigues siendo una marisabidilla —susurró Andrés.

Paula resopló enfadada, pero optó por no replicar. Estaba segura de que si lo hacía se pasaría el resto del verano llamándola Lisa Simpson, con el peligro de que el mote volviera a tomar tanta fuerza. Pero aun así… no iba a permitir que fuera él quien dijera la última palabra.

Estrechó los ojos a la vez que elevaba una de las comisuras de su boca.

—Razz, ponme una cerveza… invita Andrés.

—¿Yo? —El susodicho miró burlón—. ¿Y puedo saber por qué?

—Porque vas a perder la apuesta.

—Ni de coña, bonita. José no tiene ni idea de cómo seducir a las chicas —replicó mordaz—. Ponle esa cerveza, Razz, será su premio de consolación —sentenció antes de levantar el botellín a modo de brindis y señalar con ella a Lua y José—. Adelante, chicos, la peña y yo estamos deseando tomarnos unas cañas a vuestra salud.

—Eso, José, demuéstrales a todos de qué pasta estás hecho —animó Paula a su amigo.

—De una muy dura y muy grande —apuntó Lua encarándose al cada vez más sofocado José.

—Lua, por favor —jadeó cuando la pelirroja decidió que era hora de tomar pollas en el asunto.

—Para conquistar a una chica hay que ser decidido y no tener vergüenza —gritó Andrés, obteniendo como respuesta un bufido de José—. Y el Manguerita es demasiado tímido. Vas a perder —susurró al oído de Paula.

—A las mujeres nos gustan los chicos buenos, y José lo es —replicó Paula en voz alta.

José la miró airado mientras intentaba, con escaso éxito, mantener las manos de la pelirroja lejos de su entrepierna. ¡Era imposible concentrarse con las peñas jaleándole y Andrés y Paula dándole consejos no solicitados mientras que una pelirroja ágil como una gata intentaba desnudarle en mitad del restaurante! ¡Socorro!

—Los chicos buenos son un rollo, y lo sabes, por eso las mujeres preferís a los sinvergüenzas, somos más divertidos —susurró Andrés solo para Paula.

Y, sin que nadie se percatara de ello, excepto la interesada, por supuesto, plantó la mano derecha en el trasero de la joven.

Paula se quedó rígida. ¿En serio le estaba tocando el culo?

—Deja que te meta mano o en su defecto, métesela tú a ella —le voceó Andrés a José.

—Sé perfectamente lo que tengo que hacer para conquistar a una chica, no necesito tus consejos —se quejó José mirándole enfadado. Y justo en ese momento Lua aprovechó para tocarle el culo—. Lua, por favor...

—Pobre, no tiene ni idea. Si quiere conquistar a una chica no puede andarse con tantos remilgos —murmuró Andrés solo para Paula, colando los dedos bajo el holgado vestido para acariciar el lugar en el que muslo y nalga se unen.

Paula irguió la espalda a la vez que cerraba las piernas. ¿Qué narices estaba haciendo?

—Tampoco me parece a mí que sea muy adecuado meterle mano en público —objetó intentando por su seguridad mantenerse apartada de él.

Andrés no se lo permitió. Imprimió más presión a la mano con la que le sujetaba la tripita y continuó acariciándola con la otra con total impunidad.

—No me irás a negar que es muy excitante —le rozó la oreja con la lengua antes de morderla suavemente—. No hay peligro de ser pillados, nadie nos mira, están muy entretenidos con José y Lua. —Deslizó los dedos bajo el elástico de las braguitas—. Ah, de algodón. Y muy pequeñas —matizó siguiendo el contorno de la prenda—. Me preguntaba cómo serían.

—Blancas para que no se transparenten bajo el vestido —replicó ella en voz igual de baja a la vez que llevaba una mano a la espalda para intentar detenerle.

—¡No seas tan mojigato, José! —gritó él en ese momento, atrayendo la atención de los presentes hacia su persona—. Cuidado, Pau, o van a pensar que me estás metiendo mano —le dijo al oído.

Y como no podía ser de otra manera, ella se apresuró a apartar la mano a la vez que componía su sonrisa más inocente.

—Cabrón —siseó entre dientes, dándole un fuerte pisotón.

—¡Joder! —aulló Andrés. Puñeteros zapatos. ¡Tenían por tacón un jodido estilete!

—¡Te quieres callar! —le gritó José, tomándose su aullido en el sentido más literal y sexual de la palabra—. No necesito tus consejos, así que métetelos por...

—¡Ese vocabulario! —le cortó Tasia mirando furiosa primero a Andrés y luego a José, quien por lo normal era un joven de lo más comedido. Las apuestas, carreras y guerras por las revolconas eran una cosa, una muy lucrativa además, y los insultos eran otra muy distinta—. ¡En mi restaurante se habla con respeto! ¿Ha quedado claro?

Y cualquiera le decía que no a una anciana furiosa de metro ochenta de alto, y también de ancho, con una peligrosa sartén en la mano que además tenía la exclusividad de las revolconas más ricas del Barranco. Todos los presentes, José y Andrés incluidos, corrieron a disculparse y prometer ser educados… que no significa lo mismo que ser buenos.

De hecho, Andrés ni siquiera se planteaba ser un buen chico. Recorrió despacio el trasero de Paula, sin dejarse ni un centímetro de piel sin tocar, excitándose tanto que su pene comenzó a latir reclamando atención. Por supuesto no le hizo caso. Tenía las manos ocupadas en cosas más interesantes. Enredó los dedos en las braguitas y tiró de ellas, hundiéndolas en los pliegues vaginales.

Paula jadeó al notar la súbita presión en la vulva. Y apenas si pudo evitar gemir cuando él comenzó a tirar y soltar a un ritmo lento que convirtió su clítoris en un botón palpitante que parecía quemarle con cada roce. Hasta que de repente, él la soltó y la tela volvió a su posición inicial mientras los traviesos dedos volvían a magrearle el culo.

Andrés dejó el pulgar en la grieta entre las nalgas y colocó los demás dedos sobre la vulva. Hundió el corazón entre los húmedos labios y comenzó a mecer la mano adelante y atrás, presionando con suavidad los pliegues hinchados.

Paula separó las piernas y se apoyó con abandono en el torso de él; había caricias que era complicado ignorar. Y cuando él se encorvó para enterrar la mano más profundamente entre sus piernas, casi rozándole el clítoris, no pudo evitar ponerse de puntillas. Se tuvo que morder los labios para no gemir de placer cuando un dedo rozó por fin el lugar más caliente de su ser.

Y entonces él, cabrón insolente, retiró la mano para volver a colocarla sobre su trasero.

—Parece que la parejita va progresando —comentó risueño señalando a Lua y José.

Paula tomó aire despacio, intentando calmarse y dirigió la mirada hacia sus amigos. En el rato que Andrés había pasado volviéndola loca, José había conseguido templar los ánimos de Lua, y en ese momento estaban sentados, ella sobre las rodillas de él, hablando en susurros. O al menos eso parecía, porque la mano derecha de la pelirroja no se veía por ninguna parte, mientras que a José se le veía bastante… sofocado. Pero eso sí, no intentaba frenarla ni echarla de su regazo. Como bien había dicho Andrés, iban progresando.

—Tu amiga usa los mismos truquitos con las manos que tú —apuntó mordaz.

—No son truquitos, sino habilidades. ¿O te crees que ha sido fácil meterte mano sin que se moviera el vestido? —dijo ufano.

Le dio un azotito en el trasero y luego usó esa misma mano para tomar el botellín de cerveza y llevárselo a los labios. Pero no bebió, solo lo fingió, porque lo que en realidad hizo fue lamerse los dedos con los que la había acariciado.

Paula apretó los muslos, estremeciéndose. ¿Cómo podía ser tan erótico verle hacer eso? Bajó la mirada al vestido, temerosa de que estuviera descolocado, pero no. Estaba impoluto, como si no le hubiera sobado el culo y el coño a placer. Eso sí, a pesar de llevar sujetador, los pezones se le marcaban duros como guijarros contra la tela.

—Bonita panorámica —susurró Andrés a la vez que apartaba la mano con la que todavía le sujetaba la tripa para dar más holgura al vestido en los pechos.

La panorámica era, como bien había dicho, preciosa. Pero era solo para él. No le apetecía compartir la erótica visión con nadie.

—José se va a matar a pajas esta noche —aseguró al oído de Paula, posando su traviesa mano con total inocencia en el muslo de ella.

—Y no va a ser el único —jadeó Paula antes de poder detenerse.

—¿Ah, no? —murmuró divertido. Y complacido. Y excitado. Casi tanto como ella—. ¿Cómo lo vas a hacer? —indagó con voz ronca deslizando de nuevo la mano bajo el vestido, en esta ocasión por el frente.

—No me refería a mí… sino a ti —replicó Paula separando las piernas a la vez que miraba a su alrededor temerosa.

Pero nadie miraba hacia el rincón en el que ellos estaban. Algunos seguían pendientes de Lua y José, pero la mayoría estaba ocupada en sus propios asuntos. Los dueños del restaurante se encontraban al otro extremo del local y la única persona que se hallaba al igual que ellos tras la barra, y lo suficientemente cerca como para percatarse de lo que estaban haciendo, parecía empeñada en no mirar en su dirección.

—No te preocupes por Razz, no le interesa lo que hacemos —murmuró Andrés mordiéndole el lóbulo de la oreja a la vez que le pasaba los dedos por el pubis—. Así que crees que voy a masturbarme esta noche.

—No lo creo. Estoy segura —aseveró Paula llevando con discreción la mano a su espalda para palparle la ingle.

Y lo que allí encontró la satisfizo por completo. Estaba duro como una piedra. Tan apretado contra el pantalón que tenía que dolerle.

—Ah, me has pillado —aceptó Andrés, engarfiando los dedos en la cintura femenina al sentir que ella le acariciaba por encima de los vaqueros—. Me parece que los dos vamos a tener una noche movidita —dijo con la respiración agitada—. ¿Cómo te vas a tocar, Pau?

—Despacito y con buena letra —atinó a decir ella, pues en ese momento él, tras apartarle la braguita a un lado, estaba tentando con desesperante suavidad el clítoris.

—¿Has probado con la técnica de Spiderman? —inquirió burlón.

—Prefiero a Thor, gracias —replicó Paula, de nuevo de puntillas. Mucho mejor el potente dios rubiales que el jovencito Peter Parker.

Andrés no pudo evitar soltar una risita al escuchar la respuesta.

—Déjame que te lo enseñe —susurró mordiendo el punto donde cuello y hombro se unen.

Posó la mano izquierda sobre el vientre de ella, por encima del vestido, y colocó la palma de la derecha sobre el clítoris para penetrarla con los dedos anular y corazón, presionando con índice y meñique los labios mayores.

—¿Lo sientes? Es la misma posición en la que Spiderman lanza sus telarañas... ahora solo es cuestión de presionar el botón correcto —susurró curvando los dedos contra las paredes vaginales para luego empezar a moverlos como si estuviera diciendo «Ven, ven».

Paula jadeó en busca de aire cuando todo el calor del universo se concentró en un solo punto. Ese que Andrés acariciaba con tanta destreza. Se aferró con fuerza al brazo masculino para sostenerse, pero eso sí, continuó frotando con la mano derecha, y cada vez más rápido, el rígido pene apenas contenido por los pantalones.

—Joder, Pau, déjate de chorradas y bájame la cremallera —suplicó Andrés apretándose contra ella.

Paula se detuvo un instante, y luego, sin pararse a pensarlo, metió la mano bajo los vaqueros.

Y ese fue el momento elegido por Lua para perder la paciencia, levantarse del regazo en el que había estado sentada con fingida tranquilidad, advertir a José de que ella no estaba hecha de piedra y caminar con paso firme hacia la puerta, decidida a tirarse al pilón para refrescarse un poco la calentura, y si había un poco de suerte, ahogarse y evitar así más sufrimientos. ¡Maldito hombre!

Todos los presentes, incluidos Paula y Andrés, dejaron lo que estaban haciendo —por muy placentero que fuera—, para ver cómo terminaba el espectáculo.

José, por supuesto, no los decepcionó.

—¡Y crees que yo sí soy de piedra! —gritó furioso yendo tras ella. La asió de la muñeca, dio un fuerte tirón para llevarla hasta sus brazos y, cuando la tuvo a su merced, la besó a conciencia—. Te voy a hacer ver todas las estrellas del firmamento —gimió cuando se separó para tomar aire.

—¡Pues ya se las puedes enseñar fuera de La Guarida! —les regañó Tasia a voz en grito, sobresaltando a todos, en especial a Paula y Andrés, quienes se apresuraron a separarse—. ¡¿Qué os habéis pensado?! ¡Mi restaurante no es un club de carretera! ¡Largo de aquí! ¡A toquetearse al campo!

—Mujer, son jóvenes… —intentó mediar el Galo. Esos dos eran buenos clientes, no era plan de quedar a mal con ellos.

—Por eso mismo. Empiezan con un beso y si te descuidas acaban metiéndose mano.

—Joder —soltó Andrés en voz baja al darse cuenta de que Paula se apartaba de él sigilosamente—. Pau… No te vayas.

Paula lo miró aturdida, ¡había estado a punto de correrse en mitad del bar!, negó con la cabeza, y antes de que él pudiera evitarlo echó a andar con vertiginosa rapidez hacia los servicios. Cruzó la puerta que separaba ambos aseos —el de hombres y mujeres— del salón y, una vez en el alargado y estrecho pasillo, echó a correr hacia el femenino. Escuchó como la puerta que acababa de traspasar se abría y cerraba, pero no se detuvo ni miró atrás. Entró en el baño y cerró con llave tras ella. Respiró profundamente varias veces, hasta que logró calmarse y luego caminó tambaleante hasta el lavabo. Se miró en el espejo. ¿Esa mujer era ella? Tenía las pupilas dilatadas, la frente perlada de sudor y las mejillas sonrosadas. Amén de la agitación que mecía sus pechos. Parecía que acabara de correrse.

Había faltado poco para que así fuera.

Se echó agua fría en la nuca, la cara y el escote. Nada. Se sentía igual de febril. Apretó los muslos y un ramalazo de placer la atravesó desde el clítoris hasta los pechos. Oh, Dios. Se sentía tentada de acabar el trabajito ella misma. Allí. No tardaría nada en bajarse las bragas, meterse dos dedos y frotarse el clítoris. En menos de tres minutos podía recuperar la tan necesaria paz mental.

Deslizó la mano por su pierna, ascendiendo lentamente hasta su pubis. Y allí se detuvo. ¿Acaso se había vuelto loca? Sacudió la cabeza, volvió a refrescarse con agua y tras comprobar que aparentaba cierta tranquilidad, quitó el cerrojo, abrió la puerta… Y quien estaba fuera entró, cerrando tras él con llave.

—Dime que no lo has hecho —susurró Andrés acorralándola contra la pared.

—¿Hacer qué? —se defendió ella, pensando que quizá la pregunta adecuada en ese momento no era esa sino «¿Qué haces aquí?». Solo que sabía perfectamente lo que él hacía allí.

—Córrete. Dime que no te has masturbado. —Se pegó a ella y meció las caderas, demostrándole lo duro que todavía estaba—. Dime que no lo has hecho, que sigues tan cachonda como yo.

—No… no me he corrido.

—Bien —gimió Andrés contra su cuello.

Se desabrochó los pantalones, metió las manos bajo el vestido, apartó las bragas y, doblando las rodillas, se agarró la polla y la penetró de una sola embestida.

—Dime que quieres que te folle —jadeó aferrándola por el trasero para levantarla, hundiéndose más en ella.

—Fóllame —suplicó acercando su cara a la de él para besarle.

Andrés se apartó, deteniéndose un instante antes de continuar casi con violencia.

—Dime cómo quieres que te folle —susurró.

—Fuerte y rápido —gimió Paula y él la complació, penetrándola con tanta fuerza que tuvo que agarrarse a su cuello para no caer.

Intentó besarle de nuevo, y él volvió a apartarse.

—Te he puesto jodidamente cachonda, ¿verdad? —Ella jadeó en respuesta—. No puedes decir que te has aburrido —remarcó él, casi con rabia.

Paula lo miró confundida a la vez que negaba con la cabeza.

—He aprendido bastante estos años, ¿no crees? —susurró—. Me he esforzado mucho en instruirme… puedo follarte de mil maneras y hacer que te corras gritando con todas. He practicado mucho y con muchas para no volver a decepcionarte, ¿sabes? —detalló, embistiéndola más rápido, más frenético, más… furioso.

—Para, me haces daño —suplicó ella, desviando la mirada hacia la puerta.

Andrés se detuvo al instante, asustado por su propia furia.

—Lo siento —dijo apartándose.

—No es tu… pene el que me hace daño. Son tus palabras —sollozó ella—. ¿No puedes dejar de odiarme ni siquiera cuando me estás haciendo el amor? Qué tonterías digo —reconoció abatida—, si ni siquiera eres capaz de besarme…

—Joder, Pau... —golpeó la pared junto a ella—. Maldita seas, Paula. Maldita tú y maldito yo. No te odio —confesó besándola por fin.

—Pero lo dijiste en las pozas. Dijiste que me odiabas y deseabas a partes iguales...

—Mentí. No te odio. Lo intento, pero no lo consigo —gimió penetrándola de nuevo.

En esta ocasión cuando ella intentó devolverle el beso, él no se apartó. Al contrario. La correspondió. Abrió la boca y se batió contra su lengua hasta quedar sin respiración. Y continuó besándola mientras se mecía dentro de ella. Mientras salía y entraba provocando en ambos una espiral de placer que subió de intensidad hasta que ambos alcanzaron el éxtasis.

Cuando todo terminó se quedaron inmóviles, ella con la espalda contra la pared y él frente a ella, la cabeza oculta en el grácil cuello femenino para que no viera su cara, para que no pudiera leer en sus ojos lo que estaba sintiendo en ese momento.

—Andrés... Mírame —susurró Paula acariciándole el corto pelo.

Pero no la miró. Era incapaz de enfrentarse a ella en ese momento. Plantó las palmas de las manos en la pared y, dando un fuerte golpe, se apartó de ella dirigiéndose a la puerta.

No miró atrás cuando abandonó el aseo.


Razz miró por enésima vez la estrecha puerta que daba al pasillo en el que estaban los servicios. Hacía quince minutos que Paula había desaparecido tras ella con Andrés a la zaga... Y él no creía en las casualidades. En absoluto. ¡Insensatos! Por ahora habían tenido suerte de que nadie tuviera la apremiante necesidad de vaciar la vejiga, pero la suerte nunca duraba eternamente, bien lo sabía él que había abusado de la suya hasta convertir su vida en una pesadilla.

Recorrió la barra y las mesas con los ojos entornados, nadie parecía haberse dado cuenta de la coordinada desaparición de Andrés y Paula, ni siquiera el Galo ni, a Dios gracias, Tasia. Pero solo era cuestión de tiempo que acabaran descubriéndolo. ¡Qué demonios estaban haciendo para tardar tanto! Sacudió la cabeza ante el estúpido pensamiento. Estaban follando, de eso no cabía ninguna duda. Y, por extraño que pareciera, no le molestaba que estuvieran follando más allá del hecho de que lo estaban haciendo en su restaurante, con los riesgos para su trabajo que eso suponía. Pero no se sentía mal. Ni triste. Ni furioso. Al contrario. Se sentía... aliviado. Como si le quitaran un peso de encima. Sacudió la cabeza, perplejo por las extrañas e inesperadas emociones que estaba experimentando.

Antes de que tuviera tiempo de examinarlas con detenimiento, la puerta se abrió por fin dando paso a Andrés, quien caminó con toda tranquilidad hasta la barra, franqueándola para servirse una cerveza y luego apoyar la espalda en la pared.

—Apestas a sexo —le imprecó Razz acercándose a él—. Por lo menos podías haberte lavado un poco.

—Me encanta el olor del sexo —replicó Andrés chupándose los dedos goloso.

—No hagas eso —masculló, con la cara de placer que estaba poniendo en cada lametazo no sería difícil que alguien sumara dos y dos...

—No seas marica, Razz, no hay nada más sabroso que...

—¡Basta! —protestó Raziel—. Eres un insensato, si el Galo o Tasia te llegan a pillar...

—Pero no lo han hecho —dijo, encogiéndose de hombros.

—Porque has tenido suerte, cabrón —bufó enfadado—. No vuelvas a hacerlo. Si quieres follar, te vas al campo. No voy a arriesgarme a que mis jefes te pillen, se enfaden y la paguen conmigo, despidiéndome.

—No digas tonterías, Razz, nadie te va a despedir. Has levantado La Guarida, si está llena es por ti. Y Tasia y el Galo lo saben. No van a echarte ni aunque se lo pidas —afirmó Andrés, observándole con atención. De verdad parecía preocupado—. Te gusta trabajar aquí... es más, te encanta. —No era una pregunta.

—Lo necesito para vivir.

—Ya veo. —«Más que para vivir, te da la vida».

Jamás le había visto tan bien. Incluso sonreía media docena de veces al día. Y Lua le había contado que lo había oído reír, lo cual era casi un milagro.

—Está bien, mantendré la polla dentro de los pantalones cuando esté aquí.

—Gracias por el detalle —respondió el moreno con hosquedad antes de alejarse para atender a un cliente.

Andrés contempló el salón, vio lo que quería ver y salió de la barra para dirigirse presuroso a la salida. Ni siquiera se tomó un segundo para despedirse de su amigo, tanta era la prisa que tenía. Paula acababa de regresar al restaurante, y una vez comprobado que ella estaba allí, prefería irse que arriesgarse a entablar más contacto con ella. Necesitaba tiempo.

Estaba turbado, con la piel y los sentimientos tan susceptibles que cualquier roce o palabra le afectaba. Imposible pensar con sensatez. Lo que había ocurrido entre ellos era demasiado importante como para meditarlo estando tan... aturdido.

Raziel siguió con la mirada a su amigo hasta que traspasó la salida, luego buscó a Paula. La rubia estaba parada frente a un cuadro en la pared. Simulaba mirarlo, aunque Razz intuyó que era una excusa para estar allí, sola. Lo cierto era que parecía tan perdida como Andrés. Eran tal para cual. Igual de tontos. Igual de enamorados. Solo esperaba que no fueran igual de tercos o iban apañados.

Sacudió la cabeza, divertido ante ese pensamiento. Y de nuevo volvió a extrañarse de no estar triste sino alegre. Esperanzado. Por Andrés. Porque merecía ser feliz. También por él mismo porque al contrario de lo que siempre había pensado, no le dolía saber que su amigo estaba enamorado.

Sonrió. Existían muchos tipos de amor. El de pareja. El fraternal. El de amistad. Tal vez el que él sentía no era el que siempre había pensado.

# 13

—*E*spera aquí. —José entró en una casa de paredes blancas y tejado rojo a dos aguas.

Lua asintió aturdida. Estaban en mitad de ninguna parte. En el centro del valle, más allá del pueblo. Rodeada por una pradera esmeralda, que se extendía tras ella hasta la empinada cuesta de asfalto por la que se accedía a Mombeltrán, y frente a ella hasta las faldas cubiertas de pinos de las montañas. La suave llovizna de la tarde había refrescado la noche, humedeciendo la hierba y dejando en el ambiente el olor de la tierra mojada, de la naturaleza en su más profunda expresión.

—Eh... ¿Quieres pasar? —murmuró José, asomándose a la ventana sonrojado.

Tan impaciente estaba por recoger lo que le hacía falta para darle una sorpresa, que se había olvidado de las normas más elementales de educación.

—No —musitó ella descalzándose—. Nada en el mundo puede hacer que me entierre entre muros de cemento ahora.

—En realidad son de ladrillo —apuntó él, observándola fascinado. Esa era su chica. Descalza sobre la hierba mojada. Tan hermosa como un rayo de luna.

—De lo que sean —refunfuñó ella lanzando las sandalias a la puerta de la casa. No pensaba volver a ponérselas en mucho, mucho rato.

Segundos después, José salió de la casa con una bolsa de rafia colgada del hombro.

—Vamos, quiero enseñarte algo —le propuso entusiasmado mientras la tomaba de la mano.

Y Lua, tal y como había hecho tras salir de La Guarida, le siguió. Solo que en esta ocasión el paseo no estuvo aderezado por besos y caricias, sino por susurros y palabras.

—¿Ves ese cerro de allí? —señaló hacia el este, aunque debido a la oscuridad que cubría la sierra apenas si era visible—. Es mío. Lo compré hace ocho años y desde entonces he estado trabajándolo. Me llevó más de un año desbrozar, arar y preparar el terreno para los plantones y otro medio más hasta que sembré todo el cerro en cinco de oros[10] a siete por cinco —comentó exaltado dirigiéndose al cruce de caminos que cortaba la pradera.

Lua asintió silente, no porque entendiera una sola palabra de lo que decía, sino porque estaba cautivada por la pasión con la que él hablaba.

—Ahora ya tienen seis años… Todavía son árboles jóvenes, pero estoy seguro de que este año darán su primera cosecha de manzanillas —murmuró emocionado—. Es un tipo de aceitunas —explicó, al recordar que ella no tenía mucha idea del campo.

Y Lua no pudo menos que estallar en carcajadas.

—¿Por qué te ríes?

—Porque lo único que he entendido de todo tu discurso ha sido que hablabas sobre aceitunas… Y justo eso es lo que te has dignado a explicarme.

Él se echó a reír, abrazándola.

—Tal vez no sea el momento más oportuno para soltarte este rollo —comentó acariciándole la cara con los pulgares—, pero me hacía ilusión que lo supieras. Todo lo que quiero conseguir en mi vida empieza en ese cerro —reconoció y la besó en la frente antes de seguir andando.

—Sí que es importante…

—Llevo ahorrando para comprarlo desde que tengo recuerdos, y ahora es mío —repitió. Se detuvo al llegar al cruce—. Dentro de cuatro años los olivos serán adultos y estarán a pleno rendimiento. Si guardo lo que me den por las olivas, en cinco o seis años podré comprar una parcela para plantar higueras. Y luego… ya sabes, el cuento de la lechera, pero con aceitunas e higos —comentó divertido, abrazándola de nuevo.

Desde que la había besado en La Guarida del Villano se sentía incapaz de mantenerse ni aunque solo fuera un milímetro separado de ella. Necesitaba sentirla bajo el calor de su piel.

—Me parece un proyecto de futuro maravilloso. —Se acurrucó mimosa contra él.

---

10. Tipo de distribución para la plantación del olivo, con un ejemplar en el centro y cuatro en los vértices a siete metros de distancia (7 metros × 5 olivos).

Se estaba tan bien a su lado. Tan segura encerrada entre sus brazos. Tan... querida.

Abrió los ojos como platos, alterada por ese pensamiento, y se apartó de un salto.

—¿Por qué nos hemos detenido? ¿No crees que deberíamos seguir? —dijo inquieta.

En su cabeza un cartel de neón rojo con la palabra «ALERTA» escrita en mayúsculas parpadeantes. Demasiada intimidad podía transformar la camaradería en amor, lo que convertía ese momento en «posiblemente perjudicial para la salud».

—Porque ya casi hemos llegado —replicó José, mirándola extrañado. ¿Qué demonios había pasado?—. Vamos.

La guio a través de la penumbra hasta un antiguo pilón de piedra cuyo frente estaba coronado por tres cúspides. Dos caños situados entre estas proveían de agua a la fuente.

—Qué maravilla —susurró acariciando las antiguas piedras para luego hundir los dedos en el líquido cristalino.

—Sabía que te gustaría. Y todavía no has visto lo mejor —reconoció él.

Dejó la bolsa de rafia en el suelo y sacó una lona de plástico azul que extendió sobre la hierba húmeda, sobre ella colocó un viejo edredón de matrimonio suavizado por el uso.

—Ven aquí —dijo sentándose en el improvisado, e impermeabilizado, lecho.

Lua se colocó a su lado, las piernas ligeramente dobladas a un lado, la espalda arqueada y los codos hincados en el edredón, sacando pecho. Era la quintaesencia de la sensualidad.

Miró de reojo a su apuesto ligue, segura de que la estaría observando excitado.

Pues no. El muy tonto, en vez de deleitarse con la diosa lasciva que estaba sentada a su lado, observaba ceñudo el firmamento.

¡No sería capaz de estar buscando estrellas!

Oh, sí. Era capaz de eso. Y de más.

Lua frunció el ceño. ¿Y ahora qué? Bufó frustrada, sin saber si cortarse las venas o dejárselas largas...

—Si te fijas, el objeto que más brilla en el cielo no es una estrella, sino un planeta. Venus. Y justo encima, Aldebarán, la estrella más brillante de la constelación de Tauro —dijo José señalando ambos puntos.

Lua, abandonando la sensual pose, se giró hacia él y lo miró enfurruñada.

—No pretenderás hacerme ver las estrellas literalmente, ¿verdad? —inquirió con enfadada desconfianza.

José estalló en una alegre carcajada antes de envolverla entre sus brazos y tumbarla sobre él, demostrándole que sí había prestado atención a su pose. O mejor dicho, quien se lo demostró fue su enorme, grueso y rígido pene.

—Donde las dan, las toman, Pelirroja, y tú me las has hecho pasar putas en La Guarida —reconoció ladino para luego señalar burlón otra estrella—. Esa que brilla junto a Venus es Rigel. Una vez leí un relato sobre ella de una tal Noelia Amarillo, *El club de los domingos*, muy bonito, la verdad. Está en su blog.

—¡Me importa una mierda esa bruja piruja de Noelia! —gritó ella frustrada—. Deja de hablar y bésame, por favor, por favor, por…

La besó.

Y continuó besándola hasta que la respiración agitada de ambos les obligó a descansar para tomar aliento. Lo tomaron y volvieron a besarse, respirando estaba vez por la nariz; no era cuestión de detener el maravilloso ósculo por un asunto tan insignificante como la falta de aire. No obstante, a pesar de los esfuerzos de José por mantener su respiración estable y coordinada con la de Lua, todo se fue al traste cuanto ella decidió que era hora de pasar a mayores. A muy, pero que muy mayores.

Le metió mano. Así, sin anestesia y sin avisar, no fuera a ser que intentara escaparse.

Se la agarró con fuerza bajo los vaqueros y calzoncillos.

—¡Es tremenda! —exclamó lamiéndose los labios hambrienta, y no de comida.

—Sí —murmuró José, los ojos cerrados en una mueca de placer y desasosiego—. Pero no te preocupes, sé usarla…

—Ah. Bueno. Eso está muy bien —balbució sorprendida por la inesperada respuesta. ¿Acaso había algún hombre que no supiera usar, al menos en lo más básico, su polla?

Sacó la mano de los pantalones, le desabrochó la bragueta e intentó bajárselos.

José no hizo intención alguna de ayudarla, remiso como estaba a deshacerse de aquello que le daba cierta seguridad; no era lo mismo tocar que ver, y las mujeres solían espantarse cuando lo veían en vivo y en directo.

—¿Voy a tener que pellizcarte? —le amenazó de repente Lua—. Porque si tengo que hacerlo para que levantes el culo, lo haré. Y si luego te sale un moratón, no quiero saber nada.

José la miró perplejo. ¿Moratón? ¿Pero qué clase de pellizco iba a darle?

Alzó el trasero al instante y ella por fin pudo despojarle de la molesta prenda.

—¡Jo-der! —exclamó cuando por fin lo pudo observar en todo su esplendor. Volvió a lamerse los labios. ¡La de cosas que se podían hacer con tamaño aparato!—. No has traído una linterna, ¿verdad?

—¡Joder, no! —jadeó él, turbado. Como si le hiciera falta luz a su faro.

—Bueno, me tendré que conformar con la luz de la luna. Menos mal que está bien grande en el cielo —murmuró ella mordiéndose los labios. La luna no era lo único que estaba bien grande…

Se sentó a horcajadas sobre los muslos de él y pasó un dedo despacio por toda su longitud. Tardó unos trece segundos en completar el recorrido. A una velocidad aproximada de dos centímetros por segundo daba como resultado… ¡Madre mía, era casi tan largo como una botella de Aquarius![11] Lo envolvió entre los dedos, no era excesivamente grueso. Tenía un tamaño perfecto. Pasó el pulgar por el glande y él se estremeció por el suave contacto. Bajó la cabeza, decidida a probar tan extraordinaria delicatesen y él, maldito fuera, se giró invirtiendo las posiciones.

—Espera… —dijo con voz ronca colocándose sobre ella.

—¿A qué? ¡Llevo más de un mes esperando, me voy a morir de la frustración! —siseó enfadada.

—Nadie se muere de eso, tranquila. —Y esbozó una nerviosa sonrisa—. Antes de empezar tengo una condición.

—¿Una condición? ¿Qué tipo de condición? —Lo miró con ofendida desconfianza. No podía ponerle la miel en los labios para luego quitársela… ¡Cabrón!

José cerró los ojos a la vez que inspiraba despacio, armándose de valor. Ahí se la jugaba con esa mujer, lo sabía, pero nunca había mentido para follar y no iba a empezar a hacerlo.

—No te voy a pedir fidelidad —dijo despacio, eligiendo las palabras—, pero sí que si te sientes atraída por otro hombre, me gustaría que me lo dijeras. Nada más. No te pido que no te acuestes o no salgas con otros, solo que… antes de hacerlo, me lo digas.

---

11. En relación a esto, os aconsejo que leáis *De verdad de la buena* en mi blog. Hablo de botellas de Aquarius, centímetros y exageraciones varias. Risas aseguradas.

—¿Qué harás si se da el caso? —Lua estrechó los ojos.

La verdad era que, ahora que lo conocía mejor, había esperado que pusiera algún requisito antes de follar. Lo que no había imaginado era que ese requisito le dejara todo el poder a ella.

—Seguiremos siendo amigos, pero no habrá entre nosotros nada más… y con eso me refiero al sexo —afirmó él con rotundidad—. Lo siento, pero yo no comparto.

—Entiendo. Si me voy con otro te pierdo —matizó taciturna.

Ya sabía ella que no iba a ser tan fácil ni tan buena la condición.

—Nunca vas a perderme —replicó él con sincera rotundidad—, solo me tendrás de distinta manera.

Lua le miró con los ojos entrecerrados. ¿De verdad estaba hablando en serio? ¿No le perdería aunque la afinidad se estropeara y la relación terminara? Le acarició despacio los labios con las yemas de los dedos. Desde que lo conocía él no le había dicho nada que no fuera cierto, no tenía por qué empezar a hacerlo ahora.

—Está bien… Si me entran ganas de follar con otro, te lo diré —dijo decidida.

Si no iba a perderle como amigo, podía arriesgarse a entablar una aventura a largo plazo.

José esbozó una ufana sonrisa. Ahora solo era cuestión de seguir el consejo de Abel y dejarla tan satisfecha que no tuviera ganas de irse con nadie más.

Se arrodilló entre las piernas separadas de ella y se quitó la camiseta por la cabeza, sabía que tenía un torso apetecible y unos abdominales marcados, y eso era bueno para desviar la atención de su terrorífico pene. Al menos durante los primeros y decisivos minutos. Dio resultado, ella apartó la mirada de su ingle y él aprovechó la distracción para volver a besarla. Y mientras lo hacía, desató el top de crochet que apenas la cubría. Descendió por el esbelto cuello, lamió con deleite la clavícula y, cuando ella gruñó impaciente, le acunó los pechos con las manos mientras se ocupaba de los pezones con lengua y dientes.

Lua se arqueó de placer al sentir el primer tirón de excitación. Ah, sí que sabía usar la boca, era un jodido maestro comiéndole las tetas. ¡Menuda joya de hombre! Bueno, responsable, con un gran sentido del humor, orgulloso, ambicioso, guapo, terco, con las ideas claras y la lengua ágil, en todos los aspectos. Y, por si fueran pocas sus cualidades, encima estaba superdotado. Bajó la mano para mimar la enorme polla. Pero él la detuvo, aferrándole ambas muñecas para llevarlas por encima de su cabeza y mantenerlas allí sujetas.

«¡Ah, mierda! ¿Le iba el tema dominante? No, por favor. ¡No podía tener tan mala suerte!», pensó horrorizada.

José apartó la mirada del rostro de ella, nervioso. No parecía muy contenta con que la sujetara, pero no podía dejar que le tocara en ese momento. Estaba tan excitado que su puñetero pene había alcanzado su tamaño final, y no quería asustarla.

—Me cortas todo el rollo, José —reconoció Lua—. Soy una mujer con gustos muy concretos; quiero tocar, lamer, chupar, besar. No soporto estar atada... o sujeta.

José asintió, soltándola. Y ella fue directa al grano, o mejor dicho, a la polla.

—Parece muy grande, pero no lo es tanto —jadeó él mordisqueándola el cuello.

—Claro que no, es una minucia —ironizó, asiendo con avaricia el pene.

—Sé cómo hacer para que te guste —continuó él a la vez que descendía por el cuerpo femenino, obligándola a soltarle al alejarse, lo que provocó un bufido airado de la pelirroja.

¡Pero qué problema tenía con que le tocara la polla! ¡No había forma!

José, decidido a quitar importancia al horrendo tamaño de su pene y de paso demostrar que tenía otras muchas cualidades, mimó de nuevo sus pechos. No se detuvo allí, recorrió el liso vientre, deteniéndose en el ombligo para hacer espirales con la lengua a su alrededor antes de saborearlo, y luego bajó hasta las caderas, donde se entretuvo en lamer cada estrella y mariposa tatuada. Y mientras las besaba, sus manos descendieron hasta tocar el borde de la minifalda. Enganchó los dedos en la tela y se la bajó, arrastrando con ella el bóxer rosa que usaba de braguita. Lua, por supuesto, se apresuró a elevar el trasero para facilitarle la tarea.

—Eres preciosa... Estás hecha de estrellas y rayos de luna —declaró acariciando la nacarada piel que parecía plateada bajo la luz de la luna—. Eres un regalo del cielo —susurró arrodillándose de nuevo entre las piernas de ella—. No tengas miedo, no te voy a hacer daño.

—No tengo miedo —balbució ella conmovida por la adoración y el cuidado con que la trataba.

—No te preocupes por nada, tendré cuidado, sé cómo manejarme —continuó diciendo nervioso antes de inclinarse sobre el pubis femenino.

Lo besó con la boca abierta, tomando pellizcos de piel entre los labios, haciéndola arder de impaciencia y lujuria. Le separó más las piernas y recorrió el suave interior de los muslos, arañándolos con delicadeza con los dientes para luego pasar la lengua sobre los rasguños, hasta que la mezcla de suave dolor y dulce placer la hizo arquearse excitada a la vez que le agarraba del pelo. Entonces dirigió sus atenciones a donde ella requería con sus tirones. Tomó los pliegues vaginales entre los labios y succionó hasta oírla jadear; los lamió y besó hasta tenerlos tan húmedos e hinchados como quería y luego hundió la lengua entre ellos, acariciando la entrada a la vagina con la punta pero sin hundirla. Lo repitió varias veces, volviéndola loca, y de repente, la penetró. Primero con la lengua y luego con un dedo. Lo curvó en su interior y buscó el punto que la hiciera gritar de placer.

Lo encontró.

Y ella gritó.

Lua colocó los pies sobre los hombros masculinos, abriéndose más para él, para su lengua y sus labios, para su boca y sus dedos. Era un puto genio con el sexo oral. Lo que le estaba haciendo era… inconmensurable. Y aún no le había tocado el clítoris. ¡La iba a matar de placer! Jadeó al sentir que hundía otro dedo más en su interior a la vez que le separaba con los de la mano libre los pliegues vaginales. Y, sin previo aviso, le dio un húmedo lametazo sobre el clítoris y luego sopló.

Ella se estremeció y sus piernas se cerraron involuntarias contra la cabeza de él.

—Cuidado, aprecio mucho mis orejas, las necesito para escucharte gemir —susurró burlón, separándole las piernas de nuevo.

—Si sigues así me voy a correr —balbució temblorosa.

—Bien, es lo que pretendo.

—Pero quiero tenerte dentro —protestó sin fuerzas, pues él estaba meciendo los dedos en su interior, presionando ese punto que la hacía derretirse cual cubito de hielo sobre el asfalto en verano.

—Después. No tengas prisa —le sugirió José tentando la vagina con un tercer dedo.

Desde luego que no iba a metérsela hasta que se corriera. Esa era la clave para el éxito. La necesitaba dúctil y relajada antes de arriesgarse a penetrarla con su monstruosidad.

—Ah, pero sí la tengo —se quejó Lua—. Llevo siglos esperando que te decidieras…

—Poco más de un mes —la corrigió él, divertido—. Ten paciencia —dijo antes de bajar la cabeza y besarla en el pubis.

Y Lua decidió tener paciencia, algo de lo que de normal carecía. Pero si José manejaba la verga igual que la lengua y los dedos, valdría la pena la espera. De hecho, si se lo montaba la mitad de bien con la polla que con la boca, le otorgaría el primer puesto en el *ranking* de los mejores polvos de su vida. Y habían sido unos cuantos.

Y José, sin saberlo, hizo méritos para ganarse dicho puesto.

Lamió despacio el clítoris; trazó círculos sobre él, cada vez más rápidos y con más presión, hasta que ella elevó las caderas pegándose más a su boca. Entonces se detuvo y le dio un ligero mordisco en el pubis a la vez que la penetraba con tres dedos. Ella gimió arrebatada y él la premió succionando los labios mayores antes de volver al clítoris y lamerlo de arriba abajo incrementando la presión y el ritmo a cada pasada, para acabar moviendo la punta de la lengua con ágil rapidez sobre el endurecido botón. Y cuando ella se tensó temblorosa y jadeante, aumentó la potencia de sus dedos y chupó a placer el clítoris.

Lua se estremeció sin control, corriéndose entre gritos y gemidos sin que él dejara de libar de su vagina, hasta que terminó desmadejada sobre el edredón, ahíta de placer.

José la observó fascinado, no había nada más precioso que su sonrisa relajada y satisfecha. Ascendió hasta sus labios y posó en ellos un suave beso antes de buscar en la bolsa el paquete de condones, ponerse uno y posicionarse de nuevo entre las piernas femeninas.

—¿Sigues queriendo? —preguntó algo dubitativo. No era la primera mujer que se arrepentía de haber ligado con él tras ver su descomunal tamaño.

—Por supuesto que sí —replicó perezosa, lamiéndose los labios. ¡Por fin iba a tenerlo dentro!

—Iré despacio, no te preocupes. Sé cómo hacerlo para que te guste —afirmó nervioso—. Confía en mí. Sé manejarme, te lo prometo.

Lua lo miró confundida. ¿Por qué tanto empeño en que no se preocupara? Es más, ¿de qué narices tenía que preocuparse? Y, ¿por qué estaba él tan preocupado?

José se agarró el pene y colocándolo contra la entrada de la vagina, presionó despacio, atento a los gestos que ella pudiera poner. Estaba muy húmeda y dilatada, relajada, pero aun así prefería ir con cuidado. Entró con medida lentitud, alerta a cualquier sonido que ella pudiera emitir. Ya fuera de placer… o de dolor.

Lua lo observó aturdida, estaba tan concentrado en lo que hacía que dudaba de que lo estuviera disfrutando.

—Si te molesta, dímelo y paro… a veces, cuando estoy muy excitado, no controlo bien cuanto… me sumerjo —balbució inquieto—. Y esta noche estoy demasiado excitado.

—Oh, no te preocupes, está genial. Incluso puedes meterla más, en serio —replicó ella sin saber bien qué decir.

Ah, mierda. Ya sabía qué le atormentaba… Qué le acomplejaba.

Se mordió los labios para no llamarse tonta a gritos. Ahora entendía por qué no le gustaba su apodo, por qué se sonrojaba, por qué parecía dolido cuando se burlaban llamándole Manguera. Las palabras hacían más daño que las armas.

—Para —le dijo.

Y él se detuvo al instante, saliendo de ella.

—¿Estás bien? —inquirió preocupado. ¿Había entrado demasiado rápido, demasiado profundo?

—De maravilla —replicó Lua, y aprovechando que él estaba aturdido, le envolvió con las piernas y se impulsó girando con él, hasta hacerle dar con la espalda en el edredón.

De algo tenía que servir ser fuerte y flexible, además de para golpear a Andrés y Razz cuando se portaban mal, claro.

Le quitó el condón, que por cierto le quedaba muy apretado, y se giró para echar una ojeada a la bolsa, seguro que José había previsto… Sí. Su chico estaba en todo. Sacó una botella de agua y volvió de nuevo junto a él.

—¿Qué haces? —farfulló desconcertado.

—Disfrutarte a mi manera —sentenció ella echándole agua sobre la polla.

—¡Está helada!

—Lo sé, pero no soporto el sabor químico del espermicida de los condones —le explicó aseándole el pene a conciencia.

—¿Qué más te da cómo sepa? —murmuró confundido elevándose sobre los codos.

La vagina no tenía papilas gustativas. Puede que no hubiera ido a la universidad, pero eso lo sabía.

Lua levantó la cabeza, sorprendida. ¿Cómo que qué más le daba? ¿Era tonto o se lo hacía?

—No es lo mismo un solomillo hecho con aceite de oliva que con aceite de coche —explicó antes de bajar la cabeza y comenzar a comerle la polla.

José abrió los ojos como platos a la vez que sus brazos temblaban sin fuerzas, haciéndole dar con la espalda en el mullido edredón. Allí se quedó, total y absolutamente pasmado mientras ella le hacía maravillas en el pene. Muchos segundos después recordó que era imprescindible respirar para seguir vivo y tomó aire, tal vez así su acelerado corazón tuviera a bien volver a latir con cierta normalidad. La suficiente como para que no le diera un ataque cardíaco.

Se obligó a mantener los ojos abiertos, algo bastante difícil dado el grado de placer al que le estaba sometiendo, y se incorporó despacio sobre los codos para mirarla. Le estaba devorando la polla con avariciosa lujuria. Como si fuera lo más sabroso que hubiera probado nunca. Tan pronto la recorría entera de arriba abajo que le chupaba el glande como si de un caramelo se tratara. Y todo eso sin dejar de mover las manos alrededor del tronco y los huevos. Tentando, palpando, acariciando e incluso mordiendo. Se sacudió tembloroso, incapaz de mantenerse quieto. Lo iba a matar de placer. Pero, ah, qué muerte más extraordinaria.

Lua frotó las mejillas contra la enorme polla, disfrutando como nunca. Se dio golpecitos con ella en la lengua y luego chupó con ganas el grueso capullo, era una delicia tener algo tan exquisito en la boca. Quienes decían que el tamaño no importaba estaban equivocados. A ella le importaba. Y mucho. Tenía sitio de sobra para tocar, morder, besar, lamer, chupar... Era una maravilla. Dio un nuevo chupetón al glande y luego lo introdujo más profundo en su boca, y ahí llegó el único «pero» de comerse una polla tan grande, que no la podía tomar entera; pero no pasaba nada, sabía cómo suplir ese pequeño problema. Envolvió con los dedos la parte del tronco que quedaba fuera de su boca, convirtiendo estos en parte de un todo, y, tras hundírsela hasta la garganta, tragó.

José se sacudió de placer al sentir la presión de sus manos y su boca en todo su pene. Era algo que nunca le había pasado. Le habían hecho felaciones, no muchas, aunque sí había habido alguna valiente que se atreviera... pero como se lo estaba haciendo Lua, nunca. Ella estaba disfrutando de verdad, comprendió mientras la miraba embelesado.

Lua dejó salir el pene de su boca muy despacio, como si no quisiera, manteniendo la presión y deteniéndose cuando el capullo estaba a punto de escapársele. Lo succionó golosa unos segundos y luego lo dejó ir con un suspiro antes de dedicarse al lugar en el que tronco y glande se unen; no era plan de dejar un solo milímetro sin saborear, por muy escondido que estuviera. Movió la lengua alrededor de la corona y arañó con los dientes el frenillo para luego curarlo con un dulce beso. Y descendió entre lametones hasta llegar a los testículos. Sonrió, tenía el izquierdo un poco más grande que el derecho, y ambos estaban calientes y duros, justo como más le gustaban a ella.

José se arqueó, todo su cuerpo en tensión, los músculos de sus nalgas, brazos y piernas contrayéndose sin control mientras ella le lamía primero los huevos y después la polla de arriba abajo, sin dejar ni un solo resquicio sin chupar. «Cómo siga así no voy a aguantar ni un minuto más esta dulce tortura», pensó

Y en ese momento, como si le hubiera leído el pensamiento, Lua se detuvo.

Sacó un condón de la caja, se lo puso —no fue fácil, poco látex para tanta erección— y se colocó a horcajadas sobre él. Atrapó el pene, lo situó contra su vagina y descendió despacio. Los ojos cerrados y la boca entreabierta en una mueca de puro placer. Las largas trenzas en las que se había recogido el pelo se mecían contra sus pechos mientras ella subía y bajaba sobre el falo.

José gimió fascinado, no había visto jamás nada más erótico que esa mujer, en ese instante, bajo los rayos de luna, acompañada por el rumor del agua cayendo en la antigua fuente. Y en ese momento, ella se inclinó alargando el brazo y posó sus dedos sobre los labios de José. Él se apresuró a chuparlos.

Lua sonrió lasciva, hundiendo índice y corazón en la boca del hombretón hasta que estos quedaron bien mojados, luego los llevó al clítoris y comenzó a masturbarse sin dejar de oscilar contra la enorme polla. Jamás se había sentido tan llena, era una sensación… sublime.

José observó excitado la naturalidad con la que ella se tocaba mientras se clavaba el pene hasta la empuñadura, hasta donde ninguna mujer había llegado. Jadeó al borde del orgasmo cuando ella se echó hacia atrás y comenzó a mecerse, permitiéndole ver cómo entraba y salía su verga. Y, gritó más de dolor que de placer, cuando ella le pellizcó el interior del muslo con dolorosa pericia.

—¿Vas a mover el culo o pretendes que haga yo todo el trabajo? —le increpó burlona, cabalgando más rápido sobre él.

Y en ese momento, José se dejó de dudas y miedos, si ella era capaz de montarle con esa soltura, él era capaz de hacerle el amor como nunca se lo había hecho a nadie.

Se incorporó tomándola en brazos y giró sobre el cada vez más arrugado edredón para colocarse encima. Y, a partir de ese momento, fueron dos cuerpos los que se movieron agitados en pos del orgasmo, propio y sobre todo, del otro.

Υ

—¿Por qué no te compras los condones más grandes? —le preguntó de repente Lua—. Tiene que molestarte un montón correrte con esos tan ajustados

José se sorprendió tanto que faltó poco para que se llevara por delante a un incauto gato que en ese momento cruzaba la carretera. Solo a ella se le ocurría hacer ese tipo de pregunta después de dos gloriosos polvos y cuando estaba subiendo la cuesta más empinada, complicada y sombría de todo el pueblo con su vieja camioneta a las dos y media de la madrugada.

—Bueno… no es fácil encontrarlos de mi tamaño. Los pillo por Internet, y no siempre son como describe la web —reconoció sonrojándose. Por mucha intimidad que hubieran tenido le seguía costando hablar de ciertos temas.

—¿Por qué no se los encargas a la farmacéutica? Seguro que ella te los consigue más grandes y mejores.

José, olvidando una de las principales normas a la hora de conducir, apartó la vista de la carretera y la miró espantado. ¿A la farmacéutica del pueblo? ¿Contarle sus problemas de tamaño y encargarle preservativos extragrandes? ¡Ni loco!

—De todas maneras, si vamos a mantener una relación estable, lo mejor será que nos hagamos análisis para ver que estamos sanos y luego buscar un método anticonceptivo más cómodo que los preservativos. La verdad es que hace años que no follo sin condón, pero hubo un tiempo en que lo hacía y era una maravilla. Y eso a pesar de que mi pobre novio no sabía manejarse muy bien.

—¿Has tenido novio? ¡No me lo puedo creer! —exclamó José alucinado.

No pegaba nada con el carácter de la pelirroja tener novio. Aunque bien pensado, era justo lo que pretendía ser él. Deseó retirar la pregunta.

—¡Claro que he tenido novio! ¿Por qué crees que no quiero repetir? —bufó poniendo los ojos en blanco—. Si me llego a despistar, a estas alturas estoy casada y con media docena de niños —dijo estremeciéndose—. Es lo malo de pertenecer a una familia muy tradicional con ideas obsoletas y ser la pequeña de diez hermanos, que si echas un polvo con tu novio y tus padres o tus hermanos se enteran, te casan con él. Un asco, la verdad. No puede una probar unos cuantos a ver cuál le gusta; no, tiene que aceptar al primero que se la mete porque si no es una putita —dijo con rabia—. Nadie compra el primer pantalón que se prueba, ¿por qué debería quedarme entonces con el primer chico con el que me acuesto? Y es mucho más importante un marido que un pantalón, ¿no crees? —dijo mirando a José, y este no pudo por menos que asentir—. Se montó un revuelo tremendo cuando lo dejé compuesto y sin novia en la puerta de la iglesia y me fui a recorrer mundo... De eso hace ya más de cuatro años y aún no he regresado a la casa de mis padres.

—Vaya. ¿No echas de menos a tu familia? —preguntó intrigado. Sus padres estaban jubilados y vivían en una casita en la playa, donde él iba a visitarlos siempre que podía. No se imaginaba estar tanto tiempo sin verlos.

—No mucho, les llamo por teléfono varias veces al año, es la única manera de que nos llevemos bien. Cuando estamos juntos en vivo y en directo chocamos mucho —explicó ella encogiéndose de hombros. Las cosas eran como eran, de nada servía quejarse.

José asintió pensativo. Segundos después aparcó sobre la acera, frente a la vieja casa de Abel. Apagó el motor y ambos se apearon.

—¿De verdad no quieres pasar la noche conmigo, en mi casa, en lugar de aquí? —preguntó acercándose a ella para besarla.

—Otro día, mañana tengo que trabajar y necesito dormir mínimo cinco horas para estar despierta —se excusó ella—. Y si paso la noche contigo, aquí o en tu casa, lo que menos voy a hacer es dormir. —Él abrió la boca para protestar, pero ella le silenció con un beso—. No te das cuenta de que con las ganas que te tengo, si te pones a mi alcance te voy a follar hasta dejarte seco —susurró lasciva metiéndole mano por debajo de los vaqueros. Se puso de puntillas, atrapó entre los dientes su labio inferior y tiró.

José respondió con un gemido antes de hundir la lengua en la boca de ella y saborearla a conciencia. Cuando se separaron, ella tenía los pezones como guijarros y él estaba erecto.

—Voy a necesitar semanas de sexo intensivo para relajarme y poder dormir contigo sin follarte más de dos veces por noche —recalcó ella frotando sus sensibles pezones contra el torso de él—. ¿Un polvo rápido contra la pared? —le tentó, comenzando a masturbarle.

—¡No! —siseó él asiéndola de la muñeca para obligarla a apartar la mano.

—Deja en paz al muchacho, Lua —dijo Raziel apareciendo tras ellos—, no querrás que pierda su reputación de niño bueno.

—Mierda, el que faltaba —protestó José saludándole con un seco gesto.

No era que se llevara mal con el cocinero, era más bien que llegaba en un momento bastante… inoportuno. Ahora sí que iba a ser imposible convencerla de pasar la noche juntos.

—¡Razz! —exclamó Lua, sorprendida al verlo. Normalmente a esas horas ya estaba en la cama—. Qué tarde llegas. ¿Te ha entretenido alguien? —indagó sonriendo con picardía.

—Sí, un grupo de fiesteros hambrientos —gruñó, aunque en el fondo estaba encantado. El grupo se había desplazado desde Arenas porque les habían recomendado su comida, y eso era un sueño hecho realidad—. Y según me ha contado el Galo esto es solo el principio. Mañana es la víspera de las fiestas y la hora de cierre se ampliará hasta las tres… o incluso más tarde —indicó frotándose la nuca. Le dolía todo el cuerpo, pasar diez horas en la cocina era agotador. Y todavía iba a ser peor—. Me han cambiado el horario para los próximos cinco días. Entro a la una y no salgo hasta el cierre.

—Pero no vas a tener tiempo para nada —dijo Lua enfadada por ese turno de esclavos.

—Tampoco tengo nada mejor que hacer —replicó él con indiferencia—, y a cambio me han dado libre el día de la caldereta… ¿Qué día es ese? —le preguntó a José.

—El día después al final de la fiesta. Es costumbre hacer caldereta para todo el pueblo en la Soledad y comerla en los bancales. Caleb también suele darlo libre, normalmente coincide con el fin de la recogida de los higos, y viene bien para descansar.

—O para salir al campo de *picnic* —exclamó Lua dando saltitos—. Los de la peña me han dicho que hay unos merenderos maravillosos subiendo el Amoclón, sea eso lo que sea.

—Es el monte en el que está la torreta —señaló José—. Sé cuáles son, están muy bien.

—Podríamos aprovechar que todos estamos libres para ir —exclamó entusiasmada colgándose del cuello de José.

—Claro, ¿por qué no? —aceptó este.

—Odio los bichos —protestó Razz.

—Pero vendrás… Andrés y yo te cuidaremos y protegeremos —manifestó burlona.

—Lo pensaré. Es tarde, os dejo para que os despidáis —dijo entrando en la casa—. Pero cuidado, las ventanas tienen ojos, no seáis muy perversos —apuntó burlón cerrando la puerta.

Y en verdad las ventanas tenían ojos. Ojos marrones que observaban con melancólica envidia a la pareja que se besaba como si fuera su último segundo sobre la faz de la tierra.

Él sabía lo que era besarse como si no hubiera un mañana, como si no hubiera tiempo suficiente para estar junto a la persona amada. Y en ocasiones era verdad que no había un mañana. Que el tiempo se agotaba. Que el amor se convertía en cenizas. O tal vez no.

Incapaz de seguir viendo como sus amigos se devoraban, Andrés se apartó de la ventana y se tumbó en la cama. Los ojos fijos en el techo mientras pensaba en la mujer a la que había querido más que a nada en el mundo. ¿Quizá a la que aún continuaba queriendo?

—Eres tonta —dijo Razz cuando Lua entró en el dormitorio. Se apartó a un lado para hacerle sitio en la cama—. ¿Por qué no has pasado la noche con José? Y no me cuentes el rollo de que necesitas dormir, porque no me lo trago.

—Es muy pronto para dormir con él —replicó ella, tumbándose junto a él.

Razz arqueó una ceja, incrédulo. La había visto pasar la noche con tíos el mismo día que los había conocido; aunque lo cierto era que siempre acababa abandonándolos al primer ronquido para meterse en la cama con él.

—No me mires así. Es muy pronto, en serio —repitió—. José no es como los demás. Es… peligroso. Si le dejo que me meta ya en su casa, es capaz de pedirme matrimonio en menos de un mes… Hoy ha estado a punto de decirme que me quiere —reconoció estremeciéndose.

Aún recordaba el momento, tras echar el segundo polvo, en el que él la había mirado con tanta intensidad que había estado a punto de deshacerse entre sus brazos. Menos mal que había conseguido reaccionar y besarle antes de que él pudiera decir «te quiero», pero lo horripilante, lo peligroso, lo temible, era que ella también había deseado decírselo a él.

—¿Qué hay de malo en eso? Tú también le quieres —sentenció certero.

—Bueno, eso habría que verlo —objetó acurrucándose contra él—. Y aunque así fuera, que no lo es —se apresuró a matizar— primero tengo que acostumbrarme a tener pareja, después a dormir con él, luego a vivir juntos —detalló pensativa—. No se puede hacer todo a la vez, hay que darle tiempo al tiempo e ir con tiento. No pienso dejarme liar hasta no estar bien segura de que es el hombre de mi vida.

—Lo es, hazme caso. Parece hecho a propósito para ti —indicó

Razz, divertido por la prudencia con la que estaba afrontando su incipiente relación.

Lua, la soñadora, la fantasiosa, la inquieta… estaba siendo cauta. ¡Ver para creer!

—¿Tú crees? —inquirió entusiasmada.

—Sí —contestó con total sinceridad, besándole la frente.

Jamás había visto dos personas que se compenetraran tanto. Ella era impaciente, él sereno. Ella soñadora, él pragmático. Ella adoraba la naturaleza, la vida de él era el campo. Ella disfrutaba mucho con el sexo y él tenía un rabo enorme… lo dicho, una pareja bien avenida, pensó burlón.

—Y tú… ¿Le has echado el ojo a alguien? —le preguntó ella con picardía.

Razz la miró alterado antes de negar abruptamente con la cabeza. Varias veces, por si no había quedado claro el rechazo en la primera.

—¿Y no crees que ya es hora de que te permitas dejar que alguien te haga tilín? —le sugirió Lua, planteando la pregunta con aterradora puntería.

—No —replicó él, cortante—. No me interesan las relaciones, ya lo sabes. Tampoco el sexo —se apresuró a añadir al ver que ella abría la boca—. Además, me estoy planteando irme cuando acabe el mes —dijo, poniendo en marcha la estrategia que había tramado para la despedida—. Quiero seguir viajando, regresar a Holanda y desde allí ir a los países del norte.

—Pensaba que íbamos a quedarnos hasta que Caleb estuviera bien —aseguró Lua, sorprendida por tan inesperada declaración.

—Andrés y tú, sí. Sois necesarios aquí —«además, el cabroncete de Cupido os ha clavado bien sus flechas»—, pero yo no. Aquí no pinto nada. Quiero seguir viajando, no estoy hecho para permanecer siempre en el mismo sitio, me agobia —alegó.

—Y, sin embargo, jamás te he visto sonreír tanto como en este mes. —«No te creo. ¿Qué estás ocultando?». Lua se incorporó, apoyándose en un codo para mirarle a los ojos—. Adoras estar en La Guarida, manejar a tu antojo los fogones, que la gente se pelee por tus revolconas… Eres más feliz aquí de lo que has sido nunca viajando —sentenció.

—La felicidad es mala compañera. Es infiel, breve y olvidadiza —se defendió Razz acunándola de nuevo entre sus brazos—. No te preocupes por mí, princesa, llevo años buscándome la vida, sé lo que quiero y cómo conseguirlo.

«No te atreves a saber lo que quieres, te da miedo descubrirlo», pensó Lua, pero no fue eso lo que dijo. Conocía a su amigo, sabía cuándo era el momento de cambiar de tema.

—Estoy deseando que llegue el día de la Virgen para actuar —manifestó jugando con el corto vello que cubría el torso del moreno. Frunció el ceño. Durante el espectáculo Raziel se pasaba las antorchas por el pecho, si tenía vello corría el riesgo de que la parafina se impregnara en él y le causara quemaduras—. ¿Cuándo vas a depilarte? —No era propio de él ser tan descuidado.

—No voy a actuar con vosotros —siseó Razz entre dientes.

—¿¡Por qué?! —protestó Lua sentándose en la cama. Si había algo que Raziel adoraba casi tanto como cocinar, era actuar.

—Goro me lo ha prohibido —dijo, explicándole a continuación el motivo.

—No le falta razón. Es un tipo sensato el aguacil… serio pero buena gente, además de muy guapo, ¿no crees? —comentó Lua, mirándole ladina.

—No sabría decirte —dijo Razz cortante a la vez que se daba la vuelta para quedar de espaldas a ella—. Duérmete, es muy tarde.

Lua, enfurruñada por el hermetismo de su amigo, se quedó quieta en su rincón de la cama, pero tras pensárselo un instante decidió que la vida era demasiado corta como para enfadarse por tonterías, así que se movió hasta quedar con la tripa pegada a la espalda de Razz, en la que era su postura favorita para dormir desde hacía casi cuatro años. Y mientras el sueño la vencía, tuvo tiempo de hacerse la pregunta que la acompañaría durante toda la noche: ¿Cómo sería dormir con José?

Razz curvó las comisuras de la boca en una breve sonrisa cuando sintió la mano de la pelirroja sobre su estómago. Estaba tan acostumbrado a dormir con ella que dudaba de que consiguiera dormir las primeras noches que pasara solo. Algo que ocurriría pronto tanto si volvía a viajar como si continuaba en el pueblo. Pasara lo que pasara, las condiciones cambiarían. Ella terminaría viviendo con José… y él acabaría mudándose. A una casa okupa en Ámsterdam o al apartamento de La Guarida. De un modo u otro esas plácidas noches de conversaciones entre susurros mientras se abrazaban acabarían. Y él las echaría mucho de menos. José no sabía la suerte que tenía.

Posó la mano sobre la de Lua, no se había atrevido a decirle que esa misma noche sus jefes le habían ofrecido un contrato —legal e indefinido—, un aumento —escaso— de sueldo y el apartamento del sobrado. Habían vuelto su mundo del revés. La oferta no podía llegar en peor momento; cuando por fin había aceptado que tenía que marcharse le ofrecían su sueño en bandeja de plata. Y no sabía qué hacer. No se atrevía a aceptar, demasiados secretos podían salir a la luz arruinándolo todo, pero por otro lado… era su sueño. Muy simple y modesto, sí, pero suyo al fin y al cabo. Les había pedido que le dejaran hasta fin de mes para pensárselo y Tasia y el Galo habían aceptado, aunque a regañadientes. Eso le daba dos semanas para decidir si arriesgarse a soñar y ser descubierto o seguir el camino seguro y preparar su partida.

## 14

—¡*V*ámonos ya o llegaremos tarde a los gigantes y cabezudos! —gritó Andrés frenético desde el todoterreno de Caleb.

En el asiento del copiloto el Moles sintonizaba música en la radio, en tanto que los gemelos, sentados detrás, exigían furiosos que arrancara de una vez. Todavía tenían que ir a la cooperativa, descargar las cajas y vender los higos antes de dar por finalizado el trabajo.

Y mientras en el todoterreno todo eran nervios y alboroto, en la vieja camioneta aparcada al otro lado de la carretera reinaba el amor... o mejor dicho la lujuria. Lua, tras todo el día intentando darse el lote con su chico, por fin había conseguido pillarlo a solas y desprevenido. Y se estaba tomando la revancha.

—¡Lua, joder, ya lo violarás más tarde, ahora tenemos que irnos! —gritó Andrés enfadado.

No sabía si estaba tan cabreado porque le mataba de envidia verlos tan acaramelados o porque de verdad de la buena no se quería perder a los tres gigantes y dos cabezudos que en dos horas recorrerían el pueblo anunciando el pregón y el inicio de las fiestas. Mucho se temía que su pésimo estado de ánimo se debía a la primera opción. ¡No había quien los soportara! ¡Todo el puñetero día besándose! Que se fueran a follar al campo y lo dejaran tranquilo.

—¡Se acabó, me largo! —gritó arrancando y... largándose.

Pocos segundos después José se libró —con muy pocas ganas, la verdad— del lúbrico acoso de la pelirroja y le siguió.

—Pobre José Antoñín —comentó Abel cuando los coches salieron de su campo de visión—. Tiene que ser doloroso conducir estando empalmado...

Caleb, que en ese momento estaba tomando un trago de agua, estalló en carcajadas.

—¡Papá, por favor!

—Será mentira —masculló el anciano enfilando la cuesta hacia el Robert, la partida de mus estaba a punto de empezar y no quería llegar tarde.

Caleb, dando saltitos, logró ponerse a su altura.

—¿Vas a suplicarle el postre al Superchef? —le preguntó Abel ladino.

Debido a la cercanía de las fiestas, el tráfico de clientes en La Guarida del Villano se había incrementado un doscientos por ciento, lo que originaba que el moreno llegara mucho más tarde por la noche, lo que a su vez llevaba a que se levantara más tarde. Y en vista de lo cansado que estaba, Caleb le había prohibido quitarse tiempo de descanso para hacerles la comida. Y eso incluía los postres, para mayor tristeza de la familia.

—Yo no suplico a nadie —se quejó Caleb.

—Tienes razón, el Super es demasiado bueno y te los da sin que se los pidas...

—¿Te he comentado que últimamente estás un poco insoportable?

—Y tú un poco demasiado tripón —replicó Abel llegando al bar—. Deberías dejarte de tantos postres y cuidar un poco la línea, o María se buscará a otro más guapo y en forma.

—Vete a la porra, papá —protestó Caleb enfilando hacia la Corredera.

No estaba tripón, solo había echado un poco de barriguita debido a la falta de ejercicio... y al exceso de postres. Bufó contrariado. En tres semanas le quitarían la escayola y, supuestamente, en poco tiempo podría andar casi con normalidad y, por tanto, volvería a trabajar. Esperaba que con eso fuera suficiente para retomar su estómago liso. Porque eso de hacer régimen se le hacía muy pero que muy cuesta arriba. Aunque... Esbozó una pícara sonrisa, en cuanto le quitaran la escayola podría andar bien, y conducir... y subir a la cabaña, y hacer ejercicio con su mujer. Mucho ejercicio con su mujer. Del bueno. Del que les gustaba, y mucho, a los dos.

Mataría dos pájaros de un tiro: por un lado, podría volver a dominarla en el sexo, atarla, hacerle el amor en mil posturas y jugar con sus... juguetes —estaba como loco por estrenar el columpio que había creado—; y, por otro, se desharía de la molesta tripa. Y si subía a menudo a la cabaña —y quien dice a menudo, quiere decir dos o tres veces por semana— tal y como hacía antes del accidente, entonces no tendría que renunciar a los postres. Tan bueno, maravilloso y potente seguía siendo el sexo con su mujer. Tanto que con solo pensarlo se había puesto cachondo.

Se sacó la camisa por fuera del pantalón y la colocó de manera que ocultara la tremenda erección que sufría. No era de recibo que un cincuentón como él fuera marcando antena parabólica por todo el pueblo.

Una vez soslayado el problema continuó su camino; los chicos tardarían menos de dos horas en volver de la cooperativa, no le convenía perder el tiempo si quería hacerse con un par de postres, si es que habían sobrado del mediodía, claro.

Cuando entró en La Guarida del Villano faltaban pocos minutos para que dieran las cinco y el local estaba casi desierto. Se acercó a Tapapuertas, quien hacía un solitario en una mesa, y quedó con él para la recogida del día siguiente. Luego saludó a los cuatro vecinos que, acodados en la barra, charlaban con el Galo y, una vez cumplidas las formalidades, se colocó en el extremo que siempre ocupaba su sobrino y le pidió un café a Tasia.

—¿El Superchef? —indagó.

—En la cocina, terminando el arroz con leche —respondió la anciana—, pero no te relamas; está todavía caliente y no vas a poder probar lo delicioso que le ha salido —señaló con sadismo.

—Tasia, no sea mala con Caleb —la regañó Raziel saliendo de la cocina.

—¿Qué tal todo? —inquirió este aupándose sobre la barra para intentar ver lo que se cocinaba tras la puerta entreabierta. ¡Olía de maravilla!

Razz curvó apenas las comisuras de los labios y regresó a la cocina para salir un segundo después con un paquete en la mano.

—Tarta de queso con mermelada casera de higos —dijo entregándoselo.

—¿Pasando comida de estraperlo? —protestó el Galo estrechando los ojos.

—De trueque. Le di una caja de higos a cambio de la tarta —replicó Caleb encantado con su postre que, por supuesto, pensaba compartir con la familia. Con todos menos con Abel, así aprendería a no meterse con su tripa—. ¿Preparado para la actuación de mañana?

—No voy a actuar —replicó Razz haciendo una mueca de pesar.

—¡Jo! ¿Por qué no? —exclamó Tapapuertas con los ojos muy abiertos por el disgusto.

—No puedo.

—Pero ¿por qué? —insistió uno de los hombres acodados en la barra.

—Porque yo no le dejo —dijo Goro entrando en el restaurante—, es peligroso que juegue con fuego con lo seco que está el monte —explicó, saludándolos con un gesto de cabeza.

—No es justo, tenía muchas ganas de ver su actuación —se quejó pesaroso Tapapuertas.

—Ya habrá otras ocasiones de verle, Hilario. —Caleb observó con perspicacia al alguacil. El monte no estaba seco, de hecho había llovido los dos días anteriores.

—Llevamos unas semanas muy tranquilos, más nos vale no tentar al diablo. —Goro le hizo un gesto a Caleb para que se acercara—. Basta una chispa para prender fuego; el de los rumores y el de los incendios —susurró para que solo él pudiera oírlo.

Conocía a los parroquianos allí reunidos, más de uno le iría con el cuento a sus amigos si le oían, y lo último que quería era dar alas a un rumor que pretendía atajar.

Caleb asintió en silencio, entendiendo a qué se refería el alguacil.

—Llegas muy tarde a comer —dijo el Galo en ese momento—. Te esperábamos antes.

—Ha habido un problema con el suministro eléctrico de los feriantes y hasta que lo he conseguido solucionar… —masculló Goro malhumorado.

Las fiestas estaban muy bien, pero eran agotadoras. De hecho, por culpa del incidente tenía poco más de una hora para comer, regresar a la habitación alquilada en la que vivía, asearse, vestirse con el uniforme de gala y salir pitando al ayuntamiento para ponerse al frente de la charanga, los gigantes y los cabezudos.

—¿Qué tienes por ahí para mí? —le preguntó a Raziel. Más le valía no perder el tiempo.

—Del menú ha quedado poco y la verdad es que tampoco era gran cosa —dijo este mientras hacía hueco en los expositores de la barra.

—Hoy no estoy para bromas, Chicote —gruñó Goro entrecerrando los ojos amenazador.

—No estoy de broma. El camión con el pedido no ha llegado hasta las tres y he tenido que improvisar —bufó enfadado. Todo era un caos debido al inicio de las fiestas—. Ensalada, pasta o pisto y, de segundo, filetes, lomo o huevos. Un despropósito —rezongó. Era la primera vez en todo el tiempo que llevaba allí que daba un menú tan… insulso.

—Cualquiera de esos platos me va bien, estoy muerto de hambre —se frotó la tripa.

—No jodas, Goro. No vas a comer sobras —rechazó Raziel, sorprendiendo a todos, incluido al alguacil, con tan inesperada respuesta—. Estoy preparando algunas raciones para la noche, pasa y dime lo que te apetece —le indicó, entrando en la cocina.

Goro sonrió encantado con el trato especial que le daba el cocinero. No porque fuera a comer mejor, sino porque no era fácil que el arisco moreno mostrara en público que le tenía cierto... aprecio. Se apartó de la barra para ir a la cocina, aunque se entretuvo unos instantes en comentarle a Caleb un par de problemas derivados de las fiestas antes de dirigirse al lugar al que estaba deseando entrar. Y no solo por la comida, que también.

Tasia, atenta a todo lo que ocurría en su restaurante, le dio un codazo a su marido.

—Ves lo que te digo, ¿a ti te deja entrar en la cocina? —El Galo negó con la cabeza—. A nadie. Solo a Goro. Le invita a entrar, le guarda los mejores platos y ahora encima no le deja comer sobras —matizó suspicaz—. Tengo razón, como siempre —sentenció dándole otro codazo—. Vamos, ve y díselo.

—Pero mujer, se va a pensar que nosotros pensamos que son... ya sabes.

—Que se piense lo que quiera, díselo. Solo él puede inclinar la balanza —volvió a sisear ella al ver que Gregorio se despedía del glotón exalcalde—. ¡Vamos, ve, que se te va a escapar! —le ordenó dándole un empujón que le colocó en el camino del alguacil.

—Cuidado, Tasia, el Galo no está para tanto trote —la regañó Goro, estrechando los ojos intrigado. La oronda mujer no tenía por costumbre tratar así a su marido.

—Verás... quería comentarte una cosa —murmuró el Galo balanceándose incómodo sobre los pies—. Es sobre el Superchef...


—No te has dado mucha prisa para tanta hambre como has dicho que tenías —gruñó Razz al escuchar la puerta abrirse y cerrarse.

—Me han entretenido —comentó Goro colocándose tras el moreno para mirar por encima de su hombro—. ¿Qué tienes ahí?

—Nada que te interese —le apartó con un suave codazo—. Ya he montado las fuentes y no las voy a estropear por ti —le advirtió tapándolas con film transparente.

—Ni que fueran obras de arte —farfulló Goro, observando las viandas. Y la verdad es que sí que lo eran. Su estómago gruñó suplicante.

—Mira en las estanterías del fondo —le instó Razz, esbozando una perversa sonrisa.

Goro miró. Y lo que encontró le hizo babear.

Tomó un plato limpio y, sin pedir permiso, se sirvió unos cuantos grisines envueltos con jamón serrano untado en queso azul, varias piruletas de lacón y queso y, por supuesto, la tortilla de patatas con morcilla que le esperaba solitaria en la estantería. Tortilla que sabía era única y exclusivamente para él, pues las destinadas al restaurante eran tres veces más grandes.

Una vez se sirvió todo lo que necesitaba para sobrevivir toda la tarde, y tal vez un poco más, dejó los platos en la encimera, se sentó junto a ellos y comenzó a comer.

—Estarías más cómodo y fresco en el salón, sentado a una mesa… y molestarías menos —gruñó Razz esquivándole para sacar del horno una empanada.

—Puede, pero quiero hablar contigo… a solas —susurró misterioso.

Razz dejó la bandeja y le miró intrigado.

—Me ha dicho un pajarito que te han ofrecido el apartamento del sobrado. ¿Cuándo te vas a mudar? —Esperaba que pronto. Allí gozarían de más intimidad que en la casa de Abel.

Raziel le miró asombrado. ¿Cómo se había enterado? Solo lo sabían él y sus jefes. Abrió los ojos como platos. ¡No habrían sido capaces!

—¿Galo y Tasia te han ido con el cuento? —preguntó atónito.

—Están preocupados; por lo visto no les has dado el sí que esperaban…

—Por supuesto que no. Necesito pensármelo, sin presiones a poder ser —replicó cortante.

—¿Qué es lo que tienes que pensar? Te han ofrecido un aumento, un contrato indefinido y un lugar donde vivir que no tienes que compartir con nadie —«excepto conmigo, pero de eso ya te darás cuenta más tarde, cuando te haya atrapado y no puedas escapar»—. No entiendo qué problema tienes.

—¿Problema? ¡Todos! —se defendió enfadado, pero no con Goro, sino con sus jefes.

¿Cómo se habían atrevido a decírselo? Precisamente el aguacil era la última persona que quería que lo supiera, pues era la única capaz de inclinar la balanza a uno u otro lado.

—¿Y puedo saber cuáles son esos problemas? —inquirió Goro llevándose a la boca un trozo de tortilla.

—Que no tengo claro si quiero quedarme más tiempo aquí.

El alguacil se sobresaltó con la respuesta, atragantándose con la comida.

Raziel se apresuró a darle unas fuertes palmadas en la espalda y, una vez pasó el ataque de tos, le acercó un vaso de agua.

—¿Cómo que no tienes claro si quieres quedarte? —repitió Goro casi sin voz. ¡Jodida tortilla que se había ido por otro sitio!—. ¡Claro que quieres quedarte! Puede que estés un poco estresado por las fiestas, pero será solo una semana, luego todo volverá a la normalidad.

—No estoy estresado —rebatió Raziel—. Tampoco cansado —se apresuró a añadir antes de que Goro lo dijera—. No me asusta trabajar duro, al contrario, me gusta —señaló—. Cuanto más jaleo hay, más vivo me siento.

—¿Entonces? —volvió a preguntar.

—Quiero seguir viajando, no estoy hecho para permanecer siempre en el mismo sitio, me agobia —recitó la excusa que había ensayado una y otra vez en la soledad de su cuarto—. Echo de menos ir de un lado a otro, conocer nuevas culturas, países y gente.

—Entiendo. —Goro estrechó los ojos—. ¿De verdad pretendes que me crea esa mierda, Raziel? —preguntó furioso, llamándole por su nombre por primera vez desde que se conocían.

—Me es indiferente lo que creas, Goro. Es lo que hay —contestó igual de enfadado. ¡¿Cómo osaba no creerse su mentira?!

—Y Andrés, ¿qué?

Razz lo miró confundido, ¿a qué se refería?

—¿Vas a dejarle atrás? A él y a la pelirroja. —Bajó de la encimera para acercarse al moreno—. Tanto que os queréis, tan amigos que sois —siseó enfadado— y te vas a largar dejándolos aquí, porque dudo que ellos estén planeando irse. Están demasiado encoñados como para marcharse —dijo encarándose a él.

—Andrés y Lua tienen su vida, y yo la mía —replicó Razz—. Y yo quiero irme. Necesito salir de aquí, ver lugares distintos, conocer gente diferente…

—Eso ya lo has dicho —le interrumpió Goro entrecerrando los ojos—. ¿Es por lo de esta tarde? —espetó de repente, casi rozando al cocinero con su cuerpo, tan cerca como estaba—. ¿Estás cabreado porque no te he dejado actuar y me lo quieres hacer pagar?

Razz lo miró aturdido. ¿Qué tenían que ver las churras con las merinas?

—No digas chorradas. ¿Por qué te iba a molestar si me voy o me quedo? A ti no te importa una mierda si voy o vengo —protestó dando un paso atrás, lo que le llevó a chocar con los fogones que, gracias a Dios, estaban apagados.

—Claro que me importa —susurró Goro, sus labios a un suspiro de los del moreno. Se los lamió, y Razz, sin saber por qué, lo imitó—. Hace años que no como tan bien como ahora —dijo mordaz antes de apartarse—. No seas estúpido, Raziel —le advirtió, usando su nombre de nuevo—. Adoras estar aquí; eres feliz entre fogones y cazuelas —repitió casi las mismas palabras que Lua la noche anterior—. Si rechazas la oferta del Galo y te marchas, cometerás el mayor error de tu vida.

—Dudo que pueda cometer errores más horribles que los que ya he cometido —replicó Razz saliendo de la cocina y dando la conversación por terminada.

# Arde mi rabia

Observó aburrido la actuación del chico tatuado. No entendía por qué la gente aplaudía tanto. Sí, lo de mover bolas de cristal sin que se cayeran era entretenido, pero tampoco nada del otro mundo. Aun así no se movió de su sitio, de pie sobre uno de los bancos de la Corredera. No quería perderse la actuación del hombre de fuego; porque estaba seguro de que iba a actuar. Corrían rumores de que no lo haría, que era peligroso, que el alguacil no le dejaba... él mismo se lo había oído al funcionario. Pero no se los creía. Lo decían para darle más interés al asunto. Seguro.

Observó indiferente la intervención de la chica del pelo rojo. Fue un poco más entretenida que la del chico tatuado, pero no mucho más. Sí, era muy guapa y flexible y hacía que los hula-hoops bailaran a su antojo, pero tampoco eso era nada del otro mundo. Más bien aburría un poco con tanta contorsión. Pero aun así, al igual que había hecho con el chico tatuado, la aplaudió con fingidas ganas, al fin y al cabo los conocía a los dos y sabía que eran buena gente. Agradables y simpáticos. Y siempre le trataban bien.

Cuando acabó la pelirroja, al contrario que los que le rodeaban, no se movió del sitio. Estaba seguro de que cuando menos se lo esperaran el hombre de fuego saldría y jugaría con las llamas. Las haría subir y bajar, dar vueltas y detenerse. Las frotaría contra su cuerpo y ellas le acariciarían sin lastimarle. Y él estaría muy atento para averiguar cómo lo hacía para hacerlo igual. Si aprendía a domesticarlas, nunca más volverían a hacerle daño y podría disfrutarlas siempre.

Así que esperó. La gente que le rodeaba se dispersó en mil direcciones. Pero él siguió esperando. El chico tatuado y la chica del pelo rojo recogieron sus artefactos y se fueron. Pero él siguió esperando. Se sentó en el banco, la mirada fija en el restaurante. Pronto saldría el hombre de fuego y daría su espectáculo solo para él.

Pero quien llegó fue el alguacil.

Le vio examinar el lugar de la actuación para luego recorrer la

Corredera con atención. Colocó los contenedores de basura que la gente había movido, comprobó que el chorrito de la fuente no estuviera obstruido —algo que solía pasar a menudo pues a los chiquillos les resultaba divertido atascarla—, revisó las papeleras y luego se dirigió hacia él.

—¿Qué haces ahí solo, hombre? ¿Por qué no vas a la Soledad? Está a punto de comenzar la orquesta y me han dicho que es bastante buena.

—Estoy esperando a que acabe el espectáculo —contestó, remiso a explicarle que estaba esperando para ver al hombre de fuego.

—El espectáculo ha terminado. No van a hacer nada más —dijo Goro enervado, había perdido la cuenta de la cantidad de veces que había dicho ese día que Razz no actuaba.

—Oh. Entonces, me quedaré sentado, pensando, y luego me iré.

—Está bien, pero no te entretengas demasiado. En un rato empezarán a bajar los jóvenes para hacer su particular botellón —le advirtió dirigiéndose a La Guarida.

El hombre asintió. Sus manos, escondidas en los bolsillos de la cazadora, se cerraron en apretados y furiosos puños mientras le seguía con la mirada. Así que era verdad. El espectáculo había terminado y el hombre de fuego no iba a actuar. Porque se lo había prohibido el alguacil. Maldito fuera ese hombre. Abusaba de su poder. Era tan injusto. Ojalá alguien tuviera valor para plantarle cara. No podía permitirse que prohibiera a los demás ser felices.

Se limpió las lágrimas que comenzaban a brotar de sus ojos con el dorso de la mano. Por su culpa se había quedado sin espectáculo. Y sin aprender a jugar con las llamas como hacía el hombre de fuego.

El alguacil era malo. Malo. Malo.

# 15

—*T*en cuidado con quién te juntas, Ana, hay mucho forastero en el pueblo estos días —le repitió a su hermana por enésima vez en los cinco días que llevaban de fiestas—. Como me entere de que has bajado otra vez al frontón te juro que no vuelves a salir hasta que cumplas los dieciocho.

—Jo, Andrés, qué pesadito eres —se quejó la niña.

—Esa boca —la regañó—. Recuerda, todo lo que pienses hacer, yo ya lo he hecho. No intentes…

—… engañarme, que me las sé todas, bla bla bla —canturreó la preadolescente burlándose de él—. Eres insoportable y controlador. Mucho peor que papá y mamá juntos —protestó antes de echar a correr hacia su grupo de amigos.

Andrés la miró con los ojos desorbitados. ¿Qué él era controlador? ¡Pero bueno! ¡Eso era una vil mentira! O tal vez no. Frunció el ceño al darse cuenta de que estaba examinando con atención a cada uno de los chicos que acompañaban a su hermana pequeña. Pero es que era eso, ¡su hermana pequeña! No tenía edad para estar correteando con muchachos. ¡Mucho menos para desaparecer con ellos! Y llevaba todas las fiestas de aquí para allá, quedándose hasta las tantas de la noche. O mejor dicho, hasta que María y Caleb se iban. ¡Y se retiraban muy tarde!

—Si sigues frunciendo tanto el ceño vas a parecer viejo antes de tiempo —se burló su tío llegando hasta él.

—Deberías vigilar mejor a Ana. Se van con los hijos de Fuensanta y no me fío de ellos.

—¿Puede saberse por qué? Son buenos chicos.

—Está tonteando con ellos. Es muy joven para tontear.

—Creo que tengo una escopeta de perdigones en casa… si quieres la bajo para que los amenaces —se burló Caleb.

—No estoy bromeando, tío. Ayer la pillé bajando al frontón —dijo arqueando una ceja.

Caleb tenía que saber, igual que él, que allí se daban la mitad de los encuentros clandestinos entre adolescentes.

—Lo sé. Yo estaba detrás de vosotros —dijo Caleb, demostrándole que sabía lo que hacían sus hijos, y también su sobrino, en todo momento—. De hecho iba a regañarla, pero te adelantaste y, sinceramente, para qué quedar como el malo de la película si tú lo estabas haciendo fenomenal.

—¡No me jodas, tío!

—Esa boca... —le reprendió con las mismas palabras que él había usado con su hermana.

Andrés bufó, metiendo las manos en los bolsillos de sus ajustados vaqueros para buscar el paquete de cigarrillos. Sacó uno, pero en vez de encendérselo comenzó a pasárselo entre los dedos con vertiginosa pericia mientras recorría la Soledad con la mirada.

—Está cerca de la Cueva —dijo Caleb, sonriendo a su mujer que se acercaba sujetando con fuerza la mano de uno de los gemelos.

Más exactamente del que estaba castigado por poner petardos bajo la mecedora del abuelo cuando este estaba descansando. Había faltado poco para que su anciano padre sufriera un ataque al corazón. El otro gemelo estaba por ahí con sus amigos, ya que se había librado del castigo, pues había estado ayudándole a bañar a la perra, lo que demostraba su inocencia.

—¿Quién está cerca de la Cueva? —repitió Andrés, confundido.

—Paula. ¿No la estás buscando? —Caleb lo miró burlón.

—Eh... No. Estaba buscando a Lua —mintió Andrés.

—La pelirroja no ha bajado una sola noche al baile —replicó su tío, divertido por la pobre excusa—. ¿Qué te hace pensar que va a dejar libre a José para bajar hoy a la Soledad? —dijo socarrón—. Aunque no les vendría mal un descanso, tanto sexo va a agotar a su galán.

—¿Habláis de José? —indagó María llegando hasta ellos—. No creo que le importe acabar agotado. Por cierto, Andrés, acabo de ver a Paula, está con Puebla cerca de la Cueva.

Andrés miró a su madre como si le hubieran salido cuernos y cola de diablo. ¿Por qué le decía eso? ¡Él no estaba buscando a Paula! O tal vez sí, pero no debería ser tan evidente como para que todos le fueran con el cuento de dónde estaba ella.

Caleb estalló en carcajadas al ver la cara de pasmo de su sobrino.

—¿He dicho algo gracioso? —María miró a su hijo, desconcertada.

Andrés negó con la cabeza y, antes de que su tío se pudiera

reír más de él —menuda noche llevaba a su costa—, besó a su madre en ambas mejillas, revolvió el pelo a su hermano y se fue hacia la Cueva. Porque tenía sed y quería una cerveza, no por otro motivo.

Localizó a Paula al instante; frente al bancal, con sus amigas de la peña. Preciosa con un vestido rojo, sin mangas, de corte imperio y escote corazón que se ajustaba como un guante a su figura para luego convertirse en vaporosas capas que caían hasta medio muslo.

No podía estar más hermosa.

No podía desearla más.

Tragó saliva a la vez que llevaba ambas manos a su nuca para frotarse el corto pelo. Luego recordó que si subía los brazos, la camiseta subía también, y volvió a bajarlos. No era que estuviera erecto, pero sí era cierto que su estúpido pene se había puesto morcillón al verla. De hecho, tanto él como su pene estaban bastante susceptibles desde el encuentro que habían mantenido con ella en el baño de La Guarida.

Encendió el cigarrillo con el que había estado jugando y lo fumó despacio, observando entre el humo a la preciosa mujer en la que no podía, ni quería, dejar de pensar.

En la semana transcurrida tras el apresurado polvo habían acercado posiciones. No eran los cómplices amantes de antaño, pero sí mantenían una cómoda y segura amistad en la que conversaban de temas irrelevantes, pues ambos se cuidaban muy mucho de no mencionar nada que pusiera en peligro tan frágil tregua. Y ese «nada», era su pasado. Lo que había ocurrido. Lo que se habían hecho. Ambos. Ninguno estaba libre de culpa.

Tiró el cigarro al suelo, lo apagó con la punta de las deportivas y se encaminó hacia donde ella se hallaba. Estaba a pocos pasos cuando la orquesta comenzó a tocar una bachata. Puebla sacó a Paula a la pista y ambas comenzaron a bailar algo que no se parecía ni de lejos a la bachata, pero que estaba poniendo a los hombres que las miraban —y eran unos cuantos— a cien con tantos frotamientos, roces y restregones.

A él no le estaba poniendo a cien. Qué va. Ya había sobrepasado esa cifra. Ahora estaría más o menos a mil.

—Bravo —exclamó aplaudiendo con desgana—. Vamos a tener el pueblo con más antenas parabólicas del mundo mundial —dijo enganchando los pulgares a la cinturilla del pantalón para que las manos le cayeran sobre la polla.

—¿Lo dices por algo en especial? —dijo con fingida inocencia Paula, eso sí, sin dejar de bailar. Ni de restregarse con Puebla. Ni de menear ese duro y perfecto trasero.

—No hay nada más erótico que dos tías frotándose mientras bailan. Estáis levantando pasiones… y otras cosas —aseveró con descaro.

—Si los hombres fuerais menos patosos y más valientes, bailaríais con nosotras y estaríais tan entretenidos que no tendríais necesidad de haceros pajas mentales por ver menearse a dos mujeres —le desafió ella.

Andrés arqueó una ceja, y, sin pensar demasiado en lo que iba a hacer, se acercó a ellas, agarró la mano de Paula, separándola de Puebla, y comenzó a bailar.

Y si Paula no tenía mucha idea de bachatas, Andrés todavía tenía menos. Así que hizo lo que hacen todas las personas que no saben bailar: improvisar. Colocó las manos en la espalda de la joven, pegándola a él, y comenzó a mecerse despacio.

Paula, como no podía ser de otra manera, estalló en carcajadas.

—¿De qué te ríes?

—No tienes ni idea de cómo bailar una bachata —susurró ella en su oído.

—Ah, ¿pero esto es una bachata? Por cómo os frotabais pensaba que era reguetón —replicó él burlón bajando una mano hasta posarla sobre el trasero de ella—. ¿Cómo dices que tengo que moverme? —Metió una pierna entre las de Paula y comenzó a menear las caderas.

—Hum… más o menos así —murmuró ella, colgándose de su cuello—, pero con menos restregones y más ritmo.

—No le pidas peras al olmo, Pau —se quejó él sin separarse un milímetro.

Y ella volvió a estallar en carcajadas.


—Parece que los tortolitos se van arreglando —comentó Goro acercándose a Caleb.

—Eso espero. Ya veremos cómo acaban la noche —replicó este apoyándose fatigado en la muleta. Estaba deseando irse a casa para descansar, pero era María quien tenía que conducir y en ese momento estaba bailando con el gemelo arrestado. No cabía duda de que eran unos padres muy flojos. Vaya caca de castigo que le habían puesto—. ¿Qué tal la noche?

—Bien. Sin incidentes excepto un par de encontronazos en la Corredera y unos cuantos menores a los que he pillado borrachos detrás del castillo. He separado a los primeros y llevado a los segundos con sus padres.

—¿Qué tal lleva Razz las fiestas? Apenas lo he visto estos días —preguntó como quien no quiere la cosa.

Aunque lo que de verdad quería era sacarle un poco de información al alguacil. Sentía curiosidad por ver cómo se iban desarrollando las cosas entre esos dos.

—Está reventado. Trabaja hasta caer roto para sacarlo todo adelante, más o menos igual que el resto de los comerciantes del pueblo en estas fechas —señaló Goro—. Te dejo, tengo que hacer la ronda. Empezaré en la Cruz del Rollo, siempre se forman ahí grupitos que me lo dejan todo asqueroso, luego bajaré a la Corredera. Quiero ver qué tal se están portando los adolescentes y, de paso, avisaré al Galo de que es la hora del cierre.

—Son poco más de las dos —murmuró Caleb estrechando los ojos.

No solo era demasiado pronto, sino que tampoco era tarea del alguacil hacer que los bares y restaurantes cumplieran los horarios. De hecho, Goro tenía costumbre de hacer la vista gorda —como por ejemplo con el botellón— cuando estaban en fiestas.

—Cuando llegue a la Corredera serán más de las tres —replicó Goro.

—¿Vas a obligar al Galo a cumplir el horario? Pensaba que eso era cosa de la Guardia Civil.

—Sí, pero pasan bastante tarde… y ya conoces a Tasia, es capaz de tener La Guarida abierta hasta que salga el sol si hay posibilidad de vender aunque solo sea un refresco —bufó negando con la cabeza. La anciana era temible—. Y el Super es demasiado trabajador y complaciente como para quejarse. No quiero que termine más reventado de lo que ya acaba, así que, abuso un poco de mi poder, y pasadas las tres les mando cerrar —explicó ufano.

—Ya veo que te preocupas mucho por él —señaló Caleb, divertido—. ¿Cómo lo lleváis?

—¿Cómo llevamos el qué?

—Ya sabes a qué me refiero —espetó enarcando una ceja.

—Ahí andamos… Despacito y con buena letra, que no hay ninguna prisa.

Caleb asintió pensativo.

—Está pensando en marcharse —dijo, la mirada fija en el alguacil—. Esta tarde ha salido el tema en La Guarida, y Raziel le ha dicho a Andrés que tenía ganas de seguir viajando. Han discutido. Andrés no quiere que se vaya... pero él parece estar muy decidido.

—Lo sé, me lo comentó hace unos días. No te preocupes. Le haré cambiar de opinión —dijo con rotunda seguridad.

—Eso espero, no creo que esté siendo sincero en sus motivos para irse. Algo le preocupa y eso no me gusta. Es un buen muchacho, no quiero que se vaya.

—Ni yo, Caleb. Me disgustaría mucho verle partir. —Se despidió con un gesto para luego dirigirse hacia la cuesta que conectaba con la calle principal.

Caleb lo siguió con la mirada, sorprendido porque hubiera reconocido que le gustaba el cocinero y luego observó la improvisada pista de baile de la Soledad. Andrés y Paula seguían juntos. Bailando despacio la salsa, bastante movida por cierto, que la orquesta tocaba. Acaramelados. Tan pegados el uno al otro que ni siquiera el aire podía pasar entre ellos. Con la cabeza de ella reposando en el hombro de él y los labios de él recorriendo el cuello de ella. Sonrió. Ah, el amor flotaba en el aire de nuevo.


—Cuidado, Andrés, si me sigues besando el cuello la gente va a pensar que hemos vuelto... Y tú no quieres eso, ¿verdad? —le desafió Paula con voz ronca. Excitada como nunca por el baile, los besos, el roce de la erección contra su pubis.

—¿Tú sí lo quieres? —replicó Andrés al instante—. Imagínatelo, Pau, sería una buena broma si fingiéramos salir de nuevo... tal vez así mi tío y mi madre me dejarían en paz.

Paula dio un respingo al escucharle. Lo miró aturdida un instante y luego desvió la mirada hacia la orquesta.

—No bromees con eso, no es gracioso —protestó abatida, lo que para él era una broma para ella era... un sueño. Un sueño imposible que cada vez parecía más lejano y dolía más.

Suspiró aliviada cuando la canción acabó y la cantante anunció que la siguiente sería un pasodoble, lo que significaba que todos los abuelos saldrían a bailar mientras que los jóvenes se retirarían presurosos, pues no había baile más aburrido que ese.

Intentó zafarse de Andrés para regresar con sus amigas, pero este se lo impidió, tirando de ella para continuar bailando.

—Sabes, creo que lo mejor para no levantar rumores es que baile con otra mujer —susurró él esbozando una pícara sonrisa a la vez que la guiaba con pasos, que desde luego no eran de pasodoble, hacia un lateral del parque.

Paula lo miró sorprendida. ¿Cómo podía ser tan cruel? ¿Acaso no se daba cuenta del daño que le hacía?

—No es mala idea, tal vez haga yo lo mismo y me busque un chico guapo para no levantar rumores contigo —aceptó enfadada. ¿Quería jugar? Pues jugarían. Miró a su alrededor buscando un candidato potente para el baile.

—De acuerdo —accedió Andrés apartándose un poco—. Yo te lo buscaré. Será un chico rubio, de ojos claros, sonrisa pícara y manos sucias —dijo conteniendo la risa.

Paula estrechó los ojos, intrigada. Ahí había gato encerrado.

—David, te cambio a tu rubia por la mía —solicitó en ese momento Andrés a su hermano pequeño, quien efectivamente, era rubio, de ojos claros, sonrisa pícara y manos muy pero que muy sucias. Y rodillas. Y codos. Y toda su persona. Parecía que se hubiera arrastrado por el barro… lo cual no era nada raro.

El niño soltó a la mujer con la que había estado bailando, se irguió en toda su desgarbada estatura y, sacando pecho, le tendió las manos a Paula.

Paula estalló en carcajadas y, cuando consiguió dominarlas, tomó encantada las manos del pequeño para bailar con él. En pocos años sería todo un conquistador, había heredado de su hermano, además de la altura, la sonrisa pícara y la mirada traviesa.

—¿Tanto miedo te da lo que sientes por Paula que la dejas para bailar con tu anciana madre? —le preguntó María con irónica perspicacia cuando estuvieron lo suficientemente lejos de la desigual pareja como para no ser escuchados.

—No me da miedo —replicó Andrés ipso facto—. Es solo que… sé cuánto te gusta bailar pasodobles con el tío —improvisó—, y ahora que no puede, he pensado en darte el capricho.

—Qué galante. —María apoyó la cabeza en el hombro de su hijo—. La última vez que bailamos teníamos la misma altura —musitó nostálgica—. Y ahora apenas te llego al hombro. Me has dejado pequeña.

—¿Tanto hace que no te saco a bailar? No es posible —replicó Andrés aturdido. Hacía años que le sacaba una cabeza a su madre.

—La última vez fue cuanto tenías catorce años, el verano que empecé a salir con tu tío, el mismo en el que Paula te tiró a la Fuente Nueva…

—Ah, sí —murmuró Andrés—. Fue un año de cambios, nos

mudamos a vivir aquí, te casaste con el tío y te quedaste embarazada de Ana.

—Y tú te enamoraste por primera vez…

—Y mira qué bien me ha ido. —Andrés escondió la cabeza contra el cuello de su madre.

—Todas las parejas tienen sus… momentos desafortunados. No puedes dejar que esos momentos definan tu futuro.

—Qué fácil es para ti decirlo —protestó enfadado Andrés—. El tío y tú sois la pareja perfecta. Eternamente enamorados y apasionados. —¡Y tanto! Era difícil no pillarlos besándose en cualquier parte de la casa o, peor aún, metiéndose mano cuando pensaban que nadie miraba. ¡Eran peor que los adolescentes con las hormonas disparadas!—. Jamás habéis tenido ningún problema. Sois tan aburridos que ni siquiera discutís.

—¿Eso crees? —Andrés asintió—. ¿Sabes cuántos años lleva tu tío enamorado de mí?

—Trece. —Estrechó los ojos, intrigado por tan absurda pregunta.

—Veintisiete.

La miró asombrado, tropezando con sus propios pies. Era imposible que su tío llevara tanto tiempo queriéndola… era un año más de los que él tenía.

—Me quiere desde antes de que tú nacieras —confesó María al ver su gesto de estupefacción. Tiró de él para que siguiera bailando, tan sorprendido estaba.

Andrés negó incrédulo. Eso era imposible. Su tío jamás le había dicho nada, y, además, por aquel entonces su madre estaba saliendo con su padre y… Trastabilló de nuevo.

—Papá te dejó embarazada y os casasteis.

—Y tu tío, como el hombre decente y honorable que es, guardó en silencio su amor. Pero no dejó de quererme. Luego tu padre y yo nos separamos y yo le tomé manía al pueblo.

—Menudo eufemismo —bufó Andrés—. Lo odiabas a muerte. Estuviste años sin venir. Hasta que murió papá y yo te pedí que me acompañaras…

—Y entonces tu tío fue a por mí. Y me enamoró. Y no te creas que se lo puse fácil. Al contrario, fue muy muy complicado. Pero me quería e hizo lo imposible por conseguir mi amor. No hubo obstáculo que no venciera.

—Es una historia muy bonita, mamá. Pero no tiene que ver con lo que nos pasó a nosotros. Tú no te has acostado con otro mientras estabas saliendo con Caleb —estalló.

—Paula tampoco.

—¡No me jodas, mamá! —siseó apartándose.

—No te jodo, cariño —replicó María cortante, tirando de él para que volviera a tomarla en brazos y seguir bailando. Esa conversación era demasiado importante como para dejarla a medias—. No sé qué os pasó, Andrés, pero conozco a Paula y te conozco a ti. Y sé que ella sería incapaz de hacer algo así.

—Te sorprenderías de lo que las personas somos capaces de hacer —masculló Andrés desviando la mirada.

—¿Qué fuiste tú capaz de hacer? —inquirió María envolviéndole la cara con las manos y obligándole a mirarla.

«Follar con cualquiera, quemarme el pecho, beber hasta caer desmayado en mitad de la calle, drogarme hasta la inconsciencia sin importar con qué...».

—No quieras saberlo, mamá. —La abrazó, escondiendo de nuevo la cabeza en su hombro.

María le abrazó en silencio, consciente de que por mucho que se lo preguntara él jamás contestaría. Pero no eran necesarias las respuestas. Era su hijo, lo conocía bien. Sabía cómo pensaba y cómo reaccionaba. Y daba gracias a Dios por mandarle a Razz y a Lua, que le habían mantenido a salvo de sí mismo.

—¿Todavía la quieres? —murmuró cuando él aflojó la fuerza del abrazo.

Andrés permaneció inmóvil, sin permitir que ningún gesto delatara lo que sentía.

—Déjame que te lo plantee de otra manera, ¿qué serías capaz de hacer por ella? —le susurró al oído—. Tu tío me mintió, me engañó, me persiguió, incluso se convirtió en otra persona para llegar hasta mí. Y le quiero más que a mi vida. ¿Qué serías capaz de hacer por Paula? Piénsalo, y cuando tengas la respuesta sabrás si la quieres tanto como temes. —Se puso de puntillas para besarle en la frente—. Y ahora creo que deberías dejar de usarme como excusa y bailar con quien realmente deseas.

Se apartó de sus brazos y caminó hasta el desigual dúo que intentaba bailar el merengue que tocaba la orquesta. Le tendió las manos al pequeño, y este, sin pensárselo dos veces, dejó a su pareja para bailar con ella.

—Esta juventud de hoy en día no tiene respeto por las mujeres hermosas. —Andrés tomó a Paula por la cintura—. Mira que dejarte tirada... Qué desperdicio, con lo buena que estás.

—Serás tonto, con lo bonito que te estaba quedando y has tenido que estropearlo —sonrió encantada de volver a estar entre sus brazos.

—Se me da bien estropear las cosas —susurró pensativo—. La cagué bien cagada con mis viajes, ¿verdad?

—No tanto como yo cuando te dejé —replicó ella fijando la mirada en el hombro de él.

—Y no te olvides de los cuernos, eso estuvo muy mal —murmuró él con voz ronca, obligándose a mantener el tono sereno y ligero de la conversación a pesar de que se sentía como si una bestia inmunda le estuviera desgarrando el corazón.

—No fueron cuernos. Ya no estábamos juntos —rebatió Paula, apretando con fuerza la camisa de él entre sus dedos nerviosos.

—Tienes razón. No lo estábamos —aceptó apretando los dientes furioso. Esa era la única verdad, ella había cortado y él no había reaccionado como debía—. Me dejaste, pero no me lo tomé en serio.

—Y yo me enfadé mucho…

—Y te liaste con un idiota para demostrarme lo cabreada que estabas —espetó con rabia para luego inspirar despacio, obligándose a mantener la calma.

Era necesario hablar sin gritos ni reproches.

—No. No fue por eso. —Paula suspiró, forzándose a mirarle a los ojos—. Él llevaba un tiempo rondándome. Me llamaba por teléfono, me mandaba mensajes, se acordaba de mis exámenes y me preguntaba por ellos, me dejaba flores sobre la taquilla. Me hacía sentir importante. Así que cuando no me tomaste en serio me ofusqué y… ya sabes. No pretendía demostrar nada, solo sentirme querida.

Andrés cerró los ojos, colérico, a la vez que se quedaba inmóvil, deteniendo el suave vaivén con el que hasta ese momento fingían bailar.

Paula tomó aire para darse valor e hizo ademán de apartarse.

Él se lo impidió abrazándola con fuerza. La pegó de nuevo a su pecho, instándola a apoyar la cabeza en su hombro. Colocó una mano en el lugar donde la espalda pierde su nombre y le acarició el pelo con la otra mientras volvía a mecerse despacio.

Paula se quedó un instante inmóvil, tan sorprendida estaba, y cuando por fin reaccionó, se abrazó a él moviéndose a su ritmo.

Permanecieron largos minutos en silencio, concentrados en la cadencia de sus cuerpos y el compás de sus respiraciones. El merengue dio paso a una cumbia y esta a su vez a una bachata antes de que Andrés se decidiera a hablar.

—No te hacía mucho caso por aquel entonces, ¿verdad? —reconoció apretando los dientes.

—No me hacías caso. Sin el mucho —resopló ella.

—Me pasaba semanas viajando y cuando llegaba a casa solo pensaba en echarte un par de polvos para recordarte que seguíamos juntos y volver a escaparme —confesó, asumiendo su parte de culpa. Había sido un cabrón irresponsable y egoísta.

—Hubiera preferido que me lo recordaras con una cena íntima o un paseo por el campo —contuvo la rabia que hacía presa en ella con los recuerdos—. Me sentía como una muñeca hinchable a la que follabas por costumbre antes de desaparecer —manifestó alzando la cabeza para mirarle.

—Y ni siquiera era bueno follando —murmuró él depositando un suave beso en sus labios entreabiertos.

—Bueno, quizá exageré un poco. —Se lamió los labios. ¿De verdad acababa de besarla?

—¿Un poco? —Andrés entrecerró los ojos. ¿A qué se refería exactamente con eso?

—Se me ocurrió que si atacaba tu... virilidad, reaccionarías. Se supone que los hombres sois muy tiquismiquis con ese tema —señaló—. Pero a ti te dio igual.

—La verdad es que me sentó bastante mal —replicó ofendido—. Joder, Pau, llevo tres puñeteros años acomplejado con ese tema —confesó.

—¿Ah, sí? Vaya... —farfulló hundiendo la cara en su hombro.

—No te estarás riendo, ¿verdad? —masculló Andrés al sentir los dientes de ella en su hombro—. Dime que no te estás descojonando de mí...

Paula negó con la cabeza. Pero sí se estaba riendo. Y él lo sabía. Vaya si lo sabía, el recuerdo de su risa era uno de los más hermosos que tenía.

—Pau... —gruñó, dándole un suave pellizco en el trasero.

—Perdona, pero no consigo imaginarte acomplejado —dijo entre risas—. No va con tu carácter.

—Pues lo estaba. No te puedes ni imaginar lo mucho que me esforzaba en complacer a las tías con las que me acostaba —protestó enfadado. El respingo que dio ella le advirtió de que sus palabras no habían sido acertadas—. Joder, Pau, lo siento...

—No pasa nada, los dos hemos compartido cama con otras personas —replicó ella a la defensiva—. Es lo normal estando solteros. No hay motivo para enfadarnos.

Se volvieron a quedar en silencio, abrazados mientras se mecían al son de la música, hasta que dos canciones más tarde la orquesta terminó su primera ronda y se tomó un merecido descanso.

Andrés miró el reloj, pasaban de las dos de la mañana. En menos de cinco horas tendría que estar en pie para trabajar. Las cosechas no sabían de fiestas, bailes ni corazones rotos que comenzaban a sanar. Aunque, con un poco de suerte, al día siguiente recogerían los últimos higos y Caleb les daría un par de días de descanso antes de retomar las tareas.

—Tengo que irme, ¿vendrás pasado mañana al *picnic* en el Amoclón?

—Nada podría impedírmelo.

—¿Necesitas que te lleve? Vamos a ir en la camioneta de José y hay sitio libre…

—No, iré con la peña en la furgoneta de Puebla.

—Entonces allí nos vemos —dijo él esbozando una sincera sonrisa.

Se dio la vuelta y enfiló la cuesta con mil cosas en la cabeza, aunque había una que se repetía con más insistencia que las demás. ¿Qué sería él capaz de hacer por ella? Y, ¿qué había sido ella capaz de hacer por él? ¿Por llamar su atención? Le había mentido, amenazado, discutido, incluso lo había dejado. Y no había conseguido hacerle reaccionar. En justicia no podía culparla de buscarse a otro más… atento. Pero dolía. Ah, cuánto dolía.

—¡Andrés! —escuchó los gritos de Paula, quien corría hacia él.

Se detuvo y rehízo la cuesta para llegar lo antes posible hasta ella. Parecía… alterada.

—¿Qué pasa? —inquirió preocupado tomándola de las manos.

—Quería decirte que… —se detuvo para tomar aliento—. Me alegro de que hayamos hablado. Necesitaba sincerarme contigo y que tú fueras sincero conmigo. No importa si ya no me quieres. Si solo te apetece follarme. Lo entiendo. A mí también me apetece follar contigo. Más aún ahora, con lo mucho que has mejorado, ¡qué digo mucho, muchísimo! —apuntó nerviosa a la vez que le guiñaba un ojo con lo que esperaba fuera un gesto burlón—. Pero… —tomó aire para insuflarse valor—. Quiero que sepas que yo sí que te quiero. Que no he dejado de quererte. Ya está. Ya lo he dicho. Oh, Dios, qué vergüenza —balbució llevándose las manos a la cara—. Me niego a permitir que haya un solo secreto más entre nosotros —recalcó antes de darse media vuelta y echar a correr de regreso al parque.

Andrés la miró atónito, y, aunque estuvo tentado de seguirla, no lo hizo.

Ya sabía qué era capaz Paula de hacer por él: confesarle que le quería sin esperar ser correspondida. Ser sincera a pesar de saber que se exponía a su indiferencia. Luchar con todas las armas a su alcance por una relación que ellos mismos habían matado.

Ahora solo quedaba una cuestión. ¿Qué era capaz él de hacer por ella?

# 16

Andrés sacó a la calle la nevera portátil llena de hielo, cervezas y refrescos y se sentó sobre ella con un suspiro de cansancio. A su alrededor había una mochila con toallas, una bolsa frigorífica con botellas de agua y una cesta de mimbre con manteles, servilletas y vasos de plástico. Y aún faltaban cosas.

¡Parecía que se iban a la guerra en vez de a pasar la tarde en el campo!

Raziel salió de la casa sujetando dos bolsas de rafia que contenían merienda y cena para un regimiento. Andrés no pudo menos que negar enfurruñado. El moreno había dedicado la mañana del primer día libre que había tenido en más de un mes a cocinar para la peña, gratis y por propia voluntad. Y en vez de estar animado por la salida, casi habían tenido que amenazarle para que fuera con ellos.

—¿No llevamos sillas ni mesas plegables? —gruñó Raziel recorriendo con la mirada los bultos que rodeaban a Andrés.

—Te lo he repetido mil veces, en el merendero hay bancos y mesas de granito, no hacen falta sillas. Vamos tío, relájate.

—Esto es un despropósito. No pinto nada allí, es más, te recuerdo que ¡odio el campo! —protestó enfadado. El primer día libre que tenía en más de un mes y lo iba a pasar en el bosque, rodeado de bichos asquerosos y en compañía de adultos que se creían Frank de la Jungla—. Dime otra vez por qué tengo que acompañaros...

—Porque es tu primer día libre y tienes que aprovecharlo, porque te lo vas a pasar bien y porque apenas hemos podido hablar contigo esta semana ¡Nos debes esta tarde! ¡Joder!

Raziel miró a su amigo, bufó resignado y, tras comprobar por enésima vez que todas las fiambreras estaban bien cerradas y que no podían entrar insectos en ellas, se sentó en el poyo.

—¿Has escrito un whatsapp a Lua preguntándole cuándo venían? —preguntó cinco minutos después, aburrido de esperar en silencio a que la pelirroja y el Manguerita llegaran.

—Sí, hace media hora, y me ha contestado que ya salían —gruñó Andrés—. Tienen que estar echando el enésimo polvo de la tarde. Ya sabía yo que no era buena idea dejar que Lua fuera a comer con José hoy. La peña nos estará esperando en el Amoclón, vamos a llegar tardísimo.

—Para la próxima castígala sin salir, papi —replicó burlón Razz.

—Vete a la mierda —resopló Andrés.

Se levantó de la nevera para hacer lo que hacen todos los impacientes del mundo mundial: dar vueltas de un lado a otro para poner nerviosos a los que no lo están.

Y, de repente, se detuvo.

—¡Joder! —siseó antes de entrar en la casa.

Subió al trote las escaleras y entró como un huracán en su dormitorio para sacar del armario las mantas más viejas que encontró. En el Amoclón hacía frío por la noche, y no tenía intención de acabar el *picnic* antes de tiempo por un poco de fresquito. Además, las mantas podían ser muy pero que muy útiles, pensó comprobando el tamaño de una de ellas.

Estaba doblándola para meterla en la enésima bolsa de rafia cuando escuchó el motor de la vieja camioneta de José. Se asomó a la ventana para gritarles que ya bajaba, pero en vez de eso acabó sentado en el alféizar, observando a sus amigos.

José miraba con los ojos entrecerrados los bultos a la vez que negaba con la cabeza, incapaz de creerse que fueran necesarias tantas cosas para pasar la tarde en el campo. Y mientras su chico rezongaba, Lua se colocó sigilosa tras él para, de improviso, abrazarle por la espalda, deslizar una mano bajo el pantalón y agarrarle libidinosa el paquete. El tímido hombretón saltó sobresaltado, pero en vez de intentar liberarse, como sería lo normal en él, miró a ambos lados de la calle, y tras comprobar que no había nadie —excepto Raziel, que no contaba porque no iba a dar la voz de alarma— se giró y, envolviendo a Lua entre sus brazos, la besó hasta dejarla sin aliento.

«Vaya, vaya», pensó Andrés alucinado por la reacción de su serio amigo. Pero todavía se sorprendió más cuando la pelirroja, en vez de aprovechar la coyuntura y meterle mano, se abrazó a su cuello para besarle ensimismada. Así, sin intentar follarle contra la pared. ¡Asombroso! Y mientras la parejita feliz se besaba, Raziel se mantenía apartado. No en un discreto segundo plano como tenía por costumbre, sino distante. Con la mirada perdida en el horizonte y la mente a mil universos de allí. Quizá preparando su inminente marcha.

Andrés suspiró pesaroso al comprender que Razz se había ido alejando de ellos con la discreción que le caracterizaba, sin que se dieran cuenta. Se mantenía al margen en La Guarida del Villano, apenas salía y ni siquiera había pisado las fiestas. De hecho, les había costado mucho convencerle de que los acompañara esa tarde. Y el único argumento que había esgrimido para no acompañarlos, aparte de su terror a los insectos, era que no pintaba nada allí.

—Pero sí pintas —insistió Andrés entre dientes a la vez que buscaba algo para golpear.

Las inocentes mantas que tan buen servicio iban a darle fueron las elegidas para tan necesario cometido. Recibieron algunos puñetazos, no muchos y tampoco muy fuertes. Los suficientes para que dejara salir la rabia que no le permitía pensar. No era justo que Razz se fuera. No era justo que el grupo se rompiera. No era justo que todo estuviera a punto de irse a la mierda.

Se apoyó contra la pared cansado de luchar contra las mantas, contra su rabia, contra la verdad que se negaba a ver.

Las personas cambiaban, y ellos habían cambiado. Mucho.

Lua estaba atrapada en las redes del amor y era asquerosamente feliz.

Él mismo estaba volviendo a sentir algo por Paula. O tal vez nunca había dejado de sentirlo y era ahora cuando se permitía reconocerlo. Y también, por algún extraño capricho del destino, se sentía estúpidamente feliz.

Hasta Razz parecía extrañamente feliz, pero él, al contrario que ellos, quería marcharse. Continuar en soledad el camino que habían emprendido juntos.

Sintió un fuerte pinchazo en el pecho, su amigo se iba a ir, dejándoles solos.

Y él no podía hacer otra cosa que aceptarlo y respetarlo, no sin antes gruñir un poco, por supuesto.

Tomó la bolsa con las mantas viejas y bajó a la calle. Eran más de las siete y se suponía que a esas horas ya tendrían que estar en el merendero con el resto de la peña…

Razz se removió sobre la toalla intentando encontrar una postura más cómoda para su pobre trasero; una aguja de pino atravesó la felpa adelgazada por el tiempo y se le clavó en la palma de la mano. Era ese tipo de cosas extrañas, que, aunque estuviera con cien personas más en el campo, solo le pasaban a él, lo que daba pábulo a su teoría de que la naturaleza le odiaba tanto como él la odiaba a ella.

Se miró la mano como si estuviera gangrenada y fuera a perderla sin importar qué hiciera. Y desde luego era algo que podía pasar, pues, a pesar del cuidado que había tenido de no tocar nada, había tocado de todo y ahora estaba mugrienta; una mezcla de tierra y resina de lo más desagradable. Había tropezado y se había caído, posando las manos en el suelo. Luego alguien le había saludado dándole un empujón que le había mandado directo contra un pino, que también había tocado, en su parte más resinosa. Y aunque se las había lavado, seguían pegajosas. Y sucias.

—Joder, Razz, deja de poner esa cara —le regañó Andrés, agarrándole la mano afectada—. Vamos a tener que amputarla —dijo muy serio antes de bajar la cabeza, posar los labios sobre la palma, atrapar la aguja entre los dientes y liberarle del suplicio—. Ya está, me debes la vida.

Razz clavó los ojos en su amigo, bufó sonoramente y volvió a removerse sobre la toalla para encontrar una postura menos incómoda.

—No ha sido culpa mía que no pilláramos mesa, sino de la parejita —resopló Andrés señalando a Lua y José—. Así que no me mires como si quisieras matarme...

—No quiero matarte. Me conformaría con estrangularte —siseó Razz girando la cabeza para fingir prestar atención a Puebla, quien en ese momento contaba la enésima historia de terror de la tarde.

No obstante no había nada que fuera más terrorífico que la realidad.

Y la realidad era que habían llegado tarde al merendero, aunque según Andrés no importaba. La peña estaría ya allí guardando mesa.

La peña no estaba allí.

Más aún, la peña no estaba allí y por ende nadie estaba guardando mesa.

Y no acababan ahí las desgracias; la peña no estaba allí, pero sí estaban otras peñas ocupando las mesas. Todas las mesas.

En definitiva: no había mesas libres.

Así que no les había quedado más remedio que ir a un lugar que José y Andrés conocían y que, según ellos, era maravilloso. A ese lugar, por supuesto, se llegaba subiendo la montaña por un sendero solo apto para cabras acróbatas —las normales dudaba que consiguieran escalarlo— y que ellos, simples y torpes humanos, subieron acarreando todos los trastos cual mulos de carga.

Y sí, el lugar era maravilloso. Un claro rodeado de árboles con un riachuelo de agua transparente a poco más de cincuenta metros de donde se habían instalado. Pero no tenía mesas. Ni bancos de granito para sentarse.

Y allí estaban, sentados en el suelo sobre una cama de toallas, alrededor de un par de manteles que hacían las veces de mesa. Y todos tan felices. Menos él. Y tan cómodos. Menos él. Comiendo como heliogábalos sin importarles las hormigas que se paseaban a sus anchas sobre el mantel, las moscas que se posaban pesadas sobre la comida ni las avispas hambrientas que, armadas con sus potentes mandíbulas, amenazaban con morderle si no las dejaba comerse el chorizo al vino que tanto trabajo le había costado cocinar.

—Pronto se irán —susurró Lua intentando consolarle—. Está cayendo la noche, en cuanto se oculte el sol las avispas desaparecerán. —«Y vendrán los mosquitos», pensó, pero eso desde luego no se lo iba a decir, no era plan de disgustarle antes de tiempo.

Razz asintió silente, intentando aparentar cierta felicidad. Felicidad de todo punto inalcanzable en ese momento. Imposible sentir siquiera una mínima alegría sentado en el suelo. Incómodo. Cabreado. Rodeado de insectos a los que le daba asco matar y escuchando historias de miedo.

Era aterrador.

Tanto, que si Freddy Krueger, Jason y Leatherface[12] tuvieran a bien visitarles se prestaría voluntario para que le desgarraran con las cuchillas, le clavaran un machete y le hicieran trocitos con la motosierra; tan bien se lo estaba pasando. Apartó el pie de algo que se movía sospechosamente entre las agujas de pino que cubrían el suelo.

—Es solo un escarabajo, Razz, relájate —le increpó Andrés, molesto con su actitud.

No había nadie peor con quien pasar una tarde de campo que Raziel, pensó Andrés. Le aterraban los insectos, y era incapaz de luchar contra ese miedo. Había visto al moreno pasar días enteros sin comer y no emitir un solo lamento; sufrir quemaduras dolorosas sin quejarse y enfrentarse a peleas imposibles sin ni siquiera parpadear, pero era ver un insecto y quedarse sin respiración.

Se encogió de hombros, cada cual tenía que hacer frente a sus miedos.

12. Los malos malosos de *Pesadilla en Elm Street*, *Viernes 13* y *La matanza de Texas* respectivamente.

Él, también.

Desvió la mirada hacia Paula. Estaba sentada al otro lado de la improvisada mesa y contaba una historia de terror que, supuestamente, había pasado en esas mismas montañas. Una mezcla entre *Viernes 13* y *Posesión infernal* de lo más increíble. Literalmente. No había nadie que fuera tan tonto de creérsela. Y eso a pesar de los gestos de pánico y los susurros espectrales con los que la narraba. No pudo por menos que sonreír. Pau seguía siendo una pésima narradora a pesar del empeño que ponía; incluso fingía sufrir escalofríos de miedo.

O tal vez no, pensó cuando él mismo tembló al sentir una ráfaga de aire helado que bajaba desde la cima. Se frotó los brazos desnudos, notando bajo los dedos la piel de gallina; tal y como había dicho Lua pronto caería la noche y con ella el aire sería más frío.

Miró el horizonte quebrado de la sierra. El sol era un punto apenas visible que desaparecía en un valle entre montañas. En pocos minutos ya no habría luz. Se levantó para buscar en las bolsas los faroles de Led y de paso sacó las mantas. Le tendió una a Lua y José, otra a Razz, y se acercó con la última a Paula, quien ya había acabado de narrar su historia.

—¿Tienes frío?

—Un poco —admitió ella mirándole suspicaz. No habían vuelto a verse desde que le hiciera su estúpida confesión, dos días atrás, y no sabía bien qué esperar de él.

Andrés asintió con la cabeza, se inclinó sobre ella y la tomó en brazos para después sentarse algo alejado del círculo formado por el grupo, con las piernas cruzadas a estilo indio y ella acomodada en su regazo. Echó la vieja manta sobre ambos, creando una tienda de campaña sobre sus cuerpos que solo dejaba visibles sus cabezas.

—Yo también tengo frío —apuntó, cuando Paula lo miró sorprendida—. No me jodas que creías que te iba a dar la manta… No soy un caballero, Pau, nunca lo he sido.

—¿En serio? —ironizó ella—. Y yo que pensaba que eras un príncipe azul.

—Los príncipes azules no tienen tatuajes —replicó él.

—Cierto, son unos sosos —recalcó ella girándose hasta quedar recostada contra él, los dedos acariciando las escarificaciones de su torso—. Con lo que me gustan a mí los chicos tatuados.

Andrés posó la mano sobre la de ella. La sintió temblar bajo su contacto, bajo su mirada. No estaba tan tranquila como quería aparentar. Él tampoco.

¿Qué era capaz de hacer por ella?, se preguntó por enésima vez en esos dos días.

Obligarse a no quererla, sin conseguirlo. Forzarse a olvidarla, sin lograrlo. Intentar odiarla, engañándose a sí mismo al creer que lo había conseguido, y ser asquerosamente infeliz mientras intentaba vivir apartado de ella.

Tal vez había llegado la hora de cambiar de estrategia y aceptar lo que era imposible cambiar.

—Siento no haber bajado ayer a La Guarida —comentó acariciándole la tripita mientras que con la mano libre sujetaba la manta para que no cayera y los dejara al descubierto.

—No pasa nada, entiendo que estés ocupado con el trabajo —dijo con fingida indiferencia.

—La verdad es que no bajé porque no quise, no porque algo me lo impidiera.

—Ah, vaya —murmuró Paula sin saber bien qué decir.

—Me pasé la tarde encerrado en mi dormitorio. —Frotó la nariz contra el cuello de ella—. Tenía muchas cosas en las que pensar.

—Como por ejemplo… —contuvo la respiración, expectante.

—En todas las maneras en las que quiero hacerte el amor. —Bajó la cabeza para lamerle los labios.

—Ah, qué interesante. ¿Te decidiste por alguna en especial? —Se removió, frotando el trasero contra la incipiente erección que se alzaba en la ingle masculina.

—Sí, pero no sé si vas a estar de acuerdo —admitió y le mordisqueó excitado el lóbulo de la oreja.

—Prueba a decírmelo, tal vez te sorprendas —susurró ella colando los dedos bajo los vaqueros de él.

—No es apto para mentes sensibles —afirmó, deslizando la mano libre bajo la camiseta para recorrer el fino encaje del sujetador—. Muy buen relato, Puebla —dijo de repente, llamando la atención sobre ellos—. Ahora me toca a mí…

Paula lo miró atónita al percatarse de que pretendía contar una historia mientras la tocaba. ¡Pero qué mosca le había picado! Él nunca había sido un exhibicionista. Aunque tenía que reconocer que fingir indiferencia mientras la acariciaba delante de todos era muy excitante.

—Érase una vez… —comenzó a decir Andrés.

—Así empiezan los cuentos, no las historias de terror —se burló uno de la peña.

—Ya ves, original que soy —replicó Andrés mientras que, bajo la manta, sus dedos se deslizaban traviesos sobre el sujetador para trazar con experta pericia el contorno de los pechos femeninos—. Y ahora, si no te importa cerrar la bocaza... Érase una vez —hizo una breve pausa por si alguien más se atrevía a protestar; como nadie lo hizo, continuó— unos excursionistas que acamparon en un valle entre montañas —contó sopesando los pechos de Paula en la palma de la mano.

—Pero como no les pareció un buen sitio para pasar la noche, decidieron seguir subiendo hasta la cumbre —le interrumpió Paula a la vez que, bajo la manta, apartaba la mano de su entrepierna en una clara advertencia: «Si tú no vas donde yo quiero, yo no voy donde tú quieres».

—Ah... Sí, decididamente, el valle no era un buen lugar para acampar y subieron a la cumbre —accedió Andrés, acariciando con voracidad los pezones por encima del sujetador—. Pero lo que no sabían era que el malo malísimo acababa de despertarse en el barranco. —Meció las caderas, recordándole a Paula que dicho malo malísimo esperaba atenciones.

Atenciones que no tardaron en llegar. No era plan de dejar al malo sin su ración de mimos y caricias.

—¿En el barranco? ¿Pero no estaban en la cima? —apuntó Puebla estrechando los ojos.

—Esos eran los excursionistas —comentó Paula dando un respingo al sentir que le bajaba las copas del sostén, dejando al descubierto sus pechos. Apretó las piernas, excitada al notar un lento roce sobre los pezones.

—Recorrieron la cima para ver dónde montaban las tiendas —comentó Andrés a la vez que le frotaba un pezón con la palma de la mano, pezón que después atrapó entre los dedos para tirar de él, provocándole un placentero dolor.

Paula apretó los labios para no gemir extasiada a la vez que arqueaba la espalda. Soltó el pene, olvidándolo al sentir el primer ramalazo de placer atravesándola.

—¿Os estáis metiendo mano bajo la manta? —inquirió Lua con un atisbo de diversión en la voz al ver el gesto de la rubia.

—¿Nosotros? Qué va. Somos unos chicos muy serios y decentes —apuntó Andrés con evidente sorna a la vez que le dedicaba idéntica atención al otro pezón, lo que dio como resultado que Paula se tuviera que morder los labios para no jadear—. La cuestión es que los excursionistas están en la cima y el malo maloso en el barranco, solo y abandonado. —Fijó la mirada en su compañera, esperando que captara la indirecta, pero ella le miraba absorta los labios a la vez que se lamía los suyos—. Así que los excursionistas bajan a... buscar un río —decidió cambiar la historia, al fin y al cabo que el malo maloso estuviera desatendido no era importante. No, si lo comparaba con la mirada vidriosa de Paula.

Adoraba esa mirada; ese gesto de rendido placer con el que más tarde se perdería en el orgasmo.

Descendió con libidinosa lentitud por los valles y los montes que configuraban las costillas y el abdomen, deteniéndose sobre el ombligo para trazar perezosos círculos que ampliaba a cada giro, hasta casi tocar la cinturilla de los *shorts* deportivos que ella vestía.

—¿Un río? —repitió Puebla, recelosa al ver que se quedaba callado.

—Sí, tenían sed, mucha sed —matizó Paula. Separó las piernas para que Andrés deslizara la mano bajo sus pantalones—. Tanta que agonizaban por meterse en un riachuelo...

—Pero el malo maloso se sentía solo y abandonado, y no les permitió acercarse —reiteró Andrés abandonando el ombligo para subir de nuevo hacia los pechos.

Paula abrió la boca para protestar, pero en ese instante captó lo que él le reprochaba y volvió a dedicarle algo de atención a la erección olvidada.

—¿Y cómo hizo para que no se acercaran? —preguntó José, arqueando una ceja.

—¿Para qué no se acercara quién? —inquirió a su vez Andrés casi sin voz, pues Paula estaba jugueteando con el pulgar sobre el glande, y eso era algo que le dejaba sin capacidad para razonar.

—Los excursionistas. ¿Cómo hizo el malo para que no se acercaran los excursionistas?

—Y yo qué sé... Lo típico en estos casos. Les daría un par de hachazos o los despedazaría con la sierra eléctrica —soltó impaciente; Paula acababa de aferrarle la polla y estaba masturbándole.

—Vaya historia más mala que estás contando —se burló Razz sin un atisbo de humor en la voz. Conocía a su amigo y, al igual que Lua, sabía con exactitud lo que estaba ocurriendo bajo la manta—. ¿Alguien sabe una mejor?

—Me parece que nos acaban de quitar el turno —susurró Andrés al oído de Paula cuando Puebla, la contadora oficial de historias del grupo, tomó la palabra.

—Mejor. Tu historia era estúpida... y tu malo maloso deprimente —recalcó ella divertida mientras movía la mano arriba y abajo sobre el pene—. ¿Qué hacía en el barranco, solito, cuando los excursionistas estaban en la cima? —se burló apretando el glande antes de soltarlo para seguir masturbándole.

—Buscaba una cueva en la que ocultarse —susurró Andrés. Deslizó la mano por la entrepierna de ella, por encima de la elástica tela del *short*.

Presionó con los dedos, frotando la costura contra la vulva, hundiéndola entre los labios vaginales hasta que Paula elevó las caderas para mecerse contra su mano.

—Qué es lo quieres que te haga, Pau, dímelo —jadeó en su oído sin dejar de tocarla.

—Méteme los dedos —le ordenó en voz baja a la vez que separaba aún más las piernas.

—¿Dónde?

—¿Dónde crees? —bufó impaciente.

Andrés sonrió ladino.

—Agarra la manta con las dos manos —le ordenó susurrante.

Y tras asegurarse de que ella sujetaba la manta que los mantenía ocultos, la hizo girar sobre su regazo hasta que quedó sentada de espaldas a él, sobre su rígida y gruesa polla, con sus piernas entre las de ella, manteniéndolas abiertas.

Deslizó una mano por el vientre femenino, bajo el dúctil algodón de los pantalones y las braguitas, y hundió los dedos entre los labios vaginales.

—¿Dónde quieres que te los meta? ¿Aquí? —insinuó presionando con las yemas en la entrada de la vagina—. ¿O aquí? —Deslizó la mano libre bajo la corta pernera del pantalón y presionó con el índice el fruncido ano.

Paula se irguió, apartando el trasero de la osada mano. Y con la sorpresa, a punto estuvo de soltar la manta.

—Cuidado, rubia, que nos dejas helados —la regañó divertido en voz alta, llamando de nuevo la atención de los demás sobre ellos.

Paula se apresuró a comprobar que la manta continuaba cerrada y se dejó caer de nuevo sobre la abultada entrepierna y la atrevida mano.

—Cabrón —siseó solo para él a la vez que mantenía una forzada sonrisa en los labios para los miembros de la peña que la miraban intrigados.

—¿No quieres mis dedos en tu culo? —susurró Andrés volviendo a meterlos bajo la pernera del pantalón mientras deslizaba hacia la vulva la mano que había mantenido sobre el pubis.

—Los prefiero en el coño, gracias —replicó ella en voz baja a la vez que giraba la cabeza hacia él para que nadie pudiera oírla.

—Tus deseos son órdenes…

Presionó con la palma de la mano sobre el clítoris y hundió dos dedos en la lubricada vagina. Los curvó buscando ese punto que la hacía jadear, y, cuando lo encontró, no dudó en utilizarlo a su favor. Lo frotó despacio, haciendo que ella se agitara sobre su regazo.

—¿Nunca has sentido curiosidad por cómo será por detrás? —sugirió en su oído a la vez que volvía a presionar con el índice en el ano, dejando bien claro a qué se refería con «por detrás».

Ella negó con la cabeza despacio, intentando por todos los medios mantener en su rostro un gesto indiferente, cuando lo que deseaba era gritar de placer hasta quedarse ronca.

—¿Seguro? —insistió Andrés, recogiendo con el dedo la humedad que bañaba los pliegues vaginales para a continuación volver a presionar el fruncido orificio.

Paula asintió con la cabeza, se detuvo y negó despacio.

No. En ese preciso momento no estaba segura de nada.

Andrés le mordisqueó el cuello y, sin sacar los dedos con los que torturaba su vagina, le hundió con delicada lentitud el índice en el ano.

Ella se irguió con rigidez al sentir la doble penetración.

—Relájate, Pau —susurró lamiéndole el lóbulo de la oreja antes de succionarlo—, o todos van a saber lo que estamos haciendo.

—Ya lo saben —siseó ella aferrando con fuerza la manta. Los dedos que invadían su cuerpo, todos, la estaban volviendo loca.

—Lo imaginan, pero no lo saben, esa es la gracia del asunto…

Paula asintió, manteniendo el gesto impasible, hasta que los dedos que la penetraban parecieron encontrarse a través de la delgada membrana que separaba ano y vagina. Se sacudió estremecida por el remolino de placer que surgió del inesperado roce.

—Presta atención, rubia, estás siendo demasiado expresiva —le advirtió mordaz en voz baja cuando la vio cerrar los ojos.

—No puedo evitarlo… para un momento —suplicó ella sin desearlo, pero consciente de que necesitaba detenerse para recuperar la cordura.

Pero Andrés no sacó los dedos de su interior. Al contrario, continuó hundiéndolos en ambas entradas, añadiendo uno más a los que penetraban la vagina mientras movía el índice contra las paredes del recto.

Paula, incapaz de seguir fingiendo, volvió a cerrar los ojos para luego apoyar la espalda contra el torso de él con relajada confianza. Sus dedos sujetaban con laxitud la manta.

—Cuidado, Pau —indicó Andrés apartando la mano del trasero para aferrar la manta en el mismo instante en el que ella la soltaba.

—Ya tienes tú cuidado por los dos —reconoció ella arqueándose a la vez que giraba la cabeza para besarle—. Sé que nunca dejarás que nos pillen —aseveró confiada.

Apoyó las manos en los muslos de él y comenzó a mecerse sobre su polla y contra su mano, persiguiendo el orgasmo que tan cerca sentía.

Andrés la miró sobrecogido por la erótica belleza que mostraba. Pero no era esa belleza la que le dejaba sin respiración, sino el saber que, pese a todo lo que se habían dicho y hecho, ella era capaz de abandonarse por completo entre sus brazos y depositar, de nuevo, toda su confianza en él.

Buscó con sus labios los de ella para fundirse en un apasionado beso que solo interrumpieron cuando se quedaron sin aire, tan concentrados estaban en la pugna de sus lenguas que se olvidaron hasta de respirar.

—Vaya con los tortolitos… y luego dicen que no hay nada entre ellos —jaleó uno de los chicos de la peña.

—No mienten —apuntó Razz punzante—, están tan pegados que entre ellos no cabe ni el aire.

Paula arqueó una ceja ante las pullas, comprobó que la manta cubriera lo imprescindible, como así era, y, tan altiva como una reina en su trono, sacó la lengua y les hizo una pedorreta.

Andrés estalló en carcajadas. Esa era su Paula, única en el mundo. Sacó la mano de los *shorts* y le deslizó los dedos empapados por el vientre, haciéndola estremecer. Ascendió hasta los pechos, y una vez allí, devolvió el sujetador a su ubicación original, luego comprobó que los pantalones de ambos estaban en su sitio y por último la tomó en brazos para colocarla de lado sobre su regazo.

—Sujeta bien la manta —ordenó antes de echarse hacia atrás para tomar impulso y levantarse con un fluido movimiento.

—¡Vaya! —exclamó sorprendida al ver que él se había levantado con ella en brazos sin apenas esfuerzo—. Sí que estás fuerte… ¡Cualquiera lo diría con lo delgado que estás!

—Tú sí que estás flacucha —replicó él enfilando hacia el bosque.

—¿Qué haces? —preguntó aturdida al ver que se internaba entre los árboles sin importarle la oscuridad que comenzaba a invadir las montañas—. Suéltame, no se ve nada.

—No necesito ver, sé perfectamente por dónde voy —afirmó Andrés con seguridad.

—Pero si hace años que no... —gritó al sentir que él resbalaba.

Cayeron, ella sobre las piernas de él, por una suave pendiente cubierta de hojas y agujas de pino hasta detenerse en un escalón de tierra a pocos metros del riachuelo.

—Perfecto. Estamos justo donde quería —matizó Andrés poniéndose de pie para sacudirse los vaqueros. ¿Estaban tan rotos antes? Esperaba que sí—. Ya ves que sabía perfectamente cómo llegar hasta aquí.

—Claro... —musitó Paula mirándolo recelosa—. Y lo de rodar por la pendiente lo has hecho a propósito para darle un poco de emoción al asunto —protestó tocándose las piernas y el culo para comprobar que seguían de una pieza. Lo seguían.

—No hemos rodado, me he deslizado contigo en brazos, que es muy distinto —aseveró acercándose a ella para besarla. No era plan de que siguiera hablando y demostrara cien por cien que había faltado poco para que se descalabraran.

—Estás loco —susurró ella contra sus labios, mordiéndolos con delicadeza antes de volver a besarle.

—Los cuerdos son muy aburridos —sentenció él envolviéndole la cara con las manos para acariciarle los pómulos, la frente, la barbilla mientras se besaban.

Se apartó remiso poco después, con los labios hinchados por sus besos, las manos cosquilleándole por acariciarla y la polla presionando contra la ropa en busca de liberación. Tan excitado que le costaba respirar. Buscó la manta que había acabado junto a sus pies, la extendió en el suelo y, tomando a su rubia en brazos, la tumbó sobre la improvisada cama para, tras despojarse de la ropa, tumbarse a su lado.

—¿Cómo lo quieres, Pau? —preguntó besándola de nuevo, conteniendo apenas la impaciencia por enterrarse muy dentro de ella y hacerla gritar.

—Solo hazme el amor...

—Hay muchas maneras de hacer el amor —recalcó quitándole la camiseta y el sujetador para besarle los pechos con arrebatada lujuria—. Despacio. —Atrapó un pezón entre los dientes y tiró con lentitud hasta que ella jadeó de placer y dolor—. Rápido. —Lo enterró en su boca y lo chupó con ansioso deleite mientras mecía la pelvis para frotar su rígida polla contra las piernas femeninas en busca de un alivio que no llegaba—. Meticuloso...

Le deslizó los labios por el vientre para lamer cada milímetro de piel a la vez que la despojaba de los pantalones y las braguitas; el pene palpitando de deseo y los huevos tan tensos que le dolían. Pero se obligó a ir despacio... mientras pudiera.

Hundió la lengua en el ombligo, mordió con delicadeza las caderas y frotó nariz y pómulos contra el pubis; la boca a un suspiro del húmedo e hinchado sexo, pero sin tocarlo.

Paula gruñó de frustración al ver que no llegaba al punto clave. Separó más las piernas y elevó las caderas, instándole a continuar.

—Lascivo —enfatizó Andrés.

Le separó los labios mayores con los dedos y acto seguido aguzó la lengua para enterrarla con violencia en la vagina. La penetró como si de su pene se tratara hasta que la sintió corcovear debajo de él y entonces se apartó para lamer la vulva. Se detuvo al llegar al clítoris. Sopló sobre él y ella gimió excitada a la vez que intentaba agarrarle el corto pelo para pegarle de nuevo a su sexo.

—Pero creo que ahora mismo solo tengo paciencia para hacerlo... salvaje —susurró tan excitado que apenas podía hablar.

Le dio un azotito en el culo antes de ponerla a cuatro patas sobre la manta. Se arrodilló tras ella, separándole las piernas con sus rodillas y la penetró de una sola embestida.

Un suspiro de puro éxtasis abandonó los labios de ambos.

—¡Joder, Pau...! —exclamó en su oído, agarrándola del pelo con una mano mientras que los dedos convertidos en garras de la otra le sujetaban la cadera, manteniéndola inmóvil, excitándola más aún con sus movimientos frenéticos—. No te imaginas las ganas que tenía de volver a metértela —gruñó embistiéndola con tanta fuerza que sus cuerpos húmedos por el sudor chocaron entonando su propia sinfonía erótica.

Paula arqueó la espalda y alzó el trasero para darle mejor acceso, tan excitada como él, o tal vez más. Nunca le había visto tan impaciente, tan arrebatado. Movió las caderas para salir al encuentro del duro falo que la taladraba acercándola al éxtasis; se contoneó frotando el pubis de él cuando chocaban, provocándole con su lasciva danza, incitándole a ser un poco más rápido, más brusco, más... duro.

Y Andrés aceptó el reto, la folló con violenta rapidez, tan encendido que era incapaz de mantener un ritmo distinto a las impetuosas arremetidas con las que se hundía hasta la empuñadura. Cada vez más veloz, más voraz, hasta que en una última acometida se quedó rígido, presionando contra ella. Le soltó el pelo para llevar la mano al clítoris y frotarlo con vertiginosa impaciencia, abocándola a una culminación tan potente que la vagina se constriñó, aferrándole la polla como si de un puño se tratara, ordeñándole mientras él temblaba bajo un orgasmo tan intenso que se le saltaron las lágrimas.

Permaneció tras ella, temblando contra su cuerpo. Tan ahíto de placer que le costaba respirar, hasta que la sintió estremecerse bajo el calor de su piel.

Se dejó caer de espaldas sobre la manta, el antebrazo tapándole la cara, dejando ver solo sus labios apretados, mientras que con la mano libre se frotaba alterado las quemaduras que tenía grabadas en el pecho.

Paula observó preocupada cómo se acariciaba las brutales cicatrices. ¿Tal vez recordando el motivo por el que se las había hecho? Esperaba que no.

Se tumbó a su lado, pero a la vez apartada de él. Remisa a tocarle a pesar de que era lo único que deseaba en ese momento; abrazarle y que él la abrazara a su vez. Pero la rígida postura que mantenía y la forma en la que se tapaba el rostro y apretaba los labios la hicieron replegarse sobre sí misma, igual que se replegaba él.

Andrés inspiró profundamente. No había sido como esperaba. En absoluto. Había sido mucho más… intenso. Abrumador. Delirante. Tanto que aún temblaba. Apartó el antebrazo de su cara y se giró despacio para contemplar a la mujer tendida a su lado. No le tocaba. Tampoco le miraba. Observaba las estrellas con fijeza, como si estas pudieran contarle el secreto del amor. Ah, pero las estrellas eran mudas, inútil esperar confesiones de ellas. Esbozó una ladina sonrisa a la vez que se ponía en pie.

Paula se sobresaltó cuando Andrés abandonó el improvisado lecho. Lo vio agacharse para recoger algo del suelo y, acto seguido, alejarse con rápidas zancadas sin decirle a dónde.

Se iba.

Sin una palabra.

Sin un beso.

Sin un te quiero.

Se encogió sobre sí misma, abrazándose el estómago que en ese momento parecía lleno de avispas frenéticas y se mordió los labios para no llorar. No tenía motivos para hacerlo. Él no le había prometido nada… ni ella le había pedido nada. Estaban en paz. No tenía razones para esperar algo distinto, al fin y al cabo había sido ella misma quien le había asegurado que no pasaba nada si él no la quería; si solo le apetecía follar, porque a ella también le apetecía hacerlo sin compromisos. Y él se había creído su mentira.

Apretó los labios, temerosa de abrirlos y que los sollozos escaparan de ellos.

—Eh, ¿qué pasa? —susurró Andrés de repente, arrodillándose frente a ella—. ¿Tanto frío tienes? —preguntó estupefacto al verla temblar.

—Ah... no —dijo con la voz rota. ¿Qué hacía él allí? ¿Por qué había regresado?

—¿Estás llorando?

—Claro que no —mintió ella.

Andrés estrechó los ojos, intentando ver el detalle de su rostro a pesar de la oscuridad reinante, y, al no conseguirlo, le recorrió la cara con los dedos, buscando la prueba de las lágrimas vertidas.

—¿Tan mal te he hecho el amor que necesitas llorar? —requirió burlón limpiándoselas con los pulgares—. Y yo que pensaba que había mejorado mucho... Está claro que sigo siendo igual de torpe que siempre.

—No digas estupideces —replicó ella enfadándose.

—Entonces explícame por qué lloras —reclamó pasándole algo húmedo y frío por la cara—. Tranquila, es mi camiseta. La he mojado en el río para... lavarte —explicó aturullado. No solía hacer ese tipo de cosas, pero había pensado que a ella le gustaría esa cursilada.

—Cuando te has marchado... ¿Ha sido para ir al río?

—Sí, claro. Dónde pensabas que... Joder, Paula, no habrás creído que... —Se sentó junto a ella, abrazándola, y ella, incapaz de contenerse, se estremeció entre sollozos—. Ah, Pau, no llores. Me rompes el corazón cuando lo haces.

—Casi me lo has roto tú a mí —gimoteó ella dándole un puñetazo en el pecho—. Idiota. Estúpido. ¿Por qué no me has dicho dónde ibas?

—Era una sorpresa —se justificó atónito.

¿Estaba llorando y regañándole a la vez? ¡Solo Paula era capaz de hacer eso!

—Te has tapado la cara como si no quisieras verme —le acusó—, te frotabas la quemadura y he pensado que... —Sacudió la cabeza contra el torso de él.

—Mira que te lo he dicho veces, no pienses tanto, eres rubia, puede ser peligroso para tu salud.

Paula abrió mucho los ojos y un gruñido de pura rabia escapó de sus labios antes de saltar sobre Andrés y pellizcarle con fuerza el trasero, las piernas, los brazos, y todas aquellas partes de su cuerpo que él, pese a intentarlo, no pudo evitar que apresara entre sus finos dedos de largas uñas. Incluso le enseñó los dientes advirtiéndole de que pensaba morderle, lo que no le dejó más remedio que sujetarle las manos por encima de la cabeza y besarla para tranquilizarla.

Pero no se tranquilizaron. Ninguno de los dos.

Al contrario, cambiaron la excitación de la lucha por otra mucho más placentera.

En esta ocasión lo hicieron despacio. Con lujuriosa calma y lasciva languidez.

Y cuando terminaron y él se fue, se cuidó muy mucho de informarla a dónde; no permitiría que volviera a llorar por su culpa, y menos aún por semejante tontería.

Paula se removió adormecida cuando poco después sintió una húmeda y fría caricia entre sus piernas. Las separó emitiendo un gemido de placer al sentir el frescor en esa parte de su cuerpo tan caliente… y pringosa.

—El agua del río sigue estando tan fría como siempre —remarcó Andrés, pasando la camiseta empapada por el sexo de Paula para luego arroparla con el extremo de la manta—. ¿Estás bien? —preguntó con cariño. Ella asintió—. Voy a asearme un poco…

—Te acabarás perdiendo —le advirtió Paula mirando a su alrededor. El sol había desaparecido entre las montañas y la luna apenas iluminaba el bosque.

—Soy un hombre de recursos —replicó Andrés rebuscando en los bolsillos de los pantalones tirados en el suelo.

Un instante después la luz azul del móvil le iluminó la cara. Desapareció unos minutos, en los cuales Paula escuchó con claridad los chapoteos, jadeos y quejidos propios de quien se echa agua encima sin pararse a pensar en lo fría que está.

Cuando regresó se tumbó en la manta y extendió el brazo, y ella se apresuró a usarlo como almohada a la vez que se acurrucaba contra él, que, por supuesto, no dudó en abrazarla.

—Pau… —susurró. Y en ese preciso momento, sonó el móvil.

Respondió con un gruñido y un «sí» dos «noes» y otro «sí» después lo tiró sobre la manta, cerca de sus cabezas.

—Era Lua, quería saber si estábamos bien, si nos habíamos perdido, si íbamos a volver pronto y si queremos que nos avisen cuando se vayan —explicó Andrés retomando la posición anterior, con ella acurrucada entre sus brazos.

—Ah… —Paula recordó la cantidad de afirmativos y negativos

y el orden en el que los había dicho, y llegó a la conclusión de que sí los iban a avisar cuando se fueran.

Al menos eso esperaba. No le apetecía en absoluto bajar andando hasta el pueblo, eran por lo menos un par de horas por una carretera forestal llena de zanjas.

Andrés la observó divertido, sabía exactamente lo que estaba pensando. Seguía siendo la misma de antaño y a la vez había cambiado. Ahora era más fuerte, más directa. Vulnerable a la vez que dura y decidida. Adoraba a la mujer en la que se había convertido.

Se giró despacio para envolverla entre sus brazos, las cabeza juntas. Los ojos a la misma altura, los labios separados por un suspiro.

—Me he obligado a no quererte durante estos tres años y no lo he conseguido —susurró, sus ojos fijos en los de ella—. Me he ordenado olvidarte y tampoco he sido capaz. Aun sin querer quererte, te he querido. Y sin querer recordarte, te he añorado. Ahora te tengo aquí, entre mis brazos. Y sé que te quiero. Que te querré siempre. No puedo prometer ser perfecto. Ni lo soy ni quiero serlo. Tampoco puedo prometer no hacerte daño porque sé que te lo haré, soy así de imbécil. Pero te prometo amarte pase lo que pase, por siempre —aseveró con rotundidad antes de sonreír ladino—. ¿Qué, nos arriesgamos a intentarlo otra vez?

—Cuando te lo propones eres un poeta, Andrés —susurró besándole—, lástima que siempre tengas que estropearlo con la última frase.

—¿Eso significa que volvemos a estar juntos? —insistió él arqueando una ceja.

—Eso significa que… me lo pensaré.

—Eres mala —protestó mordiéndole con suavidad el cuello.

—Mucho.

—Dime que me quieres —reclamó antes de besarla.

—No —rechazó cuando se vio libre de sus labios.

—¿No? El otro día me lo soltaste a bocajarro en mitad de la Soledad y hoy no me lo quieres repetir —rezongó frotando la nariz contra el cuello femenino.

—Gánatelo.

Y él, como no podía ser de otra manera, se lo ganó. Y con creces.

—Están bien, no se han perdido y tenemos que avisarles antes de irnos para que regresen y bajen con nosotros al pueblo —explicó Lua apagando el teléfono.

—Ves como no tenías que preocuparte —le reprochó José—. Andrés se conoce estas montañas como la palma de su mano. Es imposible que se pierda. Además, es un GPS con patas, siempre sabe hacia dónde dirigirse…

—Nunca está de más comprobarlo —replicó ella hocicándole el cuello, adicta a su olor.

—Como ya lo has comprobado, y están sanos, salvos y probablemente muy ocupados, yo os abandono —dijo en ese momento Razz a la vez que se ponía en pie—. Estoy harto de servir de cena a moscas, mosquitos y demás insectos asquerosos.

—¿Te vas? ¿Cómo? —José lo miró con evidente sorpresa.

—Poniendo un pie delante del otro —ironizó Razz dirigiéndose hacia lo que esperaba fuera el camino de cabras que habían seguido para llegar allí.

—Me refiero a… ¿sabes por dónde tienes que ir? —señaló José incrédulo—. Dame un segundo que me calce y te llevo —dijo levantándose para buscar las deportivas.

—Claro que sé por dónde tengo que ir, hacia abajo —replicó Razz encogiéndose de hombros. No podía ser tan difícil. Estaban casi en la cima, por tanto, solo había una opción, descender hasta dar con la carretera—. No hace falta que me acompañes —rechazó con rotundidad—. Lo digo en serio. Me apetece dar un paseo por el bosque.

«Y si me despeño por algún barranco, mejor, será una manera rápida y eficaz de acabar con esta agonía». Se golpeó el brazo con una mano envuelta en servilletas de papel para matar al enésimo mosquito de la noche.

—No digas tonterías, no me cuesta nada acercarte al pueblo en coche, no tardo ni veinte minutos, pero si vas andando serán como mínimo dos horas. —«Eso si no te pierdes. Y como te perderás, nos tocará llamar a la guardia civil para que te busque. ¡Líbrame, señor, de los urbanitas que de los idiotas me libro yo solo!», pensó José poniendo los ojos en blanco.

—Déjale —dijo Lua de repente, sorprendiéndolos a todos.

—¿Cómo voy a dejarle? No se ve nada y, por si eso no fuera suficiente, no sabe orientarse —insistió José, sorprendido porque, de entre todos los allí presentes, fuera justo ella, la mejor amiga del moreno, quien quisiera dejarle a su aire.

—No tengo que orientarme, solo necesito seguir el camino que, si no me equivoco, está frente a mis narices. —Sacó el móvil y lo encendió en modo linterna—. No es tan complicado —se internó en el sendero de tierra.

—Voy con él —siseó José dispuesto a seguirle.

—No. Te quedas aquí —le ordenó Lua.

—Pero... ¿no te das cuenta de que se va a perder? —protestó atónito.

—Solo tiene que seguir el camino, no es tan complicado —replicó Lua encogiéndose de hombros a la vez que sacaba su móvil y marcaba un número.

—¿A quién llamas? —inquirió perplejo, incapaz de entender la locura que había hecho presa en su chica. Ella no era de las que dejaban a los amigos tirados en mitad del monte.

—A Caleb. Quiero preguntarle el número del alguacil.

—Yo lo tengo —murmuró él cada vez más confundido.

—Genial. —Apagó el móvil y le quitó el suyo a José. Buscó en los contactos y luego se llevó el aparato a la oreja—. ¿Goro? Soy Lua, la amiga del Superchef. No sé si te ha dicho que le hemos convencido para venir de *picnic*... ¿Sí? Genial. Pues la cuestión es que se ha encontrado con unos cientos de insectos y ya sabes cómo es. Se ha ido. Sí, él solo... Claro que se va a perder, por eso he pensado que tal vez podrías venir a buscarlo. Sé que como alguacil no te compete rescatar imbéciles desorientados, pero como siempre estás alardeando de que cuidas de todos los vecinos del pueblo. Está bajando hacia el merendero del Amoclón.

—¿Acabas de liar a Goro para que venga a buscar a Razz? —preguntó José perplejo.

—Eso he hecho, sí.

—¿Por qué? —insistió sin entender nada.

—Cosas mías. Y ahora que tengo a mis chicos donde los quiero, ¿podemos dar una vuelta para echar un polvo? —dijo sin molestarse en bajar la voz, convirtiéndolos en el foco de todas las miradas—. Me encanta hacer el amor en la montaña —susurró metiéndole mano.

## 17

Miró con el ceño fruncido el tenue haz de luz que emitía el móvil. Cientos, tal vez miles de insectos, diminutos y no tan diminutos, parecían agruparse en torno a él.

«Si me pierdo por estos bosques, ¿podrán encontrarme antes de que me devoren?».

Agachó la cabeza cuando uno especialmente enorme y asqueroso pasó zumbando a pocos centímetros de su oreja para adentrarse zigzagueante en el haz de luz.

Apagó el móvil. Prefería arriesgarse a salirse del camino, caer por un barranco y romperse la crisma antes que seguir siendo la discoteca de los insectos. Esperó a que sus ojos se habituaran a la falta de luz y continuó su camino con cuidado de no tropezar con las piedras ni caer en las zanjas que atravesaban el sendero.

—No me extraña que Blancanieves se volviera loca en el bosque —murmuró, su voz perdiéndose entre la algarabía formada por los zumbidos de los insectos voladores, el chirriar de los grillos y cigarras y los fantasmagóricos ruidos de las hojas de los árboles danzando al son del viento—. Menos mal que estaban los siete enanitos para rescatarla —masculló dando una patada a una piedra—. Aunque si pudiera elegir cuento de hadas, prefiero ser caperucita roja y encontrarme con el lobo feroz… para que me coma mejor —reconoció sin humor imaginando exactamente cómo sería su lobo feroz ideal. Alto. De piel clara y pelo negro. Cínico. Soberbio. Exigente. Y con la lengua afilada. En todos los sentidos. O eso esperaba.

Sonrió divertido por la estupidez que estaba pensando y continuó su descenso mientras agradecía a las nubes que fueran tan amables de mantenerse apartadas de la luna, permitiéndole así atisbar el sendero de tierra. Saltó rocas, atravesó arroyuelos que le parecieron más anchos que el Amazonas y tras un buen rato llegó por fin a la explanada del merendero. La camioneta de José y los coches de los miembros de la Trece Catorce continuaban allí, acompañados por vehículos de procedencia desconocida cuyos dueños continuaban de fiesta en el merendero. Y, al igual que sucedía montaña arriba, los ocupantes de las mesas comían, bebían, reían y charlaban como si fueran los mejores amigos, y tal vez lo eran. Los observó anhelante, casi con envidia. Quería eso. Una amistad sin las mentiras, secretos y lacras que le obligaban a mantenerse apartado. Pero era imposible. Se llevó las manos al pecho y aferró con fuerza las chapas que le colgaban del cuello. Los números y palabras grabados le recordaron, como siempre hacían, que las mentiras y los secretos eran imprescindibles para aparentar la tan necesaria normalidad que la sociedad exigía para no dejarte al margen.

Pero estaba tan cansado de esconderse…

Apretó las chapas hasta que sintió la afilada plata clavarse en la palma de su mano y el dolor le hizo recuperar la cordura.

Había subsistido varios años en los márgenes más tenebrosos de la sociedad, no pensaba volver a caer.

Sacudió la cabeza y enfiló la carretera hacia abajo, hacia el pueblo. Lejos de las risas y las canciones, sumergido en una vorágine de siniestros recuerdos que no conseguía relegar al olvido. Hasta que el fuerte rugido de una moto le expulsó del campo de minas que era su memoria, devolviéndole al presente.

Observó con los ojos entrecerrados el punto de luz que se hacía más cercano en cada curva que el conductor subía con imprudente rapidez, por lo visto el motorista tenía prisa por estrellarse contra algún árbol o despeñarse por algún barranco. Se hizo a un lado en la estrecha carretera forestal, decidido a mantenerse lo más lejos posible de las ruedas del insensato piloto.

El potente faro de una Yamaha Ténéré, negra como los caballos del infierno, le iluminó y la velocidad con la que se tragaba la carretera disminuyó para detenerse tras dar un giro de ciento ochenta grados que situó la moto frente al estupefacto moreno.

Razz tragó saliva al reconocer la figura del jinete, solo que no podía ser posible.

Pero sí lo era, como quedó demostrado cuando el motorista abrió la visera del casco, dejándole ver los penetrantes ojos del alguacil.

—Sube —le ordenó Goro soltando el casco atado al asiento trasero y ofreciéndoselo.

—¿Qué haces aquí? —masculló Razz dando un paso atrás.

—Lua me dijo que estabas bajando solo, y decidí ejercer de caballero de la brillante armadura rescatando a su damisela. Sube —repitió.

—No necesito que nadie me rescate —replicó Razz cruzándose de brazos.

—Lo sé —Goro esbozó una peligrosa sonrisa que hizo palpitar el corazón de Razz—, de hecho no he subido a rescatarte, Arguiñano, sino a darte una vuelta en mi moto. Planta el culo en el sillín de una vez —exigió tendiéndole de nuevo el casco.

Razz lo cogió de un manotazo, se lo puso y se acomodó en el sillín trasero.

—Bien. Pega el paquete a mi culo, rodéame con los brazos y agárrate bien fuerte o te caerás —le indicó Goro para acto seguido lanzarse con la moto carretera abajo.

Y Razz, sin saber bien por qué —aparte de para evitar caerse de la moto, por supuesto—, hizo lo que le había ordenado. Pegó la ingle al trasero del alguacil, le rodeó la cintura con los brazos y, pegado a su espalda, se agarró con fuerza al cinturón.

Veinte minutos después bajó de la moto con las rodillas temblorosas, en parte por culpa de la peligrosa velocidad a la que el demente alguacil conducía, pero sobre todo por los efectos secundarios que la vibración de la moto había tenido en el contacto continuado entre ambos cuerpos. Era más de lo que podía soportar sin volverse loco.

—Gracias por acercarme —dijo devolviéndole el casco—. Te veo mañana en La Guarida.

—¿No me vas a invitar a una cerveza?

—Claro, por qué no —balbució Razz tragando saliva antes de abrir la puerta.

Goro esbozó una peligrosa sonrisa, se apeó de la moto y, tras dejar el casco sobre el sillín, entró en la vieja casa. Subió las escaleras despacio, dándole tiempo y espacio al Super para que se hiciera fuerte en su terreno, la cocina. Y, efectivamente, allí lo encontró, inclinado frente a la nevera abierta.

—Solo te puedo ofrecer refrescos —dijo Razz cuando oyó los pasos tras él—. Con las fiestas no he estado mucho en casa y Andrés y Lua son incapaces de reponer lo que consumen —comentó enfadado ante la desértica nevera. ¡Sus amigos eran un desastre!

—Una cocacola estará bien —aceptó Goro apoyándose en la encimera para mantener las distancias.

A los potros nerviosos no se les montaba asustándolos, sino dándoles cuerda y acercándose a ellos cuando estaban distraídos. Y para eso era necesario que se confiaran.

Razz se giró con el refresco en la mano. Faltó poco para que se le escapara de entre los dedos. No era lo mismo ver al alguacil bajo la tímida luz de las farolas que bajo los potentes halógenos de la cocina. Estaba relajado, apoyado en la encimera con las piernas estiradas y los tobillos cruzados, los ajustados vaqueros marcando con erótica precisión el abultado triángulo de su ingle. Jugueteaba con un temporizador con forma de tostadora, la camiseta negra deliciosamente tirante sobre sus bíceps, tríceps y pectorales.

—Me lo regaló Andrés al empezar la feria… lo vio en un puesto ambulante y pensó que me gustaría —explicó Razz nervioso a la vez que le tendía la lata.

—Qué detallista —masculló Goro. Soltó con desprecio el aparato para tomar la bebida.

—¿Quieres un vaso con hielo?

Goro negó despacio con la cabeza, la mirada fija en el moreno.

Raziel se pasó las manos por el pelo, inquieto. El alguacil parecía llenar toda la cocina con su presencia, y no había nadie allí que pudiera servirle de muralla protectora. Tras la puerta cerrada no estaban el Galo ni Tasia con la oreja puesta como ocurría en La Guarida, tampoco Andrés, Lua, Abel o Caleb estaban ahí, sentados alrededor de la mesa, vigilando hambrientos lo que cocinaba. Estaba solo con ese hombre que tanto le perturbaba, que tantas veces le hacía anhelar olvidarse de todo. Y eso podía ser peligroso. Demasiado.

—¿Has pensado en la oferta del Galo? —preguntó de repente Goro. Razz arqueó una ceja, confundido—. El contrato y el apartamento en el sobrado —especificó.

—Es difícil quitármela de la cabeza —respondió en un alarde de sinceridad que le sorprendió incluso a él.

—¿Y te has decidido?

—Todavía no. Es una decisión demasiado importante. Puede cambiarlo todo. —Dibujó sobre la camiseta el perfil de las chapas que siempre le colgaban del cuello—. Hace años que tengo asumido que mi futuro es una carretera eterna que debo recorrer incansable para escapar del pasado —confesó estremeciéndose—. Nunca me había arriesgado a detenerme. Hasta ahora. Y todo se ha vuelto del revés. No quiero marcharme. Pero tampoco me atrevo a quedarme —confesó agitado dirigiéndose de nuevo a la nevera, a pesar de saber que estaba vacía—. ¿Te apetece algo para cenar? —preguntó, dando por terminada la conversación.

Goro apretó los labios frustrado, pero decidido a no preguntar más. Había obtenido más información de la que nunca habría imaginado del esquivo moreno. No pensaba pagar su sinceridad con un interrogatorio.

—No me importaría comer… algo —respondió echando hacia atrás la cabeza para dar un trago al refresco.

Razz observó embelesado el vaivén de la prominente nuez del alguacil. Tragó saliva, el oscuro hombre tenía un cuello ancho y surcado por gruesas venas que no le importaría lamer. Sacudió la cabeza ante ese pensamiento y se dirigió al frigorífico.

—Dudo que encuentres nada en esa nevera que pueda saciar mi hambre —susurró Goro.

—Ni la tuya ni la de nadie, la han saqueado y no queda nada comestible —dijo para esquivar la indirecta—. Es muy tarde —sentenció girándose hacia Goro.

Este arqueó una ceja.

—¿Muy tarde? Todavía no son las once —remarcó, elevando la comisura de los labios en una artera sonrisa que inquietó más aún al moreno.

—Tengo sueño atrasado por culpa de las fiestas —señaló a la vez que seguía con las puntas de los pies las juntas de las baldosas, agitado—. Y hoy he pasado toda la mañana cocinando para el puñetero *picnic*. —Se frotó los brazos y la nuca—. Me da la impresión de que tengo mil arañas sobre la piel, no lo soporto más —reconoció, la mirada fija en Goro—. Voy a ducharme. Luego me meteré en la cama. En mi habitación… La del centro. —Miró el techo a la vez que se pasaba las manos por el pelo, alterado.

—La del centro —repitió el alguacil—. Bueno es saberlo.

Raziel parpadeó perplejo por la invitación implícita en las palabras que acababa de pronunciar, y que Goro, sin ninguna duda, había cogido al vuelo. ¿Acaso se había vuelto loco? Por lo visto sí. Y era… liberador. Irguió la espalda y se dirigió a la puerta.

—No tengas prisa en… acabarte la cocacola —le indicó al pasar junto al alguacil.

—No la tendré, tranquilo —precisó Goro cuando el moreno abandonó la cocina y no pudo oírle—. Te daré todo el tiempo del mundo para que te relajes.

Permaneció apoyado en la encimera, la mirada fija en el techo y la atención puesta en los sonidos que le llegaban del baño que estaba sobre su cabeza. Esperó paciente a que la caldera se apagara, señalando el final de la ducha. Cuando lo hizo se entretuvo unos minutos más en quitarse las deportivas y los calcetines —no había nada menos erótico que un hombre en la cama con calcetines—, los escondió bajo la mesa y se dirigió a las escaleras. Las subió con silenciosa velocidad, deteniéndose al llegar al pasillo de la planta superior.

Sonrió lascivo.

La puerta de la habitación central estaba abierta.

No lo dudó un instante. Entró.

—¿Leyendo, Berasategui? Esperaba encontrarte desnudo —dijo burlón al descubrir al moreno sentado en la cama, en calzoncillos, leyendo una novela.

—No tengo por costumbre leer desnudo —replicó Razz.

—Pero es que no vas a leer… vas a follar —sentenció Goro quitándose la camiseta.

Razz mantuvo los ojos fijos en el alguacil, incapaz de desviar la mirada hacia otro punto que no fuera la sonrisa burlona del hombre, su torso de músculos definidos y la estrecha cintura que daba paso a la abultada erección que se marcaba en su ingle y que parecía hincharse más con cada paso que daba acercándole a la cama.

—¿Arrepentido de haberme invitado, Berasategui? —preguntó burlón plantando la rodilla en el colchón, entre las piernas del moreno.

—No. —Arqueó la espalda al sentir la rodilla rozando sus testículos. No era un roce intimidante, al contrario. Era… excitante.

—Entonces, ¿por qué tiemblas? —inquirió Goro inclinándose sobre él hasta que a sus labios solo los separó un suspiro.

—De anticipación —susurró Raziel.

Goro esbozó una peligrosa sonrisa antes de eliminar la distancia entre ambos. Apoyó las manos en la pared, encerrando el cuerpo del nervioso moreno entre sus brazos y le lamió despacio los labios, sin conseguir más respuesta que un ligero temblor. Mordió el inferior y tiró de él con rudeza, deseando arrancarle alguna reacción. Y lo consiguió. Razz abrió la boca apenas un suspiro, lo suficiente para que el aguacil atrapara entre sus labios el que acababa de lastimar. Succionó con lasciva lentitud y, cuando le oyó gemir, le metió la lengua en la boca.

Y Razz por fin reaccionó saliendo a su encuentro. Frotó la suya contra la del alguacil a la vez que se mecía casi con timidez contra la rodilla que parecía quemarle la entrepierna.

—Así me gusta, que te menees para frotar la polla contra mí —enfatizó Goro apartándose de su boca para morderle el cuello mientras deslizaba implacable una mano sobre el liso abdomen de su amante—. No puedes imaginarte las ganas que tengo de follarte. —Resbaló con la lengua sobre el torso del moreno, esquivando las chapas que reposaban sobre el corto vello que le cubría el pecho.

Atrapó uno de los oscuros y rígidos pezones entre los dientes y tiró, arrancándole un gutural gemido. Dedicó idéntica atención al otro y en esta ocasión la respuesta fue más violenta y excitante. Razz se estremeció bajo las caricias de su lengua y la fuerza de sus dientes a la vez que jadeaba sofocado elevando las caderas para frotarse contra su pierna.

—Te gusta que te muerda —susurró Goro antes de subir de nuevo a su cuello y hacer exactamente eso.

Razz solo pudo arquear la espalda e inclinar la cabeza, exponiéndose más a él.

Goro sonrió embelesado al percatarse de que el arisco cocinero se estaba rindiendo por completo a él. Ascendió hasta su boca para volver a besarle y, cuando se separaron, saltó de la cama, lo aferró por las caderas y tiró con brusquedad, tumbándolo en el lecho.

—Mucho mejor así —subrayó situándose a horcajadas sobre Razz.

Enganchó los dedos en el bóxer del moreno y se lo quitó despacio a la vez que le mordía, a veces con delicadeza, a veces con brusquedad, el vientre, las caderas y el interior de los muslos.

Razz gimió sobrecogido, los brazos extendidos, las piernas separadas y las manos engarfiadas a la sábana mientras sus caderas se sacudían temblorosas apartándose para luego acercarse arrepentidas a la boca del eficaz alguacil.

—Espera... Para... —jadeó negando frenético con la cabeza. Pero Goro ni esperó ni paró—. Por favor... Para —suplicó aferrando el pelo de su amante.

Estaba a punto de correrse como un muchacho imberbe en su primera vez y era incapaz de hacer o pensar nada que pudiera retrasarlo.

Emitiendo un gutural quejido tiró del pelo al alguacil, obligándole a apartarse de su cuerpo para acto seguido saltar de la cama y encogerse contra la pared con las manos ocultando su erección.

—¿Qué narices te pasa? —le increpó Goro yendo hacia él; tan excitado que la paciencia ya no era una opción.

—Nada —gruñó Razz dándole un codazo para apartarlo de él.

—¿Nada? —Goro arqueó una ceja—. No me vengas con milongas. Si no te pasara nada, no hubieras salido corriendo como alma que lleva el diablo para refugiarte de cara a la pared cual niño malo que ha sido castigado —siseó irritado obligándole a girarse—. Así que desembucha. Y rapidito, tengo prisa por volver a la cama y acabar lo que hemos empezado.

—No me pasa nada —masculló Razz entre dientes, abochornado—. Solo que estoy desnudo y a punto de correrme y tú ni siquiera te has quitado los pantalones —le acusó.

«Ni me los pienso quitar hasta estar seguro de que no vas a salir corriendo, no vaya a ser que me toque perseguirte por todo el pueblo en bolas», pensó Goro, pero no fue lo que dijo.

—¿Y qué problema tienes con eso? —requirió sin comprender qué era lo que le preocupaba tanto.

—¡Que no soy un jodido eyaculador precoz! —Lo empujó furioso para apartarlo. ¿Cómo se atrevía a preguntar como si no pasara nada? ¿Acaso creía que nunca duraba más de dos minutos?—. Solía aguantar bastante, pero hace tanto tiempo que nadie me toca que… Estoy demasiado excitado —murmuró avergonzado—. Esto es un puñetero desastre —gimió sentándose en el borde de la cama, los codos apoyados en las rodillas y las manos tapándole la cara mientras negaba con la cabeza—. Un jodido error.

—¿Me estás diciendo que el problema es que te vas a correr? —suspiró Goro ocultando con un bufido la sonrisa que curvaba sus labios—. Pues siento comunicarte que esa es justo la finalidad de echar un polvo. Que te corras —indicó sentándose a su lado.

—Pero no a los dos minutos de empezar —gruñó Razz enfurruñado apartándolo de un codazo. ¿Se estaba burlando de él?

—Ah, ese es el problema: la rapidez, que por supuesto, no es habitual en ti —dijo burlón, abrazándole con fuerza para tener esos codos asesinos controlados.

—No es gracioso —protestó Razz—. No soy rápido, es solo que he perdido la costumbre.

—Hagamos una cosa. —Goro le mordisqueó la oreja—. Deja que me lo pase bien contigo, que te bese y te acaricie a mi antojo —susurró empujándole hasta que volvió a tumbarse de espaldas en la cama—, que te meta un par de dedos y te la menee hasta que te corras y yo fingiré no darme cuenta.

Razz lo miró como si se hubiera vuelto loco.

—Así todos salimos ganando. Tú te corres, quedándote tranquilo y asegurándote de que el siguiente va a ser más lento. Y yo puedo seguir follándote sin que huyas asustado —señaló antes de volver a besarle. Sus voraces manos descendieron por su torso en dirección a la gruesa erección.

—No he huido —gimió Razz cuando el alguacil sopló sobre su pene. Un instante después se sacudió excitado al sentir su lengua jugueteando sobre el ombligo.

—Claro que no —se burló Goro agarrándole la polla para empezar a masturbarle. Cuanto antes acabaran, antes se relajaría, que era justo lo que necesitaba para tenerlo rendido a su voluntad—. Te corres y yo hago como si no me enterara. ¿Trato hecho?

Razz no respondió, se limitó a alzar las caderas y separar las piernas, dándole más espacio para que hiciera lo que quisiera con él.

Y Goro lo hizo.

Le lamió, mordió y chupó hasta que eyaculó entre gemidos, manchándose la tripa con el denso semen.

—Al final no has sido tan rápido como temías —se mofó Goro colocándose junto a él, sus dedos jugueteando sobre los endurecidos pezones del moreno.

—Se suponía que ibas a fingir no darte cuenta —bufó Razz con la respiración agitada.

—¿Y me has creído? Pensé que me conocías mejor —susurró antes de besarle.

—No debo fiarme de ti... eres peligroso.

—Claro que soy peligroso, por eso debes confiar en mí. —Goro le deslizó los dedos sobre la tripa, recogiendo con las yemas el denso fluido que la manchaba—. Separa las piernas.

Razz obedeció y al instante siguiente un dedo resbaladizo se coló entre sus nalgas, presionándole el recto con delicada pericia. Cerró los ojos cuando entró en él, curvándose en su interior para tocar ese punto que...

Jadeó sin poder evitarlo.

—Que buen pasivo eres —recalcó Goro al sentirle estremecerse; no era fácil encontrar hombres tan sensibles, había que trabajárselos mucho más para conseguir la reacción que el moreno estaba teniendo desde el primer momento—. ¿Me equivoco? ¿Tal vez eres versátil?[13] —indagó al ver que el relajado cocinero abría los ojos sorprendido.

Razz negó con la cabeza a la vez que volvía a temblar bajo la íntima y persistente caricia. Por supuesto que no se equivocaba. Era pasivo. Siempre lo había sido. Le encantaba que le follaran... y esa había sido su perdición.

Sacudió la cabeza para borrar esos recuerdos tan indeseados.

—Una sorpresa tras otra... y todas maravillosas. —«Pareces hecho a propósito para mí».

13. *Versátil*, en términos sexuales, que elige indistintamente entre ser pasivo (quien es penetrado) o activo (quien penetra).

Presionó con un segundo dedo el ano y el moreno se tensó a la vez que un tenue quejido abandonaba sus labios. Goro se detuvo al instante y observó con atención a su amante, quien le miraba indeciso. Arqueó una ceja, instándole a hablar.

—No tengas prisa —susurró Razz lamiéndose los labios—. Hace tiempo que no... —se interrumpió, fijando la mirada en la pared—. Solo ten cuidado.

Goro contuvo las ganas de golpearse la cabeza contra la pared por ser tan estúpido. Debería haber imaginado que si hacía tiempo que nadie le tocaba, haría el mismo tiempo que no le follaban...

—No te preocupes, Superchef —replicó burlón deslizándose por su cuerpo, lo que le impidió ver la mueca de desagrado de Raziel al escuchar el mote—. Te voy a dejar tan mojado y ansioso que cuando por fin te la meta va a entrar directa hasta el fondo —afirmó colocándose los pies del moreno sobre los hombros.

Y, sin perder más tiempo, empleó lengua, labios y dedos en dilatar y preparar el fruncido orificio para su pene. Y lo hizo a conciencia. Tomándose todo el tiempo que creyó necesario, e incluso más, porque en un momento dado Razz, incapaz de seguir soportando orgasmos secos y ávido por sentirle dentro, le agarró del pelo y tiró de él para que se dejara de tonterías y le follara.

No tardó un segundo en librarse de los pantalones y volver a colocarse entre las piernas del moreno.

—¿Ahora sí quieres, Superchef? —preguntó excitado mientras se encerraba la polla en un puño para penetrarle con más lentitud de la que su escasa paciencia le permitía.

—No me llames así —protestó Razz elevando las caderas ansioso.

Goro asintió con la cabeza sin dejar de presionar despacio, hasta que quedó profundamente enterrado en él. Se mantuvo inmóvil para darle tiempo a acostumbrarse. Hasta que le sintió removerse bajo él, entonces comenzó a mecerse despacio, entrando y saliendo con lánguido cuidado. Y mientras lo hacía, algo llamó su atención.

Enganchó con el índice las chapas de plata que reposaban sobre el torso del moreno.

—¿Qué significan? —inquirió estrechando los ojos para leer las fechas inscritas en ellas.

—Nada que te importe. —Se las arrancó del dedo para colocarlas a su espalda, donde no pudiera leer las inscripciones del reverso.

—Más secretos, Superchef... —reprochó sin dejar de moverse contra él.

—¡Deja de llamarme así! —exclamó Razz golpeando con el puño la pared sobre su cabeza.

—Está bien, Raziel —claudicó.

—Rafael —le corrigió, sus ojos grises fijos en los castaños del alguacil.

—¿Rafael? ¿Es tu nombre? —murmuró deteniéndose perplejo.

Razz asintió con la cabeza, reprimiendo las ganas de gritar eufórico al oír su verdadero nombre después de tantos años.

—Rafael... —volvió a susurrar Goro en su oído a la vez que comenzaba a moverse más rápido—. Comienza a sacudirte la polla porque estoy a punto de correrme —le ordenó.

Razz obedeció. Instantes después el aguacil se puso rígido sobre él, con el nombre que hacía años que no oía brotando de sus labios mientras llegaba al orgasmo, acercándole al éxtasis con cada susurro.

—¿Hace cuánto tiempo que no follas? —quiso saber Goro tiempo después, cuando ambos recuperaron el aliento y se calmaron sus agitados corazones.

—¿Qué más da? —se defendió Razz adormilado.

Goro sonrió al verle tan confiadamente agotado. Las fiestas, el *picnic* y, como colofón, el extraordinario polvo que acababan de echar se habían aliado contra el pobre cocinero, dejándolo tan extenuado que ni siquiera iba a intentar echarle antes de quedarse dormido.

—Tengo curiosidad... ¿No follas desde que conoces a Andrés? —insistió.

—Cuidado, Leví, la curiosidad mató al gato.

Goro apretó los dientes, conteniéndose para no seguir por ese camino; sabía que no le llevaría a ningún lado. Había otros asuntos más urgentes a los que prestar atención.

—Acepta la oferta del Galo... Si te quedaras te follaría cada noche —le susurró al oído, haciéndole estremecer—. Y amanecerías en mis brazos cada mañana.

—Claro que sí y también seríamos felices y comeríamos perdices —ironizó Razz ahogando un bostezo.

—Tal vez, ¿quién sabe? —replicó Goro—. No sé a ti, pero a mí no me van los polvos de una noche, prefiero las relaciones a largo plazo...

—Sobre todo si van acompañadas de un menú del día decente en La Guarida —afirmó Raziel, decidido a restar importancia a lo que el alguacil acababa de decirle—. Estoy muerto de sueño, déjate de tonterías y duérmete. —Se dio media vuelta hasta quedar de lado, de espaldas a Goro, dando por zanjada la conversación.

«Resístete lo que quieras, pero ya eres mío», pensó Goro esbozando una ufana sonrisa.

—Así que Rafael es tu verdadero nombre —murmuró, remiso a dar por terminada la conversación.

Razz asintió adormilado. Dos segundos de relax y el sueño había tomado las riendas de su cerebro, como comprendió Goro al sentir la suave respiración del moreno.

—Es un nombre de lo más normal. ¿Por qué ese empeño en mantenerlo en secreto? —preguntó intrigado, aprovechando que estaba adormecido para obtener una información que no conseguiría si estuviera despierto.

—Porque pertenece a alguien que hace años que no soy —balbució Razz somnoliento—. No podía usarlo. No me lo merecía —farfulló despacio, como si le costara articular las frases.

Y así era.

Estaba tan cansado que apenas podía pensar. Se le cerraron los párpados.

—¿Y ahora sí te lo mereces? —susurró Goro interesado.

—Ahora soy un buen hombre —murmuró más dormido que despierto.

Goro esperó paciente que dijera algo más hasta que comprendió que se había quedado dormido.

—No creo que hayas sido nunca un mal hombre.

Apagó la luz de la mesilla y se acopló a él, la ingle pegada al trasero del moreno y la tripa contra su espalda.


Goro abrió los ojos en el mismo momento que el motor del coche se detuvo bajo la ventana. Giró la cabeza sin apartarse del hombre al que abrazaba y prestó atención a las voces. Elevó una de las comisuras de la boca en una media sonrisa, los tortolitos ya habían regresado del *picnic*. Si el oído no le fallaba, José estaba suplicando a Lua que durmiera con él en su casa pero ella se negaba. Y, mientras tanto, Andrés y Paula se despedían en un tono bastante romántico, sensiblero incluso. De repente dejó de oír sus voces, lo cual era raro, porque Andrés era un bocazas que jamás se callaba. Un pensamiento atravesó raudo su cabeza: no estaban hablando porque estaban despidiéndose como Dios manda, con un beso de tornillo. Arqueó una ceja y miró a su compañero de cama, ¿tal vez Raziel había abandonado el *picnic* tan de improviso porque su amigo había estrechado lazos con la dentista? No le extrañaría. Esos dos llevaban todo el mes buscándose… era factible que por fin se hubieran encontrado.

Miró al hombre que dormía entre sus brazos. Él también llevaba todo el mes buscándolo. Y toda la vida soñándolo. Le acarició con lento deleite el ondulado estómago, siguiendo con los dedos la línea de corto vello que lo dividía en dos. O al menos intentándolo, porque en cuanto comenzó a moverse hacia abajo el moreno gruñó entre sueños y le apartó la mano para colocársela en la cadera.

—Pero no quiero estar ahí —susurró Goro divertido deslizando de nuevo la mano por el vientre de Raziel.

—No seas pesada, no me hace gracia —se quejó Razz dándole un manotazo que volvió a apartarle del lugar al que quería ir.

Goro se incorporó sobre un codo, sorprendido. ¿Pesada? ¿Con quién creía que estaba durmiendo? Llevó la mano hasta el flácido pene del moreno y lo aferró con brusquedad.

—¿Qué mosca te ha picado, Lua? Suéltame —protestó removiéndose cuando vio que no podía soltarse.

—No soy Lua —siseó Goro mordiéndole con implacable furia el lóbulo de la oreja.

Razz sacudió la cabeza y se giró despacio para mirar con confundido asombro al hombre que se cernía sobre él.

Goro supo exactamente el momento en el que Razz recordó lo que había ocurrido apenas dos horas atrás porque se estremeció bajo sus brazos.

—Espero que tengas claro que no soy una mujer —dijo, frotando su incipiente erección contra el trasero del moreno.

—Claro que no lo eres —murmuró somnoliento, retomando su postura de lado.

—Me alegro de que lo tengas claro —gruñó Goro moviendo los dedos sobre la entrepierna del moreno, excitándole—. Que sea la última vez que me quitas la mano —ordenó.

Razz arrugó la frente, confundido por las palabras del alguacil, pero no tardaron ni un segundo en borrársele de la cabeza. Estaba demasiado cansado para pensar en nada que no fuera dormir. Ahogó un bostezo, se acurrucó en la almohada y separó un poco las piernas para darle mejor acceso a su amante. Era muy agradable eso que le estaba haciendo.

Goro sonrió mordaz y comenzó a mordisquear el cuello del adormilado cocinero sin importarle en absoluto que estuviera intentando volver a dormirse. Ya tendría tiempo para descansar más tarde. Además, le apetecía hacer un poco de ruido, pensó al escuchar la puerta de la casa cerrarse y poco después los murmullos de Andrés y Lua en la cocina.

Razz revivió bajo los mordiscos y caricias del alguacil, se arqueó excitado frotando el trasero contra su abultada verga y giró la cabeza buscando sus labios. Por supuesto, los encontró húmedos y abiertos para él. Se perdió en sus besos a la vez que echaba el brazo hacia atrás para deslizar la mano por los velludos muslos de Goro, atrayéndole. Y en el momento en el que sintió sus dedos abriéndose camino entre sus nalgas, un ruido inesperado le hizo sobresaltarse. Observó alarmado la puerta. Podía escuchar con diáfana claridad voces tras ella, cada vez más cerca, como si alguien estuviera charlando mientras subía las escaleras.

—Hay alguien en casa —susurró intentando apartarse del hombre que estaba tras él.

—Andrés y Lua han vuelto del *picnic* —dijo Goro sin permitirle apartarse—. No te preocupes, la puerta está cerrada.

—¿Con llave? —preguntó tenso, la mirada fija en la puerta, que estaba justo frente a la cama. Frente a ellos.

—No, pero no te preocupes —le tranquilizó Goro, divertido por su exagerada timidez—. Nadie abre una puerta que está cerra…

—¿Al final te encontró el apuesto alguacil? —Lua entró como una tromba en el cuarto—. Te he mandado cientos de whatsapp, que por cierto no te has molestado en contestar. Me fastidia bastante esa manía tuya de ignorar lo que no te interesa —le regañó—. ¿Por qué has bajado la persiana? No se ve nada. —Se quitó la ropa quedándose solo con las braguitas—. Deberías dejarte de remilgos y echar un par de polvos con el alguacil, seguro que te mejoraba el humor —comentó burlona adentrándose a ciegas en el dormitorio. Se detuvo de repente—. Aquí apesta a sexo. Razz… ¿estás solo?

—No. Esta noche se ha dejado de remilgos y ha decidido echar un polvo con el alguacil —dijo Goro a la vez que encendía la luz de la mesilla para al instante siguiente volver a poner la mano en el lugar que le correspondía: sobre la erección cada vez más blanda del moreno.

—Ah, joder —resopló Lua sorprendida antes de que una enorme sonrisa le iluminara el rostro—. ¿Y le ha cambiado el humor? —preguntó arqueando una ceja.

—Lua… por favor —susurró Razz.

—Estoy intentando averiguarlo —replicó Goro, observando con atención a la muchacha. Parecía a punto de… ¿Estallar de felicidad?

Lua esbozó una alborozada sonrisa ante la respuesta, dio una muda palmada y, con las manos apretadas, comenzó a dar frenéticos saltitos sobre sus pies descalzos, sus pechos saltando al ritmo de sus silenciosas carcajadas.

—Es maravilloso —susurró cuando se le pasó el momento de júbilo—. Me alegro tanto, tanto... —se arrodilló junto a la cama y acarició el rostro tenso del cocinero—. Agárralo con ambas manos y no lo sueltes... o mejor todavía, deja que te agarre y no permitas que te suelte —dijo jovial a la vez que le daba un cariñoso azote a la mano con la que el alguacil le aferraba el pene—. Imagino que no soy bienvenida en tu cama, ¿verdad?

—Me temo que esta noche no, princesa —susurró Razz besándola en la frente.

—Que putada, me toca dormir con Andrés y ya sabes lo nervioso que es y lo mucho que se mueve... En fin, mañana será otra noche, tal vez no estés ocupado —dijo desafiando a Goro con la mirada.

—No sé yo —replicó este contagiándose del talante de la muchacha—. Tal vez deberías dormir con José... al fin y al cabo es tu novio, ¿no?

—Me lo pensaré, pero si me acuesto con él, dudo que durmamos, que es más o menos lo que os va a pasar a vosotros. Lo vas a dejar agotadito, pobre, como está poco cansado... —ironizó socarrona antes de mirar a Razz con cariño—. Me alegro muchísimo por ti, parece un buen tipo y está buenísimo —recalcó arqueando las cejas antes de apoyar una rodilla en la cama para inclinarse sobre Goro y susurrarle algo al oído.

Se bajó de la cama con una altiva sonrisa en los labios y se dirigió a la puerta.

—Disfrutad de lo que queda de noche, tortolitos.

—Ponte algo encima si vas a dormir con Andrés, ya sabes lo mucho que le molesta despertarse y verte desnuda a su lado —le advirtió Razz.

Lua se giró, le guiñó un ojo y se puso la camiseta perfectamente doblada que había sobre una silla y que, al ser de Raziel, le quedaba enorme.

—Lua... —la llamó el moreno, pero no dijo nada, se limitó a mirarla con intensidad.

—Mis labios están sellados —le prometió ella al cabo de unos segundos—. Pero tienes que hablar con él... no se lo ocultes por más tiempo.

Razz asintió con la cabeza.

—¿Qué te ha dicho al oído? —le preguntó a Goro cuando Lua salió y cerró la puerta.

—Que si te hacía daño me cortaba el cuello —susurró el alguacil—. ¿Duerme contigo todas las noches? —preguntó a su vez. Razz asintió—. Creí que no te gustaban las mujeres.

—Y no me gustan. Por eso duerme conmigo, porque puede abrazarme todo lo que quiera sin que resulte incómodo para ninguno de los dos.

—¿Me estás diciendo que eres algo así como su osito de peluche? —preguntó Goro desconcertado por la respuesta.

—Uno muy grande y menos peludo, sí —comentó risueño al pensar en sí mismo como en un peluche. Nada más lejos de la realidad. Él tenía demasiadas aristas, golpes y cicatrices como para ser blandito.

—Y cuando tú no estás disponible, duerme con Andrés…

—Casi siempre estoy disponible —apuntó Razz. Aunque era mentira, el «casi» sobraba. Siempre estaba disponible. Esa era la primera vez desde que se conocían que no lo estaba.

Goro asintió con la cabeza, y, soltándole por fin, se tumbó de espaldas sobre la cama.

—Curioso trío habéis formado —dijo, pasándose las manos bajo la nuca.

—Nos compenetramos bien —susurró Razz, dándole la espalda sin cambiar de postura.

—No quieres que le diga a Andrés que estoy aquí —susurró Goro, intuyendo quién era el «él» de la última frase de Lua—. ¿Por qué?

—No le interesa mi vida sexual.

—Creo más bien que a ti no te interesa que sepa que tienes vida sexual… ni de qué tipo la tienes —apuntó con certera malicia.

Razz optó por guardar silencio, al fin y al cabo no le había hecho ninguna pregunta.

—¿Cuánto hacía que no follabas, Rafael? —Goro giró apenas la cabeza para mirarle, pero solo pudo ver su espalda, las chapas brillando sobre la piel húmeda de esta.

Razz apretó los labios, no pensaba contestar a esa pregunta.

—¿Quizá desde que conoces a Andrés? —insinuó el alguacil atrapando las misteriosas chapas.

Razz se tensó al sentir movimiento en los cordones que le colgaban del cuello. Los asió con dedos trémulos y tiró de ellos apartándolos del alcance del entrometido alguacil.

Goro sacudió la cabeza enfadado, testarudo cocinero, terco como una mula.

—Debe de ser duro verlo tan encoñado con Paula —comentó hiriente.

Razz continuó guardando un obstinado silencio.

—Y lo más divertido de todo es que Andrés ni siquiera lo sabe, ¿verdad? —soltó Goro como por casualidad.

—¿Qué es lo que no sabe? —masculló Razz engarfiando los dedos en la almohada.

—Que estás enamorado de él.

—No lo estoy.

Goro bufó incrédulo.

—Seguro…

—¿A qué viene esa obsesión con Andrés? —Razz, enfadado, giró sobre sí para encararse al impertinente alguacil.

—No es obsesión, sino curiosidad.

—Pues no lo parece —replicó frustrado—. Cualquiera diría que le tienes envidia.

—¿Envidia? —se burló cáustico Goro—. No te equivoques, Rafael, soy yo quien está en tu cama, no él —se cernió sobre él y le empujó con rudeza para tumbarlo de espaldas sobre las sábanas arrugadas—. Soy yo quien te ha follado esta noche, no él —afirmó separándole las piernas con las rodillas para colocarse entre ellas—. Soy yo quien te ha hecho gemir y suplicar —gruñó, su rostro a un suspiro del de Razz—. Yo, quien te va a montar hasta que vuelvas a gritar de placer —sentenció antes de besarle con cruda rabia—. Pon las manos en el cabecero, Rafael, porque te voy a follar tan fuerte que si no lo haces te golpearás la cabeza contra él.


—¿Qué haces aquí? Lárgate con Razz, princesa, hace mucho calor —masculló Andrés al darse cuenta de que no estaba solo en la cama.

Por lo visto la pelirroja había elegido la noche de más calor de todo el jodido verano para dormir con él. ¡Mandaba huevos!

Lua gruñó airada. ¡Ya empezaba Andresito a quejarse! Pobre Paula, no sabía lo que le esperaba.

Andrés rezongó, coreado por los gruñidos y bufidos de Lua, y cuando le quedó claro que no iba a poder echarla, abrió los brazos y dejó que se acurrucara contra él. «Insufrible mimosa», pensó besándola con cariño en la coronilla. Ya hablaría a la mañana siguiente con Razz para averiguar qué les había pasado. No era normal que esos dos durmieran separados.

Cerró los ojos, dispuesto a dormirse de nuevo… y los abrió como platos al sentir un golpe contra la pared. Y luego otro. Y otro más.

—¡No me jodas! —siseó estupefacto zarandeando a Lua—. ¡Razz está echando un polvo! —exclamó atónito al escuchar los gemidos al otro lado de la pared.

—¿Por qué te crees que estoy aquí? —gruñó Lua abrazándose a la almohada.

—¿Lo has pillado en plena faena? —preguntó eufórico, saltando sobre la cama igual que un niño.

Lua asintió con la cabeza, divertida y a la vez encantada por la reacción de su amigo. Era una lástima que Razz no pudiera ver lo mucho que se alegraba por él. Seguro que se le quitaría el miedo a decírselo.

—¡Es alucinante! —Andrés cerró los puños y sacudió los brazos en el gesto universal de «¡chúpate esa!»—. ¿Quién es la afortunada?

Lua en respuesta hizo el gesto universal de cerrar una cremallera sobre sus labios

—¡No fastidies, Lua! Tienes que decírmelo.

—He prometido no hacerlo.

Andrés la torturó haciéndole cosquillas y tirándole del pelo —con bastante suavidad por cierto, no convenía cabrearla— y al no conseguir ninguna confesión, volvió a tumbarse en la cama. Eso sí, sin aceptarla entre sus brazos… al menos de momento.

—No te enfurruñes.

—No me enfurruño —replicó enfurruñado—. Pero no es justo. Se supone que no hay secretos entre nosotros. —Lua dio un respingo, joder con el vidente, había dado justo en el clavo—. Pero no te preocupes —resopló conspirador— no tardaré en descubrir vuestro misterio.


Goro echó un vistazo al reloj de su muñeca, eran poco más de las seis de la mañana y no había conseguido pegar ojo. Suspiró y observó fascinado al hombre que dormía a su lado, que era más o menos lo que se había dedicado a hacer toda la noche. Cuando no se lo estaba follando, claro. Dormía bocabajo. Desnudo. Con las piernas separadas y los brazos cruzados bajo la almohada. La postura perfecta para darse un caprichito rápido, pensó acariciándose la incipiente erección. Pero no iba a hacerlo. Ya se había dado varios caprichos esa noche y el Superchef no estaba acostumbrado a tanto trajín. No sería prudente que la primera vez que estaban juntos lo dejara tan dolorido que no pudiera andar. Aunque ganas no le faltaban.

Saltó de la cama para evitar la tentación y buscó su ropa amparado por la suave luz que se colaba entre las rendijas de las persianas. Más le valía vestirse y salir pitando si quería llegar a tiempo para abrir el ayuntamiento antes de que llegaran los concejales y el alcalde. Esa mañana celebraban el pleno extraordinario sobre la resolución de las fiestas, que, a pesar de lo petulante del título, no era otra cosa que una reunión en la que unos y otros se felicitaban por lo bien que había ido todo mientras comentaban la cantidad de turistas que habían atraído, la calidad de las orquestas y el dinero en impuestos que habían dejado los feriantes. Nada del otro mundo. Pero era parte de su trabajo y tenía que estar presente, a ser posible con el uniforme puesto, el estómago lleno y sin apestar a sexo.

—¿Te vas? —escuchó la voz somnolienta del moreno.

Se giró con una ceja arqueada, ¿se lo preguntaba a él o a la mujer con la que dormía cada noche? Sacudió la cabeza para liberarse del estúpido ataque de celos que acababa de sentir.

—Yo creo que ya es hora, todavía no he cenado —dijo burlón.

No era mentira, había salido tan rápido tras recibir la llamada de la pelirroja que se le había olvidado cenar y ahora su estómago rugía reclamando comida.

Razz lo miró confundido, sus ojos, hinchados por el sueño, entrecerrados en un gesto de absoluto desconcierto.

—Son casi las seis y media, tengo que ducharme, comer algo y vestirme para ir a trabajar —le explicó Goro, dándose cuenta de que estaba demasiado adormilado como para pillar ninguna broma—. No puedo quedarme más tiempo, de hecho, ya voy bastante tarde.

Razz asintió somnoliento, tranquilo al comprender que faltaba al menos media hora para que Lua y Andrés se levantaran y un poco más para que José, Abel y Caleb llegaran a desayunar. Nadie iba a descubrir nada si el alguacil se marchaba ya. Y por lo visto tenía mucha prisa.

—Bien, aún no es la hora de desayunar —murmuró abrazándose a la almohada para volver a quedarse dormido con inusitada rapidez.

Goro sonrió divertido, sin entender muy bien a que venía eso del desayuno. Recogió la ropa que estaba esparcida en el suelo, se vistió con rapidez y abandonó sigiloso la habitación para dirigirse al baño. Cerró la puerta con el seguro y, tras pensárselo un instante, se quitó la camiseta y se mojó el pecho, los brazos y la cara para después frotárselos con jabón. No podía ir apestando a sexo a su habitación alquilada. Su patrona tenía, además de la insana costumbre de levantarse al rayar el alba, un olfato poderoso y una nariz con una gran capacidad para ser arrugada a modo de disgusto.

Andrés abrió el ojo derecho al sentir la puerta del baño cerrarse. Echó un vistazo al despertador. Todavía no eran las seis y media. Decidió que los ladrones no entrarían en el baño a robar y que de hacerlo no se molestarían en cerrar la puerta, por tanto había sido el aire el causante del suave golpe. Volvió a cerrar el ojo derecho. El izquierdo no se había molestado en abrirlo.

Un minuto después abrió los dos ojos a la vez. Alguien se estaba lavando. El aire no tenía cuerpo que asear y dudaba mucho que los ladrones fueran tan considerados de ducharse antes de entrar a robar, lo que significaba que...

Saltó de la cama.

—¿Qué hora es? —murmuró Lua adormilada al sentir que su osito de peluche humano se alejaba de ella.

—Pronto, sigue durmiendo princesa —susurró besándole la mejilla antes de ponerse unos vaqueros. Lo último que le interesaba era que Pepita Grillo le diera la coña con lo inapropiado que era espiar a los amigos.

—¿Adónde vas? —preguntó aturdida.

—A preparar un poco de café. Tengo calor y no puedo dormir. —Y salió casi corriendo del dormitorio.

—Pero si tomas café te despertarás más aún —protestó somnolienta.

¡Hombres, estaban todos locos!, pensó antes de cerrar los ojos y quedarse dormida.

Andrés recorrió con silenciosa rapidez el pasillo; el dormitorio del Superchef seguía cerrado a cal y canto, pero tras la puerta del baño todavía se escuchaba el rumor del agua. Se detuvo pensativo. Si la misteriosa conquista de Razz lo encontraba en mitad del pasillo a esas horas de la madrugada se iba a asustar... y él no quería eso. Quería saber quién era, nada más, no asustarla y que le tomara manía a Razz. Así que se dio media vuelta y bajó raudo a la cocina, decidido a causarle una magnífica impresión.

Y

Goro salió del baño con el pelo empapado y la camiseta pegándose húmeda a su pecho. No estaba tan limpio como quería —era absurdo ducharse para luego ponerse ropa usada— pero tampoco olía a sexo, lo que ya era un avance considerable. Pasó de largo la primera habitación que estaba vacía, por lo que intuyó que era la de la pelirroja y se detuvo en la del Superchef. Estaba tal y como la había dejado al salir, cerrada. Se sintió tentado de entrar a despedirse, incluso posó la mano sobre el picaporte, pero el delicioso aroma a café recién hecho que inundó el aire de repente le hizo salivar. Entrecerró los párpados, y se dirigió a las escaleras, no sin antes echar un vistazo a la última habitación. La larga melena de la pelirroja se extendía como ondas de fuego sobre la cama. No había nadie con ella.

Una sonrisa feroz se dibujó en sus labios. Sonrisa que se hizo aún más amplia al entrar en la cocina y ver a Andrés adormilado sobre la mesa, con la cabeza escondida entre los brazos cruzados mientras el café borboteaba en el puchero al más puro estilo de Abel.

—Muy amable por tu parte hacerme café… lo necesito más que respirar después de la noche tan movida que he tenido —dijo apoyándose en el quicio de la puerta con las manos en los bolsillos y los pies desnudos cruzados por los tobillos en la viva imagen de la satisfacción.

Andrés dio un respingo al escuchar una voz de hombre. Levantó la cabeza y parpadeó varias veces para enfocar la vista. ¿De verdad el fastidioso alguacil estaba en la cocina? Joder. ¡No podía haber elegido peor momento para aparecer! Con la obsesión que tenía Razz con mantener en secreto sus cosas, seguro que montaría en cólera al enterarse de que su chica había sido descubierta por Goro —además de por él mismo—. Echó una impaciente mirada a las escaleras. Esperaba que la muchacha tardara un rato más en ducharse.

—¿Qué narices haces aquí? —le reclamó enfadado—. Mi tío tardará en llegar, vuelve más tarde.

—He pasado la noche aquí —replicó Goro con una satisfecha sonrisa antes de acercarse al fogón para, tras coger un colador y colocarlo sobre la taza, servirse un poco de café.

Andrés lo miró confundido mientras realizaba la operación.

—¿Aquí? ¿Dónde? —acertó a decir.

—Arriba. En la habitación del centro —señaló Goro ufano, echando leche fría en la taza humeante—. Espero no haberte despertado… hemos intentado no hacer ruido, pero ya sabes cómo son estas cosas, en seguida se escapan de las manos —dijo guiñándole un ojo a la vez que le daba un trago al café.

Andrés sacudió la cabeza, aturdido, a la vez que intentaba recordar todo lo que el impertinente hombre había dicho desde que había aparecido en la cocina.

—Joder —masculló al captar por fin la esencia de toda la conversación.

—No te imaginas cuánto. —Goro elevó las comisuras en una socarrona sonrisa.

—Pero no… —Andrés lo miró sobresaltado—. Razz no…

—¿No? ¿Seguro? —Goro arqueó una ceja, burlón, dejó la taza y acto seguido se puso las deportivas que había ocultado bajo la mesa la noche anterior—. Un placer saborear tu café, te sale casi tan rico como a tu abuelo —dijo saliendo de la cocina.

Andrés se quedó inmóvil en medio de la sala, aturdido, frotándose nervioso el corto cabello de su nuca.

—Joder —siseó trastornado.

## 18

No supo qué le dolió más; el esperado pero no por eso menos inesperado desprecio de su amigo o el golpe que lo tiró de la cama. Tal vez ambos.

—¡Eres un cabrón hijo de puta! —aulló Andrés dando un golpe al interruptor de la pared.

Razz cerró los ojos, deslumbrado por la potente luz, a la vez que se sentaba en el suelo. ¿Qué mosca le había picado a Andrés para comportarse de esa manera?

—¿¡No podías decírmelo, joder?! —le gritó alterado yendo hacia él, haciéndole retroceder hasta que chocó con la pared.

—¿Decirte qué? —preguntó Razz nervioso, remiso a creer que Andrés se estaba refiriendo a…

—¡Qué eres un jodido maricón! Qué, ¿te he dejado sin palabras? —siseó con rabia—. Pues así me he quedado yo cuando he visto al puñetero alguacil en la cocina y me ha dicho lo bien que lo habíais pasado esta noche.

—Joder. —Razz cerró los ojos, herido.

—¿Qué os pasa? —los increpó Lua entrando asustada al oír los gritos.

—Nada, no nos pasa nada —escupió Andrés—. Aquí, don Secretos, que resulta que le van las pollas… imagino que cuanto más gordas mejor.

—¡Andrés! —exclamó Lua.

—¡Qué! Es la puta verdad.

—Ya lo sé, pero tal y como lo dices resulta ofensivo —le regañó, interponiéndose entre ellos.

—¿Ya lo sabes? —Andrés la miró como si le acabaran de salir cuernos—. ¡Me cago en la puta! Lo sabe todo el mundo menos yo. ¡Cojonudo! —gritó ofendido.

—Solo tenías que fijarte un poco para averiguarlo —bramó Lua perdiendo la paciencia.

—¿Fijarme un poco? ¡En qué narices tenía que fijarme! ¿En qué dormís juntitos todas las putas noches? —masculló burlón.

—¡No hacemos nada y lo sabes! —se defendió Lua.

Andrés bufó enfadado. Sí que lo sabía. Miró a su amigo, estaba sentado en el suelo con una pierna doblada contra su pecho, la espalda apoyada en la pared y la cabeza ladeada, observándole con la frialdad que le caracterizaba. Como si no pasara nada.

—Jamás has dejado que te abrazara... —siseó con desdén estrechando los ojos—. ¿Qué pasa? ¿Tenías miedo de que se te pusiera dura si te tocaba? —preguntó con voz de falsete a la vez que movía las manos en círculos y parpadeaba de manera exagerada.

—¡Andrés! Retira eso ahora mismo —le exigió Lua, asombrada de que pudiera ser tan cruel.

—No, tenía miedo de que me lo echaras en cara cuando supieras que soy gay —se defendió Razz poniéndose en pie sin importarle su desnudez.

—Genial. Me alegro de que no me hayas dejado tocarte, así no tengo que lavarme con lejía —espetó Andrés con desprecio.

Razz asintió con la cabeza sin decir nada y luego se dirigió a la ventana para subir con fingida tranquilidad las persianas de madera. Sacó la cabeza y el torso al exterior y se llenó los pulmones con el aire puro de la sierra.

—Andrés, por favor... —suplicó Lua.

Le conocía, sabía que era incapaz de controlar su genio y que más pronto que tarde, cuando se le pasara el cabreo, se arrepentiría de todo lo que estaba diciendo.

—¿Por favor qué? Ya ves lo afectado que está, todo se la pela —gruñó furioso, dándole una patada a la silla.

—Los muebles no te han hecho nada —le reprendió Razz sin apartarse de la ventana.

—Pero tú sí, de buena gana te partiría la cara —soltó y se colocó tras él—. Tres jodidos años viajando, viviendo, durmiendo y hasta cagando juntos y no has sido capaz de decírmelo. Mierda, Razz —masculló sintiéndose traicionado—. Cómo has sido capaz de dejarme creer que eras...

—¿Normal? —terminó la frase Razz volviéndose hacia él, enfrentando por primera vez su mirada.

—No iba a decir eso —se reprochó Andrés, apartándose herido.

—¿No? —Arqueó una ceja con burlona incredulidad.

—Por supuesto que no. Iba a decir... —se interrumpió al escuchar el motor de la camioneta de José en la calle.

También Razz y Lua la oyeron, pues él se asomó con rapidez a la ventana mientras que ella clavó la más fiera de sus miradas en Andrés.

Andrés se giró para evitar los acusadores ojos de Lua y, solo por sentirse un poco mejor, le pegó un puntapié a la silla tirada en el suelo. Observó a su amigo, tenía los ojos clavados en la calle, las manos engarfiadas en el marco de la ventana y la cara tan blanca como la de un muerto. Sacudió la cabeza, conocía al moreno, «al menos en lo esencial», pensó furioso. Sabía que en ese preciso momento estaba aterrado solo de pensar en la posibilidad de que alguien más se enterara de sus preferencias sexuales.

Tan obsesionado estaba con proteger su intimidad, mantenerse en un segundo plano y ser invisible…

Y era bastante difícil que un maricón pasara desapercibido en un pueblo, pensó frunciendo el ceño con preocupación. Iba a ser complicado proteger a su amigo, más si el bocazas del alguacil lo iba pregonando. Apretó los puños, enfadado. Con Goro por no darse cuenta del daño que podía hacer a Razz. Y con Razz por haber mantenido un jodido teatro durante tres años, mintiéndole y ocultándole sus gustos sexuales, ¡cómo si fuera a dejar de quererle por eso! Sacudió la cabeza, enfureciéndose de nuevo al recordar la cantidad de veces que había hecho chistes sobre maricones sin que él se quejara por ello. Si incluso se había metido con su inapetencia sexual, cuando lo que le pasaba era que le gustaban los hombres y no se atrevía a decírselo. Apretó los dientes, sintiéndose un gusano repugnante. Uno que además era muy estúpido. Y cegato.

Y lo peor era que, por todo lo que había hecho Razz para mantener el secreto, la opinión que tenía de él bien podía ser la de que era poco menos que un nazi homófobo.

Se acercó de nuevo a él, la respiración tan agitada como sus emociones y la furia que creía controlada ascendiendo de nuevo a cotas ingobernables.

—Además de marica eres cobarde —le dijo despectivo, deseando herirle tanto como él lo había herido con su silencio y sus secretos—. No te preocupes, no voy a decirle nada a nadie, tu puto secreto está a salvo —prometió dirigiéndose a la puerta—. Preferiría que no bajaras a desayunar, no me apetece verte la cara —siseó cerrando con un fuerte golpe.

—No le hagas caso. —Lua abrazó con cariñosa fuerza a Razz—. Ya sabes cómo es cuando se cabrea, no sabe lo que dice y luego se arrepiente.

—Claro que sí. —Razz le acarició la espalda, ausente—. Baja a desayunar, o no tendrás fuerzas para ir a las tierras con José.

—No voy a dejarte solo…

—Claro que vas a dejarme. Estoy muerto de sueño y mi cama está demasiado usada para compartirla —comentó curvando la boca en una parodia de sonrisa.

—No intentes engañarme, Razz —dijo estrechando los ojos—. Sé cuánto te duele esto…

—No pretendo engañarte. Claro que me duele, pero también sé cómo es Andrés. Ya se le pasará —afirmó con voz monótona antes de besarla en la frente—. Anda, baja con él y cálmale, no me apetece que vuelva a subir hecho un energúmeno.

—Está bien… te veo esta tarde en La Guarida —indicó Lua apartándose de él.

—Hasta esta tarde —aceptó Razz con fría serenidad.

Esperó hasta que la sintió bajar las escaleras y luego se asomó a la puerta, podía escuchar con claridad las voces de todos en la cocina, charlando. Permaneció allí en paciente silencio durante el desayuno, atento a cada palabra que se dijo. Aterrado y confiado a partes iguales. Y cuando les oyó marcharse suspiró agradecido; Andrés no había dicho nada.

Entró en su cuarto, cerró con llave y se sentó en la cama. Observó el dormitorio con gesto inexpresivo y, tras unos minutos inmóvil, fue hasta el armario y comenzó a vaciarlo.

Había llegado la hora de marcharse.


Goro metió la mano en el bolsillo del pantalón y buscó a tientas el botón que cortaba la llamada del móvil. Era la enésima vez que le llamaban esa mañana y, aunque le había quitado el volumen, había mantenido la vibración y era un verdadero incordio sentirlo sacudirse contra el muslo, amén del gasto inútil de batería. Miró el reloj de la pared de la sala de juntas, pasaba más de media hora de las dos de la tarde, los concejales y el alcalde pronto harían una parada para comer, pero, hasta entonces, no le quedaba otra que esperar aburrido a que acabaran de debatir. Y no es que fuera su obligación estar sentado como un pasmarote al fondo de la mesa… pero a los jefes les gustaba tenerlo a mano para pedirle su opinión, y ahí estaba, perdiendo el tiempo en reuniones burocráticas.

El móvil volvió a vibrar. Estuvo tentado de sacarlo y mirar quién tenía tanto empeño en contactar con él. Pero no lo hizo. Al alcalde no le gustaban esos aparatos del diablo y Goro siempre había pensado que era mejor no cabrear a quien te pagaba. Además, todos en el pueblo sabían que había pleno, y si fuera algo urgente habrían dado aviso a través del teléfono del ayuntamiento. Así que se contuvo y fingió prestar atención. Diez minutos después los ocupantes de la sala se levantaron dando por finalizada la sesión hasta la seis y media de la tarde, que era una buena hora para levantarse de la siesta.

Sacó el móvil y revisó los mensajes del buzón de voz; un par de quejas por notificaciones extraviadas, un aviso de una bombilla rota en la Cruz del Royo y otro de que la fuente de la Soledad estaba atascada y los críos no podían beber. Tomó nota de ambos para solucionarlos después de comer. Por último, cinco llamadas del Galo, ninguna con mensaje de voz. Frunció el ceño y marcó el número. Tras un breve pero alterado intercambio de información con el viejo restaurador, guardó el móvil y salió corriendo en busca del alcalde.

Lo encontró de camino a casa.

—Manolo —le llamó con la confianza que le daba más de una década en el cargo—. Necesito tomarme la tarde libre.

—¿Ha pasado algo? —inquirió preocupado el hombre. El alguacil no solía tomarse tiempo libre a no ser que se estuviera acabando el mundo.

—Es personal… y muy importante para mí.

—Está bien, tómate todo el tiempo que necesites.

Goro cabeceó a modo de somero gracias y giró sobre sus talones para dirigirse a la carrera a La Guarida. Había allí un cocinero estúpido al que iba a dejarle claras cuatro cositas. De hecho, iba a hacerle entrar en razón aunque tuviera que encerrarle en el calabozo.

—¡Menos mal que apareces! —exclamó el Galo atravesando apresurado la Corredera para ir a su encuentro—. Ha entrado por la puerta y ha dicho que se iba esta tarde a Madrid. —Se puso a la altura del alguacil y caminó junto a él de regreso al restaurante—. Tasia le ha amenazado con no pagarle lo que lleva trabajado este mes por no habernos avisado con tiempo y él le ha dicho que le parece bien, que con lo que ganó el mes pasado tiene para irse y que no necesita más —dijo entre resuellos—. No sé qué mosca le ha picado pero parece decidido a marcharse… Ha dejado una mochila enorme detrás de la barra y se ha metido en la cocina —balbució sin respiración al entrar en La Guarida, que por cierto estaba llena de parroquianos comiendo, como cada día a esa hora—. Mira, esa es la mochila —señaló un enorme petate verde adornado con cientos de dibujos hechos con rotulador.

—He aprovechado que se ha encerrado en la cocina para ver qué contiene —reconoció Tasia en voz baja acercándose a ellos—. Y está lleno de ropa. Y también están las cosas esas para el fuego... eso significa que no habla en broma. Se va —admitió conspiradora, la mirada fija en Goro—. ¿Qué vas a hacer para evitarlo?

Goro miró perplejo al matrimonio, por lo visto no tenían duda alguna de la relación que le unía al moreno, aunque tampoco era de extrañar, todo el Barranco conocía sus gustos, nunca se había molestado en ocultarlos. Pero de ahí a que Galo y Tasia conspirasen con él en contra de Razz... Dio un respingo al comprender que todos perseguían un fin común. Sonrió ufano, no podía haber encontrado mejores espías y aliados.

—Dame las llaves del apartamento, Galo —solicitó a la vez que agarraba la mochila.


—Así que al final te vas —comentó Goro entrando en la cocina.

—Ya te han ido con el cuento —se defendió Razz con aparente indiferencia a la vez que sacaba los flanes del molde.

—Creí que ibas a quedarte.

—Creíste mal —replicó dirigiéndose a la nevera para sacar más postres.

—¿Qué ha cambiado de ayer a hoy para que quieras marcharte tan de repente?

—Ayer también quería irme —respondió sin mirarle mientras cortaba la tarta.

—¿Sí? Creo recordar que dijiste, en un alarde de sinceridad sin límites, que no querías irte pero que tampoco te atrevías a quedarte... Por lo visto el miedo ha ganado. No pensé que fueras tan cobarde.

—Eres libre de pensar lo que quieras —soltó mientras dejaba los platitos en una bandeja.

—Basta ya, Rafael —le imprecó agarrándolo del hombro. Tiró con brusquedad para obligarle a darse la vuelta—. Ten el valor de mirarme cuando me hablas.

—Estoy muy ocupado, Goro, no tengo tiempo para dramas.

—Pero sí lo tienes para recoger tu ropa y preparar la mochila —le recriminó, enfadado por el desinterés que mostraba.

—No puedo viajar sin ropa —se defendió con lógica irrebatible encogiéndose de hombros.

—¿Qué narices te ha pasado para que estés así? —preguntó Goro mirándole turbado. No reconocía a ese hombre impasible y exánime.

—Así, ¿cómo? —musitó Razz con evidente desidia dirigiéndose a la pila.

—Apático. Como ido, como si lo hubieras perdido todo y nada te importara. —Y justo en ese momento supo qué había pasado—. Es por Andrés...

—No sé por qué dices eso —se escudó Razz, la mirada fija en la pared.

—Me lo encontré esta mañana en la cocina y le puse en antecedentes.

—Lo sé. Me lo contó —dijo con voz neutra, inalterable.

—¿En serio? A tenor de cómo te estás comportando, no me lo habría imaginado ni en mil años —dijo con sarcasmo—. ¿Qué más te ha dicho ese niñato para que te hayan entrado tantas ganas de largarte?

—Andrés no tiene nada que ver con mi decisión, hace días que te dije que me quería ir.

—Te vas por él —insistió Goro.

—Por supuesto que no —replicó Razz con más vida de la que había mostrado durante toda la conversación—. Me voy porque buceando por Internet he encontrado un vuelo tirado de precio para Alemania, y no es cuestión de desaprovecharlo. Salgo desde Barajas mañana a las seis, así que, ya ves, no sucede nada, excepto que he encontrado un chollo y si quiero aprovecharlo no me queda otra opción que marcharme hoy mismo —explicó, en la frase más larga que había dicho en mucho tiempo, tal vez en toda su vida.

—Ya veo que no te faltan las palabras para inventar pretextos que exculpen a tu amigo —masculló Goro sin creerse nada.

—Piensa lo que quieras.

—Está bien. Eres mayorcito, tú sabrás lo que haces —aceptó, apartándose de él—. El autobús pasa a las seis, vendré a buscarte sobre las cuatro y media, así nos dará tiempo a echar el polvo de despedida —dijo desdeñoso antes de salir de la cocina y abandonar el restaurante, tan enfadado que nadie, ni siquiera Tasia que tenía fama de valiente y aguerrida, se atrevió a pararle para preguntarle qué tal había ido el asunto.

Enfiló la cuesta en dirección a la antigua casa de Abel y, cuando llegó, no se molestó en llamar. Conocía de sobra a los inquilinos, sabía que a esas horas estarían arriba, comiendo mientras planeaban el trabajo de la tarde. Aferró el tirador de la puerta y la abrió, pues, también como siempre, no se habían molestado en cerrarla con llave.

—Tómate la tarde libre y ve con Lua al Arenal, hay una finca allí que te puede interesar —le indicó Caleb a José, aunque tenía la mirada fija en Andrés y Lua.

Ambos jóvenes llevaban toda la mañana comportándose de una manera muy extraña, estaban taciturnos, preocupados. Andrés apenas había probado bocado, algo de lo más inusual en él, y tampoco había abierto la boca para decir más de dos o tres palabras en lo que iba de día. Tan raro estaba, que ni siquiera había intentado meterse con José en toda la mañana, mientras que Lua, la mimosa pelirroja, se mantenía apartada de él y no le había dirigido la palabra en más de un par de ocasiones, y porque no le quedaba más remedio.

José aceptó la sugerencia con un gesto de cabeza, los ojos clavados en Andrés y Lua, tan preocupado por ellos como Caleb. Algo les pasaba, lo sabía porque las mil veces que se lo había preguntado a Lua, ella había respondido *nada*. Y todo hombre sabía lo que significaba un «nada» dicho por una mujer: «todo». Y si además esa mujer lo decía enseñando los dientes, entonces el asunto se volvía en extremo peligroso, peliagudo y complicado.

—Andrés, tú podrías ir con los gemelos a la Luna a ver si los gamusinos están maduros para recoger —comentó Caleb como si tal cosa.

Andrés, sentado en el extremo de la mesa y con la mirada fija desde hacía más de diez minutos en la taza de café que todavía no había probado, asintió con la cabeza.

Los gemelos miraron a su padre con los ojos muy abiertos. ¿Qué eran los gamusinos? ¿Brotaban en la Luna? ¿Cómo iban a llegar hasta allí? ¿Su hermano tenía carné de astronauta? ¿Podría llevarlos a Marte?

En el preciso momento en el que Daniel iba a soltar la batería de preguntas alguien entró en la cocina, salvando a Caleb de tan complicado interrogatorio.

—Hombre, Goro, ¿cómo tú por aquí? ¿Ha ocurrido algo? —indagó sorprendido, era raro que faltara a su comida en La Guarida.

Lua se tensó, no le gustaba nada el gesto grave del alguacil, presagiaba malas noticias. Andrés, por su parte, salió del ensimismamiento en el que estaba sumido, se echó hacia atrás en la silla y adoptó una pose de aburrida indiferencia.

—Nada que no se pueda solucionar —replicó Goro con una feroz sonrisa en los labios—. Solo quiero aclarar una cosa con tu sobrino.

—Creo que esta mañana ha quedado todo bien clarito, Leví —señaló Andrés mordaz, desafiándole con la mirada.

Caleb, Abel y José se miraron intrigados. ¿A qué narices venía esa pelea de gallos?

—¿Qué le has dicho al Super cuando me he ido? —siseó Goro encarándose a Andrés.

—Nada que te importe.

Goro asintió con los dientes apretados y, sin previo aviso, le propinó tal puñetazo a Andrés que él y la silla acabaron estrellándose contra el suelo.

—¡Me cago en la puta! ¿Pero de qué vas, tío? —jadeó Andrés, levantándose aturdido y con la nariz empapada en sangre mientras todos les miraban estupefactos.

Todos excepto Lua, que se colocó frente a su amigo con afán protector.

Goro, haciendo gala de una fuerza nacida de la más pura rabia, apartó a la pelirroja sin esfuerzo para acto seguido agarrar al joven por el cuello de la camiseta y estrellarlo contra la pared.

—¿Qué narices le has dicho a Razz? —volvió a repetir, controlando apenas su rabia.

—Lo que me ha salido de los cojones —escupió Andrés, quien tras recuperarse de la sorpresa no se mostraba especialmente pacifico, más bien al contrario.

Se soltó del agarre del alguacil e intentó devolverle el puñetazo, algo nada fácil pues a la vez tenía que impedir que este volviera a sacudirle.

—¡Pelea, pelea! —gritaron entusiasmados Daniel y David.

—¡Tranquilos! ¡Goro! ¡Andrés! ¡Basta! —gritó Caleb digiriéndose, muleta en mano y pie escayolado en alto, hacia donde ambos hombres forcejeaban.

José, más rápido, más joven y con las dos piernas sanas, llegó antes que él. Se colocó tras Goro y lo agarró con fuerza para apartarlo de Andrés en el mismo momento en el que Lua se colocaba de nuevo entre los dos contendientes para impedir que siguieran haciendo el tonto a la vez que para sujetar a su tatuado amigo.

Y mientras los jóvenes intentaban poner paz, Abel se ocupó de sacar a los salvajes gemelos fuera de la cocina; con la violencia que se respiraba en la estancia, solo les hacía falta tener a esos dos jaleando a los púgiles.

—Deja tranquilo al chico, no te ha hecho nada —le exigió Caleb a Goro cuando José y Lua consiguieron por fin mantenerlos a ambos a una distancia segura.

—No tienes ni idea de lo que ha hecho —le advirtió Goro—. Suéltame, estoy tranquilo —exigió, y José le soltó, aunque no bajó la guardia—. Con amigos como él, más vale tener enemigos —dijo señalando a Andrés—. No sé qué le has dicho a Razz, pero sea lo que sea, has conseguido tu propósito, no creo que vuelvas a verlo en tu vida —lo acusó despectivo antes de dirigirse a las escaleras—. Siento el espectáculo, Caleb.

—Estás loco, joder —le imprecó Andrés forcejeando con Lua para soltarse—. ¿Con amigos como yo? ¿Quién narices te crees que eres para decir eso? —estalló, dando salida a la frustración que arrastraba desde la discusión matutina—. Qué pasa, ¿crees que por meterte en su cama una puta noche lo sabes todo de él? ¿De nosotros? Pues no tienes ni idea. ¡Es mi amigo! Y lo único que quiero de él es que no me mienta, joder —siseó con los dientes apretados, dolido por la acusación del alguacil.

—Y, sin embargo, lo que has conseguido es hacerle huir del pueblo —replicó Goro.

—¿Qué? Estás mal de la cabeza. Razz está en La Guarida trabajando, volverá dentro de un rato. —«Y hablaremos, y gruñiremos, y gritaremos, y Lua nos atizará con lo que tenga más a mano haciéndonos recuperar la cordura y entonces nos abrazaremos y todo volverá a ser como siempre, porque es imposible que sea de otra manera».

—¿Estás seguro?

—Nunca se iría sin sus antorchas y su ropa —afirmó rotundo limpiándose con el dorso de la mano la sangre que seguía brotando de su nariz.

—E imagino que están arriba, ¿verdad? Junto al enorme petate verde pintarrajeado.

Andrés y Lua parpadearon perplejos al reconocer en la descripción la mochila de Razz, que estaba guardada en el armario y que era imposible que Goro hubiera visto.

—¿Cómo sabes eso? —inquirió la pelirroja.

Andrés no se molestó en esperar respuesta, empujó al alguacil para apartarlo de su camino y enfiló escaleras arriba con vertiginosa rapidez. Cuando volvió a bajar segundos después su rostro se había demudado y alcanzó una palidez cadavérica.

—Andrés, ¿qué pasa? —le preguntó Lua, agarrándolo del brazo cuando entró en la cocina.

—No están sus cosas. Ni las antorchas ni la ropa ni la mochila… lo ha recogido todo —reconoció soltándose de su agarre para lanzarse escaleras abajo con Goro a la zaga.

Lua jadeó aterrada por lo que sus palabras implicaban y echó a correr tras él. Si Razz se iba sin aclarar la discusión con Andrés, ninguno de los dos se lo perdonaría nunca.

José sacudió la cabeza, aturdido por la desbandada.

—Voy con ellos —le advirtió a Caleb antes de salir corriendo tras los demás.

Caleb asintió en silencio a la vez que se apresuraba a bajar las escaleras con las muletas. ¡Maldita pierna que le hacía ir lento como una tortuga! Salió de la casa y, nada más cruzar la carretera, se encontró con su padre, quien regresaba de dejar a los gemelos con Tapapuertas y su nueva camada de gatos.

—Hijo, ¿cómo ha acabado todo? Acabo de ver a Andrés corriendo como alma que lleva el diablo en dirección a la Corredera con Lua, José y Goro persiguiéndole… Aunque dudo que lo alcancen, el chico sigue corriendo como las gacelas —apuntó con orgullo de abuelo.

—Es largo de contar —replicó Caleb enfilando con cuidado la cuesta. Subirla con las muletas era costoso, pero bajarla, más que cansado era peligroso.

—Bueno, al paso que vas, te dará tiempo —se burló Abel.

—Por lo visto Goro y Razz han tenido… una noche de pasión, y a Andrés no le ha sentado muy bien —comenzó a explicarle a su padre.

Al fin y al cabo, tenía razón, con su paso de tortuga le daba tiempo a contarle el Quijote de pe a pa si fuera preciso.


—Me cago en la puta, Razz, ¿dónde cojones has metido tus antorchas, tu ropa, tu mochila? —inquirió Andrés casi sin aliento en el mismo instante en el que atravesó la puerta de la cocina.

—¿Pero qué te ha pasado? —exclamó Raziel asustado al ver la cara ensangrentada de su amigo. Apartó del fuego la tortilla de patatas, tomó una larga tira de papel de cocina y se acercó presuroso al herido.

—No me ha pasado nada; es a ti a quien le pasa algo. ¡En qué narices estás pensando! —le recriminó enfadado para después escupir en la pila la sangre que se le acumulaba en la garganta—. Discutimos y te largas, ¿así?, ¿sin más? ¿Sin darnos oportunidad de arreglarlo? No me jodas, tío —continuó diciendo a la vez que se tapaba la nariz con el talón de la mano, zafándose de los intentos del moreno de contener la hemorragia—. Eres un tipo sensato, no te puedes ir solo porque se te pone en la punta de la polla. Tú no haces esas cosas... eso lo hago yo, el irresponsable, el capullo, pero no tú. Joder.

—Deja de dar vueltas y siéntate —dijo Razz tomándole de la mano para acercarlo hacia una pila de cajas en la que Andrés se acomodó sin dejar de protestar—. Deja de hablar y baja la cabeza, vamos —le ordenó, asumiendo el rol de hermano mayor que tantas veces había representado.

Andrés gruñó un poco más antes de bajar la cabeza, aceptando el papel de hermano pequeño mientras Razz le pinzaba las aletas de la nariz con los dedos índice y pulgar.

—No aspires por la nariz ni te tragues la sangre.

—¿Y qué hago, la escupo en el suelo de tu impoluta cocina? —replicó Andrés arrancándole el papel de las manos para escupir en él.

—Sí, ya lo recogeré luego, no te preocupes. Sigue presionando la nariz y no te muevas —le ordenó antes de ir a por más papel y humedecerlo.

—Sí, mami... seré un niño bueno y obediente —se burló Andrés enfurruñado.

Razz suspiró, su amigo no sería obediente ni aunque le fuera la vida en ello.

—¿Quién te ha pegado? —Le miró con los ojos entornados mientras le limpiaba la cara.

Quien le hubiera golpeado se había despachado a placer, no le había roto la nariz de milagro.

—Tu jodido amante —contestó Andrés enseñándole los dientes en una mueca de rabia—. Me pilló desprevenido el muy cabrón, por eso me alcanzó de lleno, pero él también se ha llevado lo suyo...

—¿Te has peleado con Goro? —preguntó Razz con sorpresa, acuclillándose frente a él para frotarle la sangre seca que le manchaba la boca y la barbilla.

—No. Tu novio ha aparecido en la cocina de mi casa y me ha dado un puñetazo sin venir a cuento...

—No es mi novio.

—¿Ah, no? Pues bien que te follaba ayer por la noche —siseó

Andrés, furioso de nuevo al recordar el motivo que le había llevado allí—. ¡Deja de tocarme, joder! —lo apartó dándole un manotazo antes de saltar del improvisado asiento.

Raziel se irguió con las manos en alto en señal de rendición antes de darle la espalda y dirigirse hacia el otro extremo de la cocina.

—Ah, no. ¡Eso sí que no te lo permito! —gritó Andrés siguiéndole.

—¿Qué no me permites? —resopló Razz abatido.

—Que te apartes de mí como si me dieras asco.

—Me has dicho que no te toque y es lo que he hecho —replicó Razz con una fingida frialdad que no lograba ocultar el desaliento que impregnaba su voz.

—Pero no por los motivos que crees, ¡joder! —le increpó frustrado—. ¿Por qué siempre tienes que tomártelo todo por donde no es? No te he dicho que te apartes porque seas maricón y no quiera que me toques, sino porque estoy harto de que me sobes la cara. ¡Me duele, joder!

—No te he pedido explicaciones —murmuró Razz, volviendo a poner la tortilla al fuego.

—No, claro, tú nunca las pides… Ni las das. Prefieres mantener en secreto tus asuntos, incluso para tu mejor amigo —le reprochó Andrés.

Razz le dio la vuelta a la tortilla con un plato y luego fue hasta el horno, donde se estaban cocinando los bollos *preñaos* para los aperitivos de la tarde.

—No vas a decir nada —le increpó Andrés.

—No tengo nada que decir.

—¿Seguro que no? —le acusó—. He subido a tu cuarto y estaba vacío, como si ya no vivieras allí. ¿Dónde están tus cosas, Razz?

—Guardadas en la mochila. Me voy esta tarde, pero eso ya lo sabes, ¿no? Por eso has venido —murmuró apático mientras sacaba la bandeja del horno—. No te preocupes, mi marcha no tiene nada que ver con nuestra discusión. He encontrado un vuelo tirado de precio que sale mañana y no es cuestión de desaprovechar la oportunidad —explicó con desidia acercándose al fogón para atender la tortilla.

—No me cuentes cuentos, Razz —le reclamó Andrés—. ¿Discutimos y dos horas después encuentras el chollo de tu vida? No me jodas, tío, no hay quien se lo crea.

—Andrés, de verdad, no eres tan importante como para que modifique mi vida por una de tus pataletas —dijo encarándose a él—. Hace tiempo te comenté que me quería ir, no finjas que te pilla por sorpresa. Regresé a España para acompañarte, nada más, y ahora que parece que Lua y tú os vais a quedar aquí siendo felices y comiendo perdices, vuelvo a ser libre para retomar mi camino. ¿O acaso pretendes que me pase lo que me resta de vida aquí, cocinando para los demás? —inquirió esbozando una burlona sonrisa que no le llegó a los ojos—. Tengo planes mejores, gracias, y en ellos se incluye seguir viajando —sentenció volcando la tortilla en un plato.

—No te creo. Solo dices una mentira tras otra —lo acusó Andrés enfrentándose a él.

—Todo el mundo es libre de creer lo que se le antoje —aceptó Razz fregando la sartén.

—Eres un cobarde. Te ocultas detrás de tus secretos, y cuando salen a la luz, huyes.

Raziel se encogió de hombros acercándose a los ganchos de la pared para colgar la sartén, luego se dirigió a la nevera para sacar varios recipientes.

—Mira, tío, lamento mucho haber reaccionado como lo he hecho —continuó diciendo Andrés al ver que el moreno no pensaba decir nada—. No debería haberme puesto como un energúmeno, pero mi enfado estaba justificado —aseveró tirante—. Tienes que entenderme. Me he sentido traicionado, joder, tres años juntos y no eres capaz de decirme que te gustan los hombres, cuando yo jamás te he ocultado nada —siseó dolido.

—No te preocupes por la discusión, está olvidada —insistió Raziel esquivándolo para acercarse a la mesa y colocar los recipientes sobre ella—. Por favor, Andrés, no es que pretenda echarte de mi cocina, pero tengo mil cosas que hacer antes de irme… y me quedan poco más de dos horas.

Andrés asintió aturdido. Claro que le estaba echando. Se iba. Y, tal y como le había advertido el alguacil media hora antes, tal vez no volviera a verlo nunca más.

—¿Cuántos secretos más escondes? ¿Tan graves son que no puedes quedarte y contármelos? —suplicó mirándole abatido.

Raziel se irguió sobrecogido al escuchar las preguntas, todo él en tensa inmovilidad hasta que estalló barriendo con los brazos lo que había sobre la mesa a la vez que un rugido nacido de la impotencia escapaba de sus labios.

—Joder, Razz. —Andrés se acercó preocupado—. ¿Qué te pasa? Dímelo, te ayudaré…

—¡No me pasa nada! ¡Solo quiero que me dejes en paz! —gritó perdiendo la paciencia.

Enfiló hacia la puerta, decidido a agarrar la mochila e irse lejos. Ya. Sin esperar ni un instante más. Al salir se encontró con Goro apoyado en la pared junto al pasillo y a Lua haciendo de muro protector frente a la puerta que acababa de atravesar, impidiendo que José, Caleb, Tasia y el Galo se acercaran más aún. Y ya estaban demasiado cerca. Tanto que era probable que hubieran escuchado parte de la conversación.

Lo miraban aturdidos, como si no lo reconocieran. Y tal vez así era. Él mismo no se reconocía. Miró a su alrededor y descubrió que no eran los únicos que lo observaban perplejos. Todas las personas que estaban en el restaurante tenían los ojos fijos en él.

Sintió que el corazón se le detenía en el pecho, giró la cabeza y miró la puerta abatible que separaba la cocina de la barra y el salón. Era muy delgada. Intentó recordar si el tono de la conversación había subido mucho de volumen. Sí lo había hecho.

Dio un paso atrás, asustado, a la vez que buscaba una salida con la mirada.

—No se te ocurra largarte, tenemos que hablar —oyó que le decía Andrés de repente.

Razz lo miró horrorizado, parecía decidido a continuar la discusión.

Delante de todo el mundo.

Palideció.

Andrés, que cuando se cabreaba sufría de una grave incontinencia verbal, quería continuar gritando sus secretos en mitad del restaurante, delante de todos aquellos con los que conversaba cada día. Jadeó agitado, el aire escapaba de su garganta sin pasar por su pecho. Miró a su alrededor buscando una salida, pero no la había. Todos le miraban. Todos murmuraban sobre él. Todos se interponían en su camino impidiéndole escapar. Incluso el bonachón Tapapuertas estaba allí, obstaculizándole la huida mientras le decía que no debía marcharse.

Se giró tambaleante. Mareado. Por muchas inspiraciones y muy rápido que las hiciera no conseguía llenar de aire sus pulmones. Se ahogaba y no podía hacer nada por evitarlo.

Andrés seguía hablando en un galimatías ininteligible. También Lua le decía algo que no era capaz de entender mientras le empujaba hacia José y Caleb. Sus propios amigos lo estaban acorralando contra el muro de personas que no dejaban de observarlo, que le señalaban con la mirada, que le juzgaban, que murmuraban, que pronto le darían la espalda.

—¡Rafael, conmigo! —escuchó la voz del alguacil por encima del caos que le rodeaba.

Continuaba en el pasillo que daba a las escaleras, solo, sin nadie que pudiera robarle el aire; las señaló con la cabeza y extendió la mano, indicándole que le siguiera antes de dirigirse hacia ellas.

Le siguió. Apartó a Andrés de un empujón y corrió hacia el pasillo. Subió las escaleras a trompicones, sin apartar la mirada del alguacil. Dejó atrás el primer piso, donde estaba situada la casa de sus jefes, y continuó hasta la puerta del sobrado que en esos momentos abría Goro. Entró desesperado, tranquilizándose al escuchar el sonido de la cerradura tras él, aunque volvió a angustiarse al oír al alguacil discutir con alguien que gritaba tras la puerta. Y ese alguien era Andrés… que lo quería saber todo. Cada pecado. Cada humillación. Cada cicatriz. Eran muchos secretos, demasiados, y estaba tentado de vomitarlos todos.

Su respiración se hizo más rápida y todo giró a su alrededor mientras caminaba en círculos, golpeándose el pecho a la vez que intentaba respirar, sin éxito.

—Para. Deja de dar vueltas como una gallina sin cabeza —le ordenó Goro colocándose frente a él. Lo sujetó por los brazos y lo empujó hasta un sillón tapado por una sábana blanca, donde le obligó a sentarse—. Vas a quedarte aquí, quietecito —le ordenó antes de colocarse junto a él y taparle la boca y una fosa nasal con la mano.

Razz se resistió con debilidad ante el inesperado ataque, ¿por qué no le dejaba respirar? ¿No se daba cuenta de que se estaba ahogando?

—Basta —siseó el alguacil entre dientes a la vez que le tiraba del pelo para mantenerle la cabeza inmóvil y poder seguir tapándole la boca y parte de la nariz—. Tienes que tranquilizarte. Escúchame, vas a respirar por el agujero que te he dejado libre, no necesitas más aire. Hazlo conmigo —le ordenó con voz severa a la vez que exageraba y ralentizaba su respiración—. Despacio, sin prisa…

Raziel se aferró nervioso a la muñeca del alguacil y con los ojos fijos en él intentó imitar su respiración pausada.

—Dime que no tienes por costumbre sufrir ataques de pánico a menudo… son un puto coñazo —declaró Goro pasados unos minutos, cuando la respiración del moreno se normalizó.

—¿Es eso lo que me ha pasado? —preguntó Razz con voz ronca, Goro asintió con un gesto—. Es la primera vez que me ocurre algo así. No tengo por costumbre mostrarme tan… desnudo ante los demás; prefiero guardarme mis emociones para mí —reconoció, avergonzado por la escena que acababa de montar.

Se levantó del sillón, incapaz de permanecer sentado un segundo más. Recorrió con la mirada la estancia. Era muy amplia, con dos puertas al fondo que, según le había explicado días atrás Tasia mientras intentaba convencerle para que se quedara, daban al baño y al dormitorio. En el centro era bastante alta para ser un sobrado, poco más de dos metros que caían en disminución hasta quedarse en unos sesenta centímetros de altura en las paredes.

—No está mal... —señaló girando sobre sus talones.

—Podrías ser feliz aquí —aseveró Goro acercándose a él.

—Seguro —replicó. Y ni él mismo supo si ironizaba o hablaba en serio—. ¿Qué hace ahí mi mochila? —Estrechó los ojos, sorprendido al verla en un rincón.

—La he subido esta mañana —dijo sin molestarse en explicarle los motivos.

Tampoco Raziel se los preguntó, pues tenía la cabeza ocupada en otros pensamientos.

—Te he oído discutir con alguien en la puerta, ¿quién era? —preguntó inquieto.

—Tu gran amigo Andrés —replicó Goro con evidente desdén.

—¿Qué quería?

—Entrar, pero viendo el estado en el que te encontrabas he pensado que no te haría mucha gracia verle, así que le he pedido que se marchara a casa. Y eso ha hecho.

—Es imposible que Andrés se haya ido sin discutir —rebatió Razz incrédulo, su amigo no desistiría con tanta facilidad. ¿O sí? Sintió que el corazón se le paraba ante esa posibilidad.

—En realidad sí ha discutido. Y gritado. Pero Lua me ha ayudado un poco, ya conoces a Pipi Calzaslargas, no se le caen los anillos por tirar de las orejas a un hombre, literalmente —admitió el alguacil, esbozando una ladina sonrisa.

Raziel se dirigió presuroso a la ventana para mirar al exterior, Andrés estaba en mitad de la Corredera, Lua, José y Caleb, a su lado, parecían insistirle en algo mientras él negaba con la cabeza sin apartar la mirada de la ventana desde la que estaba siendo observado.

Razz se apartó de las sombras que lo ocultaban e, inclinándose sobre el alféizar, asintió con brusquedad.

Andrés lo miró con los labios apretados y el ceño fruncido para luego imitar el gesto a regañadientes. Giró sobre los talones y abandonó la plaza con su comitiva tras él.

—¿Y eso qué narices significa? —indagó Goro al ver el gesto entre ambos.

—Que luego nos veremos. —Razz atrapó la mochila para marcharse, llegó hasta la puerta e intentó abrirla, pero no lo consiguió pues estaba cerrada con llave—. Abre la puerta.

—Aún es pronto, relájate un rato en el sillón… o mejor todavía, vamos a la cama —propuso Goro con sorna mientras recorría la estancia quitando las sábanas a los muebles.

—No es divertido —masculló Razz—. Dame las llaves, necesito irme ya —exigió.

—¿Te vas? No me lo puedo creer, has mentido a tu mejor amigo —se burló Goro—. No tienes intención de verle, ni luego ni nunca —sentenció, la mirada fija en el moreno.

—Abre la puerta. Ya —repitió Razz, tras asir el tirador e intentar girarlo sin conseguirlo.

—¿Qué prisa tienes? El autobús no sale hasta las seis, faltan dos horas.

—Iré paseando hasta Arenas y lo pillaré allí, abre de una vez.

—Un largo paseo será ese —señaló Goro arqueando una ceja. Arenas estaba a cuatro horas a pie de allí—. Te arriesgas a coger una insolación con este calor, y de todas maneras no llegarías a tiempo. Es más sensato que esperes aquí.

—No vas a abrirme, ¿verdad? —musitó Razz girándose hacia él.

—Por fin te has dado cuenta…

Razz dejó caer la mochila al suelo, enfadado. ¡Por qué no le podían dejar en paz!

—¿Puedo saber por qué me tienes preso aquí o es alto secreto?

—Justo de secretos va la cosa. —Goro se apoyó en el alféizar de la ventana, dando a entender que tenía todo el tiempo del mundo para escucharle—. Dime por qué te quieres ir.

—Ah, ¿pero no has escuchado a hurtadillas lo que he hablado en la cocina con Andrés? —replicó Razz mordaz.

—Por supuesto que he escuchado la sarta de mentiras que le has soltado.

—No son mentiras. Echo de menos viajar. Regresé por acompañarle, pero tenía claro que no me iba a quedar. El mundo es demasiado grande para estar encerrado en una cocina.

—¿Desde cuándo te disgustan las cocinas? No sé por qué, pero me da la impresión de que solo eres realmente feliz cuando estás entre ollas y sartenes —afirmó certero.

—No. Es solo un entretenimiento. Una manera como otra cualquiera de ganarme la vida mientras estaba aquí. Pero estoy deseando irme. Ya no aguanto más tanta camaradería, tanto confraternizar unos con otros. Siempre lo mismo, sin que nada cambie.

Goro arqueó una ceja, incrédulo, y acto seguido se dirigió al sillón que había destapado para repantigarse en él con fingido hastío.

—Ya puedes seguir con tu cuento, prometo no dormirme mientras me mientes —dijo cruzando las manos tras la nuca.

—No estoy mintiendo —siseó Razz entre dientes.

—¿De verdad crees que soy tan estúpido? ¿O que Andrés lo sea? —Se sentó erguido—. Ayer mismo estabas pensando en aceptar la oferta del Galo y mudarte aquí, y hoy no solo quieres irte, sino que pretendes caminar hasta Arenas para no tener que permanecer aquí dos horas más. —Razz giró la cabeza, zafándose de la perspicaz mirada del alguacil—. Lo único que ha cambiado entre ayer y hoy ha sido que hemos pasado la noche juntos… y que Andrés se ha enterado. Así que deja de tomarme por imbécil y dime la verdad.

Razz se sentó en el sofá y tiró de los cordones que llevaba al cuello para sacarse las chapas y envolverlas en el puño derecho. Y así permaneció. En silencio. Pensativo. Apretando con fuerza el fino metal.

—Ayer me dijiste que no le querías —murmuró Goro tras esperar a que arrancara a hablar sin que esto sucediera—. ¿Era mentira también?

—Claro que le quiero, es mi mejor amigo, pero no es un amor romántico, menos aún sexual.

—Oh, sí, seguro. Por eso has reaccionado como lo has hecho: intentando huir.

—Huir ha sido siempre la única manera que he encontrado para sobrevivir —reconoció Razz apretando con tanta fuerza las chapas que los nudillos se le pusieron blancos, hecho que no pasó desapercibido al alguacil—. Si mi mejor amigo ha reaccionado así al saber que soy marica, ¿cómo crees que van a reaccionar los demás? —fijó su mirada desolada en Goro—. Si quien me aprecia ya no puede ni verme, ¿qué crees que harán quienes no son más que conocidos? ¿Por qué van aceptarme si ni siquiera mi mejor amigo lo hace? ¿Crees que el Galo va a permitirme seguir trabajando aquí? Por supuesto que no, me echará sin dudarlo un instante —dijo con desdeñosa sinceridad—. ¿Cómo supones que va a reaccionar la gente del pueblo? Oh, por supuesto nadie dirá nada en público, no se arriesgarán a ser tachados de homófobos, pero no será lo mismo. Dejarán de venir a La Guarida del Villano, se apagarán las conversaciones cuando yo llegue, murmurarán cuando me vaya, me mirarán de refilón… Todo será distinto. Con Andrés ya es distinto, y yo soy —se corrigió—, era su mejor amigo. Si él ha reaccionado así, ¿cómo van a reaccionar los demás? —explicó herido sus temores.

—Das muchas cosas por sentado. Galo y Tasia no te van a echar, al contrario, no se darán por enterados y seguirán tratándote como hasta ahora —apuntó Goro, sus ojos fijos en las manos de Razz, quien seguía aferrado a las chapas como si le fuera la vida en ello—. Los del pueblo… Sí, comentarán, murmurarán, incluso te señalarán con el dedo las primeras semanas, y estoy seguro de que muchos que no pisan La Guarida, irán solo para verte, pero luego dejarás de ser la novedad y se olvidarán de ti. Te lo digo por experiencia, llevo toda mi vida siendo gay sin ocultarlo.

Raziel negó con la cabeza. Nada era tan fácil. No para él.

—¿No vas a darles una oportunidad? Galo y Tasia te la dieron a ti, déjales demostrar que no son como temes —le suplicó Goro.

Por toda respuesta Razz abrió las manos, mostrándole las chapas. No debería hacerlo. No debería enseñárselas a nadie, menos aún al astuto alguacil. Pero estaba tan harto de guardar secretos. Lo único que quería era irse de una vez, y esa era la manera más rápida para que le dejara marchar. Se las quitó por el cuello y se las tendió.

—Muy interesantes. —Goro se sentó junto a él en el sofá y tomó las chapas. Ambas eran rectangulares, con una fecha grabada en el frente y dos palabras en el dorso—. Imagino que la fecha grabada conmemora algo importante.

Raziel señaló la chapa con la fecha más reciente, grabada casi cinco años atrás.

—«Se acabó» —leyó las palabras escritas en el dorso—. Este fue el último día que tomé drogas —manifestó sin mirarle.

—¿Qué tipo de drogas? —interrogó Goro perplejo, nunca lo había visto achispado, mucho menos borracho, imposible imaginárselo drogado.

—Cualquier tipo de drogas que pudiera conseguir —especificó tomando la otra chapa. Era del mismo año que la primera, pero dos meses antes y tenía grabadas las palabras «Nunca más» en el dorso—. Esa fue la última vez que me prostituí para conseguir drogas —dijo levantándose para coger la mochila—. Ya ves que no es oro todo lo que reluce —soltó y se detuvo frente a la puerta, dándole la espalda—. Dame las llaves, por favor.

—Los diamantes también relucen —dijo Goro yendo tras él— y son mucho más preciados y duros que el oro. No te voy a dejar marchar, así que deja de intentar escapar —afirmó arrancándole la mochila de la mano para luego asirle la muñeca y, de un tirón, obligarle a girarse y mirarle—. Se acabó, no vas a huir nunca más —dijo usando las palabras grabadas en las chapas antes de envolverle la cara entre sus manos y besarle.

Raziel cerró los ojos y se perdió en el poder curativo del beso. En la reconfortante suavidad de sus labios, en la calidez de su aliento, la ternura de su lengua, la serena fortaleza oculta bajo el calor de su piel.

—Abre los ojos, Bello Durmiente, no quiero que me confundas con otro príncipe azul —bromeó Goro apartándose de él—. ¿Estás mejor?

Raziel asintió con un gesto, aunque su mirada se había vuelto recelosa. No podía ser tan fácil. ¿Confesaba sus pecados más humillantes y recibía a cambio un beso? Así, sin más. ¿Sin acusaciones, dramas ni desdén? Era imposible que aquello que en su momento le había reportado un merecido ostracismo ahora le trajera caricias y besos.

Estrechó los ojos, ¿dónde estaba la trampa?

Observó al hombre que le acompañaba, la única persona en la que se había atrevido a confiar por completo. Había elevado una comisura de la boca en una ladina sonrisa que no se reflejaba en sus perspicaces ojos marrones.

—¿No me vas a contar cómo fue que caíste tan bajo? —dijo Goro sentándose en el sofá para darle el espacio que en ese momento parecía necesitar.

Colocó las manos tras la nuca, estiró las piernas y cruzó los tobillos en una pose de simulado relax que no sentía.

—¿De verdad te interesa? —masculló Raziel, mirándole de refilón.

—Siempre me interesan las buenas historias.

Razz sonrió pesaroso a la vez que se frotaba la frente tratando de ordenar sus ideas.

—Antes era joven, estúpido y arrogante —confesó, y después se interrumpió azorado.

¿De verdad iba a contarle eso al hombre que estaba a su lado? ¿Se había vuelto loco?

—No te lo tomes a mal, pero sigues siendo arrogante... y, en ocasiones, también estúpido, aunque debo reconocer que últimamente no tanto como cuando te conocí —apuntó Goro con sorna al ver que no continuaba.

—Eso es porque me comparas contigo, y en estupidez me superas con creces, fíjate que te has acostado con un maldito exdrogadicto —replicó Raziel al momento.

—Qué puedo decir, me gustan los hombres con experiencia y un pasado a sus espaldas —apostilló Goro esbozando por fin una verdadera sonrisa—. Vamos, Rafael, deja de dar rodeos y cuéntame tu historia, prometo no asustarme.

Razz resopló frunciendo el ceño al escuchar su nombre. No era la primera vez que Goro lo pronunciaba esa tarde… y mucho se temía que no iba a ser la última.

—¿Ya se te han acabado los nombres de cocineros? —se defendió.

—Claro que no, Arola —replicó usando el apellido del famoso chef catalán—, pero me gusta más tu nombre. De hecho, es el que voy a usar a partir de ahora, acostúmbrate.

—Estupendo —masculló Razz dirigiéndose a la ventana—. Espero que el Galo y Tasia hayan podido finalizar las comidas. Dejé los postres preparados, pero si ha llegado alguien a última hora…

—Galo y Tasia llevan dando comidas desde antes de que tú aprendieras a mear de pie —señaló Goro, sus ojos fijos en Razz mientras este paseaba nervioso—. No tienes por qué contármelo si no quieres…

—Como iba diciendo, era joven, estúpido y arrogante —dijo Raziel, lanzándose de repente—. Me gustaba pasarlo bien. Quería montar en coches caros, vestir ropa de marca e ir a las discotecas de moda. Y para eso hacía falta dinero. Dinero que ni yo ni mi familia teníamos. Lo cual era una putada de las gordas, porque si algo no me gustaba era trabajar. —Se sentó en el sillón, los codos apoyados en las rodillas y la frente contra los dedos entrelazados—. Pero sí me gustaba que me follaran y gozaba de cierto atractivo físico al que no dudaba en sacar provecho. Me escapaba a la ciudad para enredarme con unos y otros en fiestas eternas en las que lucirme y ser lucido y cuando me quedaba sin… patrocinador, regresaba a casa a recuperarme. Mi madre intentaba encubrirme, pero yo tenía muy poco cuidado, me gustaba sobresalir, vacilar de mis conquistas y mi padre acabó enterándose. Montó en cólera. Discutimos y como yo no me mostraba razonable no se le ocurrió nada mejor que llevarme a una obra que la constructora para la que trabajaba había dejado a medias y encerrarme en una de las caracolas que usaban para guardar herramientas. —Se detuvo un instante para ordenar los recuerdos que amenazaban con desbordarse—. Debo apuntar que para ese entonces yo estaba enganchado a varias sustancias poco recomendables y que mi carácter no era lo que se dice… estable y mucho menos tranquilo. Imagino que el pobre ignorante pensó que si me encerraba en ese cuchitril lleno de bichos durante el tiempo suficiente me limpiaría de mis adicciones y con ellas de mi homosexualidad —murmuró abrazándose, presa de incontenibles temblores—. No te imaginas las cosas que llegué a ver allí encerrado. Arañas grandes como perros babeando sobre mí cara, escarabajos que intentaban comerme, mantis religiosas que me follaban y luego me cortaban la cabeza. Todo producto de mi alterada imaginación, por supuesto, pero en ese momento parecían reales. —Se levantó, incapaz de permanecer sentado un instante más.

—Por eso te dan tanto asco los insectos.

—No es asco, es miedo. Pavor absoluto —replicó Razz, la mirada fija en la pared—. Tardé más de una semana en convencerle de que me había curado. Y si lo conseguí fue gracias a mi madre que, como siempre, se puso de mi parte y lo engatusó hasta que accedió a soltarme. Esa misma noche esperé a que se durmieran y me largué a la ciudad.

—En esas condiciones yo también me hubiera escapado —le apoyó Goro.

—Seguro —resopló Razz—. ¿También les habrías robado el dinero, las joyas y todo lo que tuviera algo de valor? Porque eso fue lo que hice —indicó con desdén, pasándose la mano por la boca, como si quisiera borrar las palabras que había dicho.

—No, eso no lo habría hecho —musitó Goro.

—Lo gasté en pasármelo bien. Me pasé la siguiente semana de fiesta en fiesta, hasta arriba de coca… entre otras drogas. Y cuando se agotó el dinero, volví a buscar hombres que pagaran mis vicios a cambio de un polvo; no era muy selectivo ni discreto, solo me importaba cuánto les pudiera sacar y que todos vieran lo bien que me iba para que se lo contaran a mi viejo. Quería humillarle y no me daba cuenta de que era yo quien se estaba humillando —masculló deteniendo su deambular para apoyar las palmas de las manos en la pared, como si quisiera pasar a través de ella—. Poco después comencé a prostituirme. Era un negocio fácil y lucrativo. Al menos al principio cuando yo elegía con quién follar, luego perdí peso, atractivo y afecto por la higiene. Entonces dejé de poder elegir. Y dejó de ser fácil y lucrativo para convertirse en una pesadilla de la que no podía salir. —Se apartó de la pared y giró sobre sus talones para enfrentarse a la mirada del alguacil—. Estuve dos años enganchado a las drogas, y uno más entrando y saliendo hasta que conseguí dejarlas. Aún hoy me da miedo volver a caer. Por eso grabé esas fechas en las chapas. Para no olvidarlo jamás.

—¿Conseguiste salir tú solo? —indagó Goro sorprendido, había tenido que ser una lucha hercúlea.

—No exactamente, unos artistas callejeros me enseñaron otra manera de ganarme la vida que no tenía nada que ver con la prostitución —dijo esbozando una sonrisa nostálgica a la vez que volvía a deambular nervioso—. Cambié el sexo por el espectáculo con fuego. Un mes y medio después de eso me topé con una panda de neonazis que me dieron el empujón definitivo para dejar la droga.

Goro lo miró aturdido, sin entender cómo esa gentuza podía haberle ayudado.

—Me encontraron durmiendo en la calle, bajo unos cartones. Uno de ellos tropezó, literalmente, conmigo. No le debió de sentar muy bien porque se entretuvo un buen rato en darme patadas, y sus amigos, tal vez pensando que necesitaba ayuda, se unieron a la fiesta. Un barrendero me encontró de madrugada junto a los contenedores de basura, más muerto que vivo. Llamó a la policía y acabé en el hospital. Cuando salí estaba limpio de drogas... aunque agonizaba por tomar más, literalmente. Tenía tanta ansiedad que parecía como si me estuviera muriendo, pero pensé que si había sobrevivido hasta entonces, podría seguir haciéndolo... Y de todas maneras, tampoco tenía dinero para pillar ni ganas de volver a follar para conseguirlo. Así que aguanté las ganas, me volví medio loco y pasé semanas enteras sin dormir, pero no volví a meterme nada. Fin de la historia.

—¿Qué fue de tus padres? ¿Volviste a verlos?

—Muchos meses después, cuando me sentí fuerte, regresé a casa —dijo despacio, con la mirada perdida—. Fue cuando me enteré de que mi madre había muerto de un ataque al corazón al poco de robarles; mi padre me dijo que había sido por mi culpa, porque yo se lo había roto. Y la verdad es que no tengo motivos para pensar lo contrario —afirmó apoyando la espalda en la pared para dejarse resbalar hasta quedar sentado en el suelo—. Mi padre me llevó a la tumba, dejó que me despidiera y luego me dijo que no quería volver a verme... He cumplido su deseo.

—No te lo has puesto nada fácil —reconoció Goro levantándose del sofá—. Tú mismo has sido tu peor enemigo. Te has metido de cabeza en todas las mierdas que podían joderte la vida, y aun así has sobrevivido... y te has convertido en alguien imprescindible para los que tenemos el placer de conocerte —sentenció acuclillándose frente a él—. Sé inteligente, Rafael, no permitas que los errores de tu pasado condicionen las decisiones de tu futuro.

Se irguió tendiéndole la mano y Raziel no dudó en aferrarse a ella para levantarse. Se dejó guiar hasta el sofá y se sentó en él, junto al alguacil, disfrutando de un hipnótico silencio.

—Es un apartamento pequeño —murmuró levantándose de improviso.

Al vomitar toda la mierda, se había quedado tan relajado que se sentía extrañamente adormilado, y no podía dormirse. No en ese momento. Comenzó a recorrer la estancia con pasos perezosos.

—¿Para qué quieres más? —replicó Goro.

—No tiene cocina.

—Tienes la del restaurante a tres metros bajo tus pies.

—Está sucio…

—Solo es polvo. Te ayudaré a limpiarlo; prometo deshacerme de todos los insectos antes de que puedas verlos —afirmó burlón sin moverse del sofá, dejándole el espacio que necesitaba.

Razz lo miró con una mueca de disgusto que evidenciaba que la broma no le parecía divertida.

—Los muebles son muy antiguos. —Se acercó a los aparadores que bordeaban las paredes.

—Puedes cambiarlos.

—¡Claro que no! —Pasó las yemas de los dedos sobre la vieja madera—. Son magníficos; puedo lijarlos para eliminar las manchas y arañazos y luego barnizarlos, quedarían estupendos. También tendría que encolar las sillas y el sillón —admitió a la vez que ahogaba un bostezo—, y tapizarlos, la tela que tienen además de estar ajada es horrible.

—¿Sabes restaurar muebles? —Le siguió con la mirada, parecía al borde de la extenuación.

Tampoco le extrañaba, Razz había pasado una semana agotadora por culpa de las fiestas y la noche anterior en vez de descansar, había sido bastante… movida. Lo ocurrido esa mañana había sido el colofón para acabar con él.

—No se me da mal —reconoció regresando al sofá para derrumbarse en él.

—Eres una caja de sorpresas…

—Tú lo sabes mejor que nadie. —Recostó la cabeza contra el alto respaldo, agotado física y psíquicamente—. No sé si me quedaré —susurró aletargado.

—Qué tal si empiezas por quedarte hoy... Mañana será otro día, ya pensarás qué hacer.

—No soy Escarlata O'Hara —replicó cerrando los ojos.

—¡Gracias a Dios que no! Siempre me gustó mucho más Rhett Butler —comentó Goro a la vez que enarcaba varias veces las cejas.

Razz entreabrió los ojos, mirándolo aturdido antes de esbozar una espontánea sonrisa que pronto se convirtió en una suave carcajada.

Goro lo observó complacido, ¿cuántas veces le había oído reír? ¿Dos, tres quizá? No más. Hacerle reír era algo extraordinariamente complicado, y él había conseguido arrancarle una carcajada a pesar de tenerlo todo en contra.

Y eso era lo único que contaba en ese momento.

# Arde mi mundo

*S*e marchaba.

Se lo acababa de oír al chico tatuado y a la chica del pelo rojo.

El hombre de fuego se iba lejos, a un lugar donde se llegaba volando.

Porque quería seguir viajando.

Pero él sabía que no era por eso. Era porque el alguacil malo no le dejaba actuar, y si no podía jugar con fuego las ganas de vivir se perdían. Él lo sabía, le pasaba igual. Cuando no podía ver, oler ni tocar las llamas se sentía vacío. Y el hombre de fuego amaba las llamas tanto como él.

Esquivó los gatitos del patio y entró cabizbajo en la casa, tenía que hacer algo para impedir que se marchara. Solo el hombre de fuego podía enseñarle a domar las llamas. No podía dejar que se fuera. Lo necesitaba.

Se detuvo pensativo.

El hombre de fuego también le necesitaba a él; conocía el monte, podría esconderlo del malvado alguacil para que no lo encontrara nunca.

Irguió la cabeza comenzando a animarse.

Se ayudarían mutuamente. Él le ayudaría a ocultarse y el hombre de fuego le enseñaría a amaestrar las llamas. Solo tenía que ser muy listo y trazar un buen plan…

## 19

*R*azz abrió los ojos sobresaltado al escuchar varios golpes. Se incorporó desorientado. ¿Dónde estaba? Se sentó despacio en el viejo sofá y observó lo que le rodeaba; estaba en el apartamento sobre La Guarida, por lo visto se había quedado dormido. Reparó en que, tras la ventana abierta, el brillo del sol había dado paso a los tonos ocres del final de la tarde. ¿Cuánto tiempo llevaba durmiendo? Se estiró desperezándose y los golpes que le habían despertado volvieron a repetirse más fuertes e insistentes, sobresaltándole de nuevo.

Sacudió la cabeza para despejarse y en ese momento Goro, vestido todavía con su uniforme azul, pasó por delante de él y abrió la puerta apenas una rendija, impidiendo a quien estaba detrás ver el interior de la estancia.

Razz se acercó sigiloso al alguacil, intrigado por saber con quién hablaba, y cuando apenas le faltaban unos pasos para llegar, escuchó la voz clara y potente de su jefa.

—Le dices que ya no son horas de echar la siesta, que hay que trabajar. Los clientes están esperando sus raciones y él aquí, haraganeando. ¡Pero dónde se ha visto! Si está cansado que use las noches para dormir, ya verá como así no está tan agotado. Lo quiero ver abajo, despejado y en marcha, en diez minutos, si no subiré a buscarle y le bajaré de las orejas.

—No te preocupes, Tasia, me aseguraré de que baje —aseveró Goro, ganándose una horrorizada mirada de Raziel.

—Que no me preocupe... ¡no me hagas hablar, Leví, no me hagas hablar! —refunfuñó la anciana tras la puerta—. Es él quien se tiene que preocupar de que no le despida por vago y desconsiderado. Hacerme subir hasta aquí, con lo mal que tengo las piernas. Poco respeto tiene por sus mayores. Pero ya llegará, ya. Arrieritos somos y en el camino nos encontraremos —masculló bajando las escaleras con una agilidad que contradecía sus palabras.

—No deberías hablar por mí —le recriminó Razz a Goro cuando este cerró la puerta.

—Estabas tardando demasiado en abrir, y Tasia era muy capaz de tirar la puerta abajo. Cuando esa mujer está preocupada es mejor ser rápido —le advirtió ufano.

—No me refiero a eso y lo sabes —replicó Razz pasándose las manos por el pelo.

—Ah, te refieres a que tenía que haberle dicho a una anciana furibunda de metro ochenta de altura que estás acojonado y no quieres bajar a trabajar. ¿Es eso? Soy valiente, Rafael, pero no tengo los huevos tan bien puestos como para enfrentarme a Tasia —resopló burlón.

Razz apretó los dientes, pero ni siquiera eso pudo contener la sonrisa que luchaba por escapar de sus labios ante las palabras del alguacil. El maldito tenía razón. Había que tenerlos muy bien puestos para enfrentarse a su jefa.

—¿No vas a darles la oportunidad de demostrarte cuánto te equivocas? —dijo Goro poniéndose serio—. Ellos te la dieron a ti, dejaron que probaras tu valía… deja que te demuestren que no son como temes.

Razz bajó la mirada, el ceño fruncido y los labios de nuevo apretados, hasta que de improviso sacudió la cabeza y enfiló directo al baño. Cuando salió tenía el pelo mojado y el torso brillante por la humedad. Miró despectivo la camisa arrugada que había llevado hasta ese momento, la olisqueó disgustado y luego fijó los ojos en el alguacil.

—¿Te importa bajar a La Guarida y subirme una de mis camisas de cocinar? No puedo volver a ponerme esta, apesta. Pídesela a Tasia, ella sabe dónde las guardo.

Goro asintió y bajó a por el encargo, cuando regresó pocos minutos después Razz estaba en el dormitorio, observando la cama de matrimonio con absorta concentración.

—¿Has visto algún insecto? —inquirió extrañado por su inmovilidad, tendiéndole la camisa.

—No. La habitación está limpia. El Galo me dijo que la habían aireado, pero hicieron bastante más que eso. —Pasó los dedos por los muebles libres de polvo—. También me han dejado sábanas sin estrenar en el armario, por lo visto estaban bastante interesados en que me quedara, aunque no sé si seguirán pensando igual después de la escenita de esta mañana —comentó desdeñoso a la vez que volvía a tapar el colchón con la vieja colcha que le había protegido todos esos años. Suspiró—. Si no me echan a patadas antes de que acabe el día, creo que me quedaré a dormir aquí esta noche —admitió. A continuación se puso la camisa blanca y enfiló hacia la salida.

Goro le siguió con una ufana sonrisa en los labios, complacido por el cambio de domicilio, pues significaba que el potrillo comenzaba a cabalgar solo.

Bajaron las escaleras con apresurada rapidez, ninguno de los dos quería sobrepasar el plazo dado por Tasia. Al llegar al pasillo que daba al restaurante, Razz se detuvo en seco.

—No te irás a rajar, ¿verdad? —le desafió Goro.

Razz negó una sola vez con la cabeza, tiró de la camisa para librarla de arrugas imaginarias y entró en el restaurante.

—Ya era hora, muchacho, la gente está que trina; los *preñaos* se han acabado hace rato y de la tortilla solo quedan las migas. Tasia ha cocido unas patatas, solo te queda freír los torreznillos y convertirlas en revolconas —le indicó el Galo empujándole a través del salón en dirección a la cocina, con un divertido Goro pisándoles los talones—. Hay tres mesas en la terraza para cenar, pero no te preocupes, les he dicho que hoy solo hay tostas, nada de raciones elaboradas —dijo palmeándole la espalda para darle ánimos—. Te has ido antes de hacer el pedido para el servicio de mañana y Tasia ha tenido que improvisar, filetes de lomo y alitas de pollo, ya sé que no te gusta poner dos platos sencillos de segundo, pero como no estabas… También tenemos pendiente la…

Razz, incapaz de retener tanta información, dejó de escuchar el monólogo eterno del anciano y se limitó a observar a las personas allí reunidas. Estaban todos los de siempre… y se habían añadido algunos clientes nuevos. Tal vez los rumores fueran buenos para el negocio, pensó con cinismo al percatarse de la cantidad de gente que llenaba el local. Miró en dirección a la terraza, estaba igual de abarrotada que el restaurante. Quizá más. Y allí, en la mesa que había frente a la puerta, estaban Andrés y Lua con sus respectivas parejas. La pelirroja sentada sobre José se reía con Paula mientras Andrés, con la mirada fija en la puerta, hacia volar un cigarrillo entre sus dedos.

—Lleva ahí sentado desde las cinco y media, vigilando la puerta —susurró Tasia conspiradora.

Razz asintió con la cabeza antes de pasar tras la barra.

—Deberías hablar con él… —le instó Goro.

—Cuando me desenrede de todo el lío que tengo en la cocina, saldré a verle —murmuró Razz dirigiéndose presuroso a su feudo.

—Eh, Adrià —le llamó Goro cuando estaba a punto de atravesar la puerta de la cocina.

Razz se giró, solo para percatarse de que el alguacil le había seguido de cerca. Muy de cerca. Tan de cerca que casi estaba pegado a él.

Goro sonrió ladino, le pasó una mano por la nuca, atrayéndole hacia él, y le besó. Allí. Tras la barra del restaurante. A la vista de todos. Fue un beso corto, apenas una caricia entre lenguas, un suave roce de labios.

—¡Pero bueno, Leví! ¿Dónde te has pensado que estás? —gritó Tasia con los brazos en jarras.

Razz se apartó tan sobresaltado como avergonzado, no así Goro, quien se rio socarrón.

—Y encima te ríes —le regañó la anciana—. No, si aún te parecerá bonito. Si quieres besar a mi cocinero, búscate otro sitio más adecuado y otro horario, ¡ahora está trabajando! —le reprendió Tasia dándole un manotazo en el trasero antes de asir la muñeca del moreno.

Razz la acompañó sin resistirse, tan aturdido estaba, pero antes de entrar en la cocina, giró la cabeza hacia donde estaba Goro, quien asintió sonriente antes de guiñarle un ojo y darse la vuelta para salir del restaurante.

—No te dejes influenciar por ese tarambana —le advirtió enfadada Tasia tras cerrar la puerta—, eres un chico serio y cabal, y sabes que hay cosas que no se pueden hacer en el restaurante, para eso ya tienes el apartamento del sobrado. Calentones hemos tenido todos, pero hay que saber contenerse —afirmó, sorprendiéndole de tal manera que tropezó con sus propios pies—. Vamos, vamos, no te me aturulles ahora, no hay tiempo para eso, tienes mucho trabajo pendiente, mira, ahí están las patatas…

Razz observó perplejo a la anciana, ¿de verdad acababa de decir lo que acababa de decir? Se apoyó mareado en la encimera mientras su jefa seguía hablando sin parar… No le estaba echando. Y tampoco parecía enfadada. Al menos no más de lo normal.

—¿Te has enterado de todo o te lo repito? —le dijo de repente, encarándose a él.

Razz sacudió la cabeza, aturdido.

—Creo que sí… —Aunque en realidad no se había enterado de nada.

—Pues vamos, ¡a qué esperas! ¿Has visto toda la gente nueva que hay en el restaurante? —Razz asintió—. Han venido aquí por los rumores —dijo bajando la voz—, y Goro ha sido muy listo al sacarles de dudas. Ahora que ya saben con seguridad que eres su novio os dejaran tranquilos en seguida, por eso hay que aprovechar y captarlos como clientes hoy mismo. No podemos dejar pasar esta oportunidad, porque en un par de semanas dejarás de ser novedad y se nos acabara el chollo. Hay que hacerlos adictos a tu comida, ya. Así que... ¡Ponte a trabajar! —le ordenó, saliendo de la cocina.

Razz parpadeó perplejo, sacudió la cabeza para liberarse de la sensación de ingravidez que en ese momento tenía y luego se puso el delantal, asió el cuchillo y comenzó a cortar el tocino entreverado para hacer los torreznos. Como bien decía Tasia, no había tiempo que perder.

Goro miró el reloj de la sala de juntas. Pasaban unos minutos de la medianoche. Se frotó los ojos, cansado, y luego guardó las notificaciones que acababa de ordenar. Revisó que todo estuviera apagado y salió del ayuntamiento, donde había pasado la tarde-noche tras salir de La Guarida, adelantando parte del trabajo que había dejado en suspenso esa mañana, primero por culpa del pleno y después por culpa de... la supervivencia de su corazón.

Se encaminó presuroso hacia la Corredera, a esas horas la mayoría de la gente ya se habría retirado a casa, pues a pesar de estar a finales de agosto muchos trabajaban. Con toda probabilidad Razz ya se habría puesto al día con la cocina y estaría tras la barra, charlando con su maravilloso, carismático y empático amigo Andrés, pensó con desdeñoso sarcasmo.

Se equivocó.

Lo primero que vio al llegar a la plaza fue a Andrés y compañía en la terraza, sentados a la misma mesa que por la tarde. De Raziel no había ni rastro.

Apresuró el paso, poniéndose en lo peor, aunque al instante siguiente se recordó que era imposible que el moreno se hubiera ido, pues cuando lo había dejado en La Guarida pasaban con mucho de las seis, única hora a la que pasaba el autobús por el pueblo.

—Goro, espera —le llamó Andrés cuando pasó junto a ellos—. Razz no ha salido de la cocina desde que le besaste esta tarde —dijo con los dientes apretados—. ¿Por qué narices lo hiciste? ¿Acaso no sabes lo importante que es para él no dar la nota? —siseó, conteniéndose para no decir nada más y así evitar discutir con ese imbécil. No entendía qué había podido ver Razz en él. Era un bocazas engreído.

—Claro que lo sé, de hecho lo conozco mejor que tú —replicó Goro mirándole despectivo. Por su culpa estaban en ese brete, si se hubiera comportado como el amigo que Razz insistía que era, en vez de como un niñato engreído y bocazas, no habría pasado nada.

—Pues no se nota, gilipollas —le espetó Andrés levantándose de la silla enfadado.

Por culpa de ese cabrón su amigo estaba encerrado en la cocina, avergonzado, sin permitirle entrar. Y necesitaba verle. Y hablar con él. Y gritarle y ser gritado. Hacer las paces y que todo volviera a su cauce.

—¿Qué me has llamado, niñato? —siseó Goro encarándose a Andrés.

—Eh, tranquilos los dos —les interrumpió José, colocándose entre ambos.

—Andrés, ¡siéntate ahora mismo! La violencia solo engendra violencia —le increpó la pelirroja dándole un fuerte coscorrón para demostrar la veracidad de sus palabras.

—¡Joder, Lua! —protestó Andrés.

Se dejó caer en la silla a la vez que se frotaba la cabeza, y Paula aprovechó para sentarse en su regazo, así no solo le impedía volver a levantarse, sino que de paso también esperaba frenar la vena violenta de la pelirroja. Aunque debía reconocer que en esa ocasión no le faltaba razón en absoluto al pegarle.

—Razz no ha salido de la cocina en toda la tarde —dijo Lua, encarándose a Goro—. Tampoco nos deja entrar. Y necesitamos hablar con él. Andrés necesita hablar con él —especificó, ganándose un bufido del susodicho—. Esto no puede seguir así. Sácalo, por favor.

Goro miró a la preocupada pelirroja y asintió silente para luego dirigirse a La Guarida del Villano.


—¿No vas a abandonar la cocina en lo que te resta de vida? —le increpó sarcástico a Razz al entrar.

—Tengo muchas cosas que hacer.

—Desde luego —murmuró Goro repasando con la mirada la impoluta estancia. Brillaba más que los chorros del oro—. Y entre esas cosas no está salir a hablar con tus amigos que, por si acaso se te ha olvidado, llevan toda la tarde fuera, esperándote.

—No te metas donde no te llaman —le advirtió Razz dándole la espalda para limpiar por enésima vez el fogón.

—Me meto donde me da la real gana —gruñó Goro enfadado a la vez que le obligaba a girarse—. Mírate, estás agotado y sigues trabajando solo por no enfrentarte a ellos.

—Eso no es verdad.

—¿Seguro? —inquirió burlón enarcando una ceja.

Razz le miró con el ceño fruncido y acto seguido se quitó el delantal, lo lanzó sobre las cámaras frigoríficas y abandonó la cocina.

Goro le siguió hasta la puerta del restaurante y, tras cerciorarse de que se sentaba con Andrés y Lua, le pidió un bocadillo al Galo.

—Ve con ellos, te lo llevo a la mesa —le indicó el anciano.

—Prefiero comérmelo dentro —rechazó Goro entrando en el salón, había asuntos que Razz necesitaba solucionar por sí mismo.

—Hombre, por fin el hijo pródigo se digna aparecer —masculló Andrés cuando el moreno se sentó a la mesa.

—¿Vas a montar una fiesta para recibirme? No te olvides de ofrecerme el mejor cordero —replicó Razz, haciendo referencia a la parábola bíblica.

—Claro, hombre, espera que voy a por una de las trompetas de Jericó para tocarla en la fiesta, a ver si con un poco de suerte se te caen encima los muros de La Guarida y ablandan un poco esa cabeza tan dura que tienes —dijo Andrés cruzándose de brazos.

José y Paula, poco acostumbrados a sus discusiones, les miraron asombrados, mientras Lua, que llevaba conviviendo con ellos años suficientes como para saber de qué pie cojeaban, buscó en la mesa algo que pudiera utilizar como arma arrojadiza, solo por si acaso.

—Maravilloso… ahora te enfurruñas sin motivo —siseó Razz, enfadado.

—No estoy enfurruñado —rebatió Andrés enfurruñado.

—Sí lo estás. Esa es tu especialidad, te enfurruñas, te haces el mártir y yo hago como que no me entero de que has metido la pata y me olvido de todo.

—Solo que esta vez no he sido yo quien ha metido la pata, sino tú —replicó Andrés—. Me mentiste.

—No. No te conté lo que no estabas preparado para oír, pero no te mentí. Nunca te dije que fuera hetero.

—¡Pero dejaste que lo pensara! Eso es mentir por omisión —siseó Andrés dando un golpe a la mesa—. Deberías habérmelo dicho.

—¿Por qué? ¿Qué importancia puede tener para ti el que a mí

me gusten los hombres? Tú no eres gay y yo jamás te he tirado los tejos —se defendió Razz perdiendo la paciencia.

—¡Joder, por supuesto que no! —exclamó Andrés con una mueca de asco en la cara al imaginarse a su amigo besándole con la barba de tres días que tenía en ese momento.

Tenía que ser… rasposo. Áspero. Y mejor no pensar en el desagradable vello que le cubría el pecho ahora que no se lo depilaba para actuar. No había comparación posible con los pechos suaves y puntiagudos de Paula, pensó, acariciando la tripita de su chica.

Razz se echó atrás en la silla, herido al ver el aspaviento desdeñoso de su amigo. No hacían falta palabras, su gesto de aversión ilustraba a la perfección lo que pensaba.

—Dime una cosa, ¿habría cambiado algo entre nosotros si hubieras sabido que soy gay desde el principio? —preguntó, necesitando confirmación verbal de lo que ya sabía.

—¡Claro que sí! —exclamó Andrés sin pensar.

Razz cerró los ojos, destrozado.

—¡Andrés! —gritaron a la vez Lua y Paula, perplejas por la inesperada respuesta mientras que José le miró asombrado, incapaz de creer lo que acababa de oír pues ese tipo de prejuicios no eran propios del joven.

—¡Qué! —gritó él a su vez. ¿No tenía suficiente con discutir con Razz que también tenían que gritarle esas dos brujas?

—¿Cómo has podido decir eso? —preguntó Lua perpleja.

—¿Cómo he podido decir qué? —masculló confundido.

—Déjalo estar, princesa, ha sido sincero, y eso es lo que cuenta —murmuró Razz levantándose para regresar al refugio de su cocina—. Creo que ya ha quedado todo aclarado.

—¿Pero qué narices te pasa ahora? —masculló Andrés confundido, apartando a Paula de su regazo para levantarse y seguir al moreno.

—Creo que está herido porque acabas de decir que si hubieras sabido que era gay nada habría sido igual entre vosotros —señaló José, seguro de que Andrés no se había dado cuenta del significado implícito en sus palabras.

Había veces que su antiguo amigo era muy obtuso. Y esa era una de esas ocasiones.

—¡Qué! —se quejó Andrés turbado—. ¡Yo no he dicho eso! Bueno, sí, lo he dicho, pero no me refería a lo que piensas que me refería —exclamó, convirtiendo la frase en un verdadero galimatías—. ¡Joder! Siempre te lo tienes que tomar todo por donde no es —se quejó.

—¡¿Y cómo cojones quieres que me lo tome?! —gritó Razz encarándose a él.

—No tan literal, ¡joder! —replicó Andrés sin apartarse ni un paso—. ¿Me hubiera comportado de distinta manera de haber sabido que eras gay? ¡Sí! Joder, ¡por supuesto que sí! Desde luego no habría hecho chistes cutres sobre maricones cada dos por tres, ni me hubiera burlado de ti porque no te tirabas a las tías que se te ponían a tiro, ni te hubiera echado en cara tu falta de... apetito sexual cada vez que me dabas un sermón. ¿Te haces una idea de lo mal que me siento al pensar en todas las veces que he sido cruel contigo sin saberlo? —declaró frustrado—. Pero sabes qué, eso no es lo que más me jode. Lo que me cabrea hasta hacer que me duela la tripa es que no has confiado en mí lo suficiente como para decírmelo. He llorado abrazado a ti mientras vomitaba en tus oídos todos mis secretos, y tú no has sido capaz de contarme el tuyo...

Razz bajó la cabeza, entendiendo por primera vez cómo se sentía Andrés.

—Tal vez pequé de precavido —reconoció.

—Pues intenta no ser tan reservado, ¿de acuerdo? —replicó Andrés tendiéndole la mano.

Razz se la estrechó sin pensárselo un instante, aunque sabía de sobra que ese apretón no solucionaba ni significaba nada. Solo era una tregua momentánea.

—Genial —suspiró Lua rebosante de felicidad—. Todo vuelve a la normalidad, ¡aleluya! Dile al Galo que te deje salir antes y ven con nosotros a casa —le dijo a Razz, cuanto antes volvieran a estar juntos, peleándose y lanzándose pullas, mejor.

Este la miró pesaroso, negando con la cabeza.

—No voy a volver a la casa —dijo, recobrando la fría tranquilidad con la que se protegía—. Voy a quedarme en La Guarida, en el apartamento que hay en el sobrado.

—¿No vas a vivir con nosotros? —preguntó Lua mirándole aturdida. Él negó con la cabeza—. Pero... Te vas, así, ¿sin más?

—Sí, no hay motivos para que vuelva. La mochila con todas mis cosas está arriba —señaló el sobrado—, y no veo motivos para bajarla y regresar a la casa de Abel.

—Así que ahí es donde han ido a parar tus cosas. —Andrés estrechó los ojos—. Y yo, gilipollas de mí, pensando que te ibas para no volver cuando resulta que estabas de mudanza. Cojonudo, tío —siseó, conteniéndose para no montar en cólera otra vez—. Solo por curiosidad, ¿desde cuándo tenías pensado mudarte al apartamento?

—No lo tenía pensado —admitió Razz, frustrado al ver que también los secretos más recientes salían a la luz para enfrentarles—. Tasia y el Galo me ofrecieron el apartamento hace una semana, junto con un contrato fijo y un ligero aumento de sueldo. Y desde entonces estoy pensando qué hacer. Sopesando los pros y los contras.

—Estupendo. Me alegro por ti —reconoció Andrés apretando los dientes—. ¡Lo sabes hace una semana, joder! —exclamó de repente—. Me cago en la puta, Razz, ¿tampoco esto has tenido tiempo de decírmelo? ¿También es un maldito secreto de vida o muerte?

—No pensaba quedarme en el pueblo, por tanto el apartamento no tenía importancia.

—Es cierto, pretendías continuar viajando —dijo mordaz—, al menos eso sí te dignaste a decírmelo. Gracias por el voto de confianza, tío, de verdad, me emociona saber que has confiado en mí para ese único y puñetero asunto. Intentaré no defraudarte —siseó indignado—. Hasta te llevaré al aeropuerto si quieres… Ah, no, espera, que no te vas. Que lo que has hecho es mudarte al apartamento, tú solito, para que no te molestemos.

—Andrés, para por favor —le rogó Paula envolviéndole la cara con las manos para obligarle a mirarla, sabía que antes de que acabara la noche se arrepentiría de todo lo que estaba diciendo.

Andrés fijó la mirada en Paula y, tras resoplar frustrado, se abrazó a ella, hundiendo la cabeza en su hombro para que nadie pudiera ver que tenía los ojos demasiado brillantes.

—Tranquilo, ya pasó todo —susurró ella en voz tan baja que solo él pudiera oírla—. No se va a ir, así que deja de despotricar y guarda algo para seguir discutiendo mañana —le dijo, intentando arrancarle una sonrisa.

Lo consiguió. Andrés curvó despacio las comisuras de los labios contra la piel de ella, y, acto seguido, aprovechó la coyuntura para darle un ligero mordisco.

—Te quiero —susurró en su oído antes de limpiarse con disimulo los ojos y apartarse de ella—. Lo siento, tío, me he dejado llevar por mi mal genio —le dijo a Razz, frotándose nervioso el corto pelo de la nuca—. Ya sabes cómo soy.

—Sí, lo sé —aceptó Razz.

Claro que sabía cómo era, y también sabía que jamás le perdonaría por los secretos que le había ocultado; que aún le ocultaba.

—Voy a por unas cervezas —dijo Andrés de repente, necesitaba airearse.

Razz le siguió con la mirada; caminaba rígido, demasiado rápido y erguido en contraposición a sus usuales zancadas perezosas. Intentaba aparentar calma, pero en cada movimiento, en cada gesto, en cada palabra dejaba escapar la tensa rabia que le dominaba.

Suspiró. Su amistad se había roto, y pretender lo contrario era engañarse. Cerró los ojos, sintiéndose desesperadamente solo. Y volvió a abrirlos al sentir que alguien le abrazaba.

—Princesa… —susurró, besándole la coronilla a Lua.

—Siéntate, Andrés ya vuelve con las cervezas, y no quiero ni pensar lo mal que le puede sentar que se la rechaces. Y, te lo juro, como volváis a discutir esta noche me lío a tortas —amenazó.

Raziel sonrió sin poder evitarlo, e hizo lo que le ordenaba. En el mismo instante en el que se sentó, Lua se acomodó sobre su regazo. José protestó airadamente, pero la ceja enarcada de la pelirroja le hizo contenerse.

Poco después Andrés regresó con un cubo lleno de hielo y botellines. Lo dejó en la mesa, se sentó, miró a Paula y se palmeó los muslos. La rubia se apresuró a sentarse sobre su regazo y abrazarle. Y él, como no podía ser de otro modo, buscó sus labios con ávida necesidad.

Lua observó a la parejita, se estaban besando, sí, pero no eran besos apasionados sino amorosos ósculos que no conseguían reconfortar al abatido Andrés. Desvió la vista hacia José, quien la miraba como si no supiera si arrancársela de los brazos a Razz o dejarla un ratito más allí porque sabía que su amigo la necesitaba. Y, por último, recostó la cabeza contra el hombro de Raziel y fijó los ojos en él. Estaba serio, con la mirada perdida en el oscuro horizonte, inmerso en una aterradora soledad.

Era necesario hacer algo que les obligara a olvidarse de la discusión. Buscó en la mesa algún objeto que no fuera demasiado contundente, pero lo descartó al percatarse de que había algo mucho mejor para sacarles del estado en que se encontraban. Sonrió maliciosa.

—Te voy a echar de menos por la noche, Razz —dijo de repente.

—¿Por qué dices eso? —José entrecerró los ojos con cierta sospecha.

Raziel enarcó una ceja, ¿eran imaginaciones suyas o su amiga se estaba buscando a propósito problemas con el Virtudes? Porque si no, ¿a cuento de qué decía eso ahora?

—Porque no me gusta nada dormir sola —dijo Lua con fingida inocencia—, así que si no vas a estar me tocará dormir con Andrés y es un martirio —puso los ojos en blanco—, se mueve, se queja, refunfuña, ronca…

—Eh, ¡yo no ronco! —protestó el interpelado.

—¡Duermes con Raziel! —exclamó José, confirmada la sospecha—. Y ahora quieres hacerlo con Andrés...

—Claro, no querrás que duerma sola... Me da miedo —dijo Lua con un coqueto mohín.

—¡No puedes dormir con Andrés! —gritó encolerizada Paula al asimilar lo que la pelirroja pretendía hacer.

Razz apretó los labios para no reírse. Menuda pillina estaba hecha la princesa, acababa de romper la tensión reinante con una sola frase. La cuestión era, ¿cómo se las iba a apañar para salvarse del lío en el que acababa de meterse?

—¡Se acabó! —gritó José, arrancando una carcajada a Andrés.

Se levantó para arrebatársela a Razz y acto seguido volvió a sentarse. Con su chica en su regazo, por supuesto.

—Oh, vamos, no te sulfures tanto —resopló Lua, frotando la nariz contra el cuello de él.

—¿Qué no me sulfure? No me lo puedo creer. ¡Esto es de locos! ¿Por qué sí puedes dormir con él pero conmigo no?

—Porque Razz no es peligroso —dijo encogiéndose de hombros.

—¿Y yo sí? —se quejó José perplejo—. ¡Pero bueno!

—Hombre... Él no está empeñado en casarse conmigo.

—¿Yo te he amenazado con casarnos? —dijo ofendido, mirándola asombrado.

¿Acaso tenía poderes psíquicos? Porque si no, ¿cómo narices había averiguado que tenía eso en mente? No se lo había dicho a nadie. Solo era algo que pensaba bastante a menudo. A diario, de hecho.

—Bueno, a lo mejor no has sugerido formalizar nada delante de un juez —dijo Lua, frunciendo el ceño—, pero sí estás empeñado en tener una relación más seria, y si duermo contigo te vas a hacer demasiadas ilusiones...

—Qué poco me conoces —protestó José cruzándose de brazos resentido.

¡Joder, lo tenía bien calado! ¡Por supuesto que intentaría llegar a algo más en cuanto consiguiera tenerla en su cama, y en su casa, cada noche!

—Pues con boda o sin ella, deberías ir pensando en irte a vivir con José para no pasar las noches sola, porque, aunque no hagáis nada, algo de lo que no tengo ninguna duda, a mí me cabrea que duermas con Andrés, y mi padre tiene una escopeta en casa que no dudaré en usar de ser necesario —comentó de repente Paula esbozando una enorme y peligrosa sonrisa.

Andrés la miró complacido, esa era su chica, pequeñita pero matona. La abrazó para besarla apasionadamente. ¿Cómo demonios había podido sobrevivir sin ella esos años?

—Oh, vaya —murmuró ladina Lua—, se me agotan las opciones, tal vez me plantee pasar la noche contigo —le dijo a José guiñándole un ojo burlona.

Él suspiró aliviado al comprender que todo había sido una estratagema para enfriar los ánimos.

—Eso sí, tienes que prometerme no intentar nada raro —apostilló ella.

—¿Con nada raro a qué te refieres? —preguntó él, estrechando los ojos.

—No sé, emborracharme y llevarme a Las Vegas para casarnos, por ejemplo —bromeó.

—Ah, eso. Tranquila, no lo haré, aún no tengo suficiente dinero ahorrado —replicó él, logrando que ella diera un respingo y le mirara con los ojos abiertos como platos—. Eh, no te asustes, es broma —señaló guiñándole un ojo—. Con lo poco que puedo ahorrar no creo que pueda llevarte al extranjero si te secuestro. Aunque también es cierto que en España hay sitios preciosos en los que ocultarte si te rapto; mi casa, por ejemplo.

—¡Eres tonto! —le increpó Lua, dándole un coscorrón.

Razz sonrió por las ocurrencias de la parejita, aunque el regocijo no se le reflejó en los ojos. Pues de estos se dice que son el espejo del alma, y la del moreno estaba demasiado magullada para sonreír.

Dio un trago a la cerveza a la vez que observaba a Andrés con disimulo; a pesar del talante bromista de la conversación, la sonrisa de su amigo era forzada y su mirada desafiante. La discusión habría terminado, pero ya nada volvería a ser igual.

—Os dejo —dijo levantándose—. Es tarde y aún me quedan muchas cosas por hacer —mintió—. Nos vemos mañana.

Entró en La Guarida, estaba desierta a excepción del matrimonio de ancianos. Recorrió con la mirada el restaurante, buscando al alguacil a pesar de saber que no iba a encontrar a nadie. Confirmó la vacuidad del salón y, tras encogerse de hombros para convencerse de que no le importara un ápice que él no estuviera allí, metió las manos en los bolsillos y enfiló hacia la cocina, decidido a entretenerse haciendo cualquier plato. No le apetecía subir al apartamento. Llevaba demasiados años compartiendo cada momento de su vida con Lua y Andrés como para sentirse cómodo en la soledad de la noche.

—¿Adónde crees que vas? —le retuvo Tasia—. Sube ahora mismo al sobrado y métete en la cama —le ordenó dándole un juego de llaves—. Con la cara que tienes dudo que tengas fuerzas para levantar una sartén, solo nos falta que enfermes por el agotamiento...

Razz asintió y subió las escaleras despacio, desanimado. Abrió la puerta y fue recibido por la más absoluta oscuridad, fiel reflejo del desamparo que anidaba en su interior en ese momento. Sacudió la cabeza y se apresuró a encender la luz. Todo seguía igual que horas atrás. Las puertas del fondo estaban cerradas y las sábanas que esa misma tarde el alguacil había quitado de los muebles estaban amontonadas en un rincón. Caminó hacia el sillón y el eco de sus pasos pareció retumbar en el aire, recordándole lo vacío que estaba el apartamento.

Tan vacío y desamparado como se sentía él.

Se quitó la camisa y se sentó en el sofá con la prenda enrollada en las manos. Se tapó la cara con ella, ahogando cualquier sonido que pudiera escapar de sus labios traidores. Era extraño, pero a pesar de la desalmada soledad que le rodeaba, lo que más echaba de menos no eran los abrazos de Lua ni las pullas de Andrés, sino la presencia serena del impertinente alguacil.

—¿Vas a seguir llorando mucho rato? —escuchó de repente su voz, como si lo hubiera conjurado—. Lo digo porque no hay nada más deprimente que ver a un hombre joven y con amigos lloriqueando por gilipolleces. Me dan ganas de darte dos hostias para espabilarte.

Raziel levantó la cabeza, atónito. Goro estaba allí. Frente a él. Desnudo, con el pelo despeinado y los ojos hinchados por el sueño.

—¿Qué haces aquí?

—Lo que suelo hacer a la una de la madrugada las noches que no te follo, dormir —replicó rascándose la tripa.

—¿Aquí? —murmuró Raziel confundido.

—Claro que no, en la habitación que tengo alquilada —resopló—. Pero, en vista de que hay una pelirroja que se mete en tu cama todas las noches sin que tú te quejes —dijo haciendo referencia a lo ocurrido con Lua la noche anterior—, he pensado que yo puedo hacer lo mismo, y de paso echarte un polvo o dos si no llegas muy cansado. Así que eso he hecho, echar un sueñecito mientras llegabas, al menos hasta que me has despertado con tu llanto...

—No estaba llorando.

—Claro que no —replicó Goro tendiéndole la mano—. Anda,

vamos a la cama, me están entrando unas ganas tremendas de consolarte y no creo que ese sillón soporte mis embestidas.

—¿Has solucionado el tema con Andrés? —inquirió Goro tiempo después, abriendo los ojos tras un corto sueño al sentir a Raziel levantarse de la cama.

—Siento haberte despertado —se disculpó el moreno abandonando la habitación.

—No te preocupes —replicó siguiéndole—. ¿No vas a responder mi pregunta?

—Hemos discutido, nos hemos dado la mano, hemos vuelto a discutir y luego hemos tomado unas cervezas en plan pipa de la paz —resumió—, pero ya no es lo mismo —dijo en voz queda asomándose a la ventana.

—No soporto que sufras por él, ni se lo ha ganado ni se lo merece —siseó Goro enfadado colocándose tras él—. No es más que un niño mimado que tiene una pataleta. No entiendo qué ves en él para quererle y consentirle como lo haces —dijo con un atisbo de celos en la voz que no le gustó nada escuchar.

Frunció el ceño, sorprendido, ¿desde cuándo se comportaba como un adolescente celoso? La respuesta no era difícil de descubrir: desde que estaba colado por un hombre que a su vez estaba enamorado de otro. Le dieron ganas de romper todos los muebles a su alcance.

—Me creí enamorado de él en una etapa muy complicada de mi vida —comentó Razz de repente—. Andrés era… seguro. Un hetero cien por cien. El sexo con él estaba descartado, y eso me hacía sentir a salvo en un tiempo en el que me sentía inseguro ante todo. Además Andrés estaba peor que yo. Me autoproclamé su guardián. Puse todo mi empeño en cuidarle, vigilarle y protegerle; en evitar que cayera tan bajo como yo. Manteniéndole a salvo a él me mantenía a salvo a mí mismo. Y Lua, cual diosa del amor, nos curaba con su cariño a los dos. Éramos una piña, y ahora esa amistad la he perdido para siempre.

—Si tan firme era, no creo que sea tan fácil romperla —rebatió Goro, comenzando a entender por fin la increíble fuerza que unía a esos tres personajes tan dispares.

—No me hago ilusiones —replicó Razz esquivándole para regresar a la cama, donde se tumbó encogido sobre sí mismo.

Pocos segundos después el alguacil estaba de nuevo junto a él, abrazándole con la única intención de hacerle saber que no estaba solo.

—Goro...

—Dime.

—Anoche me preguntaste cuánto tiempo llevaba sin acostarme con nadie, ¿todavía quieres saberlo?

—Sí.

—En octubre hará cinco años que alguien me folló por última vez... Y quien lo hizo, me pagó por ello.

Goro reconoció en sus palabras la fecha grabada en la chapa.

—Gracias.

—¿Por qué?

—Por el extraordinario regalo que me has hecho —susurró besándole en el hombro.

# 20

—¿*V*as a ir con ellos a Villarejo? —inquirió Goro rebañando goloso hasta la última migaja de patatas revolconas que quedaba en la fuente.

—Creo que sí. —Razz apartó su plato para tomar el melón y partirlo en dos—. Andrés está empeñado en que les acompañe a buscar zarzamoras. Dice que conoce un lugar cerca del Horcajo, sea eso lo que sea, al que se puede acceder con facilidad. Pretende que nos quedemos con un par de cestas y vender el resto al Galo para que yo haga tartas…

Goro miró enfadado la comida que llenaba el plato que Razz había descartado, desde la discusión apenas comía.

—No es mala idea —masculló—. Llévate pantalón, calcetines y deportivas de repuesto —señaló acercándose el postre—, lo más probable es que acabes a remojo.

—¿Por qué?

—Porque eres un torpe urbanita y el Horcajo es un arroyo traicionero que oculta sus riberas bajo los arbustos de zarzamora. Hazme caso, llévate ropa de recambio.

Razz asintió con la cabeza, la mirada perdida en la pared, el melón recién cortado olvidado en el plato.

Goro se sintió tentado de estamparle su postre en la cabeza, y si no lo hizo fue porque era una porción de tarta de queso con mermelada casera de frambuesa, su favorita, y porque, a pesar de que eran más de las cuatro de la tarde, todavía quedaba gente en el restaurante y no era plan de dar el espectáculo, pero desde luego, ganas no le faltaron.

Hacía casi dos semanas que Rafita y Andresito habían discutido, y aunque fingían comportarse como adultos, en realidad eran peor que críos. Oh, por supuesto que ya no se miraban enfadados ni se lanzaban pullas hirientes, más que nada, porque procuraban no cruzar las miradas ni hablar de nada que requiriera más palabras que un sencillo saludo. De hecho, apenas habían intercambiado veinte frases en todo ese tiempo.

Razz parecía una monja de clausura con el voto de silencio hecho, apenas hablaba con nadie e iba del apartamento a La Guarida y de La Guarida al apartamento sin pisar la calle en todo el día, excepto la media hora escasa que pasaba con sus amigos cada noche en la terraza. Treinta minutos que pasaba en silenciosa melancolía a pesar de los intentos de las chicas, de José y de él mismo de incluirle en las conversaciones.

Y mejor no hablar de Andresito, quien, como no podía ser de otro modo, estaba igual de silencioso, mustio y atontado que su amigo. Eran tal para cual. Ambos estaban dolidos, heridos y perdidos. Y ninguno de los dos sabía cómo dar el primer paso para acabar con esa situación tan incómoda y dolorosa para ellos y para quienes les rodeaban.

Y Goro estaba hasta los cojones de tanta tontería. Esperaba por el bien de todos que esos dos idiotas arreglaran su relación esa tarde o, y a Dios ponía por testigo, les encerraría en el ayuntamiento hasta que comenzaran a hablar y acabaran con ese martirio.

—Tengo que ir a abrir el cementerio. —Se levantó y llevó los platos sucios a la cocina. Raziel le siguió con los vasos y los cubiertos—. Pásatelo bien y recoge muchas zarzamoras, las de esa zona son especialmente jugosas.

—Lo intentaré.

—Te veo luego —se despidió Goro dándole un fugaz beso.

—¿Vas a ir al arroyo del Horcajo a por moras? —indagó Tapapuertas cuando Raziel salió de La Guarida y se encaminó hacia la salida del pueblo.

—Eso creo, he quedado en el mirador del castillo en un rato —dijo palmeando la espalda del enorme hombre.

No solo era uno de los clientes fijos del restaurante, también tenía un carácter inocente y generoso que unido a su desmañada torpeza le convertían en alguien muy especial, sobre todo después del apoyo que le había dado en los últimos días.

—¡Que suertudo! A mí me gustan mucho mucho mucho las zarzamoras...

—Te traeré unas cuantas solo para ti —le prometió Razz esbozando una cariñosa sonrisa.

—¡Estupendo! —exclamó Hilario dando sonoras palmadas—.

Ven conmigo, te daré unas cestas para las moras —dijo agarrándole de la muñeca.

—No te preocupes, seguro que Andrés lleva cestas de sobra —replicó Razz, intentando soltarse.

—Pero entonces no serán mis moras, sino las suyas —murmuró pesaroso—. Vamos, ven, mi casa está aquí al lado. Tengo un montón de cestas, las hago yo. Grandes, pequeñas, medianas, ¡de todas clases! Y así también ves mis esculturas de metacrilato. ¡Te van a encantar! —dijo entusiasmado—. No tardamos ni cinco minutos, lo prometo.

Raziel arqueó las cejas, sorprendido ante tanta vehemencia. Sacó el móvil y miró la hora, no quedaba mucho tiempo para la cita, pero Andrés tampoco solía ser muy puntual.

Miró con cariño al inocente hombretón, en esos días tan duros en los que todos le habían mirado como si fuera una atracción de feria, en los que le habían señalado y cuchicheado sobre él, observándole sin ningún disimulo cada vez que abandonaba la cocina, Tapapuertas había sido el único que no se había comportado de manera diferente a como llevaba haciéndolo desde el principio. Y eso merecía un reconocimiento. Además, no le costaba nada acompañarle si eso le hacía feliz.

—Vamos a ver esas cestas maravillosas —dijo contagiándose del entusiasmo de Hilario.

Recorrieron el pueblo bajo el implacable calor de las cinco de la tarde, algo que lejos de molestarle, le confortó, pues gracias a las altas temperaturas las calles estaban desiertas.

El alguacil pensaba que no abandonaba La Guarida por culpa de Andrés, para no encontrarse con él, pero el motivo real era que temía las miradas suspicaces de la gente. Demasiados años intentando no destacar pasaban factura, aunque, por mor de la sinceridad debía reconocer que tras los primeros días, tal y como Tasia y Goro habían vaticinado, la mayoría de las personas habían dejado de mirarle raro. Gracias a Dios todo volvía poco a poco a la normalidad.

—¿Queda mucho? —le requirió a su acompañante al percatarse de que llevaban andando más tiempo del que se suponía que iban a tardar en llegar.

—Estamos cerca, no te pares ahora —replicó Hilario tirando impaciente de él.

Razz se encogió de hombros e imprimió más rapidez a sus pasos. Se alejaron mucho más de lo que Tapapuertas había asegurado, hasta llegar a una casita en las afueras del pueblo.

—No me puedo entretener mucho, dame las cestas y me voy

—dijo Razz mirando nervioso el móvil, habían tardado más de lo que había imaginado.

—¿No vas a entrar para ver mis esculturas? —Hilario le miró compungido.

—Sí, claro —aceptó—, pero solo cinco minutos.

Hilario aplaudió contento y luego abrió la puerta para cerrarla con llave tras ellos.

Razz lo miró sorprendido, era raro que la gente del pueblo cerrara con llave cuando estaban dentro de las casas, pero tampoco le dio mayor importancia. Se dirigió a la sala que le indicaba Tapapuertas y abrió los ojos asombrado por las preciosas esculturas que contenía. Rojos intensos, violentos naranjas, amarillos febriles y gélidos azules, todos mezclados en un infierno de llamas vivas y a la vez estáticas.

—Impresionante —susurró estremecido—. Es increíble cómo reflejas la voracidad del fuego. Eres un genio. Me encantaría quedarme más —afirmó palmeándole la espalda—, pero tengo que irme, llego tarde —dijo con una mueca de pesar—. Otro día pasaré más tiempo.

—Espera que busco la cesta para las moras —exclamó Hilario saliendo de la estancia.

Razz asintió con la cabeza y le siguió distraído mientras sacaba el móvil para mandar un mensaje a Andrés advirtiéndole de que se iba a retrasar.

No llegó a enviarlo.

—Ay, no. No puedes llamar a nadie. —Tapapuertas le quitó el aparato de las manos antes de darle la espalda y seguir caminando.

—¿Por qué no? —Razz frunció el ceño y fue tras él para recuperar su teléfono.

—Porque entonces sabrán dónde estás y eso no puede ser —dijo entrando en la cocina.

Razz entrecerró los ojos, confundido.

—Déjate de tonterías y dame el móvil, tengo que avisarles.

Hilario negó con la cabeza a la vez que tomaba un trapo sucio de la mesa.

—Vamos a ver, ¿por qué no puedo llamarles? —inquirió Razz perdiendo la paciencia.

—Porque no.

—Eso no es una respuesta —le regañó poniéndose en jarras.

—Sé lo que sientes porque yo siento lo mismo que tú —susurró de repente Hilario. Razz lo miró apabullado, sin entender a qué venía eso—. Sé que el malvado alguacil te ha prohibido bailar con el fuego y yo voy a solucionarlo. Te quedarás conmigo. Me enseñarás a domar las llamas y yo te esconderé para que no te encuentre. Podremos hacer fuego siempre que queramos —dijo vehemente— pero si llamas a tus amigos y les dices que estás aquí, se lo chivarán al malvado alguacil y vendrá a buscarte y yo no podré salvarte.

—No, Hilario, no es así. El alguacil no es malo —explicó perplejo—. Es un buen hombre al que tengo mucho aprecio. Él nunca me ha prohibido nada.

—Pero no te deja jugar con fuego…

—Porque es peligroso, pero cuando deje de serlo podré volver a actuar.

—Eso es mentira —replicó Hilario dirigiéndose enfadado al otro extremo del taller para asir una botella de cristal.

Razz lo miró nervioso y, sin pensarlo un instante, se dirigió a la salida. No le gustaba nada el cariz que estaba tomando la situación.

—Ábreme la puerta, tengo que irme —le pidió al recordar que había cerrado con llave—. Vamos, Hilario, no puedo quedarme más tiempo, es muy tarde, pero te prometo que mañana lo hablamos —dijo. A continuación asió el pomo e intentó girarlo, sin conseguirlo.

Se detuvo al sentir un fuerte, aunque agradable olor. Se giró despacio, más preocupado de lo que quería aparentar.

Tapapuertas estaba tras él, vertiendo sobre el trapo sucio el líquido transparente de penetrante y dulzón olor que contenía la botella.

—¿Qué es eso? —masculló Razz arrugando la nariz.

—Cloroformo —dijo y se acercó con el trapo empapado en la mano—. No te preocupes, no te va a doler, solo te va a dormir.

—¿Qué narices…? —protestó Razz dando un paso atrás para apartarse de él.

Pero Hilario fue más rápido y lo atrapó antes de que pudiera escabullirse.

—Esta noche vas a dormir aquí —afirmó tirándole al suelo para sujetarle con sus piernas mientras le agarraba las manos con una de las suyas—. Y mañana iremos al bosque y jugaremos. Esta noche no, cada vez que he prendido fuego por la noche me han pillado muy rápido —explicó tapándole la nariz y la boca con el trapo empapado en cloroformo a pesar de que Razz luchaba para quitárselo de encima—. Pero mañana, cuando estén todos ocupados con sus cosas, encenderé el fuego y tú me enseñarás a domarlo.

Razz cerró los ojos aletargado, incapaz de mantenerlos abiertos a pesar de que lo intentó con las pocas fuerzas que le quedaban al escuchar el tono de llamada de su móvil.

—Oh, vaya. No pasa nada, lo voy a apagar para que no nos molesten —oyó a Hilario—. Te lo guardo en el bolsillo del pantalón para que no lo pierdas, ¿de acuerdo? No lo olvides.


—¿Has llamado a Andrés? —inquirió Goro nada más entrar en La Guarida.

Hacía veinte minutos que el Galo le había telefoneado para preguntarle si sabía algo del chef, pues este todavía no había vuelto al trabajo, algo muy extraño en él. Luego Goro había llamado a Razz, pero el muy idiota tenía el móvil apagado, por tanto, no le había dejado otra opción que apresurar a la gente para que abandonara el cementerio con la excusa de que ya había acabado el horario de apertura, algo que jamás hacía, y dirigirse al restaurante.

—No se me ha ocurrido, y tampoco tengo su teléfono —se excusó el anciano.

—Seguramente Razz estará con él todavía; después de comer han ido a por zarzamoras —explicó Goro dirigiéndose con rapidez al pasillo.

Él tampoco tenía el teléfono de ninguno de los amigos de Razz, aunque podría conseguirlo llamando a Caleb. No obstante, había algo que necesitaba averiguar con urgencia.

—¿Hasta tan tarde? Son casi las nueve y media…

—Se habrán entretenido, en el campo las horas pasan volando —soltó enfilando la escalera.

—No para el Super… —murmuró el Galo preocupado.

Goro no quiso prestar atención a las palabras del anciano. No necesitaba que nadie le recordara la aversión que el moreno sentía por el campo. Subió al sobrado tan rápido como le permitieron sus piernas, turbado al pensar que Razz llevaba solo desde las cinco de la tarde. Había tenido tiempo de sobra para hacer la mochila y montarse en el autobús de las seis sin que nadie se percatara. Metió la llave con brusquedad en la cerradura y abrió la puerta.

La sala estaba como la habían dejado por la mañana, la atravesó nervioso y entró en la habitación. No había ropa encima de las sillas ni sobre la cama, pero eso no era extraño, su chico era un obseso del orden. Abrió el armario y un suspiro de alivio escapó de su garganta. Las antorchas, la ropa y la mochila estaban allí. Cerró de un portazo y regresó al restaurante.

Puñetero Andrés, jodido niño mimado. Era incapaz de respetar el trabajo de su amigo y traerlo de vuelta a su hora. Y eso por no hablar de su miedo a los insectos. Seguro que lo estaría pasando fatal, pensó apretando los dientes al llegar al salón.

Sacó el móvil para llamar a Caleb y pedirle el teléfono del niñato y en ese momento vio que José estaba aparcando en la plaza. Salió a la calle con una mueca feroz dibujada en la cara y se dirigió al vehículo con largas y furiosas zancadas.

Andrés y José, subidos a la caja trasera, les tendían varias cestas repletas de zarzamoras a Lua y Paula.

De Raziel no había ni rastro.

—¿Dónde está Razz? —le increpó a Andrés dando un golpe en la chapa del vehículo para llamar su atención.

—¿Qué pasa, se te ha perdido? —se burló este poniendo morritos—. Pobrecito…

—Andrés —le amonestó Paula, mientras que Lua dejó lo que estaba haciendo para prestar atención al alguacil, preocupada al verle tan exasperado.

—No me hace gracia, dime dónde está —exigió Goro a punto de perder la paciencia.

—No tengo ni puta idea —escupió Andrés enfadado—. No se ha dignado a venir con nosotros, seguro que estaba más entretenido haciendo… gimnasia de cama contigo.

Goro estrechó los ojos pensativo, haciendo caso omiso a la pulla lanzada.

—¿No está en La Guarida? —preguntó Lua, nerviosa por el desasosiego que emanaba del alguacil.

Y no era para menos. Sería la primera vez en todo el verano que Razz llegara tarde al trabajo.

—No. Ha salido después de comer y no ha regresado —señaló Goro—. Entonces, ¿no ha ido con vosotros? —reiteró—. ¿No habrá subido para luego bajar él solo como la última vez? —insistió preocupado.

—Ya te lo he dicho, no ha aparecido —replicó Andrés, apaciguando su tono al percatarse de la inquietud del alguacil—. Le hemos esperado un rato en el mirador y al ver que no llegaba le he llamado al móvil y el muy cabrón me ha cortado la llamada, así que no me he molestado en intentarlo de nuevo.

—¿Te ha cortado la llamada? —Goro lo miró sorprendido. Eso no era propio de Razz—. Sin embargo, cuando le llamo me sale que tiene el móvil apagado…

Andrés entrecerró los ojos y ya estaba sacando el teléfono del bolsillo cuando escuchó los tonos de marcado del de Lua.

—Apagado o fuera de cobertura —dijo la pelirroja, abrazándose a José preocupada—, ¿has mirado si está la mochila en el apartamento? —preguntó a Goro.

—Está todo. Su ropa, las antorchas, la mochila... No se ha ido.

—Tal vez haya salido con alguien y se le haya pasado la hora —dijo José.

—Puede ser —aceptó Goro con evidente incredulidad—, si os enteráis de algo, avisadme.

Regresó a La Guarida del Villano, dando la misma orden a sus dueños y luego llamó a un par de amigos guardias civiles, si había ocurrido algo que hubiera retenido a Razz, ellos le ayudarían a averiguarlo.


Raziel olfateó disgustado el penetrante olor de la parafina. Arrugó la nariz somnoliento y trató de abrir los ojos, pero sus párpados parecían pegados entre sí. Tragó saliva y el sabor agradable y dulzón que le llenó el paladar le recordó que no estaba a salvo. Frunció el ceño, confundido. ¿Por qué no estaba a salvo? No lo sabía. Su cabeza estaba tan enmarañada de recuerdos y sueños incoherentes que era incapaz de sacar algo en claro, excepto la idea obsesiva de que corría peligro. Así que hizo caso a su instinto y fingió seguir dormido mientras iba recuperando poco a poco la memoria. Y con ella, el miedo.

Tapapuertas lo había dormido con cloroformo. Varias veces. Tres que pudiera recordar, tal vez más. Cada vez que se despertaba y abría los ojos veía al enorme hombre con un asqueroso trapo en la mano con el que le tapaba la nariz y la boca, asfixiándole. Tenía la nariz irritada, la garganta rasposa y los ojos le escocían como si tuviera cristales dentro, y no dudaba que era por culpa de esa mierda.

Intentó mover las manos y estas se deslizaron despacio sobre su tripa, indicándole que no estaba atado. Luego intentó mover los pies y lo consiguió, pero solo el derecho, pues el izquierdo estaba atado a algo inamovible. Inspiró despacio para tranquilizarse e hizo balance de su situación. Estaba tumbado en el suelo. Pero no en un suelo cualquiera, sino en uno cubierto por algo crujiente. Hojas secas. Al aire libre, bajó algún árbol porque también había hojas sobre él; la luz y la sombra se deslizaban sobre su cara en función de la brisa que las movía. Una brisa que en realidad era un fuerte viento. Y olía a parafina. Mucho.

Abrió los ojos una rendija y se encontró con la cara rubicunda de Hilario sobre la suya.

—¿Ya estás despierto? —exclamó entusiasmado.

—No más cloroformo, por favor —suplicó Razz girando la cabeza, todavía atontado.

—No. No —balbució Hilario con rapidez—. Ya no más, prometido. Siento haber tenido que usarlo tantas veces. Yo pensaba que era como en las películas de la tele, que se usaba una vez y duraba toda la noche, pero son unas embusteras, en menos de cuatro horas ya estabas despierto. Pero ahora ya no vas a dormir más. Me tienes que enseñar a domar las llamas —indicó aplaudiendo exaltado antes de levantarse y echar a correr—. Mira…

Razz siguió con la mirada al alborotado hombretón y gimió asustado al ver que a poco menos de cien metros había acumulado un enorme montón de ramas secas y hojarasca junto al tronco de un árbol. Un montón peligrosamente inflamable que olía a parafina.

Tapapuertas llegó hasta allí y se inclinó sobre la pira con un maldito soplete en la mano.

—Hilario… Espera —farfulló con voz ronca a la vez que intentaba incorporarse, su motricidad aún alterada por el cloroformo—. ¿Qué vas a hacer?

—Fuego —dijo somero el hombretón acariciando reverente la montaña de hojas secas.

—No. Ni se te ocurra —le ordenó con severidad—. Hay demasiado viento, es muy peligroso. Te lo prohíbo.

Tapapuertas lo miró confundido.

—Pero tú sabes controlar las llamas, no va a pasar nada malo. Además, el viento sopla contra nosotros, alejará el fuego en vez de atraerlo.

—Yo no controlo nada, y el viento puede cambiar de un momento a otro —gritó Razz consiguiendo al fin sentarse—. Esto no es un juego, Hilario, apártate de ahí y suéltame o me voy a enfadar mucho.

—Aún sigues disgustado por lo del cloroformo, por eso no quieres enseñarme a domarlas —murmuró enfurruñado—. Pues no te va a quedar más remedio —afirmó antes de encender el soplete y prender fuego a la montaña de hojas y piñas que había reunido.

Y

—Intenta pensar en positivo. —Paula, sentada en el regazo de Andrés, le acarició con los labios el ceño fruncido.

—¿Cómo? No es normal en Razz desaparecer de repente sin decir nada a nadie —masculló este frotándose el pelo de la nuca. Si continuaba allí sentado era porque ella estaba sobre su regazo y le obligaba a tranquilizarse—. Lleva perdido desde ayer. Nadie le ha visto salir del pueblo. Es como si se hubiera esfumado cual fantasma, joder. Cuando le pille le voy a dar tal paliza que se le van a quitar las ganas de volver a escaparse.

Paula no pudo evitar reírse al escuchar a Andrés.

—No es divertido, Pau —se quejó enfurruñado.

—Lo sé, lo siento. Pero te he imaginado dándole azotes en el culo, como a un niño pequeño, y no he podido evitarlo…

—Si pudiera se los daría. Joder, daría lo que fuera por tenerlo aquí —admitió golpeando con las palmas de las manos la pared en la que apoyaba la espalda.

Paula se acurrucó más aún sobre su regazo, abrazándole. Frente a ellos José y Lua permanecían también abrazados, mirándoles desolados mientras Caleb y Abel, sentados a la mesa, hablaban en susurros.

Estaban todos en el portal de la casa de Abel, esperando nerviosos a Goro. Hacía más de media hora que había recibido una llamada que le había obligado a salir corriendo al ayuntamiento, pero antes de irse les había ordenado con insistente severidad que no se movieran de allí. Y allí seguían, esperándole impacientes para continuar la búsqueda en la que llevaban inmersos desde la tarde anterior.

Habían recorrido los pueblos del Barranco de las Cinco Villas sin ningún resultado. Goro incluso había interrogado al conductor del autobús para averiguar si un hombre moreno, alto y delgado, de penetrantes ojos grises y pelo oscuro y largo hasta los hombros había viajado a Madrid. Pero el chófer estaba seguro de que no había trasladado a nadie así, lo que les dejaba sin opciones.

Se habían reunido a mediodía en la casa de Abel para intercambiar pesquisas mientras comían, momento en el que Caleb había apuntado la única opción que les quedaba y que todos habían descartado por imposible: que Razz estuviera perdido en el monte. Pero eso era absurdo, el moreno odiaba demasiado el campo como para perderse en él.

—¡Me largo! —dijo de repente Andrés levantándose con Paula en brazos.

La soltó despacio en el suelo y se dirigió a la puerta.

—¿Adónde vas, hijo? —le detuvo Caleb.

—No lo sé, pero no voy a seguir aquí sentado sin hacer nada solo porque Goro lo ordene —replicó furioso.

—No suele mostrarse tan taxativo —masculló Abel—, algo ha debido pasar.

Y como para confirmarlo, las campanas de la iglesia comenzaron a sonar frenéticas.

—No están dando la hora, tocan demasiado rápido —observó José poniéndose en pie a la vez que Lua y Paula.

Caleb miró preocupado a su padre y, acto seguido, se levantó para acercarse a la puerta, que José y Andrés, más rápidos que él, ya estaban abriendo. Salieron a la calle. No fueron los únicos. Sus vecinos se asomaban a las ventanas y puertas de las casas, alertados por el tañido delirante de las campanas. Todos miraban carretera abajo, al coche oficial del ayuntamiento que jamás se utilizaba y que en ese momento Goro conducía mientras informaba por el megáfono que se había localizado un incendio en un monte cercano... y que estaba descontrolado.

—Joder —siseó Andrés girándose hacia Caleb—. Mamá, Ana y los gemelos están en la guardería, voy a por ellos.

—Llévalos a las escuelas, papá, Lua y Paula, id con Andrés —ordenó Caleb—. José, tú y yo nos vamos directos al ayuntamiento.

—No pienso ir a las escuelas —protestó Lua.

—Podemos ayudar... —se rebeló Paula.

—Claro que podéis ayudar, en las escuelas —las interrumpió Caleb—. Todos los ancianos y niños se van a reunir allí, será un caos. María no va a poder con todo, así que vosotras dos iréis a ayudarla. Y no hay más que hablar.

Las muchachas negaron con la cabeza, enfadadas.

—Eres tú quien debería quedarse en las escuelas. No puedes andar muy rápido que se diga —apuntó Lua con certera sinceridad.

—No puedo andar, pero soy quien mejor conoce las montañas de esta parte de la sierra, lo que me hace imprescindible en este momento. Por favor, Lua, Paula, ninguno de nosotros va a ser de utilidad si está más preocupado por la seguridad de su mujer que por el incendio —dijo, refiriéndose a José, Andrés y a sí mismo.

Asintieron disgustadas, pero atendiendo a las razones de Caleb, subieron al coche.

Υ

—¡Hilario, vuelve aquí! —intentó gritar Razz por enésima vez, pero su garganta se negó a emitir nada más alto que un ronco murmullo. La sentía quemada, en carne viva, como si el aire candente que le quemaba la piel también le abrasara las cuerdas vocales.

Golpeó el suelo, frenético, y volvió a encogerse sobre sí mismo para intentar librarse de la cuerda que le ataba el pie izquierdo. Y mientras intentaba sin éxito deshacer el maldito nudo que a cada tirón parecía apretarse más, cortándole la circulación, observó al hombre que le había metido en ese lío.

Estaba bajo un árbol en llamas, al borde de la lengua de fuego que avanzaba sin control. Bailando feliz. Como si no se hubieran incendiado todos los árboles que les rodeaban y el fuego no estuviera subiendo ladera arriba quemándolo todo a su paso.

—¡Hilario! —probó de nuevo, pero su laringe inflamada por el calor se resistió a emitir ningún sonido más alto que un susurro.

Le sobrevino un ataque de tos que le dejó postrado en el suelo, con la visión desenfocada y el cuerpo tembloroso. Se tumbó jadeante, intentando respirar, pero el oxígeno había sido devorado por el incendio para ser sustituido por monóxido de carbono, cianuro liberado por la resina en combustión y hollín, haciendo que cada bocanada de aire hirviente que tomaba le abrasara la garganta y los pulmones. Se tapó la nariz y la boca con la camiseta, pero al no estar mojadas, no le sirvió de mucho.

Miró nervioso a su alrededor, buscando un lugar al que escapar pero el incendio ocupaba todo su horizonte visual. Había fuego sobre él, en las ramas del árbol al que estaba atado. Fuego en el aire, flotando de un lado a otro sobre hojas incandescentes. Fuego en el cielo, ascendiendo feroz sobre los árboles que se quemaban. Fuego en el suelo que hacía explotar las piñas, consumía la hojarasca y se expandía con aterradora voracidad.

Y en medio de toda esa vorágine destructora, estaba él.

Apretó los puños y haciendo caso omiso del dolor de pecho y el escozor de ojos, se limpió el ardiente hollín que le quemaba la cara y continuó intentando deshacer el nudo.

Tenía que conseguir soltarse antes de que el fuego le alcanzara.

No lo consiguió. Las llamas que devoraban la hojarasca del suelo llegaron hasta él y le lamieron los pies. Tardó un segundo en comprender que el atroz dolor que le devoraba llevaba consigo la liberación. Dio patadas tironeando de la cuerda en llamas hasta que esta se rompió. Se levantó y echó a correr, o al menos lo intentó, porque su cuerpo, falto de oxígeno y fuerzas, falló. La carrera se convirtió en tambaleantes y lentos pasos que le robaron la poca energía que le quedaba mientras se mordía los labios para no aullar de dolor cada vez que apoyaba el pie quemado en el suelo.

Se detuvo sin aliento, dejándose caer de rodillas, y miró a su alrededor a la vez que intentaba acordarse de las conversaciones que había mantenido con José y con Andrés sobre los incendios. Pero solo recordaba que no debía ir a favor del viento ni acercarse a las pendientes.

«Y cómo narices averiguo hacia dónde sopla el viento», pensó con un atisbo de histeria que se obligó a reprimir.

Miró hacia atrás, el fuego que sobrevolaba los arboles parecía inclinarse hacia el este. Sonrió, escaparía hacia el oeste. Intentó levantarse, pero el esfuerzo hizo que sus pulmones protestaran con una fuerte tos que le dejó sin aire, lo que le llevó a jadear, provocándole un nuevo ataque de tos. Se aferró al suelo y se obligó a respirar despacio, decidido a no dejarse vencer. Y cuando su estridente respiración se tornó regular, se limpió la sangre que le manchaba los labios y comenzó a arrastrarse ladera abajo. Tenía que buscar un lugar donde hubiera rocas. No lograba recordar por qué, pero era algo que Goro le había dicho durante una de sus charlas sobre incendios, y se aferró a ello.

Se arrastró tanto tiempo como pudo, hasta que su visión se constriñó, enfocando solo lo que tenía frente a él mientras el ensordecedor rugido del fuego le rodeaba, aturdiéndole. Se tumbó de espaldas, al borde del desmayo, estremeciéndose por culpa de una muda carcajada que pronto se convirtió en asfixiante tos. Lo único que sus ojos enfocaban era una roca grande, del tamaño de un camión pequeño que estaba a veinte metros de él y a la que nunca conseguiría llegar. Y aunque llegara, no tenía ni idea de qué hacer con ella.

Cerró los ojos, derrotado, y en ese momento sintió contra el culo algo que tenía el tamaño de su móvil. Estrechó los llorosos ojos al recordar que Tapapuertas se lo había quitado para guardárselo en...

Se llevó la mano al bolsillo trasero del pantalón, y allí estaba. Apagado. Lo encendió con dedos temblorosos.

Solo tenía una raya de cobertura.

Suficiente para lo que necesitaba hacer.


—El incendio está descontrolado y el viento está cambiando de dirección a cada momento —señaló Goro al llegar junto a Andrés y

José—. Por ahora no podemos hacer nada, excepto preparar las brigadas y esperar —dijo con un gruñido, tan frustrado como el resto de las personas reunidas en la plaza. El monte se quemaba y no podían hacer nada—. Tu tío está con el alcalde y la guardia civil, esperando indicaciones de los forestales, nos irá informando.

—Genial. Me encanta ser un maldito cero a la izquierda —masculló Andrés.

—Voy a las escuelas a ver si las mujeres necesitan algo más para el comedor que han improvisado. De paso les diré que preparen varias aulas para que los ancianos pasen la noche; no quiero que estén solos mientras sus familias se preparan contra el fuego —farfulló mirando la densa columna de humo que manchaba el cielo.

—Voy contigo, aquí me estoy volviendo loco. —Andrés se apartó de la pared en la que estaba apoyado, al igual que José, y los tres enfilaron en dirección a las escuelas.

Andrés se paró un instante para sacar el móvil del bolsillo al sentirlo vibrar, imaginando que serían las chicas pidiéndole que les acercara algo.

—¡Es Razz! —exclamó al ver en la pantalla del aparato la imagen de su amigo desaparecido—. ¿Dónde narices te has metido, cabrón? —preguntó con rabia volcando toda su frustración en él—. ¡Qué! No, joder —empalideció—. Deja de decir tonterías y dime dónde cojones estás. ¡Razz! Mierda, se ha cortado.

—¿Qué te ha dicho? —le preguntó Goro preocupado.

—Nada, excepto que me quiere y que lo siente. No he conseguido entenderle ni la mitad de lo que decía, se va la cobertura y hay un ruido atroz de fondo. No sé donde narices está —farfulló mirando la columna de humo que se elevaba entre las montañas.

Una horrible sospecha se abrió paso en su cabeza.

El alguacil siguió su mirada, palideciendo.

—Volverá a llamar —afirmó.

Y así fue. Un teléfono volvió a sonar, y en esta ocasión era el suyo.

—¿Dónde estás? —le increpó Goro al aceptar la llamada—. No es eso lo que te he preguntado —dijo con severidad, cortándole. No iba a permitir que se despidiera por teléfono—. Lo único que quiero escucharte decir es dónde estás. Dime qué tienes alrededor… ¡Mierda! —siseó cuando se volvió a cortar la llamada por falta de cobertura—. Está cerca del incendio.

—¿Qué narices hace allí? —preguntó Andrés golpeando el contenedor que tenía al lado.

—No tengo ni idea —replicó Goro observando el teléfono con impaciencia.

«Vuelve a llamar. Vamos. No me hagas esto».

—¿Qué tengo alrededor? —preguntó Razz sin aliento.

«Lo normal en un maldito bosque, árboles, fuego y rocas, incluso hay una que se está riendo de mí», pensó con derrotada ironía intentando enfocar la mirada. Por lo visto el humo, además de asfixiarle, también provocaba alucinaciones, porque de verdad de la buena, que esa enorme roca parecía burlarse de él con sus redondos ojos blancos, su alargada nariz triangular y su deforme boca, también blanca.

Ahogó un sollozo al ver que el móvil estaba de nuevo sin cobertura y haciendo acopio de toda su voluntad, comenzó a arrastrarse hacia la roca entre estertores. Estrechó los enrojecidos ojos al acercarse a ella, no estaba alucinando, tenía una cara pintada. Miró la pantalla del móvil, volvía a tener una raya.

Marcó el número del alguacil.

—Una roca con una cara —dijo sin aliento—. Grande con boc… —intentó explicar pero la tos le impidió continuar durante agónicos segundos—. Ojos, nariz y boca blancos —explicó en respuesta a los gritos de Goro—. Te quiero —murmuró antes de que la tos le atacara de nuevo.

—¡Joder! —gritó Goro tentado de estrellar el teléfono contra la pared cuando este volvió a quedarse mudo.

—¿Una cara pintada en una roca? —preguntó Andrés.

Se apartó de los dos hombres y comenzó a pasear de un lado a otro a la vez que se frotaba el pelo de la nuca con frenética concentración.

—Eso ha dicho, ojos, nariz y boca blancos —replicó Goro observándole con atención.

—Pintamos una roca así hace años —dijo Andrés mirando a José—. Le robaste la pintura a tu padre. Esa nueva que valía tan cara…

José asintió pensativo, hacía al menos diez años de eso. Habían tenido que trabajar gratis dos semanas para pagar el robo. Imposible olvidarlo. ¿Dónde narices la pintaron?

—¡Sé dónde está! —gritó Andrés de repente—. En la Sentada.

—Eso está detrás del incendio —afirmó Goro mirando el cielo

tormentoso—. No mandarán a nadie allí mientras haya peligro de que cambie la dirección del viento.

—Avisa a mi tío para que sepa dónde estoy si quieres, pero no intentes detenerme, voy a por Razz —dijo Andrés desafiante, las llaves del todoterreno en la mano mientras se encaminaba hacia donde estaba aparcado.

—¿Quién ha dicho que voy a detenerte? Solo te estaba advirtiendo del peligro —replicó Goro siguiéndole.

—Hace dos años que un desprendimiento borró el camino forestal que llevaba a la Sentada. —José se colocó junto a Andrés—. Ahora hay que subir por Santa Cruz, dame las llaves, iremos más rápido si conduzco yo en lugar de tener que indicarte dónde está cada sendero.

Tal y como había dicho, condujo con segura rapidez, llevándoles a escasos trescientos metros de las llamas. Paró, sin atreverse a acercarse más. Andrés no perdió un instante, saltó del coche y se metió en el bosque empañado por el humo.

—Ve dando la vuelta al coche —le ordenó Goro a José antes de apearse e intentar seguir al joven, algo harto difícil, pues el niñato corría como una jodida gacela.

## 21

Andrés llamó con todas sus fuerzas a Razz mientras corría como alma que lleva el diablo hacia el promontorio en la ladera de la montaña donde tantos años atrás había hecho una travesura. Cuanto más se acercaba al lugar donde estaban las rocas, más calor hacía, tanto que le daba la impresión de que su piel empezaría a arder de un momento a otro. La temperatura del aire era tal que se quemaba la garganta al respirar. Los ojos le lloraban y escocían por culpa del hollín y sentía en la cara y los brazos desnudos el latigazo incandescente de las partículas que flotaban por el aire. El ensordecedor ruido del fuego consumiendo el oxígeno le rodeaba, aturdiéndole e impidiéndole escuchar nada. Era aterrador a pesar de estar alejado de las llamas... Y Razz estaba allí dentro. Sumergido en el horror.

Volvió a llamarle a la vez que echaba a correr todavía más rápido; tras él escuchó la voz de Goro, muy alejada, llamando también a Razz... y a él. Giró la cabeza y gritó para indicarle dónde estaba, pero no se detuvo, no podía perder más tiempo. El incendio avanzaba ladera arriba, cerca de la roca de la cara pintada. La rodeó esperanzado al ver que la vegetación que la circundaba no estaba quemada, señal de que el fuego no había llegado allí y paró su loca carrera para avanzar despacio, atento a cada centímetro del terreno a pesar del humo que le entorpecía la visión. Avanzó varios metros llamándole sin parar, la voz cada vez más ronca. Se acercó a los árboles de copas ardientes y troncos negros envueltos en un velo de humo. Parpadeó para intentar librarse del escozor de sus ojos y, al exhalar aire para seguir gritando, le sobrevino un ataque de tos que le dejó sin aliento y de rodillas en el suelo.

—¡Joder! —profirió, golpeando la tierra con los puños al darse cuenta de que no se había tapado la boca y la nariz con un trapo húmedo para protegerse del humo.

¿Cómo había podido olvidarse de eso? Porque estaba aterrado. Razz estaba allí, en medio del incendio, y no conseguía encontrarle.

Llevaban dos semanas sin apenas hablarse. Ni siquiera le había dicho que le quería, que era su amigo, su hermano, su confidente.

Estaba a punto de ponerse en pie de nuevo cuando un bulto en el suelo llamó su atención. Se acercó presuroso.

—Joder, Razz —profirió limpiando de hollín la cara del moreno—. ¿No podías haberte puesto otra camisa que no fuera la verde de camuflaje? —le increpó con lágrimas en los ojos.

Razz parpadeó con esfuerzo y le sonrió débilmente antes de enseñarle el dedo medio de la mano derecha en una peineta temblorosa.

—Estupendo, capullo, vengo a rescatarte y me mandas a tomar por culo. Genio y figura hasta la sepultura —se burló a la vez que le ayudaba a sentarse para luego situarse tras él—. No seas vago, cabrón, y ayúdame un poco.

Le pasó los brazos bajo las axilas y tiró de él arrastrándolo ladera abajo, más allá de las rocas, hacia el lugar donde José les esperaba en el todoterreno.

Razz se aferró a las muñecas de Andrés e intentó impulsarse con el pie derecho; el esfuerzo acabó en un acceso de tos que a punto estuvo de hacerle perder el conocimiento.

Andrés gruñó de frustración al sentirle estremecerse en busca de un aire que no conseguía meter en sus pulmones. Era algo que Caleb le había explicado mil veces. En un incendio el mayor número de muertes era por inhalación de humo, no por quemaduras. Su amigo se asfixiaba porque su propio cuerpo le había traicionado. Su laringe, inflamada por el calor del aire y los gases tóxicos que este acumulaba, se había obstruido, impidiéndole respirar a pesar de que se habían alejado del fuego y allí el aire era un poco mejor.

Redobló sus esfuerzos. Tenía que llegar al coche ya. Necesitaba oxígeno, medicinas que le abrieran los bronquios y médicos que le atendieran.

—Pásate su brazo izquierdo por el hombro y yo haré lo mismo con el derecho —escuchó la voz del alguacil junto a él.

Levantó la mirada y lo vio frente a él, de pie, sereno y seguro mientras alzaba al moreno sin esfuerzo para después colocarlo como había indicado. Andrés se apresuró a hacer lo mismo. Y de esa manera llegaron hasta el todoterreno, donde José les esperaba nervioso.

Montaron a Razz detrás, incorporado sobre el pecho de Andrés mientras que Goro ocupaba el asiento del copiloto y José conducía.

—Dirígete al centro de salud de Santa Cruz, es el que más cerca nos pilla —le indicó el alguacil, móvil en mano, antes de telefonear a dicho centro.

Describió con rápida eficacia lo que le sucedía al moreno y les pidió que estuvieran preparados mientras Andrés le susurraba cosas a Razz. Cuando cortó la llamada se giró hacia ellos para prestar atención a la conversación unilateral.

—Vamos, Razz, no seas mariquita, respira...

Goro apretó los puños, indignado, ese estúpido niñato necesitaba que le dejaran las cosas claras. Abrió la boca para hacerle callar y se detuvo paralizado al ver la expresión de puro terror que le turbaba la cara manchada de hollín y lágrimas mientras aferraba con fuerza la mano de su amigo.

—Se me ocurre una cosa, tío, voy a vender tus antorchas, total, si la vas a palmar para qué las quieres —dijo sollozante, acariciándole la cara con infinita ternura.

En respuesta Razz le apretó la mano a la vez que le enseñaba los dientes.

—Ah, que no quieres que las venda... pues entonces, ya sabes, nada de dormirte.

Razz asintió despacio a la vez que esbozaba una cansada sonrisa. Se mantuvo despierto, respirando entre resuellos, hasta que la tos volvió a atacarle, debilitándole más aún.

—No te duermas. —Andrés le tiró del pelo con suavidad al verle cerrar los ojos—. Vamos a hacer una cosa... si te mantienes despierto diez minutos más, te prometo que te la como.

Razz abrió los ojos como platos al escucharle, y no fue el único. Goro dio un respingo mientras que José sonrió entre dientes al comprender la argucia. Iba a enfurecerle tanto que se mantendría despierto solo para poder darle una paliza después.

—¿Eso es lo que quieres? ¿Una buena mamada? —continuó diciendo Andrés a pesar de la mirada de absoluto cabreo que tenía Razz—. ¿Qué pasa, el alguacil gruñón no te la sabe comer bien? No pasa nada, si me prometes seguir despierto yo te la mamo.

Razz emitió algo parecido a un gruñido y, soltándose de la mano de Andrés, volvió a hacerle una peineta.

—No seas cabrón, encima de que voy a hacerte el favor del siglo, te quejas...

Razz entrecerró los ojos, furioso y fijó la mirada en Goro, quien se limitó a encogerse de hombros a la vez que le agarraba con cariño la mano con la que no estaba haciendo la peineta.

—No le mires tanto, que lo vas a desgastar —siguió burlándose Andrés, cabreándole más todavía—. Te gusta tanto que se te hace el culo pepsicola cuando le ves, ¿verdad?

Razz puso los ojos en blanco y elevó el brazo con lánguida debilidad, intentando golpearle. Estaba tan enfadado por su desfachatez que si pudiera, le estamparía la cabeza contra la ventanilla.

—¡Y encima me atacas! ¡Pero bueno! Serás mamonazo —protestó burlón Andrés—. Hagamos una cosa, tú sigue respirando y cuando te pongas bien, dejaré que me des una patada en el culo.

Razz abrió la boca para decir algo, pero la tos le impidió hablar, y respirar, durante unos aterradores segundos en los que sintió que se asfixiaba.

—Mírame y respira, vamos —le ordenó Goro y Razz fijó la mirada en él—. Despacio, como lo hiciste en el apartamento, ¿te acuerdas?

Razz asintió, conteniendo la respiración y con ella la tos.

—Muy bien, ahora haz como yo... —le dirigió, inhalando despacio.

Razz recuperó un poco de color en la cara, pero no se atrevió a apartar la mirada del alguacil, era una estupidez, pero en ese momento lo necesitaba para seguir respirando, aunque odiaba ver en sus ojos serenos el velo de pánico que ahora los perturbaba. El mismo pánico que probablemente estarían sintiendo Andrés y José. Y eso no iba a permitirlo.

Esbozó una débil sonrisa, cerró la mano que no sujetaba Goro y, enseñándosela a Andrés, elevó dos dedos.

—¿Dos? —murmuró Andrés confundido.

—Patadas —susurró Razz en voz tan baja y ronca que apenas era audible.

—Ah, entiendo —replicó Andrés enarcando una ceja—. ¿Quieres darme dos patadas en el culo? Ya veremos.

Razz sonrió ufano y con la mirada fija en los labios de Goro, se concentró en seguir respirando.

—Ya casi estamos —enfatizó el alguacil minutos más tarde, cuando José se metió en las estrechas y empinadas calles de Santa Cruz.

Se detuvo frente al centro de salud. Los médicos y las enfermeras que les esperaban en la puerta corrieron hacia ellos con una camilla en la que tumbaron a Razz y, tras ponerle una mascarilla enganchada a una botella de oxígeno, lo metieron en el centro.

—Tenía la laringe tan cerrada que han tenido que intubarle —les contó Goro poco después a Andrés y José, pues solo le habían dejado entrar a él—. Por poco no lo cuenta —musitó dejándose caer en una silla—. Si llegamos a tardar diez minutos más, no hubiera aguantado el trayecto —reconoció mientras fijaba la vista en Andrés—. Cuando te he visto saltar del coche y correr hacia el incendio, he pensado que eras un puto kamikaze sin media neurona en la cabeza... Sigo pensándolo, pero me alegro de que lo seas —admitió tapándose la cara con las manos a la vez que comenzaba a temblar.

—Ah, joder, no te irás a poner a llorar, ¿verdad? —protestó Andrés sentándose a su lado para abrazarle—. Vamos, tío, mariconadas las mínimas.

—Creo que empiezo a entender a Razz —admitió Goro irguiéndose en la silla—. Ahora mismo no se sí besarte o matarte.

—Prefiero que me beses, pero si lo haces no se lo digas, bastante enfadado está ya conmigo como para darle más motivos·para cabrearse.

Goro sonrió a la vez que negaba con la cabeza, imposible enfadarse —demasiado— con Andrés. Se levantó de la silla y se dirigió a recepción para usar el teléfono. Habló con Caleb para explicarle dónde estaban y por qué, y cuando aún no había colgado, uno de los médicos le llamó para que entrara en la sala, rechazando a Andrés y José, pues necesitaba hablar a solas con alguien con cierta autoridad antes de ponerse en contacto con la guardia civil.

—Ha inhalado mucho humo —les explicó cuando salió—, lo que le ha producido una intoxicación severa. Le han metido un chute para desintoxicarle y otro para abrirle los bronquios. Esperan que con eso salga adelante hasta que llegue la ambulancia que le lleve al hospital.

—¿A Ávila?

—Depende de la rapidez con la que se extienda el incendio. Si el puerto del Pico es seguro irá a Ávila, si no a Madrid, al Miguel Servet, para que puedan examinarle en la unidad de quemados —señaló—, tiene el pie izquierdo abrasado. —Se quedó callado, reuniendo toda la información recibida antes de continuar—. Tenía una cuerda alrededor del tobillo, con el cabo quemado. Creemos que estaba atado a algún sitio, probablemente un árbol, y que hasta que no se quemó la cuerda no pudo escapar.

—¿Estaba atado? ¿Por qué? ¿Quién lo hizo?

—No lo sabemos, está intubado y no puede hablar, pero la guardia civil está en camino... y Caleb también. Te espera una buena bronca —dijo mirando a Andrés.

Andrés se encogió de hombros. La vida de su amigo bien valía mil broncas.

# 22

—*E*s él. Es su moto —observó Razz quitándose la mascarilla de la cara.

—Tranquilo, póntela otra vez, vamos. Los médicos te han dicho que no te la puedes quitar, ¿es que no escuchas lo que dicen? —le regañó Lua.

Andrés, sentado al otro lado de la cama, se levantó para echar un vistazo por la ventana. Asintió con la cabeza.

—Baja a buscarle, no sabe dónde estoy —le pidió Razz con voz ronca, quitándose de nuevo la mascarilla a pesar de las protestas de Lua.

Andrés volvió a asentir a la vez que abandonaba la habitación. Bajó a la carrera las escaleras, era mucho más rápido que esperar el ascensor, y luego caminó hacia el mostrador de información. Entendía la impaciencia de su amigo, desde que le habían trasladado al hospital no había vuelto a ver a Leví, y aunque había recuperado su habitual reserva, no podía evitar alterarse cada vez que escuchaba el motor de una moto en la calle.

Desde luego le había dado fuerte con el alguacil, pensó frunciendo el ceño. Esperaba, por el bien de su amigo, que al alguacil también le hubiera dado fuerte por él. Y en base a las escasas llamadas que le había hecho en esos cuatro días, no se atrevía a aventurar nada.

Cuatro. Esos eran los días que habían pasado desde que habían rescatado a Razz del incendio, los mismos que él y Lua llevaban durmiendo en el hospital con él. Casi cien horas en las que la vertiente sur de la sierra de Gredos había ardido sin que nadie pudiera impedirlo. Seis mil minutos de terror, dolor y la más absoluta frustración. Más de cuatro mil hectáreas quemadas, ocho municipios afectados, cientos de familias a las que el fuego les había arrebatado su pasado y su presente, puede que también su futuro; miles de animales torturados, mutilados y asesinados por las llamas; el roble, el pino, el fresno, el castaño, el olivo, negros sus troncos, yermas sus ramas, consumidas sus hojas, secas sus raíces. El monte indefenso ante el horror creado por el hombre, asfixiándose bajo el hollín que le cubría cual manto de duelo.

Cuatro días interminables en los que cada persona había sido necesaria y Goro, alguacil del pueblo, imprescindible, pues en su mano estaba evitar que cundiera el pánico y que todo estuviera controlado. Bajo su cargo y el del alcalde habían estado los voluntarios, las personas amparadas en las escuelas y la responsabilidad de que se cumplieran las indicaciones dadas por la guardia civil y los bomberos, además de servir de enlace entre estos y los brigadistas.

Sabía por Caleb que los largos días que había durado el incendio el alguacil no había parado a descansar más de tres o cuatro horas. De hecho, durante la madrugada de ese mismo día, se había dado por extinguido, y tanto Goro como Caleb habían seguido toda la mañana y parte de la tarde coordinando brigadas y voluntarios con bomberos y guardia civil, hasta estar seguros de que ningún soplo de viento podría reavivar las ascuas. Había estado al pie del cañón hasta que dos horas atrás había abandonado por fin su puesto para ducharse, cambiarse de ropa y montarse en la moto en dirección a Ávila, sin darse tiempo para el reposo.

Y allí estaba ahora. En mitad del amplio vestíbulo, dirigiéndose con el paso firme que le caracterizaba al mostrador de información.

—¡Leví! —gritó Andrés, tan tunante como siempre.

Goro se giró al escucharle. Sonrió. Y, a pesar de la palidez de su rostro, de las negras ojeras que decoraban sus ojos y el cansancio que se evidenciaba en sus hombros caídos, esa sonrisa iluminó su cara.

—¡Willy Fog! ¿Cómo tú aquí abajo?

Se encaminó hacia Andrés pensando que había sido un golpe de suerte encontrarle allí, así no tendría que marearse preguntando en el mostrador de información.

—Me ha mandado Razz —replicó este, consiguiendo que Goro le mirara aturdido.

—¿Cómo sabe que estoy aquí?

—Nos llamó mi tío para decirnos que venías y, desde entonces, cada vez que escucha una moto en la calle se… impacienta. Así que me toca asomarme a la ventana y mirar a ver si eres tú —explicó, sus ojos fijos en el rostro del alguacil, pendientes de cualquier gesto.

—Qué conmovedor —reconoció Goro esbozando una altanera sonrisa—. ¿Dónde está?

—En la quinta planta —indicó Andrés, dirigiéndose hacia los ascensores, dudaba que el alguacil pudiera subir cinco pisos a pie sin desmayarse—. ¿Sabes algo de Tapapuertas?

Nada más recuperar la capacidad de hablar, Razz les había contado —a la policía y después a ellos— lo ocurrido. Y él se lo había narrado por teléfono a Caleb y a Goro.

—Encontraron un cadáver esta madrugada, carbonizado. Creemos que es él, estaba en el lugar que indicó Razz y el tamaño del cuerpo se corresponde, pero falta que los forenses lo certifiquen —explicó Goro con los dientes apretados.

Aun se mortificaba pensando en cómo era posible que le hubiera engañado de esa manera, que hubiera podido ocultarse de tal forma que jamás se le ocurriera sospechar de él.

—No se lo digas —le pidió Andrés entrando en el ascensor—. No está preparado para saberlo… deja que se recupere primero.

Goro asintió con la cabeza.

—Tiene una mascarilla puesta, los médicos han dicho que debe llevarla hasta mañana y si ven que respira mejor, se la cambiarán por los tubitos para la nariz —le informó Andrés adentrándose en el pasillo de la planta—. No se la quites, me refiero, puedes quitársela unos segundos, pero no más. No sé si me entiendes —manifestó y se detuvo frente a una puerta.

—Claro que sí, nada de besos de tornillo —replicó Goro, entrando en la habitación.

Se detuvo bajo el umbral, aturdido. A pesar de saber que el moreno había estado muy mal los dos primeros días, nada le había preparado para encontrárselo en ese estado. Con una mascarilla en la cara, una vía en la mano derecha, en el índice de la izquierda la pinza que medía el oxígeno en sangre y el pie izquierdo vendado debido a las quemaduras que había sufrido. La piel de la cara enrojecida y tirante, los dedos de la mano derecha vendados, los labios agrietados, el pecho lleno de arañazos y los ojos tan hinchados y enrojecidos que apenas podía abrirlos.

—Estás hecho un desastre —comentó acercándose a él.

Razz le enseñó los dientes, ofendido.

—Tú tampoco pareces un adonis —replicó con voz áspera tras apartarse la mascarilla de la boca. Mascarilla que Andrés se apresuró a volver a colocar en su sitio.

—Me han dicho que no puedo darte besos de tornillo —comentó Goro señalando con la cabeza al joven tatuado—. ¿Crees que debería hacerle caso?

Razz negó con la cabeza despacio, como si no se atreviera a decir «no», pero tampoco quisiera decir «sí».

Goro esbozó una ladina sonrisa antes de inclinarse sobre el moreno.

—Toma aire —le ordenó para luego apartarle la mascarilla y besarle con dulzura… y excesiva brevedad—. Paciencia… —Le rozó la frente con los labios cuando Razz resopló a modo de protesta—. Pronto saldrás de aquí y estarás a mi merced —le amenazó acariciándole la nariz, único lugar de la cara que no tenía enrojecido—. No me atrevo a tocarte… no sé dónde hacerlo.

Razz se encogió de hombros y miró desanimado la ventana.

—Así que esas tenemos —masculló Goro al ver el abatimiento del moreno—. Dime una cosa, ¿al final Andrés te la ha mamado?

Andrés, que en ese momento estaba dando un trago a un refresco, se atragantó por la sorpresa, estallando en un ataque de tos que le puso la cara roja. ¿O tal vez fue la vergüenza?

—Joder, Leví —siseó mirando huraño al alguacil.

Mientras tanto, Razz, una vez pasada la sorpresa inicial, exhaló una risita malvada.

—¿Qué? Prometiste hacerlo si seguía respirando y aquí lo tienes. Como mínimo tendrás que comérsela como dijiste que harías —comentó Goro acercando una silla a la cama para sentarse junto a su chico, quien por cierto ya no se reía entre dientes, sino a mudas risotadas.

—¿Le dijiste a Razz que le ibas a comer la polla? —exclamó Lua jocosa.

—¡Joder, Lua, no hace falta ser tan gráfica! No se lo prometí —protestó, pero al ver la ceja arqueada de Goro se corrigió—. Bueno, sí, dije que lo haría. Pero no iba en serio, solo pretendía cabrearte para que no te durmieras y siguieras respirando —dijo mirando a Razz, quien de repente levantó dos dedos.

—¡Cierto! —exclamó Goro—. ¿Qué pasó con las patadas? ¿Te las ha dado?

—¿Me vas a echar en cara todo lo que dije? —siseó Andrés, fingiéndose enfurruñado.

—Te las daré yo por él —afirmó Goro esbozando una peligrosa sonrisa.

—Ni lo sueñes, Leví, a no ser que te quieras quedar sin huevos… —le advirtió.

—Pero Andrés, una promesa es una promesa —señaló Lua, tan malvada como Goro.

Andrés, asediado por sus amigos, solo vio una opción, se dirigió a la pared más cercana y comenzó a golpearse la cabeza contra ella.

Y Razz no pudo menos que exhalar una eufórica carcajada ante tan hilarante escena.

—Oye, vale ya. No es gracioso... —protestó Andrés.

Pero sí lo era. Y peligroso, como se demostró unos segundos más tarde, cuando una de las máquinas a las que estaba enchufado el herido comenzó a pitar.

—Ah, mierda, es el nivel de oxígeno, ha descendido —indicó Lua mirando el monitor.

—La enfermera se va a cabrear —auguró Andrés.

Y así fue, les cayó una suave bronca. A ellos por hacer reír a Razz hasta el extremo de quedarse sin aliento, y al moreno por ser tan tonto de dejar de respirar. No obstante, como la bronca se la echó con una sonrisa en los labios, tampoco se sintieron muy avergonzados.

—Bueno, parece que toca ponernos serios —dijo Andrés.

—Más bien toca irnos... —rebatió Lua—. Es hora de dejar solos a los tortolitos.

Razz negó impetuoso con la cabeza a la vez que se quitaba la mascarilla.

—No te la quites —le regañó Goro, poniéndosela de nuevo.

Razz se la volvió a quitar a la vez que le tiraba de la mano, instándole a inclinarse.

Goro le escuchó con atención y asintió, poniéndole de nuevo la mascarilla.

—No os vayáis, tiene que contaros algo. Sentaos aquí. —Se levantó cediéndoles su silla para sentarse en la cama junto a Razz; las manos de ambos entrelazadas.

Los jóvenes se miraron extrañados y luego Andrés ocupó la silla y Lua su regazo.

—No me llamo Raziel, sino Rafael —dijo Razz apartándose la mascarilla de la cara.

—No jodas, y yo que pensaba que era tu verdadero nombre —dijo Andrés con fingida burla a la vez que volvía a ponerle la mascarilla—. Estoy seguro de que lo que vas a contarnos no es tan importante como para no esperar un par de días. Es más, no me interesan tus secretos. Ya no. Estás aquí, y es lo único que me importa —reconoció tembloroso, recordando el terror que había sentido al pensar que lo perdía—. Te quiero. ¿Me crees, verdad?

Razz asintió con la cabeza, y se llevó la mano derecha a la mascarilla, pero Andrés volvió a impedir que se la quitara; no quería más sustos esa tarde. Ni nunca, a poder ser.

—Déjale hablar —le dijo Goro—. Lo necesita tanto como respirar.

—Tú ya sabes lo que quiere contarnos —indicó Andrés mirándole de refilón.

Goro asintió despacio, su mano aferrando con delicada fuerza la de Razz.

Andrés observó al moreno, una perezosa sonrisa le iluminaba la cara por primera vez en esos cuatro días. Razz, su frío y reservado amigo, era feliz gracias a ese hombre impertinente y sereno que estaba sentado a su lado y, por si eso no fuera suficiente, además parecía haber encontrado la fuerza para confesar sus secretos más dolorosos...

—Cuéntanos tu historia, Rafael —solicitó acariciándole el rostro con delicadeza.

# Epílogo(s)

## *Primavera, diez años después*

—*E*sto es humillante —masculló Caleb, deteniéndose frente a la barra de La Guarida, donde estaba su mujer.

—No te quejes tanto —le reprendió María esbozando una ladina sonrisa—. En el fondo te encanta, reconócelo.

—*¡Arre, abelo, arre!* —chilló el bebé de apenas dos años montado a su espalda.

—Claro que me encanta llevar a mi nieto a caballito —replicó Caleb avanzando de nuevo sobre manos y rodillas—. Lo que encuentro humillante es que le hayas dado la fusta para que me espolee —gruñó.

—Si no fueras tan lento… —dijo María encogiéndose de hombros.

—Rafael, deja tranquilo al abuelo, ya no está para estos trotes. —Apareció de repente Andrés, quitando al niño del lomo de Caleb.

De paso también le arrebató la fusta al pequeño y se la dio a su tío para que la escondiera. A veces su madre tenía unas ideas muy perversas.

—¡Vaya! Por fin te has acordado de tu anciano tío. —Caleb se puso en pie, frotándose los riñones—. ¿Has conseguido averiguar de qué ha hecho la tarta el Superchef? —indagó lamiéndose los labios.

—De arroz con leche para los niños y de chocolate y naranja al *cointreau* para los adultos —explicó Andrés, frotando con su nariz la naricilla de su hijo.

—No sé por qué tiene que hacer distinciones entre niños y adultos —gruñó Caleb.

—Tranquilo, Vivo, sé de buena tinta que te ha hecho un pastel de arroz con leche para ti solito, no vaya a ser que tú y tu barriga os pongáis a llorar —se burló Goro llegando hasta ellos—. Por cierto, Andrés, ¿a que no sabes a quién acaba de acompañar tu mujer al baño?

Andrés lo miró confundido, su mujer no tenía por costumbre acompañar a nadie al baño, a no ser a Lua durante sus...

—¡No me jo...fastidies que Lua está vomitando! —exclamó, acordándose en el último momento de que sostenía a su hijo en brazos, y los peligros que eso suponía.

Goro asintió burlón en tanto que Caleb silbaba abrumado.

—Tal vez sea porque le ha sentado mal algo —sugirió María sin mucha seguridad.

—Sí, claro. ¡¿Cuándo la has visto vomitar a no ser que esté... ya sabes?! ¡Le voy a cortar la polla a José!

—¡La polla, la polla! —gritó su hijo.

—¡Ay, Dios! Paula me va a matar —jadeó Andrés—. Eso no se dice, Rafael, es muy feo. Si mamá lo oye nos va a dar en el culo...

—¡Culo polla!

—¡Mierda! Ya vuelven tu madre y tu tía Lua. —resopló al ver la cabeza rubia y la pelirroja saliendo del pasillo de los aseos.

—¡*Mieda*, culo, polla!

—Mamá, tío, si Paula pregunta por nosotros decidle que Rafa se ha hecho caca y he tenido que ir a cambiarle. ¿De acuerdo? —les dijo antes de salir a la calle con la intención de perderse el tiempo suficiente para que a su hijo se le olvidaran las palabras recién aprendidas.

—¡Caca, *mieda*, culo, polla! —se escuchó a lo lejos la vocecita de pito del niño.

—Menos mal que los embarazos no son contagiosos. —Caleb observó la cara verdosa de la princesa pelirroja—. He perdido la cuenta, ¿cuántos van ya?

—No seas malo. —María desvió la vista hacia el salón de La Guarida, donde en ese momento se estaba celebrando el cumpleaños de la hija mayor de Lua y José.

Un bebé de diez meses gateaba a toda velocidad tras un niño de tres años mientras que una niña de ocho utilizaba las pinturas corporales que le acababan de regalar para, imitando los tatuajes de su madre, pintar estrellas y mariposas en la tripa de su hermana de seis.

Todos los niños y niñas eran pelirrojos.

### *Verano, otros diez años más tarde*

—Va a ser una buena cosecha. —José miró orgulloso las higueras cargadas de frutos.

Había conseguido cumplir su particular cuento de la lechera.

Con lo que había ahorrado de las primeras cosechas de olivas había comprado una finca con higueras, y lo que había sacado de estas, lo había empleado en comprar más tierras. Y ahora era el propietario de tantas parcelas como hijos tenía… y tenía unos cuantos.

Miró a su alrededor. Su primogénita estaba a pocos metros, charlando con sus hermanos pequeños. Los cuatro habían heredado su pasión por la tierra mientras que la segunda de sus hijas seguía los pasos de su tío Rafael. De hecho, ella era la culpable de su incipiente barriguita. Sonrió orgulloso, tenía unos hijos maravillosos.

—Mañana empezaremos a recoger —dijo satisfecho mirando a Lua, su mujer, su amiga, su amante, su confidente y la madre de sus hijos, aunque no su esposa. Eso nunca.

Ni falta que hacía.

Estaba sentada en el suelo al estilo indio, las piernas cruzadas y las manos apoyadas en las rodillas. La larga melena pelirroja le caía alborotada, enmarcándole los pechos para acabar reposando en su regazo. Lo miraba maliciosa con los ojos entrecerrados y la boca entreabierta.

Era la viva imagen de la sensualidad, y lo sabía.

—Deberíamos fertilizar la tierra para honrar a las estrellas —indicó, comiéndose con los ojos al hombre que estaba frente a ella.

Su pelo castaño se había vuelto canoso y la tableta de chocolate había devenido en ondulantes natillas, pero los fuertes brazos seguían dando maravillosos abrazos, sus manos regalaban mágicas caricias y su regazo seguía siendo el mejor del mundo; el único en el que con solo sentarse se sentía amada y adorada.

—¿Fertilizar la tierra? —José la miró enarcando una ceja—. ¿Honrar a las estrellas?

Lua se encogió de hombros y luego se dejó caer hacia atrás, apoyándose en las palmas de las manos a la vez que sacaba pecho.

—Ya sabes… Fertilizar. La. Tierra. —Meció las caderas a cada golpe de voz, elevándolas con lasciva pereza.

—Ah, sí. Ya sé —murmuró—. ¡Alba! —llamó a su hija mayor—. ¿Por qué no estrenas el carné de conducir y llevas a tus hermanos a casa? Tu madre y yo volveremos dando un paseo.

—No me jodas que vas a echar un polvo con mamá en mitad del campo —dijo burlona—. Tened cuidado no os piquen los bichos en el culo.

—Cada vez te pareces más a tu tío Andrés —protestó José al oírla.

—¿En serio? Y eso que aún no he dicho nada de tu manguera…

—¡Alba! —gritó José mientras Lua estallaba en carcajadas—. Mete a tus hermanos en el coche y largo de aquí, ¡ya! —ordenó para luego volverse hacia Lua—. Pienso hablar con Andrés muy seriamente, no puede seguir contándoles intimidades a mis hijos...

## Otoño, añadimos diez años más a los anteriores

—No hay palabras más ciertas —afirmó Paula acariciando las frases inacabadas escritas en su costado y en el de Andrés.

Se las habían tatuado tres meses atrás, Andrés en el costado izquierdo y ella en el derecho, de modo que al abrazarse los versos truncados se transformaban en el soneto 126 de Lope de Vega.

—*Desmayarse, atreverse, estar furioso* —declamó Andrés la primera línea escrita en la piel de Paula.

—*Áspero, tierno, liberal, esquivo* —continuó Paula con las palabras tatuadas en la piel de Andrés, para acabar recitando el poema al unísono entre besos y caricias.

> Alentado, mortal, difunto, vivo,
> leal, traidor, cobarde y animoso;
>
> no hallar fuera del bien centro y reposo,
> mostrarse alegre, triste, humilde, altivo,
> enojado, valiente, fugitivo,
> satisfecho, ofendido, receloso;
>
> huir el rostro al claro desengaño,
> beber veneno por licor suave,
> olvidar el provecho, amar el daño;
>
> creer que un cielo en un infierno cabe,
> dar la vida y el alma a un desengaño:
> esto es amor, quien lo probó lo sabe.

—Esto es amor, quien lo probó lo sabe —repitió Paula, descendiendo entre besos por el cuerpo de Andrés.

—¿Por qué no sigues con las que hay más abajo? —solicitó él agitando las caderas para llamar la atención sobre su pubis y las palabras allí escritas hacía más de treinta años.

—¡Andrés! —exclamó Paula divertida—. ¡Eres un gamberro! ¡Vaya manera de arruinar este momento tan bonito!

—No puedo evitarlo, me encanta cargarme los momentos cursis, ya lo sabes —replicó él, burlón—. Vamos, sé buena, solo tienes que seguir leyendo —le guiñó un ojo.

—Está bien…

Continuó descendiendo a partir de la última letra del poema, besó el abdomen de su marido, se recreó en el ombligo, trazó círculos a su alrededor hasta que Andrés alzó las caderas intentando frotar su rígida polla contra los pechos desnudos de su mujer. Paula le mordió con malicia en el costado, castigándole por su rebeldía para luego dibujar con la lengua una línea llena de curvas en dirección al pubis masculino. Casi tardó más tiempo del que él podía soportar en llegar hasta las palabras escritas sobre la base del pene.

—Léelas… —suplicó Andrés agitado, acunando el pene contra los labios de ella.

Paula se los lamió, y de paso aprovechó para darle un húmedo beso al terso glande para luego exhalar su aliento sobre él, logrando que se estremeciera excitado.

—*Suck My* —pronunció Paula antes de hacer eso exactamente, chuparle la polla.

### *Invierno; por último, diez años más*

—¿Aún no has acabado? —se quejó Goro acercándose a Razz.

—Ya termino, no seas impaciente —replicó este echando los torreznos crujientes por encima de las revolconas que acababa de hacer.

—No soy impaciente, tú eres lento —se burló el antiguo alguacil acercándose, pan en mano, a probar las patatas—. Deberías jubilarte y dedicarte a disfrutar de la vida —masculló dándole un azote en el trasero a la vez que se inclinaba sobre la fuente de revolconas.

—Ya disfruto de la vida —contestó Razz apartándolo de un codazo.

—Eres un viejo testarudo y quisquilloso —protestó Goro, enfurruñado porque, como siempre, no le dejaba probarlas.

—Y tú eres un viejo verde que solo piensa en follar.

—¿Y tú no? —Goro le abrazó por detrás para luego ir deslizando las manos hacia la entrepierna del que era su pareja desde hacia cuarenta años.

—También —admitió Razz, girándose para besarle—, pero intento disimular.

—¡Ay, joder! ¡Acabo de quedarme ciego! —exclamó Andrés tapándose los ojos al entrar en la cocina y verlos tan apasionados.

—Deberías llamar a la puerta antes de entrar —le regañó Razz.

—Y vosotros deberíais comportaros de acuerdo a vuestra edad y no manosearos en cuanto os quedáis solos —les increpó él con una artera sonrisa en los labios. Hacía décadas que no se asustaba por los arrumacos de esos dos.

—¿Acaso tú no manoseas a Paula? —dijo Goro, sin apartarse de Razz.

—Pues sí, pero si no me metiera con vosotros la vida sería muy aburrida —afirmó Andrés atravesando la cocina como Pedro por su casa para hacerse con las revolconas.

—¡Eh, todavía no las he probado! —le reclamó Goro.

—Pues como no espabiles te quedas sin ellas —le advirtió Andrés llevándoselas sin el menor remordimiento.

# Nota de la autora

$\mathcal{D}$esde el mismo momento en el que Andrés y sus amigos comenzaron a susurrarme al oído, supe que esta iba a ser una historia sobre la amistad. Por supuesto que habría amor. Y sexo. Y risas. Y quizá algún que otro llanto. Pero el hilo conductor alrededor del cual giraría la trama sería la amistad. La amistad antigua entre dos amigos que ya no lo son. La amistad reciente pero intensa entre tres personas que no pueden ser más diferentes. La amistad en desuso entre dos amantes que han renegado de sus corazones.

La amistad sin límites, pura y en ocasiones dura, es la verdadera protagonista de esta historia. Y me alegro de que lo sea porque, ¿qué sería de nosotros sin la amistad? Es el mejor y más eficaz antídoto contra la soledad.

Por otro lado comentar que, aunque el incendio que narro en estas páginas es pura ficción, los datos que doy sobre él, las hectáreas quemadas, los municipios afectados, etc., no son ficticios sino reales. Corresponden al incendio de origen intencionado que asoló la sierra de Gredos el 28, 29 y 30 de julio de 2009. Se acercó peligrosamente a Mombeltrán y Cuevas del Valle, entre otros pueblos, y a día de hoy el monte sigue de luto.

Tardará años en recuperarse y volver a ser lo que era.

Si es que alguna vez lo consigue.

No permitamos que esto vuelva a suceder.

Y, por último, como no quiero despedirme con el amargo sabor del humo, os dejo una receta muy sencillita que está deliciosa.

### Patatas revolconas
Pelad tres o cuatro patatas, cortadlas en trozos similares (para que se

cuezan por igual) y cocedlas con un diente de ajo aplastado (un golpe con la palma de la mano es suficiente), un buen chorro de aceite y un par de hojas de laurel.

Mientras se cuecen, haremos los torreznos. Necesitamos un par de lonchas de panceta gorditas. Las cortamos en dados y los freímos con abundante aceite hasta que estén bien crujientes. Los sacamos de la sartén y en el aceite echamos un par de cucharaditas de pimentón de la Vera dulce (también quedan ricas si mezclamos pimentón picante y dulce), lo mezclamos bien y reservamos.

Cuando las patatas estén cocidas, las echamos en la cazuela del aceite donde las machacaremos y mezclaremos con un tenedor hasta convertirlas en puré. Formamos una montañita (para que quede mono) y le echamos encima los torreznos.

Ya veréis como os chupáis los dedos.


Ah, se me olvidaba, la bruja piruja a la que hago referencia en el libro soy yo misma, de hecho, es el nombre de mi grupo de Facebook. Y los relatos que menciono existen. Están en mi blog: www. noeliaamarillo.com

¡Disfrutadlos!

## Noelia Amarillo

Noelia Amarillo nació en Madrid el 31 de octubre de 1972. Creció en Alcorcón (Madrid) y cuando tuvo la oportunidad se mudó a su propia casa, en la que convive en democracia con su marido e hijas y unas cuantas mascotas. En la actualidad trabaja como secretaria en la empresa familiar, disfruta cada segundo del día de su familia y de sus amigas y, aunque parezca mentira, encuentra tiempo libre para continuar haciendo lo que más le gusta: escribir novela romántica.

*Bajo el calor de tu piel*

SE ACABÓ DE IMPRIMIR

EN OTOÑO DEL 2015

EN LOS TALLERES GRÁFICOS DE LIBERDÚPLEX, S.L.U.

CRTA. BV-2249, KM 7,4, POL. IND. TORRENTFONDO

SANT LLORENÇ D'HORTONS (BARCELONA)